레 미제라블 4

Les Misérables

세계문학전집 304

레 미제라블 4

Les Misérables

빅토르 위고

정기수 옮김

민음사

차례

4부 플뤼메 거리의 서정시와
생 드니 거리의 서사시 7

4부
플뤼메 거리의 서정시와
생 드니 거리의 서사시

1
몇 쪽의 역사

1. 훌륭한 재단

1831년과 1832년, 7월 혁명과 직접 관련된 이 두 해는 역사에서 가장 특수하고 가장 놀라운 시기의 하나다. 이 두 해는 그에 앞선 해들과 그 뒤에 오는 해들의 한가운데서 두 개의 산과 같다. 이 두 해에는 혁명의 위대함이 있다. 사람들은 거기에서 절벽들을 분명히 알아본다. 사회적 대중, 문명의 토대들, 밀착하고 중첩된 이해관계의 견고한 집단, 아주 오래된 프랑스 국가 형성의 유구한 모습들, 이러한 것들이 제도, 정열, 이론 들의 비바람이 몰아치는 구름들을 통해 줄곧 거기에서 명멸한다. 그러한 출현과 소멸은 저항과 운동이라는 이름으로 불렸다. 이따금 거기에 진리가, 이 인간 정신의 해가 빛나는 것이 보인다.

이 주목할 만한 시기는 꽤 한정되어 있고 우리들로부터 꽤 멀어지기 시작하므로 우리는 지금부터 그 주요한 윤곽을 잡을 수 있다.

나는 그것을 시험해 보겠다.

왕정복고는 그 정의하기 어려운 중간 과정들 중 하나였는데, 그러한 과정들에는 피로, 웅성거림, 투덜거림, 수면, 법석이 있고, 그 과정들은 한 위대한 국민이 한 단계에 도달한 것과 다른 것이 아니다. 이러한 시기들은 이상한 것이어서 그것들을 탐구하고자 하는 정치가들을 속인다. 처음에 국민이 원하는 것은 휴식뿐! 사람들은 하나의 갈망밖에 없다, 즉 평화. 사람들은 하나의 야망밖에 없다, 즉 작은 것이 되는 것. 그것은 조용히 있고 싶다는 말이 된다. 큰 사건들, 큰 위험들, 큰 모험들, 큰 인물들, 고맙게도 그런 것들을 사람들은 충분히 보았고, 그런 것들에 진절머리가 났다. 케사르보다는 무력한 프뤼지아스 왕을 택하고, 나폴레옹보다는 손바닥만 한 이브토의 왕을 택하리. "얼마나 착한 작은 왕이었던가!" 사람들은 새벽부터 걸었고, 이제 길고 고된 하루의 저녁에 있다. 사람들은 첫 번째의 계주를 미라보와 더불어 했고, 두 번째의 계주를 로베스피에르와 더불어 했고, 세 번째의 계주를 보나파르트와 더불어 하였다. 사람들은 녹초가 되었다. 저마다 잠자리를 원한다.

지쳐 빠진 헌신, 시든 영웅심, 충족된 야망, 이루어진 재산은 찾고 있고, 구하고 있고, 애원하고 있고, 간청하고 있다. 무엇을? 하나의 안식처를. 그것들은 그것을 가지고 있다. 그것들은 평화를, 안정을, 여가를 소유하고 있다. 그것들은 만족하고 있다. 그렇지만 동시에 어떤 사실들이 생기고, 스스로를 인정하게 하고, 그것들 옆쪽의 문을 두드린다. 이러한 사실들은 혁명과 전쟁 들에서 나와, 그것들이 존재하고, 생존하고, 사회에서 자리 잡을 권리를 갖고 있고, 사회에서 자리를 잡고 있다. 그런데 대개의 경우 이러한 사실들은 주의(主義)들에 숙소를 준비해 주기만 하는 기마대 중사들과 병참 하사관들이다.

그러자 이런 것이 정치철학자들에게 나타난다.

피로한 사람들이 휴식을 원하는 동시에, 기성의 사실들은 보장들을 원한다. 사실들에 대한 보장들, 그것은 사람들을 위한 휴식과 같은 것이다.

영국이 호민관(護民官)* 후에 스튜어트 왕가에 요구한 것이 그것이요, 프랑스가 제정 후에 부르봉 왕가에 요구한 것이 그것이다.

그러한 보장들은 시대의 필연성이다. 그것들을 꼭 주어야 한다. 군주들이 그것들을 특혜로서 '양여'하지만, 사실 그것들을 주는 것은 어쩔 수 없는 것이다. 알아서 유익한 심오한 진리, 이것을 스튜어트 왕가는 1660년에 생각하지 않았고, 부르봉 왕가는 1814년에 예상조차 하지 않았다.

나폴레옹이 몰락했을 때 프랑스에 돌아온 왕으로 예정된 부르봉 가는 다음과 같이 생각하는 숙명적인 단순함을 가졌다. 즉, 자기가 주었던 것을 자기는 도로 찾을 수 있다, 부르봉 가는 신수권을 소유하고 있고, 프랑스는 아무것도 소유하고

_____

* 크롬웰을 가리킴.

있지 않았다. 그리고 루이 18세의 헌장에서 허용된 정치적 권리는 신수권의 한 부분과 다른 것이 아니고, 부르봉 왕가가 그것을 떼내, 임금이 그것을 도로 거둬들이고 싶을 날까지 백성에게 거저 하사한 것이다, 라고. 그렇지만 그 선물이 부르봉가에서 오지 않는다는 것을, 설령 그것이 그에게 불쾌할지라도, 그는 느껴야 했을 것이다.

부르봉 가는 19세기에 성미가 까다로웠다. 그는 국민이 명랑할 때마다 안색이 나빴다. 진부한 말, 즉 통속적이고 진실한 말을 쓰자면, 그는 얼굴을 찡그렸다. 국민은 그것을 보았다.

부르봉 가는 제국이 극장의 무대장치처럼 자기 앞에서 철거돼 버렸으므로 자기가 힘을 가지고 있다고 믿었다. 그는 자기 자신도 똑같은 식으로 갖다 놓여졌다는 걸 깨닫지 못했다. 자기 역시 나폴레옹을 거기서 치워 없앤 그 손아귀 속에 있다는 것을 알아차리지 못했다.

부르봉 가는 자기는 과거이므로 뿌리를 갖고 있다고 믿었다. 그러나 그것은 잘못된 생각이었다. 그는 과거의 일부분이기는 했지만, 전체의 과거, 그것은 프랑스였다. 프랑스 사회의 뿌리들은 조금도 부르봉 왕가 속에 있지 않았고 국민 속에 있었다. 이 숨어 있는 생생한 뿌리들은 한 왕가의 권리를 조금도 구성하고 있지 않았고, 한 국민의 역사를 구성하고 있었다. 그 뿌리들은 도처에 있었지만, 왕좌 아래에는 없었다.

부르봉 가는 프랑스에게는 그 역사의 피로 물든 저명한 매듭이었으나, 더 이상 그 운명의 주요한 요소도 아니요, 그 정치의 필요한 토대도 아니었다. 사람들은 부르봉 왕가 없이 지낼 수 있었다. 사람들은 22년간 이 왕가 없이 지냈다. 단절이 있었다. 이 왕가는 그것을 알아차리지 못했다. 어떻게 이 왕가가 그것을 알아차렸겠는가? 루이 17세는 공화 열월(熱月) 9일*에 군림하고 있었고 루이 18세는 마렝고 전투의 날에 군림하고 있었다고 이 왕가는 생각하고 있었는데. 사실들의 앞에서, 그리고 사실들이 지니고 있고 공포하고 있는 신성한 권위의 부분 앞에서, 군주들이 그렇게도 눈이 멀었던 일은 유사 이래 일찍이 없었다. 이른바 국왕들의 권리라는 그 아래서부터의 요구가 그런 정도로 하늘의 권리를 부인했던 적은 일찍이 없었다.

부르봉 왕가로 하여금 1814년에 '양여한' 보장들에, 왕가가 부르던 말대로, 양보들에 다시 손을 대게 한 것은 중대한 과오였다. 슬픈 일이로다! 왕가가 양여라고 부르던 것, 그것은 우리들이 쟁취한 것이었다. 왕가가 찬탈이라고 부르던 것, 그것은 우리들의 권리였다.

왕정복고는 자기에게 때가 온 것 같았을 때, 자기가 보나파르트를 이겨 내고 국내에 뿌리를 박았다고 생각하고, 다시 말해서 자기를 강력하다고 믿고, 그리고 자기가 뿌리가 깊다고 믿고, 갑자기 결단을 내려 일을 감행했다. 어느 날 아침 왕정복고는 프랑스 앞에 우뚝 서서, 목소리를 높이고, 집단적 자격과 개인적 자격을, 국민에게는 주권을, 시민에게는 자유를 인정하지 않았다. 바꾸어 말하자면, 왕정복고는 국민에 대해서는 국민을 국민되게 하는 것을, 시민에 대해서는 시민을 시민

---

* 1794년 7월 27일.

되게 하는 것을 부인했다.

그것이야말로 7월의 칙령(1830년)이라 불리는 그 유명한 법령의 근본인 것이다.

왕정복고는 쓰러졌다.

왕정복고는 쓰러져야 마땅했다. 그렇지만, 이 점은 말하거니와, 복고정부가 모든 형식의 진보에 절대적으로 적대적이었던 건 아니다. 그 옆에서도 위대한 일들이 이루어졌다.

왕정복고 시대에는 국민이 평온 속에서 토론에 익숙해졌는데, 그것은 공화국에서는 없었던 일이고, 평화 속에서 위대성에 익숙해졌는데, 그것은 제국에는 없었던 일이다. 자유롭고 강력한 프랑스는 유럽의 다른 국민들에게는 고무적인 광경이었다. 혁명은 로베스피에르 아래에서 발언권을 가졌고, 대포는 보나파르트 아래에서 발언권을 가졌는데, 지성의 발언의 차례가 온 것은 루이 18세와 샤를 10세 아래에서다. 바람은 잠잠해졌고, 불길이 다시 타올랐다. 맑은 산꼭대기에 정신의 가장 순수한 빛이 너울거리는 것을 사람들은 보았다. 웅장하고 유익하고 매력적인 광경이었다. 15년 동안, 평화 속에서, 광장 한복판에서, 사상가에게는 아주 낡았고, 정치가에게는 아주 참신한 그 위대한 원칙들이 활동하는 것을 사람들은 보았다. 그것은 법률 앞에서의 평등, 신앙의 자유, 언론의 자유, 출판의 자유, 모든 재능의 소유자들이 모든 직업들에 종사할 수 있는 권리, 이것은 1830년까지 그렇게 갔다. 부르봉 왕가는 신의 손안에서 깨진 문명의 도구였다.

부르봉 왕가의 몰락은 왕가 쪽에서가 아니라 국민 쪽에서

실로 위대했다. 왕가는 장중하게, 그러나 위엄 없이 왕좌를 떠났다. 왕가의 암흑 속 추락은 역사에 침울한 감동을 남겨 놓는 그런 엄숙한 소멸이 아니었다. 그것은 샤를 1세의 유령 같은 조용함도 아니었고, 나폴레옹의 독수리 같은 절규도 아니었다. 왕가는 떠났다. 그게 전부였다. 왕가는 왕관을 내려놓고 후광을 간직하지 않았다. 왕가는 훌륭했지만 존엄하지 않았다. 왕가에게는 어느 정도로 왕가의 불행의 장엄성이 모자랐다. 샤를 10세는 셰르부르 여행 중, 원탁을 사각 탁자로 베게 했는데, 이로 미루어 그는 붕괴하는 왕조보다도 위험에 빠진 예절에 더 마음을 쓰는 것 같았다. 그러한 권위의 쇠퇴는 왕가 사람들을 사랑하는 충성스러운 인사들과 왕족을 존경하는 성실한 인사들을 슬프게 했다. 민중은 훌륭했다. 국민은 어느 날 아침 일종의 왕당파 폭동에 의해 무력으로 공격을 당했으나, 스스로 힘이 넘침을 느끼고 분개하지 않았다. 국민은 스스로를 지키고, 자제하고, 사태를 제자리에, 정부는 법률 속에, 부르봉 왕가는 애처롭게도 추방 속에! 되돌려놓고, 그리고 멈춰 섰다. 국민은 루이 14세를 보호했던 그 용상의 휘장 아래서 늙은 왕 샤를 10세를 잡아서 가만히 땅바닥에 놓았다. 국민은 왕족들에게 손을 댈 적에도 슬픔과 조심스러움을 조금도 잊지 않았다. 바리케이드 전(戰)(1558년 5월) 후에 곰 뒤 베르가 한 그 장엄한 말을 회상하고 온 세상 사람들의 눈앞에서 실행한 것은 한 사람이 아니었다. 몇 사람이 아니었다. 그것은 프랑스였다. 프랑스 전체, 자기의 승리에 의기양양하고 열광한 프랑스였다. 뒤 베르가 가로되, "왕후의 총애를 얻는 데 길들고, 가지에서 가지로 날아다니는 새처럼, 비운에서 행운으로 전전하는 데 길든 자들에게는, 역경에 처한 그들의 군주를 배반하여 대담한 태도를 취함은 용이한 일이다. 연이나 나에게 나의 왕들의 운명은 항상 존경할 만할 것인데, 특히 고통받는 왕들의 운명은 그렇다."

부르봉 왕가는 존경을 받아 가지고 갔으나, 애석한 마음은 받아 가지고 가지 않았다. 아까도 말했지만, 왕가의 불행은 왕가보다도 더 컸다. 왕가는 지평선에서 사라졌다.

7월 혁명은 즉시 전 세계에 벗들과 적들을 가졌다. 벗들은 기쁨에 넘쳐 열광적으로 뛰어왔고, 적들은 저마다 제 성질 나름으로 외면을 했다. 유럽의 군주들은, 초기에, 그 새벽의 부엉이들처럼, 기분이 상하고 아연실색하여 눈을 감았고, 다시 눈을 떴을 적에는 오직 위협만 했다. 이해할 수 있는 공포요, 변명할 수 있는 분노다. 이 기이한 혁명에는 거의 충돌이 없었고, 패망한 왕위에 혁명을 적대시하여 피를 흘리는 명예조차도 주지 않았다. 자유가 그 자체를 비방하는 것에 항상 관심을 갖는 전제정부의 눈에, 7월 혁명이 무시무시하면서도 온순한 것은 잘못이었다. 그런데 아무것도 그에 반해 시도되지도 획책되지도 않았다. 가장 불만인 자들도, 가장 격분한 자들도, 가장 전전긍긍한 자들도, 그것을 환영했다. 우리들의 이기심과 원한이 어떻든 간에, 인간보다도 더 높은 곳에서 작용하는 누군가의 협력을 느끼는 사건들에서는 어떤 신비로운 경의가 나온다.

7월 혁명은 사실을 타도하는 권리의 승리다. 찬연히 빛나는 것.

사실을 타도하는 권리. 1830년 혁명의 광채는 거기서 유래하고, 그 관용 역시 거기서 유래한다. 승리하는 권리는 하등의 폭력도 필요치 않다.

권리, 그것은 정의요 진리다.

권리의 특성, 그것은 영원히 아름답고 순수하게 있는 것이다. 사실은, 겉으로는 아무리 필요할지라도, 당시 사람들에게는 아무리 잘 받아들여졌더라도, 만약 그것이 사실로서만 존재한다면, 그리고 너무 적은 권리밖에 포함하지 않거나 전혀 권리를 포함하고 있지 않다면, 시간이 경과함에 따라 반드시 보기 흉해지고, 불결해지고, 아마 흉측하게까지도 되게 마련이다. 만약에 몇 세기가 지나서 보았을 때, 사실이 어떤 정도까지 추악해질 수 있는가를 단박에 확인하고 싶다면, 마키아벨리를 보라. 마키아벨리, 그는 조금도 나쁜 영향을 주는 사람이 아니요, 악마도 아니요, 비열하고 파렴치한 작가도 아니다. 그는 사실 외의 아무것도 아니다. 그리고 단지 이탈리아의 사실일 뿐만 아니라 유럽의 사실이고, 16세기의 사실이다. 그러나 그는 19세기의 도덕관 앞에서는 추악해 보이고, 사실 추악하다.

이 권리와 사실의 투쟁은 사회가 시작된 이래 계속되었다. 이 싸움을 끝마치고, 순수한 관념과 인간의 현실을 융합시키고, 권리를 사실 속에 조용히 침투시키고, 사실을 권리 속에 침투시키는 것, 이것이 현인들의 일이다.

2. 서투른 봉합(縫合)

그러나 현인들의 일이 다르고, 수완가들의 일이 다르다.

1830년의 혁명은 이내 멈추었다.

혁명이 암초에 걸리자마자 수완가들은 그 좌초를 촉진시킨다.

수완가들은 우리 시대에 자기들 자신을 정치가라 지칭했다. 그래서 이 정치가라는 말은 마침내 좀 통용어가 되었다. 이 점을 잊지 마시라. 수완밖에 없는 데는 필연적으로 옹졸이 있다. '수완가들'이라고 말하는 것, 그것은 결국 '시시한 사람들'이라고 말하는 것이다.

마찬가지로 '정치가들'이라고 말하는 것, 그것은 때로는 '배신자들'이라고 말하는 것과 같다.

그런데 수완가들의 말에 의하면, 7월 혁명 같은 혁명들은 절단된 동맥이다. 신속한 동여매기가 필요하다. 권리는 너무 크게 공포되면 뒤흔든다. 그러므로 일단 권리가 확인되면, 국가를 다시 공고히 해야 한다. 자유가 확보되면, 권력을 생각하지 않으면 안 된다.

여기서 현인들은 아직 수완가들에게서 분리되지 않지만, 그들은 서로 경계하기 시작한다. 권력, 좋아. 그러나 첫째로 권력이란 무엇인가? 둘째로 그것은 어디서 오는가?

수완가들은 투덜거리는 반대의 소리를 듣는 척도 않고 그들의 책동을 계속한다.

자기들에게 유리한 허구(虛構)에다 필요성의 가면을 둘러씌우기에 능란한 그 정치가들에 의하면, 한 국민이 군주제의 대륙에 속할 때, 그 국민이 혁명을 치르고 난 뒤에 맨 먼저 필요로 하는 것, 그것은 하나의 왕조를 얻는 것이다. 그렇게 해서 그 국민은 혁명 후에 평화를 가질 수 있다. 다시 말해서 그의 상처를 치료하고, 그의 집을 수리할 겨를을 가질 수 있다고 그들은 말한다. 왕조는 비계를 감추어 주고 이동 야전병원을 가려 준다.

그런데 하나의 왕조를 얻는다는 것은 언제나 쉬운 일이 아니다.

부득이한 경우에는, 누구라도 천재거나 또는 누구라도 행운아면 왕을 만들기에 충분하다. 첫 번째 경우에 보나파르트가 있고, 두 번째 경우에 이투르비드*가 있다.

하지만 아무 가문이나 왕조를 만들기에 충분한 것은 아니다. 반드시 한 민족 내에서 어느 정도의 오랜 연수가 있어야 하는데, 수세기의 주름이 금세 만들어지지는 않는다.

가령 '정치가들'의 견지에 서 있다면, 물론 앞으로의 일은 보장하지 않고 하는 말인데, 혁명 후에 거기에서 나오는 왕의 자격은 무엇인가? 그것은 그가 혁명가인 것이, 다시 말해서 몸소 그 혁명에 참여한 자인 것이, 혁명에 손을 댔고 거기에서 위험에 말려들었거나 이름을 떨쳤고, 아슬아슬하게 단두대를 면했거나 칼을 휘두른 것이 유익할 수 있고 실제로 유익하다.

한 왕조의 자격은 무엇인가? 왕조는 국민적이어야 한다. 다시 말해서 수행한 행위에 의해서가 아니라 받아들인 관념에 의해서 긴 시간을 두고 혁명가여야 한다. 그것은 과거로 구성되어 역사적이어야 하고, 미래로 구성되어 공감적이어야 한다.

---

* 이투르비드(Agustin de lturbide, 1783~1824). 멕시코의 장군, 정치가. 1822년 황제가 되었으나 1824년 총살되었다.

왜 첫 번째 혁명들이 크롬웰이나 나폴레옹 같은 한 인물을 찾아내는 것으로 만족하는지, 그리고 왜 두 번째 혁명들이 브란스윅 가나 오를레앙 가 같은 한 가문을 꼭 찾아내고자 하는지 그 이유는 위에서 말한 모든 것으로 설명된다.

왕가들은 가지마다 땅바닥까지 구부러져서 뿌리를 박고 한 그루의 무화과나무가 된다는 저 인도의 무화과나무들과 유사하다. 가지마다 하나의 왕조가 될 수 있다. 다만 백성에까지 구부러진다는 단 하나의 조건 아래서.

이런 것이 수완가들의 이론이다.

그러므로 그 큰 기교는 이렇다. 성공에 큰 불행의 소리를 조금 나게 하여 그 성공을 이용하는 자들도 역시 그것으로 떨 것, 한 걸음 나아가는 데도 두려움을 느끼게 할 것, 진보가 늦어질 때까지 변화 곡선을 증가시킬 것, 그 여명기의 광채를 희미하게 할 것, 열광적인 격렬한 행위들을 폭로하고 금지할 것, 모를 깎고 손톱을 깎을 것, 승리를 흐릿하게 할 것, 권리를 숨길 것, 국민이란 거인을 플란넬로 감싸 얼른 재워 버릴 것, 이 과도한 건강을 다이어트 시킬 것, 헤라클레스 같은 장사를 앓고 난 사람처럼 취급할 것, 사건을 미봉책 속에 얼버무려 버릴 것, 이상을 갈망하는 사람들에게 그 탕약 탄 감로주를 제공할 것, 너무 많은 성공을 거두지 않도록 조심할 것, 혁명에 해 가리개를 덮어 씌울 것.

1830년의 혁명은 이미 영국에서 1688년에 적용되었던 이 이론을 실행했다.

1830년은 중도에서 멈춘 혁명이다. 절반의 진보. 준(準) 권리. 그런데 논리는 '거의'라는 것을 모른다. 태양이 촛불을 모르듯이.

혁명을 중도에서 저지하는 것은 누구인가? 중산계급이다. 왜?

중산계급은 만족에 도달한 이익이기 때문이다. 어제 그것은 욕망이었고, 오늘 그것은 충족이고, 내일 그것은 포만이다. 나폴레옹 후 1814년에 일어난 현상은 샤를 10세 후 1830년에 다시 일어났다.

사람들이 중산계급을 하나의 사회 계급으로 만들고자 한 것은 잘못이다. 중산계급은 단지 국민 중에서 만족해 있는 부분일 뿐이다. 부르주아, 그것은 이제 자리에 앉을 겨를을 가진 사람이다. 의자는 계급이 아니다.

그러나 너무 일찍 앉고 싶어 하기 때문에 인류의 진행마저 정지시킬 수 있다. 그것이 흔히 중산계급의 과오였다.

과오를 범하기 때문에 하나의 계급이 되는 것은 아니다. 이기심은 사회 계급의 구분들 중 하나가 아니다.

그런데, 이기심에 대해서조차도 정당해야 한다. 1830년의 동요 후에, 중산계급이라고 부르는 이 부분의 국민이 갈망하던 상태, 그것은 무관심과 나태로 복잡해지고 약간의 수치심이 들어 있는 무기력이 아니었고, 몽상에 끌리기 쉬운 일시적 망각을 가정하는 수면도 아니었고, 그것은 정지였다.

정지는 이상하고 거의 모순적인 이중의 뜻으로 형성된 말이다. 즉, 행진하는 군대는 곧 운동이고, 정지는 곧 휴식이다.

정지, 그것은 힘의 회복이고, 무장하고 깨어 있는 휴식이고,

보초를 세우고 경계하는 기성(旣成) 사실이다. 정지는 어제의 투쟁과 내일의 투쟁을 가정한다.

그것은 1830년과 1848년*의 중간이다.

여기서 우리가 투쟁이라고 부르는 것은 또한 진보라고 불릴 수도 있다.

그러므로 중산계급에게는, 정치가들에게처럼, 이 '정지'라는 말을 나타내는 한 사람이 필요했다. '한 사람의 그렇지만 그렇기 때문에'가. 혁명을 의미하고 안정을 의미하는 한 혼합 양식의 개인이, 바꾸어 말하면 과거와 미래를 명백히 양립시킴으로써 현재를 다져 주는 한 개인이.

그러한 사람이 '완전히 찾아내어져' 있었다.' 그의 이름은 루이 필립 도를레앙이었다.

그 이백스물한 명의 인사들이 루이 필립을 왕으로 만들었다. 라파이예트가 즉위식을 맡았다. 그는 그것을 최선의 공화제라 불렀다. 파리 시청이 랭스 대성당**을 대신했다.

이처럼 반왕위(半王位)를 전왕위(全王位)에 대치한 것이 '1830년의 업적'이었다.

수완가들이 일을 끝마쳤을 때, 그들의 해결책의 엄청난 결함이 나타났다. 그 모든 것은 절대적 권리의 밖에서 이루어졌다. 절대적 권리는 외쳤다, "나는 항의한다."라고. 그런 뒤에, 이 가공할 것, 권리는 다시 어둠 속으로 들어가 버렸다.

---

* 7월 혁명과 2월 혁명.
** 종전에 역대 국왕이 즉위식을 거행하던 곳.

3. 루이 필립

혁명들은 무서운 팔과 훌륭한 손이 있어, 그 타격은 단호하고 그 선택은 훌륭하다. 1830년의 혁명처럼, 그것들이 심지어 불완전할지라도, 심지어 타락하고 잡종이고, 유치한 혁명의 상태가 될지라도, 그것들에는 거의 언제나 충분한 신의 명철함이 있어서, 그것들이 잘못될 수는 없다. 그것들의 일시적인 사라짐은 결코 포기가 아니다. 그렇지만 너무 자만하지는 말자. 혁명들에도 역시 잘못된 생각이 있고, 중대한 착각들이 보인다.

1830년으로 되돌아가자. 1830년은 탈선한 가운데도 행복했다. 중단된 혁명 후에 소위 질서라는 것을 확립함에 있어서, 왕은 왕위보다도 훌륭했다. 루이 필립은 희유한 인물이었다.

그의 아버지에 대해 역사는 확실히 정상을 참작해 주겠지만, 이 아버지가 비난을 받아 마땅했을 만큼 아들인 그는 존경을 받아 마땅했다. 그는 모든 사적인 미덕과 여러 가지 공적인 미덕을 가지고 있었다. 자기의 건강과 재산, 풍채, 소지품에 세심하게 마음을 썼다. 일 년의 가치를 알고 있었다고는 할 수 없어도 일순간의 가치는 잘 알고 있었다. 소탈하고, 침착하고, 평온하고, 참을성이 있었다. 호인이자 착한 군주였다. 자기 아내하고 자고, 자기 궁중에서 노복들을 시켜 부르주아들에게 부부의 침대를 보게 했는데, 이것은 품행 방정한 내실을 드러내보이는 것으로, 종전에 본가*에서 있었던 거리낌 없

---

* 루이 필립 이전의 왕들의 계통(系統).

는 불륜의 뒤에는 유익한 일이 되었다. 유럽의 모든 나라말을 알고 있었고, 그리고 이것은 더 드문 일인데, 모든 이해관계들의 용어를 알고 그것을 사용했다. '중간계급'의 훌륭한 대표자였지만 그보다 뛰어났고, 어쨌든 그보다 더 위대했다. 자기 혈통을 존중하면서도 자기 자신의 고유한 가치를 특히 중요시하는 훌륭한 정신을 지니고 있었고, 자기의 가계 문제에 관해서조차도, 매우 특이하게, 자칭 오를레앙 가라 했지 부르봉 가라 하지 않았다. 전하(殿下)밖에 아니었을 동안에는 으뜸가는 왕족이었으나, 폐하가 된 날은 확실한 부르주아였다. 공석에서는 장황했지만 허물없는 사이에서는 간결했다. 소문난 구두쇠였지만 그 증거는 잡히지 않았다. 사실은, 자기의 기분이나 의무를 위해서는 곧잘 돈을 물 쓰듯 하는 그러한 절약가의 하나였다. 문학적 소양은 있었으나, 문학적 감각은 별로 없었고, 신사였으나 기사(騎士)는 아니었다. 소박하고, 조용하고, 굳세었다. 가정과 문중에서 숭배를 받았고, 매혹적인 능변가였다. 각성한 정치가였고, 마음속으로는 냉정하고, 직접적인 이해관계에 지배되고, 항상 가장 가까운데서 통치하고, 원한이나 감사의 마음을 품을 줄 모르고, 용렬한 것에는 가차 없이 우월성을 발휘하고, 왕권 아래서 은은히 투덜거리는 그 은밀한 만인의 뜻을 의회의 다수에 의해 비난하는 데 능란했다. 외향적이고, 때로는 감정의 표출에 경솔하지만, 그렇게 경솔한 가운데도 놀라운 재치가 있었다. 수단, 표정, 가면 들이 많았다. 프랑스에는 유럽을 두려워하게 하고 유럽에는 프랑스를 두려워하게 하였다. 자기 나라를 사랑했음은 의심할 여지가 없으나 자기 가정을 더 좋아했다. 권위보다 지배를 더 높이 평가하고, 품위보다 권위를 더 높이 평가했는데, 그러한 경향은, 만사 성공만을 꾀하면서 간계도 용납하고 비열함도 절대로 싫어하지 않는다는 해로운 점이 있지만, 정치를 격동에서 지키고, 국가를 파괴에서 지키고, 사회를 파탄에서 지킨다는 유익한 점이 있었다. 세심하고, 정확하고, 조심성 있고, 주의 깊고, 영리하고, 피로한 줄 몰랐다. 때로는 자신이 한 말을 부정하고, 자신이 한 말을 취소했다. 앙코나에서는 오스트리아에 대항하여 대담했고, 스페인에서는 영국에 대항하여 완강했고, 앙베르를 포격하고, 프리차드에 배상했다. 신념을 가지고 「마르세예즈」를 노래했고, 의기소침, 권태, 아름다움과 이상의 취미, 무모한 혜사(惠賜), 이상향, 공상, 분노, 허영, 공포 이런 것들과는 무관했다. 모든 형태의 개인적 대담성이 있었다. 발미에서는 장군이었고, 제마프에서는 졸병이었다.* 여덟 번이나 시해당할 뻔하면서도 늘 미소를 지었다. 척탄병(擲彈兵)처럼 용감하고, 사상가처럼 과감했다. 단지 유럽 동요의 기회 앞에서만은 불안했고, 큰 정치적 모험에는 맞지 않았다. 언제나 목숨을 바칠 준비를 하고 있었으나, 결코 자기의 사업을 위태롭게 할 생각은 없었다. 임금으로서보다도 오히려 지식인으로서 복종시키기 위해 영향력 속에 자기의 의지를 숨겼다. 선견지명은 없어도 관찰안은 있었다. 사람들의 정신에는 별로 주의하지 않았으나, 사람들의 됨됨이는 훤히 알고 있었다. 다시 말해서 판단하기

---

* 두 곳 다 1792년에 프랑스군이 오스트리아군을 격파한 곳.

위해 볼 필요가 있었다. 예민하고 통찰력 있는 양식, 실제적인 지혜, 유창한 언변, 비범한 기억력을 가지고 있었다. 끊임없이 이 기억력에 의존했는데, 이것은 케사르와 알렉산더, 나폴레옹과의 유일한 유사점이었다. 여러 가지 사건, 세세한 사실, 날짜, 고유명사 들은 잘 알고 있었다. 군중의 다양한 경향, 정열, 재능, 내심의 갈망, 사람들의 은밀한 숨은 반발, 한마디로 말해서, 의식의 보이지 않는 흐름이라고 할 수 있는 것은 아무것도 몰랐다. 겉으로는 받아들였으나 하부의 프랑스하고는 별로 의견이 일치하지 않았다. 술책을 써서 난관을 벗어났다. 통치했으나 충분히 군림하지 않았다. 자기 자신에게는 자기의 재상이었다. 미소한 현실로 광대한 사상을 방해하는 데 탁월했다. 문명과 질서, 조직의 진정한 창조적 능력에 뭔지 알 수 없는 소송 절차적 정신을 혼합했다. 한 왕조의 창건자이자 대리인이었다. 뭔지 샤를마뉴 대왕 같은 것과 뭔지 소송대리인 같은 것을 가지고 있었다. 요컨대, 고매하고 특이한 인물이요, 프랑스의 불안에도 불구하고 권력을 만들어 내고 유럽의 질투에도 불구하고 세력을 만들어 낼 줄 알았던 군주인 루이 필립은 그 시대의 명사 중에 들어갈 것이고, 만약에 그가 좀 명예를 사랑했고 유익한 것에 대한 감정과 같은 정도로 위대한 것에 대한 감정을 지니고 있었더라면, 역사상 가장 유명한 통치자 중에 들어갈 것이다.

　루이 필립은 미남이었고, 늙어서도 여전히 우아했다. 국민에게는 언제나 환영을 받지는 않았지만, 군중에게는 언제나 환영을 받았다. 그는 사람들의 마음에 들었다. 그는 매력이라는 천품을 가지고 있었다. 그에게 위엄은 없었다. 왕이면서도 왕관을 쓰지 않았고, 늙었으면서도 머리가 세지 않았다. 그의 예절은 구식이었으나 그의 습성은 신식이어서, 1830년에 어울리는 귀족과 부르주아의 혼합이었다. 루이 필립은 시체(時體)의 과도기적 인물이었다. 그는 구식 발음과 구식 맞춤법을 지키면서도 그것을 사용하여 신식 의견을 나타냈다. 그는 폴란드와 헝가리를 좋아했으나, '파란인'이라고 쓰고 '항가리아인'이라고 발음했다. 그는 샤를 10세처럼 국민병의 복장을 착용하고, 나폴레옹처럼 레지옹 도뇌르 훈장을 달고 있었다.

그는 예배당에는 별로 안 갔고, 사냥에는 조금도 안 갔고, 오페라에는 결코 안 갔다. 성당 지기와 사냥개 지기, 무희 들에게는 매수되지 않았는데, 이로 인해 그는 부르주아의 인기를 얻었다. 그는 조신(朝臣)이 전혀 없었다. 그는 언제나 양산을 팔 아래 끼고 외출했고, 이 양산은 오랫동안 그의 후광의 일부분이 되었다. 그는 조금은 석수였고, 조금은 정원사였고, 조금은 의사였는데, 그는 말에서 떨어진 마부의 다리에서 피를 뽑기도 했다. 루이 필립은 앙리 3세가 그의 비수 없이 다니지 않았듯이, 그의 바소 없이 다니지 않았다. 환자를 고치기 위해 피를 흘린 최초의 왕인 이 우스꽝스러운 왕을 왕당파는 비웃었다.

루이 필립에 대한 역사의 불만에는 공제해야 할 것이 있다. 왕권을 비난하는 것, 통치를 비난하는 것, 왕을 비난하는 것이 그것인데, 이 세 항목은 각각 상이한 총계를 나타낸다. 민주주의적 권리의 박탈, 제2의 관심사가 된 진보, 거리의 항의에 대한 난폭한 억압, 폭동에 대한 무력 행사, 무기에 의한 반란의 진압, 트랑스노냉 거리의 사건*, 군법회의, 지배계급에 의한 현실적 국가의 흡수, 30만 특권자들의 이익을 위한 정부, 이런 것들은 왕권의 소행이다. 벨기에의 제의에 대한 거절, 영국인들에 의한 인도의 정복처럼, 문명적이기보다도 더 야만적 수단에 의한 너무 가혹한 알제리 정복, 아브 델 카데르에서의 신용 상실, 블라이의 사건, 도이치**의 매수, 프리차드에의 배상, 이런 것들은 통치의 소행이다. 국민적이기보다도 더 가족적인 정치, 이것은 왕의 소행이다.

이렇게 공제를 하고 보면, 왕의 책임은 줄어든다.

그의 큰 잘못, 그것은 이렇다. 즉 그가 프랑스의 이름 아래 겸손했다는 것이다.

이러한 잘못은 어디서 오는가? 그것을 말하자.

루이 필립은 너무나도 가부장적인 왕이었다. 왕조를 부화시키고자 하는 한 가문의 배태기는 모든 것을 두려워하고 탈이 나는 걸 원치 않는다. 지나치게 소심한 행위들은 거기에 기인하는데, 시민의 전통에서는 7월 14일(1789년)을 갖고 있고, 군인의 전통에서는 아우스터리츠의 승리를 갖고 있는 국민에게 그런 것들은 골치 아픈 일이었다.

그런데, 맨 먼저 수행되기를 바라는 공적 의무들을 제외한

---

* 정부가 반란을 억압하는 와중에 이 거리의 한 가옥에서 한 발의 총탄이 발사되었는데, 이를 시작으로 군인들이 그 주민들을 학살했다(1834년 4월).
** 도이치(Simon Deutz) 개종한 유대인, 1832년, 그의 은인인 베리 공작 부인의 낭트 은신처를 티에르의 정부에 알렸다.

다면, 자기 가족에 대한 루이 필립의 깊은 애정, 그것을 가족은 받을 만한 가치가 있었다. 그 집 사람들은 훌륭했다. 그들은 재덕을 겸비하고 있었다. 마리 도를레앙이라는 루이 필립의 딸 하나는, 샤를 도를레앙이 시인들 사이에 가문의 이름을 남긴 것처럼, 예술가들 사이에 가문의 이름을 남겼다. 그녀는 심혼을 기울여 대리석상 하나를 만들어, 그것을 잔 다르크라 명명했다. 루이 필립의 아들 중 두 사람은 메테르니히에게서 다음과 같은 민중 선동적인 찬사를 끌어냈다. "그들은 보기 드문 청년이요, 세상에 없는 왕자다."

이상은 더하지도 덜하지도 않은 루이 필립에 관한 진실이다.

평등의 군주이고, 자신 속에 왕정복고와 혁명의 모순을 지니고 있고, 통치자에서는 안심시키게 되는 그 혁명가의 불안케 하는 면을 가지고 있다는 것, 이것이야말로 1830년에 루이 필립의 행운이었다. 한 사람이 한 사건에 이보다도 더 완전히 적응한 예는 일찍이 없었다. 한 사람이 한 사건에 들어가 화신(化身)이 되었다. 루이 필립은 1830년의 화신이다. 게다가 그는 왕좌에 오르는 데 망명이라는 그 큰 임명 조건을 갖고 있었다. 그는 추방되어 방랑하고 곤궁을 겪었다. 그는 그의 노동으로 살았다. 프랑스의 가장 부유한 대군 영지의 이 소유자는 스위스에서 입에 풀칠하기 위해 한 마리의 늙은 말을 팔았다. 라이헤나우에서는 그의 누이 아델라이드가 수를 놓고 바느질을 하는 동안 수학 수업을 했다. 한 왕에게 얽힌 그러한 추억은 중산 계급을 감격시켰다. 그는 루이 11세가 건립하고 루이 15세가 이용했던 몽 생 미셸 성의 마지막 쇠 감방을 손수 파괴했다. 그는 뒤무리에의 전우였고, 라파이예트의 친구였으며, 자코뱅 당원이었다. 미라보는 그의 어깨를 두드렸고, 당통은 그에게 젊은이! 라고 말했다. 1793년 스물네 살 때, 그때는 샤르트르 씨라는 이름이었는데, 그는 국민의회의 어둠침침한 작은 방 안쪽에서 '그 가련한 폭군'이라고 그렇게도 적절한 이름으로 불린 루이 16세의 공판에 참석했다. 왕 속에서 왕위를 분쇄하고 왕위와 함께 왕을 분쇄하고, 사상의 잔인한 분쇄 속에서 거의 인간에게 주의하지 않는 혁명의 맹목적 혜안, 재판관 회의의 엄청난 소란, 신문하는 검찰의 분노, 뭐라고 대답해야 할지 모르는 카페*, 그 암담한 바람결에 아연실색하여 무섭게 흔들거리는 왕의 머리, 처형하는 사람들도 처형당하는 사람도 다같이, 이 큰 불행에서 모두의 상대적인 무고, 그는 이런 것들을 지켜보았고, 이런 아찔아찔한 것들을 주시했고, 그 국민의회의 재판정에 과거의 여러 시대들이 출두하는 것을 보았고, 루이 16세의 뒤에서, 책임자가 된 이 불운한 사람 뒤에서, 왕정이라는 무시무시한 피고가 어둠 속에 우뚝 서는 것을 보았으며, 신의 정의와 거의 같은 정도로 비개인적인 국민의 엄청난 정의에 대한 경의 어린 공포감이 그의 마음속에 남았었다.

프랑스혁명이 그의 마음속에 남겨 놓은 흔적은 굉장한 것이었다. 그의 추억은 시시각각으로 찍힌 그 위대한 해들의 생생한 각인(刻印) 같았다. 어느 날 그는, 우리가 의심할 수 없는 한 목격자 앞에서, 입헌 의회 의원의 알파벳 순 명부의 A부(部)

---

* 루이 16세.

전체를 기억만으로 정정했다.

루이 필립은 백일왕(白日王)이었다. 그의 치하에서는 출판이 자유였고, 연설이 자유였고, 신앙과 언론이 자유였다. 9월 (1835년)의 법률은 투명하다. 빛이 특권을 갉아먹는 힘이 있다는 걸 알면서도, 그는 자기의 왕좌를 빛 아래 드러내 놓아 두었다. 역사는 그의 그러한 공명정대함을 고려해 줄 것이다.

루이 필립은 무대에서 나간 모든 역사적 인물들처럼, 오늘날 인류의 양심에 의해 심판을 받고 있다. 그의 공판은 아직 제1심에 불과하다.

역사가 존경할 만한 자유로운 어조로 말할 시간은 그를 위해서는 아직 도래하지 않았다. 이 왕에 관해서 마지막 판결을 언도할 때는 아직 오지 않았다. 준엄하고 저명한 역사가인 루이 블랑은 그 자신이 최근에 그의 첫 판정을 완화했다. 루이 필립은 이른바 이백스물한 명과 1830년이라는 그 두 가지 불완전한 것에 의해, 다시 말해서 반(半)의회와 반(半)혁명에 의해 선출된 것이다. 그리고 어쨌든, 철학적인 높은 견지에서, 독자도 앞서 예상할 수 있었듯이, 절대적인 민주주의 원칙의 이름 아래 어떤 조건들을 붙이지 않고서는 여기서 그를 판단할 수 없을 것이다. 절대의 눈으로 본다면, 이 두 가지 권리, 먼저 인간의 권리와 다음에 민중의 권리를 제외하고서는, 모든 것이 찬탈이다. 그러나 그러한 조건들을 붙이고 나서, 지금 당장 우리가 말할 수 있는 것은 다음과 같은 것이다. 즉 요컨대, 그리고 어떻게 그를 생각하든지 간에, 루이 필립은, 그 자신의 입장에서 볼 때, 그리고 인간적 선량이라는 견지에서, 옛 역사의 옛말을 써서 말한다면, 일찍이 왕좌에 올랐던 제일가는 인군(仁君)의 하나로 남아 있으리라.

그를 훼손한 것은 무엇인가? 그 왕좌다. 루이 필립에게서 왕을 빼라. 그러면 인간이 남는다. 이 인간은 착하다. 때로는 감탄할 정도로까지 착하다. 흔히, 더없이 중대한 걱정 속에서, 대륙의 모든 외교에 맞서 하루를 싸우고 난 뒤에, 저녁에 자기 방에 돌아와서, 피로에 지치고, 잠이 와서 못 배기면서도, 그는 무엇을 했던가? 그는 소송 기록을 갖다 놓고, 형사소송을 재검토하며 밤을 지새우고, 유럽에 대항하는 일도 대단한 일이지만, 사형집행인으로부터 사람을 구해 내는 것은 더 중대한 일이라고 생각했다. 그는 법무장관에게 고집을 부렸고, 그가 "법률의 수다쟁이"라고 부르는 검사들하고 단두대를 놓고 꾸준히 자기 주장을 고집했다. 때로는 쌓인 서류가 책상을 뒤덮었는데, 그는 그것을 다 검토했으며, 유죄 선고를 받은 그 불쌍한 사람들을 내버려 두는 건 그에게 커다란 고통이었다. 어느 날 그는 아까 내가 지적한 그 똑같은 목격자에게 말했다. "오늘 밤 나는 일곱 명을 구했어." 그의 치세 초기에 사형은 폐지된 것 같았고, 교수대를 세우는 것은 왕의 방침에 어긋나는 일이었다. 그레브의 형장은 본가(本家)의 왕위와 더불어 소멸했는데, 부르주아의 그레브 형장 하나가 바리에르 생 자크의 이름 아래 설치되었다. '실제가들'은 준 합법적인 단두대의 필요성을 느꼈는데, 그것은 중산계급의 편협한 면을 대표하는 카지미르 페리에*가 중

---

* 페리에(Jean Casimir Perier, 1847~1907). 당시의 재상.

산계급의 자유로운 면을 대표하는 루이 필립에 대해서 얻은 승리의 하나였다. 루이 필립은 베카리아의 저서에 손수 주석을 붙였다. 피에스키의 기계 사건* 후에 그는 외쳤다. "내가 다치지 않은 건 참 섭섭한 일이다! 다쳤더라면 특사해 줄 수 있었을 텐데." 또 어떤 때는, 자기 장관들의 저항을 암시하면서, 현대의 가장 용맹스러운 인물의 하나인 유죄 선고를 받은 한 정치범에 관해서 이렇게 썼다. '그는 특사를 받았다. 이제 내게 남아 있는 건 그를 내 손에 넣는 일뿐이다.' 루이 필립은 루이 9세처럼 온화하고 앙리 4세처럼 선량했다.

그런데 우리에게는, 선량함이 희귀한 진주인 역사에서, 선량했던 자는 위대했던 자보다 더 훌륭하다.

루이 필립은 어떤 사람들에 의해서는 준엄하게 평가되었고, 또 다른 사람들에 의해서는 아마 가혹하게 평가되었을 것이므로, 이 왕을 알았던 한 사나이**가, 이 사람 자신은 오늘날 유령 같은 존재이지만, 역사 앞에서 그를 위해 진술하러 오는 것은 아주 간단한 일인데, 이 진술은, 그것이 무엇이든 간에, 분명히, 그리고 무엇보다도 먼저 공정하다. 죽은 사람에 의해 쓰인 비문은 진실하다. 한 망령은 다른 망령을 위로할 수 있다. 같은 암흑을 나누어 가짐은 칭찬의 권리를 준다. 그리고 망명한 두 무덤에 관해서, "이자는 저자에게 아첨했다."는 말을 언젠가 듣게 될 염려는 별로 없다.

---

* 루이 필립을 암살하기 위하여 피에스키는 특별한 기계를 사용했다.
** 이 책의 저자를 말함.

4. 토대 아래의 균열(龜裂)

내가 이야기하고 있는 드라마가 루이 필립의 치세의 초기를 뒤덮고 있는 비극적인 구름 하나의 두께를 이제 막 뚫고 들어가려는 때에, 애매모호한 것이 있어서는 안 되므로, 이 책에 이 왕에 관해서 설명하는 것이 필요했다.

루이 필립은 분명히 혁명의 현실적인 목적과는 아주 달랐지만, 오를레앙 공인 그가 아무런 개인적인 주도도 하지 않은 혁명의 반전(反轉)이라는 사실에 의해, 그 자신은 폭력도 쓰지 않고, 직접적인 행동도 하지 않고 왕권에 들어갔었다. 그는 왕자로 태어나서 국왕으로 선출되었다고 믿고 있었다. 그는 이 권한을 전혀 자기 자신에게 부여하지 않았다. 그는 그것을 전혀 취하지 않았다. 사람들이 그것을 그에게 제공했고 그는 그것을 수락했다. 그렇게 확신하는 것은 물론 잘못이지만, 제공은 권리에 의해 이루어졌고 수락은 의무에 의해 이루어졌다고 확신했다. 그러므로 그것은 선의의 소유였다. 그런데 진심으로 말하거니와, 루이 필립은 그의 소유에서 선의였고, 민주주의는 그 공격에서 선의였으므로, 사회적 투쟁에서 발생하는 많은 공포는 왕의 책임이 아니요, 민주주의의 책임도 아니다. 주의들의 충돌은 자연력들의 충돌과 비슷하다. 대양은 물을 지키고, 태풍은 공기를 지킨다. 왕은 왕위를 지키고, 민주주의는 국민을 지킨다. 상대적인 것, 즉 군주제는 절대적인 것, 즉 공화제에 저항한다. 사회는 그러한 충돌 아래 출혈하지만, 오늘날 사회의 고통인 것이 후일엔 그의 구원이 될 것이니, 어쨌든, 투쟁하는 자들을 여기서 비난해야 할 것은 조금도 없다. 두 편 중 한쪽은 분명히 잘못 생각하고 있다. 권리는, 로데스의 거상(巨像)처럼, 한 발은 공화제에, 한 발은 군주제에, 그렇게 동시에 양쪽 강둑에 걸쳐 있는 것이 아니다. 그것은 불가분의 것이고, 모든 것이 한쪽에 있다. 하지만, 잘못 생각하는 사람들은 진심으로 잘못 생각한다. 방데 당원*이 비적이 아니듯이 소경은 죄인이 아니다. 그러므로 이 무서운 충돌들은 세상 운수의 소관이라 할 수밖에 없다. 그 동란이 어떤 것이든 간에, 인간의 무책임이 거기에 섞여 있다.

이 진술을 끝마치자.

1830년의 정부는 이내 어려운 삶을 가졌다. 그것은 어제 태어났는데 오늘은 싸워야 했다.

정부는 수립되자마자 벌써 사방에서, 아직 갓 설치되어 그렇게 견고하지 못한 7월**의 기관에 대하여 그것을 끌어내리려는 막연한 움직임을 느꼈다.

저항은 이튿날 생겨났다. 어쩌면 그 전날 생겨났는지도 모른다.

달이 감에 따라 적의는 커지고, 은연(隱然)하던 것이 공연(公然)해졌다.

7월 혁명은, 앞서 말한 바와 같이, 프랑스 밖에서 여러 나라 왕들에게는 잘 받아들여지지 않았는데, 프랑스에서는 다양하

---

* 1793년에 봉기한 왕당파.
** 7월 혁명.

게 해석되었다.

신은 자기의 의지를 사건들 속에서 볼 수 있게 하여 사람들에게 전하는데, 그것은 신비로운 언어로 적힌 난해한 문서다. 사람들은 그것을 즉시 번역하는데, 성급하고 부정확한 번역으로, 오류와 누락, 오역투성이다. 신의 언어를 이해하는 사람들은 매우 적다. 가장 총명하고, 가장 침착하고, 가장 심원한 사람들은 천천히 해독하는데, 그들이 올바른 해석문을 가져왔을 적에, 일은 오래전부터 이루어져 있고, 거리의 광장에는 이미 수많은 번역들이 나와 있다. 번역마다 하나의 당파가 생겨나고, 오역마다 하나의 도당이 생겨난다. 그리고 당파마다 유일한 진본(眞本)을 갖고 있다고 믿고 있고, 도당마다 빛을 소유하고 있다고 믿고 있다.

흔히 정권 자체도 하나의 도당이다.

혁명들에는 흐름을 거슬러 헤엄치는 자들이 있다. 그것은 낡은 당파들이다.

신의 은혜에 의해 세습에 연결되는 낡은 당파들이 보기에는, 혁명은 반항의 권리에서 나왔으므로, 사람들은 혁명에 반항할 권리가 있다. 그건 잘못된 생각이다. 왜냐하면 혁명에서 반항자, 그것은 민중이 아니라 왕이기 때문이다. 혁명은 바로 반항의 반대다. 혁명은 모두 정상적인 실행이므로, 그 속에 합법성이 들어 있는데, 이 합법성을 사이비 혁명가들이 이따금 손상시키지만, 혁명은 훼손되더라도 지속되고, 피투성이가 되더라도 살아남는다. 혁명은 사고에서가 아니라 필연에서 나온다. 하나의 혁명은 인위에서 실제로 되돌아가는 것이다.

혁명은 존재하지 않으면 안 되므로 존재한다.

낡은 정통 왕당파들*은 그래도 역시 그릇된 이론에서 터져 나오는 포학을 다하여 1830년의 혁명을 공격했다. 오류는 훌륭한 탄환이다. 그들은 이 혁명을 약점이 있는 곳에서, 그의 갑옷이 없는 곳에서, 그의 논리가 결핍된 곳에서 교묘하게 쳤다. 그들은 이 혁명을 왕위에서 공격했다. 그들은 이 혁명에 이렇게 외쳤다. "혁명이여, 왜 이 왕이냐?" 이 도당들은 정확히 겨냥하는 맹인들이다.

그러한 고함은 공화주의자들 역시 마찬가지로 지르고 있었다. 그러나 그들에게서 나오는 그 고함은 논리적이었다. 정통 왕당파들에서는 맹목이었던 것이 민주주의자들에서는 혜안이었다. 1830년은 국민을 손상시켰다. 분노한 민주주의는 그것을 비난했다.

과거의 공격과 미래의 공격 사이에서, 7월의 지배계급은 몸부림치고 있었다. 그들은 한편으로는 수세기의 군주제와 싸우고, 또 한편으로는 영원한 권리와 싸우는 그런 시기를 나타내고 있었다.

게다가 대외적으로는, 더 이상 혁명이 아니라 군주제가 되고 있었으므로, 1830년은 유럽과 보조를 맞추지 않으면 안 되었다. 평화를 유지하는 것은 복잡함을 가중하는 것. 그릇되게 요구된 화합은 흔히 전쟁보다도 더 무거운 부담이 된다. 항상 부리망에 씌워져 있으면서도 항상 으르렁거리는 그 은연중

---

* 부르봉 본가를 받드는 당파들.

의 압력에서 무장된 평화가, 그 자체가 수상쩍은 문명의 그 파괴적인 수단이 태어났다. 7월의 왕위는 유럽의 여러 나라 정부들에 얽매여 부지불식간에 반항하고 있었다. 메테르니히는 이 왕위에 고삐를 매 놓고 싶었을 것이다. 프랑스에서는 진보에 떠밀리고 있던 이 왕위는, 유럽에서는, 그 걸음걸이가 느린 다른 여러 군주국들을 떠밀고 있었다. 끌려가면서 끌어가고 있었던 것이다.

그러는 동안, 국내에서는 빈곤, 무산계급, 임금, 교육, 형벌, 매음, 여성의 처지, 빈부, 생산, 소비, 분배, 교역, 화폐, 신용, 자본의 권리, 노동의 권리, 이러한 모든 문제들이 사회 위에서 증가하고 있었다. 무시무시한 낭떠러지였다.

본래의 정당들 외에 또 다른 운동이 나타나고 있었다. 민주주의적 동요에 철학적 동요가 반응을 나타내고 있었다. 엘리트들도 군중과 마찬가지로 동요를 느끼고 있었다. 그들과는 달리, 그러나 같은 정도로.

사상가들은 심사숙고하고 있었고, 반면 땅바닥은, 즉 민중은 혁명의 조류에 휩쓸려, 뭔지 알 수 없는 막연한 지랄병 같은 동요에 떨고 있었다. 이 사색가들은, 어떤 이들은 단독으로, 또 어떤 이들은 가족끼리, 그리고 거의 단체처럼 모여서, 평화롭게, 그러나 심오하게 사회문제들을 휘젓고 있었다. 냉정한 광부들, 그들은 그들의 갱도(坑道)를 화산의 깊은 곳으로 조용히 파고 들어가면서, 그 은은한 진동과 희미하게 보이는 용암의 도가니에도 거의 방해받지 않았다.

그 평온함은 이 불안한 시대의 매우 아름다운 광경이었다.

이 사람들은 권리들의 문제는 정당들에 맡기고, 그들은 행복의 문제에 몰두했다.

인간의 안락, 이것이야말로 그들이 사회에서 캐내기를 바라던 것이다.

그들은 물질적 문제들을, 농업, 공업, 상업의 문제들을 거의 종교의 존엄성에 올려놓고 있었다. 조금은 신에 의하여, 많이는 인간에 의하여 이루어지는 현재 같은 문명에서 이해관계들은 그 정치의 지질학자들인 경제학자들에 의해 참을성 있게 연구된 역학 법칙에 따라서, 하나의 진정한 견고한 암반을 형성하도록 결합되고 집성되고 혼합된다.

다른 명칭들 아래 모여 있으나 모두 사회주의자라는 통칭으로 가리킬 수 있는 이 사람들은 이 암반을 뚫어 거기서 맑게 흐르는 인류의 행복이라는 물을 솟아나게 하려고 애썼다.

교수대 문제로부터 전쟁 문제에 이르기까지 그들의 작업은 모든 것을 포괄하고 있었다. 프랑스혁명에 의해 선언된 인권에 그들은 여성의 권리와 아동의 권리를 덧붙였다.

여러 가지 이유로, 내가 여기서 사회주의에 의해 제기된 모든 문제들을 근본적으로, 이론적 견지에서 다루지 않는 것에 놀라지 마시라. 나는 그것들을 지적하는 것으로 만족한다.

우주진화론의 이해와 몽상, 신비설 등은 젖혀 놓고, 사회주의자들이 제기하는 모든 문제는 두 주요한 문제들로 귀결시킬 수 있다.

첫째 문제, 부(富)의 생산.

둘째 문제, 부의 분배.

첫째 문제에는 노동 문제가 포함된다.

둘째 문제에는 임금 문제가 포함된다.

첫째 문제에서는 힘의 사용이 문제된다.

둘째 문제에서는 향락의 분배가 문제된다.

공권력은 힘의 훌륭한 사용의 결과다.

개인의 행복은 향락의 훌륭한 분배의 결과다.

훌륭한 분배는 평등한 분배가 아니라, 공평한 분배라고 이해해야 한다. 첫째의 평등, 그것은 공평이다.

밖에서는 공권력, 안에서는 개인의 행복, 이 두 가지가 결합된 것들에서 사회의 번영이 생겨난다.

사회의 번영, 그것은 행복한 인간, 자유로운 시민, 위대한 국민을 의미한다.

영국은 이 두 문제들 중 첫째 것을 해결하고 있다. 영국은 희한하게도 부를 잘 만들어 내고 있다! 그러나 영국은 그것을 잘못 분배하고 있다. 한쪽에서만 완전한 이러한 해결은 영국을 필연적으로 다음과 같은 두 극단에 이르게 한다. 즉 엄청난 부유와 엄청난 빈곤. 어떤 사람들에게는 모든 향락, 다른 사람들, 즉 서민에게는 모든 궁핍. 특권, 제외, 독점, 봉건성 등은 바로 노동에서 태어난다. 이건 잘못된 위험한 상황, 개인의 빈궁 위에 공권력을 앉히고, 개인의 고통 속에 국가의 위대성을 뿌리박게 한다. 이건 잘못 조성된 위대성, 거기에는 모든 물질적 요소들이 결합되어 있지만 그 속에는 아무런 정신적 요소도 들어 있지 않다.

공산주의와 토지 균분법은 둘째 문제를 해결한다고 믿는

다. 그것들은 잘못 생각하고 있다. 그것들의 분배는 생산을 죽인다. 균등 분배는 경쟁을 소멸시킨다. 따라서 노동을 소멸시킨다. 그것은 백정이 행하는 분배로서, 그가 분배하는 것을 죽인다. 그러므로 소위 그러한 해결책에서 멈춰 서는 것은 불가능하다. 부를 죽이는 것, 그것은 부를 분배하는 것이 아니다.

이 두 문제가 잘 해결되기 위해서는 둘 다 함께 해결되어야 한다. 양자의 해결이 서로 결합되어 하나가 돼야만 한다.

두 문제들 중 첫째 것만 해결하라. 그러면 당신은 베니스같이 되고 영국같이 되리라. 당신은 베니스처럼 인위적인 힘을 갖거나, 영국처럼 물질적인 힘을 갖게 되고, 나쁜 부자가 되리라. 당신은 베니스가 사멸한 것처럼 폭력에 의해 망하거나, 미래에 영국이 쓰러지게 되듯이 파산에 의해 망하리라. 그리고 세계는 당신을 죽어 쓰러지게 두리라. 왜냐하면 세계는 이기심뿐인 것은 모두, 인류를 위해 미덕이나 사상을 나타내지 않는 것은 모두 쓰러지고 죽게 두기 때문이다.

내가 여기서 베니스니 영국이니 하는 말은 물론 그 국민들을 가리키는 것이 아니라 그 사회적 구성을 가리키는 것이다. 국민들에게 쌓인 과두정치이지 국민들 자체가 아니다. 이 국민들에 대해서 나는 항상 존경심과 호감을 갖고 있다. 베니스는, 국민은 되살아날 것이다. 영국은, 귀족은 쓰러지겠지만, 영국은, 국민은 영원히 죽지 않는다. 그렇게 말해 두고 계속한다.

이 두 문제를 해결하라. 부자를 격려하고 빈자를 보호하라. 빈궁을 절멸하라. 강자에 의한 약자의 부정한 착취를 종식시켜라. 이미 도달한 자에 대한, 가고 있는 중에 있는 자의 부당한 질투를 억제하라. 노동 임금을 수학적으로, 그리고 우애적으로 조정하라. 어린이의 성장에 무상 의무교육을 주고 학문으로 성년의 기초를 만들어라. 손을 활용하면서도 지능을 계발하라. 강력한 국민임과 동시에 행복한 인간들의 가족이 되라. 소유권을 폐지하지 않고 보편화함으로써 시민 누구나가 예외 없이 소유자가 되도록 소유권을 민주화하라. 이건 사람들이 생각하는 것보다 더 쉬운 일인데, 간단히 말해서 부를 생산할 줄을 알라. 그리고 그것을 분배할 줄을 알라. 그러면 당신은 물질적인 위대함과 정신적인 위대함을 다 함께 가질 것이고, 그리고 당신은 프랑스라고 불릴 만한 가치가 있을 것이다.

이상이, 갈팡질팡하고 있던 몇몇 학파들 밖에서, 그리고 그 위에서, 사회주의가 말하고 있던 것이다. 이것이 사회주의가 사실들 속에서 찾고 있던 것이고, 이것이 사회주의가 사람들 속에서 그리고 있던 것이다.

탄상할 만한 노력들이었다! 성스러운 시도들이었다!

이러한 이론, 이러한 학설, 이러한 저항, 정치가에게는 뜻밖으로 철학자들을 염두에 두어야 할 필요성, 어수선하게 어렴풋이 보이는 명백한 사실들, 혁명의 이상과 너무 어긋나지 않으면서도 옛 세계와 일치하도록 창조해야 할 새 정치, 폴리냐크를 보호하는 데 라파이예트를 써야 했던 사정, 반란 아래 환히 보이는 진보의 직감, 상하 양원과 거리의 대중, 그의 주위에서 조정해야 할 경쟁, 혁명에 대한 그의 신념, 결정적 최고 권리를 막연히 수락한 데서 생겨난, 아마 뭔지도 알 수 없는 불확실한 체념, 가문을 지키려는 그의 의지, 그의 가족 정신, 국민에 대한 그의 진지한 경의, 그 자신의 성실성, 이러한 것들이 고통스러울 만큼 루이 필립의 머릿속을 차지하고 있어서, 제아무리 굳세고 씩씩했을지라도, 그는 왕 노릇하기의 어려움에 때때로 쩔쩔매고 있었다.

그는 발 아래에 무시무시한 붕괴를 느끼고 있었지만, 프랑스는 그 어느 때보다도 더 프랑스였으므로, 그 붕괴는 박살을 내는 것이 아니었다.

첩첩이 쌓인 암흑이 지평을 덮고 있었다. 이상한 암영이 점점 번져 와, 사람들 위에, 사물들 위에, 사상들 위에 시나브로 퍼져 가고 있었다. 분노와 제도에서 오는 암영이었다. 급히 질식 당했던 모든 것이 움직이고 술렁였다. 이따금 이 신사*의 정신은 숨을 되돌리곤 했는데 그런 정도로까지 궤변이 진실에 섞여 있는 그 공기 속에는 위기감이 있었다. 사람들은 폭풍이 다가올 때의 나뭇잎들처럼 사회의 불안 속에서 떨고 있었다. 전압이 하도 높아져서 어떤 때에는 정체 불명의 무명인이 빛을 던지고 있었다. 그런 뒤에 어스름한 어둠이 다시 떨어졌다. 간간이 그윽하고 은은한 천둥소리가 들려와 구름 속에 다량의 벽력이 있다고 판단하게 할 수 있었다.

7월 혁명 이후 겨우 스무 달이 흘러갔을 때, 1832년이 절박한 위협적인 모습으로 열렸다. 민중의 곤궁, 빵 없는 노동자

---

* 루이 필립.

들, 어둠 속에 사라진 마지막의 콩데 공, 파리가 부르봉 왕가를 쫓아냈듯이, 나소 왕가를 쫓아낸 브뤼셀, 프랑스의 한 왕자를 바라다가 영국의 한 왕자를 추대한 벨기에, 러시아의 니콜라스 황제의 증오, 프랑스 배후에 남방의 두 악마, 즉 스페인의 페르디난드와 포르투갈의 미구엘, 이탈리아의 지진, 볼로냐에 손을 뻗친 메테르니히, 앙코나에서 오스트리아를 공격하는 프랑스, 북방에서 폴란드를 그의 관 속에 못질하는 뭔지 알 수 없는 불길한 망치 소리, 전 유럽에서 프랑스의 동정을 살펴보는 성난 눈초리, 기울어지는 것은 밀어뜨리고 넘어지는 것에는 달려들려는 수상쩍은 동맹국 영국, 법률에 대해 네 사람의 사형을 거절하기 위해 베카리아의 뒤에 숨어 있는 상원, 왕의 마차에서 지워 버린 백합꽃, 노트르담 대성당에서 뽑혀 버린 십자가, 거세당한 라파이예트, 파산한 라피트, 빈궁 속에 죽은 뱅자맹 콩스탕, 실권 중에 죽은 카지미르 페리에, 하나는 사상의 도시, 또 하나는 노동의 도시, 왕국의 두 수도에서 동시에 나타난 정치적 질병과 사회적 질병, 즉 파리에서의 내란과 리옹에서의 폭동, 두 도시에서 똑같은 맹화의 빛, 민중의 이마에 분화구의 화염, 열광적인 남부, 혼란한 서부, 방데에 있는 베리의 백작 부인, 음모, 밀계, 반란, 콜레라, 이런 것들이 사상들이 떠드는 침울한 소리에 사건들의 침울한 소란을 덧붙여 주고 있었다.

5. 역사가 모르는 역사의 근원적 사실들

4월 말경에는 모든 것이 악화되었다. 동요는 부글부글 끓어오르고 있었다. 1830년 이래 여기저기서 국부적인 작은 폭동들이 있었지만, 이내 진압되고 되살아나곤 했는데, 이는 겉으로 드러나지 않는 엄청 큰 동란이 있으리라는 징조였다. 뭔지 무시무시한 것이 은밀히 꾸며지고 있었다. 아직은 뚜렷하지 않고 흐릿한, 하나의 있을 수 있는 혁명의 윤곽이 어렴풋이 보이고 있었다. 프랑스는 파리를 바라보고 있었고, 파리는 생 탕투안 문밖을 바라보고 있었다.

생 탕투안 문밖은 은연중 뜨거워져서 비등하기 시작했다.

샤르동 거리의 술집들은 엄숙하고 비바람이 몰아칠 듯했다. 술집들에 이러한 두 가지 형용사를 합쳐서 붙이는 것은 좀 이상해 보이지만.

거기서는 정부가 무조건 문제되었다. 사람들은 거기서 공공연하게, '투쟁할 것인가 아니면 수수방관할 것인가 하는 일'을 토론하고 있었다. 술집 뒷방에서는 노동자들에게, "경보를 듣는 즉시 거리로 나와서 적의 수효의 다소를 불문하고 싸우겠다."는 맹세를 시켰다. 일단 서약이 끝나면, 술집 한쪽 구석에 앉아 있던 한 사나이가 '우렁찬 목소리를 내' 말했다. "알았지! 넌 맹세했다!" 이따금 사람들은 위층으로 올라가 닫힌 방으로 들어갔는데, 거기서는 거의 비밀결사 같은 장면들이 일어났다. 신입자에 대해서는, '가장들에게처럼 봉사하겠다.'는 맹세를 시켰다. 그것이 정해진 양식이었다.

아랫방에서는 사람들이 '파괴적인' 팸플릿을 읽고 있었다. "그들은 정부를 맹렬히 공격하고 있었다."고 당시의 한 비밀 보고는 말했다.

거기서는 다음과 같은 말을 들을 수 있었다. "난 두목들의 이름도 몰라. 우리는 두 시간 전에야 그날을 알게 될 거다." 어떤 노동자는 이렇게 말했다. "우리는 삼백 명이야. 저마다 10수씩만 내더라도, 총탄과 화약을 만드는 데 150프랑이 돼." 또 한 노동자는 말했다. "반년도 필요 없어. 두 달도 필요 없어. 보름도 채 못 가서 우리는 정부와 견줄 수 있어. 2만 5000명만 되면 대항할 수 있거든." 또 하나는 말했다. "난 잠도 안 자. 밤에 탄환을 만들기 때문에." 때때로 '평복과 아름다운 예복을 입은' 사람들이 와서, '잔뜩 으쓱대며', '명령하는' 듯한 얼굴을 하고 '최고 유력자들에게' 악수를 하고 갔다. 그들은 결코 십 분 이상 머물지 않았다. 사람들은 의미 있는 말을 나지막한 목소리로 주고받았다. '음모는 익었고, 일은 절정에 달했다.' 참석자 한 사람의 표현을 그대로 빌려서 말하면, "거기에 있던 자들은 모두 떠들썩거리고 있었다." 그 흥분한 꼴은 이만저만이 아니어서, 어느 날 술집 한복판에서 한 노동자가 외쳤다. "우린 무기가 없다!" 그의 동무 하나가 대답했다. "군인들은 갖고 있다!" 그렇게, 그런 줄도 모르고, 이탈리아군에 대한 보나파르트의 선언을 흉내 내고 있었다.* 한 보고에는 이렇

---

* '병사들이여, 그대들에겐 아무것도 없으나 적은 모든 것을 갖고 있다.'라는 나폴레옹의 선언을 가리킴.

게 덧붙이고 있다. "뭔가 더 은밀한 것이 있을 적에는 그들은 그것을 거기서 서로 교환하지 않았다." 그들이 그렇게 거리낌 없이 말했는데 또 무엇을 감출 수 있었는지 잘 이해가 가지 않는다.

회합들은 때때로 정기적이었다. 어떤 회합에 모여든 사람은 여덟 명에서 열 명을 결코 넘지 않았고, 언제나 같은 사람들이었다. 어떤 집회들에는 원하는 사람이 들어갔고, 방 안이 하도 그득 차서 서 있지 않으면 안 되었다. 어떤 사람들은 감격과 열정으로 와 있었는가 하면, 다른 사람들은 '일하러 가던 길이었기 때문'이었다. 혁명 때처럼 이러한 술집들에는 애국 여성들이 있어서 신참자들에게 키스를 해 주었다.

그 밖에도 의미 있는 사실들이 나타나고 있었다.

한 사람이 술집에 들어와서 술을 먹고 나가면서 말했다. "주인 양반, 술값은 혁명이 치러 줄 거요."

샤르돈 거리 맞바라기의 한 주점에서는 혁명 위원들을 선출했다. 투표는 모자 속에서 행해졌다.

노동자들은 코트 거리에서 검술을 가르치는 검술 사범 집에서 모였다. 거기에는 나무의 쌍날 대검 목도(木刀), 곤봉, 검술용 장검들로 이루어진 무기 장식이 있었다. 어느 날 누군가 검술용 장검 끝에 씌운 가죽을 벗겨 버렸다. 한 노동자가 말했다. "우리는 스물다섯 명이지만, 사람들은 내게 기대를 걸지 않아. 사람들이 나를 기계처럼 생각하기 때문이야." 이 기계는 후일 케니세라는 사람이었다.

미리 계획되는 어떤 것들이 점점 뭔지 알 수 없는 이상한 사실로 드러나고 있었다. 문 앞을 청소하고 있던 한 아낙네가 다른 아낙네에게 말을 했다. "오래전부터 총알을 만드느라 사람들이 많이 일하고 있어요." 사람들은 여러 도의 국민병들에게 보낸 성명서들을 버젓이 대로상에서 읽고 있었다. 그 성명서의 하나엔, '포도주 상인 뷔르토'라고 서명되어 있었다.

어느 날, 르누아르 시장의 한 술집 문 앞에서, 턱수염이 더부룩한 이탈리아 말투의 한 사나이가 푯돌 위에 올라가서, 어떤 지하 권력에서 나오는 것 같은 해괴한 문서를 소리 높이 낭독하고 있었다. 그의 주위에는 수많은 군중이 모여서 갈채하고 있었다. 군중을 가장 많이 전동하는 구절들을 모아서 적어놓고 있었다. '우리의 주의 주장은 방해되고, 우리의 성명서는 찢기고, 전단 붙이는 우리 동지들은 미행되고 투옥되고 있다…….' '요즘에 일어난 면사의 폭락은 여러 중용주의자들을 우리 편으로 만들었다.' '……국민의 미래는 우리의 지하 대열들에서 만들어지고 있다.' '당면 문제는 이렇다. 행동이냐 반동이냐, 혁명이냐 반혁명이냐. 왜냐하면, 우리 시대에 사람들은 무위도 부동(不動)도 더 이상 믿지 않기 때문이다. 민중 편이냐 반민중 편이냐, 그것이 문제다. 다른 문제는 없다.' '……우리가 여러분의 마음에 들지 않는 날에는 우리를 깨부수시오. 그러나 그때까지는 우리가 전진하는 걸 도와주시오.' 이 모든 것은 대낮에 일어났다.

또 다른 사실들은 더 한층 대담했는데, 그것들의 대담함 자체로 인해 민중에게 의혹을 샀다. 1832년 4월 4일, 한 행인이 생 마르그리트 거리 모퉁이의 푯돌 위에 올라가서 외쳤다.

"나는 바뵈프 파다!" 그러나 바뵈프 아래서 민중은 더 과격파인 지스케의 냄새를 맡고 있었다.

그 행인은 여러 말 가운데 이런 말을 했다.

"소유권을 타도하라! 좌익의 반대당은 비겁하고 배반한다. 그들이 옳고자 할 때 그들은 혁명을 권장한다. 그들은 패배당하지 않기 위해서는 민주주의자가 되고, 싸우지 않기 위해서는 왕당파가 된다. 공화주의자들은 새털을 가진 짐승이다. 공화주의자들을 불신하라, 노동자 동지들이여!"

"닥쳐, 밀정 동지!" 하고 한 노동자가 호통을 쳤다.

그 호통 소리에 연설은 끝나 버렸다.

불가해한 사건들이 일어나고 있었다.

해 질 무렵, 한 노동자가 배수로 근처에서 '잘 차려입은 한 사나이'를 만났는데 이 사람은 그에게 말했다. "어디 가나, 동무?" "누구신지 몰라뵙겠는뎁쇼." 하고 노동자는 대답했다. 그 사나이는, "난 자네를 잘 아는걸." 이렇게 말하고는 또 덧붙였다. "걱정 말게. 난 위원회의 위원이야. 자네는 그다지 믿음 직하지 않다는 혐의를 받고 있어. 뭘 누설하지나 않나 하여 감시를 당하고 있다는 사실을 잘 알아 두게." 그런 뒤에 노동자에게 악수를 하고 가면서 말했다. "또 곧 보세."

감시하고 있는 경찰은 단지 술집에서뿐만 아니라, 거리에서도 괴상한 대화들을 수집하고 있었다. "어서 빨리 가입시켜 달라고 해." 이렇게 한 방적공이 가구장이에게 말했다.

"왜?"

"곧 총을 쏘게 될 테니까."

누더기를 걸친 두 행인이 언뜻 보아 자크리*다운 거친 말투로, 아래와 같은 주목할 만한 말을 주고받고 있었다.

"누가 우리를 다스리고 있지?"

"그야 필립 씨지."

"아니야, 그건 중산계급이야"

만약 사람들이 내가 '자크리'라는 말을 나쁜 뜻으로 쓰고 있다고 생각한다면 잘못일 것이다. '자크리'의 사람들, 그것은 가난한 사람들이다. 그런데 배고픈 사람들은 권리가 있다.

또 한 번은, 두 남자들이 지나가면서 한 사람이 또 한 사람에게 이렇게 말하는 소리가 들렸다.

"우리는 훌륭한 공격 계획이 있어."

트론 성문 로타리의 외호(外濠)에 쭈그리고 앉아 있는 네 사나이들의 허물없는 대화에서 다음 같은 말이 들렸다.

"그가 더 이상 파리 시내를 돌아다니지 못하도록 조치할 거야."

'그'란 누구인가? 알 수 없기에 불안했다.

문밖 사람들의 말마따나 '주요 두령들'은 따로 행동하고 있었다. 그들은 협의할 적에는 생 퇴스타슈 곶(岬) 부근의 술집에서 모인다고 사람들은 믿고 있었다. 몽데투르 거리의 재단사 원호회 회장인 오 …… 뭐라는 사람이 그 두령들과 생 탕투안 문밖 사이의 중개 역할을 하고 있는 것으로 알려져 있었다. 그럼에도 불구하고 그 두령들 위에는 언제나 많은 어둠이 있

---

* 14세기에 있었던 귀족에 대한 농민 폭동.

어서, 어떠한 확실한 사실도 훗날 고등법원에서 한 피고가 한 다음과 같은 이상하게도 거만한 답변을 반박할 수 없었다.

"당신 두목은 누구였소?"

"나는 그가 누구인지 몰랐고, 그의 얼굴도 몰랐소."

이런 것들은 아직, 명백하지만 애매한 말들뿐이었고, 때로는 유언이나 풍설, 소문 들일 뿐이었다. 또 다른 조짐들이 돌발하고 있었다.

어떤 목수가, 뢰이 거리에서, 건축 중인 집터 주위에 둘러치는 판자에 못질을 하고 있던 중, 그 집터에서 찢긴 편지 조각 하나를 발견했는데, 거기에서 아직도 다음과 같은 글을 읽어 볼 수 있었다.

…… 여러 가지 단체들을 만들려고 소대들에서 사람을 뽑아 가는 걸 방지하기 위하여 위원회는 대책을 강구해야 하겠다.……

그리고 추신(追伸)에는 이렇게 적혀 있었다.

우리가 아는 바에 의하면, 포부르 푸아소니에르 거리 5번지(2호) 소재의 무기 상점 마당에 오륙천 자루의 소총이 있다 한다. 우리 소대는 현재 무기가 전혀 없다.

이 목수가 불안하여 옆사람들에게 보인 것이 있었는데, 그것은 몇 걸음 더 떨어진 곳에서 주운, 역시 찢겼으나 한층 더 의미있는 또 한 장의 종이를 주운 것이었다. 나는 그 기이한 문서가 갖는 역사적 흥미 때문에 그것을 여기에 옮겨 싣는다.

QCDE

이 표를 암기하라. 연후에 찢어 버려라. 새로 가입한 자들도 그대에게서 명령을 전달받았을 때에는 역시 그렇게 하라.
안녕과 우애를!

u og a fe L.

그때 이 습득물의 비밀에 접한 사람들은 그 네 개의 대문자에 함축된 뜻을 나중에야 비로소 알았다. 'Q'는 '오백인 대장'(隊長), 'C'는 '백인 대장', 'D'는 '십인 대장', 'E'는 '척후(斥候)'. 그리고 'u og a fe'라는 글자들은 날짜였는데, '1832년 4월 15일'이라는 뜻이었다. 각 대문자 아래에는 이름들이 적혀 있고 매우 특이한 정보들이 붙어 있었다. Q, 바느렐, 소총 8, 탄환 83, 확실한 사람. C, 부비에르, 권총 1, 탄환 40. D, 롤레, 검 1, 권총 1, 화약 1근. E, 테시에, 군도 1, 탄착 1, 정확한 사람. 테뢰르, 소총 8, 용감한 사람 등등.

끝으로 이 목수는 역시나 같은 울타리 안에서 세 번째의 쪽지를 발견했다. 거기에는 연필로, 그러나 매우 읽기 쉽게 다음의 수수께끼 같은 리스트가 적혀 있었다.

단위. 블랑샤르. 아르브르 섹. 6.

바라. 수아즈. 살 오 콩트.

코시우스코. 백정 오브리?

J. J. R.

카이우스 그라퀴스.

개정의 권리. 뒤퐁. 푸르.

지롱드 당원들의 몰락. 데르박. 모뷔에.

워싱턴. 팽송. 권총 1. 탄약 86.

마르세예즈.

국민의 주권자. 미셸. 캉캉푸아. 사브르.

오슈.

마르소. 플라톤. 아르브르 섹.

바르샤바. '민중보' 판매인 티이.

이 리스트를 손에 넣은 신사는 그 뜻을 알고 있었다. 이 리스트는 '인권 결사'의 파리 제4구(區) 소대들의 완전한 표인 것 같은데, 소대장들의 이름과 주소가 적혀 있었다. 어둠 속에 있었던 이 모든 사실들이 이제는 역사가 되어 버렸으니, 그것들을 공표해도 좋을 것이다. '인권 결사'의 창립은 이 종잇조각이 발견된 이후였던 것 같다는 것도 덧붙여 둬야겠다. 아마 그것은 초안에 불과했으리라.

그러는 동안, 그런 말과 화제 들이 있은 후에, 종이에 쓰인 징후들이 있은 후에, 실제적인 사실들이 드러나기 시작했다.

포팽쿠르 거리의 한 골동품 상점의 옷장 서랍 속에서 모두 똑같이 길게 네 겹으로 접힌 일곱 장의 회색 종이를 압수했는데, 그 아래에는 똑같은 회색 종이가 탄피형으로 접힌 스물여섯 장의 카레판(卅)과, 한 장의 카드가 감춰져 있었고, 카드에는 다음과 같이 씌어 있었다.

초석(硝石) …… 12온스
유황 …… 2온스
숯 …… 2온스 반
물 …… 2온스

압류 조서에는, 서랍에서 강렬한 화약 냄새가 나고 있었다고 기록되어 있었다.

한 석수가 하루 일을 끝내고 돌아가다가, 아우스터리츠 다리 근처의 벤치에 작은 보퉁이 하나를 놓고 갔다. 그 보퉁이는 경비대로 보내졌다. 그걸 열어 보니 그 속에는 '라오티에르'라고 서명된 두 대화의 인쇄물과, '노동자여 단결하라.'라는 제목의 노래, 그리고 탄약이 가득 들어 있는 함석갑 하나가 들어 있었다.

한 친구와 술을 마시고 있던 한 노동자가 자기 몸이 얼마나 뜨거운지 그에게 만져 보게 했는데, 그 친구는 그의 저고리 아래 한 자루의 권총이 있는 것을 느꼈다.

페르 라셰즈 묘지와 트론 성문 사이의 가장 호젓한 가로수 길 가의 외호에서 아이들이 놀고 있다가 톱밥과 쓰레기 더미 아래에서 부대 하나를 발견했는데, 그 속에는 탄환 만드는 주형, 약포 만드는 데 쓰는 나무 굴대, 수렵용 화약 가루가 들어 있는 공기, 안에 납 녹인 흔적이 뚜렷한 작은 냄비가 하나씩 들어 있었다.

경찰들이 아침 5시에 파르동이라는 사람의 집에 느닷없이 들어갔는데, 이 사람은 후일 바리카드 메리 구의 소대원으로 있다가 1834년 4월 폭동 때 피살된 사람으로, 경찰들은 그때 그가 침대 옆에 서서, 제조 중인 약포를 손에 쥐고 있는 것을 발견했다.

노동자들이 쉬는 시간에, 픽퓌스 성문과 샤랑통 성문 사이에서, 양쪽으로 벽이 있는 순경로(巡更路)에서, 문 앞에서 샴 놀이를 하는 술집 주인 가까이에서 두 사나이가 만나는 것이 보였다. 한 사람이 작업복 밑에서 피스톨을 꺼내어 상대방에게 건넸다. 그것을 건네줄 때 그는 화약에 자기 가슴의 땀이 배어서 좀 축축한 것을 느꼈다. 그는 권총에 뇌관 장치를 하고, 이미 접시 속에 들어 있는 화약에 또 화약을 첨가했다. 그런 뒤에 두 사나이는 헤어졌다.

갈레라는 사나이는 훗날 4월 사건 때 보부르 거리에서 전사했는데, 그는 자기 집에 약포 칠백과 소총의 탄석(彈石) 스물네 개를 가지고 있다고 자랑했다.

정부는 어느 날 문밖에서 무기와 20만 개의 탄약이 배급되었다는 정보를 받았다. 그 다음 주일에는 3만 개의 약포가 배급되었다. 이건 주목할 만한 일인데, 경찰은 그것을 하나도 압수하지 못했다. 중간에서 가로채어진 편지 하나에는 이렇게 적혀 있었다.

네 시간 내에 8만의 애국자들이 무장하고 나설 날도 멀지 않다.

이 모든 동요는 공공연했으나, 거의 조용했다고 말할 수 있을 것이다. 절박한 폭동은 정부 앞에서 고요히 그의 폭풍을 준비하고 있었다. 아직은 은밀했으나 이미 감지할 수 있는 이 위기에는 어떠한 특이성도 결핍된 것이 없었다. 시민들은 준비되고 있는 것을 노동자들에게 조용히 말했다. 사람들은 마치 "부인도 안녕하시오?"라고 말하는 것 같은 말투로, "폭동은 잘돼 가나?"라고 말했다.

모로 거리의 한 가구 상인이 물었다.

"그래, 언제 공격하는 거요?"

다른 상인은 말했다.

"곧 공격할 거요. 난 그걸 알아요. 한 달 전에는 1만 5000명이었는데, 지금은 2만 5000명이거든." 그는 자기 총을 주었고, 옆 사람은 7프랑에 팔리던 작은 권총 한 자루를 주었다.

게다가 혁명의 열기는 퍼져 가고 있었다. 파리나 프랑스의 어느 지점도 그 열기에 사로잡혀 있지 않은 곳은 하나도 없었다. 동맥이 도처에서 고동치고 있었다. 어떤 염증에서 생겨나 인체에 형성되는 막(膜)처럼, 비밀결사들의 그물이 전국에 펼쳐지기 시작했다. 공공연하고도 은밀한 '민중의 벗 결사'에서 '인권 결사'가 태어났는데, 이 결사의 의사록 중 하나에는 이러한 날짜가 붙어 있었다. '공화(共和) 기원 40년 우월(雨月)'.* 이

---

* 1833년 1월 20일부터 2월 19일까지에 해당한다.

결사는 중죄 재판소의 해산 선고가 내린 뒤까지도 살아남은 것 같았는데, 그의 소대들에게 주저 없이 다음과 같은 의미 있는 명칭을 붙여 주었다.

데 피크(창, 槍)

톡생(경종)

카농 달라름(경포, 警砲)

보네 프리지엥(1789년의 혁명당원들이 쓴 붉은 모자)

1월 20일(1793년 루이 16세가 사형 당한 날)

데 괴(거지들)

데 트뤼앙(건달들)

마르슈 앙나방(전진)

로베스피에르

니보(수준)

사 이라(혁명가의 하나)

'인권 결사'는 '행동 결사'를 낳았다. 이들은 따로 떨어져서 앞으로 내닫는 성깔 급한 사람들이었다. 다른 단체들은 모체의 큰 결사들에서 사람들을 모집하려고 애쓰고 있었다. 소대원들은 여기저기로 끌려가는 걸 불평하고 있었다. 그렇게 해서 생긴 것이 '골 결사'와 '시 직원단 조직 위원회'. 또 그렇게 해서 생긴 것이 '출판의 자유'를 위한 단체, '개인의 자유'를 위한 단체, '민중의 교육'을 위한 단체, '간접세의 반대'를 위한 단체'. 다음에 '평등한 노동자들'의 결사. 이것은 세 파로 나뉘었으니, 곧 평등주의자들, 공산주의자들, 개혁주의자들이다. 다음에 바스티유군. 이것은 군대식으로 조직된 일종의 보병대로서, 하사는 네 명을 거느리고, 상사는 열 명을, 소위는 스무 명을, 중위는 마흔 명을 각각 거느리고 있었는데, 그중에서 서로 아는 사람이 결코 다섯 명을 넘지 않았다. 이것은 경계심과 대담성을 아울러 갖춘 창안으로, 베니스 사람의 재주가 느껴지는 것 같다. 수뇌부인 중앙 위원회는 '행동 결사'와 바스티유군의 두 팔을 갖고 있었다. 정통 왕조파 단체인 '충성 기사단'은 이러한 공화주의 단체들 사이에서 동요하고 있었다. 이 기시단은 거기에서 고발되고 거부되고 있었다.

파리의 결사들은 국내의 주요 도시들로 가지를 뻗어 가고 있었다. 리옹, 낭트, 릴, 그리고 마르세유에도 '인권 결사', '숯장수 당', '자유인당' 등이 있었다. 엑스에는 쿠구르드라고 불리는 혁명 결사가 있었다. 나는 이미 이 이름을 말한 일이 있다.

파리에서는 생 마르소 문밖도 생 탕투안 문밖에 거의 못지않게 떠들썩했고, 학교들도 그에 못지않게 야단법석이었다. 생 티야생트 거리의 한 다방과 마튀랭 생 자크 거리의 세트 비야르 주막은 학생들의 집합소가 되었다. 앙제의 공제 조합과 엑스의 쿠구르드하고 자매 관계에 있는 'ABC의 벗들' 결사는, 앞에서 본 것처럼, 뮈쟁 다방에서 모이고 있었다. 그 청년들은 또, 앞서 말한 바와 같이, 몽데투르 거리 근처의 코랭트라는 주점에서도 집합하고 있었다. 이런 회합들은 비밀이었다. 다른 것들은 될 수 있는 대로 공공연하게 하는 회합이었는데, 그들이 얼마나 대담했는가는 훗날 열린 공판에서 행해진 신문의 일부로 판단할 수 있다.

"그 회합은 어디서 열었는가?"

"폐 거리에서입니다."

"누구 집에서 열었는가?"

"거리에서입니다."

"거리에는 몇 소대나 있었는가?"

"한 소대뿐이었습니다."

"어느 소대였는가?"

"마뉘엘 소대였습니다."

"소대장은 누구였는가?"

"저올시다."

"당신은 너무 젊어서 정부를 공격하는 그런 중대한 결심을 혼자서 할 수 없었을 텐데. 어디서 지령을 받았는가?"

"중앙 위원회에서입니다."

군대도 주민과 동시에 잠식당하고 있었다. 벨포르와 뤼네빌, 에피날의 동란들이 훗날 그것을 입증했듯이. 사람들은 제52, 제5, 제8, 제37 연대와 제20 경비병 연대에 기대하고 있었다. 부르고뉴와 남부 지방의 도시들에서는 사람들이 '자유의 나무'를, 즉 붉은 모자를 꼭대기에 씌운 깃대를 세워 놓고 있었다.

이러한 것이 당시의 상황이었다.

이러한 상황을, 처음에 말한 바와 같이, 생 탕투안 문밖에서 다른 어떤 주민 집단보다도 더 두드러지게 나타내고 있었다.

병통은 바로 거기에 있었다.

개미집처럼 사람들이 우글거리고, 벌집처럼 부지런하고 씩씩하고 성 잘 내는 이 오래된 문밖은 동란의 기대와 희망 속에 떨고 있었다. 노동이 그 때문에 중단되지는 않았지만 거기서는 모든 것이 동요하고 있었다. 그 흥분하기 쉽고 음침한 외관은 무엇으로도 알릴 수 없으리라. 이 문밖에는 고미다락 방들의 지붕 아래에 가려져 있는 비통한 빈궁이 있고, 거기에는 또한 드물게 보는 열렬한 지성들이 있다. 빈궁과 지성만큼 양극단이 상접해서 위험해지는 것은 없다.

생 탕투안 문밖에는 사람을 전율케 하는 또 다른 원인들이 있었다. 왜냐하면 생 탕투안 문밖은 큰 정치적 동요에 따르는 상업적 공황, 파산, 동맹 파업, 휴업 등의 충격을 받기 때문이다. 혁명 때 빈곤은 원인인 동시에 결과다. 혁명이 주는 타격은 스스로에게 되돌아온다. 고결한 미덕으로 가득 차고, 최고도의 잠열(潛熱)을 지닐 수 있고, 언제나 무기를 들 준비를 하고 있고, 폭발을 잘하고, 신경질이 나 있고, 통찰력이 있고, 초췌한 이 주민들은 오직 불똥이 떨어지기만 기다리고 있는 것 같았다. 어떤 불티가 사건들의 바람에 몰려 지평선에 떠 있을 때마다, 사람들은 생 탕투안 문밖을 생각하지 않을 수 없었고, 그 고난과 사상의 화약고를 파리의 성문들에 갖다 놓은 무서운 우연을 생각하지 않을 수 없었다.

사람들이 아까 읽은 소묘(素描)에서 여러 번 그려진 '앙투안 문밖'의 술집들은 역사적으로 유명하다. 세상이 어지러울 때 사람들은 거기서 술보다도 이야기에 취한다. 일종의 예언적 정신이, 어떤 미래의 냄새가 거기에 감돌아, 사람들의 가슴이 부풀게 하고 사람들의 마음이 커지게 한다. 앙투안 문밖의 술집들은 무녀의 동굴 위에 세워져 있고 신성한 깊은 숨결과 통하는 그 로마의 아벤티나 산의 술집들과 비슷한데, 이 술집들의 탁자들은 신탁을 전하는 무당의 삼각대들과 거의 같은 것이었고, 사람들은 거기서 엔니우스*가 '무녀의 포도주'라고 부르는 것을 마시고 있었다.

생 탕투안 문밖은 민중 자원이 풍부한 곳이다. 혁명의 동요가 거기에 틈을 내어 그리로 민중 주권이 흘러든다. 이 주권은 잘못할 수도 있다. 모든 다른 것과 마찬가지로 그것도 잘못 생각한다. 그러나 과오를 범하더라도 그것은 여전히 위대하다. 그것은 눈먼 외눈 거인 '인젠스' 같다고 말할 수 있다.

1793년에는, 떠 있는 사상의 선악에 따라서, 광신의 날이냐 열광의 날이냐에 따라서, 생 탕투안 문밖에서 어떤 때는 야만의 군중이 튀어나오고, 또 어떤 때는 영웅적 군중이 튀어나왔다.

야만. 이 말에 관해 따져 보자. 그 성깔 사나운 사람들이 혁명적 혼돈의 창세기적 날들에, 누더기를 걸치고, 으르렁거리고, 사납고, 곤봉을 쳐들고, 창을 휘두르며, 깜짝 놀란 오래된 파리에 달려들었을 때, 그들은 무엇을 원하고 있었는가? 압박의 종식, 폭정의 종식, 전쟁의 종식, 남성을 위한 노동, 아동을

---

* 엔니우스(Quintus Ennius, BC 239~BC 169). 라틴 시인, 로마 역사의 서사시 『연대기』의 저자.

위한 교육, 여성에 대한 사회적 온정, 자유, 평등, 박애, 모두를
위한 빵, 모두를 위한 사상, 세상의 낙원화, '진보', 이런 것들
을 그들은 원하고 있었다. 그리고 이 거룩하고 선하고 감미로
운 것을, 진보를, 그들은 참다 못해, 울화통이 터져서, 무서운
형상을 하고, 절반 발가벗은 채, 주먹에 곤봉을 쥐고, 입으로
는 아우성을 치면서 요구하고 있었던 것이다. 그들은 야만인
들이었다. 그렇다. 그러나 문명의 야만인들이었다.

그들은 격분하여 권리를 부르짖고 있었다. 그들은 전율과
공포에 의해서일지라도, 인류에게 낙원을 강요하고자 하고
있었다. 그들은 야만인들 같았으나 구원자들이었다. 그들은
암흑의 가면을 쓰고 광명을 요구하고 있었던 것이다.

흉포하고(나도 그렇다고 인정하지만) 무시무시한, 그러나 선
을 위해 흉포하고 무시무시한 이 사람들의 맞은편에는 또 다
른 사람들이 있는데, 그들은 미소를 짓고, 수놓은 옷을 입고,
금은을 번쩍거리고, 리본을 달고, 보석을 차고, 비단 양말을
신고, 하얀 깃털 장식을 달고, 노란 장갑을 끼고, 칠피 구두를
신고, 대리석 벽난로 구석에서 비로드 탁자에 팔꿈치를 기대
고 있는 이 사람들은, 과거, 중세, 왕권의 신수권, 광신, 무지,
노예제도, 사형, 전쟁 등의 유지와 보존을 조용히 주장하고,
군도(軍刀)와 화형대, 단두대를 낮은 목소리로 정중하게 찬양
하고 있다. 나로 말하자면, 만약에 이 문명의 야만인들과 야만
의 문명인들 중에서 꼭 양자택일을 해야 한다면, 나는 야만인
들을 택하리라.

그러나 다행히 또 하나의 선택이 가능하다. 전진하면서도

후퇴하면서도 다 같이, 어떠한 급전직하도 필요치 않다. 전제 정치도 공포정치도 필요치 않다. 우리는 완만한 경사의 진보를 원한다.

신이 그것을 마련해 준다. 경사의 완화, 이것이야말로 신의 모든 정책이다.

6. 앙졸라와 그의 보좌인들

거의 그 무렵의 일이었다. 앙졸라는 사건이 일어날지도 모르겠다 싶어서 일종의 비밀 조사를 했다.

모두가 비밀 회의를 위해 뮈쟁 다방에 모여 있었다.

앙졸라는 반 수수께끼 같은, 그러나 의미 있는 비유를 좀 섞으면서 말했다.

"지금 형편이 어떤가, 그리고 누구에게 기대를 걸 수 있는가 하는 걸 알아 두는 게 좋겠다. 투사들을 원하면 그들을 만들어야 해. 타격에 필요한 것을 갖는 것. 그건 해로울 리 없어. 지나가는 사람들에게는 노상에 황소가 없을 때보다도 있을 때 쇠뿔에 찔릴 기회가 언제나 더 많거든. 그러니 무리의 인원수를 좀 세어 보자. 우리는 몇인가? 이 일은 내일로 미룰 일이 아니야. 혁명가들은 항상 서둘러야 해. 진보는 낭비할 시간이 없거든. 뜻밖의 일을 경계하자. 기습을 당하지 않도록 하자. 우리가 꿰매 놓은 것들을 모두 다시 살펴보고 튼튼한지 어떤지 점검하는 것이 중요하다. 이 일은 오늘 철저히 해결해 놓아야겠다.

쿠르페락, 너는 이공과 대학생들을 만나 보거라. 그들의 외출 날이니까. 오늘이 수요일이렷다. 푀이는 말이야, 당신은 글라시에르의 대학생들을 만나 봐 줘. 콩브페르는 픽퓌스에 가겠다고 내게 약속했지. 거기에는 정말 굉장히 많은 사람들이 득실거리고 있어. 바오렐은 에스트라파드에 가 봐라. 플루베르, 석수들의 열이 식어 가고 있다. 너는 그르넬 생토노레 거리의 비밀 집회소의 소식을 우리에게 보고해라. 졸리는 뒤뮈이트랑 병원에 가서 의과대학을 탐색하거라. 보쉬에는 재판소를 좀 돌아보고 법관 시보들과 얘기해 봐. 나는 쿠구르드를 맡겠다."

"이제 다 됐군." 하고 쿠르페락이 말했다.

"아니야."

"그래 또 뭐가 있는 거야?"

"한 가지 매우 중대한 일이야."

"그게 뭔데?" 하고 콩브페르가 물었다.

"멘 문밖이야." 하고 앙졸라는 대답했다.

앙졸라는 잠시 무슨 생각에 빠져 있듯이 있다가 말을 이었다.

"멘 문밖에는 대리석공들이며 화가들, 조각실의 조수들이 있어. 그들은 열광적이지만 식기 쉬운 족속이야. 조금 전부터 그들에게 무슨 일이 있는지 모르겠어. 그들은 다른 일을 생각하고 있어. 열이 꺼져 가고 있어. 늘 도미노 놀이만 하고 시간을 보내고 있어. 그들에게 가서 좀 말해 주는 것이, 단호하게 말해 주는 것이 긴급할 거야. 그들이 모이는 건 리슈푀네 집이야. 그들을 거기서 12시에서 1시 사이에 만날 수 있을 거야. 그 깜부기를 불어 일으켜야겠어. 나는 그걸 그 몽상가인 마리우스에게 기대했지. 마리우스는 결국 쓸모가 있는 애이지만, 오질 않는단 말이야. 멘 문밖을 위해 나는 누군가 필요한데, 더 이상 아무도 없어."

"내가," 하고 그랑테르가 말했다. "내가 여기 있잖아?"

"네가?"

"내가."

"네가 공화주의자들을 설복시키겠다고! 네가 주의를 위해 식은 사람들을 다시 북돋아 주겠다고!"

"왜 안 돼?"

"네가 어떤 일에 쓸모가 있을 수 있다는 거야?"

"하지만 내게도 그만한 야심은 좀 있다네." 하고 그랑테르는 말했다.

"너는 아무것도 믿지 않아."

"나는 너를 믿고 있어."

"그랑테르, 나를 좀 도와주겠니?"

"뭐고 다. 네 장화 닦이라도."

"그럼, 우리 일에 참견하지 마. 네 압생트 술이나 깨도록 해."

"너는 은혜를 모르는 놈이구나, 앙졸라."

"네가 멘 문밖에 갈 만한 사람일까! 네가 그런 걸 할 수 있을 거라고!"

"할 수 있지. 그레 거리로 내려가서, 생 미셸 광장을 건너고, 무슈 르 프랑스 거리로 비스듬히 들어가서, 보지라르 거리로 접어들어, 카르므를 통과하고, 아사스 거리를 휘돌고, 셰르슈

미디 거리에 이르러, 군법 회의소를 뒤로 두고, 비에이 튈르리 거리를 성큼성큼 걸어가다, 가로수 길을 뛰어넘고, 멘의 신작로를 따라가고, 문밖을 넘어서 리슈푀네 집으로 들어가는 거야. 난 그건 할 수 있어. 내 신발이 그걸 할 수 있어."

"넌 리슈푀네 집의 그 동무들을 좀 알고 있니?"

"잘은 몰라. 우리들은 단지 벗만은 트고 지내지."

"그들에게 뭐라고 말할 거야?"

"그야 물론 그들에게 로베스피에르 얘기를 할 거야. 당통 얘기도 하고. 주의(主義) 얘기도 하고."

"네가!"

"내가. 하지만 왜 나를 그렇게 안 알아주는 거야! 일단 시작하면 나는 무서운 놈이야. 나는 프뤼돔도 읽었고, 민약론도 알고 있고, 공화 2년의 헌법도 암기하고 있어. '시민의 자유는 다른 시민의 자유가 시작되는 데서 끝난다.' 넌 날 멍청이로 아는 거야? 난 혁명 때의 헌 지폐도 한 장 서랍 속에 간직하고 있다. 인권, 국민의 주권, 제기랄! 나는 약간 에베르티스트*이기도 해. 난 시계를 손에 들고 계속 여섯 시간 동안 굉장한 걸 지껄일 수도 있어."

"농담은 그만둬." 하고 앙졸라는 말했다.

"나는 완강한 사람이야." 하고 그랑테르는 대답했다.

---

* 에베르티스트(Hébertiste). 자크 에베르(Jacques Hébert, 1757~1794)의 지지자. 에베르는 프랑스의 저널리스트 겸 과격주의 혁명가다. 로베스피에르의 온건함을 비난했는데, 로베스피에르는 그를 체포해 지지자들과 함께 단두대에서 처형했다.

앙졸라는 한참 생각하다가, 결심을 내린 사람 같은 몸짓을 했다.

"그랑테르." 하고 그는 정색을 하고 말했다. "나는 너를 시험하는 데 동의한다. 멘 문밖에 가거라."

그랑테르는 뮈쟁 다방 바로 옆에서 셋방을 살고 있었다. 그는 나갔다가 오 분 후에 되돌아왔다. 그는 집에 가서 로베스피에르식의 조끼를 입고 왔다.

"빨강이야." 하고 그는 들어오면서, 그리고 앙졸라를 응시하면서 말했다.

그러고는 힘찬 손바닥으로 새빨간 조끼의 양쪽 깃을 가슴 위에 눌렀다.

그리고 앙졸라에게 다가가 그의 귀에 대고 말했다.

"안심하거라."

그는 결연히 모자를 푹 눌러쓰고 출발했다.

십오 분 후에 뮈쟁 다방의 뒷방은 텅 비었다.

'ABC의 벗들'은 모두 제각기 저 갈 데로, 제 일을 하러 가 버렸다. 쿠구르드 결사를 책임진 앙졸라는 마지막으로 나갔다.

파리에 있던 엑스의 쿠구르드 회원들은 그때 이시의 들판에서, 파리 쪽의 그렇게도 수많이 폐지된 채석장들 중 하나에서 집회하고 있었다.

앙졸라는 그 회합 장소로 발걸음을 옮기면서도 머릿속으로 상황을 검토했다. 사건들의 중대함은 명백했다. 일종의 잠재적 사회병의 전구증(前驅症)인 사실들이 무겁게 움직이고 있을 적에는, 아주 하찮은 병발증도 그 사실들을 정지시키고 착

종케 한다. 그런 현상에서 붕괴와 재생이 나온다. 앙졸라는 미래의 어두운 면 아래에 빛나는 폭동을 예감하고 있었다. 누가 알겠는가? 아마 때가 다가오고 있었을 것이다. 다시 권리를 잡는 민중, 이 얼마나 아름다운 광경이냐! 혁명은 당당하게 다시 프랑스를 점유하고, 세계에 말한다. "내일도 계속!" 앙졸라는 흐뭇했다. 도가니는 뜨거워지고 있었다. 바로 이 시간에 그의 동지들은 도화선처럼 파리 전면에 흩어져 있었다. 콩브페르의 심금을 울리는 철학적 웅변, 푀이의 세계주의적 열광, 쿠르페락의 정열, 바오렐의 웃음, 장 플르베르의 우울, 졸리의 학식, 보쒸에의 풍자, 이런 것들과 함께 그는 생각 속에서, 다소 도처에서 동시에 발화하는 일종의 전광 같은 것을 떠올리게 했다. 모두가 일에 착수하고 있다. 확실히 결과는 노력에 부응하리라. 그럼 됐어. 그러자 그랑테르가 생각났다. "가만있자." 하고 그는 생각했다. "멘 문밖으로 가도 별로 길을 돌지는 않는다. 리슈푀네 집에 잠깐 들러 볼까? 그랑테르가 뭘 하고 있는지, 어떻게 하고 있는지 어디 좀 보자."

보지라르 성당의 종이 1시를 칠 때 앙졸라는 리슈푀네 집의 흡연실에 도착했다. 그는 문을 밀고 들어가, 뒤로 문짝이 어깨에 와 부딪히며 닫히게 내버려 둔 채, 탁자와 사람, 연기로 가득 차 있는 방 안을 바라보았다.

하나의 목소리가 그 안개 속에서 터지는가 하면, 또 하나의 목소리로 신속히 끊기곤 했다. 그랑테르가 상대방과 대화하고 있었던 것이다.

그랑테르는, 겨를 뿌리고 도미노 패(牌)를 펴 놓은 성(聖)

안 대리석 탁자에서 하나의 인물과 마주 보고 앉아 있었다. 그는 그 대리석을 주먹으로 두드리고 있었는데, 다음은 앙졸라가 들은 것이다.

"더블 6."

"4."

"제기랄! 난 없어."

"넌 죽었어. 2야."

"6."

"3."

"1이다."

"내가 먼저야."

"4점."

"곤란한데."

"네 차례야."

"내가 큰 실수를 했네."

"괜찮은데 뭘 그래."

"자 15."

"7이 더 있고."

"그럼 22가 되는데. (생각에 잠기면서) 22라!"

"넌 더블 6을 생각하지 못하고 있었어. 내가 만약 처음에 그걸 내놓았더라면 판은 전혀 달라졌을 건데."

"이제 2다."

"1이야."

"1이라고! 그럼 5야."

"내게는 없는데."

"네가 먼저였지?"

"응."

"공(空)이야."

"무슨 좋은 수가 있나 본데! 아, 있었군! (곰곰 생각하고 있다가) 자, 2야."

"1이야."

"5도 없고 1도 없어. 너 참 고약하게 됐구나."

"도미노."

"에이 제기랄!"

2
에포닌

1. 종달새의 밭

마리우스는 자베르에게 추적하게 했던 매복의 뜻밖의 대단원을 목격했으나, 자베르가 그의 포로들을 세 대의 삯마차에 태우고 누옥에서 떠나자마자, 마리우스 자신도 슬그머니 집 밖으로 나갔다. 아직 밤 9시밖에 안 되었다. 마리우스는 쿠르페락의 집으로 갔다. 쿠르페락은 라틴 구에서 여전히 태연하게 살고 있지 않았다. 그는 '정치적 이유로' 베르리 거리에 가서 살았다. 이 지역은 당시 걸핏하면 폭동이 일어나던 곳의 하나다. 마리우스는 쿠르페락에게 "자러 왔다."고 말했다. 쿠르페락은 요가 둘 있는 그의 침대에서 하나를 끌어내어 방바닥에 펴면서 말했다. "여기서 자."

이튿날 아침 일찍 7시에 마리우스는 고르보의 누옥으로 되돌아와, 방세와 부공 할멈에게 줄 돈을 치르고, 책과 침대, 책상, 서랍장, 의자 둘을 손수레에 싣고, 자기의 주소도 놓아 두지 않고 가 버렸다. 그래서 간밤의 사건에 관해 마리우스에게 신문하려고 아침결에 자베르가 돌아왔을 때, 그는 부공 할멈밖에 만나지 못했고 할멈은 그에게 "이사 갔다."고 대답했다.

부공 할멈은 마리우스가 간밤에 잡혀 간 도둑놈들과 공범자라고 확신했다. 그녀는 거리의 문지기 여자들에게 떠들고 다녔다. "사람이란 참 알 수 없어. 꼭 계집애 같던 그 젊은이가 말이야!"

마리우스가 그토록 부랴부랴 이사를 해 버린 데는 두 가지 이유가 있었다. 첫째는, 그가 그렇게도 지척에서, 그리고 더없이 불쾌하고 더없이 잔인한 자초지종을 통해, 악한 부자보다도 아마 한층 더 무서운 사회의 추악함을, 즉 악한 가난뱅이를 보았던 그 집이 이제 몹시 싫어졌기 때문이다. 둘째는, 장차 십상팔구 열리게 될 어떤 공판에 출두하여 테나르디에에게 불리한 증언을 하고 싶지 않았기 때문이다.

한편 자베르는 그 청년의 이름을 기억하지 못했는데, 그가 아마 무서워서 도망쳤거나 그렇지 않으면 매복이 있었을 때 집에 돌아가지 못했으리라고 생각했다. 그는 청년을 다시 만나려고 좀 노력했으나 찾아내지 못했다.

한 달이 지나고, 또 한 달이 지났다. 마리우스는 여전히 쿠르페락의 집에 있었다. 그는 재판소의 대합실에 무상 출입하는 한 변호사 시보를 통해 테나르디에가 독방에 감금되어 있다는 걸 알았다. 월요일마다 마리우스는 사람을 시켜서 테나르디에에게 주라고 5프랑씩 포르스 감옥의 사무소에 보냈다.

마리우스는 돈이 없었기 때문에 그 5프랑을 보낼 때마다 쿠르페락에게서 빌렸다. 그가 돈을 빌린 것은 생전 처음이었다. 그 주기적인 5프랑을 빌려 주는 쿠르페락에게나 그걸 받는 테나르디에에게나 그건 다 같이 수수께끼였다. "그게 누구에게 가는지 모르겠네." 하고 쿠르페락은 생각했다. "이게 어디서 내게 오는지 모르겠네." 하고 테나르디에는 의심했다.

그런데 마리우스는 슬프기 한량 없었다. 모든 것이 다시금 뚜껑 문 속으로 돌아가 버렸다. 그는 자기 앞에 더 이상 아무것도 볼 수 없었고, 그의 생활은 도로 암흑 속에 빠져 버려, 그는 지향 없이 방황하고 있었다. 자기가 사랑하는 처녀를, 그 여자의 아버지인 듯한 노인을, 이 세상에서 자기의 유일한 관심사요 유일한 희망인 그 알 수 없는 두 사람을, 그는 그 어둠 속에서, 바로 지척에서, 잠깐 다시 봤는데, 그들을 붙잡았다고 믿은 순간에 한바탕 바람이 그 모든 그림자들을 휘몰아 가 버렸다. 세상에도 무서운 그 충격에서마저 한 줄기 확실한 사실도 떠오르지 않았다. 아무런 추측도 불가능했다. 여태껏 그런 줄 알았던 이름도 진짜 이름이 아니었다. 확실히 위르실이라는 이름은 아니었다. 그리고 '종달새'는 별명이었다. 그리고 또 늙은이에 관해서는 어떻게 생각해야 할까? 그는 정말 경찰의 눈을 피하고 있었을까? 마리우스가 앵발리드 근처에서 만났던 흰 머리 노동자가 그의 기억에 다시 떠올랐다. 그 노동자와 르블랑 씨가 같은 사람이라는 것이 이제 틀림없게 되었다. 그럼 그는 변장을 하고 있었을까? 이 사람에게는 영웅적인 면과 수상쩍은 면이 있었다. 그때 왜 그는 사람 살려, 하고 외치지 않았을까? 왜 줄행랑을 놓았을까? 그는 그 처녀의 아버지였는가 아니었는가? 마지막으로 그는 실제로 테나르디에가 알아봤다고 믿은 사람이었을까? 테나르디에가 사람을 잘못 볼 수도 있었을까? 이렇게 많은 문제들이 풀리지 않았다. 이 모든 것은, 사실, 뤽상부르 공원의 그 처녀의 천사 같은 매력을 조금도 손상시키지 않았다. 참으로 가슴 아픈 고뇌였다. 마리우스의 가슴속에는 정열이 끓어오르고, 눈 위에는 어둠이 깔려 있었다. 그는 밀려났다 끌렸다 하면서 꼼짝도 못하고 있었다. 사랑을 제외하고는 모든 것이 사라져 버렸다. 사랑 자체도, 그는 그 자극과 섬광(閃光)을 잃어버렸다. 보통 우리들을 불태우는 이 불길은 역시 우리들을 좀 비추어 주기도 하고, 약간의 유익한 빛을 밖에서 우리들에게 던져 주기도 한다. 그러한 정열의 희미한 조언도 마리우스에게는 더 이상 들리지 않았다. 그는 결코 이런 생각을 하지 않았다. '내가 만약 저기로 간다면?' '내가 만약 이렇게 해 본다면?' 그가 이제 위르쉴이라고 부를 수 없는 그 여자는 분명히 어딘가에 있었다. 그러나 어느 쪽에서 찾아야 할지 아무것도 마리우스에게 알려 주지 않았다. 그의 모든 삶은 이제 이렇게 간단히 요약되었다. 들어갈 수 없는 안개 속의 절대적인 불확실성. 그녀를 다시 만나 볼 것, 그녀를. 그는 그것을 늘 갈망했지만, 그걸 더 이상 기대하지는 않았다.

설상가상으로 빈궁이 다시 오고 있었다. 그는 그 싸늘한 바람을 아주 가까이에서, 그의 뒤에서 느끼고 있었다. 이 모든 고민 속에서, 이미 오래전부터, 그는 일을 중단했는데, 일을 중단

하는 것보다도 더 위험한 것은 아무것도 없다. 그것은 습관이 가 버리는 것이다. 습관은 버리기는 쉽지만, 되찾기는 어렵다.

어느 정도의 몽상은 적당한 양의 마취제처럼 유익하다. 그 것은 활동하는 지성의, 이따금 강한 흥분을 가라앉히고, 정신 속에 일종의 신선하고 부드러운 김을 빚어내는데, 이 김은 순수한 사고의 너무나도 심한 굴곡을 완화하고, 여기저기서 결함과 간극 들을 메워 주고, 전체들을 결합해 주며, 관념들의 모서리들을 무디게 해 준다. 그러나 지나친 몽상은 침몰시키고 익사시킨다. 사색에서 몽상으로 완전히 빠져 버리는 정신 노동자는 불행할진저! 그는 쉽사리 다시 떠오르리라고 믿고, 결국 마찬가지라고 생각한다. 그건 잘못이다!

사색은 지성의 노동이고, 몽상은 지성의 향락이다. 사색 대신 몽상을 하는 것은 음식에 독을 섞는 것과 같다.

마리우스는, 다들 기억하고 있듯이, 그렇게 시작했었다. 뜻밖에 정열이 생겨났고, 마침내 그를 대상도 없고 밑바닥도 없는 환상 속에 떨어뜨렸었다. 이제 자기 집에서 나가는 건 오직 꿈을 꾸러 가기 위해서일 뿐. 태만한 산출. 소란스럽고 침체된 구렁텅이. 그리고, 일이 줄어 감에 따라 결핍은 불어나고 있었다. 그것은 당연한 일이다. 사람이 몽상 상태에 있으면 자연히 돈을 헤프게 쓰고 무기력해지며, 이완된 정신은 긴축 생활을 지탱할 수 없다. 그러한 식의 생활에서는 선악이 혼합되어 있다. 왜냐하면 유약함은 해롭지만, 너그러움은 건전하고 유익하기 때문이다. 그러나 일을 하지 않는, 너그럽고 고결한 가난뱅이는 파멸한다. 재원은 마르고, 필수품들은 계속 생겨난다.

이 비극적인 비탈에서는 제아무리 정직하고 제아무리 꼿 꼿한 사람들이라도, 가장 약한 사람들과 가장 사악한 사람들 처럼 끌려가, 마침내 자살이냐 범죄냐 두 구멍 중 어느 하나로 끝장난다.

몽상하러 가기 위해 자꾸 나가다가, 집을 나가 물에 몸을 던 지러 가는 날이 온다. 과도한 몽상은 에스쿠스와 르브라 같은 사람들을 만든다.*

마리우스는 다시는 보지 못할 그 여자 쪽으로 시선을 보내 면서, 천천히 그 비탈을 내려가고 있었다. 내가 아까 위에 써 놓은 것은 이상해 보이겠지만, 그러나 그것은 사실이다. 없는 사람의 추억은 가슴의 어둠 속에서 빛난다. 그이가 사라지면 사라질수록 그이는 더 반짝인다. 절망한 어두운 마음은 그 빛 을 그의 지평선에서 본다. 그것은 마음속 밤의 별. 그 여자, 마 리우스의 모든 생각은 오직 거기에만 있었다. 그는 다른 일은 생각하지 않았다. 그는 어렴풋이 느끼고 있었다. 자기의 헌 예 복은 더 못 입게 되었고, 새 예복은 헌 옷이 되었고, 셔츠는 헐 어 빠졌고, 모자도 헐어 빠졌고, 장화도 헐어 빠져 가고 있었 다는 것을, 다시 말해서 자기의 일생도 헐어 빠져 가고 있다는 것을. 그러면서 그는 생각했다. "죽기 전에 그 여자를 다시 만 나 볼 수만 있다면!"

단 한 가지 달콤한 생각이 그에게 남아 있었다. 그것은 '그 여자가' 자기를 사랑했다는 것, 그 여자의 눈길이 그걸 그에

---

* 이 두 사람은 희곡을 합작했는데 극에 실패하자 비관 끝에 자살했다.

게 말해 주었다는 것, 그 여자는 자기의 이름을 몰랐지만 자기의 마음은 알고 있었다는 것, 그리고 그 알 수 없는 곳이 어디든 간에, 아마 지금 있는 곳에서 그 여자는 아직도 자기를 사랑하고 있으리라는 것. 그가 그녀를 사모하고 있듯이 그녀도 자기를 사모하는지 누가 알겠는가? 때때로, 사랑하는 사람의 마음이면 누구나 다 그런 때가 있는 것 같은 그런 설명할 수 없는 시간에, 고통의 이유밖에 없으면서도 은밀한 희열에 가슴이 설렘을 느끼면서 그는 생각했다. '이건 그 여자의 생각이 나에게 통한 거다!' 그런 뒤에 이렇게 덧붙였다. '내 생각도 아마 그이에게 통하겠지.'

이러한 환상을 그는 나중에 이내 머리를 흔들며 지워 버렸지만, 그럼에도 불구하고 그러한 환상은 때로는 희망 비슷한 빛을 그의 마음에 던져 주는 데 성공했다. 때때로, 특히 몽상가들을 가장 서글프게 하는 저녁 시간에, 그는 사랑이 머릿속을 가득 채워 주는 몽상 중에서도 가장 순수하고 가장 보편적이고 가장 이상적인 것만을 수첩에 떨어뜨렸다. 그는 이것을 "그이에게 편지를 쓴다."고 불렀다.

그의 이성이 지리멸렬했다고 생각해서는 안 된다. 그 반대였다. 그가 일하는 능력을 상실하고 일정한 목표를 향해 단호한 행동을 취하는 능력을 상실하고 있었음은 사실이나, 그 어느 때보다도 더 그는 통찰력과 적확성을 갖고 있었다. 그는 눈앞에 지나가는 것을, 심지어 가장 무관심한 사실들이나 사람들까지도, 이상하긴 하지만, 고요하고 현실적인 빛 속에서 보고 있었다. 그는 의기소침하면서도 성실하게, 그리고 순진하면서도 공명정대하게 모든 정확한 말로 말하고 있었다. 그의 판단은 거의 희망에서 떠나, 높이 있으면서 내려다보고 있었다.

이러한 정신 상태에서 아무것도 그에게서 벗어나지 않았고, 아무것도 그를 잘못 생각하게 하지 않았으며, 그는 끊임없이 인생과 인류, 운명의 근본을 보고 있었다. 사랑과 불행을 받기에 부끄럽지 않은 영혼을 신에게서 받은 자는, 설령 고민 속에 있더라도 행복할진저! 이 세상의 사물들과 인간들의 마음을 이 이중의 빛으로 보지 않은 자는 아무것도 참다운 것을 보지 않고 아무것도 알지 못하고 있는 것이다.

사랑하고 고통받는 마음은 숭고한 상태에 있는 것이다.

그런데 하루하루 날은 흘러도, 새로운 것은 아무것도 나타나지 않았다. 그가 돌아다니도록 그에게 남아 있는 어두운 공간이 시시각각으로 좁혀 가기만 하는 것 같았다. 그는 벌써 밑 없는 낭떠러지의 벼랑을 분명히 언뜻 본 것 같았다.

"뭐라고! 내가 그이를 그전에 다시 못 볼 것이라고!" 하고 그는 혼잣말을 되풀이했다.

생 자크 거리로 올라가서, 성문을 옆에 끼고 문 안의 옛 가로수 길을 잠시 왼쪽으로 따라가면, 상테 거리가 나오고, 다음에 글라에르 구역에 도착하면, 고블랭의 작은 내에 이르기 조금 전에 밭 같은 것이 나오는데, 이곳은 파리의 모든 길고 단조로운 순환 가로수 길 중에서 루이스달*이 앉아 보고 싶은 마음이 들 만한 유일한 장소다.

---

* 루이스달(Jacob van Ruysdeal, 1628~1682). 네덜란드의 풍경 화가.

거기에는 뭔지 모르게 매력을 풍기는 것이 있다. 쳐 놓은 줄에서 누더기들이 바람에 마르고 있는 푸른 목장, 이상야릇한 고미다락 방들의 창문이 뚫린 커다란 지붕으로 덮인 루이 13세 시대에 세워진 구식 채소 재배 농장, 해진 판자 울타리들, 포플러 나무들 사이의 작은 연못, 아낙네들, 웃음소리, 목소리, 지평선에 팡테옹, 농아원의 나무, 검고 육중하고 기이하고 재미있고 웅대한 발 드 그라스의 건물, 안쪽으로 노트르담 대성당 탑들의 꾸밈 없는 네모진 꼭대기.

이곳은 관광거리가 될 만한데, 아무도 여기에 오지 않는다. 십오 분 동안이나 있어 봐도 달구지나 수레꾼 하나 올까 말까 한다.

한 번은 고독한 산책을 하던 마리우스가 우연히 그 연못 가까이 가게 되었다. 그날은 희한하게도 그 가로수 길에 한 행인이 있었다. 마리우스는 그곳의 황량한 맛에 어쩐지 마음이 끌려 그 행인에게 물어보았다. "이곳은 뭐라고 불리는 뎁니까?"

행인은 대답했다. "여기는 종달새의 밭입니다."

그리고 그는 덧붙였다. "월박이 이브리의 양치기 소녀를 죽인 건 여깁니다."

그러나 그 '종달새'라는 말 뒤에, 마리우스는 더 이상 아무것도 들리지 않았다. 몽상 상태에서는 단 한마디만으로도 그런 갑작스러운 응결을 빚어내기에 충분하다. 모든 생각이 갑자기 하나의 관념 주위에 응집하여 다른 것은 더 이상 아무것도 지각할 수 없게 된다. '종달새', 그것은 마리우스의 깊은 우울 속에서 위르쉴을 대체한 이름이었다. 그 이상한 독백에 고유한 일종의 조리 없는 얼빠진 상태에서 그는 부르짖었다. "이런, 이게 그이의 밭이라니. 그럼 여기서 그이가 사는 곳을 알게 되겠네."

그건 터무니없는 일이었으나, 어찌할 수 없었다.

그래서 그는 날마다 이 종달새의 밭에 왔다.

2. 감옥에서 싹트는 범죄

고르보 누옥에서의 자베르의 승리는 일견 완전무결한 것 같았으나, 사실은 그렇지 않았다.

첫째, 그리고 이것이야말로 그의 주된 걱정거리였는데, 자베르는 그 포로를 전혀 그의 포로로 만들지 못했다. 도망하는 피해자는 가해자보다 수상한 것인데, 불한당들에게 그토록 소중한 포로였던 그 인물은 십중팔구 관헌에게도 그에 못지 않은 정당한 노획물이었을 것이다.

다음에, 몽파르나스도 자베르에서 도망쳤다. 이 '멋쟁이 악당'을 다시 체포하기 위해서는 다른 기회를 기다리지 않으면 안 되었다. 사실 몽파르나스는 가로수 길의 나무들 아래에서 망을 보던 에포닌을 만나, 아버지와 더불어 신데르한네스*가 되기보다 차라리 딸과 더불어 네모랭**이 되고 싶어서, 그녀를

---

* 사형당한 도적.
** 방탕자.

딴 곳으로 데리고 갔다. 그건 참 잘한 일이었다. 그는 체포되지 않았다. 에포닌으로 말하자면, 자베르가 부하를 시켜 그녀를 '옭아' 오게 했다. 자베르의 시시한 화풀이였다. 에포닌은 아젤마와 함께 마들로네트 감화원에 구금되었다.

마지막으로, 고르보 누옥에서 포르스 감옥으로 가는 도중, 체포된 주요 인물 중 하나인 클라크수는 꺼져 버렸다. 어떻게 그런 일이 일어났는지 알 수 없었다. 형사들과 순경들은 '어찌 된 영문인지 알 수 없었다.' 그가 증기로 변했는지, 수갑들 사이로 살짝 빠져나갔는지, 수레의 터진 틈 사이로 흘러 버렸는지, 삯마차가 금이 가서 샜는지, 형무소에 도착했을 때 클라크수가 없어졌다는 것밖에는 아무것도 말할 수 없었다. 거기에는 요술이 있었거나 경찰이 있었다. 클라크수는 한 송이 눈이 물속에서 녹아 버리듯이 어둠 속에서 녹아 버렸는가? 경찰들의 은밀한 공모가 있었던가? 그는 혼란과 질서의 양쪽에 속해 있는 사나이였을까? 그는 범법과 취체를 아울러 갖춘 사나이였을까? 이 수수께끼의 사나이는 앞다리는 범죄 속에 걸치고 뒷다리는 관헌 속에 걸치고 있었던가? 자베르는 그러한 술책을 전혀 인정하지 않았고, 그러한 타협 앞에서는 노발대발했으리라. 그러나 그의 반에는 그 밖의 다른 형사들도 있었는데, 이들은 그의 아랫사람들이지만, 파리시 경찰청의 비밀에 아마 그 자신보다도 더 정통했을 것이고, 클라크수는 썩 훌륭한 형사가 될 수 있을 만큼 비상한 악한이었는지도 모른다. 밤과 더불어 그토록 내밀한 속임수 관계에 있는 것, 그것은 도둑질을 위해서는 썩 좋은 일이고, 경찰을 위해서는 감탄할 만한 일이다. 이렇게 양다리를 걸치고 있는 악당들이 있다. 그야 어쨌든, 없어진 클라크수는 다시 발견되지 않았다. 자베르는 그것에 놀라기보다 화가 난 것 같았다.

자베르가 그 이름은 잊어버렸지만 "십중팔구 겁이 났을 그 얼간이 변호사" 마리우스에 관해 자베르는 별로 큰 관심을 갖지 않고 있었다. 게다가 변호사라면 언제든 다시 찾아낼 수 있다. 그러나 그가 진짜 변호사였을까?

예심은 이미 시작되었다.

예심판사는 파트롱 미네트의 한 패 사람들 중 한 사람을 독방에 가두지 않는 것이 유익하다고 생각하고, 그가 좀 지껄여주기를 바랐다. 그 사람은 프티 방키에 거리의 더벅머리 사나이 브뤼종이었다. 그를 샤를마뉴의 마당에 풀어놓고, 감시자들의 눈이 그를 지켜보고 있었다.

이 브뤼종이라는 이름은 포르스 감옥의 추억거리 중 하나다. 관리들은 생 베르나르의 마당이라 부르고 도둑놈들은 사자 굴이라 부르는 바티망 뇌프라는 보기 흉한 마당 안에, 왼쪽으로 지붕 높이까지 올라가 있고 피부 비늘과 병균으로 덮여 있는 그 담벼락 위에, 옛날에는 포르스 공작 저택의 예배당이었으나 지금은 불한당들의 공동 침실이 된 건물로 통하는 녹슨 낡은 철문 옆에, 십이 년 전에는 아직도 못으로 돌에 조잡하게 새겨져 있는 감옥 같은 것을 사람들은 볼 수 있었는데, 그 아래에는, '브뤼종, 1811년'이라는 서명이 있었다.

1811년의 브뤼종은 1832년의 브뤼종의 아버지였다.

고르보 누옥의 매복에서 독자가 잠깐밖에 보지 못한 1832년의 브뤼종은 매우 교활하고 매우 영리하고 젊은 쾌남아였으나, 얼빠진 것 같고 하소연하는 것 같은 얼굴을 하고 있었다. 독방에 두느니보다 샤를마뉴의 마당에 두는 편이 더 이로우리라 싶어서 예심판사가 그를 풀어놓은 것은 그 얼빠진 듯한 얼굴 때문이었다.

도둑놈들은 자기들이 재판관의 손안에 들어가 있다고 해서 일을 중단하지는 않는다. 그까짓 하찮은 것에는 조금도 신경 쓰지 않는다. 한 가지 범죄 때문에 감옥에 있다고 해서 다른 범죄를 시작하지 않지는 않는다. 그들은 미술 전람회에 한 폭의 그림을 출품해 놓고서도 여전히 아틀리에에서 새 작품에 힘을 기울이고 있는 미술가들과 같다.

브뤼종은 징역살이에 어리둥절하고 있는 것 같았다. 그가 때때로 샤를마뉴의 마당에서 몇 시간이고 매점 창구 옆에 서서, '마늘 62상팀'부터 시작하여 '여송연 5상팀'으로 끝나는 매점의 그 더러운 정가표를 백치처럼 들여다보고 있는 것을 사람들은 보았다. 또는 줄곧 달달 떨면서 이를 달그락거리고, 열이 있다고 말하면서 열병 환자실의 스물여덟 개의 침대들 중 비어 있는 것이 있는지 물어보곤 했다.

갑자기, 1832년 2월 후반경에, 이 맥 빠진 브뤼종이 형무소의 사환들에게, 그의 이름이 아니라 그의 동료 세 사람의 이름으로 제각기 다른 세 가지 심부름을 시켰고, 이를 위해 그는 모두 해서 50수의 돈이 들었다는 사실이 알려졌는데, 이는 엄청난 비용이었기 때문에 감옥 간수장의 주의를 끌었다.

사람들은 알아보았고, 죄수의 면회실에 붙여 놓은 수수료

표를 참조함으로써, 마침내 그 50수의 내역이 다음과 같다는 걸 알게 되었다. 세 번의 심부름, 하나는 팡테옹에 10수, 하나는 발 드 그라스에 15수, 하나는 그르넬 문밖에 25수. 이 마지막 것은 모든 요금 중에서 가장 비쌌다. 그런데 팡테옹, 발 드 그라스, 그르넬 문밖에는 마침 몹시 두려움을 사고 있던 세 명의 문밖 부랑배의 주소가 있었다. 별명을 비자로라고 하는 크뤼이드니에, 방면된 죄수 글로리외, 그리고 바르카로스 세 사람이었는데, 이 사건은 그들에게 경찰의 주목을 끌었다. 이 사람들은 바베와 괼메르의 두 두목이 감금되었던 그 파트롱 미네트하고 한 동아리로 추측되었다. 브뤼종이 보낸 쪽지들은 그들의 집 주소로 직접 전해진 것이 아니라, 거리에서 기다리고 있는 사람들에게 건네졌는데, 그 쪽지들에는 어떤 모의 중인 악행에 대한 의견이 있었음에 틀림없다고 사람들은 추측했다. 또 다른 증거들도 있어서, 이 세 부랑배는 체포되었고, 브뤼종의 어떤 음모를 좌절시켰다고 사람들은 믿었다.

그러한 조치를 취한 후 일주일쯤 지난 어느 날 밤, 바티망 뇌프(新館)의 아래층 침실을 순찰하던 감시가 순찰함에 순찰표를 넣을 때, 이것은 순시들이 정확히 직무를 수행하고 있음을 확인하기 위해 사용되는 수단인데, 시간마다 침실들의 문에 못을 박아 걸어 놓은 모든 상자들 속에 순찰 표를 한 장씩 떨어뜨려야 했다. 그런데 한 순시가 침실을 들여다보는 구멍으로 브뤼종이 침대에 일어나 앉아서 벽에 걸린 등불 빛에 무엇인가 쓰고 있는 걸 보았다. 간수가 들어갔고, 브뤼종을 한 달 동안 지하 감방에 가두었으나, 그가 썼던 것을 압수하지는 못했다. 경찰은 그 이상은 알지 못했다.

확실한 것, 그것은, 그 이튿날 그 두 마당들을 격리하고 있는 육 층 건물 너머로 샤를마뉴의 마당에서 사자 굴로 '마부' 하나가 던져졌다는 것이다.

감금된 사람들은 교묘하게 반죽한 둥그런 빵 덩어리를 마부라고 부르는데, 그것을 한 감옥의 지붕 너머로, 하나의 마당에서 다른 마당으로 던지는 것을 '아일랜드로' 보낸다고 말한다. 이 말의 어원은, 영국 너머로, 하나의 땅에서 다른 땅으로, '아일랜드로'에서 유래했다. 이 공이 마당에 떨어진다. 그것을 줍는 자는 그것을 펴고, 거기에서 그 마당의 어떤 죄수에게 보내진 쪽지 하나를 발견한다. 그 뜻밖의 발견을 한 것이 감금된 사람이면, 그는 그 쪽지를 수취인에게 건네지만, 그것이 간수면, 또는 감옥에서는 양이라고 불리고 도형장(徒刑場)에서는 여우라고 불리는 비밀리에 매수된 죄수면, 그 쪽지는 서무실로 가져가고 경찰에 제출된다.

이번에는 마부가, 그 전갈을 받아 볼 사람이 그때 '별실'에 있긴 했으나, 그의 주소에 도달했다. 그 수취인은 다름 아닌 바베, 파트롱 미네트의 네 두령 중 한 사람인 바베였다.

마부 속에는 돌돌 말린 종이 한 장이 들어 있었는데 그 위에는 다음의 두 줄밖에 씌어 있지 않았다.

바베. 플뤼메 거리에서 할 일이 있다. 정원 쪽으로 쇠살문 하나가 있다.

이것이 간밤에 브뤼종이 쓴 것이었다.

죄수의 몸을 뒤지는 남녀 검사관들이 있었는데도, 바베는 요령껏 그 쪽지를 포르스 감옥에서 살페트에르 감화원으로, 거기에 갇혀 있는 그의 한 '좋은 여자 친구'에게 전했다. 이 계집애가 이번에는, 경찰에게 대단히 주목을 받고 있으나 아직 체포는 되지 않은 마뇽이라는 그녀가 아는 다른 여자에게 그 쪽지를 전달했다. 이 마뇽은 독자도 이미 그 이름을 보았는데, 그녀는 나중에 명확히 밝혀지겠지만, 테나르디에 부부와 관계를 갖고 있었고, 에포닌을 보러 감으로써, 살페트리에르와 마들로네트 두 감화원 사이에서 다리 노릇을 할 수 있었다.

마침 바로 그때, 테나르디에에 대한 예심 중 그의 딸들에 대해서는 증거가 없었기 때문에, 에포닌과 아젤마는 석방되었다.

에포닌이 나오자, 마들로네트의 문에서 그녀를 애타게 기다리던 마뇽은 바베에게 보낸 브뤼종의 쪽지를 건네주면서 일을 잘 '살피라.'고 당부했다.

에포닌은 플뤼메 거리에 가서, 쇠격자문과 정원을 확인하고, 그 집을 관찰하고, 염탐하고, 동정을 살피고, 며칠 후에, 클로슈페르스 거리에 살고 있는 마뇽에게 비스킷 하나를 갖다주었고, 마뇽은 그것을 살페트리에르 감화원에 있는 바베의 정부에게 전달했다. 하나의 비스킷은 감옥들의 음산한 기호 표시에서는 "아무것도 할 것이 없다."는 뜻이다.

그래서 그로부터 일주일이 채 안 돼서, 바베와 브뤼종이, 한 사람은 '예심에' 가다가 또 한 사람은 거기서 돌아오다가, 포르스 감옥의 순찰로에서 마주쳤는데, "어때, P 거리는?" 하고 브뤼종이 물었고, "비스킷." 하고 바베는 대답했다.

이렇게 포르스 감옥에서 브뤼종이 낳은 그 범죄의 태아는 유산됐다.

그렇지만 이 유산은 브뤼종의 계획과는 완전히 관계가 없는 결과를 가져왔다. 그건 후에 보게 될 것이다.

사람은 흔히 하나의 실을 맺는다고 생각하면서 사실은 다른 실을 맺는다.

3. 마뵈프 영감에게 나타난 유령

마리우스는 더 이상 아무에게도 가지 않았으나, 다만 이따금 마뵈프 영감을 만나는 수가 있었다.

자기 위에서 행복한 사람들이 걸어 다니는 발소리가 들리는 빛 없는 곳으로 사람들을 이끌어 가는 지하실의 계단이라고 부를 수 있을 그 음산한 계단을 마리우스가 천천히 내려가고 있는 동안, 마뵈프 쪽에서도 내려가고 있었다.

『코트레 근방의 특산 식물지』는 더 이상 한 권도 팔리지 않았다. 쪽 재배에 관한 실험은 햇볕이 잘 들지 않는 아우스터리츠의 손바닥만 한 정원에서는 조금도 성공하지 못했다. 마뵈프 씨는 거기서 다만 습기와 응달을 좋아하는 몇 가지 진기한 식물밖에 재배하지 못했다. 그렇지만 그는 낙심하지 않았다. 그는 식물원의 햇볕 잘 드는 한쪽 구석의 땅을 얻어서, '자비로’ 쪽 재배를 시험했다. 그러기 위해 그는 『코트레 근방의 특산 식물지』 동판을 전당포에 잡혔다. 아침 식사도 계란 두 개로 줄이고, 그중 하나는 열다섯 달 전부터 더 이상 월급을 주지 못한 늙은 식모에게 남겨 주었다. 그리고 아침밥만으로 하루를 보내는 경우도 흔히 있었다. 그는 더 이상 어린애 같은 웃음을 짓지 않았고, 침울해지고, 찾아오는 손님도 만나지 않았다. 마리우스가 더 이상 찾아올 생각을 하지 않은 것은 잘한 일이었다. 이따금, 마뵈프 씨가 식물원에 가는 시간에, 이 노인과 청년은 오피탈 가로수 길에서 마주쳤다. 그들은 말도 않고 서글프게 머리만 까딱했다. 빈궁이 교제를 끊는 때가 있다는 건 얼마나 가슴 아픈 일이냐! 전에는 두 친구였는데, 지금은 두 행인들이다.

루아얄 출판사 주인은 이미 죽었다. 마뵈프 씨는 자기의 책들과 정원, 그리고 쪽밖에 몰랐고, 그것이 그로서는 행복과 쾌락, 희망이 취한 세 형태였다. 그가 살아 가기 위해서는 그것으로 충분했다. 그는 생각했다. ‘내가 내 쪽 물감을 만들면, 나는 부자가 될 것이다. 전당포에서 내 동판을 꺼내고, 신문들에 허풍을 떨고 나팔을 불고 광고를 내 내 『코트레 근방의 특산 식물지』를 다시 유행시키자. 그리고 1559년의 목판(木版) 진본인 피에르 드 메딘의 『항해술』 한 부를 사자. 그것이 어디에 있는지 난 잘 알고 있으니까.’ 우선 그는 하루 종일 쪽 밭에서 일을 하고, 저녁에는 집에 돌아와서 정원에 물을 주고, 책을 읽었다. 마뵈프 씨는 이때 팔십이 거의 다 되어 있었다.

어느 날 저녁 그에게 해괴한 유령이 나타났다.

그가 집에 돌아왔을 때 아직 날이 훤했다. 플뤼타르크 할멈은 몸이 쇠약하여 앓아 누워 있었다. 그는 고기가 좀 붙어 있는 뼈와 부엌 식탁 위에서 그가 발견한 한 조각의 빵으로 저녁 식사를 마치고, 그의 정원에서 벤치 구실을 하는 나둥그러져 있는 하나의 표석 위에 앉았다.

그 돌 벤치 옆에는, 옛날의 과수원식으로, 각목과 판자로 만든, 거의 다 부서진 커다란 일종의 궤가 서 있었는데, 1층은 토끼집이고, 2층은 과일 저장고였다. 토끼집에 토끼는 없었으나, 과일 저장고에는 몇 개의 사과들이 있었다. 겨우살이 식료품의 나머지였다.

마뵈프 씨는 안경을 쓰고 책장을 넘기면서 두 권의 책을 읽기 시작했는데, 이 책들은 그의 흥미를 끌었을 뿐만 아니라, 그의 나이에서는 더욱 대단한 일이지만, 그의 마음을 사로잡기까지 했다. 타고나기를 겁이 많은 그는 상당히 미신에 빠지기 쉬운 사람이었다. 두 권 중 하나는 『악마의 변화론』이라는 들랑크르 의장의 유명한 저술이고, 또 하나는 『보베르의 악귀와 비에브르의 마귀론』이라는 뮈토르 드 라 뤼보디에르의 4절본이었다. 그의 정원 자체가 옛날에 마귀들이 출몰하던 장소의 하나라는 데서 이 두 번째 책은 한결 그의 흥미를 끌었다. 땅거미가 퍼져서 위에 있는 것은 희번해지고, 아래에 있는 것은 검어지기 시작했다. 책을 읽으면서도 마뵈프 영감은 손에 들고 있는 책 너머로 화초들을, 그중에서도 특히 그의 위안거리의 하나인 한 그루의 철쭉나무를 쳐다보곤 했다. 나흘이나 계속하여 햇볕이 내리쬐고 바람이 불고 날씨가 맑고 비 한 방울

안 왔는지라, 초목의 줄기들은 구부러지고 꽃봉오리들은 시들어지고 잎사귀는 이울어져서, 그 모든 것에 물을 줄 필요가 있었다. 특히 철쭉나무는 애처로웠다. 마뵈프 영감은 식물에게도 넋이 있다고 하는 사람들 중 하나였다. 늙은이는 하루 내쪽 밭에서 일을 해서 노작지근했으나, 그래도 일어나서 책들을 벤치에 놓고, 아주 몸을 꼬부리고 비틀거리는 발걸음으로 우물까지 걸어갔으나, 두레박 사슬을 잡았을 때, 그는 그걸 벗길 만큼 충분히 잡아당길 수 없었다. 그래서 그는 돌아서서 불안한 눈으로 별이 총총한 하늘을 우러러보았다.

그날 저녁은 뭔지 알 수 없는 음울하고 영원한 기쁨 아래 인간의 고뇌를 짓누르는 그런 청명함이 있었다. 이 밤은 낮이 그러했듯이 이슬 한 방울 내릴 것 같지 않았다.

"사방이 별투성이구나." 하고 늙은이는 생각했다. "한 점의 구름도 없구나! 한 방울의 물도 없구나!"

그리고 잠깐 쳐들었던 그의 머리는 다시 가슴 위로 떨어졌다.

그는 다시 머리를 들고 또 하늘을 바라보면서 중얼거렸다.

"한 방울의 이슬이라도! 조금만이라도 가엾게 여겨 주소서."

그는 또 한 번 우물의 사슬을 벗겨 보려 했으나 할 수 없었다.

이때 그는 이렇게 말하는 목소리를 들었다.

"마뵈프 할아버지, 제가 정원에 물을 뿌려 드릴까요?"

그와 동시에 들짐승 지나가는 소리가 울타리에서 나더니, 덤불에서 키가 크고 수척한 계집애 같은 것이 나와서 그의 앞에 우뚝 서서 당돌하게 그를 바라보았다. 그것은 한 인간 같다기보다 황혼에서 갓 태어난 한 형체 같았다.

곧잘 놀라고, 앞서 말했듯이, 걸핏하면 겁을 먹는 마뵈프 영감이 한마디 대답도 할 수 있기 전에, 그 녀석은 어둠 속에서 이상하리만큼 거침없이 몸을 놀려, 사슬을 벗겨 내고 두레박을 물에 담갔다가 끌어올려, 물뿌리개에 물을 가득 채웠는데, 노인은 맨발에 남루한 치마를 입은 그 유령이 화단을 이리저리 뛰면서 자기 주위에 생명수를 뿌리는 것을 보았다. 잎사귀 위에 물 뿌리는 소리는 마뵈프 영감의 마음을 환희로 가득 채웠다. 그가 보기에 이제 철쭉이 기뻐하는 것 같았다.

첫 번째 두레박이 다 비자, 계집애는 또 한 두레박을 긷고, 이어 세 번째를 길었다. 그녀는 정원 전체에 물을 뿌렸다.

그 모양으로, 다 갈가리 찢긴 숄을 그 뼈가 앙상한 커다란 양팔 위에 너풀거리면서 새카맣게 보이는 그림자가 통로에서 걸어 다니는 것을 볼 때, 그녀는 한 마리의 박쥐 같았다.

그녀가 일을 끝내자 마뵈프 영감은 눈에 눈물을 흘리면서 다가가, 그녀의 이마에 손을 올려놓았다.

"하느님의 축복을 받으시오." 하고 그는 말했다. "꽃들을 돌보시니 당신은 천사요."

"아니에요." 하고 그녀는 대답했다. "저는 악마예요. 하지만 그야 어쨌든 상관없어요."

늙은이는 외쳤다, 그녀의 대답을 기다리지도 듣지도 않고.

"내가 이렇게 불행하고 이렇게 가난해서, 당신에게 아무것도 못 해 드려 참으로 섭섭하오!"

"당신은 뭔가를 하실 수 있어요." 하고 그녀는 말했다.

"뭐요?"

"마리우스 씨가 어디 사는지 말씀해 주시는 거예요."

노인은 그게 무슨 말인지 몰랐다.

"마리우스 씨라니?"

그는 흐릿한 눈을 들고 뭔가 사라진 것을 찾는 것 같았다.

"한때 여기에 오던 젊은이 말이에요."

그러는 동안 마뵈프 씨는 기억을 더듬었다.

"아! 옳아……." 하고 그는 외쳤다. "무슨 말인지 알았어. 가만 있자! 마리우스 씨라…… 마리우스 퐁메르시 남작 말이지! 어디서 사는가 하면…… 아니야, 그는 이제 거기서 안 살아요……. 아이고, 모르겠는데."

그렇게 말하면서도 그는 몸을 구부려 철쭉나무 가지 하나를 고정시키면서 계속 말했다.

"옳지. 이제 생각나요. 그 사람은 매우 자주 가로수 길을 지나서 글라시에르 쪽으로 가더군. 크룰르바르브 거리. '종달새'의 밭. 그리로 가시오. 만나기 어렵지 않을 거요."

마뵈프 씨가 몸을 일으켰을 적에는 이미 아무도 없었다. 계집애는 사라졌다.

그는 확실히 좀 무서웠다.

"사실," 하고 그는 생각했다. "만약 내 정원에 물이 뿌려져 있지 않았다면, 난 그게 귀신이라고밖에 못 생각할 거야."

한 시간 후에, 잠자리에 들었을 때, 그는 다시 그 생각이 났으며, 잠이 들면서, 바다를 지나가기 위해 물고기로 변신한다는 그 전설의 새 모양으로, 생각이 잠의 바다를 건너기 위해 시나브로 꿈의 형태를 취하는 그 혼몽한 순간에, 그는 희미하

게 이렇게 생각했다. '요컨대 그건 뮈보디에르가 얘기하는 마귀들과 많이 닮았다. 그게 마귀일까?'

4. 마리우스에게 나타난 유령

마뵈프 영감에게 '귀신'이 찾아간 지 며칠이 지난 어느 날 아침, 그것은 월요일, 마리우스가 테나르디에에게 주기 위해 쿠르페락에게서 5프랑의 돈을 빌린 날이었다. 마리우스는 그 5프랑짜리를 호주머니에 넣고, 그것을 감옥의 사무실에 갖다 주기 전에, '산책을 좀 하러' 갔는데, 그렇게 하고 돌아오면 일을 하게 되리라고 생각했다. 그런데 그건 언제나 그러했다. 일어나자마자 그는 어떤 번역을 되는 대로 해치우려고 책과 원고지 앞에 앉았다. 당시 그가 가지고 있던 일은, 독일인들의 유명한 싸움, 즉 간스와 사비니의 논쟁을 불어로 번역하는 것이었다. 그는 사비니를 들었다 간스를 들었다 하며, 넉 줄을 읽고 그중 한 줄을 써 보려 했지만 영 되지 않고, 원고지와 그 사이에 별 하나가 보이곤 하여, 의자에서 일어나면서 말했다. "나가야겠다. 그러면 기분이 좋아지겠지."

그러면서 그는 종달새의 밭으로 가곤 했다.

거기서 그는 어느 때보다도 더 별이 잘 보였지만, 사비니와 간스는 어느 때보다도 덜 보였다.

그는 돌아와서 일을 다시 시작해 보려고 했지만 조금도 되지 않았다. 그의 머릿속에서 끊어진 흐름들 중 단 하나도 되살릴 길이 없었다. 그러자 그는 말했다. "내일은 나가지 말자. 나가면 내가 일을 할 수 없다." 그러면서도 그는 날마다 나갔다.

그는 쿠르페락의 집에서 사는 것보다도 더 종달새의 밭에서 살고 있었다. 그의 진짜 주소는 이러했다. '상테 가로수 길, 크룰르바르브 거리에서 일곱 번째 나무.'

그날 아침 그는 이 일곱 번째 나무에서 떠나 고블랭 냇가의 난간에 걸터앉았다.

밝은 햇빛이 갓 피어난 반짝거리는 나뭇잎들에 스며들고 있었다.

그는 '그이'를 생각하고 있었다. 그리고 그의 몽상은 책망이 되어 다시 그에게 떨어지고 있었다. 그는 그를 파고드는 마음의 마비, 무기력을, 그리고 이미 더 이상 태양마저도 보이지 않을 정도로 그의 앞에서 시시각각 짙어져 오는 암흑을 가슴 아프게 생각하고 있었다.

그러는 동안, 독백조차도 되지 않는 몽롱한 사념에 비통하게 빠져서, ─ 그토록 행동은 그에게 있어서 약해지고 있었다 ─ 비탄에 잠기고 싶은 힘조차 잃어버리고 수심에 잠겨 있는 사이에, 외부의 감각들이 그에게 오고 있었다. 그의 뒤편, 그의 아래에서는 양쪽 냇가에서 고블랭의 빨래 빠는 아낙네들이 방망이질하는 소리가 들려오고, 그의 머리 위에서는 느릅나무들에서 새들이 지저귀고 노래하는 소리가 들려오고 있었다. 한쪽에서는 자유의 소리, 근심 걱정 없는 행복의 소리, 날개를 갖고 있는 여가의 소리. 또 한쪽에서는 노동의 소리. 그를 몽상에 깊이 잠기게 하고 반성까지 하게 하는 것, 그것은 두 즐거운 소리였다.

의기소침하여 무아경에 빠져 있는데, 갑자기 이렇게 말하는 것 같은 목소리가 들렸다. "아! 그이가 저기 있네."

고개를 들고 보니, 어느 날 아침 그의 방에 왔던 테나르디에의 큰딸 에포닌이라는 그 불쌍한 아이였다. 그는 이제 그녀의 이름이 무엇인지도 알고 있었다. 이상한 일이지만, 그녀는 초라하고 아름다워져 있었다. 이것은 그녀가 도저히 할 수 있었을 것 같지 않은 두 걸음이었다. 그녀는 빛을 향하고 가난을 향한 이중의 진보를 이룩했다. 그녀는 그의 방에 그렇게도 당돌하게 들어왔던 그날처럼 당돌하게 누더기를 걸치고 있었지만, 단지 그녀의 누더기는 두 달이 더 되었고, 구멍들은 더 컸고, 남루한 옷은 더 꾀죄죄했다. 그것은 그 똑같은 쉰 목소리, 햇볕에 그을어 윤기 없고 주름진 그 똑같은 이마, 조심성 없고 겁에 질린 듯하고 불안정한 그 똑같은 눈이었다. 그녀는 게다가 또 예전보다도 더 뭔지 알 수 없는 불안하고 애처로운 것이 용모에 감돌고 있었는데 그것은 옥살이가 곤궁에 덧붙여 주는 것이다.

그녀의 머리털에는 지푸라기와 건초 부스러기가 묻어 있었는데, 그것은 오펠리아처럼 햄릿의 실성에 감염되어 미치광이가 됐기 때문이 아니라, 그녀가 어느 외양간 헛간에서 잤기 때문이었다.

그런데 그 모든 것에도 불구하고 그녀는 아름다웠다. 그대는 무슨 별이냐, 오 젊음이여!

그러는 동안 그녀는 그녀의 파리한 얼굴에 약간의 기쁨과 미소 비슷한 것을 띠고 마리우스 앞에서 멈춰 섰다.

그녀는 잠시 말문이 막힌 듯 잠자코 있었다.

"내가 당신을 만났군요!" 하고 그녀는 이윽고 말했다. "마 뵈프 할아버지 말씀이 옳았네요. 이 가로수 길이라고 하셨는데! 내가 얼마나 당신을 찾았다고요! 만약에 당신이 아닌다면! 이걸 아세요? 나는 유치장에 갔다 왔어요. 보름 동안이나! 그들은 나를 놓아주었어요! 내게는 아무 건덕지도 없었으니까. 그리고 더구나 나는 철이 든 나이도 아니었으니까. 두 달이 모자랐거든요. 아! 얼마나 당신을 찾았다고요! 육 주일이나 됐어요. 그럼 이제 거기서 안 사시는군요?"

"응." 하고 마리우스는 대답했다.

"오! 나는 알아요. 그 일 때문이죠. 그런 허세는 불쾌해요. 당신은 이사를 하셨군요. 근데, 왜 그렇게 헌 모자를 쓰고 계세요? 당신 같은 젊은이는 좋은 옷을 입어야 해요. 아시겠어요, 마리우스 씨? 마 뵈프 할아버지는 당신을 마리우스 남작이라고 부르는데 난 뭔지 모르겠어요. 당신이 남작이라는 건 사실이 아닌가요? 남작들, 그건 늙은이들인데, 그자들은 뤽상부르 공원에, 햇볕이 가장 잘 드는 궁전 앞에 가서, 1수짜리《코티디엔》신문을 읽지요. 나는 한 번 그자들 같은 한 남작 집에 편지 한 통을 갖다 주었어요. 그는 백 살도 더 됐어요. 제발 말 좀 해 줘요, 당신은 지금 어디서 살아요?"

마리우스는 대답하지 않았다.

"어머나!" 하고 그녀는 계속했다. "당신 셔츠에 구멍이 하나 뚫렸네요. 내가 그걸 꿰매 드릴게요."

그녀는 조금씩 어두워져 가는 표정으로 말을 이었다.

"당신은 나를 만난 것이 기쁘지 않은 것 같네요?"

마리우스는 입을 다물고 있었다. 그녀 자신도 잠깐 침묵을 지키다가 곧 외쳤다.

"그렇지만 만약에 내가 원한다면, 나는 당신이 기쁜 얼굴을 하지 않을 수 없게 할걸요!"

"뭐라고?" 하고 마리우스는 물었다. "그게 무슨 뜻이오?"

"어머나, 당신은 내게 반말을 하셨는데!" 하고 그녀는 말했다.

"좋아, 그게 무슨 뜻이야?"

그녀는 입술을 깨물었다. 그리고 마음속에 무슨 갈등이라도 있는 사람처럼 망설이는 것 같았다. 이윽고 그녀는 결심을 한 것 같았다.

"어쨌든 할 수 없지. 당신은 슬픈 얼굴을 하고 계시는데, 난 당신이 기뻐하시기를 바라요. 단지 당신이 웃으시겠다고만이라도 약속해 주세요. 난 당신이 웃으면서, '아아 그래! 좋아.'라고 말하시는 걸 보고 싶어요. 마리우스 씨, 아시죠! 뭐든지 내가 바라는 걸 주시겠다고 당신은 내게 약속하셨어요……."

"그랬어! 어서 말해 봐!"

그녀는 마리우스를 뚫어지게 바라보면서 말했다.

"주소를 갖고 있어요."

마리우스는 파랗게 질렸다. 온몸의 피가 심장으로 역류했다.

"무슨 주소?"

"당신이 내게 부탁한 주소 말이에요!"

그녀는 힘들어하듯이 덧붙였다.

"그 주소…… 아시겠어요?"

"그래!" 마리우스는 중얼거렸다.

"그 아가씨의!"

'그 아가씨'라는 말을 하고 나서 그녀는 깊이 한숨을 쉬었다.

마리우스는 앉아 있던 난간에서 뛰어내려 정신없이 그녀의 손을 잡았다.

"아! 그래! 데려가 줘! 말해 줘! 뭐든지 바라는 걸 말해 줘! 어디야?"

"나랑 가요." 하고 그녀는 대답했다. "거리와 번지는 잘 몰라요. 여기서 정반대 쪽이지만 집은 잘 알아요. 인도해 드릴게요."

그녀는 손을 빼고 말을 이었는데, 보는 사람의 가슴이 에일 듯한 어조였으나, 흥분해 어쩔 줄을 모르는 마리우스에게는 조금도 느껴지지 않았다.

"오! 정말 기뻐하시는군요!"

한 조각 구름이 마리우스의 이마 위로 지나갔다. 그는 에포닌의 팔을 잡았다.

"한 가지 내게 맹세해 줘!"

"맹세라고요?" 하고 그녀는 말했다. "그게 무슨 뜻이에요? 이런! 나보고 맹세를 해 달라는 거예요?"

그러면서 그녀는 웃었다.

"당신 아버지 말이야! 약속해 줘, 에포닌! 그 주소를 아버지에게는 말하지 않겠다고 맹세해 달란 말이야!"

그녀는 깜짝 놀란 듯이 그를 돌아보았다.

"에포닌이라고! 어떻게 내 이름이 에포닌이라는 걸 아셨어요?"

"내가 네게 말한 걸 약속해 줘!"

그러나 그녀는 그 말을 못 들은 것 같았다.

"아이고 고마워라! 당신이 나를 에포닌이라고 불렀어요!"

마리우스는 그녀의 두 팔을 동시에 잡았다.

"글쎄 대답이나 하라고, 제발! 내가 네게 말한 걸 주의하고, 네가 아는 주소를 네 아버지에게 말하지 않겠다고 맹세해 달란 말이야!"

"내 아버지요?" 하고 그녀는 말했다. "아 그래, 우리 아버지! 제발 안심하세요. 우리 아버지는 독방에 갇혀 있어요. 더구나 내가 우리 아버지에게 관심을 갖겠어요?"

"하지만 넌 내게 약속하지 않았다!" 하고 마리우스는 외쳤다.

"하지만 날 좀 놓으시라고요!" 하고 그녀는 웃음을 터뜨리면서 말했다. "나를 그렇게 마구 잡아 흔드는 거예요? 좋아요! 좋아! 약속하겠어요! 맹세하겠어요! 그게 뭐 문제인가요? 우리 아버지에게 주소를 말하지 않겠어요. 그럼 됐어요? 그렇지요?"

"아무에게도 말하지 않겠지?" 하고 마리우스는 말했다.

"아무에게도 않겠어요."

"이제 나를 데려가 줘." 하고 마리우스는 말을 이었다.

"지금 당장?"

"지금 당장."

"가요. 오! 참으로 기뻐도 하시네!" 하고 그녀는 말했다.

몇 걸음 후에 그녀는 멈춰 섰다.

"나를 너무 바짝 따라오시네요, 마리우스 씨. 나를 앞서 가게 두고, 모른 척하고 따라오세요. 당신같이 훌륭한 젊은이가 나 같은 여자하고 같이 있는 걸 사람들이 봐서는 안 돼요."

어떠한 언어도 이 아이가 그렇게 말한 그 '여자'라는 말에 있는 것을 다 말할 수 없으리라.

그녀는 열 걸음쯤 가다가 또 발을 멈추었고, 마리우스는 그녀에게 따라붙었다. 그녀는 그를 돌아보지도 않고 옆을 향해 말했다.

"그런데, 당신이 내게 뭔가 약속하신 걸 알고 계시죠?"

마리우스는 호주머니 속을 뒤졌다. 그가 이 세상에서 소유하고 있는 것은 아버지 테나르디에에게 줄 돈 5프랑뿐이었다. 그는 그것을 집어서 에포닌의 손안에 넣어 주었다.

그녀는 손가락을 펴서 돈을 땅바닥에 떨어뜨리고, 서글픈 얼굴을 하고 그를 바라다보면서, "당신 돈은 바라지 않아요." 하고 말했다.

3
플뤼메 거리의 집

1. 비밀의 집

18세기 중엽에, 파리 고등법원의 한 원장이 첩 하나를 두고 숨기고 있었다. 왜냐하면 그 시대에는 고관대작들은 공공연하게 축첩을 하고 있었고 중류 시민들은 그들의 첩을 감추고 있었기 때문이다. 그는 그의 첩 몰래, 생 제르맹 문밖에, 오늘날 플뤼메 거리라고 불리는 한적한 블로메 거리에, 당시 '동물들의 전투'라고 일컫던 장소에서 멀지 않은 곳에 '작은 집'을 한 채 지었다.

이 집은 이 층 별장으로 구성되어 있었다. 아래층에 넓은 방 둘, 위층에 침실 둘, 아래에 부엌 하나, 위에 규방 하나, 지붕 아래에 고미다락방 하나, 이 모든 것 앞에 정원 하나가 있고 거기에 길거리 쪽으로 커다란 쇠살문이 나 있었다. 이 정원은 1에

이커쯤 되었다. 행인들이 볼 수 있는 것은 그것이 전부였지만, 이 별장 뒤에는 좁다란 마당이 하나 있고 마당 안쪽에는 지하실 딸린 방 두 개짜리 나지막한 별당이 있었는데, 이것은 유사시에 어린애와 유모를 감추기 위한 일종의 비상용 건물이었다. 이 별당은 뒤쪽에서, 비밀 장치로 여는 숨겨진 문으로 좁고 긴 통로와 통했는데, 이 통로에는 포석(鋪石)이 깔려 있고, 꼬불꼬불하고, 옥외에서, 통로 가에 두 줄의 높은 담이 서 있었지만, 비상한 기술로 사람 눈에 가려져 있어서, 정원과 경작지의 울타리들 사이에서 꺼져 없어진 것 같았으나, 사실은 그 울타리들의 모든 모퉁이와 모든 굴곡을 따라서 또 하나의 문에 와서 그쳤고, 이 문 역시 비밀 장치가 돼 있는 문으로서 먼저 문에서 500미터쯤 떨어진 곳에, 거의 다른 구역에서, 바빌론 거리의 맨끝 호젓한 곳으로 열려 있었다.

법원장이 그리로 들어갔기 때문에, 그의 등정을 엿보고 뒤를 밟았을 사람들, 그리고 법원장이 날마다 비밀리에 어디론가 가는 것을 지켜봤을 사람들조차도, 바빌론 거리에 가는 것, 그것이 곧 블로메 거리에 가는 것이라는 생각은 하지 못했으리라. 꾀바르게 토지를 산 덕분에, 이 영리한 법관은 자기 집에서, 자기 자신의 토지에서, 따라서 아무런 통제도 없이, 그 비밀 도로 공사를 시킬 수 있었던 것이다. 훗날 그는 복도에 인접한 토지를 조금씩 쪼개서 정원과 경작지로 되팔았고, 이 땅 조각의 소유자들은 통로 양쪽에서 눈앞에 있는 것이 경계의 담인 줄 알았지, 그들의 화단과 과수원 들 사이에, 양쪽 담장 사이로 꼬불꼬불한 그 포석 깔린 기다란 길이 나 있으리라고는 상상조차도 못 했다. 오직 새들만이 이 신기한 것을 보았다. 아마 전 세기의 휘파람새나 깨새들은 원장 나리에 관해 무척 재잘거렸으리라.

별장은 망사르 양식의 석조 건물인데, 벽과 가구를 와토 양식으로 꾸몄고, 안쪽은 암석체, 바깥쪽은 가발체(假髮體), 게다가 세 겹의 꽃나무 울타리로 둘러싸여, 변덕스러운 연애와 법관에게 적합한 것처럼, 뭔지 은밀하고 교태롭고 엄숙한 것이 있었다.

이 집과 통로는 지금은 없어졌지만 십오 년 전에는 아직 존재했다. 1793년에 한 철물상이 이 집을 사서 파괴하려 했으나, 집값을 치르지 못해 파산선고를 받았다. 그래서 철물상을 파괴한 것은 집이었다. 그때부터 이 집은 아무도 살지 않는 폐가가 되어, 생명의 숨을 불어넣어 줄 사람이 없어진 주택은 다 그러하듯이, 서서히 무너져 내렸다. 이 집은 낡은 가구들이 딸려 있는 채 항상 팔 집이나 셋집으로 되어 있었는데, 매년 여남은 명이 될지 말지 한 플뤼메 거리의 행인들은 1810년 이래 그 정원의 쇠살문에 걸려 있는 글씨도 제대로 읽을 수 없는 누르퉁퉁한 게시판으로 그것을 알 수 있었다.

왕정복고 끝 무렵에, 그 똑같은 행인들은 게시판이 없어졌고 심지어 위층의 겉창들이 열려 있는 것을 알아차릴 수 있었다. 집에는 확실히 사람이 들어 있었다. 창에 '예쁜 휘장'이 있었는데, 그것은 여자가 있다는 징조였다.

1829년 10월, 나이가 지긋한 남자 하나가 나타나 그 집을 있는 그대로 세냈는데, 거기에는 물론 후원의 별당과 바빌론 거리에 가서 끝이 닿는 복도도 포함되어 있었다. 그는 그 통로의 두 문의 비밀 장치가 되어 있는 여닫는 부분을 복구시켰다. 아까 말했듯이, 이 집에는 여전히 원장의 낡은 가구들이 거의 다 딸려 있었는데, 새 세입자는 몇 가지 수리할 것을 지시하고, 여기저기에 없었던 것을 덧붙이고, 마당에 포석을 깔고, 타일 바닥에 벽돌을 다시 깔고, 계단에 단을 다시 지르고, 방바닥에 타일을 다시 깔고, 창에 유리를 다시 끼우고, 그러고 마침내 처녀 하나와 늙은 하녀 하나를 데리고 와서 입주했었는데, 제 집에 들어가는 사람 같다기보다는 남의 집에 슬그머니 들어가는 사람처럼 소리 없이 들어갔었다. 이웃 사람들은 그런 걸 가지고 전혀 수군거리지도 않았다. 그럴 만한 이웃 사람들이 없었던 까닭에.

이 보잘것없어 보이는 전세입자는 장 발장이고, 처녀는 코제트였다. 하녀는 투생이라는 이름의 처녀였는데, 장 발장이 병원과 빈궁에서 구제한 그녀는 늙고 시골뜨기고 말더듬이라는 세 가지의 자격을 갖추고 있었으므로 장 발장은 그녀를 데리고 있기로 결정했다. 장 발장은 연금 소유자 포슐르방이라는 이름으로 그 집을 세냈다. 위에서 이야기한 모든 것을 통해 독자는 아마 테나르디에가 장 발장을 알아본 것보다도 덜 시간이 걸렸을 것이다.

왜 장 발장은 프티 픽퓌스의 수녀원을 떠났는가? 무슨 일이 있었는가?

아무 일도 없었다.

독자도 기억하듯이, 장 발장은 수녀원에서 행복했다. 하도 행복해서 그의 양심은 마침내 불안했다. 그는 날마다 코제트를 만나 보았고, 그는 부성애가 태어나 마음속에서 더욱더 커져 가는 것을 느꼈고, 마음으로 이 아이를 품고 있었고, 이 애는 내 딸이다, 아무것도 이 애를 내게서 빼앗아 가지 못한다, 그것은 무한히 그러하리라, 이 애는 날마다 즐겁게 교도를 받고 있으니까 틀림없이 수녀가 되리라, 이렇게 수녀원은 이제부터 내게나 이 애에게나 다 같이 우주다, 나는 여기서 늙어가고 이 애는 여기서 커 가리라, 이 애는 여기서 늙어 가고 나는 여기서 죽어 가리라, 마지막으로, 정말 기쁜 희망으로, 어떠한 이별도 있을 리 없다, 이렇게 그는 생각했다. 이런 것을 깊이 생각하다가 그는 당황하게 되었다. 그는 자문했다. 이 모든 행복이 정녕 나의 것일까, 이것은 남의 행복으로 이루어지고 있는 것이 아닐까, 늙은이인 내가 빼앗고 훔치는 이 아이의 행복으로 이루어지고 있는 것이 아닐까, 이건 조금도 도둑질이 아닐까? 그는 이렇게 자문했다. 이 애는 인생을 포기하기 전에 그것을 알 권리가 있다, 이 애를 모든 시련에서 구해 낸다는 핑계 아래, 미리 그리고 말하자면 이 애에게 상의도 하지 않고, 이 애에게서 모든 즐거움을 빼앗는 것은, 그녀의 무지와 고독을 이용하여 이 애에게 인위적인 성소(聖召)를 싹트게 하는 것은 인간의 본성을 왜곡하는 것이고, 신에게 거짓말을 하는 것이다. 그는 이렇게 생각했다. 그런데 언젠가 그 모든 것을 알아차리고 수녀가 된 것을 유감으로 여겨, 코제트가 그를 원망하게 되지 않을지 누가 알랴? 이런 마지막 생각은 거의 이기적이고 다른 생각들보다 덜 과감한 것이었지만, 그에게는 참을 수 없는 것이었다. 그는 수녀원을 떠나기로 결심했다.

그는 그렇게 결심했다. 그래야 한다는 것을 그는 슬퍼하면서도 인정했다. 이론(異論)은 없었다. 오 년간이나 그 사면의 벽 안에서 종적을 감추고 머물렀으니 두려워할 요소들은 당연히 다 없어졌거나 흩어져 버렸다. 그는 안심하고 세상 사람들 속으로 돌아올 수 있었다. 그는 늙었고, 모든 것이 변했다. 이제 누가 그를 알아보겠는가? 그리고 또 최악의 경우를 생각하더라도, 위험은 그 자신에게밖에 없었고, 자기가 옥살이를 했다고 해서 코제트에게 억지로 수녀원 생활을 시킬 권리는 없었다. 뿐만 아니라 의무 앞에서 위험이 무엇이냐? 마지막으로, 그가 조심하고 경계하는 걸 막는 건 아무것도 없었다.

코제트의 교육으로 말하자면 거의 다 끝났고 완전했다.

일단 결정이 내려지자 그는 기회를 기다렸다. 기회는 곧 왔다. 포슐르방 영감이 죽은 것이다.

장 발장은 수도원장에게 면회를 청하고 이렇게 말했다. 형의 사망 시에 약간의 유산을 상속받았기에 앞으로는 일하지 않고 살 수 있으므로, 수도원 일을 그만두고 딸을 데리고 간다. 그러나 코제트가 수도의 맹세를 전혀 하지 않았는데 무상으로 교육을 받은 것은 부당하므로, 코제트가 수도원에서 지낸 오 년간의 보상금으로서 5000프랑의 금액을 이 수도원에 헌납코자 하오니 원장께서는 부디 가납하여 주시기를 공손히 애원합니다, 라고.

이렇게 장 발장은 '항시 예배'의 수도원에서 나왔다.

수도원을 떠나면서 그는 그의 작은 가방을 그 자신이 겨드랑이에 끼우고, 아무 심부름꾼한테도 그것을 맡기려 하지 않았고, 그 열쇠도 항상 몸에 지니고 있었다. 그 가방은 좋은 향기가 났기 때문에 코제트의 호기심을 끌었다.

지금 당장 말하지만 이 가방은 그 후 그에게서 더 이상 떠나지 않았다. 그는 그것을 항상 자기 방에 갖고 있었다. 그가 이사할 때마다 그가 가지고 가는 물건은 이것이 첫째 것이고 때로는 유일한 것이었다. 코제트는 그것을 비웃고, 그 가방을 그에게서 뗄 수 없는 그의 '부속물'이라고 부르며, "그것이 샘이 난다."고 말했다.

그런데 장 발장은 자유 천지에 다시 나타났을 때 심각한 불안이 없지 않았다.

그는 플뤼메 거리의 집을 발견하고 거기에 숨었다. 그는 이후 윌팀 포슐르방이라는 이름을 소유하고 있었다.

동시에 그는 파리 시내에서 두 채의 다른 아파트를 세냈는데, 그렇게 함으로써, 항상 같은 구역에 있는 것보다 주의를 덜 끌 것이고, 조금이라도 걱정스러워지면 필요에 따라 집을 비울 수 있을 것이고, 그리고 마지막으로 그렇게도 기적적으로 자베르에서 벗어났던 날 밤 같은 처지에 불시에 빠지는 일이 다시는 없을 것이기 때문이었다. 이 두 채의 아파트는 무척 빈약하고 초라해 보이는 두 숙소였는데, 하나는 웨스트 거리에, 또 하나는 옴므 아르메 거리에, 서로 매우 멀리 떨어진 두 곳에 있었다.

그는 어떤 때는 옴므 아르메 거리에, 또 어떤 때는 웨스트 거리에 때때로 가서, 투생은 데려가지 않고 코제트하고만 단둘이서 한 달이나 한 달 반을 지냈다. 그는 거기서 문지기들에게 잔심부름을 시켰고, 자기는 시내의 셋집에서 사는 교외의 연금 생활자로 자처했다. 이 덕이 높은 사람은 경찰의 눈을 피하기 위해 파리 시내에 세 개의 처소를 갖고 있었던 것이다.

2. 국민병 장 발장

그런데 정확하게 말하자면, 그는 플뤼메 거리에 살면서 거기서 다음과 같이 생활을 영위했다.

코제트는 식모와 함께 별장을 차지하고 있었다. 창들 사이의 벽을 색칠한 커다란 침실, 쇠시리에 도금한 규방, 벽걸이들과 육중한 안락의자들을 갖추어 놓은 법원장의 객실, 이런 것들을 그녀는 가지고 있었고, 그 정원도 가지고 있었다. 장 발장은 코제트의 방에 옛적의 삼색 다마스산 피륙의 닫집이 있는 침대를 놓게 했고, 피기에 생 폴 거리의 고셰 할멈의 가게에서 산 오래된 아름다운 페르시아 양탄자를 깔게 했고, 또 그 장려한 고물들의 근엄함을 부드럽게 하기 위해, 그러한 골동품에 덧붙여 처녀들의 밝고 멋스러운 온갖 자질구레한 가구들을, 선반, 책장과 금칠한 책들, 문구함, 압지, 자개 박힌 책상, 도금한 은 상자, 일본 도기(陶器)의 화장 도구, 이런 것들을 그 골동품들에 혼합시켜 놓았다. 침대와 같은 붉은 바탕의 삼색 다마스산 피륙의 긴 휘장이 2층 창에 걸려 있었다. 아래층에는 장식 융단의 휘장이 걸려 있었다. 겨우내 코제트의 작은 집은 위아래층 할 것 없이 난방이 되어 있었다. 장 발장 자신은 안마당에 있는 문지기 집 같은 데서 살았는데, 거기에는 요 한 장이 깔린 십자 침대, 흰 나무 탁자, 두 개의 짚 의자, 사기 물병, 선반에 꽂힌 몇 권의 책, 한쪽 구석에 놓여 있는 그의 소중한 가방, 이런 것들이 있었고, 불은 아예 없었다. 그는 코제트와 함께 식사를 했는데, 검은 빵 한 덩어리가 그를 위해 식탁에 있었다. 투생이 들어왔을 때 그는 그녀에게 이렇게 일러 두었다. "이 집 주인은 아가씨요." "그럼 아저씨는요?" 하고 투생은 어리둥절하여 말대꾸했다. "나는 주인보다 훨씬 더 좋은 사람이오. 나는 아버지요."

코제트는 수녀원에서 가사에 훈련이 되어 있었는지라 퍽 간소한 생계비를 규모 있게 꾸려 나가고 있었다. 장 발장은 날마다 코제트의 팔을 잡고 산책을 갔다. 그는 뤽상부르 공원에, 가장 사람이 덜 다니는 통로로 그녀를 이끌고 다녔고, 주일마다 미사에, 언제나 생 자크 뒤 오 파 성당의 미사에 데리고 갔는데, 거기가 아주 멀었기 때문이었다. 그곳은 매우 가난한 구역이므로, 그는 거기서 많은 보시를 하고 있었고, 불쌍한 사람들이 성당 안에서 그를 둘러싸고 있었으며, 그래서 그는 '생 자크 뒤 오 파 성당의 인자하신 어르신에게'라는 테나르디에의 편지를 받게 되었다. 그는 기꺼이 코제트를 데리고 빈한한 사람들과 병자들을 찾아다녔다. 어떤 외인도 플뤼메 거리의 집에 들어오지 않았다. 투생이 식량을 가져왔고, 장 발장 자신이 아주 가까이 가로수 길에 있는 급수터에 가서 물을 길어 왔다. 장작과 포도주는 바빌론 거리 쪽의 문에 가까운, 자갈이 깔려 있는 일종의 반지하 인조 암굴 속에 넣어 두었는데, 이 암굴은 옛날 법원장 나리에게 동굴 구실을 했다. 왜냐하면 '계집질'을 하고 '작은집'을 두던 시대에는 동굴 없이 연애를 할 수는 없었으니까.

바빌론 거리 쪽의 중문에는 편지와 신문을 위한 일종의 저금통 하나가 있었다. 그러나 플뤼메 거리 별장의 세 주민들은 신문도 편지도 받지 않으므로, 예전에는 멋쟁이 판사 영감의 연애 중매와 속내 이야기를 할 수 있던 이 상자는 지금은 오직 납세 고지서나 소집 영장을 받는 데밖에는 쓸모가 없었다. 왜냐하면 연금 생활자 포슐르방 씨는 국민병이 되어 있었기 때문이다. 그는 1831년의 징병검사의 쫀쫀한 그물눈을 벗어날 수 없었다. 그 무렵에 실시된 시의 조사는 일종의 신성 불가침의 장소인 프티 픽퓌스의 수녀원에까지 거슬러 올라갔고, 거기에서 나온 장 발장은 시 당국의 눈에 존경할 만한 사람으로, 따라서 보초를 서기에 합당한 사람으로 비쳤던 것이다.

일 년에 서너 번씩 장 발장은 군복을 입고 경비 보초를 섰다. 더구나 매우 기꺼이. 그것은 그에게 그를 고독하게 두면서도 그를 다른 모든 사람들에 섞어 주는 단정한 변장이었다. 장 발장은 법적 면제의 연령인 예순 살에 갓 도달했지만, 쉰 살 이상으로는 보이지 않았다. 게다가 그는 그의 특무상사로부터 벗어나고 장군 로보 백작에게 이의를 제출하고 싶은 생각은 전혀 없었다. 그는 호적이 없었다. 그는 성명을 감추고, 신분을 감추고, 연령을 감추고, 모든 것을 감추고 있었다. 그리고 아까 말했지만, 그는 선의의 국민병이었다. 세금을 내는 보통 사람을 닮을 것, 이것이야말로 그의 모든 갈망이었다. 이 사람은 안으로는 천사를, 밖으로는 부르주아를 이상으로 삼고 있었다.

그렇지만 한 가지 자세한 것을 적어 두자. 장 발장은 코제트와 함께 외출할 적에는, 독자가 본 것 같은 옷차림을 하고 있어서 제법 퇴역 장교 같은 모습이었다. 그가 혼자서 외출할 적에는, 그건 대부분의 경우 저녁때였는데, 언제나 노동자의 저고리와 바지를 입고 있었고, 차양 달린 모자를 깊숙이 눌러써서 얼굴을 가리고 있었다. 그것은 경계심에서였을까, 또는 겸허한 마음에서였을까? 동시에 두 가지 이유에서였다. 코제트는 자기 운명의 수수께끼 같은 면에 익숙해져 있었는지라 아버지의 이상한 면에는 별로 신경 쓰지 않았다. 투생으로 말하자면, 장 발장을 숭배하고 있는 터인지라, 그가 하는 일은 무엇이고 다 좋게 생각했다. 어느 날 장 발장을 힐끗 본 정육점 주인이, "저 사람은 참 괴짜야."라고 그녀에게 말했다. 그녀는, "그 양반은 성인이에요."라고 대답했다.

장 발장도 코제트도 투생도 반드시 바빌론 거리 쪽의 문으로밖에 출입하지 않았다. 정원의 쇠살문으로 그들을 보지 않는다면, 그들이 플뤼메 거리에 살고 있는 것을 알아채기란 어려웠다. 이 쇠살문은 늘 닫혀 있었다. 장 발장은 정원을 통 손질도 않고 내버려 두고 있었다. 사람들의 주의를 끌지 않기 위해서였다. 그 점에서 그는 아마 조금 잘못 생각하고 있었는지도 모른다.

3. 자연의 개체와 합체

이 정원은 그렇게 반 세기도 더 전부터 제멋대로 내버려 두
었기 때문에 특이하고도 매력적인 것이 되었다. 사십 년 전의
행인들은 그 싱싱하고 푸르게 우거진 것 뒤에 비밀이 감추어
져 있는 줄도 모르고, 그 거리에서 발걸음을 멈추고 정원을 유
심히 바라보았다. 알아볼 수 없는 당초무늬의 박공으로 꼭대
기가 이상야릇하게 덮여 있고, 녹슬고 이끼가 난 두 개의 기둥
에 박혀서 고정돼 있고, 맹꽁이자물쇠가 채워져 있고, 비틀어
지고, 흔들거리고, 아주 오래된 격자문의 쇠살 너머로, 몇 번
이고 무례하게 안을 들여다보며 생각에 잠긴 몽상가는 그 무
렵에 한두 사람이 아니었다.

한쪽 구석에 돌 걸상이 있고, 곰팡이 핀 한두 개의 입상이
있고, 담장 위에는 해가 묵어 못이 빠지고 썩어 빠진 격자 세
공이 몇 개 있고, 게다가 통로도 없고 잔디도 없고 도처에 갯
보리가 우거져 있었다. 뜰 가꾸기는 떠났고 자연이 돌아와 있
었다. 잡풀들이 무성하여 그 가엾은 한 조각의 땅은 실로 가
관이었다. 꽃무들이 거기에 현란하게 꽃피어 있었다. 이 정
원에서는 생명을 향한 것들의 거룩한 노력을 아무것도 방해
하지 않고 있었고, 존귀한 생장이 거기 자연 속에 있었다. 나
무들은 가시덤불들 쪽으로 구부러졌고, 가시덤불들은 나무
들 쪽으로 올라갔고, 덩굴식물은 기어올랐고, 가지는 휘어졌
고, 땅 위를 기는 것은 공중에 피어 있는 것을 만나러 갔고, 바
람에 나부끼는 것은 이끼 속에 굴러다니는 것 쪽으로 몸을 구

부렸고, 나무줄기, 잔가지, 잎사귀, 뿌리줄기, 덤불, 덩굴손, 덩굴, 가시, 온갖 것들이 얽히고 섞이고 감기고 뒤헝클어져 있었고, 식물은 좁고 깊은 포옹 속에서, 조물주의 만족스러운 눈 아래서, 300평방미터의 이 울안에서, 인간적 우애의 상징인 식물적 우애의 성스러운 신비를 거기서 찬향했었고 성취했었다. 이 정원은 더 이상 하나의 정원이 아니라 하나의 거대한 덤불이었다. 다시 말해서 무엇인가, 수풀처럼 뚫고 들어갈 수 없고, 도시처럼 많은 것이 살고 있고, 보금자리처럼 바스락거리고 있고, 대성당처럼 어두침침하고, 꽃다발처럼 향기롭고, 무덤처럼 적적하고, 군중처럼 생기 있는 것이었다.

꽃피는 4, 5월에, 이 거대한 덤불은, 그의 쇠살문 뒤에서 그리고 사면의 담장 안에서 자유로운 이 덤불은 보편적인 생식의 은밀한 작용 속에서 발정기에 들어가고, 마치 우주의 사랑이 발산하는 듯한 향기를 호흡하고, 그의 혈관 속에 4월의 정기가 끓어오름을 느끼는 거의 한 마리의 짐승처럼 떠오르는 태양에 몸을 떨고, 그 굉장한 푸른 머리털을 바람에 흔들면서, 축축한 땅 위에, 마멸된 조상들 위에, 별장의 허물어지는 현관 앞 층계 위에, 그리고 행인 없는 거리의 포석 위에까지도, 별 모양의 꽃들을, 진주 모양의 이슬을, 번식, 아름다움, 생명, 환희, 향기 들을 뿌리고 있었다. 한낮에 수천 마리의 흰 나비들이 거기에 도망쳐 와서, 여름의 그 살아 있는 눈이 그늘에서 눈송이들 모양으로 소용돌이치는 걸 거기서 보는 것은 실로 성스러운 광경이었다. 거기서, 녹음의 그 즐거운 어둠 속에서 많은 순결한 목소리들이 조용히 인간의 영혼에 말하고 있었는데,

새들의 지저귐이 말하기를 잊어버렸던 것을 벌레들의 윙윙거리는 소리가 보충하고 있었다. 저녁에는 꿈결 같은 김이 정원에서 발산되어 정원을 감쌌다. 안개의 수의(壽衣)가, 맑고 고요한 우수(憂愁)가 정원을 뒤덮고 있었고, 인동덩굴들과 메꽃들의 그렇게도 황홀한 향기가 그윽하고 미묘한 독처럼 정원 여기저기서 나오고 있었고, 나뭇가지들 아래에서 졸고 있는 나무발바리들과 할미새들의 마지막 부르짖음이 들리고 있었고, 거기에 새와 나무의 성스러운 친밀감이 느껴지고 있었으며, 낮에는 새의 날개들이 나뭇잎들을 즐겁게 하고, 밤에는 나뭇잎들이 새의 날개들을 지켜 준다.

겨울에 덤불은 검고, 축축하고, 뾰족뾰족 솟아 있고, 추위에 몸을 떨고 있고, 집을 조금 보이게 했다. 잎들, 가지들 속의 꽃들과 꽃들 속의 이슬 대신에, 누렇게 떨어져 두껍게 쌓인 싸늘한 잎들 위에 괄태충들이 기어간 기다란 은빛 자국들이 보였다. 그러나 어쨌든, 어떠한 모습 아래서도, 어떠한 계절에도, 봄에도, 겨울에도, 여름에도, 가을에도, 이 조그만 울안의 땅은 우수와 명상, 적막, 자유, 인간의 부재, 신의 현존을 숨쉬고 있었으며, 낡고 녹슨 쇠살문은 이렇게 말하고 있는 것 같았다. "이 정원은 나의 것이다."

아무리 파리의 포장도로가 거기 사방 주위에 있어도, 아무리 바렌 거리의 고전적이고 호화로운 저택들이 지척에 있고, 앵발리드의 둥근 지붕이 바로 가까이 있고, 하원 의사당이 멀지 않은 곳에 있어도, 아무리 부르고뉴 거리와 생 도미니크 거리의 화려한 포장마차들이 근처를 굴러다녀도, 아무리 노랗고,

갈색이고, 희고, 붉은 합승 마차들이 근처의 네거리에서 교차해도, 플뤼메 거리는 무인지경이었고, 옛 집주인들의 죽음, 지나간 혁명, 옛 재산들의 몰락, 부재, 망각, 사십 년간의 유기와 고독 등은 이 특별한 은혜 받은 장소에 고사리, 현삼, 독당근, 서양가새풀, 디기탈리스, 키 큰 허브, 연록색 모직물 같은 넓적넓적한 잎사귀가 달린 얼룩덜룩한 커다란 식물, 도마뱀, 풍뎅이, 겁 많고 재빠른 곤충 들을 돌아오게 하고, 뭔지 알 수 없는 야생적이고 원시적인 장려함을 땅속 깊은 곳에서 나오게 하여 이 사면의 담장 안에 다시 출현케 하고, 인간의 시시한 계획들을 좌절시키고, 독수리에게서와 마찬가지로 개미에게서도, 제가 퍼지는 곳에서는 어디서나 항상 그 전체가 널리 퍼지는 자연이 '신세계'의 처녀림에서만큼 거칠고 장엄하게 파리의 보잘것없는 작은 정원에서 마음껏 피어나기에 충분했다.

사실 아무것도 작지 않다. 자연의 깊은 침투를 면할 수 없는 사람이면 누구나 다 그것을 안다. 원인을 한정하는 데도 결과를 제한하는 데도 다 같이, 아무런 절대적인 만족도 철학에는 주어지지 않는데도, 통일에 귀착하는 그 모든 힘들의 분해 때문에 관조자는 끝없는 황홀감에 빠진다. 모든 것은 모든 것에 작용한다.

대수학은 구름에 적용되고, 천체의 발광은 장미꽃에 유익하다. 어느 사상가도 산사나무의 향기가 성좌에 무익하다고 감히 말하지 못할 것이다. 누가 대관절 분자의 진로를 측정할 수 있겠는가? 천체들의 창조가 조금도 모래알들의 추락으로는 전혀 결정되지 않는지 어떤지 우리가 무엇을 아는가? 무한히 큰 것과 무한히 작은 것의 상호적 교류, 인간의 파멸에서 원인들의 반향, 그리고 창조의 눈사태, 이런 것들을 대체 누가 아는가? 한 마리의 구더기도 중요하다. 작은 것은 크고, 큰 것은 작다. 모든 것이 필연 속에서 균형이 잡혀 있다. 그것은 인간의 정신에는 굉장한 광경이다. 생물들과 무생물들 사이에는 경탄할 만한 관계들이 있다. 태양에서 진드기까지, 이 무궁무진한 전체에서는, 사람들은 서로 경멸하지 않는다. 사람들은 상호간에 서로를 필요로 한다. 빛은 지상의 향기들을, 그것으로 무엇을 만드는지도 모르고 창공으로 가져가는 것이 아니다. 밤은 별의 정수(精髓)를 잠들어 있는 꽃들에게 나누어 준다. 날아다니는 새들은 모두 발에 무한의 실을 갖고 있다. 생물의 발생은 한 유성(流星)의 발생과 알을 깨는 제비의 부리질을 병발시키고, 한 지렁이의 탄생과 소크라테스의 탄생을 동시에 데리고 온다. 망원경이 끝나는 곳에서 현미경이 시작된다. 그 둘 중 어느 것이 더 큰 시계(視界)를 가지고 있는가? 골라 보시라. 하나의 곰팡이는 꽃들의 군집이고, 하나의 성운은 별들의 운집이다. 똑같은 뒤섞임이, 그리고 그보다 더 놀라운 뒤섞임이 지성의 사물들과 물질의 사실들 사이에도 존재한다. 요소들과 원리들은 서로 혼합되고, 서로 결합되고, 서로 받아들이고, 서로 번식하여, 마침내는 물질계와 정신계를 똑같은 광명에 도달케 한다. 현상은 항상 그 자체로 되돌아온다. 광대한 우주적 교류들에서, 보편적 생명은 한량 없이 오가고, 모든 것을 눈에 안 보이는 신비로운 발산물들 속에 굴리고, 모든 것을 사용하고, 수면마다 하나의 꿈도 잃지 않고, 여기서는 하나의 극미(極微) 동물의 씨를 심고, 저기서는 하나의 별을 분쇄하고, 진동하고, 파동하고, 빛으로 하나의 힘을 만들고, 사상으로 하나의 원소를 만들고, 살포되고도 분할되지 않고, 자아라는 그 기하학적인 점을 제외하고는 모든 것을 용해하고, 모든 것을 원자적 심령으로 되돌아오게 하고, 모든 것을 신 속에서 꽃피게 하고, 가장 높은 것에서 가장 낮은 것에 이르기까지 모든 활동들을 현기증 나는 기계적 운동의 어둠 속에 엉클어지게 하고, 한 곤충의 비상을 지구의 운동에 연결시키고, 법칙의 일치에 의해서 그러는지 어떤지는 알 수 없어도, 창공 속 혜성의 운행을 물방울 속 적충(滴蟲)의 선회에 종속시킨다. 이건 정신으로 만들어진 기계. 그 최초의 기관이 날벌레고, 그 최후의 바퀴가 수대(獸帶)인 거대한 톱니바퀴다.

4. 쇠살문의 변화

이 정원은 옛날에는 방탕의 비밀을 감추기 위해 만들어졌던 것이 지금은 탈바꿈하여 순결의 비밀을 감추기에 알맞게 된 것 같았다. 거기에는 더 이상 덩굴식물들로 덮인 아치형 격자도, 잔디밭도, 녹음으로 덮인 정자도, 동굴도 없었고, 헝클어진 장엄한 어둠이 면사포처럼 사방에 드리워져 있었다. 파포스의 정원*은 다시 에덴의 동산이 되었다. 뭔지 알 수 없는

---

* 파포스는 비너스의 신전이 있었던 도시의 이름.

회개가 이 은둔처를 정화했다. 그 꽃 파는 여자도 지금은 그녀의 꽃들을 영혼에 바치고 있었다. 예전에는 무척 음탕했던 이 멋부리던 정원이 이제는 순결과 정숙 속으로 돌아왔다. 한 법원장과 그를 돕는 한 정원사, 라무아뇽*을 계승한다고 생각하던 한 호인과 르노트르**를 계승한다고 생각하던 또 하나의 호인이 이 정원을 정사를 위해 비틀고, 자르고, 구기고, 치장하고, 가공해 놓았는데, 자연은 그것을 되찾아 그늘로 그것을 가득 채우고, 사랑을 위해 그것을 손질했다.

이 호젓한 곳에는 또한 완전히 준비되어 있는 하나의 마음이 있었다. 사랑은 나타나기만 하면 되었다. 사랑은 거기에 녹음과 풀, 이끼, 새들의 한숨, 포근한 어둠, 흔들거리는 가지들로 구성된 하나의 전당이 있었고, 다정함과 믿음, 순진함, 희망, 동경, 환상으로 만들어진 하나의 넋이 있었다.

코제트는 아직 거의 어린애 때 수녀원에서 나왔다. 그녀는 열네 살을 조금 넘었고, '성숙되지 않은 나이'였다. 앞서 말했지만, 눈을 제외하고 그녀는 예쁘다기보다 오히려 못생긴 것 같았다. 그렇지만 보기 흉한 점은 조금도 없었지만, 어색하고, 야위였고, 소심하면서도 동시에 대담했고, 요컨대 큰 소녀였다.

그녀의 교육은 끝났다. 다시 말해서 그녀에게 종교를, 그리고 특히 신앙심을 가르쳐 주었다. 이어서 '역사'를, 다시 말해

---

* 라무아뇽(Guillaume de Lamoignon, 1617~1677). 최초의 파리 고등법원장으로서, 고결한 법관.
** 르노트르(André Le Nôtre, 1613~1700). 베르사유 공원을 설계한 유명한 정원 설계가.

서 수녀원에서 그렇게 불리는 것, 지리, 문법, 분사법, 프랑스의 왕들, 약간의 음악, 간단한 그림 그리기 등. 그러나 그녀는 그 밖의 것은 아무것도 몰랐는데, 이건 매력이자 위험이다. 처녀의 마음을 어둠침침한 채 두어서는 안 된다. 나중에 거기에 암실에서처럼 너무 급격하고 너무 강렬하게 신기루가 생긴다. 처녀의 마음은 현실의 냉혹한 직사광보다 오히려 그 반영에 의해서 조용히 조심스럽게 비쳐져야 한다. 우아하게 간소하고 유용한 미광은 어린아이의 공포심을 없애고 타락을 방지한다. 어떻게 그리고 무엇으로 이 미광이 만들어져야 하는가를 아는 것은 처녀의 추억들과 성숙한 여자의 경험들이 들어가는 훌륭한 직감인 어머니의 본능밖에 없다. 아무것도 이 본능을 보충하지 않는다. 처녀의 마음을 육성하기 위해서는 세상의 모든 수녀들도 어머니만 못하다.

코제트는 어머니가 없었다. 그녀에게는 복수로, 많은 어머니들(수녀들)밖에 없었다.

장 발장으로 말하자면, 정녕 모든 애정과 동시에 모든 정성을 갖고 있었지만, 전혀 아무것도 모르는 한 늙은이에 지나지 않았다.

그런데 이 교육 사업에서는, 여성을 인생에 준비시켜 주는 이 중대한 일에서는, 순진이라 불리는 그 커다란 무지와 싸우기 위해 얼마나 많은 지식이 필요한가!

수녀원처럼 처녀를 정열에 준비시켜 주는 것은 아무것도 없다. 수녀원은 사람의 생각을 알 수 없는 것 쪽으로 돌린다. 내향적인 마음은 밖으로 흘러나가지 못하므로 자신 속에 파고들고, 밖으로 퍼져 나가지 못하므로 자신 속으로 깊숙이 들어간다. 그래서 생기는 것이 환상, 가정, 억측, 공상의 로맨스, 모험에의 동경, 환상적인 건축물들, 마음속 어둠컴컴한 곳에 세워진 사상의 누각 전체, 쇠살문이 열려 들어갈 수 있게 되자 이내 정열이 머물 수 있는 어둠침침하고 은밀한 주택들. 수도원은 사람의 마음을 억제하기 위해서는 일평생 지속돼야 하는 억압이다.

수녀원에서 나왔을 때 코제트는 플뤼메 거리의 집보다 더 평온하고 더 위험한 것은 아무것도 발견할 수 없었다. 외로움은 계속되었으나 자유가 시작되었고, 정원은 닫혀 있었으나 자연이 자극적이고 풍요하고 관능적이고 향기로웠고, 수녀원에서와 같은 꿈을 꾸었으나 젊은 사내들이 어른거렸고, 쇠격자문이 있었으나 길거리 쪽으로 나 있었다.

그렇지만 되풀이해서 말하거니와, 여기에 왔을 때, 그녀는 아직 어린애에 불과했다. 장 발장은 이 황폐한 정원을 그녀에게 맡겼다. "여기서 뭐든지 너 하고 싶은 대로 하거라." 하고 그는 그녀에게 말했다. 그것은 코제트를 즐겁게 했다. 그녀는 그곳의 덤불들을 모두 허적거리고 돌들을 모두 떠둥그뜨리고, 거기서 '짐승들'을 찾았다. 그녀는 거기서 몽상에 잠길 때까지 거기서 놀았다. 그녀는 머리 위에 가지들 사이로 보이는 별들 때문에, 발 아래 풀 사이로 발견하는 곤충들 때문에 그것을 사랑했다.

그리고 또 그녀는 자기 아버지를, 다시 말해서 장 발장을 진정으로, 순진한 효심으로 사랑하여, 그 노인을 이상적인 좋은 친구로 삼고 있었다. 독자도 기억하다시피, 마들렌 씨는 독서를 많이 했는데, 장 발장이 돼서도 계속했으므로, 그는 이야기를 잘하게 되었고, 자발적으로 닦은 겸손하고 진실한 지혜의 숨은 풍부함과 웅변을 가지고 있었다. 그에게는 그의 온화함을 북돋우기에 꼭 충분한 악착스러움이 있었다. 그는 냉엄한 정신과 온화한 마음의 소유자였다. 뤽상부르 공원에서, 그들이 이야기를 나눌 때, 그는 책에서 읽었던 것에서, 또한 고생했던 것에서 얻은 것을 이용하여 모든 것에 관해 자상하게 설명했다. 그의 말을 들으면서도 코제트의 눈은 약간 방황하고 있었다.

이 황량한 정원이 그녀의 놀이에 충분했듯이, 이 단순한 남자는 코제트의 생각에 충분했다. 나비들을 마냥 쫓아다녔을 때, 그녀는 헐레벌떡거리면서 그의 곁에 와서 말했다. "아! 내가 얼마나 뛰었는지!" 그는 그녀의 이마에 키스했다.

코제트는 이 노인을 열렬히 사랑했다. 그녀는 늘 그의 뒤를 졸졸 따라다녔다. 장 발장이 있는 곳에는 안락이 있었다. 장 발장은 별장에서도 정원에서도 살지 않으므로, 그녀는 꽃이 가득 피어 있는 울안보다도 포석이 깔려 있는 뒷마당이 더 좋았고, 풀솜을 넣은 안락의자들이 놓여 있고 장식 융단을 깔아놓은 널따란 객실보다도 짚 의자들이 딸려 있는 작은 별당이 더 좋았다. 장 발장은 그녀가 귀찮게 구는 것을 행복스럽게 여기고 빙그레 웃으면서 그녀에게 이따금 말했다. "글쎄 네 방에 가거라! 나를 좀 혼자 있게 두어라!"

그녀는 딸에서 아버지로 거슬러 올라가 그에게 그렇게도

우아한 그 매력적이고 다정스러운 잔소리를 하였다.

"아버지, 아버지 방은 너무 추워요! 왜 여기에 양탄자를 깔고 난로를 놓지 않아요?"

"아가, 나보다 더 나은 사람들도 머리 위에 지붕조차 없는 사람들이 얼마든지 있단다."

"그럼 왜 내 방에는 불도 때고 뭐든지 필요한 걸 다 갖춰 놓았나요?"

"너야 여자고 어린아이이기 때문이지."

"체! 그럼 남자들은 춥고 불편해야 하나요?"

"어떤 사람들은 그렇단다."

"좋아요. 아버지가 여기에 꼭 불을 피우지 않을 수 없도록 내가 여기에 자주 올 거예요."

그녀는 그에게 또 이런 말도 했다.

"아버지, 아버지는 왜 이렇게 나쁜 빵을 잡수셔요?"

"그거야 뭐, 내 딸아."

"그럼, 아버지가 그걸 잡수면 나도 그걸 먹겠어요."

그러자 코제트가 검은 빵을 먹지 않도록 장 발장도 흰 빵을 먹었다.

코제트는 어렸을 적 일을 어렴풋이밖에 기억하지 못했다. 그녀는 아침저녁으로 얼굴도 모르는 어머니를 위해 기도를 드렸다. 테나르디에 부부는 꿈결에 본 흉측한 두 얼굴로 그녀에게 남아 있었다. 그녀는 '어느 날, 밤에' 숲 속으로 물을 길러 갔던 일을 기억했다. 그녀는 그것이 파리에서 매우 먼 곳이었다고 생각했다. 그녀는 어떤 구렁텅이에서 살기 시작했는데 거기서 자기를 끌어내 준 것이 장 발장인 것 같았다. 그녀의 어린 시절은 그녀 주위에 지네와 거미, 뱀 들밖에 없었던 것 같은 인상을 주었다. 그녀는 저녁에 잠들기 전 공상에 빠질 적에는, 자기가 장 발장의 딸이고 그는 자기의 아버지라는 매우 뚜렷한 생각을 갖고 있지 않았으므로, 자기 어머니의 혼이 이 노인 속으로 옮겨 가서 자기 곁에 와서 머무는 것이라고 상상했다.

그가 앉아 있을 때 그녀는 자기 뺨을 그의 하얀 머리에 기대고 말없이 눈물을 흘리면서 생각했다. "이 남자가 아마 우리 어머니일지도 몰라!"

이런 말을 하는 것은 이상하지만, 코제트는 수녀원에서 길러진 퍽 무지한 처녀인 데다가, 모성은 처녀에게는 절대로 이해할 수 없는 것인지라, 마침내 그녀는 자기가 가능한 한 조금밖에 어머니를 안 가지고 있다고 상상했다. 그런 어머니를 그녀는 이름조차도 모르고 있었다. 장 발장에게 그것을 물어 본 적이 있으나, 그럴 때마다 번번이 장 발장은 묵묵부답이었다. 그녀가 그 질문을 되풀이하면 그는 미소로 대답하곤 했다. 한번은 그녀가 애걸하자, 미소는 눈물로 끝났다.

장 발장의 그러한 침묵은 팡틴을 어둠으로 가리고 있었다.

그건 조심성이었을까? 그건 존경심이었을까? 그건 자기 이외의 다른 사람 기억에 그 이름을 넘겨주는 것이 두려워서였을까?

코제트가 어렸을 때 장 발장은 그녀에게 곧잘 그녀의 어머니 얘기를 했는데, 그녀가 처녀가 되었을 때는 그게 불가능했다. 그는 더 이상 감히 그럴 수 없을 것 같았다. 코제트 때문이었을까? 팡틴 때문이었을까? 그 망령을 코제트의 생각 속에 들어가게 하고, 제3자인 고인을 자기들의 운명 속에 끌어들이는 데 그는 일종의 경건한 공포심을 느끼고 있었다. 그 망령이 그에게 신성하면 신성할수록 그는 그것이 더 무서운 것 같았다. 그는 팡틴을 생각하고 침묵에 짓눌리는 것을 느꼈다. 그는 무엇인가 입을 막고 있는 손가락 같은 것을 어둠 속에서 어렴풋이 보았다. 팡틴 속에 있다가 그녀의 생전에 그녀에게서 난폭하게 나갔던 그 모든 정숙함, 그것이 그녀가 죽은 뒤에 그녀에게 되돌아와 그녀 위에 앉아서, 분개하며, 이 죽은 여인의 평화를 보살피고, 강렬하게, 그녀의 무덤 속에서 그녀를 지켰던가? 장 발장은 자기도 모르는 사이에 그 압박을 받고 있었던가? 죽음을 믿는 나는 이런 신비로운 설명을 거부할 사람이 아니다. 그렇기 때문에 코제트에게조차도 이 팡틴이라는 이름을 입밖에 내는 건 불가능했다.

어느 날 코제트가 그에게 말했다.

"아버지, 간밤에 어머니를 꿈에서 봤어요. 어머니는 커다란 날개를 둘 달고 있었어요. 어머니는 생전에 성자에 가까웠을 거예요."

"몹시 고통을 받으셨으니까." 하고 장 발장은 대답했다.

그런데 장 발장은 행복했다.

코제트는 그와 함께 외출할 때 그의 팔에 몸을 기대며, 의기양양하고, 즐겁고, 가슴이 뿌듯했다. 장 발장은 자기 혼자 그토록 만족하고, 그토록 배타적인 애정의 그 모든 표시들에 자기의 생각이 더 없는 즐거움 속에 녹아드는 것을 느꼈다. 이 가련한 사나이는 천사 같은 기쁨에 벅차 몸을 떨었고, 이것이 평생 지속될 것이라고 흥분하면서 단언하고, 이렇게도 빛나는 행복을 받을 만큼 자기는 정말 충분히 고생하지 않았다고 생각하면서, 자기가, 비참한 자기가 이 순결한 사람으로부터 그렇게 사랑을 받게 해 주신 것을 하느님께 충심으로 감사드리고 있었다.

5. 장미는 제가 무기라는 걸 깨닫고 있다

어느 날 코제트는 우연히 거울을 들여다보다가, '이런!' 하고 생각했다. 자기가 제법 예쁜 것 같았던 것이다. 그것은 그녀를 이상한 혼란 속에 집어 던졌다. 이때까지 그녀는 자기의 얼굴을 전혀 생각하지 않았다. 그녀는 자기 자신을 거울 속에서 보았지만 거기에 자신을 들여다보지는 않았다. 게다가 사람들은 흔히 그녀에게 못생겼다고 말했는데, 오직 장 발장만은 "천만에! 천만에!"라고 조용히 말했다. 그야 어쨌든 코제트는 늘 자기가 못생겼다고만 생각했고, 체념하기 쉬운 어린아이로서 그러한 생각 속에서 컸다. 그런데 갑자기 거울이 장 발장처럼 "천만에!"라고 그녀에게 말했다. 그녀는 그날 밤에 잠을 이루지 못했다. "만약에 내가 예쁘다면?" 하고 그녀는 생각했다. "내가 예쁘다는 것 그건 얼마나 우스운 일이냐!" 그러면서 미모로 수도원에서 주목을 끌던 친구들을 회상하고,

이렇게 생각했다. '뭐! 나도 아무개 양처럼 될 것인가!'

이튿날 그녀는 거울을 들여다보았으나 우연이 아니었다. 그녀는 의심했다. "내가 정신이 나갔나? 아니야, 나는 못생겼어." 하고 그녀는 말했다. 그녀는 단지 잠을 잘 못 잤고, 눈이 쑥 들어갔고, 안색이 창백했을 뿐이다. 전날은 자기가 아름답다고 생각해도 매우 기쁘지 않았으나, 더 이상 그렇다고 생각하지 못하는 것이 그녀는 서글펐다. 그녀는 더 이상 거울을 들여다보지 않았으며, 보름도 더 거울에 등을 돌리고 머리를 빗으려고 애썼다.

저녁에, 식후에 그녀는 보통 객실에서 장식 융단을 만들거나 그렇지 않으면 수도원의 어떤 세공품을 만들었고, 장 발장은 그녀 곁에서 책을 읽었다. 한 번은 그녀가 하던 일에서 눈을 들었다가 아버지가 자기를 걱정스러운 듯이 바라다보고 있는 것을 보고 깜짝 놀랐다.

또 한 번은, 그녀가 거리를 지나가고 있었는데, 누군지 보이지는 않았지만 자기 뒤에서 이렇게 말하는 소리가 들리는 것 같았다. "예쁜 여자다! 하지만 옷차림이 나쁘군." 그녀는 생각했다. "체! 내가 아니야. 나는 옷차림은 좋지만 못생겼는걸." 그녀는 이때 벨벳 모자에 메리노 모직 드레스를 입고 있었다.

마지막으로 어느 날, 그녀는 정원에 있었는데, 가엾은 늙은 하녀 투생이 이렇게 말하는 소리를 들었다. "주인 양반, 아가씨가 얼마나 예뻐지셨는지 알아보시겠어요?" 코제트는 아버지가 뭐라고 대답했는지 귀에 들어오지 않았지만, 투생의 말은 그녀에게 일종의 충격이었다. 그녀는 정원에서 빠져나와 자기 방으로 올라가서, 들여다보지 않은 지 석달이나 된 거울로 달려가, 고함을 질렀다. 그녀는 자기 자신의 모습에 눈이 부셨던 것이다.

그녀는 아름답고 예뻤다. 그녀는 투생의 의견과 그녀의 거울의 반영에 동의하지 않을 수 없었다. 그녀의 허리는 날씬해졌고, 살결은 희어졌고, 머리카락은 윤이 났고, 여태껏 알지 못했던 광채가 그녀의 푸른 눈동자에 반짝였다. 자기가 아름답다는 확신이, 날이 환히 밝아지듯이, 순식간에, 완전히 그녀에게 왔다. 게다가 다른 사람들도 그녀의 아름다움을 말하고 있었고, 투생도 그렇게 말하고 있었고, 그 행인이 말한 것도 분명히 그녀에 관해서였으니, 더 이상 의심할 것이 없었다. 그녀는 다시 정원으로 내려가면서, 자기가 여왕이라고 생각하고, 새들이 노래하는 걸 듣고, 때는 겨울이어서, 황금빛 하늘을 보고, 나무들 속에 태양을 보고, 덤불들 속에 꽃들을 보고, 형언할 수 없는 황홀감 속에, 미칠 듯이, 어찌할 줄을 모르고 있었다.

한편 장 발장 쪽에서는 뭐라고 말할 수 없는 심히 가슴이 에이는 듯한 심정을 느끼고 있었다.

사실 얼마 전부터 그는 코제트의 다정스러운 얼굴 위에 날마다 더 빛나 보이는 그 아름다움을 두려운 마음으로 바라보고 있었으니까. 모든 사람들에게 즐거운 여명도 그에게는 음울한 것이었다.

코제트는 꽤 오래전부터 아름다웠지만 미처 그것을 깨닫지 못하고 있었던 것이다. 그러나 서서히 떠올라 점점 처녀의 전신을 감싸고 있는 그 의외의 빛은 첫날부터 장 발장의 침울한 눈을 아프게 했다. 그는 그것이 행복한 생활 속에서, 그가 거기서 뭔가를 흐트러뜨리지나 않을까 하는 두려움 속에서 감히 몸 하나 까딱하지도 못할 만큼 그렇게도 행복한 생활 속에서 일어난 하나의 변화라고 느꼈다. 모든 고난을 겪었고, 아직도 그 운명의 타박상에서 피가 뚝뚝 떨어지고 있는 이 사나이, 전에는 거의 악인이었으나 지금은 거의 성인이 됐고, 예전에 감옥의 사슬을 끌었던 후, 지금은 눈에 보이지 않는, 그러나 무거운 무한한 사슬을 끌고 있고, 법률이 석방하지 않았기에 언제든지 다시 체포되어 세상에 알려지지 않은 그의 덕행에서 공개적인 오욕의 백일하에 도로 끌려갈지도 모를 이 사나이, 모든 것을 감수하고, 모든 것을 용서하고, 모든 것을 묵인하고, 모든 것을 축복하고, 모든 것을 승낙하고 있는 이 사나이는 신과 인간과 법률과 사회와 자연과 세계에 대해 한 가지밖에, 코제트가 자기를 사랑하는 것밖에 요구하지 않고 있었다!

원컨대 코제트가 자기를 계속 사랑해 주기를! 이 아이의 마음이 자기에게 와서 자기에게 머물러 있는 것을 원컨대 하느님은 막지 말기를! 코제트의 사랑을 받음으로, 그는 자기가 쾌유되고, 피로가 풀리고, 진정되고, 충만되고, 보상받고, 영광을 얻고 있는 것을 느꼈다. 코제트의 사랑을 받음으로, 그는 마음이 편했다. 그는 그 이상은 아무것도 바라지 않았다. "너는 더 마음이 편하기를 바라느냐?"라고 누가 그에게 말했다면, 그는 "아니."라고 대답했으리라. "너는 천국을 원하느냐?"

라고 하느님이 그에게 말했다면, 그는 "나는 거기서 떨어질 겁니다."라고 대답했으리라.

이러한 상태에 가볍게 상처를 입힐 수 있는 것이라면 모두, 설령 그것이 표면에만일지라도, 다른 것의 시작처럼 그를 떨게 했다. 그는 여자의 아름다움이 무엇인가를 결코 잘 알지는 못했지만, 본능으로, 그것이 무서운 것임은 잘 알고 있었다.

그의 옆에서, 그의 눈 아래서, 어린아이의 천진하고도 무서운 이마 위에 더욱더 의기양양하고 숭고하게 피어나는 그 아름다움을 그는 그의 추함, 그의 늙음, 그의 비참, 그의 영벌(永罰), 그의 낙담 속에서 놀란 눈으로 바라보고 있었다.

그는 생각했다. "이 애는 참으로 아름답다! 나는 어떻게 될 것인고, 나는?"

그런데 여기에 그의 애정과 한 어머니의 애정의 차이가 있었다. 그가 고민하며 보고 있던 것, 어머니라면 그것을 기쁜 마음으로 보았을 것이다.

처음 징후가 나타나는 데는 시간이 오래 걸리지 않았다.

'확실히 나는 아름답다!'고 생각했던 날의 다음 날부터 코제트는 옷차림에 신경 쓰기 시작했다. 그녀는 행인의 말을 떠올렸다. "예쁘다. 하지만 옷차림이 나쁘군." 이것은 신탁의 바람, 그녀의 옆을 지나가며 훗날 여자의 전 생애를 가득 채우게 될 두 싹 중의 하나인 교태를 그녀의 가슴속에 내려놓은 뒤에 사라져 버린 바람이었다. 사랑은 또 하나의 싹이다.

자기의 아름다움을 믿음과 함께, 여성의 모든 감수성이 그녀 속에서 피어났다. 그녀는 메리노 모직 옷을 싫어하고 벨벳 모자를 부끄러워했다. 그녀의 아버지는 그녀에게 결코 아무것도 거절하지 않았다. 그녀는 이내 모자, 드레스, 코트, 구두, 커프스, 어울리는 천, 알맞은 빛깔 등에 관한 모든 지식을 알게 됐는데, 이러한 지식은 파리의 여성을 무엇인가 그토록 매력적이고, 그토록 심원하고, 그토록 위험한 것으로 만든다. '요염한 여자'란 말은 파리 여자를 위해 지어내졌다.

한 달도 못 가서 소녀 코제트는 바빌론 거리의 그 은둔지에서 단지 가장 예쁜 여자의 하나였을 뿐만 아니라, 이건 대단한 것인데, 또한 파리에서 '가장 옷 잘 입은' 여자이기도 했는데, 이건 훨씬 더한 것이다. 그녀는 '그 행인'을 만나 그가 뭐라고 말할지 보고 싶고 그에게 '본때도 보여 주고' 싶었을 것이다. 사실 그녀는 모든 점에서 매혹적이었고, 제라르의 모자와 에르보의 모자를 훌륭하게 식별했다.

장 발장은 이러한 변화를 걱정스럽게 지켜보고 있었다. 자기는 결코 땅을 기기밖에, 고작해서 걷기밖에 못 하리라고 느끼고 있던 그는 코제트에게 날개가 돋는 것을 보고 있었다.

그런데 코제트의 옷차림을 흘끗 보기만 해도, 여자라면 누구나 그녀에게 어머니가 없다는 것을 알아차렸을 것이다. 어떤 사소한 예절들도, 어떤 특별한 관례들도 코제트는 조금도 지키지 않고 있었다. 이를테면, 어머니라면, 처녀는 능직 옷을 입지 않는다고 말해 주었을 것이다.

코제트가 검은 능직 드레스와 케이프에 흰 크레이프 모자를 쓰고 외출한 첫날, 그녀는 희희낙락하고, 희색만면하고, 의기양양하고, 발그레하고, 반짝이는 얼굴을 하고 장 발장에게 와서 팔을 잡았다. "아버지, 이렇게 차리고 나서니 어때요?" 하고 그녀는 말했다. 장 발장은 시기하는 사람의 신랄한 목소리 비슷한 목소리로 대답했다. "거 참 멋지구나!" 그는 산책 중에 평소와 같았다. 돌아와서 그는 코제트에게 물었다.

"그래, 네 드레스와 모자는 더 이상 쓰지 않을 테냐?"

이것은 코제트의 방에서 일어난 일이었는데, 코제트는 수녀원 기숙생 시절에 입던 헌 옷이 걸려 있는 옷장의 옷걸이 쪽을 돌아보았다.

"저 가장복요! 아버지, 저걸 어떡하란 말이에요? 오! 정말, 싫어요, 난 저런 끔찍스러운 것들은 결코 다시 입지 않을 거예요. 저런 걸 머리에 뒤집어쓰면 나는 미친개같이 보일걸요."

장 발장은 깊이 한숨을 쉬었다.

이때부터 그는 코제트가 예전에는 늘 집에 있고 싶어서, "아버지, 나는 아버지하고 여기 있는 것이 더 재미있어요."라고 말했는데, 지금은 늘 나가고 싶어 하는 것을 알아차렸다. 사실, 사람들에게 보이지 않는다면, 예쁜 얼굴과 멋진 옷을 가지고 있은들 무슨 소용 있겠는가?

그는 또 코제트가 뒷마당을 더 이상 좋아하지 않는 것도 눈치챘다. 지금은 그녀가 보통 정원을 지켰고, 기꺼이 쇠 격자문 앞에서 거닐었다. 장 발장은 사람들 눈에 띄고 싶지 않은지라 정원에 발을 들여놓지 않았다. 그는 그의 뒷마당에 개처럼 머무르고 있었다.

코제트는 자기가 아름다운 걸 앎으로써, 그것을 몰랐을 때의 우아함을 잃었다. 그것은 세련된 우아함이었다. 왜냐하면 순박함으로 한결 북돋워진 우아함은 말로 표현할 수 없고, 그런 줄도 모르고 천국의 열쇠를 손에 쥐고 걸어가는 눈부신 순진함처럼 경탄할 만한 것은 아무것도 없기 때문이다. 그러나 그녀가 천진한 우아함에서 잃은 것, 그것을 그녀는 생각에 잠긴 진지한 매력에서 되찾았다. 그녀의 온몸은 젊음의 기쁨, 순결, 아름다움의 기쁨으로 충만하고, 호화로운 우수에 젖어 있었다.

마리우스가 여섯 달이 흘러간 뒤 뤽상부르 공원에서 그녀를 다시 본 것은 이 무렵이었다.

6. 싸움이 시작되다

코제트는 그녀의 어둠 속에서, 마리우스가 그의 어둠 속에 있는 것과 마찬가지로, 정열을 타오르게 하기 위해 완전히 마음의 준비가 되어 있었다. 운명은 신비롭고 숙명적인 참을성을 가지고 그 두 남녀를 서서히 서로 접근시켰다, 비바람이 몰아치는 정열의 전기를 잔뜩 싣고 잔뜩 번민하는 이 두 인간들을, 두 구름이 벼락을 품고 있듯이 사랑을 품고 있고, 장차 서로 접근하여 그 구름들이 번개 속에서 서로 섞이듯이 하나의 눈길 속에 서로 섞이게 될 그 두 영혼들을.

사람들이 연애소설들에서 눈길이라는 말을 어찌나 많이 남용했는지 마침내 이 말의 신용을 떨어뜨렸다. 두 인간들의 눈이 서로 맞았기 때문에 그들이 서로 사랑했다고 감히 말하는 사람은 오늘날 거의 없다. 그렇지만 사람들이 사랑하는 건 그와 같고, 오로지 그와 같을 뿐이다. 그 밖의 것은 그 밖의 것일 뿐이고, 뒤에 온다. 두 영혼들이 그 번쩍거림을 교환함으로써 서로 주고받는 그 큰 충격보다도 더 진정한 것은 아무것도 없다.

코제트가 그런 줄도 모르고 마리우스의 마음을 흔들어 놓은 그 눈길을 가졌던 그 어느 때에, 마리우스는 그도 역시 코제트의 마음을 흔들어 놓은 눈길을 가졌으리라고는 생각지도 못했다.

그는 그녀에게 똑같은 악과 똑같은 선을 행했다.

이미 오래전부터 그녀는 딴 데를 바라보면서, 처녀들이 살펴보듯이 그를 보고 있었고 그를 살펴보고 있었다. 마리우스는 아직도 코제트를 못생겼다고 생각하고 있었으나 코제트는 마리우스를 미남이라고 생각하고 있었다. 그러나 그가 그녀에게 조금도 주의하지 않고 있었으므로, 이 젊은이는 그녀에겐 아무래도 좋았다.

그렇지만 그녀는 그가 아름다운 머리카락과 아름다운 눈, 아름다운 이를 갖고 있고, 그가 친구들과 이야기하는 것을 들었을 때 그의 목소리가 매혹적이고, 그의 걸음걸이가 얌전하지 못하다고도 할 수 있으나 그 나름대로 우아하고, 그가 전혀 어리석어 보이지 않고, 그의 됨됨이가 고상하고 온화하고 순박하고 고결하고, 마지막으로 그가 가난한 것 같으나 착해 보인다고 생각하지 않을 수 없었다.

그들의 눈이 마주치고 눈길이 우물우물 말하는, 애매하고 말로 표현할 수 없는 그 최초의 것들을 마침내 갑자기 서로 말한 날, 코제트는 처음에 이해하지 못했다. 그녀는, 장 발장이 습관대로 반 개월을 지내러 왔던 웨스트 거리의 집에 깊은 생각에 잠겨 돌아갔다. 이튿날 잠을 깨자, 그녀는 그토록 오랫동안 무관심하고 얼음장 같더니 이제야 자기에게 주의를 하는 것 같은 그 미지의 젊은이를 생각했는데, 그 주의가 그녀에게 추호도 기분 좋은 것 같지 않았다. 그녀는 이 거만한 미남자에게 오히려 약간의 분노를 느꼈다. 싸움의 본성이 그녀 속에서 움직였다. 그녀는 마침내 자기가 복수를 하는 것 같아서, 아주 유치한 기쁨을 느꼈다.

자기가 아름답다는 것을 알고, 그녀는 희미하게나마 자기가 무기를 갖고 있다는 걸 느꼈다. 여자들은 어린아이들이 자기의 칼을 갖고 놀 듯이 자기의 미모를 갖고 논다. 그녀들은 그것 때문에 상처를 입는다.

마리우스가 주저하고 가슴이 두근거리고 두려워하던 것을 독자는 기억하리라. 그는 벤치에 앉아 있을 뿐, 다가가지 않았다. 이것이 코제트에게 분한 생각이 들게 한 것이었다. 어느 날 그녀는 장 발장에게 말했다. "아버지 저쪽으로 좀 옮겨 가요." 마리우스가 자기에게로 조금도 오지 않는 것을 보고 그녀가 그에게로 갔다. 이런 경우에 여자는 누구나 마호메트를 닮는다. 그리고 또 이상한 일이지만, 청년에게서 진실한 사랑의 첫 징후는 소심이고, 처녀에게서는 과감성이다. 이건 놀라운 일이지만, 이보다도 더 단순한 것은 아무것도 없다. 그것은 남녀 양성이 서로 접근하려고 하지만 서로 다른 특성을 띠기 때문이다.

이날 코제트의 시선은 마리우스를 미치게 하고, 마리우스의 시선은 코제트를 떨리게 했다. 마리우스는 자신을 갖고 떠났고, 코제트는 불안한 마음을 갖고 떠났다. 이날부터 그들은 열렬히 사랑했다.

코제트가 처음에 느낀 것, 그것은 혼란하고 깊은 애수였다. 그녀는 대번에 자기의 마음이 캄캄해진 것 같았다. 그녀는 더이상 자기의 마음을 알아볼 수 없었다. 처녀들의 하얀 마음은 싸늘함과 명랑함으로 이루어져 있어 눈과 같다. 그것은 사랑에 녹고, 사랑은 그것의 태양이다.

코제트는 사랑이 무엇인지 모르고 있었다. 세속적인 뜻으로 그 말을 하는 것을 한 번도 들어 본 적이 없었다. 수도원에 들어오는 속계의 음악 책들에서 '아무르'(사랑)라는 말은 '탕부르'(북) 또는 '팡두르'(약탈자)라는 말로 바뀌어 있었다. 그래서 "아! 탕부르는 얼마나 유쾌한가!" 또는 "연민의 정은 약탈자가 아니다!"라는 말처럼, 그것은 '상급생'들의 상상력을 훈련시키는 수수께끼가 되었다. 그러나 코제트는 아직 너무 어렸을 때 나왔기 때문에 '탕부르'에는 마음을 많이 뺏기지 않았다. 그러므로 그녀는 지금 느끼고 있는 것에 뭐라고 이름을 붙일 것인지 몰랐다. 사람이 자기의 병명을 모른다고 해서 덜 아프겠는가?

그녀는 뭔지 모르고 사랑하고 있었으므로 더욱 열정적으로 사랑하고 있었다. 그녀는 그것이 좋은 것인지 나쁜 것인지, 유익한 것인지 위험한 것인지, 필요한 것인지 치명적인 것인지,

영원한 것인지 일시적인 것인지, 허용된 것인지 금지된 것인지, 알지 못하고 사랑하고 있었다. 만약에 누가 그녀에게 이런 말을 했다면 그녀는 심히 놀랐을 것이다. "당신은 자지 않는다고? 하지만 그건 안 돼! 당신은 먹지 않는다고? 하지만 그건 아주 나빠! 당신은 가슴이 답답하고 두근거린다고? 하지만 그래선 안 돼! 검은 옷 입은 어떤 사람이 어떤 푸른 통로 끝에 나타날 때 당신은 얼굴이 붉어지고 새파래진다고? 하지만 그건 아주 나빠!" 그녀는 이해하지 못했을 것이고, 이렇게 대답했으리라. "내가 아무것도 할 수 없고 아무것도 모르는 일인데 거기에 어찌 내 잘못이 있을 수 있겠어요?"

그녀에게 나타난 사랑은 바로 그녀의 마음 상태에 가장 잘 어울리는 사랑이었다. 그것은 일종의 멀리서의 열애고, 무언의 바라봄이고, 모르는 숭배였다. 그것은 청춘 앞에 나타난 청춘이고, 소설이 되어 꿈의 상태로 있는 밤들의 꿈이고, 마침내 실현되고 살이 된, 그러나 아직 이름도 없고, 잘못도 없고, 오점도 없고, 요구도 없고, 결함도 없는, 바라던 환영이었다. 한마디로 말해서, 멀리 떨어져 있고 이상 속에 머물러 있는 연인이요, 하나의 형체를 갖춘 공상이었다. 더 실제적이고 더 가까운 만남은 모두 그 첫 시기에, 아직도 수도원의 짙은 안개 속에 절반 잠겨 있던 코제트를 질겁하게 했으리라. 그녀는 어린아이들의 모든 공포심과 수녀들의 모든 공포심을 혼합하여 갖고 있었다. 그녀가 오 년간 젖어들었던 수도원적 정신은 서서히 그녀의 전신에서 사라지고 있었고, 그녀 주위의 모든 것을 두려워하게 했다. 이러한 상태에서 그녀에게 필요한 것은 애인도 아니고, 연인도 아니었다. 그것은 하나의 환상이었다. 그녀는 마리우스를 무엇인가 매혹적이고 빛나고 불가능한 것으로 열렬히 사랑하기 시작했다.

극도의 순진은 극도의 교태에 가까우므로, 그녀는 그에게 아주 천진난만하게 미소지었다.

그녀는 날마다 산책 시간을 초조하게 기다렸고, 거기서 마리우스를 보고 말할 수 없이 행복감을 느꼈으며, 장 발장에게 이렇게 말함으로써 자기의 생각을 모두 솔직히 표현한다고 생각했다. "이 뤽상부르는 참으로 즐거운 공원이에요!"

마리우스와 코제트는 밤에도 서로 마주 대하고 있었다. 그들은 서로 말도 않고, 인사도 않고, 서로 알지도 않았다. 그들은 서로 보고 있었다. 그리고 수천만 리나 떨어져 있는 하늘의 별들처럼 서로 바라보고 살고 있었다.

이렇게 코제트는 조금씩 여자가 되고, 자기의 아름다움을 의식하고 자기의 사랑을 모르고서, 아름답고 사랑하는 여자로서 발달해 가고 있었다. 거기다가 순진하게 교태도 부렸다.

7. 하나의 슬픔에 하나 반의 슬픔

모든 상황들에는 그것들의 직감이 있다. 늙고 영원한 어머니인 자연은 장 발장에게 마리우스의 존재를 암암리에 알려 주었다. 장 발장은 그의 가장 어두운 생각 속에서 떨고 있었다. 장 발장은 아무것도 보지 않고 아무것도 알지 못했으나,

마치 한쪽에서는 무엇인가가 지어지고 있는데 다른 쪽에서는 무엇인가가 허물어지고 있는 것을 느끼듯이, 그는 자기를 둘러싸고 있는 암흑을 끈질기게 주시하고 있었다. 마리우스 역시, 이것은 하느님의 심오한 법칙이거니와, 그 똑같은 어머니인 자연에 의해 주의를 받고, '아버지'의 눈을 피하기 위해 그가 할 수 있는 모든 것을 하고 있었다. 그렇지만 그가 이따금 장 발장의 눈에 띄는 수가 있었다. 마리우스의 거동은 더 이상 전혀 자연스럽지 않았다. 그에게는 수상한 조심성과 어색한 경솔함이 있었다. 그는 더 이상 예전처럼 아주 가까이 오지 않고, 멀리 떨어진 곳에 앉아서 황홀경에 빠져, 한 권의 책을 들고 읽는 체하고 있었는데, 그는 누구를 위해 그러는 체하고 있었을까? 옛날에는 헌 예복을 입고 왔는데, 지금은 날마다 새 예복을 입고 있었다. 그가 전혀 머리털을 지지지 않는다는 건 아주 확실치 않았고, 이상야릇한 눈씨를 하고, 장갑을 끼고 있었다. 요컨대 장 발장은 진심으로 이 청년을 미워하고 있었다.

코제트는 아무것도 눈치채지 못하게 하고 있었다. 왜 그러는지는 정확히 몰라도, 그것이 대단한 것이라는 걸, 그리고 그것은 감추지 않으면 안 된다는 걸 그녀는 확실히 느끼고 있었다.

코제트에게 나타난 복장의 취미와 그 미지의 청년에게 생겨난 새 예복 입는 버릇은 장 발장에게 불쾌한 일치였다. 그것은 아마, 아니 확실히 우연이었겠지만, 불안스러운 우연이었다.

그는 이 알 수 없는 청년에 관해 코제트에게 한 번도 입을 열지 않았다. 그렇지만 어느 날, 그는 더 이상 참지 못하고, 자기의 불행 속에 갑자기 측연(測鉛)을 던져 탐색하는 것 같은 그 막연한 절망감에서 그녀에게 말했다. "저기 저 청년은 유식한 체하는 것 같다!"

코제트는, 전해에, 무관심한 소녀였을 때라면, 이렇게 대답했으리라. "그렇잖아요. 매혹적인걸요." 십 년 후라면, 마리우스에 대한 사랑을 가슴에 품고, 이렇게 대답했으리라. "유식한 체하고 역겨워요. 참 옳은 말씀이에요!" 그러나 그녀의 이때 같은 생활과 마음에서는 그녀는 지극히 태연스럽게 이렇게 대답하는 것으로 만족했다.

"저 청년 말인가요!"

마치 생전 처음 그를 보기라도 한 듯이.

"내가 참 어리석구나!" 하고 장 발장은 생각했다. '이 애는 아직 저 사람에게 주의도 하지 않았는데, 내가 그를 이 애에게 알려주는구나.'

오, 늙은이들의 단순함이여! 그리고 어린아이들의 웅숭깊음이여!

처녀는 어떠한 함정에도 빠지지 않고, 젊은 사내는 모든 함정들에 빠지는데, 그것은 역시 고민하고 번민하는 그 청춘들의 통칙이고, 첫 장애들에 대한 첫사랑의 그 강렬한 싸움의 통칙이다. 장 발장은 마리우스에 대해 은연중 전쟁을 시작했는데, 마리우스는 그의 정열과 연령의 고귀한 어리석음에서 그것을 조금도 눈치채지 못했다. 장 발장은 그에게 많은 올가미를 쳤다. 뤽상부르 공원에 오는 시간을 바꾸고, 벤치를 바꾸고, 손수건을 놓고 가고, 그러는가 하면 혼자 오기도 했는데, 마리우스는 무모하게도 그 모든 허방다리에 빠졌고, 장 발장이 그의 노상에 꽂아 놓은 그 모든 의문점들에 그는 순진하게도 그렇다고 대답했다. 그렇지만 코제트는 외관상의 무관심과 요지부동의 태연스러움 속에 들어박혀 있었다. 그래서 장 발장은 이러한 결론에 도달했다. '저 바보 녀석은 코제트에게 홀딱 반했지만, 코제트는 그가 존재하는 것조차도 모르고 있다.'

그래도 역시 그는 가슴속에 고통스러운 전율을 느끼고 있었다. 코제트가 사랑을 할 순간이 곧 올지도 모른다. 모든 것이 무관심에서 시작되지 않는가?

단 한 번 코제트는 실수를 하여 그를 놀라게 했다. 그는 세 시간 동안 머물러 있다가 벤치에서 일어나 출발하려 했는데, 그녀가 말했다. "벌써!"

장 발장은 뤽상부르 공원에서의 산책을 중단하지 않았고, 아무것도 이상한 짓은 하고 싶지 않았으며, 무엇보다도 코제트에게 경고하는 걸 두려워했다. 두 애인들에게는 그렇게도 감미로운 그 시간 동안, 코제트는 마리우스에게 미소를 보내고 있고, 도취한 마리우스는 그것만 느끼고 이제 이 세상에서 그 빛나는 사랑하는 얼굴밖에 더 이상 아무것도 보지 않고 있는데, 장 발장은 무시무시하게 번쩍이는 눈을 마리우스에게서 떼지 않고 있었다. 마침내 자기는 더 이상 나쁜 감정을 품을 수 없는 사람이라고 믿었던 그도, 마리우스가 거기에 있을 적에는, 자기가 다시 사납고 흉포해진다고 생각되는 순간들이 있었으며, 옛날에 그처럼 많은 분노가 있었던 자기 마음의 그 낡은 심보가 그 청년에 대해 다시 열리고 끓어오름을 느꼈다. 그는 자기 속에 미지의 분화구들이 다시 형성되는 것 같왔다.

뭐야! 저기에 있다, 그 녀석이! 저자가 뭐하러 왔을까? 돌아보고, 눈치를 보고, 살펴보고, 시험해 보려고 왔다! "흥, 왜 그러면 안 되는 거야?" 하고 그는 와서 말하겠지. 그는 그의 생활의, 장 발장의 생활의 주변에 와서 얼쩡거린다! 그의 행복의 주변에서 얼쩡거리고, 그것을 앗아 가려고 한다!

장 발장은 덧붙여 말했다. "암, 그렇지! 그는 무엇을 찾으러 오는가? 정사를! 그는 무엇을 원하는가? 일시적인 사랑을! 일시적인 사랑을! 그런데 나는! 뭐야! 나는 처음에 사람들 중에서 가장 비참한 놈이었고, 다음에 가장 불행한 놈이었고, 육십 평생을 무릎 꿇고 지냈고, 사람이 참을 수 있는 것은 무엇이고 다 참았고, 젊어 보지도 않고 늙었고, 가족도 없고, 일가도 없고, 친구도 없고, 아내도 없고, 아들도 없이 살았고, 모든 돌 위에, 모든 가시덤불 위에, 모든 도로의 이정표에, 모든 담벼락을 따라서 내 피를 흘렸고, 남들이 내게 야박하게 굴어도 나는 언제나 온후하였고, 심술궂게 굴어도 나는 착하게 살았고, 모든 것을 극복하고 정직한 사람으로 거듭났고, 내가 저지른 악은 뉘우치고 남이 나에게 가한 악은 용서했고, 그런데 내가 보상을 받는 때에, 다 끝난 때에, 내가 목적지에 도달하는 때에, 내가 바라는 것을 갖고 있는 때에, 좋아, 잘됐어, 나는 그 값을 치렀고, 그것을 획득했는데, 이 모든 것은 갈 것이고, 이 모든 것은 사라질 것이고, 그리고 나는 코제트를 잃을 것이고, 내 인생을, 내 기쁨을, 내 영혼을 잃을 것인가! 바보 천치 같은 녀석 하나가 뤽상부르 공원에 와서 얼쩡거리기를 좋아한 탓으로!

그러자 그의 눈은 침울하고 이상야릇한 빛으로 가득 찼다. 그것은 더 이상 한 사람을 바라다보는 한 사람이 아니고, 한 적을 바라보는 한 적도 아니었다. 그것은 한 놈의 도둑을 바라보는 한 마리의 개였다.

그 밖의 것은 독자도 안다. 마리우스는 어리석은 짓거리를 계속했다. 어느 날 그는 웨스트 거리까지 코제트의 뒤를 밟았다. 또 다른 날 그는 문지기에게 말을 했다. 문지기 쪽에서도 말을 했고, 장 발장에게 말했다. "어르신, 이상한 청년 하나가 어르신을 찾았는데, 대체 그 사람은 누굽니까?" 이튿날 장 발장은 마리우스를 힐끗 보았고, 그것을 마리우스는 마침내 알아차렸다. 일주일 후에 장 발장은 이사해 버렸다. 그는 뢱상부르 공원에도 웨스트 거리에도 더 이상 발을 들여놓지 않으리라고 맹세했다. 그는 플뤼메 거리로 돌아갔다.

코제트는 불평하지 않고, 아무 말도 하지 않고, 아무 말도 묻지 않고, 무슨 까닭인지 알려고도 하지 않았다. 그녀는 이미 사람이 자기의 속마음을 알아채고 본심을 드러낼까 봐 두려워하는 시기에 이르렀다. 장 발장은 이러한 걱정거리의 경험이 전혀 없었는데, 그것은 매력적인 유일한 걱정거리이자 그가 알지 못하는 유일한 걱정거리였다. 그래서 그는 코제트의 침묵의 중대한 뜻을 조금도 이해하지 못했다. 다만 그는 그녀가 침울해진 것을 알아보았고, 그는 우울해졌다. 그것은 쌍방이 다 무경험의 싸움이었다.

그는 한 번 시험해 보았다. 그는 코제트에게 물었다. "뢱상

부르 공원에 가고 싶으냐?"

한 줄기 빛이 코제트의 창백한 얼굴을 밝게 했다.

"예." 하고 그녀는 말했다.

그들은 거기에 갔다. 석 달이 흘러갔었다. 마리우스는 더 이상 거기에 가지 않았다. 마리우스는 거기에 없었다.

이튿날 장 발장은 코제트에게 다시 물었다.

"뤽상부르 공원에 가고 싶으냐?"

그녀는 서글프게 조용히 대답했다.

"아니요."

장 발장은 그 슬픔에 역정이 나고, 그 조용한 말씨에 가슴이 아팠다.

그토록 젊고 이미 그토록 헤아릴 수 없는 그 정신 속에 무슨 일이 일어나고 있었던가? 거기에서 무슨 일이 이루어지고 있는 중이었던가? 코제트의 마음에 무엇이 발생하고 있었던가? 이따금 장 발장은 자지 않고 침대 옆에 앉아서 두 손으로 머리를 감싸안고서 몇 날 밤이고 꼬박 뜬눈으로 지새우면서, "코제트는 무엇을 생각하고 있을까?" 하고 자문하고 그녀가 생각할 수 있는 것들을 생각했다.

오! 그러한 때면 그는 얼마나 고통스러운 눈을 수녀원 쪽으로, 그 순결한 정상 쪽으로, 그 천사들의 장소 쪽으로, 미덕의 그 접근할 수 없는 빙산 쪽으로 돌리곤 했던가! 그 수녀원의 정원을, 이름 모를 꽃들과 유폐된 동정녀들로 가득 차 있고 모든 향기들과 모든 영혼들이 하늘 쪽으로 똑바로 올라가고 있는 그 수녀원의 정원을 얼마나 그는 절망적인 황홀감 속에 응시하고 있었던가! 그가 거기서 자발적으로 나왔고 거기서 어리석게 내려왔던 그 영원히 닫힌 에덴의 동산을 얼마나 그는 찬미하고 있었던가? 그의 헌신 자체에 의해 사로잡히고 쓰러뜨려진 희생의 가련한 영웅인 그는, 코제트를 사바세계에 데려온 그의 자기 희생과 광기를 얼마나 뉘우치고 있었던가! "내가 무슨 짓을 했지?" 하고 얼마나 그는 생각하고 있었던가!

그런데 이런 것은 아무것도 코제트에게는 드러나지 않았다. 역정도 내지 않고 불쾌한 기색도 보이지 않았다. 언제나 한결같이 명랑하고 친절한 얼굴이었다. 장 발장의 태도는 여느 때보다도 더 다정하고 더 인자했다. 만약에 무엇인가가 그의 즐거움이 덜한 것을 짐작게 할 수 있었다면, 그것은 그의 너그러움이 더한 것이었다.

한편 코제트는 어떤가 하면, 그녀는 허탈 상태에 빠져 있었다. 그녀는 정확히 왜 그런지는 몰라도, 이상하게, 마리우스가 있는 것을 기뻐했듯이 마리우스가 없는 것을 괴로워하고 있었다. 장 발장이 습관적인 산책에 그녀를 데려가기를 그만두었을 때, 여성의 본능이 가슴속에서 그녀에게 어렴풋이 속삭였다. 뤽상부르 공원에 집착하는 것같이 보여서는 안 된다. 그녀가 아무려나 상관없는 체하고 있으면 아버지가 그녀를 거기로 다시 데려가 줄 것이다, 라고. 그러나 날이 가고 주(週)가 가고 또 몇 달이 흘러갔다. 장 발장은 코제트의 말 없는 동의를 암묵리에 받아들였었다. 그녀는 그것을 후회했다. 때는 너무 늦었다. 그녀가 뤽상부르 공원에 돌아간 날 마리우스는 더 이상 거기에 없었다. 마리우스는 사라져 버린 것이다. 이젠 끝장이다. 어떡한다? 언젠가 그를 다시 볼 수 있을까? 그녀는 비통한 심정이었으나 그것은 아무것으로도 풀리지 않고 날마다 커져만 갔다. 그녀는 더 이상 알지 못했다. 지금이 겨울인지 여름인지, 해가 났는지 비가 오는지, 새들이 우는지 어떤지, 때는 달리아의 철인지 실국화의 철인지, 뤽상부르 공원이 튈르리 정원보다 아름다운지 어떤지, 빨래하는 여자가 갖다 주는 내의에 풀이 너무 많이 먹여졌는지 모자란지, 투생이 '장보기'를 잘해 왔는지 어떤지. 그녀는 지쳐 빠져, 골똘히, 단 한 가지 생각에만 정신이 팔려, 어슴프레한 눈을 멍하니 크게 뜨고 있었다. 마치 밤중에 유령이 사라져 버린 캄캄하고 깊숙한 자리를 바라보고 있듯이.

그러나 그녀 역시 그녀의 창백함 외에는 장 발장에게 아무것도 보이지 않게 했다. 그녀는 그에게 여전히 다정한 얼굴을 보여 주었다.

그렇게 창백한 것만으로도 장 발장에게 걱정을 끼치기에 너무나도 충분했다. 이따금 그는 그녀에게 물었다.

"무슨 일이 있느냐?"

그녀는 대답했다.

"아무 일 없어요."

그러고 한참 침묵을 지키다가, 그 역시 슬퍼하고 있는 것을 알아차렸으므로, 그녀는 다시 말을 이었다.

"그런데 아버지, 아버지는 무슨 일이 있어요?"

"나? 아무 일 없다." 하고 그는 말했다.

그토록 오로지 자기들끼리만, 그리고 그토록 감동적인 사랑으로 서로 사랑했었고, 그토록 오랫동안 서로 의지하며 살았었던 이 두 사람은, 지금은 서로 곁에서, 서로 상대방 탓으로, 서로 그렇다는 말도 하지 않고, 서로 원망도 하지 않고, 미소를 지으면서 괴로워하고 있었다.

8. 사슬에 얽힌 죄수들

둘 중에서 더 불행한 사람, 그것은 장 발장이었다. 청춘은 그의 비애 속에서조차도 항상 그의 빛을 가지고 있다.

어떤 때 장 발장은 하도 많이 괴로워하고 있었기 때문에 어린애 같아졌다. 인간의 어린애 같은 면을 다시 나타내게 하는 것은 고통의 특색이다. 그는 코제트가 자기에게서 멀어져 가고 있다는 느낌을 물리칠 수 없었다. 그는 뭔가 외부의 빛나는 것으로 싸우고, 그녀를 붙잡고, 그녀를 감격게 하고 싶었을 것이다. 그러한 생각들은, 아까 말했다시피 유치하고, 동시에 망령스럽지만, 그 생각들의 유치함 자체에 의해, 금은 장식이 처녀들의 상상에 미치는 영향력의 꽤 정확한 관념을 그에게 주었다. 그는 한 번 파리의 사령관인 백작 쿠타르 장군이 정장(正裝)을 한 채 말을 타고 거리를 지나가는 걸 본 일이 있었다. 그는 그 황금빛의 사나이를 부러워했고, 생각했다. "무엇 하나 탓할 데 없는 저런 옷을 입을 수 있다면 얼마나 행복할까! 만약에 코제트가 그렇게 하고 있는 그를 본다면, 그녀를 눈부

시게 할 것이고, 그가 코제트의 팔을 잡고 튈르리 궁의 철문 앞을 지나가면, 병사들은 그에게 받들어총을 할 것이고, 그것만으로도 코제트는 만족할 것이고, 젊은 사람들을 바라볼 생각을 그녀에게서 앗아 갈 것이다."

뜻하지 않은 충격 하나가 그러한 슬픈 생각에 와서 섞였다.

그들이 지내고 있는 고독한 생활 속에서, 그리고 플뤼메 거리에 와서 살게 된 때부터 그들은 하나의 습관을 가지고 있었다. 그들은 때때로 해돋이를 보러 들놀이를 가곤 했는데, 그것은 인생에 들어가는 사람들과 인생에서 나오는 사람들에게 다 같이 알맞은 기분 좋은 즐거움이다.

이른 아침에 산책하는 것은 적막을 좋아하는 자에게는 밤에 산책하는 것과 동등한데, 거기에 자연의 즐거움이 더해진다. 거리에는 사람이 없고 새들이 노래한다. 그녀 자신이 새인 코제트는 보통 일찍 잠을 깼다. 아침 소풍은 전날 준비되었다. 그가 제의하고, 그녀는 받아들였다. 그것은 하나의 음모처럼 꾸며지고, 그들은 날이 밝기 전에 나갔는데, 코제트에게는 그것이 아기자기한 즐거움이었다. 이렇게 천진난만하게 도심에서 멀리 떠나는 일은 젊은이의 마음에 든다.

장 발장의 성향은 독자도 아다시피 사람이 별로 다니지 않는 곳이나 호젓한 구석, 또는 세상 사람들이 잊고 있는 곳에 가는 것이었다. 당시 파리의 성문 근처에는 도시에 덧붙여져 있다시피 한 초라한 밭 같은 것들이 있었는데, 거기에는 여름에 빈약한 밀이 자라고, 가을에, 수확이 끝난 후, 그 밭들은 거두어 들인 것이 아니라 껍질을 벗겨 놓은 것 같았다. 장 발장은 그런 곳에 가는 것을 특히 좋아했다. 코제트는 거기서 전혀 지루하지 않았다. 그것은 그에게는 은둔이고, 그녀에게는 자유였다. 거기서 그녀는 다시 소녀가 되었고, 뛰고 놀 수 있었다. 그녀는 모자를 벗어 장 발장의 무릎에 올려놓고, 꽃을 꺾었다. 그녀는 꽃들에 앉은 나비들을 바라보지만 잡지 않았다. 측은지심과 관용은 사랑과 더불어 태어나는데, 취약하고 연약한 이상을 가슴에 품고 있는 처녀는 나비의 날개도 가엾게 여긴다. 그녀가 개양귀비 화환을 엮어 머리 위에 올려놓으면, 거기에 햇빛이 속속들이 스며들어, 화환은 타오르는 불길처럼 새빨개져서, 그 싱싱한 장밋빛 얼굴에 잉걸불의 관을 만들어 주었다.

그들의 생활이 우울하게 된 후에도, 그들은 아침 산책의 습관을 여전히 유지했다.

그러므로 10월의 어느 날 아침, 1831년 가을의 완전한 청명함에 마음이 끌려, 그들은 집을 나가, 미명에 멘의 성문 가까이 와 있었다. 그것은 여명이 아니라 꼭두새벽이었다. 황홀하고도 야생적인 순간. 희번하고 그윽한 창공에는 여기저기에 몇몇 성좌가 걸려 있고, 대지는 새카맣고, 하늘은 새하얗고, 풀잎들은 바르르 떨고 있고, 도처에 어스름한 빛의 신비로운 감동이 퍼져 있었다. 별들에 섞여 있는 것 같은 한 마리 종달새가 굉장히 높은 공중에서 노래하고 있었는데, 무한대에 대한 미물의 그 찬가가 광대무변한 공간을 진정시키고 있는 것 같았다. 동녘에는, 발 드 그라스의 건물이 차가운 햇빛을 받아 밝은 지평에 그 육중한 검은 덩치의 윤곽을 뚜렷이 드러내고 있었고, 눈부신 샛별이 그 둥근 지붕 뒤에서 떠올랐는데, 그것은 마치 어두운 건물에서 탈주하는 혼백 같았다.

모든 것이 고요하고 평화로웠고, 차도에는 한 사람도 없었으며, 아래쪽에서는 드문드문 어렴풋이 보이는 몇몇 노동자들이 일터에 가고 있었다.

장 발장은 측도(側道)에서 한 건설 현장 문 앞에 놓여 있는 골조들 위에 앉았었다. 그는 얼굴을 도로 쪽으로, 그리고 등을 햇빛에 돌리고 있었고, 바야흐로 떠오를 해도 잊어버리고 있었으며, 온 정신이 집중되고 있어 아무것도 눈에 들어오지 않는, 사면의 벽들과 맞먹는 깊은 명상에 빠져 있었다. 수직적인 명상이라고 부를 수 있는 명상이 있는데, 그 밑바닥에 빠져 있을 때에는, 현세로 돌아오기 위해서는 시간이 걸린다. 장 발장은 그러한 몽상 속에 내려가 있었다. 그는 생각하고 있었다. 코제트를, 그녀와 자기 사이에 아무것도 끼어들지 않는다면 가능할 행복을, 그녀가 자기 생활을 가득 채워 주는 그 빛을, 자기 영혼의 호흡인 그 빛을. 이러한 몽상 속에서 그는 거의 행복했다. 코제트는 그의 곁에 서서 장밋빛으로 물들어 가는 구름을 바라다보고 있었다.

별안간 코제트가 소리를 질렀다. "아버지, 저기에 누가 오는 것 같아요." 장 발장은 고개를 들었다.

코제트의 말은 옳았다.

예전의 멘 문밖으로 통하는 차도는, 누구나 아다시피, 세브르 거리로 뻗어 가고, 성내의 가로수 길에 의해 직각으로 끊겨 있다. 그 차도와 가로수 길의 모퉁이, 교차점을 이루고 있는 곳에서, 이런 시간에 설명하기 어려운 소리가 들리고, 일종의 막연한 혼잡이 나타나더니, 무엇인지 알 수 없는 형태 모를 것이 가로수 길에서 차도로 들어오고 있었다.

그것은 커지고 있었고, 그것은 질서 정연하게 움직이는 것 같았지만, 그것은 비죽비죽 솟아 있고 떨고 있었는데, 그것은 마차 같았으나, 무엇을 싣고 있는지는 분별할 수 없었다. 말들과 수레바퀴, 고함 소리가 있었고, 회초리들이 철석철석 소리를 내고 있었다. 아직 어둠 속에 잠겨 있긴 했으나, 차차 윤곽이 드러났다. 그것은 과연 한 대의 수레였는데, 가로수 길에서 도로 위로 막 돌아 장 발장 가까이 있는 성문 쪽으로 오고 있었고, 똑같은 모양의 두 번째 수레가 그 뒤에 오고, 이어서 세 번째, 또 이어서 네 번째, 이렇게 일곱 대의 짐수레가, 말머리가 앞 수레의 뒤에 닿을 만큼 연해연방 뒤따라 나타났다. 사람들의 그림자가 그 짐수레들 위에서 움직이고 있었고 어슴새벽빛에 칼집에서 뺀 군도들 같은 것이 번쩍거리는 것이 보였고, 쇠사슬을 움직이는 것 같은 짤랑거리는 소리가 들렸으며, 그것이 전진해 오고, 사람들의 목소리가 커지고 있었는데, 그것은 마치 꿈의 동굴에서 나오는 것 같은 무시무시한 것이었다.

다가오면서 그것은 형태를 취했고, 나무들 뒤에서 유령같이 희멀겋게 대충 윤곽이 잡혔고, 전체가 희어졌으며, 조금씩 밝아 오는 햇빛이 죽은 것 같고 동시에 산 것 같은 그 우글거리는 것 위에 창백한 빛을 던져, 실루엣의 머리들이 송장들의 얼굴이 되었는데, 그것이 무엇이었는가는 아래와 같다.

일곱 대의 수레들이 줄을 지어 도로 위에 굴러 오고 있었다. 처음 여섯 대는 이상한 구조를 하고 있었다. 그것들은 통

장수들의 이륜마차를 닮았는데, 그것은 두 바퀴들 위에 놓여 있고 그 앞의 끝 부분이 들것 모양을 하고 있는 기다란 사다리 같은 것이었다. 하나하나의 이륜마차에는, 더 적절하게 말해서, 하나하나의 사다리에는 네 마리의 말들이 한 줄로 매어져 있었다. 그 사다리들 위에서 이상한 모습의 밀집된 사람들이 끌려가고 있었다. 희미한 햇빛 속에서 그 사람들은 보이지 않고, 짐작으로 그들을 분간할 뿐이었다. 각각의 수레 위에는 스물네 명이 한쪽에 열두 명씩 서로 등을 기대고, 얼굴을 행인들 쪽으로 향하고, 다리를 허공에 내려뜨리고, 그렇게 그 사람들은 가고 있었다. 그들의 등에는 무엇인가 쨍그랑거리는 것이 있었는데 그것은 쇠사슬이었고, 목에는 무엇인가 번쩍거리는 것이 있었는데 그것은 쇠고리였다. 저마다 제 쇠고리를 차고 있었으나, 사슬은 모두에게 공통이었다. 그래서 이 스물네 명의 사람들이 만약에 이륜마차에서 내려 걷게 된다면, 냉혹하게도 한데 묶여, 쇠사슬을 등골뼈로 하여 거의 지네들처럼 땅 위를 구불구불 가야 했을 것이다. 각 수레의 앞뒤에 두 명의 사나이가 총으로 무장하고 서서, 각각 사슬의 양쪽 끝을 한쪽씩 밟고 있었다. 쇠고리는 네모진 것이었다. 일곱 번째의 수레는 옆 난간이 붙어 있는, 그러나 포장이 없는 거대한 화물 운송차, 네 개의 바퀴와 여섯 마리의 말이 달려 있고, 쇠 가마솥이며 주철 냄비, 쇠 화로, 쇠사슬 등 많은 딸그락거리는 것들을 싣고 있었는데, 거기에는 환자로 보이는 몇몇 사나이들이 묶인 채 길게 누워 있었다. 이 화물 운송차는 속이 환히 틔어 보였는데, 옛날의 사형에 사용되었던 것 같은 파손된 사립

짝들이 갖추어져 있었다.

이 수레들은 포장도로 한가운데를 굴러 오고 있었다. 양쪽에는 초라한 모습의 경호병들이 두 겹의 울타리를 지어 걸어 오고 있었는데, 그들은 5집정관 정부* 시대의 병사들 같은, 얼룩지고, 구멍이 뚫리고, 꾀죄죄한 삼각모를 쓰고, 상이군인들의 군복과 절반은 회색빛이고 절반은 푸른빛인 거의 누더기가 된, 시체 운반인들의 바지를 입고, 붉은 견장들을 달고, 누런 멜빵들을 두르고, 총검, 총, 곤봉 들을 들고 있었다. 군인 깡패들 같은 것. 이 경찰들은 거지의 비열함과 사형집행인의 권위를 아울러 갖추고 있는 것 같았다. 그들의 수장인 것 같은 자는 손에 마부의 채찍을 들고 있었다. 이 모든 세세한 것들은 어스름한 새벽빛으로 희미하게 보였으나, 날이 밝아 옴에 따라 더욱더 모습이 뚜렷해졌다. 대열의 선두와 후미에는 군도를 손에 든 헌병들이 보무당당하게 말을 타고 오고 있었다.

이 행렬은 하도 길어서, 처음 수레가 성문에 다다랐을 때에야 마지막 수레는 겨우 가로수 길에 나타났다.

이건 파리에서는 흔히 있는 일이거니와, 어디선지 순식간에 군중이 모여들어 차도의 양쪽에서 바라보고 있었다. 근처의 골목길에서는 서로 부르고 떠드는 사람들의 고함 소리와 구경하러 몰려 오는 채소 장수들의 나막신 소리가 들렸다.

이륜마차 위에 빽빽히 들어찬 사람들은 묵묵히 흔들리고 있었다. 그들은 아침의 오한으로 인해 창백했다. 모두들 삼베

---

* 프랑스혁명 후 1795~1799년 사이의 정부.

바지를 입고 맨발에 나막신을 신고 있었다. 그 밖의 복장은 비참하기 짝이 없었다. 그들의 괴상한 옷차림은 끔찍하리만큼 어울리지 않았다. 누더기를 걸치고 있는 광대보다도 더 비통한 것은 아무것도 없다. 다 떨어진 펠트 모자, 역청을 칠한 차양 달린 모자, 끔찍한 털모자 들, 그리고 작업복 가까이, 팔꿈치께가 떨어져 나간 검은 예복. 몇 사람들은 여자 모자를 쓰고 있었고, 또 어떤 사람들은 통발을 쓰고 있었다. 털이 더부룩한 가슴팍이 보였고, 의복들의 찢긴 데를 통해 문신들을, 사랑의 전당, 불타는 심장, 연애의 신 들을 분명히 알아볼 수 있었다. 또 부스럼과 병적인 붉은 얼룩도 보였다. 두세 사람은 이륜마차의 가로장에 새끼를 잡아매 등자처럼 매달아 놓고, 그 위에 발을 올려놓고 있었다. 그중 한 사람은 무엇인가 검은 돌멩이 같은 것을 손에 들고 입으로 가져가 그것을 깨무는 것 같았는데, 그것은 빵을 먹고 있었던 것이다. 거기에는 보송보송하고, 흐릿하고, 또는 약한 빛으로 빛나는 눈들밖에 없었다. 경호병들은 욕지거리를 퍼붓고 있었고, 사슬에 얽힌 사람들은 숨도 제대로 못 쉬고 있었고, 때때로 어깨나 머리 들을 곤봉으로 후려치는 소리가 들렸고, 그 사람들 중 어떤 이들은 하품을 하고 있었으며, 남루한 옷들은 무시무시했고, 발들이 늘어져 있고, 어깨들이 건들거리고 있고, 머리들이 서로 부딪히고, 사슬들이 쩔그렁거리고, 눈들이 사납게 불길을 내뿜고, 주먹들이 오그라져 있거나 죽은 사람들의 손처럼 힘 없이 펴져 있었으며, 장렬(葬列) 뒤에는 한 떼의 어린아이가 웃음을 터뜨리고 있었다.

이 마차들의 행렬은 그것이 무엇이었든 간에 비통했다. 분명히 내일은, 한 시간 후에는 소나기가 쏟아지고, 그 후에도 또 쏟아지고, 그리고 또 쏟아질 것이다. 그러면 그 다 떨어진 옷들에 비가 스며들 것이고, 한 번 젖으면 이 사람들은 더 이상 몸을 말리지 못할 것이고, 한 번 얼면 더 이상 몸을 녹이지 못할 것이고, 그들의 삼베 바지들은 비를 맞아 뼈에 감겨 붙고, 빗물은 그들의 나막신들에 가득 차고, 매질은 턱들이 덜덜 떨리는 것을 막지 못할 것이고, 사슬은 여전히 그들의 목을 붙잡아 두고 있을 것이고, 그들의 발들은 여전히 늘어져 있을 것인데, 이렇게 묶여서 가을의 차가운 구름 아래에 옴쭉달싹도 못하고, 비에, 삭풍에, 온갖 광풍에, 나무들처럼 그리고 돌덩이들처럼 몸을 내맡기고 있는 이 인간들을 보면서 몸서리치지 않을 수 없었다.

일곱 번째 마차 위에 오랏줄에 얽힌 채 꼼짝달싹 못하고 누워 있는, 비참으로 가득 찬 부대들처럼 거기에 내던져져 있는 것 같은 병자들조차도 곤봉의 타격에서 면제되지 않았다.

갑자기 태양이 나타났다. 동방의 광대한 햇살이 솟아올라, 그 사나운 머리들에 불을 지르는 것 같았다. 혀들이 풀렸고, 격렬한 조소와 욕설, 노랫소리가 폭발했다. 수평으로 비치는 널따란 햇빛은 행렬 전체를 둘로 나누어, 머리와 몸통 들을 비추고, 발과 수레바퀴 들은 그늘 속에 두고 있었다. 생각들이 얼굴들에 나타났다. 이 순간은 무시무시했다. 탈이 벗겨진 명백한 악마들, 홀랑 벌거벗은 사나운 영혼들. 햇빛이 비춰도 그 무리는 여전히 어두웠다. 쾌활한 어떤 사람들은 깃 관(管)들을 입에 물고 군중을 향해, 여자들을 골라서 그 관들에서 벌레들을 내뿜고 있었고, 서광은 그 처량한 옆모습들을 검은 그림자들로 부각시키고 있었고, 그 인간들 중 단 한 사람도 비참한 나머지 보기 흉해 보이지 않는 자가 없었고, 그들은 하도 흉측하여 햇빛을 번갯불로 바꾸는 것 같았다. 행렬 맨 선두의 마차에 타고 있는 사람들은 당시 유명하던 데조지에의 혼성곡 「무당의 노래」를 곡조를 맞추어 거칠고 유쾌한 목소리로 목청이 찢어지게 부르고 있었고, 나무들도 슬프게 떨고 있었다. 인도에 몰려 있는 시민들은 이 괴물들이 부르는 야비한 노래를 바보처럼 멍하고 듣고 있었다.

모든 참상들이 이 행렬 속에 혼란스럽게 섞여 있었다. 거기에는 모든 짐승들의 안면 모습이 있었다. 노인, 청년, 대머리, 희끗희끗한 수염, 냉소적인 괴상한 모습, 성깔 사나운 체념의 얼굴, 야만한 실룩거리는 입, 괴이한 태도, 차양 달린 모자를 뒤집어쓴 상판대기, 관자놀이에 고수머리가 드리워진 처녀 같은 머리, 어린애 같은, 그리고 그 때문에 무서워 보이는 용모, 겨우 죽음만을 면한 해골바가지 같은 수척한 얼굴들. 첫번째 마차에선 흑인 하나가 보였는데 그는 아마 예전에 노예였을 것이고 그때와 지금의 사슬을 비교했을지도 모른다. 천민의 무시무시한 바탕을 이루는 치욕이 그 이마들 위를 지나갔고, 그 정도로 심한 타락에서, 마지막 깊이에까지 빠져 있는 그들은 모두 마지막 변용(變容)을 받고 있었으며, 얼빠진 상태로 변한 무지는 절망으로 변한 지성과 동등했다. 사람들 눈에 비참의 정예(精銳)로 보이는 그 사람들 사이에선 아무런 차이도 찾아볼 수 없었다. 이 불결한 행렬의 어떤 지휘자가 그들을 분류하지 않은 것은 분명했다. 이 인간들은 십중팔구 알파벳 순에도 따르지 않고, 뒤죽박죽 한꺼번에 결박되고 짝지어져서 아무렇게나 그 마차들에 실린 것이리라. 그렇지만 혐오할 만한 것들도 집결해 놓으면 언제나 합력(合力)이 나오게 마련이다. 불행한 자들을 모두 합쳐 놓으면 총계가 나온다. 쇠사슬마다 하나의 공통된 영혼이 나왔고, 수레마다 제 모습을 지니고 있었다. 노래하는 수레 옆에 으르렁거리는 수레가 있었고, 세 번째 수레는 구걸하고 있었다. 이빨을 가는 수레도 하나 보였고, 또 하나의 수레는 행인들을 위협하고, 또 다른 것은 신을 저주하고 있었으며, 마지막 것은 무덤처럼 침묵을 지키고 있었다. 단테는 지옥의 칠계(七界)가 걸어가는 것을 보는 줄 알았으리라.

형벌을 받은 자들의 사형장을 향한 처참한 행진, 묵시록의 번쩍거리는 무시무시한 수레를 타고서가 아니라, 한심스럽게도 시체 공시장의 수레를 타고 가는 행진.

호위병들 중 하나는 끝에 갈고리가 달린 곤봉 하나를 들고 있었는데, 그는 때때로 그 인간들의 쓰레기 더미를 휘젓는 것 같은 얼굴을 하고 있었다. 군중 속의 한 노파는 다섯 살짜리 꼬마에게 그들을 손가락으로 가리키며 말했다. "이놈아, 저걸 잘 봐 둬라!"

노래와 저주 소리가 커지자, 경호대장인 듯한 자가 회초리를 쳤다. 그러자 그것을 신호 삼아, 귀를 멍하게 하고 눈을 아찔하게 하는 무시무시한 채찍질이 우박 떨어지는 소리를 내며 일곱 대의 수레 위에 쏟아졌고, 많은 사람들이 으르렁거리고 입에서 거품을 뿜었다. 그것을 보고 상처에 모여드는 파리 떼처럼 몰려와 있던 조무래기들은 더욱더 흥이 났다.

장 발장의 눈은 무시무시해졌다. 그것은 더 이상 눈이 아니었다. 그것은 어떤 불행한 사람들에게서 눈을 대신하는 깊숙한 유리알, 현실을 의식하지 못하는 것 같은, 그리고 공포와 파멸의 반사가 불타오르는 그런 유리알이었다. 그는 하나의 광경을 보고 있지 않고 하나의 환영을 눈에 받아들이고 있었다. 그는 일어나서 도망치고 빠져나가고 싶었으나 한 발도 움직일 수 없었다. 때로는 사람이 보는 것들이 그 사람을 사로잡고 붙잡아 놓는다. 그는 그 자리에 못 박히고, 굳어지고, 얼이 빠지면서, 말로 표현할 수 없는 막연한 고통 속에서, 이 죽음 같은 박해는 무엇을 의미하며, 그를 괴롭히는 저 지옥의 수도 같은 것은 어디서 나오는지 자문했다. 그는 갑자기 자기 이마로 손을 가져갔다. 이건 불현듯 기억이 되살아나는 사람들의 의례적인 몸짓. 그것은 사실 죄수들의 이송 코스였는데, 이렇게 길을 돌아가는 것은 퐁텐블로 도로상에서는 언제나 있을 수 있는 임금님의 행차를 피하기 위해서 그렇게 관례가 되어 있는 것이고, 삼십오 년 전에는 자기 자신도 이 성문을 지나갔었다는 것이 그는 생각난 것이다.

코제트는 그와는 달리 놀랐지만, 그녀의 놀람은 그에 못지않았다. 그녀는 무슨 영문인지 알 수 없었다. 숨도 제대로 못 쉬었다. 눈앞에 보이는 것이 그녀에게는 있을 수 없는 일인 것 같았다. 이윽고 그녀는 소리쳤다.

"아버지! 저 마차들 안에 있는 건 대체 뭐예요?"

장 발장은 대답했다.

"죄수들이다."

"대체 어디로들 가는 거예요?"

"징역살이 하러 가는 거란다."

이때 채찍질은 수많은 손들로 되풀이되어, 극도에 달했고, 군도의 등으로도 마구 쳤으며, 그건 회초리와 곤봉 들의 광풍 같았다. 징역수들은 허리를 구부리고 고문 아래 무서운 복종을 강요당하여, 사슬에 얽힌 이리들 같은 눈을 하고 모두들 침묵해 버렸다. 코제트는 온몸을 덜덜 떨고 있다가 말을 이었다.

"아버지, 저것도 사람들인가요?"

"때로는." 하고 이 비참한 사람은 말했다.

그것은 과연 사슬에 얽힌 죄수들이었는데, 날이 새기 전에 비세트르를 출발하여, 당시 임금이 있었던 퐁텐블로를 피하기 위해 망의 도로를 취하고 있었던 것이다. 그렇게 길을 돎으로써 이 무시무시한 여행을 삼사 일이 더 걸리게 하고 있었다. 그러나 임금의 눈에 형벌을 안 보이기 위해 이 여행을 연장할 수 있는 것이다.

장 발장은 상심하여 돌아갔다. 이러한 경우들은 충격적이고, 그것들이 남겨 놓는 추억은 정신의 격동과 같다.

그렇지만 장 발장은 코제트와 함께 바빌론 거리에 돌아오면서, 그들이 아까 본 것에 관해 그녀가 그에게 다른 질문들을 한 것을 조금도 몰랐는데, 아마 너무나도 맥이 풀려 그녀의 말을 듣지 못했고 대답도 못 했는지 모른다. 다만 저녁에 코제트가 그와 헤어져서 자러 갈 때, 그는 그녀가 작은 목소리로 혼 잣말처럼 이렇게 말하는 걸 들었다. "내가 만약 길을 가다가 그런 사람들을 하나 만나면, 정말, 나는 그를 가까이에서 보는 것만으로도 죽어 버릴 것 같아!"

다행히 때마침 그 비극적인 날의 이튿날, 무슨 경축 행사였 는지 몰라도, 파리에서 축전들이 벌어져, 연병장에서의 관병 식, 센 강에서의 수상 창 시합, 샹젤리제 거리에서의 연극, 에 투알 광장에서의 불꽃놀이가 벌어지고, 도처에 조명 장식이 있었다. 장 발장은 그의 습관을 깨고 코제트를 그 축전에 데리 고 가서 전날의 추억을 잊어버리게 하고, 온 파리 시민의 즐거 운 법석 아래에서 그녀 앞을 지나간 그 끔찍한 일을 지워 주 려고 했다. 관병식은 축제의 흥미를 돋워 주는 것으로 군복 착 용자들의 통행을 아주 자연스럽게 해 주었고, 장 발장은 피신 하는 사람의 감정을 가슴속에 어렴풋이 느끼면서 그의 국민 군복을 입었다. 그런데 이 소풍의 목적은 이루어진 것 같았다. 코제트는 아버지의 마음에 드는 것을 율법으로 삼고 있었을 뿐 아니라, 그녀에게는 구경거리가 모두 신기했다. 그녀는 젊 은이의 순순하고 가벼운 마음으로 기꺼이 그 오락을 받아들 이고, 이른바 명절이라는 그 떠들썩한 환락 앞에서 너무 경멸 적인 얼굴을 하지 않았다. 그래서 장 발장은 잘됐다고 생각하 고, 그 끔찍스러운 환영의 자취는 더 이상 남아 있지 않는다고 생각했을지 모른다.

며칠 후, 어느 날 아침, 날씨가 화창하고 그들이 둘 다 정원 의 돌층계 위에 있었을 때, 이건 장 발장이 자신에게 과한 듯한 규칙들에 어긋나는 것이었고, 슬픔 때문에 코제트가 방 안에 죽치고 있는 습관에도 어긋나는 것이었는데, 이때 코제트는 실내복을 입고, 처녀들을 아리땁게 감싸 주고 달을 가린 구름 같은 아침의 잠옷 바람으로 서 있었다. 그리고 머리에 햇빛을 받고, 잘 자고 난 장밋빛 얼굴을 하고, 감동한 늙은이가 다정하게 바라보는 앞에서, 실국화의 꽃잎을 뜯고 있었다. 코제트는, '나는 너를 사랑한다, 조금, 정열적으로.' 등등, 그런 매혹적인 이야기는 몰랐다. 누가 그런 걸 그녀에게 가르쳐 주었겠는가? 그녀는 본능적으로, 천진난만하게 그 꽃을 만지작거리고 있었다. 한 송이 실국화의 꽃잎을 뜯는 것, 그것이 하나의 사랑을 따는 것이라는 건 생각지도 못하고. 만약에 '우수(憂愁)의 여신'이라 불리고 미소를 짓고 있는 네 번째의 '미의 여신'*이 있다면, 그녀는 그러한 미의 여신 같았으리라. 장 발장은 그 꽃 위의 그 조그만 손가락을 황홀히 바라보면서, 그 소녀가 갖고 있는 광휘 속에서 만사를 잊고 있었다. 옆 덤불에서는 울새 한 마리가 낮은 소리로 지저귀고 있었다. 흰 구름이 속박에서 갓 풀려 난 것처럼 즐겁게 하늘을 건너가고 있었다. 코제트는 계속 조심스럽게 꽃잎을 뜯고 있었다. 그녀는 뭔가를 생각하고 있는 것 같았으나, 그 모양은 매력적임에 틀림없었다. 그녀는 갑자기 백조처럼 천천히 우아하게 어깨 위에서 머리를 돌리고, 장 발장에게 말했다. "아버지, 그게 도대체 뭐예요, 징역이란 게?"

---

* 그리스신화의 미(美)의 3여신(les Trois Graces)를 가리킨다.

4
아래에서의 구원이
위에서의 구원이 될 수 있다

1. 밖에서의 상처, 안에서의 치유

그들의 생활은 그렇게 점점 침울해져 갔다. 그들에게는 이
제 옛날에 하나의 행복이었던 하나의 소일거리밖에 남아 있
지 않았는데, 그것은 굶주리는 자들에게 빵을 가져다주고, 헐
벗은 자들에게 옷을 가져다주는 일이었다. 그렇게 가난한 사
람들을 찾아다닐 적에 코제트는 흔히 장 발장과 동행했는데,
그럴 때면 그들은 다소 옛날같이 마음을 털어놓는 분위기를
되찾았고, 때로는, 좋은 하루를 보냈을 적에는, 여러 곤궁한
사람들을 돕고, 여러 어린애들을 먹이고 입혀 주었을 적에는,
코제트는 저녁에 좀 쾌활했다. 그들이 종드레트의 빈민굴을
방문한 것은 그 무렵이었다.

그 방문의 바로 다음 날, 장 발장은 아침에 별장에 나타났

는데, 평소와 다름없이 침착했으나, 왼팔에 염증이 심하고 독기가 있는 넓은 상처가 하나 있었는데, 그것은 화상 같았으나, 그는 그것을 대수롭지 않다는 식으로 설명했다. 이 상처 때문에 그는 한 달도 더 신열이 나서 외출하지 못했다. 그는 아무도 의사를 만나 보려고 하지 않았다. 코제트가 그렇게 하기를 간청하면, "개들의 의사나 불러라." 하고 그는 말했다.

코제트는 아버지에게 도움이 되는 것을 어찌나 성스러운 태도로, 그리고 어찌나 천사 같은 행복감을 느끼면서 아침저녁으로 그의 상처를 치료해 주었던지, 장 발장은 그의 모든 옛날의 기쁨이 되돌아오고, 그의 두려움과 근심 걱정들이 스러져 버리는 것을 느끼고, 코제트를 지그시 바라다보면서 말했다. "오! 참 좋은 상처다! 오! 참 좋은 아픔이다!"

코제트는 아버지가 아픈 것을 보고, 별장을 버리고 다시 그 작은 별당과 뒷마당에 나와 있기를 좋아했다. 그녀는 거의 온종일 장 발장 곁에서 보내고, 그가 원하는 책들을 읽어 주었다. 대개는 여행 책들이었다. 장 발장은 거듭나고 있었고, 그의 행복은 말로 표현할 수 없는 빛과 함께 되살아나고 있었다. 뤽상부르 공원, 그 알 수 없는 젊은 배회자, 코제트의 냉정함, 그녀 마음의 그 모든 구름은 스러져 가고 있었다. 그는 이렇게 생각하게 되었다. "나는 그 모든 것을 상상했다. 나는 미친 늙은이다."

그의 행복이 하도 컸기 때문에, 종드레트의 빈민굴에서, 그렇게도 뜻밖에 이루어졌던 테나르디에의 끔찍한 발견도 그는 별로 개의치 않았다. 그는 빠져나오는 데 성공했고, 그의 종적이 없어져 버렸으니, 그 밖의 것이 무슨 상관이란 말인가! 그 일을 생각할 때 그는 그 불쌍한 사람들을 가엾게 여길 뿐이었다. '그들은 지금 감옥에 갇혀 있으니, 앞으로 나를 해칠 순 없다. 하지만 얼마나 비탄에 빠진 가련한 가족이냐!' 이렇게 그는 생각하고 있었다.

멘 문밖의 끔찍스러운 광경으로 말하자면, 코제트는 그것을 더 이상 다시 말하지 않았다.

수도원에서 코제트는 생 메크틸드 수녀에게 음악을 배웠었다. 코제트의 목소리는 넋을 가진 휘파람새의 소리 같았는데, 때때로 저녁에, 이 부상자의 초라한 처소에서 그녀는 구슬픈 노래를 불렀고, 그것은 장 발장을 기쁘게 했다.

봄이 왔고, 정원이 이 계절에 하도 아름다워서 장 발장은 코제트에게 말했다. "넌 거기에 통 가지 않는데, 나는 네가 거기서 좀 거닐기를 바란다." "아버지가 원하시면 그렇게 하죠." 하고 코제트는 말했다.

그리고 아버지의 뜻에 따르기 위해 그녀는 정원에서 다시 산책했는데, 대개의 경우 혼자서였다. 왜냐하면 앞서 말했듯이, 장 발장은 십중팔구 쇠살문으로 사람 눈에 띨까 봐 두려워, 거기에 거의 결코 오지 않았기 때문이다.

장 발장의 상처는 기분 전환의 계기가 되었었다.

아버지가 고통을 덜 느끼고, 상처가 나아 가고, 아버지가 행복해 보이는 것을 보았을 때, 코제트는 자기도 알아차리지 못한 만족감을 느꼈는데, 그 정도로까지 이 만족감은 조용히, 그리고 자연스럽게 왔다. 그리고 때는 3월이고, 낮은 길어지고,

겨울은 가고 있었는데, 겨울은 항상 우리의 슬픔의 어떤 것을 저와 더불어 가져간다. 이어 4월이 왔는데, 이것은 여름의 여명. 모든 새벽들처럼 신선하고, 모든 어린아이들처럼 명랑하다. 이것은 또 갓난애인지라 때때로 조금 울보이기도 하다. 이 달에 자연은 매력적인 미광(微光)이 있어서, 그것이 하늘에서, 구름들에서, 나무들에서, 풀밭들과 꽃들에서 사람의 마음으로 지나간다.

코제트는 아직 젊어서 그녀를 닮은 이 4월의 기쁨이 그녀에게 스며들지 않을 수 없었고, 시나브로, 그녀가 그런 줄도 모르게, 암흑은 그녀의 마음에서 떠나갔다. 한낮엔 지하실도 밝듯이 봄에는 슬픈 사람들의 마음도 밝다. 코제트도 이미 매우 슬프지는 않았다. 그런데, 그건 그랬으나, 그녀는 그걸 알아차리지 못하고 있었다. 아침에, 10시쯤에, 아침 식사 후, 아버지를 잠시 정원에 데리고 나오는데 성공해, 그의 아픈 팔을 부축하면서 양지바른 돌층계 앞에서 그를 산책시킬 때, 그녀가 줄곧 웃고 있었고 행복했다는 것을 그녀는 깨닫지 못했다.

장 발장은 황홀한 눈길로 그녀가 다시 발그레해지고 싱싱해지는 것을 보고 있었다.

"오! 참 좋은 상처다!" 하고 그는 나직한 목소리로 거듭거듭 말했다.

그리고 그는 테나르디에에게 감사했다.

일단 상처가 낫자 그는 호젓한 황혼의 산책을 다시 시작했다.

파리의 무인지경을 어떤 봉변도 당하지 않고 그렇게 혼자 산책할 수 있다고 생각하는 것은 잘못일 것이다.

2. 플뤼타르크 할멈의 서슴없는 사건 해석

어느 날 저녁 소년 가브로슈는 아무것도 먹지 않았고, 전날 저녁 역시 식사를 안 한 것이 생각났는데, 그러자 몸이 노곤해졌다. 그는 저녁밥을 먹어 보려고 결심했다. 그는 살페트리에르의 저쪽, 행인이 없는 곳으로 어슬렁어슬렁 걸어갔다. 거기에는 횡재수가 있다. 아무도 없는 곳에는 무엇인가가 있다. 그는 한 촌락에까지 다다랐는데, 그것은 아우스터리츠의 마을인가 싶었다.

전에 그곳을 얼쩡거리고 다니다가, 한 번은 거기에 한 노인과 한 노파가 드나드는 오래된 정원이 있고 그 정원에 웬만한 사과나무 한 그루가 있는 것을 그는 눈여겨보았었다. 그 사과나무 옆에는 과실 저장고 비슷한 것이 있었는데 제대로 닫혀 있지 않아서 사과 한 알쯤은 손에 넣을 수 있었다. 한 알의 사과, 그것은 저녁밥이고, 한 알의 사과, 그것은 생명이다. 아담을 파멸시킨 것은 가브로슈를 살려 낼 수 있었다. 정원은 집들까지 가시덤불이 늘어선 호젓한 비포장 골목길을 따라가고 있었고, 산울타리로 격리되어 있었다.

가브로슈는 정원 쪽으로 걸어가고, 골목길을 찾아내고, 사과나무를 알아보고, 과실 저장고를 확인하고, 산울타리를 살펴보았다. 산울타리, 그건 한 걸음의 거리다. 해는 뉘엿뉘엿하고, 골목길에는 고양이 새끼 한 마리 얼씬하지 않고, 시간은 적절했다. 가브로슈는 울타리를 뛰어넘으려다 갑자기 멈칫했다. 정원에서 말소리가 나고 있었던 것이다. 가브로슈는 울타리 틈으로 들여다보았다.

울타리 너머에, 그로부터 두어 걸음 떨어진 곳, 울타리 밑에, 그가 헤치고 넘어가려 했던 바로 그 지점에, 일종의 벤치 구실을 하는 돌 하나가 놓여 있는데, 그 돌 벤치에는 정원의 늙은이가 앉아 있고, 그 앞에는 노파가 서 있었다. 노파는 무엇인가 투덜거리고 있었다. 가브로슈는 조심성 없이 엿들었다.

"마뵈프 씨!" 하고 노파가 말했다.

'마뵈프라! 그 이름 참 우습구나.' 하고 가브로슈는 생각했다.

노인은 그렇게 불렀는데도 꼼짝 않고 있었다. 노파는 되풀이했다.

"마뵈프 씨!"

늙은이는 땅에서 눈을 떼지 않고 대답하기로 결심했다.

"뭐요, 플뤼타르크 할멈?"

'플뤼타르크 할멈이라! 이 이름도 우습구나.' 하고 가브로슈는 생각했다.

플뤼타르크 할멈은 말을 이었고 늙은이도 불가불 말을 아니할 수 없었다.

"집주인이 불평하고 있어요."

"왜?"

"삼 기분이나 밀려 있거든요."

"석달 후면 사 기분이 되겠군."

"쫓아내 버리겠대요."

"나가야지."

"과일 장수도 돈을 갚아 달래요. 이제 장작도 안 줘요. 올 겨울 뭐로 불을 땔 건가요? 장작이 다 떨어질 텐데."

"해가 있어."

"푸줏간에서도 외상은 안 되겠다면서, 더 이상 고기를 주려고 하지 않아요."

"그건 잘됐소. 나는 고기를 잘 소화시키지 못해. 그건 소화가 잘 안 돼."

"저녁 식사에 뭘 드시겠어요?"

"빵을 먹지요."

"빵집에서도 선불을 요구하고, 돈이 없으면 빵도 없다고 하는 거예요."

"좋아."

"그럼 뭘 드실 거예요?"

"우린 사과나무의 사과들이 있어요."

"하지만 이렇게 돈 없이는 살 수 없어요."

"난 돈이 없어요."

노파는 가고 노인 혼자 있었다. 그는 생각하기 시작했다. 가브로슈 쪽에서도 생각하고 있었다. 거의 어두워지고 있었다.

가브로슈가 빠진 몽상의 첫 번째 결과, 그것은 울타리를 뛰어넘는 대신 그는 그 아래에 쭈그리고 앉는 것이었다. 나뭇가지들이 가시덤불 아래에 조금 열려 있었다.

"이런! 이건 알코브*구나!" 하고 가브로슈는 마음속으로 외치고 거기에 몸을 웅크렸다. 그의 등은 마뵈프 영감의 돌 벤치

---

* 벽면을 오목하게 만들어서 침대를 들여놓은 침소.

에 거의 기대어져 있었다. 팔순 노인의 숨소리가 들렸다. 저녁밥 삼아 그는 자려고 애썼다.*

고양이의 잠, 한 눈만의 수잠. 졸면서도 가브로슈는 동정을 살피고 있었다.

어스름한 하늘의 흰빛이 땅바닥을 희게 하고, 골목길은 검은 두 줄의 가시덤불 사이에서 희끄무레한 선을 이루고 있었다.

별안간 그 희끄무레한 길에 두 개의 그림자가 나타났다. 하나는 앞서 오고 또 하나는 조금 떨어져서 뒤에 오고 있었다.

"두 사람이 오는구나." 하고 가브로슈는 중얼거렸다.

첫 번째 그림자는 어떤 늙은 양반 같은데 구부정하고 생각에 잠겨 있었으며, 아주 수수한 옷차림을 하고, 나이 탓으로 천천히 걷고, 저녁 별빛 아래 한가로이 산책을 하고 있었다.

두 번째 그림자는 몸이 꼿꼿하고 튼튼하고 호리호리했다. 그것은 첫 번째 그림자와 발걸음을 맞추고 있었으나, 일부러 늦추고 있는 그 걸음걸이에서 유연함과 날쌤이 느껴졌다. 이 그림자는 뭔지 알 수 없는 사납고 불안하게 하는 것과 함께, 당시 멋쟁이라고 불리던 것의 모습이 있었는데, 모자는 모양이 근사하고, 프록코트는 검정색인데 재단이 잘 되어 있고, 십중팔구 천도 좋은 것 같았으며, 몸에 꼭 끼어 있었다. 건장하고도 우아한 모습으로 고개를 쑥 쳐들고 있었으며, 모자 아래로 청년 같은 희멀건 옆모습이 희번한 빛 속에 어렴풋이 보였

---

* 프랑스 속담에 'Qui dort dîne'라는 말이 있는데, '잠자는 자는 저녁밥을 먹는다', 즉 시장기를 잊는다는 뜻이다.

다. 그 옆모습은 한 송이 장미꽃을 입에 물고 있었다. 가브로슈는 이 두 번째의 그림자를 잘 알고 있었는데, 그것은 몽파르나스였다.

첫 번째 그림자에 관해서는, 그것이 순박한 노인이라는 것밖에 그는 아무것도 말할 수 없었다.

가브로슈는 즉시 관찰에 들어갔다.

그 두 행인들 중 하나는 분명히 다른 사람에 대해 계획을 품고 있었다. 가브로슈는 그 경과를 보기에 좋은 위치에 있었다. 그 알코브는 아주 시의적절하게 잠복처가 되어 주었다.

이러한 시간에, 이러한 장소에서, 추격하는 몽파르나스, 그건 불길했다. 가브로슈는 그 건달의 마음속 깊이 늙은이에 대해 연민의 정으로 측은한 생각이 드는 것을 느꼈다.

어떻게 할까? 개입할까? 한 약자가 또 한 약자를 구원한다! 그것은 몽파르나스에게는 웃음거리였다. 이 열여덟 살의 무서운 악한에게는, 먼저 늙은이를, 다음에 어린아이를, 그건 두 입의 먹을거리라는 걸 가브로슈는 인정하지 않을 수 없었다.

가브로슈가 곰곰이 생각하고 있는 동안에, 공격이 벌어졌다, 느닷없이, 그리고 비열하게. 노새에 대한 호랑이의 공격이요, 파리에 대한 거미의 공격. 몽파르나스는, 예고없이, 장미꽃을 던지고, 늙은이에게 달려들어, 멱살을 덥썩 움켜잡고, 거기에 매달렸다. 가브로슈는 하마터면 고함을 지를 뻔했다. 일순간 후에 한 사람은 또 한 사람 밑에 깔리고, 바위 같은 무릎에 가슴을 짓눌려 기진맥진하여, 그르렁거리고, 허우적거렸다. 다만 그것은 가브로슈가 예기했던 것이 전혀 아니었다. 땅바닥에 있는 것, 그것은 몽파르나스였고, 그 위에 있는 것, 그것은 노인이었다.

이 모든 것은 가브로슈로부터 몇 걸음 떨어진 곳에서 일어나고 있었다.

늙은이는 타격을 받고 그것을 돌려주었는데, 어찌나 무시무시하게 반격했던지 눈 깜짝할 사이에 공격자와 피공격자의 역할이 바뀌었다.

"대단한 노폐자(老廢者)인걸!" 하고 가브로슈는 생각했다.

그러면서 그는 얼떨결에 손뼉을 쳤다. 그러나 그 박수는 아무 보람도 없었다. 두 투사들은 서로에게 열중하여 귀머거리가 되고 씨근벌떡거리면서 싸우고 있었기 때문에 그 박수 소리는 그들에게까지 도달하지 않았다.

잠잠해졌다. 몽파르나스가 몸부림치기를 그쳤다. 가브로슈는 혼자 중얼거렸다. "죽었나?"

노인은 말 한마디 내지 않고 고함 하나 지르지 않았다. 그는 다시 몸을 일으켰고, 가브로슈는 그가 몽파르나스에게 말하는 소리를 들었다.

"일어나라!"

몽파르나스는 일어났으나, 노인은 그를 붙잡고 있었다. 몽파르나스는 마치 양한테 덥석 물린 이리처럼 창피당하고 성이 난 태도를 하고 있었다.

가브로슈는 눈과 귀의 힘을 다해 보고 들었다. 그는 엄청 신이 났다.

그는 진정으로 걱정하면서 구경한 보람이 있었다. 그는 어둠 때문에 뭔지 알 수 없는 어조를 띠고 있는 다음과 같은 대화를 포착할 수 있었다. 노인은 묻고 몽파르나스는 대답했다.

"너 몇 살이냐?"

"열아홉이오."

"너는 힘이 세고 건강하다. 왜 일을 안 하느냐?"

"따분해서."

"네 직업은 뭐냐?"

"빈둥빈둥 놀고 먹기요."

"진정으로 말해 봐. 너를 위해 뭘 해 줄 수 있느냐? 너는 뭐가 되고 싶으냐?"

"도둑놈요."

잠시 침묵이 흘렀다. 늙은이는 깊이 생각하고 있는 것 같았다. 그는 꼼짝 않고 서서 몽파르나스를 전혀 놓아 주지 않고 있었다.

억세고 날쌘 젊은 악한은, 때때로, 올가미에 걸린 짐승처럼 날뛰었다. 그는 뿌리치기도 하고, 다리를 감아 보기도 하고, 필사적으로 제 팔다리를 비틀기도 하면서 빠져나가려고 애썼다. 늙은이는 그런 건 알아차리지 못하는 것 같았으며, 절대적인 강자의 지극한 무관심의 태도로 한 손만으로 그의 두 팔을 붙잡고 있었다.

늙은이는 한참 생각에 잠겨 있다가, 몽파르나스를 뚫어지게 바라보면서, 조용히 목소리를 높여 그들이 있는 그 어둠 속에서 그에게 일종의 엄숙한 연설을 했는데, 가브로슈는 그것을 한마디도 놓치지 않았다.

"아가, 너는 게을러서 가장 힘든 생활에 들어가고 있다. 아! 너는 네가 빈둥빈둥 놀고 먹는다고 공언하는구나! 일할 준비를 해라. 너는 무서운 기계 하나를 본 일이 있느냐? 그것은 압연기(壓延機)라고 불린다. 그것을 조심하지 않으면 안 된다. 그건 엉큼하고 강렬한 것이거든. 만약에 그것이 너를, 네 옷자락을 붙잡으면, 너는 그리로 송두리째 넘어가 버린다. 이 기계, 그건 무위도식이다. 아직 그럴 수 있는 동안에 멈춰 서고 달아나거라! 그렇지 않으면 끝장이다. 얼마 못 가서 너는 톱니바퀴 속에 들어가 있을 것이다. 한 번 끌려 들어간 날엔 더 이상 아무것도 바라지 마라. 게으름뱅이야! 너에겐 피로가 있을 뿐, 더 이상 휴식은 없다. 가차 없는 쇠 손이 너를 붙잡았다. 네 밥벌이를 하고, 일을 하고, 의무를 다하는 것을 너는 원치 않는다! 남들처럼 사는 것, 그걸 넌 따분해한다! 그렇다면! 너는 달리 살아라. 노동은 법칙이다. 따분하다고 그걸 거부하는 자는 그걸 형벌로 가질 것이다. 너는 노동자이기를 원치 않는다. 그렇다면 노예가 되거라. 노동은 한쪽에서는 너를 놓아주지만, 또 한쪽에서는 다시 너를 붙잡는다. 너는 노동의 벗이 되기를 원치 않는다. 그렇다면 너는 노동의 흑인 노예가 될 것이다. 아! 너는 인간들의 정직한 피로를 원치 않았고, 죄인들의 땀을 흘리려 한다. 남들이 노래를 부르는 곳에서 너는 헐떡거릴 것이다. 너는 멀리서, 아래서부터, 다른 사람들이 일하는 걸 볼 것인데, 너에겐 그들이 쉬고 있는 것같이 보일 것이다. 경작자도, 수확하는 사람도, 뱃사람도, 대장장이도 너에겐 천국의 복자들처럼 빛 속에 있는 것같이 보일 것이다. 대장간의 모루는 얼마나 빛나는가! 쟁기질을 하고 다발을 매는 것, 그것은 기쁨이다. 바람 부는 대로 자유로이 가는 배는 얼마나 즐거운가! 너, 게으름뱅이야, 이것저것 집적거려라, 어슬렁거려라, 이리저리 굴러다녀라, 팔자대로 살아 가거라! 네 굴레를 끌어라. 너는 지옥에서 짐을 끄는 짐승이다! 아! 아무것도 하지 않는 것, 그 것이야말로 네 목적이었다. 그렇다면! 짓눌리지 않고선 단 한 주일도, 단 하루도, 단 한 시간도 지내지 못할 것이다. 호흡곤란 없이는 너는 아무것도 들어 올리지 못할 것이다. 일 분이 지날 때마다 너의 근육은 빠드득거릴 것이다. 남들에게는 깃털인 것도 네게는 바위일 것이다. 더없이 간단한 일들도 지난사(至難事)가 될 것이다. 생활은 네 주위에서 끔찍한 것이 될 것이다. 가고, 오고, 숨 쉬는 것이 그렇게도 무서운 일들이 될 것이다. 네 허파가 숨을 쉬는 데도 네게 천 근의 무게 같은 인상을 줄 것이다. 여기를 걸을까, 저기를 걸을까 하는 것도 해결해야 할 문제가 될 것이다. 누구든지 나가고 싶은 사람은 그의 문을 민다. 그렇게 했으면, 그는 밖에 나가 있다. 너는, 네가 나가고 싶으면, 너는 네 벽을 뚫어야 할 것이다. 길거리에 가기 위해 모두들 어떻게 하지? 모두들 계단을 내려간다. 너는, 네 침대 시트를 찢어서, 한 조각씩 이어서 끈을 만들고, 그런 뒤에 너는 창으로 나가, 한 구렁 위에서 그 노끈에 매달려 있을 것이다. 그리고 그것은 밤일 것이고, 비바람 치고, 천둥이 치고, 폭풍우가 불 것인데, 만약 끈이 너무 짧으면, 너는 더 이상 한 가지 내리는 방식밖에, 즉 떨어지는 수밖에 없을 것이다. 되는 대로, 구렁텅이 속으로, 어떤 높이에서 떨어지는 수밖에 없을 것이다. 무엇 위에 떨어지느냐고? 아래에 있는 것 위에, 미지의 것 위에 떨어지는 거지. 그렇지 않으면 너는 타 죽을 위험을 무릅쓰고 벽난로 굴뚝 속으로 기어 올라가거나, 또 그렇지 않으면 빠져 죽을 위협을 무릅쓰고 변소의 토관으로 기어 들어갈 것이다. 그 밖에, 탈출할 구멍들을 가려야 하고, 하루에도 몇십 번이고 돌을 치웠다가 도로 갖다 놓았다 해야 하고, 네 짚 매트 속에 석회를 감춰야 한다는 것을 나는 네게 말하지 않는다. 자물쇠가 있으면, 시민은 자물쇠 장수가 만들어 준 열쇠를 호주머니에 갖고 있다. 너는, 만약에 네가 밖으로 나가고 싶으면, 너는 무서운 작품을 하나 불가불 만들지 않을 수 없다. 너는 커다란 1수짜리 동전 한 닢을 가지고 그것을 두 닢으로 쪼갤 것이다. 무슨 연장으로 쪼개느냐고? 너는 그것을 고안해 낼 것이다. 그것은 네가 알아서 할 일이다. 그런 다음에 조심스럽게 바깥은 흠이 나지 않도록 그 두 닢의 안쪽을 도려 파고, 그 가장자리를 뺑 둘러서 나사의 나선을 파서, 그 두 닢이 위아래로 바탕과 뚜껑처럼 꼭 맞도록 할 것이다. 위아래를 그렇게 잘 맞추어 틀어박아 놓으면, 아무도 거기에서 아무것도 간파하지 못할 것이다. 너를 감시하는 간수들에게는 그건 한 닢의 큼직한 동전이겠지만, 네게 그건 하나의 상자일 것이다. 너는 그 상자 속에 무엇을 넣을 것인가? 하나의 작은 강철 조각을, 하나의 시계태엽을 넣을 것인데, 거기에 너는 이를 파서 그것은 하나의 톱이 될 것이다. 한 닢의 동전 속에 감춘 바늘 같은 길이의 그 톱으로 너는 자물쇠의 빗장이며, 문빗장의 굴대며, 맹꽁이 자물쇠의 손잡이며, 창문의 쇠살이며, 네 다리에 채워진 사슬고리를 끊어야 할 것이다. 그러한 작품을 만들어 내고, 그러한 놀라운 일을 수행하고, 기술과 재주와 솜씨와 인내의 그 모든 기적들을 완수한 후, 만약에 그것이 네가 한 일이라는 걸 알게 되면 너는 무슨 보답을 받을까? 지하 감옥이다. 그것이 네 장래다. 나태며 쾌락, 얼마나 무서운 파멸이냐! 아무것도 하지 않는 것, 그건 한심스러운 편견이다. 잘 알겠느냐? 사회적 물질로 무위도식하는 것! 무익한 것, 그것은 곧 유해한 것이다! 그러면 곧장 빈궁의 밑바닥에 빠지게 된다. 기생자이고자 하는 자는 불행할진저! 그는 해충일 것이다. 아! 너는 일하기를 싫어한다! 아! 너는 한 가지 생각밖에 없다. 잘 마시고, 잘 먹고, 잘 자는 것밖에. 너는 맹물을 마시고, 검은 빵을 먹고, 손발이 쇠사슬에 묶여 밤에 그 냉기를 살에 느끼면서 널빤지 위에서 잘 것이다! 너는 그 사슬을 끊고 도망치겠지. 좋아. 하지만 너는 가시덤불 속을 기어다니고 숲 속의 짐승들처럼 풀을 뜯어 먹을 것이다. 그러다가 너는 다시 잡힐 것이다. 그러면 너는 몇 년이고 지하 감방 속에서, 벽에 비끄러매여서, 물을 먹기 위해 물병을 더듬어 찾고, 개들도 먹으려고 하지 않을 검은 빵을 깨물고, 벌레들이 너보다도 먼저 먹었을 잠두콩을 먹을 것이다. 너는 지하실 속의 쥐며느리일 것이다. 아! 불쌍한 애야, 너 자신을 가엾게 여겨라! 아직 귀때기가 새파란데, 유모 젖꼭지에서 떨어진 지 채 이십 년도 안 되는데, 그리고 아마 아직 네 어미도 살아 있을 텐데! 부디 내 말을 잘 들어라. 너는 고급 검정 모직 옷을 입고, 칠피 가죽신을 신고, 머리털을 지지고, 곱슬곱슬 지진 머리에 좋은 기름을 바르고, 계집들의 마음에 들고, 멋을 부리고 싶어 한다. 너는 머리를 빡빡 깎이고, 붉은 모자를 쓰고, 나막신을 신을 것이다. 너는 손가락에 반지를 끼고 싶지만, 목에 쇠고리를 찰 것이다. 그리고 만약 여자를 쳐다봤다간 곤봉으로 한 대 얻어 맞을 것이다. 그리고 너는 거기에 스무 살에 들어가서, 쉰 살에 거기서 나올 것이다! 네가 들어갈 적에는 젊고, 장밋빛이고, 싱싱하고, 눈이 빛나고, 이는 모두 희고, 청춘의 아름다운 머리칼을 하고 있겠지만, 나올 적에는 쪼그라지고, 꾸부러지고, 쭈글쭈글하고, 이가 빠지고, 보기 흉하고, 백발이 될 것이다! 아! 불쌍한 애야, 너는 그릇된 길을 가고 있다. 게으름이 너를 잘못 이끌어 가고 있다. 일 중에도 가장 힘든 것은 도둑질이다. 내 말을 믿고, 게으름뱅이 노릇 하는 그런 힘드는 일은 하려 들지 마라. 악한이 되는 것, 그건 용이하지 않다. 정직한 인간이 되는 것이 덜 어렵다. 이제 가거라. 그리고 내가 말한 걸 잘 생각해 봐라. 그런데 너는 내게 뭘 원했더라? 내 지갑이었지. 옛다."

그리고 늙은이는 몽파르나스를 놓아주면서 그의 손에 자기 지갑을 놓았는데, 몽파르나스는 그 무게를 잠깐 손으로 재 보고, 그런 뒤에 그것을 훔치기라도 한 것처럼 기계적으로 조심스럽게 프록코트의 뒤 호주머니에 살그머니 밀어 넣었다.

이 모든 것을 말하고 행동한 뒤에 노인은 돌아서서 태연히 산책을 계속했다.

"늙다리 같으니!" 하고 몽파르나스는 중얼거렸다.

이 노인은 누구였던가? 독자는 아마 그를 알아챘으리라.

몽파르나스는 어리둥절하여 노인이 어둠 속에 사라져 가는 것을 바라보았다. 그렇게 바라본 것은 그의 큰 실수였다.

늙은이가 멀어져 가는 동안에 가브로슈가 다가오고 있었다.

가브로슈는 흘끗 옆눈으로, 마뵈프 영감은 아마 잠들어 있었으리라, 여전히 벤치에 앉아 있는 것을 확인했다. 그런 뒤에 이 건달은 가시덤불에서 나와, 어둠 속을 기어서 가만히 서 있는 몽파르나스 뒤로 가기 시작했다. 그는 그렇게, 눈에도 띄지 않고 귀에도 들리지 않게 몽파르나스에게까지 가서, 그의 고급 검정 모직 프록코트 뒷주머니에 슬그머니 손을 넣어 지갑을 움켜잡고, 손을 꺼낸 뒤, 다시 기기 시작하여 뱀처럼 어둠 속에 달아나 버렸다. 몽파르나스는 경계해야 할 하등의 이유도 없었고 생전 처음으로 깊이 생각에 잠겨 있었는지라, 아무것도 알아차리지 못했다. 가브로슈는 마뵈프 영감이 있는 지점에 돌아왔을 때, 지갑을 울타리 너머로 던지고, 부리나케 달아나 버렸다.

지갑은 마뵈프 영감의 발 위에 떨어졌다. 그 타격으로 그는 잠을 깼다. 그는 몸을 구부리고 지갑을 주웠다. 그는 무슨 영문인지도 모르고 그걸 열었다. 그것은 두 칸으로 되어 있는 지갑인데, 한 칸에는 잔돈이 몇 푼 들어 있고, 또 한 칸에는 나폴레옹 금화* 여섯 닢이 들어 있었다.

마뵈프 씨는 몹시 놀라 그것을 가정부에게 가져갔다.

"이건 하늘에서 떨어졌어요." 하고 플뤼타르크 할멈은 말했다.

---

* 20프랑짜리의 금화.

5
시종이 같지 않다

1. 고독과 병사(兵士)

코제트의 슬픔은 네댓 달 전에는 아직 몹시 통렬했고 몹시 강렬했지만, 저도 모르는 사이에 회복기에 들어갔다. 자연, 봄, 젊음, 아버지에의 사랑, 새와 꽃 들의 즐거움이 그토록 순결하고 그토록 젊은 그녀의 마음속에 뭔지 알 수 없는 거의 망각과도 비슷한 그 무엇을 시나브로, 나날이, 한 방울 한 방울 스며 들어가게 하고 있었다. 불이 거기서 완전히 꺼졌는가? 아니면 단지 거기에 재가 쌓여 있었는가? 사실인즉 그녀는 더 이상 타는 듯 찌르는 듯한 아픔을 거의 느끼지 않고 있었다.

어느 날 그녀는 불현듯 마리우스를 생각했다.

"어머나! 나는 더 이상 그분을 생각하지 않네." 하고 그녀는 말했다.

이 똑같은 주일에 그녀는 썩 미남인 창기병 장교 하나가 정원의 쇠살문 앞을 지나가는 것을 보았다. 간들간들한 허리, 매혹적인 군복, 처녀 같은 뺨, 겨드랑이에 찬 군도, 밀랍을 먹인 윗수염, 니스 칠한 투구. 게다가 금발 머리, 툭 불거진 푸른 눈, 잘난 체하고, 거만하고, 포동포동한 예쁜 얼굴. 마리우스하고는 정반대였다. 여송연을 입에 물고 있었다. 저 사람은 아마 바빌론 거리의 병사에 있는 연대의 장교인가 보다고 코제트는 생각했다.

이튿날도 그녀는 또 그가 지나가는 것을 보았다. 그녀는 시간을 봐 두었다.

그때부터, 그건 우연이었을까? 거의 날마다 그녀는 그가 지나가는 걸 보았다.

장교의 동료들은 그 '허술한' 정원에, 로코코식의 초라한 쇠살문 뒤에 제법 어여쁜 여자 하나가 있어서, 그 미남 중위가 지나갈 적에는 거의 언제나 거기에 나와 있음을 알아차렸는데, 이 중위는 독자가 전혀 모르는 사람이 아니라 테오뒬 질노르망이라는 사람이었다.

"이봐! 네게 눈짓하는 계집애가 있다. 좀 봐 줘라." 하고 그들은 그에게 말했다.

"나를 바라보는 계집애들을 일일이 다 봐 줄 겨를이 어디 있어?" 하고 창기병은 대답했다.

그것은 마리우스가 고민 속에 깊숙이 빠져 들어가면서 "죽기 전에 다시 한 번 그 여자를 볼 수만 있다면!" 하고 말하고 있던 바로 그때였다. 만약 그의 소원이 이루어져, 그때 한 창기병을 바라보고 있는 코제트를 보았더라면, 그는 말 한마디 못 하고 고통으로 숨이 끊어졌을 것이다.

그것은 누구의 잘못이었을까? 누구의 잘못도 아니다.

마리우스는 비애 속에 빠져 들어가 거기에 머물러 있는 기질의 사람이었다. 코제트는 비애 속에 빠졌다가 거기서 나오는 기질의 사람이었다.

그러나 코제트는 그 위험한 시기를 통과하고 있었는데, 이 시기는 제멋대로 내버려진 여자의 몽상이 필연적으로 거치게 되는 단계로서, 그런 때 고독한 처녀의 마음은 포도의 덩굴손을 닮아서, 우연에 따라, 대리석의 기둥 꼭지에도 감기고 술집의 말뚝에도 감긴다. 그것은 급속하고도 결정적인 시기이며, 어떠한 여자 고아에게도 그녀가 가난하든 부자이든 간에 위험한 시기다. 왜냐하면 부자도 나쁜 선택을 안 하지는 않으니까. 매우 지체 높은 사람도 신분 낮은 사람과 결혼한다. 진정한 신분 낮은 사람과의 결혼은 영혼들의 그러한 결혼이다. 이름 없고 지체 없고 재산 없는 무명의 청년도 위대한 감정과 위대한 사상의 전당을 떠받치는 대리석의 기둥 꼭지인 자가 한둘이 아닌 것과 마찬가지로, 광나는 장화를 신고 미사여구를 토하는 풍족하고 호사스러운 상류 인사도, 겉이 아니라 속을 본다면, 다시 말해서 여자를 위해 간직하고 있는 것을 보면, 격렬하고, 불결하고, 술에 취하고, 은근히 정욕만을 품고 있는 어리석은 무능자 이외의 다른 것이 아니다. 이건 술집의 말뚝이다.

코제트의 영혼엔 무엇이 있었는가? 가라앉은 또는 잠든 정열. 떠 있는 상태의 애정. 뭔가 맑고, 빛나고, 어떤 깊이에서는 흐리고, 더 아래에서는 컴컴한 것. 미남 장교의 모습은 표면에 나타나고 있었다. 밑바닥에 어떤 추억이 있었는가? 아주 밑바닥에? 아마 그럴지도 모른다. 그러나 코제트는 모르고 있었다.

해괴한 사건 하나가 돌발했다.

2. 코제트의 공포

4월의 전반에 장 발장은 여행을 했다. 이런 일은, 독자도 아다시피, 때때로, 매우 오랜 기간을 두고 종종 있었다. 그가 집을 나가 있는 것은 하루나 이틀, 고작해서 사흘이었다. 어디를 가는지는 아무도, 코제트조차도 몰랐다. 딱 한 번, 그가 그렇게 집을 떠날 때, 그녀는 삯마차를 타고 어느 좁은 막다른 길 모퉁이까지 따라갔는데, 그 길 모퉁이에는 '플랑셰트의 막바지'라는 표지가 붙어 있었다. 거기서 그는 내리고, 코제트는 그 삯마차로 바빌론 거리에 돌아왔다. 장 발장이 그런 짧은 여행을 하는 것은 보통 집에 돈이 떨어졌을 때였다.

그래서 장 발장은 집을 비우고 있었다. 그는 말했었다. "사흘 후에 돌아오마."

저녁에 코제트는 혼자 객실에 있었다. 심심파적으로 그녀는 풍금 피아노를 열고, 외리앙트의 합창곡 「숲을 헤매는 사냥꾼들」을 스스로 반주하면서 노래 부르기 시작했는데, 그것은 아마 모든 음악 중에서 가장 아름다운 것이리라. 다 끝났을 때 그녀는 생각에 잠겨 있었다.

별안간 정원에서 사람 걷는 소리가 들리는 것 같았다.

아버지일 수는 없었다. 출타 중이었으니까. 투생일 수도 없었다. 자고 있었으니까. 밤 10시였다.

그녀는 닫혀 있는 객실의 겉창 가에 가서 거기에 귀를 꼭 붙였다.

그것은 사내의 발소리 같았고, 매우 가만가만 걷고 있는 것 같았다.

그녀는 재빨리 2층 자기 방으로 올라가서, 겉창에 뚫려 있는 회전창을 열고 정원을 내다보았다. 보름달이었다. 정원은 낮처럼 환히 보였다.

아무도 없었다.

그녀는 창문을 열었다. 정원은 쥐 죽은 듯이 고요하고, 거리를 둘러보아도 여느 때와 같이 개미 새끼 한 마리 얼씬하지 않았다.

코제트는 자기가 착각했었다고 생각했다. 그녀는 그 소리를 들은 것 같았었다. 그것은 웨버의 그 음침하고 신묘한 합창곡으로 빚어진 환청이었는데, 이 합창곡을 들으면, 정신 앞에 유현(幽玄)한 경지가 열리고, 눈앞에 어지러운 숲 같은 것이 진동하고, 황혼에 어렴풋이 보이는 사냥꾼들의 불안한 발 아래 마른 나뭇가지들이 바스락거리는 소리가 거기서 들려온다.

그녀는 더 이상 그것을 생각하지 않았다.

그런데 코제트는 본래 겁이 많지 않았다. 그녀의 혈관 속에는 맨발로 돌아다니는 방랑자와 모험가의 피가 있었다. 독자는 기억하겠지만, 그녀는 비둘기라기보다 오히려 종달새였다. 그녀의 본바탕에는 야성미와 담대함이 있었다.

이튿날은 좀 더 일찍, 어둑어둑해질 무렵, 그녀는 정원을 소요하고 있었다. 부질없는 생각에 잠겨 있는 동안에도 이따금, 그녀에게서 그다지 멀지 않은 나무들 아래 어둠 속에서 누군가 걷고 있는 것 같은, 전날 밤과 비슷한 소리가 꼭 들리는 것 같았으나, 두 나뭇가지들끼리 서로 비비적거리는 소리는 풀 속을 걷는 발소리하고 아주 비슷하다고 생각하고, 그녀는 그것에 주의하지 않았다. 뿐만 아니라 아무것도 보이지 않았다.

그녀는 '가시덤불'에서 나왔다. 거기서 돌층계까지 가려면 조그만 푸른 잔디밭 하나만 건너면 되었다. 그녀의 뒤에서 막 떠오른 달이, 그녀가 숲에서 나올 때, 앞에 있는 잔디밭에 그녀의 그림자를 던졌다.

코제트는 깜짝 놀라 걸음을 멈추었다.

그녀의 그림자 옆에 달은 유난히 끔찍하고 무시무시한 또 하나의 그림자를, 둥근 모자를 쓰고 있는 하나의 그림자를 풀밭 위에 똑똑히 그려 내고 있었다.

그것은 코제트의 뒤로 몇 걸음 떨어진 곳, 수풀 가장자리에 서 있는 사람의 그림자 같았다.

그 여자는 한참 동안 말도 못 하고, 고함도 못 지르고, 사람도 못 부르고, 움직이지도 못하고, 고개도 못 돌리고 있었다.

이윽고 그녀는 용기를 다하여 과감히 돌아보았다.

아무도 없었다.

그녀는 땅바닥을 내려다보았다. 그림자는 사라져 버렸다.

그녀는 덤불 속으로 되돌아가, 대담하게도 샅샅이 뒤져 보고, 쇠살문까지 가 보았으나, 아무것도 발견하지 못했다.

그녀는 정말 몸이 오싹해짐을 느꼈다. 이것도 환각이었을까? 뭐! 이틀이나 계속해서? 한 번이라면 또 몰라도 두 번이나 허깨비가? 특히 불안한 것은 그 그림자가 확실히 유령이 아니었다는 점이다. 유령들은 별로 둥근 모자를 쓰지 않는다.

이튿날 장 발장이 돌아왔다. 코제트는 그에게 자기가 듣고 보았다고 믿었던 것을 이야기했다. 그는 자기를 안심시켜 주고 어깨를 들먹거리면서 "너는 바보 같은 어린애로구나."라고 말해 주기를 그녀는 기대했다.

장 발장은 걱정이 되었다.

"아무것도 아닐 거다." 하고 그는 그녀에게 말했다.

그는 핑계를 대고 코제트 곁을 떠나 정원으로 갔는데, 그녀는 그가 매우 유심히 쇠살문을 살펴보는 것을 보았다.

밤중에 그녀는 잠을 깼는데, 이번에는 확실했다. 그녀의 창 아래 돌층계 바로 가까이에서 걷는 소리가 똑똑히 들렸다. 그녀는 회전창으로 달려가 그것을 열었다. 정원에는 과연 한 사나이가 손에 커다란 몽둥이를 들고 있었다. 그녀가 고함을 지르려는 순간, 달이 그 사나이의 옆모습을 비추었다. 그것은 아버지였다.

그녀는 다시 누우면서 생각했다. "아버지는 몹시 걱정하고 계시네!"

장 발장은 그날 밤과 그 후의 두 밤을 정원에서 보냈다. 코제트는 겉창 구멍으로 그를 보았다.

셋째 날 밤에는 달이 이지러지고 더 늦게 떠오르기 시작했다. 오전 1시쯤 되었으리라. 그녀는 큰 웃음소리와 자기를 부르는 아버지의 목소리를 들었다.

"코제트!"

그녀는 침대에서 뛰어내려, 실내의를 걸치고 창문을 열었다. 아버지는 아래 잔디밭에 있었다.

"너를 안심시키려고 깨웠다." 하고 그는 말했다. "그 둥근 모자를 쓴 그림자가 여기 있다."

그러면서 그는 달빛이 잔디밭 위에 그려 내고 있는 그림자 하나를 그녀에게 가리키고 있었는데 그것은 아닌 게 아니라 둥그런 모자를 쓰고 있는 사람의 유령을 꽤 잘 닮고 있었다. 그것은 이웃집 지붕 위에 솟아 있는 뚜껑 달린 함석 연통이 만들어 낸 그림자였다.

코제트 역시 웃기 시작했다. 그녀의 불길한 억측은 다 스러졌으며, 이튿날 아버지와 함께 아침밥을 먹으면서, 난로의 연통 그림자 유령이 나오는 음침한 정원을 재미있어 했다.

장 발장은 다시 완전히 안심하게 되었고, 코제트는 난로의 연통이 자기가 보았던 또는 보았다고 믿었던 그림자와 똑같은 방향에 있는지 어떤지, 그리고 달이 하늘의 똑같은 지점에 떠 있는지 어떤지 별로 주의하지 않았다. 난로의 연통이 현행범으로 잡히는 것을 싫어하여 사람이 제 그림자를 볼 때 물러가 버린 그 이상한 일에 관해서도 그녀는 전혀 곰곰이 생각해 보지 않았다. 왜냐하면 그림자는 코제트가 돌아보았을 때는 사라져 버렸었고 코제트는 그건 정녕 확실한 것 같았었으니까. 코제트는 완전히 명랑해졌다. 그녀는 그 증명이 완전무결한 것 같았고, 누군가 저녁이나 밤에 정원을 걸어 다니는 사람이 있을지도 모른다는 것, 그런 생각은 그녀의 머리에서 나가 버렸다.

그로부터 며칠 후에 새로운 사건 하나가 발생했다.

3. 투생의 설명

정원 안에는 거리로 향한 쇠살문 가까이 돌 벤치 하나가 있었는데 한 그루의 소사나무로 호기심 많은 사람들의 눈에 보이지 않도록 되어 있었으나, 그럼에도 불구하고 부득이한 경우에는, 쇠살문과 소사나무를 통해 행인의 팔이 미칠 수 있었다.

같은 4월의 어느 날 저녁, 장 발장은 외출했고, 코제트는 해가 진 후 그 돌 벤치에 앉아 있었다. 바람이 나무들 사이에 살랑살랑 불고 있었고, 코제트는 생각에 잠겨 있었다. 부질없는 슬픔이 시나브로 그녀에게 밀려왔는데, 그것은 저녁이 주는 어쩔 수 없는 슬픔이고 그것은 아마, 누가 알겠는가? 이 시간에 방긋이 열린 무덤의 신비에서 오는 것인지도 모른다.

팡틴이 아마 그 어둠 속에 있었는지도 모른다.

코제트는 일어나서 천천히 정원을 돌고, 이슬이 흠치르르한 풀 속을 걸으면서, 일종의 우울한 몽유병에 빠져서 이런 생각을 했다. "이런 시간에 정원을 걸으려면 정말 나막신이 필요할 거야. 감기 들겠다."

그녀는 돌 벤치로 돌아왔다.

다시 거기에 앉으려는 순간, 그녀가 떠났었던 자리에 분명히 조금 전에는 없었던 꽤 큰 돌멩이 하나가 있는 것을 그녀는 보았다.

코제트는 그 돌을 들여다보면서, 그것이 무엇을 의미하는지 곰곰 생각해 보았다. 불현듯 이런 생각이 들었다. 이 돌멩이가 제 발로 이 걸상 위에 왔을 리는 전혀 없다. 누군가 이걸 여기에 갖다 놓았다. 팔 하나가 이 쇠살문을 통해 지나갔다. 이런 생각이 들자 그녀는 무서웠다. 이번에는 정말 무서웠다. 의심할 수 없었다. 돌이 거기에 있었다. 그녀는 그것에 손도 대지 않고, 감히 뒤도 돌아보지 못하고 도망하여, 집 안으로 피신하여, 즉시 겉창을 닫고, 빗장을 지르고, 현관문에 걸쇠 장치를 했다. 그녀는 투생에게 물었다.

"아버지는 돌아오셨어?"

"아직 안 돌아오셨어요, 아가씨."

(나는 앞서 투생이 말더듬이라는 걸 마지막으로 분명히 지적했었다. 내가 더 이상 그것을 강조하지 않는 것을 독자는 허락해 주기 바란다. 불구자의 말소리를 묘사하는 것은 유쾌한 일이 아니니까.)

명상가이자 밤의 산책객인 장 발장은 흔히 밤이 꽤 이슥해서밖에는 돌아오지 않았다.

"투생." 하고 코제트는 말을 이었다. "저녁에, 적어도, 정원쪽의 덧문만은 빗장을 걸어 문을 꼭 잠그도록 유의하겠지? 그리고 문을 닫는 쇠고리에 쇠갈고리도 잘 걸고."

"그럼은요, 안심하세요, 아가씨."

투생은 틀림없이 그렇게 했고 코제트는 그것을 잘 알고 있었지만, 그녀는 덧붙이지 않을 수 없었다.

"여기는 아주 호젓하니까 말이야!"

"그건 정말 그래요." 하고 투생은 말했다. "살인을 당해도 으악 소리조차 지를 겨를이 없을 거예요. 게다가 주인 양반도 이 집에서 안 주무시거든요. 하지만 아무것도 두려워하지 마세요, 아가씨. 제가 창들을 감옥처럼 닫아 놓으니까요. 여자들 뿐이니, 원! 그걸 생각하면 몸이 오싹해지는 것 같아요. 상상 좀 해 봐요. 밤중에 사내들이 방에 들어와서, '떠들지 마!' 하고 말하면서, 아가씨 목을 자르기 시작하는 걸 보신다면. 죽는 거야 별거 아니지요. 사람은 누구나 죽으니까, 그건 좋아요. 사람은 죽어야 한다는 걸 사람은 잘 아니까. 하지만 그놈들이 아가씨 몸에 손을 대는 걸 느끼는 건 끔찍스럽죠. 게다가 또 그놈들의 칼은 잘 들지 않을 거예요! 아, 하느님!"

"입 다물어요." 하고 코제트는 말했다. "모두 잘 닫아요."

코제트는 투생이 즉석에서 꾸며 낸 신파극에 질겁을 하고, 또 그녀에게 다시 일어난 지난 주의 환상들의 추억에도 역시 겁이 나서, "벤치 위에 누가 돌멩이를 갖다 놓았는데 가서 좀 봐요!"라고 그녀에게 감히 말조차도 하지 못했다. 정원의 문을 또 열면 '그 사람들'이 들어오지 않을까 두려워서. 그녀는 사방의 문과 창 들을 조심스레 닫게 하고, 지하실에서 다락까지 온 집 안을 투생에게 돌아보게 하고, 자기 방에 들어박히고, 문에 빗장을 걸고, 자기 침대 아래를 들여다보고, 자리에 누웠는데, 잠을 잘 못 잤다. 밤새도록 그녀는 동굴들에 가득한, 산처럼 큰 돌을 보았다.

해돋이의 특성은 우리들로 하여금 밤중의 우리들의 모든 공포를 일소(一笑)에 부치게 하고, 사람이 갖는 웃음은 사람이 느꼈던 공포에 항상 정비례하는데, 해돋이에 코제트는 잠을 깨어, 간밤의 공포를 악몽처럼 보고, 이렇게 생각했다. '내가 무슨 생각을 하고 있었던가? 이건 지난주 밤에 정원에서 꼭 들은 것만 같았던 그 발소리 같은 것이다! 이건 난로의 연통 그림자 같은 것이다! 내가 지금 겁쟁이가 되려고 하는가?' 겉창 틈으로 빨갛게 스며들어 다마스 견직의 휘장을 붉게 물들이고 있는 햇빛이 그녀를 완전히 안심시켰기 때문에 모든 것이 그녀의 머릿속에서 스러져 버렸다. 심지어 그 돌까지도.

'정원에 둥근 모자 쓴 사람이 없었듯이 벤치 위에 돌도 없었다. 그 밖의 것처럼 그 돌도 내가 꿈을 꾼 것이다.'

그녀는 옷을 입고, 정원으로 내려가, 벤치로 달려갔는데, 몸에 식은땀을 느꼈다. 돌이 거기에 있었다.

하지만 그것은 일순간에 불과했다. 밤에는 공포심인 것이 낮에는 호기심이다.

"까짓! 어디 좀 보자." 하고 그녀는 말했다.

그녀는 꽤 큰 그 돌덩이를 들어 올렸다. 그 아래에 무엇인가 편지 비슷한 것이 있었다.

그것은 흰 종이봉투였다. 코제트는 그것을 집었다. 한쪽에 주소가 없고, 또 한쪽에 소인이 없었다. 그렇지만 봉투가 열려는 있어도 비어 있지는 않았다. 그 속에서 서류가 언뜻 보였다.

코제트는 그 속을 뒤졌다. 그것은 더 이상 공포심이 아니었고, 더 이상 호기심도 아니었다. 그것은 걱정의 시작이었다.

코제트는 봉투 속에 있는 것을 꺼냈다. 그것은 작은 종이 묶음인데, 종잇장마다 페이지가 매겨져 있고 꽤 예쁜(코제트는 그렇게 생각했다.) 글씨로 몇 줄씩 글이 적혀 있었다.

코제트는 이름을 찾았으나 그건 아무 데도 없었고, 서명을 찾았으나 그것도 없었다. 누구에게 써 보내진 것일까? 어떤 손이 그 꾸러미를 그녀의 벤치 위에 갖다 놓았으니, 십중팔구 그녀에게 보내진 것이리라. 누구에게서 온 것일까? 견딜 수 없는 매력이 그녀를 사로잡았다. 그녀는 자기 손안에서 떨리는 그 종이에서 눈을 돌려 보려고 했다. 그녀는 하늘을 보고, 거리를 보고, 빛 속에 흠뻑 적셔져 있는 아카시아 나무들을 보고, 이웃집 지붕 위에 날고 있는 비둘기들을 보고, 그러다가 갑자기 그녀의 시선은 급격히 편지 위에 떨어졌고, 그녀는 거기 그 속에 무엇이 있는지 알지 않으면 안 되겠다고 생각했다.

그녀가 읽은 것은 다음과 같았다.

4. 돌 아래의 마음

우주를 단 하나의 인간으로 환원하는 것, 단 하나의 인간을 신에까지 확대하는 것, 그것이 사랑이다.

. . . .

사랑, 그것은 별들에 대한 천사들의 인사다.

영혼이 사랑 때문에 슬플 때 그것은 얼마나 슬픈가!

저 혼자서 세상을 가득 채우는 인간의 부재는 얼마나 공허한 가! 오! 사랑받는 인간이 신이 되는 것은 얼마나 진실인가! 사람들은 이해하리라, 만약에 만물의 아버지께서 분명히 영혼을 위하여 천지를 창조하지 않았고 사랑을 위하여 영혼을 창조하지 않았다면 신은 사랑받는 인간이 신이 되는 것을 질투하리라는 것을.

영혼이 꿈의 궁전에 들어가기 위해서는, 연보라색 리본 달린 흰 크레이프 모자 아래 거기에 언뜻 보이는 미소만으로도 충분하다.

신은 만물 뒤에 있지만, 만물은 신을 가리고 있다. 사물은 검고 인간은 불투명하다. 한 인간을 사랑하는 것, 그것은 그를 투명하게 함이다.

어떤 생각들은 기도다. 육신의 자세야 무엇이든 간에, 영혼이 무릎 꿇고 있는 순간이 있다.

. . . .

헤어져 있는 애인들은 오만 가지의 공상들로, 그렇지만 그들의 현실이 있는 공상들로 그 부재를 잊는다. 그들은 서로 만나보는 것이 금지돼 있지만, 서로 편지를 주고받을 수 있다. 그들은 수많은 신비로운 교신 수단을 찾아낸다. 새들의 노래, 꽃들의 향기, 어린애들의 웃음소리, 햇빛, 바람의 한숨, 별빛, 모든 삼라만상을 그들은 서로 보낸다. 왜 그러지 못하는가? 신의 모든 창조물은 사랑에 봉사하기 위하여 만들어져 있다! 사랑은 저의 전갈을 자연 전체에 맡기기에 충분할 만큼 강력하다.

오, 봄이여, 너는 내가 그 여자에게 써 보내는 나의 편지로다.

. . . .

미래는 지(知)보다도 훨씬 더 정(情)의 것이다. 사랑하는 것, 이것이 영원을 차지하고 가득 채울 수 있는 유일한 것이다. 무한에는 무궁무진한 것이 필요하다.

. . . .

사랑은 영혼 자체를 닮았다. 그것은 영혼과 같은 성질의 것이다. 영혼처럼 그것은 성스러운 불꽃이요, 영혼처럼 불후, 불가분, 불멸의 것이다. 그것은 우리들 속에 있는, 영원 불멸한 한 점의 불이어서, 아무것도 그것을 제한할 수 없고 아무것도 그것을 끌 수 없다. 사람은 그것이 골수에까지 불타오름을 느끼고 그것이 구천(九天)에까지 빛남을 본다.

. . . .

오, 사랑이여! 열렬한 사랑이여! 서로 이해하는 두 정신들의 즐거움이여! 서로 주고받는 두 마음들의 즐거움이여! 서로 뒤섞이는 두 눈길들의 즐거움이여! 너는 나에게 오겠지, 행복이여! 호젓한 곳에서 둘이서의 산책! 오, 축복받은 빛나는 날들이여! 나는 때때로 꿈꾸었도다, 천사의 생활에서 시간이 흘러내려 이승 사람들의 운명에도 이따금 섞여 드는 것을.

. . . .

신이 서로 사랑하는 사람들의 행복에 덧붙일 수 있는 것은 그 끝없는 지속을 그들에게 주는 것밖에 아무것도 없다. 사랑의 생활 후에, 사랑의 불멸성, 그것은 과연 하나의 증가다. 그러나 사랑이 이 세상에서부터 영혼에 주는, 말로 표현할 수 없는 지복(至福)을 그 강도 자체에서 증가시키는 것, 그것은 불가능하다, 신에게조차도. 신은 하늘의 완전함이고, 사랑은 인간의 완전함이다.

· ·

당신은 두 가지 이유에서 하나의 별을 본다. 그것이 빛나기 때문이고 또 그것이 불가해하기 때문이다. 당신은 당신 곁에 하나의 더 부드러운 광휘와 더 큰 신비가, 즉 여자가 있다.

· ·

모두들, 우리가 누구이든 간에, 우리들은 우리들의 호흡할 수 있는 인간들을 가지고 있다. 만약에 그들이 우리들에게 없으면, 공기가 우리들에게 없고, 우리들은 숨이 막힌다. 그때 사람은 죽는다. 사랑이 없어서 죽는 것, 그것은 매우 무서운 일이다. 영혼의 질식!

· ·

사랑이 두 인간들을 하나의 천사 같은 성스러운 일체 속에 융합하고 혼합했을 때, 인생의 비밀이 그들에게 발견된다. 그들은 더 이상 하나의 같은 운명의 두 끝들에 불과하고, 하나의 같은 정신의 두 날개에 불과하다. 사랑하라, 날아라!

· ·

당신 앞을 지나가는 여자가 걸으면서 빛을 발산하는 날, 당신은 끝났다. 당신은 사랑에 빠진다. 당신은 더 이상 한 가지밖에 할 일이 없다. 즉 오로지 그이만을 생각하여 그이에게도 당신을 생각하지 않을 수 없게 하는 것.

．．．．．．．．．．．．．．．．．．．．．．．．．．．．．．．．．．．．

사랑이 시작하는 것은 신에 의해서밖에 완수될 수 없다.

．．．．．．．．．．．．．．．．．．．．．．．．．．．．．．．．．．

진정한 사랑은 하나의 장갑을 잃거나 하나의 손수건을 주워도 매우 섭섭해하고 매우 기뻐하며, 그 헌신과 그 희망을 위해 영원을 필요로 한다. 그것은 동시에 무한히 큰 것과 무한히 작은 것으로 이루어진다.

．．．．．．．．．．．．．．．．．．．．．．．．．．．．．．．．．．．．

그대가 돌이라면 자석이 되라. 그대가 식물이라면 함수초(含羞草)가 되라. 그대가 사람이라면 사랑이 되라.

．．．．．．．．．．．．．．．．．．．．．．．．．．．．．．．．．．

아무것도 사랑에 충분한 것은 없다. 사람은 행복이 있으면 낙원을 바라고, 낙원이 있으면 천국을 바란다.

오, 서로 사랑하는 그대들이여, 그 모든 것은 사랑 속에 있노라. 그것을 거기서 찾아낼 줄을 알라. 사랑은 하늘과 진배없는 것, 관조가 있고, 하늘보다 더한 것, 기쁨이 있다.

. . . .

"그 여자는 아직도 뤽상부르 공원에 옵니까?"
"아니오."
"그 여자가 미사에 참석하는 건 이 성당이죠?"
"이제 안 옵니다."
"그 여자는 여전히 이 집에 살고 있습니까?"
"이사 갔습니다."
"어디에 가서 삽니까?"
"그건 말하지 않았습니다."
자기가 사랑하는 사람의 주소도 모르다니 얼마나 개탄할 일이냐!

. . . .

사랑은 어린애 같은 것들이 있고, 다른 정열들은 비루한 것들이 있다. 인간을 비루하게 만드는 정열은 수치로다! 인간을 어린애로 만드는 정열은 영광이로다!

. . . .

이건 이상한 일인데, 당신은 이런 걸 아는가? 나는 어둠 속에 있다. 한 인간이 떠나 버리면서 하늘을 가져가 버렸다.

. . . .

아! 같은 무덤 속에서 손에 손을 잡고 나란히 누워서, 어둠 속에서, 때때로, 정답게 손가락을 쓰다듬을 수 있다면, 내 내세에는 그것만으로도 충분하리라.

. . . .

그대가 사랑하기 때문에 고민하는 그대여, 더 한층 사랑하라. 사랑으로 죽는 것, 그것은 사랑으로 사는 것이다.

. . . .

사랑하라. 별 모양으로 금이 간 어두운 변모는 그 괴로움에서 온다. 고민에는 황홀함이 있다.

. . . .

오, 새들의 즐거움이여! 그들에게 노래가 있는 것은 그들에게 보금자리가 있기 때문이다.

. . . .

사랑은 낙원의 공기를 숨 쉬는 천국적인 호흡이다.

. . . .

심원한 마음의 소유자들이여, 현명한 정신의 소유자들이여, 인생을 신이 만드는 대로 받아들여라. 그것은 오랜 시련이요, 미지의 숙명에 대한 이해할 수 없는 준비다. 이 숙명은, 진정한 숙명은, 인간에게는 무덤 속의 첫 걸음에서 시작된다. 그때 그에게 무엇인가가 나타나고, 그는 결정적인 것을 분별하기 시작한다. 결정적인 것, 이 말을 생각해 보라. 살아 있는 사람들은 무한을 본다. 결정적인 것은 죽은 사람들에게밖에 보이지 않는다. 그때까지는 사랑하고 괴로워하고 희망하고 정관하라. 육체, 형체, 외관밖에 사랑하지 않은 자는, 오호라! 불행할진저! 죽음은 그에게서 모든 것을 앗아 가리라. 영혼들을 사랑하도록 노력하라. 그러면 그대는 그것들을 다시 찾아내리라.

. . . .

나는 거리에서 사랑하는 매우 가난한 청년 하나를 만났다. 그의 모자는 낡았고, 그의 옷은 해졌고, 팔꿈치에는 구멍이 뚫

려 있었으며, 물이 그의 구두를 통해 들어오고 있었고 별들이
그의 영혼을 통해 들어오고 있었다.

. . . .

얼마나 위대한 것인가, 사랑받는 것은! 얼마나 더 위대한 것
인가, 사랑하는 것은! 마음은 많은 정열로 씩씩해진다. 그 마음
은 더 이상 순결한 것으로밖에 아무것으로도 되어 있지 않고,
더 이상 높고 큰 것으로밖에 아무것으로도 떠받쳐지지 않는다.
비열한 생각은 쐐기풀이 빙하 위에서 싹트지 않는 것보다도
더 거기에서 싹틀 수 없다. 비속한 정열과 정서가 접근할 수 없
는, 높고 맑은 영혼은 이 세상의 구름과 그늘, 광기, 거짓, 증오,
허영, 비참을 내려다보며, 푸른 하늘에 살고, 산꼭대기가 지진
을 느끼듯이, 더 이상 숙명의 깊은 지하의 진동밖에 느끼지 않
는다.

. . . .

만약에 누군가 사랑하는 사람이 없다면, 태양은 꺼져 없어지
리라.

. . . .

5. 편지를 보고 난 코제트

　이 글을 읽는 동안 코제트는 조금씩 몽상에 빠져 들어갔다. 그녀가 편지의 마지막 줄에서 눈을 들었을 때, 마침 시간이 되어, 그 미남 장교가 의기양양하게 쇠살문 앞을 지나갔다. 코제트는 그를 보기 흉하다고 생각했다.

　그녀는 그 묶음을 다시 들여다보기 시작했다. 그것이 매혹적인 글씨로 쓰였다고 코제트는 생각했다. 같은 손으로, 그러나 여러 가지 잉크로, 잉크병에 물을 넣는 때처럼, 어떤 때는 매우 검고, 또 어떤 때는 희끄무레하고, 따라서 여러 날에 걸쳐서 썼으리라. 그러므로 이것은 한숨이 나는 대로, 불규칙하게, 두서 없이, 선택도 없고, 목적도 없이, 되는 대로, 생각나는 대로 거기에 심정을 토로한 생각이었다. 코제트는 일찍이 이런 것을 읽어 본 일이 없었다. 이 원고는, 거기에서 그녀는 어둠보다도 더 많은 빛을 보았는데, 그녀에게 방긋이 열린 성전(聖殿) 같은 인상을 주었다. 이 신비한 글은 한 줄 한 줄이 그녀의 눈에 빛나고 그녀의 마음을 이상한 빛으로 넘쳐흐르게 했다. 그녀가 받은 교육은 늘 영혼 얘기는 했지만, 사랑 얘기는 전혀 없었다. 마치 깜부기불 얘기만 하고 불꽃 얘기는 조금도 하지 않는 것과 거의 같았다. 이 열다섯 쪽의 원고는 모든 사랑을, 번뇌, 운명, 인생, 영원, 시작과 끝을 그녀에게 뜻밖에, 그리고 즐겁게 계시해 주었다. 그것은 마치 손을 펴고 그녀에게 갑자기 한 줌의 광명을 던져 준 하나의 손 같았다. 그녀는 이 몇 줄의 글 속에서 정열적이고, 열렬하고, 관대하고, 정직한 성질을, 거룩한 의지를, 엄청난 오뇌와 엄청난 희망을, 비통한 마음을, 밝은 황홀감을 느꼈다. 이 원고는 무엇이었던가? 한 통의 편지. 주소도 없고, 이름도 없고, 날짜도 없고, 서명도 없고, 절실하면서도 이해관계를 떠난 것이고, 진실로 엮인 수수께끼고, 천사가 가져다주고 동정녀가 읽기 위해 만들어진 사랑의 전갈이고, 이 세상 밖에서 행해지는 데이트고, 그림자에게 보내진 허깨비의 연애편지였다. 이것은 눈에 보이지 않는, 조용한 고뇌하는 사나이로서, 바야흐로 죽음 속에 피신하려 하는 것 같은 한 조용하고 고뇌하는 부재자가 역시 한 부재 중의 여인에게 운명의 비밀을, 인생의 열쇠를, 사랑을 보내고 있는 것이다. 그것은 무덤에 발을 디디고 하늘에 손가락을 뻗치고 쓰였다. 한 줄 한 줄 종이에 떨어진 이 글은 영혼의 방울들이라고 부를 수 있는 것이었다.

그런데 이 지면들은 대관절 누구에게서 올 수 있었을까? 대관절 누가 이것들을 쓸 수 있었을까?

코제트는 잠시도 망설이지 않았다. 단 한 사람.

그이!

그녀의 마음속에 햇빛이 다시 비쳤다. 모든 것이 다시 나타났다. 그녀는 믿을 수 없을 만큼의 기쁨과 심각한 불안을 느꼈다. 그것은 그이였다! 그이가 그녀에게 써 보낸 것이다! 그이가 거기에 있었다. 그이의 팔이 그 쇠살문을 통해 지나갔었다! 그녀가 그를 잊어버리고 있는 동안 그는 다시 그녀를 찾아낸 것이다! 그러나 그녀는 그를 잊어버렸던가? 아니다! 천만에! 그녀는 경박하게도 한때 그렇다고 생각했다. 그녀는 항상 그를 사랑하고 있었다. 항상 열렬히 사랑하고 있었다. 불은 덮였고 한동안 속으로 탔으나, 그녀는 이제 그 불을 잘 보고 있었고, 불은 더 깊이 파 들어가기만 했는데, 지금은 다시 폭발하여 그녀를 송두리째 태우고 있었다. 이 종이 묶음은 다른 영혼에서 그녀의 영혼 속에 떨어진 불티 같았고, 그녀는 다시 불타오르기 시작함을 느꼈다. 그녀는 이 원고의 한마디 한마디가 가슴에 사무쳤다. 그녀는 말했다. "암 그렇지! 이건 다 내가 인정하고말고! 이건 모두 내가 이미 그이의 눈 속에서 알아차렸던 거야."

그녀가 그것을 세 번째 읽고 났을 때, 테오뒬 중위가 다시 쇠살문 앞에 와서 포도 위에서 박차 소리를 냈다. 코제트는 고개를 들지 않을 수 없었다. 그녀는 그가 싱겁고, 어리석고, 미련하고, 쓸모없고, 잘난 체하고, 불쾌하고, 건방지고, 매우 못생겼다고 생각했다. 장교는 으레 그래야만 한다는 듯이 그녀에게 미소를 던졌다. 그녀는 부끄럽고 화가 나서 얼굴을 돌려 버렸다. 그녀는 그의 머리에 무엇인가 던져 주고 싶었을 것이다.

그녀는 거기서 도망쳐 집 안으로 돌아가, 원고를 다시 읽고, 암기하고, 생각하기 위해 방 안에 들어박혔다. 충분히 읽고 난 뒤에 그녀는 그것에 입 맞추고 그것을 코르셋 속에 넣었다.

이제 끝장났다. 코제트는 천사 같은 깊은 사랑에 다시 빠졌다. 에덴의 심연이 다시 입을 벌렸다.

온종일 코제트는 넋이 나간 것 같았다. 무슨 생각을 하는 것도 아니고, 이런저런 생각들이 머릿속에 난마처럼 뒤얽혀, 아무엇도 짐작하지 못하고, 그저 몸을 떨면서 무엇인가 막연한 것을 희망했다. 그녀는 감히 아무것도 기대하지 않았고, 아무 것도 거부하고 싶지 않았다. 그녀의 얼굴은 창백하고 몸은 떨렸다. 이따금 자기가 꿈속에 들어가는가 싶었고, '이게 생시인가?' 하고 생각했으며, 그럴 때면 드레스 아래에 넣어 둔 사랑하는 종이를 만져 보고, 그것을 자기의 가슴에 꼭 눌러, 그 모서리들을 살 위에 느꼈는데, 만약 이럴 때 장 발장이 그녀를 보았다면, 눈꺼풀 밑에 그에게 감추고 있는 그 알 수 없는 빛나는 기쁨 앞에서 그는 치가 떨렸을 것이다. 그녀는 생각했다. '암 그렇지! 이건 정녕 그이다! 이건 그이가 내게 보낸 것이다!'

그러면서 그녀는 천사들의 개입이, 천운이 그를 자기에게 돌려주었다고 생각했다.

오, 사랑의 변모여! 오, 꿈이여! 이 천운, 이 천사들의 개입, 그것은 포르스 감옥의 지붕 너머로, 샤를마뉴의 마당에서 사자 굴로, 한 도적에서 또 한 도적한테로 던져진 그 빵의 공이었다.

6. 노인들은 때마침 외출하게 되어 있다

저녁때가 되어 장 발장은 외출했고, 코제트는 정장을 했다. 그녀는 가장 잘 어울리도록 머리를 매만지고 드레스를 입었는데, 그 옷은 깃고대를 너무 크게 도려 파서 목 아래 부분이 다 드러나 보이는 것으로, 처녀들이 말하는 '좀 단정치 못한'

옷이었다. 그러나 그것은 추호도 단정치 못한 것이 아니라 무엇보다도 더 예뻤다. 그녀는 왜 그러는지도 모르고 그렇게 몸차림을 했다.

그녀는 나가려고 했던가? 아니다.

누가 찾아오는 걸 기다리고 있었던가? 아니다.

해가 질 무렵 그녀는 정원에 내려갔다. 투생은 뒷마당 쪽으로 난 부엌에서 일하고 있었다.

그녀는 가지들 아래를 걷기 시작했다. 매우 낮은 가지들이 있었기 때문에 때때로 그것들을 손으로 제치면서.

그녀는 그렇게 벤치에 도달했다.

돌덩이는 거기에 그대로 있었다.

그녀는 벤치에 앉았다. 그리고 그녀의 부드러운 흰 손을 그 돌 위에 올려놓았다. 마치 그것을 쓰다듬고 그것에 감사라도 하려는 듯이.

별안간 그녀는, 누군가 자기 뒤에 서 있을 때, 보지도 않고 느끼는 그 무엇이라 말할 수 없는 인상을 받았다.

그녀는 돌아보고 벌떡 일어섰다.

그것은 그이였다.

그는 맨머리였다. 창백하고 수척해 보였다. 그의 검은 옷을 겨우 알아볼 수 있었다. 황혼은 그의 아름다운 이마를 창백하게 하고, 그의 눈을 어둠으로 덮고 있었다. 비길 데 없이 아늑한 어스름 아래, 그는 무엇인가 죽음과 밤 같은 것을 가지고 있었다. 그의 얼굴은 꺼져 가는 햇빛과 죽어 가는 한 영혼의 생각으로 비추어지고 있었다.

그것은 아직 유령은 아니지만 이미 더 이상 사람도 아닌 것 같았다.

그의 모자는 멀지 않은 곳 덤불 속에 던져져 있었다.

코제트는 꼭 기절할 것 같았으나 소리 하나 지르지 않았다. 그녀는 천천히 물러섰다. 왜냐하면 자기가 끌어당겨지는 것을 느꼈기 때문에. 그는 전혀 꼼짝도 않고 있었다. 그를 감싸고 있는 뭔지 알 수 없는, 말로 표현할 수 없고 음침한 것에서 그녀는 그녀에게 보이지 않는 그의 눈의 시선을 느꼈다.

코제트는 뒷걸음질 치면서 한 그루의 나무에 부딪혀 거기에 등을 기댔다. 그 나무가 없었더라면 그녀는 넘어졌으리라.

그때 그녀는 그의 목소리를 들었다. 정말 생전 처음 듣는 그 목소리, 살랑거리는 나뭇잎들 위로 올라갈까 말까 하는 그 목소리, 그것은 중얼거리고 있었다.

"용서하세요, 이렇게 온 것을. 가슴이 터질 것 같고, 이제까지처럼 살 수 없어서 왔습니다. 여기 이 벤치에 놓아 둔 것을 읽어 보셨습니까? 나를 조금은 알아보시겠는지요? 나를 무서워하시지는 마세요. 벌써 꽤 오래전 일이지만, 당신이 나를 보신 날이 생각나십니까? 뤽상부르 공원에서, 검투사의 입상 옆에서였습니다. 그리고 당신이 내 앞을 지나가셨던 날도? 그것은 6월 16일과 7월 2일이었지요. 곧 일 년이 됩니다. 그때부터 퍽 오랫동안 뵙지 못했습니다. 공원의 의자 빌려 주는 여인에게 물어보았더니, 더 이상 당신을 보지 못했다고 그러더군요. 당신은 웨스트 거리의 새 집에서 앞으로 향한 4층에 살고 계셨지요. 내가 잘 알고 있죠? 나는 당신 뒤를 밟고 있었던 거예요. 별수 없지 않습니까? 그런 뒤에 당신은 사라져 버렸어요. 한 번은 오데옹의 아케이드 아래서 신문을 읽고 있다가, 당신이 지나가는 걸 본 것 같았어요. 나는 달려갔어요. 천만에. 다른 사람이 당신 같은 모자를 쓰고 있었던 거예요. 밤에 나는 여기에 옵니다. 걱정은 마세요. 아무도 나를 보지 않으니까. 당신 창문을 가까이서 보려고 오는 겁니다. 당신이 무서워하실까 봐, 당신에게 들리지 않도록 나는 아주 가만가만 걷습니다. 저번 날 저녁에 나는 당신 뒤에 있었는데, 당신이 돌아다보기에 나는 달아나 버렸습니다. 한 번은 당신이 노래 부르는 걸 들었습니다. 나는 행복했지요. 겉창 너머로 당신이 노래 부르는 걸 듣는다고 해서 뭐 나쁠 게 있습니까? 조금도 나쁠 건 없겠지요. 안 그래요? 아시겠어요? 당신은 나의 천사예요. 좀 오게 해 주세요. 나는 곧 죽을 것 같아요. 당신이 아신다면! 나는 당신을 열렬히 사랑합니다, 나는요! 아, 용서하세요. 내가 당신에게 말하고 있지만, 내가 무슨 말을 하고 있는지 나도 모르겠어요. 내가 아마 당신을 화나게 하고 있는지도 모르겠네요. 내가 당신을 화나게 하고 있습니까?"

"아이고머니!" 하고 그녀는 말했다.

그리고 그녀는 죽어 가듯이 주저앉았다.

그는 그녀를 붙잡았다. 그녀는 넘어지고 있었다. 그는 그녀를 팔에 안고, 자기가 무얼 하는지 의식하지도 않고 그녀를 꼭 껴안았다. 그는 비트적거리면서도 그녀를 떠받치고 있었다. 그는 마치 머리에 연기가 담뿍 끼어 있는 것 같았고, 그의 번갯불이 눈썹 사이에 지나가는 것 같았으며, 그의 생각들은 사라져 가고 있었고, 자기가 종교적인 행위를 수행하고 있고 신의 모독을 범하고 있는 것 같았다. 그러나 그는 자기 가슴 위에 느끼는 그 아리따운 여인의 육체에 대해서 추호의 정욕도 품지 않았다. 그는 사랑에 취해 있었다.

그녀는 그의 손을 잡아 그녀의 가슴 위에 올려놓았다. 그는 거기에 종이가 있는 것을 느꼈다. 그는 더듬더듬 말했다.

"그럼 당신은 나를 사랑하시는 거죠?"

그녀는 들릴락 말락 하는 숨소리 같은 아주 낮은 목소리로 대답했다.

"아무 말 마요! 잘 아시면서!"

그러면서 그녀는 그녀의 붉은 얼굴을 사랑에 취한 늠름한 청년의 가슴속에 묻었다.

그는 벤치 위에 쓰러졌다. 그녀는 그 옆에 쓰러지고. 그들은 더 이상 말이 없었다. 별들은 반짝이기 시작했다. 어떻게 그들의 입술은 만나게 되었는가? 어떻게 새는 노래하게 되고, 눈은 녹게 되고, 장미는 꽃이 피게 되고, 5월은 피어나게 되고, 여명은 언덕들의 바스락거리는 꼭대기의 검은 나무들 뒤에서 밝아 오게 되는가?

한 번의 입맞춤, 그리고 그것이 전부였다.

둘이 다 몸을 떨었고, 어둠 속에서 반짝이는 눈으로 마주 보았다.

그들은 서늘한 밤도, 싸늘한 돌도, 축축한 땅도, 이슬에 젖은 풀도 느끼지 않고, 서로 마주 보고 있었고, 그들의 가슴은 생각들로 가득 차 있었다. 그들은 그런 줄도 모르고 손을 잡았다.

그가 어디로 해서 정원에 들어왔는지, 또 어떻게 해서 몰래 들어왔는지 그녀는 그에게 묻지 않았고, 그런 건 생각조차도 하지 않았다. 그녀는 그가 거기에 있는 것은 아주 당연한 일인 것 같았다.

때때로 마리우스의 무릎이 코제트의 무릎에 닿았고, 둘 다 소스라쳤다.

이따금 코제트는 한마디씩 더듬거렸다. 한 방울의 이슬이 꽃 잎 위에서 떨리듯 그녀의 영혼이 그녀의 입술 위에서 떨렸다.

조금씩 그들은 서로 이야기했다. 심정의 토로가 충만한 침묵 뒤에 심정의 토로가 왔다. 밤은 그들의 머리 위에서 맑고 찬란했다. 정령(精靈)들처럼 순결한 그 두 인간들은 모든 것을 서로에게 말했다. 그들의 꿈을, 도취를, 황홀을, 공상을, 의기소침을, 얼마나 그들은 멀리서 열렬히 사랑했던가를, 얼마나 그들은 서로 희구했던가를, 그들이 서로 보지 못하게 되었을 때 그들의 절망을. 그들은 아무것도 이미 더 이상 증가시킬 수 없는 이상적인 친밀 속에서, 가장 은밀하고 가장 비밀한 것까지도 흉금을 터놓고 이야기했다. 그들은 그들의 환상 속에서 천진난만한 신뢰감을 품고서, 사랑과 젊음, 그들에게 남아 있는 어린애 같은 마음 등이 그들의 생각 속에 넣어 주는 모든 것을 서로에게 이야기했다. 그 두 사람의 마음은 서로 상대방의 마음속에 빠져 들어, 한 시간 후에는 청년은 처녀의 영혼을 갖고, 처녀는 청년의 영혼을 갖게 되었다. 그들은 서로 상대편의 마음속을 알아채고, 서로 매혹하고, 서로 황홀케 했다.

다 끝났을 때, 모든 것을 다 말했을 때, 그녀는 그의 어깨에 머리를 올려놓고 물었다.

"이름이 뭐예요?"

"내 이름은 마리우스. 당신 이름은?" 하고 그는 말했다.

"내 이름은 코제트."

6
어린 가브로슈

1. 바람의 장난

1823년 이래, 몽페르메유의 싸구려 식당이 시나브로 기울어져, 파산의 구렁텅이는 아닐지라도, 작은 부채들의 시궁창 속에 빠져 들어가고 있는 동안, 테나르디에 가시버시는 또 다른 두 아이를 가졌는데, 둘 다 사내아이였다. 그래서 오 남매가 되었다. 딸 둘에 아들 셋이었다. 그건 너무 많았다.

테나르디에의 아내는 아직 나이가 적고 아주 어린 마지막 두 아들을 이상한 요행수로 처리해 버렸다.

처리라는 말은 꼭 맞는 말이다. 이 여편네 속에는 한 조각의 인성(人性)밖에 없었다. 그런데 이런 괴짜의 예는 한둘이 아니다. 라 모트 우당쿠르 원수 부인처럼, 테나르디에의 아내는 딸들에게까지밖에는 어머니가 아니었다. 그녀의 모성애는 거기서 그쳤다. 인류에 대한 그녀의 증오는 제 아들들에게서 시작되었다. 그녀의 아들들에 관해서 그녀의 악의는 극심했고, 그녀의 마음은 그 점에서 불길한 절벽을 이루었다. 독자도 보았듯이, 그녀는 맏아들을 미워했고, 다른 두 아들은 몹시 싫어했다. 왜? 그저 밉고 싫었기 때문에. 가장 무서운 동기이고 가장 확실한 대답은 그저 밉고 싫었기 때문이라는 것. "귀찮아 못 배기게 삐삐거리는 아이들은 난 필요 없어." 하고 이 어머니는 말했다.

테나르디에 부부가 어떻게 두 막둥이들을 털어 버리고, 거기서 이익까지 얻는 데 성공했는지, 그것을 설명하자.

몇 페이지 앞서 문제가 되었던 그 마뇽이라는 계집은 제가 가지고 있는 두 아이를 미끼 삼아 질노르망 영감으로부터 연금을 받아 내는 데 성공한 바로 그 여자다. 그녀는 셀레스탱 강둑의 프티 뮈스크라는 오래된 거리의 모퉁이에 살고 있었는데, 이 장소 덕분에 그녀의 나쁜 평판을 좋은 평판으로 바꿀수 있었다. 사람들이 기억하다시피, 삼십오 년 전에 크루프성(性) 후두염이 크게 유행해 파리의 센 강 부근을 휩쓴 일이 있었는데, 명반(明礬) 흡입의 효과가 대대적으로 실험되었고, 오늘날에는 그것을 대신하여 옥도정기가 외용(外用)되어 효험을 나타내고 있다. 이 유행병이 돌던 중에, 마뇽은 같은 날 아침저녁에 아직 퍽 어린 두 사내아이들을 잃었다. 그것은 하나의 타격이었다. 이 어린아이들은 그들의 어머니에게 소중했고, 다달이 80프랑에 상당했다. 이 80프랑의 돈은 질노르망 씨 명의로, 루아 드 시실 거리에 사는 퇴직 집달리로 그의 집사 노릇을 하는 바르즈 씨로부터 꼬박꼬박 지불되고 있었다. 이 어린아이들이 죽으니 연금도 매장되었다. 마뇽은 한 가지 방편을 찾았다. 그녀가 속해 있던 어두컴컴한 악의 동아리에서는 서로 모든 것을 알고 있고, 서로 비밀을 지키고, 서로 돕는다. 마뇽에게는 어린애가 둘 필요했는데, 마침 테나르디에의 아내에게는 두 아이가 있었다. 같은 사내아이에 같은 나이였다. 한 사람에게는 좋은 조치고, 또 한 사람에게는 좋은 투자였다. 테나르디에의 아이들은 마뇽의 아이들이 되었다. 마뇽은 셀레스탱 강둑을 떠나 클로슈페르스 거리로 가서 살았다. 파리에서는 이 거리에서 저 거리로 주소를 옮기기만 하면 딴판 모르는 사람이 되어 버린다.

호적에서는 아무것도 몰랐으므로 이의가 없었고, 대체는 아주 거뜬히 이루어졌다. 다만 테나르디에는 그렇게 어린아이들을 빌려 주는 값으로 다달이 10프랑을 요구했고 마뇽은 그걸 약속했으며, 지불까지도 했다. 질노르망 씨가 계속하여 지급한 것은 두말할 나위도 없다. 그는 여섯 달마다 어린애들을 보러 왔다. 그는 바뀐 것을 알아차리지 못했다. "저 애들은 꼭 영감을 닮았어요!" 하고 마뇽은 그에게 말했다.

변신하기를 밥 먹듯 하는 테나르디에는 그 기회를 타서 종드레트로 행세했다. 그의 두 딸과 가브로슈는 두 어린 동생들이 있다는 걸 알아차릴 겨를조차도 없었다. 사람은 어떤 정도의 빈궁에서는 유령 같은 무관심 상태에 빠져서, 인간들을 악령들처럼 본다. 가장 가까운 근친도 희미한 망령의 형체들밖에 되지 않으며, 삶의 흐린 바닥과 별로 다르지 않고 눈에 보이지 않는 것에 쉽사리 다시 섞여 버린다.

영원히 버려 버릴 단호한 심산으로 마뇽에게 두 어린애들을 건네주었던 날 저녁, 테나르디에의 아내는 양심의 가책을 느꼈거나 그러는 체했다. 그녀는 남편에게 말했다. "아무튼 이건 제 아이들을 버리는 거예요, 이건요!" 냉정하고 유식한 체하는 테나르디에는 이런 말로 양심의 가책을 짓눌러 버렸다. "장 자크 루소는 이보다도 더한 짓을 했어!"* 양심의 가책에서 어머니는 걱정으로 변했다. "하지만 경찰이 우리를 괴롭힌다면? 우리가 그때 한 짓 말이에요. 여보, 테나르디에 씨, 그런 짓을 해도 괜찮은가요?" 테나르디에는 대답했다. "뭐든지 다 괜찮아. 하늘에서밖에는 아무도 보지 않을 테니까. 게다가 한 푼 없는 아이들은, 아무도 자세히 살펴볼 생각을 하지 않아."

마뇽은 악당들 축에서는 일종의 멋쟁이였다. 그녀는 몸치장도 했다. 그녀는 프랑스화된 한 현학적인 영국인 도둑년과 같은 주택에 살고 있었는데, 그 집의 가구는 부자연스럽고 초라했다. 파리의 귀화한 영국인 여자는 부호들과의 관계로 존경할 만했고, 박학한 사람의 훈장들과 마르스 양의 다이아몬드들과 밀접한 관계를 맺고 있었는데, 훗날 법정의 범죄 기록부에서 이름이 드러났다. 그녀의 이름은 미스 양이라고 했다.

마뇽의 손에 떨어진 두 아이들은 불평할 일이 없었다. 80프랑에 맡겨져 있는 그들은, 이익이 얻어지는 것이라면 다 그러

---

* 루소는 아이를 낳는 대로 고아원에 보냈다.

하듯이 잘 보살핌을 받고 있었다. 옷도 전혀 나쁘지 않게 입고, 음식도 전혀 나쁘지 않게 먹고, 거의 어린 '도련님들'처럼, 진짜 어머니에게서보다도 가짜 어머니에게서 더 좋은 대우를 받았다. 마뇽은 귀부인 행세를 하고, 그들 앞에서는 곁말을 쓰지 않았다.

그들은 그렇게 몇 년을 보냈다. 테나르디에는 그들의 장래를 낙관했다. 어느 날 마뇽이 그 달 치의 10프랑을 또 그에게 건넸을 때 그는 그녀에게 이런 말을 하게 되었다. "'아버지'가 그들에게 교육을 해야 할 텐데."

갑자기 이 두 가련한 아이들은, 여태까지는 그들의 사나운 팔자 소관으로라도 충분히 보호를 받았는데, 이제 느닷없이 생활 속에 내던져져 생활을 시작하지 않을 수 없었다.

종드레트의 누옥에서와 같은 악한들의 대량 검거에는 필연적으로 수색과 감금이 뒤따르게 마련인데, 그것은 공공연한 사회 밑에서 살고 있는 그 흉악한 비밀의 반(反)사회에는 진정한 재난이다. 이런 종류의 사건은 이 어두컴컴한 세계에 온갖 붕괴를 초래한다. 테나르디에 일가의 파멸은 마뇽의 파멸을 빚어냈다.

어느 날, 마뇽이 플뤼메 거리에 관한 쪽지를 에포닌에게 건네준 후 얼마 안 되어서, 느닷없이 클로슈페르스 거리에 경찰이 나타났다. 마뇽은 미스 양과 같이 체포되고, 수상쩍어 보이는 그 집 사람 전부가 일망타진되었다. 두 사내아이들은 그동안 뒷마당에서 놀고 있었는지라 그러한 경찰의 검거를 아무것도 보지 않았다. 그들이 집에 돌아오려고 했을 때 그들은 문이 닫혀 있고 집이 텅 비어 있는 것을 발견했다. 맞은편 가게의 구두 수선공이 그들을 불러서, '그들의 어머니'가 그들을 위해 두고 간 종이 조각 하나를 그들에게 건네주었다. 그 종이에는 이런 주소가 적혀 있었다. '루아 드 시실 거리 8번지, 집사 바르즈 씨.' 가게 사람은 그들에게 말했다. "너희는 더 이상 여기서 못 산다. 저기로 가거라. 아주 가깝다. 왼쪽으로 첫 번째 거리다. 이 쪽지를 가지고 길을 물어 가거라."

두 어린애들은 떠났다. 형이 동생을 이끌고, 손에 그들을 인도해 줄 쪽지를 들고서. 날이 몹시 추워서, 그의 작은 손가락들이 마비되어 잘 쥐어지지 않아 그 쪽지를 꼭 쥐고 있을 수가 없었다. 클로슈페르스 거리의 모퉁이에서 한바탕 바람이 불어 그에게서 그 종이를 빼앗아 갔는데, 어두워지고 있었기 때문에, 어린애는 그것을 다시 찾아낼 수 없었다.

그들은 정처 없이 이 거리 저 거리를 헤매기 시작했다.

2. 어린 가브로슈가 나폴레옹 대제(大帝)를 이용하다

파리의 봄에는 살을 에는 듯한 매서운 북풍이 꽤 자주 부는데, 그저 몹시 추운 것이 아니라 몸이 얼어 버릴 정도다. 가장 화창한 봄날을 망쳐 버리는 이 북풍은 정확히, 잘못 닫힌 문틈이나 창틈으로 따스한 방에 들어오는 추운 바람 같은 인상을 준다. 흡사 겨울의 침울한 문이 방긋이 열려서 그리로 바람이 들어오는 것 같다. 1832년의 봄은 19세기 최초의 큰 돌림병이 유럽에 발생한 때였는데, 이 북풍이 어느 해보다도 더 지독하고 맹렬하게 불었다. 그것은 방긋이 열려 있는 겨울의 문보다도 한층 더 추운 문이었다. 그것은 무덤의 문이었다. 이 북풍 속에서 콜레라의 숨결이 느껴졌다.

기상학적 견지에서는, 이 추운 바람이 강한 전압을 전혀 배제하지 않고 있었다는 그런 특성을 가지고 있었다. 번개와 천둥이 따른 폭우가 그 당시 자주 쏟아졌다.

어느 날 저녁, 이 삭풍이 맹렬하게 불어, 정월이 다시 돌아왔는가 싶었고, 시민들은 다시 망토를 걸치고 다닐 지경이었을 때, 소년 가브로슈는 여전히 누더기를 입고 덜덜 떨면서도 유쾌하게, 오름 생 제르베 근처의 이발소 앞에 서서 황홀경에 빠져 있는 것 같았다. 어디서 주워 왔는지는 몰라도, 목도리 대신 여자의 털 숄을 목에 두르고 있었다. 소년 가브로슈는 밀랍으로 만든 신부 하나를 심각하게 들여다보고 있는 것 같았는데, 이 신부는 가슴과 어깨를 드러내 놓고 머리에 오렌지 화관을 쓰고서, 두 개의 양등 사이에서 통행인들에게 미소를 지으면서 유리창 뒤에서 빙빙 돌고 있었다. 그러나 사실은 점두에서 한 조각의 비누를 '훔쳐'서 교외의 한 '이발사'에게 갖고 가 1수에 되팔 수 있을까 보기 위해 이발소 안을 살피고 있었던 것이다. 그는 종종 그러한 비누 조각 하나로 아침밥을 먹는 수가 있었다. 그는 그런 종류의 일에 재주가 있었는데, 그는 그런 일을 '머리 깎는 사람의 수염을 깎는다.'라고 불렀다.

신부를 들여다보고 비누 조각을 곁눈질하면서도 그는 입 속으로 중얼거렸다. "화요일이다. 화요일이 아니야. 화요일인가? 아마 화요일일 거야. 그래, 화요일이다."

이러한 혼잣말이 무얼 두고 하는 것인지는 결코 알 수 없었다.

만약에 혹시 이 혼잣말이 그가 마지막으로 저녁밥을 먹었을 때와 관계가 있다면, 그것은 사흘 전의 일이었다. 왜냐하면 이날은 금요일이었으니까.

이발사는 불이 활활 타는 난로로 훈훈해진 가게 안에서 한 고객을 면도하면서 때때로 이 도적을, 이 건달을 곁눈질하고 있었는데, 추위에 언 이 뻔뻔스러운 소년은 두 손을 호주머니에 지르고 있었으나, 정신은 분명히 칼집 밖에 나가 있었다.

가브로슈가 신부와 유리창, 윈소르 비누를 살펴보고 있는 동안에, 각각 키는 다르나 그보다는 작은, 하나는 일곱 살, 또 하나는 다섯 살쯤 먹어 보이는 꽤 깔끔한 옷을 입은 두 어린 애가 머무적거리면서 출입문의 손잡이를 돌리고 점포 안으로 들어가 뭔지는 몰라도, 아마 적선을 좀 해 달라는 것이리라, 간청보다도 오히려 신음 같은 구슬픈 소리로 뭔지 알 수 없는 말을 우물우물 중얼거렸다. 그들은 둘 다 동시에 말을 했는데, 작은 애의 목소리는 목메어 우는 소리에 토막토막 끊기고 큰 애의 목소리는 추워서 떨리는 이 소리에 방해되어 그들의 말소리를 알아들을 수 없었다. 이발사는 잔뜩 성난 얼굴을 하고 돌아서더니, 손에 면도칼을 든 채, 왼손으로 큰 애를, 무릎으로 작은 애를 물리쳐서, 둘 다 거리로 밀어내고 문을 다시 닫으면서 말했다.

"공연히 와서 방을 식혀!"

두 어린아이는 울면서 다시 걷기 시작했다. 그사이에 구름이 몰려 오고 비가 떨어지기 시작했다.

소년 가브로슈는 그들 뒤를 쫓아가서 그들에게 말을 걸었다.

"너희들 왜 그러니, 조무래기들아?"

"우리는 어디서 자야 할지 모르겠어요." 하고 큰 애가 대답했다.

"그래?" 하고 가브로슈는 말했다. "거 참 큰일 났구나. 겨우 고까짓 것 땜에 우는 거야? 참 바보들이구나!"

그리고 낮살깨나 더 먹었다는 우월감에서 좀 빈정거리면서, 동정 어린 위엄과 친절한 보호자다운 어조로 말했다.

"꼬마들아, 나랑 같이 가자."

"예, 아저씨." 하고 큰 애가 대답했다.

그러고 두 어린아이들은 대주교를 따라가듯 그를 따라갔다. 그들은 울기를 그쳤다.

가브로슈는 그들을 데리고 생 탕투안 거리를 바스티유 쪽으로 걸어 올라갔다.

가브로슈는 걸어가면서도 분한 듯이 이발소를 흘끗 돌아다보았다.

"인정머리가 없군, 그놈의 이발사." 하고 그는 투덜거렸다.

가브로슈를 선두로 하여 세 아이들이 모두 한 줄로 늘어서서 걸어가는 것을 보고 한 계집애가 호들갑스럽게 깔깔댔다. 그것은 일행에게 실례가 되는 웃음소리였다.

"안녕, '합승 마차' 아가씨." 하고 가브로슈는 그녀에게 말했다.

잠시 후 이발사 생각이 다시 떠올라 그는 덧붙였다.

"내가 짐승을 잘못 봤다. 녀석은 대구*가 아니라 뱀이다. 자물쇠 장수를 불러다가 네놈 꼬랑지에 방울을 달아 줄 테다."

그 이발사는 그를 도발적으로 만들었다. 개울을 건너다가, 브로켄 산** 위에서 파우스트를 만나기에 어울리는 수염 난 문지기 여자 하나가 손에 빗자루를 들고 있는 것을 보고, 다짜고짜 "마님, 그래 말을 타고 나오셨나이까?" 하고 말했다.

그러고 나서 그는 한 행인의 니스 칠한 장화에 흙물을 튕겨 주었다.

"못된 놈 같으니!" 하고 성난 행인은 외쳤다.

가브로슈는 숄 위로 코를 내밀었다.

"어르신께서 불평이시나이까?"

"네게 불평이다." 하고 행인은 말했다.

"사무실은 닫혔는뎁쇼." 하고 가브로슈는 말했다. "나는 이제 고소는 안 받습니다."

그러는 동안, 계속 거리를 걸어 올라가다가 그는 열서너 살된 계집애 거지 하나가 무릎까지 드러난 짧은 옷을 입고 어떤 대문 아래 서서 추위에 떨고 있는 것을 보았다. 이 소녀는 그러고 있기에는 너무 큰 처녀가 되기 시작하고 있었다. 성장은 그러한 장난을 친다. 치마는 나체가 외설스러워질 때 짧아진다.

---

* 원어는 merlan. 이 말은 '대구'라는 뜻이지만, 속어에서 '이발사'라는 뜻으로 쓰인다.
** 발푸르기스의 마녀들이 밤에 모인다는 곳.

"불쌍한 계집애다!" 하고 가브로슈는 말했다. "팬티도 없구나. 옛다, 이거라도 입어 둬라."

그러면서 제 목에 두르고 있던 포근한 양털을 벗어서 계집애 거지의 뼈만 앙상한 푸르뎅뎅한 어깨에 던졌는데, 거기서 목도리는 다시 숄이 되었다.

소녀는 깜짝 놀란 얼굴로 그를 바라보고 말없이 숄을 받았다. 어떤 정도의 곤궁 상태에서 가난한 사람은 넋이 나가서, 나쁜 일에도 더 이상 비명을 지르지 않고 좋은 일에도 더 이상 감사하지 않는다.

그렇게 하고 나서 가브로슈는, "부르르!" 입을 울리며, 성 마르탱보다도 더 몸을 떨었는데, 성 마르탱, 그는 적어도 자기 망토의 절반은 간직했었다.

그렇게 "부르르!" 하는 소리에 소나기는 더욱더 성깔을 부리면서 맹위를 떨쳤다. 저 고약한 하늘은 선행을 벌한다.

"아니, 도대체 이게 뭐라는 거야?" 가브로슈는 소리쳤다. "또 비가 오네! 제기랄, 이대로 계속된다면, 난 하느님도 그만이다!"

그러면서 그는 다시 걷기 시작했다.

"어쨌든, 저기에 희한한 겉옷을 걸치고 있는 계집애가 있네." 하고 그는 말을 이으면서, 숄 아래 몸을 웅크리고 있는 계집애 거지를 흘끗 보았다.

그러고 구름을 쳐다보면서 외쳤다.

"이거 잘못 걸렸네!"

두 어린애는 그의 뒤를 바짝 따라가고 있었다.

빵을 황금처럼 쇠창살 뒤에 놓기 때문에, 촘촘한 쇠 격자는 빵집임을 나타내는데, 그들이 그러한 쇠 격자들 하나 앞을 지나갈 때, 가브로슈는 뒤를 돌아보고 말했다.

"이봐, 조무래기들아, 다들 밥은 먹었느냐?"

"아저씨, 우리는 오늘 아침부터 아무것도 못 먹었어요." 하고 큰 애가 대답했다.

"그럼 아버지도 어머니도 없는 게로구나?" 하고 가브로슈는 의젓하게 말했다.

"죄송하지만, 아저씨, 엄마도 아빠도 있지만 어디 있는지 몰라요."

"때로는 그걸 아는 것보다 그게 더 나으니라." 하고 사상가처럼 가브로슈는 말했다.

"우리는 두 시간이나 걸었어요." 하고 큰 애가 계속했다. "길모퉁이에서 뭘 좀 찾아봤지만 아무것도 찾아내지 못했어요."

"나도 알아." 하고 가브로슈는 말했다. "개들이 다 먹는 거야."

잠자코 있다가 그는 말을 이었다.

"아! 우리를 낳아 준 이들을 우리는 잃어버렸다. 우리가 그이들을 어떻게 했는지 우리는 모르고 있다. 그래서는 안 된다, 애들아. 이렇게 어른들을 잃어버린다는 건 어리석은 일이다. 하지만 어떡해! 그런 건 꿀꺽 삼켜 버려야지."

그러나 그는 그들에게 더 묻지 않았다. 집이 없다는 것, 그보다도 더 분명한 게 뭐가 있겠느냐?

두 조무래기들 중 큰 애는, 어린아이답게, 이내 완전히 돈단무심한 상태로 되돌아와 이런 한탄을 했다.

"그래도 참 이상해요. 엄마는 성지(聖枝)주일*에 회양목 가지를 얻으러 데려가 준다고 그랬는데."

"흥." 하고 가브로슈는 대답했다.

"우리 엄마는," 하고 큰 애는 말을 이었다. "미스 양하고 같이 사는 귀부인이거든요."

"흐응." 하고 가브로슈는 다시 말했다.

그러는 동안 그는 걸음을 멈추었고, 몇 분 전부터 제 누더기 옷 속을 구석구석 샅샅이 더듬고 뒤졌다.

이윽고 그는 만족하기만을 바라는 것 같은 표정으로 다시 머리를 들었으나, 사실은 의기양양했다.

"진정하자. 꼬마들아. 이것 가지면 세 사람 저녁거리는 된다."

그러면서 그는 호주머니 하나에서 1수짜리 동전을 꺼냈다.

두 꼬마둥이들이 깜짝 놀랄 겨를도 없이 자기 앞의 두 아이를 모두 빵집 안으로 밀어 넣고, 계산대에 그 1수짜리 동전을 놓으면서 소리쳤다.

"종업원! 5상팀어치 빵이오."

빵 장수는 그 자신이 주인인데, 빵 하나와 나이프를 집었다.

"세 조각으로!" 하고 가브로슈는 말을 이었다.

그러고 의젓하게 덧붙였다.

"우리는 셋이거든."

그리고 빵 장수가 세 저녁밥 손님들을 살펴본 뒤에 검은 빵

---

* 부활절 직전의 일요일.

하나를 집어 든 것을 보고, 그는 콧구멍에 깊숙이 손가락을 찔러 넣고, 마치 엄지손가락 끝에 프레데릭 대왕의 콧담배를 한 줌 갖고 있는 듯 거만하게 숨을 들이쉬고는, 빵 장수에게 정면으로 이렇게 성난 소리로 쏘아 댔다.

"게머야?"

어떤 독자들은 가브로슈가 빵 장수에게 던진 이 질문을 러시아 말이나 폴란드 말이라고 생각하거나, 그렇지 않으면 광야를 흐르는 강둑의 이쪽 저쪽에서 서로 주고받는 아메리카 토인들의 야만적인 고함 소리라고 생각하고 싶을지 모르겠으나, 사실은 그들(우리 독자들인 그들)이 일상 사용하고 있는 말로, '그게 뭐야?'라는 말을 대신한 것이다. 빵 장수는 그것을 온전히 알아듣고 대답했다.

"뭐가 뭐야! 빵이지. 2급짜리 썩 좋은 빵이야."

"흑면포(黑麵麭)란 말이렷다." 하고 가브로슈는 태연하고 냉정하고 교만하게 말했다. "흰 빵을 달란 말이오, 종업원! 깨끗이 씻은 면포 말이오! 내가 한 턱 쏘는 거야."

빵집 주인은 미소를 짓지 않을 수 없었고, 흰 빵을 베면서도 그들을 가엾은 듯이 바라보았는데, 그것이 가브로슈의 비위에 거슬렸다.

"아니, 빵 장수!" 하고 그는 말했다. "도대체 무엇 때문에 우리를 그렇게 위아래로 훑어보는 거요?"

그러나 셋을 다 끝과 끝을 이어 놓았자 그들은 한 길이 될까 말까 했다.

빵이 베어졌을 때, 빵 장수는 동전을 돈궤에 넣었고, 가브로슈는 두 어린아이에게 말했다.

"흠향하거라."

꼬마들은 멍하니 그를 바라보았다.

가브로슈는 웃기 시작했다.

"아, 그럴 거야. 아직 모르겠지. 너무 어려서."

그러고 그는 다시 말했다.

"어서 먹어라."

동시에 그는 그들에게 각각 빵 한 조각씩 주었다.

그리고 큰 애는 더 이야기 상대가 될 것 같고, 특별히 용기를 좀 북돋아 줄 만하고, 그가 서슴지 않고 식욕을 만족시키도록 해 줘야겠다고 생각하고, 그는 가장 큰 덩어리를 그에게 주면서 덧붙였다.

"이걸 배때기에 처넣어라."

다른 두 덩어리보다 작은 덩어리가 하나 있었는데, 그것을 그는 자기 몫으로 집었다.

가련한 어린아이들은, 가브로슈도 포함하여, 굶주리고 있었다. 그들은 선 채 아귀아귀 빵을 뜯어 먹으면서도 가게를 막고 있었는데 빵 장수는 이제 빵 값도 받았는지라, 얼굴을 찌푸리고 그들을 바라보고 있었다.

"거리로 돌아가자." 하고 가브로슈는 말했다.

그들은 바스티유 방향으로 다시 가기 시작했다.

때때로, 그들이 밝게 불을 켠 가게들의 진열대 앞을 지나갈 때, 작은 애는 발걸음을 멈추고, 끄나풀로 목에 달아맨 납 시계를 꺼내어 시간을 보곤 했다.

"이건 확실히 대단한 철부지구나." 하고 가브로슈는 말했다.

그런 뒤 생각에 잠겨, 그는 입속으로 중얼거렸다.

"어쨌든, 내게 만일 어린애들이 있다면, 난 이보다도 더 애들에게 바싹 붙어서 갈 거야."

그들이 빵 조각을 다 먹고, 저 안쪽으로 포르스 감옥의 불쾌한 나지막한 차입구가 보이는 그 음울한 발레 거리의 모퉁이에 다다랐을 때,

"야아, 너 가브로슈 아니냐?" 하고 누군가가 말했다.

"야아, 너 몽파르나스 아니냐?" 하고 가브로슈는 말했다.

한 사나이가 가브로슈, 이 부랑아에게 다가와서 말을 걸었는데, 이 사나이는 다른 사람이 아니라, 몽파르나스가 색안경을 쓰고 변장을 한 것이지만, 가브로슈는 그가 누군지를 대번에 알아보았다.

"요 건달아!" 하고 가브로슈는 계속 말했다. "아마(亞麻) 씨의 고약 빛깔 겉옷을 걸치고 푸른 안경을 쓰고 있는 꼴이 꼭 의사 같구나, 야. 거 참, 스타일 근사한데!"

"쉬, 그렇게 큰 소리로 떠들지 마!" 하고 몽파르나스는 말했다.

그러면서 가게들의 불빛이 안 미치는 곳으로 얼른 가브로슈를 끌고 갔다.

두 어린아이는 손을 맞잡고 기계적으로 그들을 따라갔다.

그들이 사람들의 눈과 비를 피하여 어느 대문의 검은 아치형 아래로 들어갔을 때,

"내가 어디 가는지 알겠니?" 하고 몽파르나스는 물었다.

"황천 수도원* 에나 가겠지." 하고 가브로슈는 말했다.

"까불지 마!"

그러면서 몽파르나스는 말을 이었다.

"바베를 만나러 가는 거야."

"아!" 하고 가브로슈는 말했다. "그 여자의 이름이 바베지."

몽파르나스는 목소리를 낮추었다.

"그 여자가 아니라 그 남자 말이야."

"아, 바베 말이야!"

"그래, 바베 말이야"

"난 그 사람이 옭혀 가 있는 줄 알았는데."

"오랏줄에서 빠져나왔지." 하고 몽파르나스는 대답했다.

그러면서 그는 이 건달에게, 바베가 바로 그날 아침, 파리 법원 부속 감옥에 호송되어, '예심 법정의 복도'에서 오른쪽으로 가지 않고 왼쪽으로 감으로써 줄행랑을 놓아 버렸다는 이야기를 간단히 해 주었다.

가브로슈는 그 교묘한 솜씨에 감탄했다.

"참 비상한 놈인데!" 하고 그는 말했다.

몽파르나스는 바베의 탈주에 관해 몇 가지 자질구레한 일들을 덧붙이고 나서, 이렇게 끝맺었다.

"오! 그게 전부가 아니야."

가브로슈는 들으면서도, 몽파르나스가 손에 쥐고 있는 지팡이를 잡고, 무심코 그 윗부분을 잡아당겼는데, 단도의 칼날

---

* 교수대를 말함.

이 나타났다.

"아!" 하고 그는 얼른 단도를 도로 꽂아 넣으면서 말했다. "넌 네 헌병을 시민으로 변장시켜 데려왔구나."

몽파르나스는 눈을 깜박거렸다.

"옳아!" 가브로슈는 말을 이었다. "넌 그럼 개들(경찰들)하고 한바탕 할 작정이구나?"

"몰라." 하고 몽파르나스는 돈단무심한 태도로 대답했다. "안전핀을 하나 몸에 지니고 다니는 건 언제나 좋은 일이거든."

가브로슈는 추근추근 물었다.

"너는 대관절 오늘 밤 뭘 할 작정이냐?"

몽파르나스는 다시 목소리를 가다듬어 한 음절 한 음절 씹어 삼키듯 말했다.

"여러 가지가 있어."

그리고 갑자기 화제를 바꾸어,

"그런데 말이야!" 하고 말했다.

"뭐야?"

"일전에 있었던 일인데 말이야. 생각 좀 해 봐. 내가 어떤 시민을 만났어. 그 사람이 내게 설교 하나와 그의 지갑을 선물했어. 난 그걸 호주머니에 넣었지. 조금 뒤에 호주머니를 뒤졌더니, 아무것도 없었어."

"설교밖에는." 하고 가브로슈는 말했다.

"한데 너는," 하고 몽파르나스는 말을 이었다. "너는 지금 대체 어딜 가는 거냐?"

가브로슈는 보호하고 있는 두 어린애를 가리키면서 말했다.

"저 애들을 재우러 간다."

"어디에 재울 거야?"

"우리 집에."

"어딘데, 네 집이?"

"우리 집이야."

"그럼 넌 집이 있는 거야?"

"그럼, 집이 있지."

"그래, 네 집이 어디야?"

"코끼리 속이야." 하고 가브로슈는 말했다.

몽파르나스는 원체 놀랄 줄을 모르는 사람이었으나 탄성을 지르지 않을 수 없었다.

"코끼리 속이라고!"

"암 그렇지, 코끼리 속이야!" 하고 가브로슈는 대꾸했다. "게머쨌단 거야?"

이 마지막 말도 그렇게 글로 쓰는 사람은 아무도 없지만 누구나 다 그렇게 말한다. '게머쨌단 거야'라는 건, '그게 뭐 어쨌단 거야?'라는 뜻이다.

부랑아의 그 확고한 대꾸는 마침내 몽파르나스를 침착하고 분별 있게 만들었다. 그는 가브로슈의 집에 대해 더 좋은 생각을 갖게 된 것 같았다.

"옳아! 코끼리란 말이지……." 하고 그는 말했다. "그래, 있을 만하니?"

"썩 좋아." 하고 가브로슈는 말했다. "거긴 정말 기막히게 좋아. 다리 밑처럼 바람도 안 들어오고."

"넌 거길 어떻게 들어가나?"

"난 들어가."

"그럼 구멍이 하나 있구나?" 하고 몽파르나스는 물었다.

"물론! 하지만 그걸 말해서는 안 돼. 그건 앞다리들 사이야. 개들*도 그걸 못 봤거든."

"그래서 너는 기어 올라가는구나? 그렇군, 알았어."

"한 가지 손재주를 부려 뚝딱한다 치면 끝나. 그럼 아무도 없어져."

한참 잠자코 있다가 가브로슈는 덧붙였다.

"저 꼬마들에게는 사다리를 세워 줘야겠다."

몽파르나스는 웃기 시작했다.

"도대체 어디서 저 새끼들을 주워 왔나?"

가브로슈는 아무 일도 아니라는 듯이 대답했다.

"저 아이들은 한 이발사가 내게 선물해 준 거야."

그러는 동안 몽파르나스는 생각에 잠겼다.

"넌 날 아주 쉽게 알아봤지." 하고 그는 중얼거렸다.

그는 호주머니에서 두 개의 조그마한 물건을 꺼냈는데 그것들은 다른 것이 아니라 솜에 싼 두 개의 깃대로, 그는 그것을 콧구멍에 각각 하나씩 끼웠다. 그러자 그의 코는 영판 달라졌다.

"그러니까 넌 달라지고," 하고 가브로슈는 말했다. "덜 못 생겨 보인다. 언제나 그러고 있는 것이 좋겠다."

---

* 밀정들, 경관들.

몽파르나스는 미남이었으나, 가브로슈는 빈정대고 있었던 것이다.

"농담은 그만두고, 이젠 내가 어떻게 보이니?" 하고 몽파르나스는 물었다.

목소리 역시 달랐다. 순식간에 몽파르나스는 몰라보게 되었다.

"오! 넌 꼭 포리시넬(어릿광대) 같구나!" 하고 가브로슈는 외쳤다.

두 꼬마들은 이때까지 그들의 이야기는 듣지 않고, 손가락으로 콧속만 열심히 후비고 있다가, 그 이름을 듣고 다가와서 기뻐하고 감탄하며 몽파르나스를 바라보았다.

불행하게도 몽파르나스는 걱정스러웠다.

그는 가브로슈의 어깨에 손을 올려놓고 한마디 한마디 힘주어 말했다.

"이보아, 내가 네게 하는 말을 잘 들어 보아. 내가 만약 내 왕왕과 내 빌것과 내 깔치와 광장에서 한바탕 옥신각신한다면, 그리고 만약 당신이 보아 10수쯤 선심을 써 보아 준다면, 내가 한번 힘을 안 써 보아 줄 것도 없겠지만, 지금은 우리가 희희낙락거리고 있을 때가 아닌가 보아."

이 해괴망측한 말은 그 건달에게 이상야릇한 인상을 자아냈다. 그는 얼른 몸을 돌려, 반짝이는 작은 눈으로 유심히 주위를 둘러보았는데, 몇 걸음 떨어진 곳에 그들 쪽으로 등을 돌리고 있는 순경 하나가 눈에 띄었다. 가브로슈는 부지중 "옳거니!" 하고 말하다가 즉시 입을 다물고, 몽파르나스의 손을 잡고 흔들면서 말했다.

"그럼 잘 있거라. 난 저 조무래기들을 데리고 내 코끼리한 테로 간다. 혹시 어느 날 밤 내가 필요하거들랑 그리로 와서 나를 찾아라. 중이층(中二層)에서 살고 있다. 문지기는 없다. 가브로슈 씨를 찾으면 될 거다."

"좋아." 하고 몽파르나스는 말했다.

그리고 헤어져 몽파르나스는 그레브 쪽으로, 가브로슈는 바스티유 쪽으로 걸어갔다. 다섯 살짜리 꼬마는 형의 손에 이 끌리고, 형은 가브로슈의 손에 이끌려 가면서, 몇 번이고 고개 를 돌려 '포리시넬'이 가는 것을 보곤 했다.

순경이 있다는 것을 몽파르나스가 가브로슈에게 넌지시 알 려 준 애매모호한 수수께끼 같은 말속에는 대여섯 번이나 갖 가지로 되풀이된 '보아'라는 소리가 암호로 들어 있었다. 이야 기 속 마디마디 교묘하게 섞인 이 '보아'라는 말은 이러한 뜻 이었다. '조심하라. 함부로 지껄여서는 안 된다.' 그 밖에 또 몽파르나스의 문장에는 가브로슈가 알아차리지 못한 문학적 인 아름다움이 있었다. 그것은 '내 왕왕과 내 빌 것과 내 깔치' 라는 말인데, 이 말은 탕플 부근에서 곁말로 쓰이는 어법으로, '내 개와 내 칼과 내 색시'라는 뜻이며, 몰리에르가 희곡을 쓰 고 칼로가 그림을 그리던 위대한 세기*의 어릿광대나 요술쟁 이들 사이에서는 퍽 잘 쓰이고 있었던 것이다.

이십 년 전에는, 바스티유 광장의 동남쪽 모퉁이에, 감옥 성

---

* 17세기를 가리킴.

벽 밖의 옛 해자에 파인 수로의 선창 가까이, 기이한 기념물 하나를 볼 수 있었는데, 그것은 벌써 파리 사람들의 기억에서 스러져 버렸지만, 그 흔적을 거기에 조금은 남겨 둘 만한 것이다. 왜냐하면 그것은 '학사원 회원, 이집트군 총사령관'*의 생각의 산물이었으니까.

기념물이라고는 하지만 그것은 하나의 모형에 불과했다. 그러나 이 모형 자체는 나폴레옹의 생각의 놀라운 초안이요, 위대한 유해인데, 잇따라 일어난 두서너 번의 풍운에 의해 번번이 우리들로부터 더 멀리 휩쓸려 가고 던져져 버렸지만, 역사적인 것이 되었으며, 일시적 건조물처럼 보였으면서도 뭔지 알 수 없는 결정적인 것을 지니게 되었던 것이다. 그것은 목재와 석고로 만들어진 높이 40척의 코끼리인데, 등 위에는 집채 같은 탑이 세워져 있고, 옛날에는 어떤 도장공에 의해 녹색으로 칠해져 있었으나, 지금은 기후와 비, 세월에 의해 까맣게 되어 있었다. 그리고 광장의 그 적막한 노천의 모퉁이에서, 거상의 널따란 이마며 코, 엄니, 탑이며 육중한 궁둥이, 둥근 기둥 같은 네 다리는 밤에 별이 총총한 하늘 아래 놀랍고 무시무시한 모습을 하고 있었다. 그것이 무엇을 의미하는지 사람들은 알 수 없었다. 그것은 민중의 힘의 상징 같은 것이었다. 그것은 어둡고, 수수께끼 같고, 거대했다. 그것은 바스티유 감옥의 보이지 않는 망령 옆에 서 있는, 눈에 보이는 뭔지 알 수 없는 강대한 유령이었다.

---

* 나폴레옹을 가리킴.

이 건조물을 구경하는 외국인은 거의 없었고, 그것을 바라보는 행인도 전혀 없었다. 그것은 무너져 내리고 있었고, 철철이 벽토가 떨어져서 옆구리에 보기 흉한 상처를 내고 있었다. 고상한 사투리로 그렇게 말하듯이 '원님들'도 1814년 이래 그것을 돌아보지 않았다. 그것은 거기 그 구석에, 음울하고, 병들고, 허물어지고, 술 취한 마부들이 줄곧 더럽히고, 썩은 울장에 둘러싸여 있었다. 배에는 여기저기 금이 가고, 꼬리에는 나무 뼈가 불거지고, 다리들 사이에는 잡풀이 높이 우거져 있었으며, 대도시의 땅바닥을 끊임없이 서서히 높여 주는 그 눈에 띄지 않는 변화로 말미암아 이 광장의 지면도 주위 전체가 삼십 년 이래 시나브로 높아져 가고 있었는지라, 코끼리는 움푹한 곳에 서 있어서 땅이 그의 아래서 침몰하고 있는 것 같았다. 그것은 더럽고, 무시당하고, 역겹고, 당당하고, 시민들의 눈에는 추악해 보이고, 사색가의 눈에는 침울해 보였다. 그것은 뭔지 곧 쓸어내 버릴 오물 같은 것과 뭔지 곧 목을 잘라 버릴 위엄 같은 것을 지니고 있었다.

그러나 앞서 말한 것처럼, 밤에는 그 모양이 변했다. 밤은 어둠인 모든 것의 참다운 세계다. 땅거미가 지자마자, 이 늙은 코끼리는 변모한다. 그것은 어둠의 무서운 고요 속에서 태연하고도 무시무시한 형상이 된다. 과거의 것이므로 그것은 밤의 것이었고, 이 어둠은 그의 위대함에 어울렸다.

이 대건축물은, 딱딱하고, 육중하고, 둔중하고, 우툴두툴하고, 꾸밈 없고, 거의 보기 흉하지만, 확실히 늠름하고 일종의 웅장하고 야성적인 위엄을 풍기고 있는 이 대건축물은 사라지고, 아홉 개의 탑을 가진 음산한 요새 대신 들어선, 연통이 달린 거창한 난로 같은 것을 평화롭게 솟아오르게 했는데, 그것은 중산계급이 봉건제도 대신 들어서는 것과 거의 같다. 동력이 냄비 속에 들어 있는 시대의 상징이 난로라는 것은 전혀 말할 나위도 없다. 이러한 시대는 지나가리라. 그것은 이미 지나가고 있다. 동력은 가마솥에 있을 수 있지만, 능력은 두뇌 속에밖에 있을 수 없다는 것을, 바꾸어 말하면, 세계를 이끌어가고 끌어가는 것은 기관차가 아니라 사상이라는 것을 사람들은 이해하기 시작하고 있다. 기관차를 사상에 달라. 그것은 좋다. 그러나 말을 기사로 착각하지는 마라.

그야 어쨌든, 바스티유 광장으로 돌아와서 말인데, 코끼리의 건축자는 석고로 큰 것을 만들 수 있었고, 난로의 연통의 건축자는 청동으로 작은 것을 만드는 데 성공한 것이다.

'7월의 기념비'라고 불린 과장된 이름으로 명명된 이 난로의 연통은, 유산한 혁명*의 이 실패의 대건축물은, 1832년에는 아직, 유감스럽게도, 골조의 거대한 외피로 싸여 있었고, 널따란 판자 울타리로 둘러싸여서 코끼리를 완전히 고립시켜 놓았다.

아까 그 건달이 두 '조무래기들'을 이끌고 간 것은 먼 가로등의 불빛이 겨우 비칠까 말까 하는 이 광장의 구석이었다.

내가 여기서 중단하고 다음과 같은 것을 회상하는 것을 독자는 허락해 주기를 바라거니와, 나는 사실 그대로를 이야기

---

* 7월 혁명.

하는데, 이십 년 전에, 치안재판소는 방랑과 공공건물 파괴의 혐의로, 바스티유의 코끼리 바로 내부에서 자다가 잡힌 한 어린애를 재판해야 했다.

이런 사실을 확인하고, 계속하자.

거상 옆에 도착하면서 가브로슈는 무한대가 무한소(小)에 대해 빚어낼 수 있는 인상을 이해하고 이렇게 말했다.

"꼬마들아! 무서워하지 마라."

그러고는 판자 울타리의 틈으로 해서 코끼리의 울안으로 들어간 뒤에, 꼬마들이 터진 구멍을 넘어오도록 거들었다. 두 어린애들은 좀 놀라서, 아무 말 없이 가브로슈를 따라가며, 자기들에게 빵을 주고 숙소를 약속한 이 누더기 걸친 소년 구세주에게 운명을 내맡겼다.

거기에는, 이웃 공사장의 일꾼들이 낮에 사용하는 사다리 하나가 울장 아래에 뉘여 있었다. 가브로슈는 비상한 힘으로 그것을 들어 올려, 코끼리의 앞다리 하나에 가져다 기댔다. 사다리 끝이 거의 닿는 곳에, 거상의 배에 검은 구멍 같은 것이 분명히 보였다.

가브로슈는 사다리와 구멍을 그의 숙박객들에게 가리키며 말했다.

"올라가서 들어가거라."

두 어린 소년은 무서워서 서로 바라보았다.

"무섭니, 꼬마들아!" 하고 가브로슈는 소리쳤다.

그리고 덧붙였다.

"내가 하는 걸 보거라."

그는 코끼리의 꺼칠꺼칠한 다리를 껴안고, 눈 깜짝할 사이에, 사다리도 쓰지 않고 터진 구멍에 도착했다. 그는 구렁이가 구멍으로 기어 들어가듯 거기로 들어가더니 그 속으로 쑥 들어가 버렸다. 그런 뒤 한참 있다가 희끄무레하고 해쓱한 유령처럼, 새카만 구멍 언저리에 그의 창백한 머리가 어렴풋이 나타나는 것을 두 어린아이는 보았다.

"자," 하고 그는 외쳤다. "글쎄 올라오라니까, 꼬마둥이들아! 얼마나 근사한지 와 보거라! 올라와, 너!" 하고 큰 애에게 말했다. "네게 손을 뻗어 줄게."

어린이들은 서로 어깨로 밀었다. 건달은 그들에게 겁을 주는 동시에 안심을 시켜 주었다. 게다가 또 비가 억수로 쏟아지고 있었다. 큰 애가 위험을 무릅썼다. 작은 애는 형이 올라가고 저 혼자 그 거대한 짐승의 다리 사이에 남아 있는 것을 보고 울고 싶은 생각이 꿀떡 같지만 차마 그러지 못했다.

큰 애는 비틀거리면서도 사닥다리를 한 단 한 단 올라갔다. 가브로슈는 그동안 격검 선생이 그의 학생들을 격려하듯, 또는 마부가 그의 노새들을 격려하듯 소리를 질러 그를 격려했다.

"무서워하지 마!"

"옳지, 옳지!"

"그대로만 해!"

"거기를 디뎌라!"

"여기를 잡고."

"용기를 내!"

그리고 그가 손이 닿을 데까지 왔을 때, 그는 얼른 힘차게 그의 팔을 잡고 끌어당겼다.

"됐어!" 하고 그는 말했다.

꼬마는 구멍을 넘었다.

"이제 날 기다려라." 하고 가브로슈는 말했다. "손님, 앉으십시오."

그러고 들어왔을 때처럼 구멍에서 나가더니, 원숭이처럼 날쌔게 코끼리 다리를 미끄러져 내려, 풀 속에 선 채 떨어져서, 다섯 살짜리 어린아이를 덥석 안다가, 사다리 한가운데 갖다 놓은 다음, 그 뒤에서 올라가기 시작하면서 큰 애에게 소리쳤다.

"나는 밀 테니 너는 끌어당겨라."

일순간에 꼬마는 정신을 차릴 겨를도 없이 올려지고, 밀리고, 끌리고, 당겨지고, 구멍 속에 쑤셔 넣어지고, 마구 처넣어졌고, 가브로슈는 그 뒤에서 들어오면서, 발꿈치로 한 번 툭 차서 사다리를 풀 위에 넘어뜨리고는 손뼉을 치면서 부르짖었다.

"인제 됐다! 라파예트 장군 만세!"*

그러한 격정이 지나가자 그는 덧붙였다.

"얘들아, 너희는 지금 내 집에 있는 거다."

가브로슈는 정말 제 집에 들어와 있었던 것이다.

오, 무용지물의 의외의 유용함이여! 위대한 사물들의 자비

---

* 항상 혁명을 지지한 당시의 장군.

로움이여! 거인들의 인자함이여! 황제의 생각 하나를 지녔던 이 엄청 큰 건축물은 한 건달의 방이 되었다. 이 소년은 거상에 수용되고 보호되었다. 나들이옷을 입고 바스티유의 코끼리 앞을 지나가는 시민들은 경멸하는 얼굴로 눈을 부릅뜨고 아래위로 훑어보면서 곧잘 이런 말을 했다. "저런 걸 뭐에다 쓰나?" 그것은 부모도 없고, 빵도 없고, 옷도 없고, 집도 없는 한 소년을 추위에서, 서리에서, 우박에서, 비에서 구해 주고, 겨울바람에서 보호해 주고, 열병을 주는 진창 속의 수면과 죽음을 불러오는 눈 속의 수면에서 지켜 주는 데 쓰이고 있었다. 그것은 사회가 냉대하는 무고한 자를 수용하는 데 쓰이고 있었다. 그것은 공공(公共)의 죄과를 감소시키는 데 쓰이고 있었다. 그것은 모든 문들이 닫혀 있는 자에게 열린 은신처였다. 벌레 먹고 잊히고, 무사마귀와 곰팡이, 궤양으로 뒤덮이고, 비트적거리고, 낡아 빠지고, 버림 받고, 죽음을 면할 수 없는 이 불쌍한 늙은 거상은, 네거리 한복판에서 호의의 눈길을 한 번 던져 주기를 헛되이 바라고 있는 이 일종의 거대한 거지는, 발에 신이 없고, 머리에 덮개가 없고, 손가락을 후후 불고, 누더기를 걸치고, 사람이 내던지는 것으로 입에 풀칠을 하는 그 또하나의 거지를, 그 불쌍한 소인족을 마치 측은하게 여겼던 것 같다. 바스티유의 코끼리는 그러한 데 쓰이고 있었던 것이다. 나폴레옹의 생각은 인간들에게는 멸시당했지만 하느님에 의해 다시 취해졌다. 유명하기만 했을 것이 존엄해졌던 것이다. 황제에게는 그가 계획한 것을 실현하기 위해서는 반암(斑巖), 청동, 철, 금, 대리석이 필요했겠지만, 하느님에게는 판자와 각목과 석고의 낡은 구조만으로도 족했다. 황제는 천재의 꿈을 갖고 있었다. 이 거대한 코끼리 속에, 코를 세우고, 탑을 짊어지고, 활기를 띠게 하는 즐거운 물을 제 주위에 사방으로 솟아오르게 하는 이 무장한 놀라운 코끼리 속에, 그는 민중을 구현하고자 했다. 하느님은 그것을 더 위대한 것으로 만들었다. 그는 거기에 한 소년을 묵게 하고 있었다.

가브로슈가 들어간 구멍은, 앞서 말한 바와 같이, 코끼리의 배 아래에 가려져 있어서 밖에서는 보일까 말까 한 터진 틈이었는데, 그것이 하도 좁아서, 고양이와 어린이 들밖에는 거의 지나다닐 수 없었다.

"먼저," 하고 가브로슈는 말했다. "문지기에게 우리가 여기에 없다고 일러 두자."

그러면서 마치 자기 방을 잘 아는 사람처럼 거침없이 어둠 속으로 들어가 널빤지 한 장을 집어다가 그것으로 구멍을 막았다.

가브로슈는 다시 어둠 속으로 들어갔다. 어린이들은 유황병 속에 꽂혀 있는 성냥개비에 불 붙이는 소리를 들었다. 화학 성냥은 아직 존재하지 않았다. 퓨마드의 점화기(點火器)는 당시 진보를 나타내고 있었다.

갑자기 생긴 불빛에 어린아이들은 눈을 깜박거렸다. 가브로슈는 수지 속에 담겨 있는, 이른바 지하실의 쥐라는 가는 끈 하나 끝에 금세 불을 붙였다. 주위를 비추기보다 연기를 더 많이 내는 이 지하실의 쥐는 코끼리의 속을 희미하게 보이게 했다.

가브로슈의 두 숙박객들은 주위를 둘러보고 마치 하이델베르히의 큰 통 속에 갇혀 있었을 어떤 사람이 느꼈을 것 같은, 또는 더 적절하게 말하면, 요나가 성서(요나 서(書))에서 말하는, 고래 배 속에서 느꼈을 것 같은 그런 감정을 느꼈다. 거대한 골격 전체가 나타나서 그들을 둘러싸고 있었다. 위에는, 활 모양으로 구부정정한 굵직굵직한 서까래들이 군데군데 뻗어 있는 거무튀튀한 기다란 도리 하나가 질러져 있어서 마치 갈빗대가 달린 등골뼈 같은 모양을 하고 있었고, 종유석 같은 석회가 내장처럼 거기에 매달려 있었으며, 이리저리 드리워진 널찍널찍한 거미줄은 먼지 묻은 횡격막을 이루고 있었다. 여기저기 구석들에는 거무스름한 커다란 얼룩들이 보였는데 그것들이 마치 살아 있는 것 같았고 갑자기 놀라 움직이듯 빨리 이동하고 있었다.

코끼리의 등에서 그의 배 위로 떨어진 파편들이 그 오목한 곳을 가득 채우고 있었는지라, 마루 위에서처럼 거기를 걸어 다닐 수 있었다.

작은 애가 형에게 바짝 몸을 붙이고 작은 목소리로 이야기했다.

"캄캄해."

그 말을 듣고 가브로슈는 호통을 쳤다. 두 꼬마들의 굳은 표정에는 충격이 필요했다.

"나더러 어쩌란 말이냐?" 하고 그는 소리쳤다. "우리가 농담을 하는 거냐? 우리가 까다롭게 구는 거냐? 너희들에게 튈르리 궁이 있지 않으면 안 된다는 거냐? 너희들은 짐승 같은 놈이냐! 말해 봐, 나는 얼간이가 아니라는 걸 너희들에게 통고한다. 아니 그래, 너희들은 그렇게도 도도한 아이들이냐?"

다소 매몰찬 말은 무서워하고 있을 적에는 효과가 있다. 그것은 안심을 시켜 준다. 두 아이들은 가브로슈에게 다가갔다.

가브로슈는 그러한 신뢰의 빛을 보고 어버이처럼 마음이 누그러져서, '엄부에서 자모'로 변하여 작은 애에게 말했다.

"이 바보야." 하고 그는 애무하는 듯한 말투로 욕설을 강조하면서 말했다. "어두운 것은 바깥이야. 바깥은 비가 오지만 여기는 비가 안 와. 바깥은 춥지만 여기는 바람 한 점 없어. 바깥은 사람들이 수두룩하지만, 여기는 아무도 없어. 바깥은 달빛조차도 없지만, 여기는 내 촛불이 있지 않으냐!"

두 어린이는 덜 무서워하면서 방 안을 둘러보기 시작했다. 그러나 가브로슈는 그들에게 더 오래 둘러볼 겨를을 주지 않았다.

"빨리빨리." 하고 그는 말했다.

그러면서 그는 내가 방 안쪽이라고 부를 수 있는 것을 대단히 기쁘게 생각하는 것 쪽으로 그들을 밀었다.

거기에 그의 침대가 있었다.

가브로슈의 침대는 완전무결했다. 다시 말해서 거기에는 요와 이불, 그리고 휘장 달린 알코브가 있었다.

요는 거적대기였으나, 이불은 꽤 넓고 톡톡한 회색빛 담요 조각인데 아주 따스하고 거의 새것이었다. 알코브는 다음과 같이 되어 있었다.

세 개의 길쭉한 말뚝들이 땅바닥의 석회 부스러기 속에, 다시 말해서 코끼리 배의 부스러기 속에, 두 개는 앞에, 한 개는 뒤에 튼튼히 박혀 있었고, 그 꼭대기를 한데 합쳐 노끈으로 피라미드 형의 묶음을 형성하도록, 그 꼭대기에서 노끈으로 합쳐져 있었다. 이 묶음에는 놋쇠 그물이 드리워져 있었는데, 그저 위에 걸쳐 놓기만 했지만, 철사로 비끄러매 교묘하게 접착되고 유지되어 있었기 때문에, 세 개의 말뚝을 완전히 덮어 싸고 있었다. 굵은 돌멩이들의 돌림띠가 그 놋쇠 그물을 땅바닥에 뺑 둘러 고정해 놓고 있었으므로, 아무것도 그 밑으로 지나다닐 수 없도록 되어 있었다. 이 그물은 다름 아닌 동물원의 큰 새장들에 둘러치는 구리쇠 그물의 한 조각이었다. 가브로슈의 침대는 하나의 새장처럼 이 그물 아래 있었다. 그 전체는 에스키모의 천막을 닮았다.

이 그물이 휘장을 대신하고 있었다.

가브로슈는 그물을 앞에서 고정시키고 있는 돌들을 조금 움직였다. 그러자 겹쳐져 늘어져 있던 두 자락의 그물이 좌우로 열렸다.

"꼬마들아, 기어라!" 하고 가브로슈는 말했다.

그는 그의 숙박객들을 조심스럽게 우리 안으로 들어가게 하고, 그도 그들 뒤에 기어 들어간 다음, 돌들을 애초대로 접근시켜 열린 구멍을 꼭 닫아 버렸다.

그들은 셋이 다 돗자리에 드러누웠다.

그들이 아무리 키가 작았더라도, 그들은 아무도 이 알코브에서 서 있을 수 없었다. 가브로슈는 그 지하실의 쥐를 여전히 손에 들고 있었다.

"이제 곯아떨어져라!" 하고 그는 말했다. "촛대를 치우겠다."

"아저씨." 하고 두 형제 중 큰 애가 그물을 가리키면서 가브로슈에게 물었다. "이건 도대체 뭐예요?"

"그건 쥐들 때문이다." 하고 가브로슈는 의젓하게 말했다. "어서 곯아떨어져라!"

그렇지만 그는 그 나이 어린 인간들의 교육을 위해 몇 마디 덧붙이지 않을 수 없다고 생각했다.

"이건 동식물원의 물건들이다. 사나운 동물들에게 쓰는 거야. 창고에 꽉 차 있어. 담 위로 올라가고, 창으로 기어 들어가 문 아래를 통과만 하면 되는 거야. 맘껏 가져올 수 있어."

그렇게 말하면서도 담요 한 자락으로 그 어리디어린 애를 온통 감싸 주었고 어린아이는 중얼거렸다.

"아이, 좋아! 참 따스하네!"

가브로슈는 만족스러운 눈으로 담요를 응시했다.

"그것도 동식물원 거다." 하고 그는 말했다. "원숭이들한테서 뺏은 거다."

그리고 제가 누워 있는, 썩 잘 짠 아주 두꺼운 돗자리를 큰 애에게 가리키면서 그는 덧붙였다.

"이건 말이야, 기린 거였다."

좀 쉬었다가 그는 계속했다.

"짐승들은 이 모든 것을 갖고 있었다. 내가 그걸 그 녀석들한테서 빼앗았다. 그래도 녀석들은 골도 안 내더라. 나는 녀석들에게 말했지, 이건 코끼리를 위한 거다, 라고."

그는 또 좀 잠자코 있다가 말을 이었다.

"성벽을 넘어가고 정부 같은 건 문제도 되지 않는다, 그 말이야."

두 어린아이는 공포 어린 존경의 눈으로 이 지용을 겸비한 인간을 멍하고 바라보고 있었는데, 그는 그들처럼 유랑하고, 그들처럼 의지가지없고, 그들처럼 연약했으나, 뭔지 비참하고 전지전능한 것을 가지고 있었고, 그들에게 초자연적인 것 같이 보였으며, 그의 용모는 더없이 순진하고 더없이 매력적인 미소를 띤 늙은 곡예사의 온갖 얼굴 표정들로 되어 있었다.

"아저씨," 하고 큰 애가 머무적거리면서 말했다. "아저씬 순경들도 무서워하지 않는군요?"

가브로슈는 이렇게 대답하는 것으로 만족했다.

"꼬마야! 순경들이라고 하는 게 아냐. 개들이라고 하는 거야."

작은 애는 눈을 뜨고 있었으나 아무 말도 하지 않고 있었다. 그는 돗자리의 가장자리에 있었고 형이 가운데 있었으므로, 가브로슈는 어머니가 그렇게 했을 것처럼 담요 가장자리를 매트 밑으로 접어 넣고 꼬마에게 베개가 되도록 헌 누더기들로 그의 머리 아래 돗자리를 높여 주었다. 그런 뒤에 큰 애 쪽을 돌아다보고 말했다.

"어때? 아주 근사하지, 여기는!"

"아, 그럼요!" 하고 큰 애는 구원 받은 천사의 표정으로 가브로슈를 바라보면서 대답했다.

비에 함빡 젖은 가엾은 두 어린아이는 따듯해지기 시작했다.

"그런데," 가브로슈는 계속했다. "대체 왜 울고 있었니?"

그리고 형에게 동생을 가리키면서 말했다.

"저런 조무래기라면 난 말하지 않겠다. 하지만 너같이 큰 애가 운다. 그건 바보야. 송아지 같은 꼴이야!"

"참말로," 하고 어린애는 말했다. "우리는 갈 집이 전혀 없었거든요."

"꼬마야," 하고 가브로슈는 말을 이었다. "집이라고 말하는 것 아니야. 게딱지라고 하는 거야."

"그리고 또 밤에 그렇게 둘이서만 있는 것이 무서웠고요."

"밤이라고 말하는 것 아니야. 깜동이라고 하는 거야."

"고마워요, 아저씨." 하고 어린애는 말했다.

"내 말 들어라." 하고 가브로슈는 대꾸했다. "아무것도 아닌 일로 결코 우는 소리를 해서는 안 된다. 내가 너희들을 돌봐 주마. 얼마나 재미있게 노는지 두고 봐라. 여름에는 내 동무 나베하고 글라시에르에 가서, 선창에서 미역 감고, 훌랑 벗고 아우스터리츠 다리 앞 뗏목 위에서 뛰놀 것인데, 그걸 보고 빨래하는 아낙들은 노발대발한다. 그녀들은 소리를 지르고 화를 내는데, 그게 굉장히 재미있을 거야! 우리는 해골바가지 남자도 보러 갈 것이다. 그는 목숨은 붙어 있어. 샹젤리제에 있지. 그는 굉장한 말라깽이다. 그리고 또 너희들에게 연극구경도 시켜 주마. 프레데릭 르메트르에 데려가 주마. 나는 입장권을 갖고 있고, 배우들을 알고 있고, 한 번은 한 희곡에 출연까지도 했다. 우리는 그 같은 어린애들이었다. 천막 아래에 사람들이 몰려들어 바다를 이루었지. 너희들을 내 극장에 취직시켜 주마. 우리는 야만인들도 보러 갈 것이다. 진짜는 아니야, 이 야만인들은. 그들은 주름 잡힌 분홍색 내의를 입고 있는데, 팔꿈치엔 흰 실로 기운 것이 보여. 그다음에 우리는 오페라 극장에도 갈 것이다. 돈 받고 박수 치는 사람들하고 같이 들어가는 거야. 오페라 극장의 박수갈채단은 썩 잘 조직되어 있어. 나는 박수 부대하고 가로수 길에 가지 않을 거야. 오페라 극장에, 글쎄 생각 좀 해 봐라, 20수나 내는 놈들이 있지만, 참 바보 새끼들이야. 그런 자들을 보고 못난 놈들이라고 하는 거야. 그리고 또 우리는 단두대에서 모가지 자르는 것도 보러 갈 것이다. 너희들에게 사형집행인도 보게 해 줄게. 그 녀석은 마레 거리에 살고 있어. 상송 씨야. 문에 우편함이 있어. 아! 기막히게 재미있단 말이야!"

이때 한 방울의 촛농이 가브로슈의 손가락에 떨어져서 그를 현실 세계로 되돌아오게 했다.

"빌어먹을!" 하고 그는 말했다. "심지가 닳는구나. 주의해! 나는 한 달에 1수 이상은 불을 밝히는 데 쓸 수 없다. 누웠으면 자야 해. 폴 드 콕 씨*의 소설을 읽을 시간도 없구나. 뿐만 아니라 대문 틈새기로 불빛이 새 나가면 개들이 보기만 할 뿐이지."

"그리고 또," 하고 큰 애가 머뭇거리면서 지적했는데, 가브로슈하고 감히 이야기하고 수작을 부릴 수 있는 것은 이 큰 애뿐이었다. "불똥이 짚에 떨어질지도 몰라. 집을 태우지 않도록 조심해야지."

"집을 태운다가 다 뭐야. 껍데기를 그슬린다고 하는 거야."

---

* 콕(Charles Paul de Kock, 1793~1871). 당시의 재미나는 소설가.

하고 가브로슈는 말했다.

뇌우가 더욱 심해졌다. 천둥소리가 요란한 가운데 소나기가 거상의 등을 때리는 소리가 들렸다.

"막 쏟아져라, 비야!" 가브로슈는 말했다. "이 집의 다리들을 따라 물이 줄줄 흐르는 소리를 듣는 건 참 재미있다. 겨울은 바보야. 겨울은 제 상품을 허비하고, 제 수고를 허비하고, 우리를 적시지도 못한다. 그래서 그를 투덜거리게 한다, 거기에 물을 날라 온 이 늙다리를!"

가브로슈가 19세기의 철학자답게 그 모든 결과를 받아들이며 천둥을 그렇게 암시한 데 뒤이어 커다란 번갯불이 번쩍여 어찌나 눈이 부시던지 터진 틈을 통해 무엇인가가 코끼리 배 속으로 들어온 것 같았다. 거의 동시에 벼락 치는 소리가 아주 무시무시하게 울렸다. 두 어린아이가 고함을 지르면서 어찌나 급격히 일어났는지 철망이 거의 벌어질 지경이었으나, 가브로슈는 그들 쪽으로 대담한 얼굴을 돌리고 천둥소리에 섞여 폭소했다.

"침착해라, 얘들아. 건물을 뒤엎지는 마. 이건 정말 근사한 천둥이다! 이건 시시껄렁한 번개가 아니다. 잘하신다, 하느님! 이건 앙비귀 극장 못지않게 좋구나."

그렇게 말하고 나서 그는 그물 안을 정돈하고, 두 어린아이들을 침대 머리맡으로 가만히 밀어 주고, 그들의 무릎을 눌러 충분히 쭉 펴도록 해 주고, 그러고는 소리쳤다.

"하느님이 당신 촛불을 켜시니까 난 내 걸 불어 꺼도 좋겠지. 얘들아, 자야 한다, 내 젊은 사람들아. 자지 않는 건 매우 나쁘다. 안 자면 너희들을 복도에서 고약한 냄새를 풍기게 한다. 또는 상류사회에서 말하듯이, 주둥이에서 냄새가 나게 한단 말이다. 너희들 몸뚱이를 겉옷으로 잘 휘감아라! 불 끈다. 알았냐?"

"응, 난 기분 좋아." 하고 큰 애가 중얼거렸다. "머리 밑에 새털 같은 것이 있어요."

"머리가 다 뭐야. 대갈통이라고 하는 거야." 하고 가브로슈는 외쳤다.

두 어린아이는 서로 몸을 꼭 붙였다. 가브로슈는 돗자리 위에 그들을 잘 누이고 담요를 귀까지 덮어 주고, 그런 뒤 엄숙한 말로 같은 명령을 세 번째로 되풀이했다.

"곯아떨어져라!"

그리고 촛불을 훅 불어 껐다.

불이 꺼지자마자, 세 어린아이가 그 아래에 누워 있는 철망이 이상하게 떨리기 시작했다. 무슨 마찰하는 소리가 희미하게 자꾸만 들렸는데, 발톱과 이빨로 구리 철사를 긁는 쇠 소리 같았다. 그와 함께 온갖 작은 날카로운 소리들도 들렸다.

다섯 살짜리 어린애는 머리 위에서 그렇게 소란스러운 소리가 나는 것을 듣고 질겁을 하여, 팔꿈치로 제 형을 꾹꾹 찔렀으나, 형은 가브로슈의 명령대로 벌써 '곯아떨어지고' 있었다. 그러자 꼬마는 무서워 더 이상 견딜 수 없어서, 숨을 죽이고, 나지막한 목소리로, 감히 가브로슈에게 말을 걸었다.

"아저씨?"

"응?" 막 눈을 감은 가브로슈는 말했다.

"대체 저게 뭐야?"

"쥐들이다." 하고 가브로슈는 대답했다.

그리고 그는 다시 머리를 돗자리에 붙였다.

아닌 게 아니라 코끼리의 몸뚱이 속에는 부지기수의 쥐들이 우글거리고 있었는데, 앞서 말한 살아 있는 그 검은 얼룩들은 그 쥐들이었다. 그들은 촛불이 켜져 있던 동안에는 삼가고 있었으나, 그들의 도시나 진배없는 이 동굴이 컴컴해지자마자, 그 훌륭한 콩트 작가 페로가 '싱싱한 고깃덩어리'라고 부르는 것이 거기에 있음을 알아차리고는, 가브로슈의 천막을 향해 떼를 지어 쳐들어와서, 그 꼭대기까지 기어 올라가, 그 신식 모기장을 뚫어 보려는 듯이 그 그물코를 쏠고 있었던 것이다.

그러는 동안 작은 애는 잠들지 않고 있었다.

"아저씨!" 하고 그는 말을 이었다.

"응?" 하고 가브로슈는 말했다.

"쥐들이란 게 대체 뭐야?"

"생쥐들이다."

이 설명은 어린애를 좀 안심시켰다. 그는 생전에 흰 생쥐들을 봤는데 무섭지 않았다. 그렇지만 그는 또 목소리를 높였다.

"아저씨?"

"응?" 하고 가브로슈는 또 말했다.

"왜 아저씬 고양이가 없어?"

"한 마리 있었다." 하고 가브로슈는 대답했다. "한 마리를 갖다 놓았으나, 그놈들이 그 녀석을 잡아먹어 버렸어."

이 두 번째 설명은 첫 번째 설명의 효과를 깨뜨려 버렸다. 꼬마는 다시 떨기 시작했다. 그와 가브로슈 사이의 대화가 네 번째로 다시 이어졌다.

"아저씨?"

"응?"

"잡아먹힌 게 누구야?"

"고양이야."

"고양이를 잡아먹은 건 누구야?"

"쥐들이다."

"생쥐들이?"

"그래, 쥐들이."

어린아이는 고양이를 잡아먹는 이 생쥐들에게 깜짝 놀라서 계속 물었다.

"아저씨, 그럼 우리들도 잡아먹어, 이 생쥐들은?"

"물론이지!" 하고 가브로슈는 말했다.

어린아이의 공포는 절정에 달했다. 그러나 가브로슈는 덧붙였다.

"무서워하지 마라! 녀석들은 들어올 수 없으니까. 그리고 또 내가 여기 있다! 자, 내 손을 잡아라. 아무 말 말고 곯아떨어져라!"

가브로슈는 동시에 그의 형 위로 손을 뻗쳐 꼬마의 손을 잡았다. 어린애는 그 손을 꼭 쥐고 안심이 되는 걸 느꼈다. 용기와 힘은 이렇게 이상하게 전해져 간다. 그들의 주위는 다시 괴괴해졌고, 쥐들은 사람의 소리에 놀라 멀리 가 버렸는데, 잠시 후에 다시 돌아와 난장을 쳤지만, 세 아이들은 깊이 잠이 들어, 더 이상 아무 소리도 듣지 않았다.

밤이 깊어 갔다. 어둠이 바스티유의 넓디넓은 광장을 덮고 있었고, 비에 섞인 겨울바람이 휙휙 불고 있었고, 순찰 도는 경찰들이 집집의 문, 골목길, 울타리, 으슥한 구석 들을 샅샅이 뒤지며, 밤의 부랑배들을 찾았으며, 코끼리 앞을 조용히 지나가곤 했는데, 이 괴물은 가만히 서서, 어둠 속에서 눈을 뜨고, 제 선행에 만족한 것처럼 공상에 잠겨 있는 얼굴을 하고서, 잠들어 있는 가련한 세 어린아이들을 하늘과 인간들에게서 지켜 주고 있었다.

곧 다음에 올 것을 이해하기 위해, 당시에 바스티유의 경비대 초소가 광장의 건너편 끝에 있었으므로, 코끼리 옆에서 일어나는 일은 보초에게는 보일 수도 들릴 수도 없었다는 것을 기억하지 않으면 안 된다.

동이 트기 조금 전에 한 사나이가 생 탕투안 거리 쪽에서 달려오더니, 광장을 건너고, '7월 기념탑'의 큰 울타리를 돌아, 그 울짱의 틈으로 슬그머니 들어와서 코끼리의 배 밑에까지 다가왔다. 만약에 어떤 불빛이 이 사나이를 비추었더라면, 그 함빡 젖어 있는 모양으로 미루어, 그가 밤새도록 비를 맞았으리라는 것을 짐작했으리라. 코끼리 아래에 이르자 그는 이상야릇한 소리를 질렀다. 그것은 도저히 인간의 말이라고는 할 수 없고, 오직 앵무새만이 흉내 낼 수 있으리라. 그는 두 번 그 소리를 되풀이했는데 그것을 다음과 같이 적는다면 대충 상상이 갈 것이다.

"키리키큐!"

두 번째의 소리에, 맑고 쾌활한 젊은이의 목소리가 코끼리 뱃속에서 대답했다.

"그래."

거의 즉시, 구멍을 닫고 있던 널빤지가 치워지고 한 어린아이가 거기서 나오더니, 코끼리 다리를 따라 내려와 그 사나이 옆에 사뿐이 떨어졌다. 그것은 가브로슈였다. 그 사나이는 몽파르나스였다.

이 '키리키큐'라는 소리로 말하자면, 그것은 아마 '가브로슈 씨를 찾는다.'라는 뜻으로 그렇게 말했으리라.

그 소리를 듣고 그는 잠을 깨어 벌떡 일어나서, 그물을 조금 열고 '알코브'에서 기어 나와, 조심스럽게 그물을 조금 다시 닫고, 그런 뒤에 뚜껑 문을 열고 내려왔다.

사나이와 어린아이는 어둠 속에서 말없이 서로 알아보았다.

"네가 필요하다. 가서 한바탕 거들어 줘야겠다."

건달은 다른 설명을 묻지 않았다.

"좋아." 하고 그는 말했다.

그리하여 두 사람은 함께 몽파르나스가 나온 생 탕투안 거리 쪽을 향해, 그 시간에 시장 쪽으로 내려가는, 기다랗게 줄을 이룬 채소 재배자들의 수레 사이를 잽싸게 요리조리 뚫고 갔다.

채소 재배자들은 그들의 수레 속에서, 샐러드용 야채와 채소 사이에 웅크리고 앉아서, 마구 퍼붓는 비 때문에 작업복을 눈까지 뒤집어쓰고 절반 졸고 있었는지라 이 수상한 행인들을 거들떠보지도 않았다.

3. 탈옥 사건

바로 그날 밤에 포르스 감옥에선 다음과 같은 일이 일어났다.

바베와 브뤼종, 귈메르, 테나르디에 사이에 탈옥 계획이 상의되었다. 테나르디에는 독방에 감금되어 있긴 했지만, 바베는, 몽파르나스가 가브로슈에게 이야기한 것으로 독자도 알다시피, 바로 그날 자신을 위해 일을 해치웠다.

몽파르나스는 밖에서 그들을 돕기로 되어 있었다.

브뤼종은 징계실에서 한 달을 보냈으므로, 그 틈을 타서 첫째로 거기서 노끈을 하나 꼬았고, 둘째로 거기서 계획 하나를 궁리했다. 옛날에는, 감옥의 규율에 따라 죄수를 그 자신에게 내맡겨 놓는 이 엄중한 장소는 사면의 돌벽과 돌 천장, 돌바닥, 야전침대, 쇠살 달린 천창, 이중의 철문으로 구성되어 있었고, '지하 감방'이라고 불렸다. 하지만 지하 감방은 너무 끔찍하다고 판단되었다. 지금은 철문과 쇠살 달린 천창, 야전침대, 돌바닥, 돌 천장, 사면의 돌벽으로 구성되어 있고, 그것은 '징계실'이라고 불리고 있다. 거기는 한낮께는 조금 밝다. 보다시피 지하 독방이 아닌 이 징계실들의 불리한 점은 노역을 시켜야 할 자들을 공상을 하게 둔다는 점이다.

그러므로 브뤼종은 공상을 했었고, 노끈 하나를 가지고 징계실에서 나왔었다. 샤를마뉴의 마당에서는 극히 위험 인물이라는 평판이 있었으므로, 그는 바티망 뇌프로 옮겨졌다. 그가 신관에서 발견한 첫 번째 것은 귈메르였고, 두 번째 것, 그 것은 하나의 못이었다. 귈메르, 그것은 범죄였고, 하나의 못,

그것은 자유였다.

이제 브뤼종에 관해 완전한 개념을 얻어야 할 때인데, 그는 겉보기에 섬세한 성격이고 깊이 계획된 무기력을 나타내고 있고, 정다운 시선과 잔인한 미소를 띠고 있는 예의 바르고 영리하고 손버릇이 나쁜 쾌남이었다. 그의 시선은 그의 의지에서 온 것이고 그의 미소는 그의 성질에서 온 것이었다. 그의 기술에 있어 최초의 연구는 지붕 쪽으로 향했었는데, '함석판'이라는 방법에 의해 지붕을 벗기고 처마를 뜯어 내는 납 뽑는 사람들의 일에 큰 진보를 이루게 했었다.

마침내 탈옥의 시도를 위해 호기가 되어 준 것은, 바로 그때 지붕 이는 일꾼들이 감옥의 지붕 슬레이트 일부를 고쳐 이고 회반죽을 고쳐 바르고 있었다는 것이다. 생 베르나르 마당은 샤를마뉴 마당과 생 루이 마당에서 더 이상 완전히 격리되어 있지는 않았다. 그 위로 발판과 사닥다리 들이 있었다. 바꾸어 말하자면, 탈출구 쪽으로 다리와 계단 들이 있었던 것이다.

'신관'은 세상에서 볼 수 있는 것 중에서 가장 금이 가고 가장 헐어 빠진 건물이어서, 이 감옥의 약점이 되고 있었다. 그 벽들은 비바람에 심히 부식되어 공동 침실의 둥근 천장에 외장용 목재를 입히지 않을 수 없었을 정도였다. 왜냐하면 돌이 벗어져서 침대에 있는 죄수들 위에 떨어졌으니까. 이렇게 노후했는데도 '신관'에 가장 불안한 피고들을 가두어 둔 것은, 형무소에서 하는 말마따나 거기에 '중죄 사건들'을 넣어 둔 것은 잘못이었다.

'신관'에는 위아래로 겹쳐진 사 층의 공동 침실과 '망루'라고 불리는 꼭대기 방이 있었다. 십중팔구 포르스 공작의 어떤 옛 주방의 연통이었을지도 모를, 벽난로의 커다란 연통이 1층에서 출발하여 4층을 관통하면서, 모든 침실들을 둘로 갈라 놓고 있었는데, 침실에서 연통은 납작한 기둥 모양으로 보였으며, 지붕을 뚫고 가고 있었다.

낄메르와 브뤼종은 같은 공동 침실에 있었다. 그들은 경계심에서 아래층에 가두어 두었다. 그런데 공교롭게도 그들의 침대 머리맡이 벽난로의 연통에 기대어 있었다.

테나르디에는 '망루'라고 불린 그 꼭대기 방에 있었는데, 그것은 바로 그들의 머리 위였다.

퀼 튀르 생 카트린 거리에서 발걸음을 멈추는 행인에게는 소방서 저쪽으로 목욕탕 집 정문 앞에, 분재 상자에 심긴 화초와 관목 들이 가득 차 있는 마당 하나가 보이는데, 그 안쪽에는 초록빛 겉창들로 명랑해진 하얀 작은 원형 건물 하나가 두 측면을 펼치고 있어, 장 자크 루소의 전원의 꿈이 실현된 건물 같다. 채 십 년도 되기 전에는, 이 원형 건물의 위쪽에 검고, 거대하고, 끔찍스럽고, 꾸밈 없는 검은 담이 드높이 솟아 있었는데, 건물은 거기에 기대어 있었다. 그것은 포르스 감옥 순찰로의 담이었다.

이 원형 건물의 그 담은 베르캥 뒤에 언뜻 보이는 밀톤 같은 것이었다.

그 담은 매우 높았지만, 그 너머에는 한층 더 검은 지붕이 솟아 있는 것이 보였다. 그것은 '신관'의 지붕이었다. 거기에는 쇠살 달린 네 개의 다락 창문이 보였는데 그것은 '망루'의 창이었다. 연통 하나가 그 지붕을 뚫고 나와 있었는데, 그것은 공동 침실을 관통하는 연통이었다.

'신관'의 꼭대기 방인 이 '망루'는 일종의 고미다락방식의 큰 시장이었는데, 세 겹의 쇠살 달린 창과, 온통 엄청난 못들이 박힌 두 겹의 철판 문으로 닫혀 있었다. 북쪽 끝에서 이 홀 안으로 들어가면, 왼편에 네 개의 천창이 있고, 오른편에는 천창 맞은바라기로 꽤 넓고 간격을 둔 네 개의 네모진 우리가 있는데 좁은 복도들로 서로 떨어져 있었으며, 가슴 높이까지는 돌 공사로, 그 나머지 지붕까지는 쇠 격자로 건설되어 있었다.

테나르디에는 2월 3일 밤 이래 이 우리들 중 하나의 독방에 감금되어 있었다. 데류가 발명했다는 포도주, 마취제가 섞여 있고 '마취약을 쓰는 비적단'을 유명하게 만든 그 포도주 한 병을 테나르디에가 어떻게, 그리고 누구와의 공모로 손에 넣어 감추어 두는 데 성공했는지는 결코 밝혀낼 수 없었다.

많은 감옥에 배신적인 직원들이 있는데, 그들은 절반은 간수이자 절반은 도둑으로, 죄수들의 탈주를 돕고, 부실한 행위를 경찰에 팔고 하여, 요리조리 돈을 울궈 낸다.

그런데 소년 가브로슈가 방황하는 두 어린아이들을 맞아들인 바로 그날 밤, 브뤼종과 괼메르는 바로 그날 아침 탈주한 바베가 몽파르나스와 함께 거리에서 자기들을 기다린다는 걸 알고서, 조용히 일어나, 브뤼종이 발견했던 못으로, 그들의 침대에 닿아 있는 벽난로의 연통을 뚫기 시작했다. 부스러기는 브뤼종의 침대 위에 떨어져서 그 소리가 아무에게도 들리지 않았다. 천둥소리에 섞여 쏟아지는 소나기는 돌쩌귀 위에서 문들을 흔들어 감옥 안에서 지독하고 유익한 소란을 피우고 있었다. 잠을 깬 죄수들은 도로 잠든 척하며 필메르와 브뤼종이 하는 대로 내버려 두었다. 브뤼종은 능숙하고 필메르는 힘이 셌다. 공동 침실이 들여다보이는 쇠살 달린 독방에 누워 있는 간수의 귀에 소리가 들리기 전에, 벽이 뚫리고, 연통을 기어 오르고, 연통 꼭대기의 구멍을 닫고 있는 철망을 잡아 비틀고, 두 무서운 불한당은 지붕 위에 나와 버렸다. 비바람은 더욱더 심해지고 지붕은 미끄러웠다.

"걸치기(탈주)를 위해서는 얼마나 좋은 깜둥이(밤)냐!"하고 브뤼종은 말했다.

그들과 순찰로의 담 사이에는 6척 넓이에 80척 깊이의 구렁이 가로놓여 있었다. 그들은 그 구렁의 밑바닥에 한 파수병의 총이 어둠 속에서 번쩍이는 것이 보였다. 아까 잡아 비튼 연통의 쇠창살 토막에, 브뤼종이 지하 감방에서 꼰 노끈의 한쪽 끝을 매고, 다른 쪽 끝을 순찰로의 담 너머로 던지고, 구렁을 훌쩍 뛰어넘어 담장 서까래에 매달리고, 담을 넘어 한 사람씩 차례로 노끈을 타고 목욕탕 집에 접한 작은 지붕 위에 미끄러져 내려, 노끈을 끌어내리고, 목욕탕 마당에 뛰어내려, 마당을 건너가고, 문지기의 회전창을 밀고, 그 옆에 매달려 있는 문 여는 줄을 잡아당겨 대문을 열고, 한길로 나와 버렸다.

그들이 손에 못을 들고, 머리에 계획을 갖고, 어둠 속 침대에서 일어선 지 채 사십오 분도 못 되었다.

잠시 후에 그들은 근처에서 얼쩡거리고 있던 바베와 몽파르나스를 다시 만났다.

그들이 노끈을 끌어내렸을 때, 노끈이 끊어져, 한 토막이 지붕 위 연통에 매여 있었다. 그러나 그들은 다만 손 껍질이 거의 완전히 벗겨져 버린 것밖에 다른 손해는 입지 않았다.

이날 밤 테나르디에는, 어떻게 알게 됐는지 아무도 설명할 수는 없었으나, 미리 알고서 자지 않고 있었다.

밤 1시경, 캄캄한 어둠 속에, 그는 두 그림자들이 그의 우리 맞은편 천창 앞을, 비와 폭풍 속에, 지붕 위로 지나가는 것을 보았다. 그림자 하나가 천창 앞에서 잠깐 발을 멈추었다. 그것은 브뤼종이었다. 테나르디에는 그를 알아보고 모든 것을 알아차렸다. 그는 그것으로 족했다.

테나르디에는 특히 살인 강도로 지적되어 있고, 밤중에 무기를 들고 매복했다는 혐의로 수감되어 있었으므로, 엄중한 감시를 받고 있었다. 두 시간마다 교대하는 파수병이 장전된 총을 들고 그의 우리 앞에서 거닐고 있었다. '망루'는 벽 등으로 비추어져 있었다. 죄수는 양쪽 발에 각각 50파운드 무게의 쇠 차꼬를 달고 있었다. 날마다 오후 4시에는, 당시에도 여전히 그렇게 하고 있었는데, 간수 하나가 두 마리의 개를 데리고 감방에 들어와 침대 옆에 2파운드의 검은 빵과 물병, 몇 알의 콩이 둥둥 뜬 기름기 없는 국물 한 주발을 내려놓고, 쇠 차꼬를 검사하고, 창살을 두드렸다. 이 사람은 개를 데리고 밤중에 두 번 돌아왔다.

테나르디에는 일종의 쇠 쐐기를 보관하는 허가를 받아 그것을 벽의 틈바귀에 빵을 박아 넣는 데 사용하고 있었는데, "쥐들에게 빵을 뺏기지 않기 위해" 그렇게 한다는 것이었다.

테나르디에는 엄중한 감시를 받고 있었으므로, 그 쇠 쐐기는 전혀 나쁠 것이 없다고 사람들은 생각했다. 그렇지만 후일 사람들은 한 간수가 이렇게 말한 일이 생각났다. "나무 쐐기 하나만 갖게 두는 것이 더 나을걸."

오전 2시에 노병이던 파수병을 바꾸었는데, 그를 신병으로 교체했다. 조금 후에, 개를 데리고 다니는 사람이 순찰을 왔는데, 이 사람은 그가 너무나도 젊고 '소년병'의 '시골뜨기 같은 얼굴'을 하고 있다는 것밖에 아무런 이상도 눈치채지 못하고 가 버렸다. 두 시간 후, 4시에, 사람이 이 신병과 교대하러 왔을 때, 그가 테나르디에의 우리 옆에서 나무 토막처럼 곯아떨어져 있는 것을 발견했다. 테나르디에로 말하자면, 그는 이미 거기에 없었다. 그의 부서진 쇠 차꼬가 포석 방바닥에 있었다. 그의 우리 천장에 구멍 하나가 있고, 그 위로 지붕에 또 하나의 구멍이 있었다. 그의 침대의 널빤지 한 장이 뜯겨졌는데, 아마 그것을 가져갔으리라. 왜냐하면 그것을 전혀 다시 찾아내지 못했으니까. 독방에서는 절반 빈 병이 하나 발견되었는데, 그 병사를 잠들게 한 마취제 섞인 포도주의 나머지가 그 포도주 병에 있었다. 병사의 총검은 사라졌다.

이러한 것이 발각되었을 때, 테나르디에가 전혀 손이 미치지 않은 곳에 가 있으리라고 사람들은 믿었다. 사실 그는 이미 '신관'에 없었으나, 아직도 매우 위험한 곳에 있었다. 그의 탈주는 전혀 완벽하지 못했다.

테나르디에는 '신관'의 지붕 위에 이르러, 연통 꼭대기 뚜껑의 쇠살에 매달려 있는 브뤼종의 노끈 나머지를 발견했으나, 이 노끈 토막이 너무 짧아서, 브뤼종과 괼메르가 한 것처럼 순찰로를 뛰어넘어 도망칠 수 없었다.

발레 거리에서 루아 드 시실 거리로 돌아가면 곧 오른편에 쑥 들어간 더러운 곳이 있다. 18세기에는 거기에 집 한 채가 있었는데, 지금은 그 안쪽의 벽밖에 남아 있지 않다. 이 진짜 파옥의 벽은 이웃 건물들 사이에 사 층의 높이로 솟아 있다. 이 폐허는 아직도 거기에 보이는 두 커다란 네모진 창들로 알아볼 수 있다. 오른쪽의 합각머리 벽에서 가장 가까운 가운데 창은 지주(支柱)처럼 세워져 있는 썩은 각목으로 막혀 있다. 이 창들 너머로 옛날에는 음산한 높은 담이 똑똑히 보였는데, 그것은 포르스 감옥 순찰로의 담이었다.

집이 허물어져서 거리 쪽으로 생긴 공지는 다섯 개의 경계석으로 버텨진 썩은 판자 울타리로 절반 차 있다. 이 울타리 안에는 아직도 남아 있는 폐허에 기대고 있는 판잣집 한 채가 가리어져 있다. 울타리에는 문이 하나 있는데, 몇 년 전에는 빗장 하나만으로 닫혀 있었다.

테나르디에가 오전 3시 조금 후에 도달했던 것은 이 폐허의 꼭대기였다.

어떻게 그가 거기에 도착했는가? 아무도 결코 설명할 수도, 이해할 수도 없었다. 번갯불은 그를 방해도 했고 돕기도 했을 것이다. 그는 지붕 이는 일꾼들의 사닥다리와 발판을 사용하여 지붕에서 지붕으로, 담장에서 담장으로, 구획에서 구획으로 옮겨 가고 또 옮겨 가, 샤를마뉴 마당의 건물에 이어 생 루이 마당의 건물로, 다음에 순찰로의 담장으로, 거기서 다시 루아 드 시실 거리의 파옥 위까지 건너왔었을까? 그러나 그 도정(道程)에는 그를 불가능하게 했을 것 같은 끊긴 곳들이 있었다. 또는 '망루'의 지붕에서 순찰로의 담장으로 그의 침대 널빤지를 다리처럼 건네 놓고, 감옥 주위의 순찰로 꼭대기에 납작 엎드려서 파옥까지 기기 시작했을까? 그러나 포르스 감옥 순찰로의 담장은 톱니 모양의 불규칙한 선을 그리고 있어서, 혹은 올라가고 혹은 내려오고, 소방서께서는 낮아지고, 목욕탕께서는 높아지고, 여러 건물들로 군데군데 중단되고, 라무아농 여관 쪽과 파베 거리 쪽에서는 높이가 같지 않고, 도처에 비탈들과 직각들이 있었다. 게다가 또 파수병들은 도주자의 검은 그림자를 아마 보았을 것이다. 또 그렇게 해서도 테나르디에가 간 길은 여전히 거의 설명되지 않는다. 두 가지 방법으로는 도주가 불가능했다. 테나르디에는, 자유에 대한 무서운 갈망의 빛을 받아, 깊은 고랑을 도랑으로 바꾸고, 쇠창살을 버드나무 삼태기로 바꾸고, 앉은뱅이를 경주자로 바꾸고, 통풍 환자를 나는 새로 바꾸고, 우둔을 본능으로 바꾸고, 본능을 지능으로 바꾸고, 지능을 천재로 바꾸는 그 자유에의 갈망에 의해 테나르디에는 제3의 방법을 발명하고 즉석에서 생각해 냈을까? 그것은 결코 알 수 없었다.

탈주의 신기함은 언제나 이해할 수 없다. 탈주하는 사람은, 되풀이하거니와, 영감을 받은 자다. 도주의 신비로운 빛에는 별이 있고 번갯불이 있다. 해방을 향한 노력은 숭고를 향한 날갯짓에 못지않게 놀라운 것이다. 그리고 사람들은 탈옥한 도둑에 관해서, "저 지붕을 어떻게 넘어갔을까?"라고 말한다.

사람들이 코르네유에 관해서, '그가 죽었기를'이라는 말을 그가 어디서 찾아냈을까?라고 말하는 것과 같이.*

그야 어쨌든, 땀이 흠치르르 흐르고, 비에 함빡 젖고, 옷이 갈기갈기 찢어지고, 손 껍질이 벗겨지고, 팔꿈치에 피가 흐르고, 무릎이 찢어져서, 테나르디에는 어린아이들이 그들의 비유적인 말로, 폐허의 벽의 '칼날'이라고 부르는 것 위에 도착했으나, 거기서 지쳐 빠져 척 드러누워 버렸다. 사 층 높이의 깎아지른 듯한 낭떠러지가 길바닥으로부터 그를 격리하고 있었다.

그가 가지고 있던 줄은 너무 짧았다.

그는 거기서 기다리고 있었다. 얼굴은 새파랗게 질리고, 기진맥진하고, 품었던 희망은 죄 절망으로 변하고, 아직은 어둠에 덮여 있으나, 곧 날이 새리라 생각하고, 얼마 안 가서 이웃 생 폴 성당의 큰 시계가 4시를 치는 소리를 들으리라는 생각에 겁을 집어먹고 있었는데, 그 시간에는 파수병을 교대하러 사람이 올 것이고, 그 사람은 파수병이 구멍 뚫린 지붕 아래에 잠들어 있는 것을 발견하게 되리라. 그런 생각을 하면서 그는 저 아래 무시무시하게 깊은 곳에, 가로등 불빛 아래, 비에 젖은 새카만 포도를 망연자실하여 내려다보고 있었다. 죽음이자 자유인 그 대망의 무시무시한 포도를.

그의 세 탈옥의 공모자들은 성공했을까, 그들은 그를 기다

---

* 코르네유의 비극 「오라스」에서 살아남은 아들 하나가 세 명의 적으로부터 도망쳤다는 소식을 듣고 분개한 늙은 오라스의 비장한 말.

렸을까, 그리고 그를 도우러 올까 하고 그는 자문했다. 그는 귀를 기울였다. 그가 거기에 있은 이래, 순라꾼 하나를 제외하고는 아무도 거리를 지나가지 않았다. 몽트뢰유와 샤론, 뱅센, 베르시 등지에서 시장으로 내려가는 채소 재배자들은 거의 모두가 생 탕투안 거리를 통과한다.

4시가 울렸다. 테나르디에는 소스라쳤다. 잠시 후, 탈옥이 발각된 뒤에 일어나는 그 놀라고 당황한 소란이 감옥 안에 터졌다. 열었다 닫았다 하는 문들의 소리, 돌쩌귀 위에서 삐걱거리는 철문들의 소리, 경비대의 법석, 교도관들의 목쉰 부르짖음, 마당들의 포석 위에서 부딪히는 총 개머리판들의 소리가 그에게까지 들려왔다. 불빛이 공동 침실들의 쇠살창에서 올라갔다 내려갔다 하고, 횃불 하나가 '신관'의 꼭대기에서 뛰어다니고, 옆 병사의 소방수들이 소집되었다. 빗속에서 횃불이 비추는 그들의 투구들이 지붕들을 따라 오락가락했다. 동시에 테나르디에는 바스티유 쪽에서 어슴푸레한 빛이 하늘 아래를 음산하게도 희번하게 하는 것을 보았다.

그는 1자 넓이의 벽 위에서 소나기 속에 드러누워 있었다. 좌우로 두 개의 깊은 구렁을 두고 꼼짝도 못하고, 떨어질 수 있다는 생각에 아찔하고, 틀림없이 잡히리라는 공포심에 사로잡혀 있으면서, 그의 생각은 시계추처럼 두 생각들 사이를 오락가락하고 있었다. "떨어지면 죽고, 이대로 있으면 잡힌다."

이러한 극도의 불안 속에서, 그는 갑자기, 거리는 아직 완전히 캄캄했는데, 한 사나이가 나타나는 것을 보았는데, 이 사람은 파베 거리 쪽에서 벽을 따라 슬그머니 와서, 매달려 있는 것 같은 테나르디에의 아래 쑥 들어간 곳에서 걸음을 멈추었다. 이 사나이는 똑같이 조심스럽게 걸어오는 두 번째 사나이와 합쳐지고, 다음에 세 번째의 사나이와, 또 이어서 네 번째의 사나이와 합쳐졌다. 이 사람들이 한데 모이자, 그중 한 사람이 판자 울타리 문의 빗장을 들어 올리고, 넷이 모두 판잣집이 있는 울타리 안으로 들어갔다. 그들은 바로 테나르디에의 아래 있었다. 그들은 분명히 행인들에게도, 거기서 몇 걸음 떨어진 포르스 감옥의 쪽문을 지키는 보초에게도 눈에 띄지 않고 상의할 수 있도록 일부러 이 쑥 들어간 곳을 골랐다. 그런데 그 보초는 비가 오기 때문에 파수막 속에 갇혀 있었다는 것도 역시 말해 두어야겠다. 테나르디에는 그들의 얼굴을 분명히 알아볼 수 없었기 때문에, 자신의 파멸을 느끼는 불쌍한 인간의 절망적인 주의력으로 그들의 얘깃소리에 귀를 기울였다.

테나르디에는 뭔지 희망 비슷한 것이 눈앞을 지나가는 것을 보았는데, 그 사람들이 곁말을 쓰고 있었다.*

첫 번째가 나직한, 그러나 또릿또릿한 목소리로 말했다.

"꺼지자(가자). 우리가 요게서 멀 허니?"

두 번째가 대답했다.

"도깨비불이 꺼지게 비가 쏟아진다. 그리고 또 개들이 곧 지나갈 거다. 저기에 파수 보는 병사도 하나 있다. 우리는 요

---

* 이 말을 비롯해 아래의 도둑놈들의 대화는 순전히 곁말로 되어 있어 그대로의 이해와 번역이 불가능하므로, 원주(原註)에 따라 그 뜻을 우리말로 옮긴다.

고데서 곧 채일(잡힐) 거야."

이 '요게'와 '요고데'라는 두 말은 둘 다 '여기에'라는 뜻인데, 첫 번째 것은 문밖에서 쓰이는 곁말이고, 두 번째 것은 탕플 근처에서 쓰이는 곁말로서, 테나르디에에게는 한 줄기 빛이었다. '요게'라는 말로 그는 문밖의 부랑배인 브뤼종을 알아보았고, '요고데'라는 말로 그의 모든 직업 중에서도 탕플에서 고물상이었던 바베를 알아보았다.

위대한 시대*의 옛 은어는 탕플에서밖에는 더 이상 말해지지 않는데, 바베는 그것을 아주 정확하게 말하는 유일무이한 사람이었다. '요고데'라는 말이 없었다면 테나르디에는 그를 전혀 알아보지 못했을 것이다. 그가 그의 목소리를 완전히 변성시켰으니까.

그러는 동안 세 번째 사나이가 끼어들었다.

"서두를 건 없어. 좀 더 기다려 보자. 그가 우리들을 필요로 할지 모르잖아?"

그것은 프랑스어에 지나지 않았는데, 그것으로 테나르디에는 몽파르나스를 알아보았다. 몽파르나스는 모든 곁말을 알아들으면서도 그것을 전혀 말하지 않는 것을 자기의 멋으로 여기고 있었다.

네 번째 사나이로 말하자면 잠자코 있었으나, 그의 널따란 어깨가 그를 나타내 주고 있었다. 테나르디에는 주저하지 않았다. 그것은 괼메르였다.

---

* 루이 14세 시대를 말함.

브뤼종은 거의 오만하게, 그러나 여전히 나지막한 목소리로 반격했다.

"무슨 말을 지금 까고 있어? 주막쟁이는 빼지(탈주하지) 못한 거야. 아직도 풋내긴데 뭘! 속옷을 째고, 윗옷을 찢어 끈을 꼬고, 문에다 구멍을 뚫고, 가짜 서류를 제작하고, 겉쇠를 만들고, 쇠사슬을 끊고, 끈을 밖에 매달고, 숨고, 변장하고, 그런 건 여간한 길꾼이 아니고선 안 돼! 늙은이는 고런 짓을 못 했을 거야. 그는 일할 줄을 몰라!"

바베는 다음과 같이 덧붙였는데, 그것은 여전히 옛날 플라예와 카르투슈 같은 도적들이 말하던 그 얌전한 고전적인 곁말이었다. 브뤼종이 쓰고 있는 대담하고, 무모하고, 현란하고 새로운 곁말에 그것을 비한다면 라신의 말을 앙드레 셰니예의 말에 비하는 것과 같다.

"이 주막쟁이는 범행 현장에서 붙들렸을 거야. 여간한 길꾼이 아니고선 안 되는데, 그는 신출내기거든. 한통속인 체하는 밀정에, 어쩌면 심지어 무통*에게까지 감쪽같이 속아 넘어갔을 거야. 들어 봐라, 몽파르나스, 감옥 안의 저 고함 소리가 들리느냐? 넌 저 모든 촛불을 보았지. 다시 붙잡혔다니깐 글쎄! 이십 년만 콩밥을 먹으면 그만이지 머. 내야 무섭지도 않고, 비겁쟁이도 아니다. 섣불리 굴다가는 우리들까지 골탕을 먹을 거야. 화내지 마. 우리랑 같이 가자. 가서 함께 오래된 포도주나 한 병 들이켜자꾸나."

---

* 같은 감방에서 죄수의 비밀을 캐내는 경찰의 스파이를 가리키는 곁말.

"친구들이 곤경에 빠져 있는데 모르쇠하는 법이 어딨어."
하고 몽파르나스는 중얼거렸다.

"틀림없이 다시 옭힌 거야." 하고 브뤼종이 말을 이었다.
"지금 이 시간에 주막쟁이 같은 건 한 푼어치도 못 돼. 우리는
아무것도 할 수 없다. 꺼지자구나. 금방이라도 '개'가 내 덜미
를 움켜잡을 것 같다!"

몽파르나스는 더 이상 약하게밖에 반대하지 않았다. 사실
인즉, 서로 버리지 않는다는 도적들끼리의 의리에서, 이 네 사
나이들은 테나르디에가 어느 담벽 위에서고 나타나지나 않
을까 싶어서, 위험을 무릅쓰고 포르스 감옥의 주변을 밤새도
록 배회하고 있었다. 그러나 정말 너무나도 아름다워지는 밤
에, 모든 거리들에 사람 새끼 하나 얼씬 못 하게 소나기가 쏟
아지고, 추위가 그들의 뼛골 속까지 스며들고, 그들의 옷이 함
빡 젖고, 그들의 신발 속에 물이 새어 들고, 감옥 안에서 불안
하게 하는 소음이 터지고, 시간이 흘러가고, 순라꾼들과 마주
치고, 희망이 사라지고, 공포심이 다시 일어나고 하여, 이 모
든 것으로 인해 그들은 물러가지 않을 수 없었다. 어쩌면 테
나르디에의 사위가 될지도 모를 몽파르나스 자신도 단념하고
있었다. 조금만 더 있었으면 그들은 떠났을 것이다. 테나르디
에는 그 담벼락 위에서 헐떡거리고 있었다. 마치 뗏목 위에서,
나타났던 배가 수평선에 사라지는 것을 보고 있는 메뒤즈호
의 파선 당한 사람들처럼.

그는 감히 그들을 부를 수 없었다. 고함 소리 하나라도 들렸
다면, 일은 다 망쳐 버렸을 것이다. 한 가지 생각이, 마지막 생

각이, 한 줄기 빛이 그에게 떠올랐다. 그는 '신관'의 연통에서 벗겨 온 브뤼종의 노끈 토막을 호주머니에서 꺼내어 판자 울타리 안으로 던졌다.

그 노끈은 그들의 발 아래 떨어졌다.

"끄니깨다." 하고 바베가 말했다.

"내 끄내끼다!" 하고 브뤼종은 말했다.

"여관 양반이 저기 계신다." 하고 몽파르나스는 말했다.

그들은 쳐다보았다. 테나르디에는 머리를 좀 내밀었다.

"빨리!" 하고 몽파르나스는 말했다. "노끈이 또 한 토막 있지, 브뤼종?"

"응."

"그 두 토막을 한데 이어서 그 노끈을 던지면, 그는 그걸 장벽에 잡아맬 거야. 그거면 그가 내려오기에 충분할 거야."

테나르디에는 위험을 무릅쓰고 목소리를 높였다.

"난 얼었다."

"따뜻하게 해 줄게."

"나는 더 이상 꼼짝도 못하겠다."

"넌 그냥 미끄러지라고. 우리가 너를 받을 테니까."

"손이 곱았어."

"담벽에 끈을 매기만 해."

"못 하겠어."

"우리들 중 한 사람이 올라가야겠구먼." 하고 몽파르나스가 말했다.

"사 층을!" 하고 브뤼종이 말했다.

옛날 판잣집 안에서 불을 때던 난로에 사용하던 옛 석고관 하나가 벽을 따라 뻗어서 거의 테나르디에가 보이는 곳까지 올라가 있었다. 이 연통은 당시 몹시 금이 가고 온통 틈이 벌어져 있다가, 그 후 떨어져 버렸지만, 아직도 그 흔적이 보였다. 그것은 매우 좁았다.

"저기로 올라갈 수 있을 거야." 하고 몽파르나스가 말했다.

"저 토관으로?" 하고 바베가 외쳤다. "어른이! 안 돼! 꼬마라야지."

"어린애라야만 해." 하고 브뤼종이 말을 이었다.

"조무래기를 어디서 찾아온다?" 하고 필메르가 말했다.

"기다려." 하고 몽파르나스가 말했다. "좋은 수가 있어."

그는 판자 울타리 문을 조용히 방긋이 열고, 거리에 행인이 아무도 지나가지 않는지 확인한 다음, 살그머니 나가서, 다시 문을 닫아 붙이고, 바스티유 쪽으로 달려갔다.

칠팔 분이 흘렀는데, 테나르디에에게는 8000세기가 흘렀다. 바베와 브뤼종, 필메르는 입 한 번 열지 않았다. 이윽고 문이 다시 열리더니, 몽파르나스가 가브로슈를 데리고 헐레벌떡거리며 나타났다. 비 때문에 거리에는 여전히 개미 새끼 한 마리 얼씬하지 않았다.

소년 가브로슈는 울타리 안으로 들어와, 불한당들의 얼굴을 태연히 바라보았다. 그의 머리털에선 물이 뚝뚝 떨어지고 있었다. 필메르가 그에게 말을 걸었다.

"머슴애야, 너는 어른이냐?"

가브로슈는 어깨를 으쓱하고 대답했다.

"나 같은 어린애는 어른이지만, 당신네들 같은 어른들은 어린애들이오."

"요 꼬마 녀석, 아가리 참 잘 놀리네!" 하고 바베가 외쳤다.

"파리의 꼬마는 젖은 짚다발이 아니거든." 하고 브뤼종은 덧붙였다.

"근데 당신들은 무슨 일이오?" 하고 가브로슈는 말했다.

몽파르나스가 대답했다.

"저 토관으로 기어 올라가는 거야."

"이 끄내끼를 가지고." 하고 바베가 말했다.

"그리고 이 끄내피를 비끄러매는 거야" 하고 브뤼종이 계속했다.

"담벽 꼭대기에." 하고 바베가 말을 이었다.

"저 창문의 가로장에." 하고 브뤼종은 덧붙였다.

"그다음엔?" 하고 가브로슈는 말했다.

"그뿐이야!" 하고 괼메르가 말했다.

건달은 노끈, 토관, 담벽, 창문을 살펴보고, 입술에서 말로 표현할 수 없는 그리고 깔보는 듯한 소리를 냈는데 그것은 이러한 뜻이다.

"그뿐이야!"

"저 위에 사람이 하나 있는데 그 사람을 네가 구하는 거야." 하고 몽파르나스가 말을 이었다.

"하겠니?" 하고 브뤼종이 말을 이었다.

"체!" 별놈의 말을 다 묻는다는 듯이 어린아이는 대답하고 신을 벗었다.

필메르는 가브로슈를 한 팔로 안아서 판잣집 지붕 위에 올려놓았는데, 그 썩은 판자가 어린아이의 무게에 휘청거렸다. 그리고 필메르는 몽파르나스의 부재중에 한데 이어 놓은 노끈을 그에게 건넸다. 건달은 연통 쪽으로 걸어갔는데 연통에는 지붕과 잇닿은 곳에 커다란 틈바귀가 하나 있어서 그 덕택에 연통 속에 들어가기가 쉬웠다. 그가 막 올라가려 할 때, 테나르디에는 구원과 생명이 다가옴을 보고 담벽 가에서 굽어다 보았다. 첫 새벽빛이 그의 땀에 젖은 이마며, 창백한 광대뼈, 야만적인 뾰족한 코, 곤두선 잿빛 수염을 희게 빛나게 해서 가브로슈는 그를 알아보았다.

"이런! 우리 아버지네……." 하고 그는 말했다. "오! 그럼 어때."

그리고 노끈을 입에 물고 그는 결연히 기어오르기 시작했다.

그는 파옥 위에 이르러, 낡은 담벽을 말처럼 걸터타고서, 창문 위 가로장에 노끈을 단단히 비끄러맸다.

잠시 후에 테나르디에는 거리에 있었다.

포도에 발이 닿자마자, 위험에서 벗어났다고 느끼자마자, 그는 더 이상 피로하지도 않고, 언 몸도 풀리고, 떨리지도 않았다. 그가 벗어난 그 무시무시한 일들은 연기처럼 스러지고, 그 모든 이상하고 간특한 지능이 눈을 뜨고, 자유로이 쑥 일어나서 앞으로 나아가려 했다. 이 사나이가 맨 먼저 한 말은 이러했다.

"이제 우리는 어떤 놈을 잡아먹을까?"

이 말의 지극히 명백한 뜻이 죽이고, 살해하고, 강탈하는 것을 동시에 의미함은 설명할 필요가 없다. '잡아먹는다'는 참다운 뜻은 '집어삼킨다'는 것이다.

"어서 피하자." 하고 브뤼종이 말했다. "간단히 얘기를 마치고 곧 헤어지자. 플뤼메 거리에 근사해 보이는 일거리가 하나 있다. 호젓한 거리에 한 채의 외딴 집, 정원 쪽 살창은 낡아 썩었고, 여편네들뿐이야."

"그렇다면! 왜 안 된다는 거야?" 하고 테나르디에가 물었다.

"네 딸 에포닌이 사정을 살펴보고 왔어." 하고 바베가 대답했다.

"그런데 걔가 마뇽에게 비스킷을 가져왔어." 하고 괼메르가 덧붙였다. "건 안 되겠어."

"걔가 바보는 아니지. 그렇지만 봐야 할 거야." 하고 테나르디에가 말했다.

"그래 그래." 하고 브뤼종이 말했다. "봐야 할 거야."

그러는 동안 그 사나이들은 아무도 가브로슈를 보는 것 같지 않았고, 가브로슈는, 그들이 그렇게 대화를 하는 동안, 판자 울타리의 경계석 하나 위에 앉았었다. 그는 한동안 기다렸다. 아마 그의 아버지가 자기 쪽을 돌아보기를 기다렸으리라. 그런 뒤 그는 다시 신을 신고 말했다.

"끝났나요? 내가 더 이상 필요 없는 거죠, 어른들? 이제 다들 곤경에서 벗어나셨으니까. 나는 가요. 가서 내 꼬마들을 깨워야겠어요."

그러면서 그는 가 버렸다.

다섯 사나이들은 한 사람씩 판자 울타리에서 나갔다.

가브로슈가 발레 거리의 모퉁이에서 사라져 버리자, 바베는 테나르디에를 따로 불러 물었다.

"그 꼬마를 잘 보았나?"

"무슨 꼬마?"

"담벽에 기어올라 네게 노끈을 갖다 준 꼬마 말이야."

"잘 못 봤어."

"그래, 난 잘 모르지만, 나는 그게 네 아들 같아."

"체! 그런 것 같아?" 하고 테나르디에는 말했다.

그러면서 그는 가 버렸다.

7
곁말

1. 기원

Pigritia(게으름)는 무시무시한 말이다.

이 말에서 pégre, 즉 '도둑질'이라는 사회와 pégrenne, 즉 '굶주림'이라는 지옥이 태어난다.

이렇게 게으름은 어머니다.

이 어머니에게 도둑질이라는 아들과 굶주림이라는 딸이 있다.

우리는 지금 어디에 와 있는가? Argot(곁말)에.

곁말이란 무엇인가? 그것은 국민이자 동시에 한 집단의 고유 언어다. 그것은 민중과 언어라는 두 종류 아래서의 도둑질이다.

삼십사 년 전에, 이 장중하고도 침울한 이야기의 작자*가

---

* 빅토르 위고 자신.

이것과 같은 목적에서 쓴 작품* 속에 곁말을 말하는 도둑을 하나 내놓았을 때, 놀람과 아우성이 일었다. 뭐! 뭐라고! 곁말을! 하지만 곁말은 끔찍스럽다! 하지만 곁말은 유형장이나 도형장(徒刑場), 형무소 같은, 사회의 가장 가증스러운 곳에서 하는 말이다! 등등.

나는 이런 종류의 반대를 결코 이해할 수 없었다.

그 후, 두 유력한 소설가들, 하나는 인간 심정의 심오한 관찰자고 또 하나는 민중의 대담한 벗인 발자크와 외젠 슈 두 소설가들이, 『한 사형수의 마지막 날』의 작자가 1828년에 했던 것처럼, 불한당들에게 그들의 자연스러운 말을 하게 했을 때 똑같은 항의가 일어났다. 사람들은 이런 말을 되풀이했다. "이런 불쾌한 특수어를 가지고 작가들은 우리들에게 뭘 원하는 거야? 곁말은 역겹다! 곁말은 소름이 끼친다!"

누가 그것을 부인하랴? 물론 옳은 말이다.

상처를 검진하고, 심연의 수심을 재고, 또는 사회를 조사하는 것이 문제일 때, 언제부터 너무 깊이 내려가는 것이, 밑바닥으로 가는 것이 잘못인가? 그것이 때로는 용감한 행위고, 적어도 수락되고 수행된 의무가 받아 마땅한 동정적 주의를 받을 만한, 순박하고 유익한 행위라고 나는 늘 생각했었다. 모든 것을 뒤져서는 안 되고, 모든 것을 탐사하지 않는다, 도중에 멈춘다, 왜? 멈추는 것은 측심기(測深器)의 소행이지 측심자(測深者)의 소행이 아니다.

---

* 『한 사형수의 마지막 날』(Le Derrier jour d'un condamné).

확실히, 햇빛 아래 끌어내어져 진흙이 철철 흐르는 이 가증스러운 고유 언어를, 그 한마디 한마디가 괴물 같은 진흙과 암흑의 한 더러운 고리 같은 그 농포성(膿疱性) 용어를 사회계층의 맨 밑바닥에, 지면이 끝나는 곳에, 그리고 진창이 시작되는 곳에 가서 찾고, 그 두꺼운 파도 속에서 파헤치고, 추적하고, 포착하여 마냥 팔딱거리는 채로 길바닥에 던지는 것은 매력적인 일도 아니고 쉬운 일도 아니다. 곁말의 무시무시한 득실거림을 그렇게 드러내 놓고, 사상의 빛 아래 관찰하는 것보다 더 비통한 일은 아무것도 없다. 사실 그것은 시궁창에서 갓꺼내 온, 밤을 위해 만들어진 일종의 무시무시한 짐승 같다. 살아 있고 가시 돋친 무서운 덤불이 부르르 떨고, 꿈틀거리고, 요동치고, 다시 어둠을 요구하고, 으르대고, 바라보고 있는 것을 보는 것 같다. 어떤 말은 맹수의 발톱 같고, 또 어떤 말은 흐릿하고 핏발 선 눈 같으며, 어떤 구절은 게의 집게발처럼 움직이는 것 같다. 이 모든 것은 무질서 속에서 편성된 것들의 그 끔찍스러운 활력으로 살아 간다.

그러면 언제부터 끔찍한 것이 연구를 거부하고 있는가? 언제부터 질병이 의사를 내쫓고 있는가? 독사며 박쥐, 전갈, 지네, 독거미를 연구하기를 거절하고, "아이고! 추악해"라고 말하면서 그것들을 어둠 속에 팽개쳐 버리는 박물학자를 상상할 수 있는가? 곁말을 외면하는 사상가는 궤양이나 무사마귀를 외면하는 외과 의사와 비슷할 것이다. 그것은 언어의 한 사실을 조사하기를 주저하는 언어학자이고, 인류의 한 사실을 탐구하기를 주저하는 철학자일 것이다. 왜냐하면, 그걸 모르는 사람들에게는 이걸 꼭 말해 줘야겠는데, 곁말은 다 함께 문학적 현상이자 사회적 현상이기 때문이다. 적절하게 말하여 곁말이란 무엇인가? 곁말은 비참의 언어다.

여기서 사람들은 내 말을 가로막을 수 있고, 이 사실을 일반화할 수도 있는데, 그것은 때로는 이 사실을 완화하는 하나의 방법이다. 모든 생업들, 모든 직업들은, 그리고 사회 계급의 모든 계층들과 지성의 모든 형태들도 덧붙일 수 있겠는데, 그들의 곁말이 있다고 사람들은 내게 말할 수 있다. 이를테면*
상인은 Montpellier disponible, Marseille belle qualité(몽펠리에 덕용품, 마르세유 상등품)라 말하고,

환전꾼은 report, prime, fin courant (이월, 프리미엄, 이달 말)이라 말하고,

노름꾼은 tiers et tout, refait de pique (삼 분의 일과 십, 스페이드의 다시 내놓기)라 말하고,

노르망디 섬들의 집달리는 l'affieffeur s'arrêtant à son fonds ne peut clamer les fruits de ce fonds pendant la saisie héréditale des immeubles du renonciateur(토지만에 관한 수증자는 부동산 부(付) 동산 보유 중에는 해당 토지의 수익을 요구할 수 없음.)라 말하고,

보드빌 작자는 on a égayé l'ours(작품은 실패했다.)라 말하고,
배우는 j'ai fait four(나는 실패했다.)라 말하고,
철학자는 triplicité phénoménale(삼위일체)라 말하고,

---

* 이하의 말들에 관해서는 부득이 그 원어와 뜻만을 적어 두기로 한다.

사냥꾼은 voileci allais, voileci fuyant(저기로 간다, 저기로 달아난다.)이라 말하고,

골상학자는 amativité, combativité, sécrétivité(애정성, 투쟁성, 비밀성)라 말하고,

보병은 ma clarinette(나의 총)라 말하고,

기병은 mon poulet d'Inde(나의 말)라 말하고,

검술 사범은 tierce, quarte, rompez(셋째 자세, 넷째 자세, 후퇴)라 말하고,

인쇄공은 parlons batio(인세 얘기를 하자.)라고 말하는데, 이렇게 모두, 인쇄공도, 검술 사범도, 기병도, 보병도, 골상학자도, 사냥꾼도, 철학자도, 배우도, 보드빌 작자도, 집달리도, 노름꾼도, 환전꾼도, 상인도 곁말을 한다. 화가가 mon rapin(나의 제자)이라 말하고, 공증인이 mon saute-ruisseau(나의 서생)라 말하고, 이발사가 mon commis(나의 조수)라 말하고, 구두 수선인이 mon gniaf(나의 직공)라 말하는데, 그들은 곁말을 하고 있는 것이다. 엄밀히 말하자면, 그리고 꼭 그렇다고 하고 싶다면, 좌우를 말하는 다음과 같은 여러 가지 화법은 모두 곁말이다. 선원의 bâbord(좌현), tribord(우현), 극장 도구 담당자의 côté cour(우측), côté jardin(좌측), 교회 지기의 côté de l'épître(오른쪽), côté de l'évangile(왼쪽). 짐짓 태를 부리는 여자들의 곁말이 있는 것처럼 말재주를 부리는 여자들의 곁말도 있다. 랑부예 후작 부인의 살롱도 쿠르 데 미라클*의 거지들의 사

---

* 옛날 거지며 불량배들이 득실거리던 파리의 한 구역.

회와 약간 비슷했다. 공작 부인들의 곁말도 있는데, 왕정복고 시대의 매우 고귀한 부인이자 절세가인이 쓴 연애편지 속의 한 구절이 그 증거다. 'Vous trouverez dans ces potains-là une foultitude de raisons pour que je me libertise.(당신은 그러한 쑥 덕공론들 속에 제가 이혼을 하는 많은 이유들을 발견하실 줄 아옵니 다.)' 외교상의 암호들도 곁말이다. 교황의 비서관은 로마를 26이라 말하고, 사절을 grkztntgzyal이라 말하고, 모데나 공작 을 abfxustgrnogrkzutuXI 이라고 말하는 곁말을 쓰고 있다. 중 세의 의사들이 당근과 무, 순무를 opoponach, perfroschinum, reptitalmus, dracatholicum angelorum, postmegorum이라고 말했는데, 그들은 곁말을 한 것이다. 정직한 설탕 제조인들이 vergeoise, tête, claircé, tape, lumps, mélis, bâtarde, commun, brûlé, plaque*라고 말하는데, 이 정직한 공장 주인들은 곁말 을 하고 있는 것이다. 이십 년 전의 어떤 유파의 비평가들은 "La moitié de Shakespeare est jeux de mots et calembours.(셰익 스피어의 절반은 말노름이고 재담이다.)"라고 말했는데, 그들은 곁말을 하고 있었던 것이다. 시인과 예술가는, 몽모랑시 씨가 만약 시와 조각에 정통하지 않는다면, 의미심장한 말로 그를 'un bourgeois(속물)'라고 부를 것인데, 그들은 곁말을 말하고 있는 것이다. 고전적인 아카데미 회원은 꽃들을 Flore(플로라, 꽃의 여신)라 부르고, 과일들을 Pomone(포모나, 과수의 여신)라 부르고, 바다를 Neptune(넵트누스, 바다의 신)이라 부르고, 사

---

* 모두 설탕의 종류.

랑을 feux(불)라 부르고, 아름다움을 appas(매력)라 부르고, 말〔馬〕은 coursier(준마)라 부르고, 백색 또는 삼색의 모표를 rose de Bellone(벨로나 신의 장미)이라 부르고, 삼각모를 triangle de Mars(마르스 신의 삼각)라고 부르는데, 이 고전적인 아카데미 회원은 곁말을 말하고 있는 것이다. 대수학, 의학, 식물학에도 그것들의 곁말이 있다. 배에서 사용하는 말, 장 바르와 뒤켄, 쉬프랑, 뒤페레가 말한 그렇게도 완전하고, 그렇게도 그림 같은 그 훌륭한 바다의 말, 바람에 퍼덕이는 돛 소리, 통화관에 울리는 소리, 계선구(繫船具)의 부딪히는 소리, 배 흔들리는 소리, 바람 소리, 대포 소리, 이 모든 소리에 섞인 그 말, 그것은 장렬하고 우렁찬 곁말이어서 이는 도둑 집단의 사나운 곁말에 대해서는 자칼에 대한 사자 같은 것이다.

아마 그렇겠지. 하지만, 그것에 관해 사람들이 뭐라고 말할 수 있더라도, 곁말이라는 말을 그렇게 이해하는 것은 광의(廣義)의 개념이고, 그것을 누구나 다 인정하지는 않을 것이다. 나로 말하자면, 이 말에 명확하고 제한적이고 한정적인 옛 의미를 유지하고, 곁말을 곁말에 국한한다. 진정한 곁말은, 전형적인 의미의 곁말은, 이 두 낱말들이 결합될 수 있다면, 하나의 왕국이던 태고의 곁말은, 되풀이하거니와, 추악하고, 불안하고, 엉큼하고, 음흉하고, 독살스럽고, 잔인하고, 수상쩍고, 야비하고, 웅숭깊고, 치명적인, 비참의 언어 외의 다른 것이 아니다. 모든 굴욕들과 모든 비운들의 맨끝에는, 행복한 사실들과 지배 권력들 전체에 대해 투쟁에 들어가기를 결심하고 반항하는 최후의 비참이 있다. 그것은 무서운 싸움, 어떤 때는 교활하고, 또 어떤 때는 격렬하고, 동시에 병적이고 잔인한 이 싸움은 악덕에 의해 짓궂은 짓들로, 그리고 범죄에 의해 결정적인 타격들로 사회질서를 공격한다. 이러한 싸움의 필요를 위해 비참은 하나의 전투어를 발명했는데 그것이 곧 곁말이다.

설사 그것이 장차 소멸될지언정 인간이 말한 어떤 언어를, 다시 말해서, 좋든 나쁘든 간에, 문명을 구성하고 복잡하게 하는 요소들의 하나를, 비록 그 언어의 한 단편에 불과할지라도, 망각 위에, 심연 위에 떠오르게 하고 존속하게 하는 것은 사회 관찰의 데이터를 넓히는 것이고, 문명 자체에 봉사하는 것이다. 플로투스*는 카르타고의 두 병사에게 페니키아 말을 하게 함으로써, 그러기를 원했든 원하지 않았든 간에 그러한 봉사를 했다. 몰리에르는 수많은 작중 인물들에게 동방어와 온갖 사투리들을 말하게 함으로써 그러한 봉사를 했다. 여기서 이의가 활기를 띤다. "페니키아 말은 희한하다! 동방어도 훌륭하다! 사투리도 좋다! 그것들은 어떤 나라나 어떤 지방에 속했던 말이다. 하지만 곁말은? 곁말을 보존해서 무슨 소용이 있는가? 곁말을 '떠오르게 해서' 무슨 소용이 있는가?"

이에 대해 나는 딱 한마디만 대답하겠다. 물론, 한 나라나 한 지방에서 말한 언어는 관심사가 될 만하지만, 그보다도 더 주의하고 연구할 만한 것이 하나 있는데, 그것은 어떤 비참이 말한 언어다.

---

* 플로투스(Plautus, BC 254?~BC 184). 라틴 희극 시인.

그것은 이를테면 프랑스에서, 사백 년도 더 전부터, 단지 하나의 비참뿐 아니라 또한 온 비참이, 있을 수 있는 인간의 모든 비참이 말한 언어다.

  그리고 또, 감히 주장하거니와, 사회적 비정상과 결함들을 연구하고 그것을 고치기 위해 특히 지적하여 말하는 것은 선택 여부가 가능한 일이 전혀 아니다. 풍습과 사상 들의 역사가는 사건들의 역사가에 못지않은 엄숙한 사명을 띠고 있다. 사건들의 역사가는 문명의 표면을, 왕위 싸움, 군주의 출생, 제왕의 결혼, 전쟁, 집회, 국가의 위인, 백일하의 혁명 등 모든 외부의 것을 가지고 있고, 풍습과 사상 들의 역사가는 내면, 밑바닥, 일하고 고생하고 기다리는 민중, 짓눌린 여성, 고통 받는 어린이, 인간 대 인간의 은연한 투쟁, 은근한 잔인성, 편견, 공공연한 부정, 법률에 대한 지하의 반격, 영혼의 은밀한 진화, 군중의 눈에 띄지 않는 몸부림, 굶주림, 헐벗음, 가난뱅이, 낙오자, 고아, 불행자, 파렴치한, 암흑 속에서 헤매는 모든 인간 쓰레기들을 가지고 있다. 그는 형제처럼 그리고 법관처럼, 동시에 자비롭고 준엄한 마음을 가지고, 보통 사람이 들어갈 수 없는 굴 속 깊이까지 내려가야만 한다. 거기에는 피 흘리는 자와 치고 패는 자, 울부짖는 자와 저주하는 자, 굶주리는 자와 잡아먹는 자, 악에 신음하는 자와 악을 행하는 자들이 뒤죽박죽 기어다니고 있다. 이러한 마음과 영혼의 역사가들이 외적 현실의 역사가들보다 더 적은 의무를 가지고 있는가? 단테가 말할 것이 마키아벨리보다도 더 적다고 사람들은 생각하는가? 문명의 하부는 더 깊고 더 어둡기 때문에, 상부보다 덜 중요한가? 사람들은 동굴을 알지 못할 때 산을 잘 아는가?

그런데 말이 난 김에 말하거니와, 위에서 말한 몇 마디로부터 이 두 종류의 역사가들이 뚜렷이 갈라진다고 결론을 내릴 수 있을지 모르나, 나는 그렇게 생각하지 않는다. 민중의 명백하고, 눈에 보이고, 현저하고, 공개적인 생활의 역사가도 동시에 어느 정도까지는 그들의 깊이 감추어진 생활의 역사가가 아니면 아무도 훌륭한 역사가가 아니고, 내면의 역사가도 필요할 때마다 외부의 역사가가 아니면 아무도 훌륭한 역사가가 아니다. 풍습과 사상 들의 역사는 사건들의 역사 속으로 깊숙이 들어가고, 사건들의 역사도 또 마찬가지다. 이것은 상이한 사실들의 두 범주들로서 서로 상통하고 항상 서로 연결되고 흔히 서로 결과를 낳는다. 신의 뜻이 한 국민의 표면에 그리는 모든 윤곽들은 밑바닥에서 그것들의 은밀한, 그러나 뚜렷한 대조를 갖고 있고, 밑바닥의 모든 동요들은 표면에 파문을 일으킨다. 참다운 역사는 모든 것에 얽혀 있으므로, 진정한 역사가는 모든 것에 참견한다.

인간은 단 하나의 중심을 갖고 있는 원이 아니라, 두 개의 초점을 갖고 있는 타원이다. 사실이 하나의 초점이고, 사상이 또 하나의 초점이다.

곁말은 어떤 악행을 해야 할 때 언어가 가장을 하는 갱의실 외의 다른 것이 아니다. 언어는 거기서 가면인 단어와 누더기인 비유로 갈아입는다.

그래서 이 언어는 끔찍스럽게 된다.

사람들은 그것을 거의 알아보지 못한다. 그것은 정녕 프랑스어인가, 인간의 위대한 언어인가? 그것은 무대에 등장할 준비를 하고 있고 범죄의 상대역을 할 준비를 하고 있으며, 악의 레퍼토리의 모든 사용에 적합하다. 그것은 더 이상 걷지 않고 절름거린다. 그것은 쿠르 데 미라클의 목발을, 곤봉으로 둔갑할 수 있는 목발을 짚고 절뚝거린다. 그것은 거렁뱅이질이라고 불린다. 모든 유령들이 그의 의상 담당자가 되어 그것을 분장시켰다. 그것은 기어가고 우뚝 서곤 한다. 파충류의 이중의 걸음걸이다. 그것은 연후에 모든 역할들에 알맞고, 위조자에 의해서는 수상한 것이 되고, 독살자에 의해서는 녹청빛이 되고, 방화자에 의해서는 그을음으로 검게 칠해진다. 그리고 살해자는 그것에 그의 붉은빛을 입힌다.

정직한 사람들 쪽에서, 사회의 문에서 들으면, 밖에 있는 자들의 대화를 뜻하지 않게 듣는다. 묻고 대답하는 소리도 분간한다. 거의 인간의 말투처럼 울리나, 말소리라기보다는 짖는 소리에 더 가까운 중얼거림을 포착하는데, 무슨 뜻인지는 알수가 없다. 그것이 곁말이다. 그 말은 듣기 흉하고 뭔지 알 수없는 이상야릇한 짐승 같은 성격을 띠고 있다. 물뱀들이 말하는 소리를 듣는 것 같다.

그것은 암흑 속의 이해할 수 없는 것이다. 그것은 삐걱거리고 소곤거리며, 그 이상야릇한 것으로 어스름을 더 짙게 한다. 불행 속은 컴컴하다. 범죄 속은 한층 더 컴컴하다. 이 두 컴컴함이 합쳐져서 곁말을 만들어 낸다. 분위기 속에도 암흑, 행위 속에도 암흑, 음성 속에도 암흑. 비와 밤, 주림, 악행, 기만, 부정, 나체, 질식과 겨울로 이루어진 그 광막한 잿빛 안개 속에서 가고, 오고, 뛰어다니고, 기어 다니고, 거품을 내뿜고, 기괴하게 움직이는 이 추악하고 무시무시한 언어, 그것도 그 비참한 자들에게는 청천의 백일인 것이다.

징벌 받은 자들을 동정하자. 오호라! 우리 자신은 누구인가? 나는 누구인가, 그대에게 말하는 나는? 그대는 누구인가, 내 말을 듣고 있는 그대는? 우리는 어디서 왔는가? 그리고 우리가 태어나기 전에 아무것도 하지 않은 것이 정말 확실한가? 이 세상은 감옥과 유사함이 전혀 없지 않다. 인간이 신에 대해 전과자가 아닌지 누가 알겠는가?

인생을 자세히 보라. 인생은 도처에 형벌을 느끼도록 그렇게 만들어져 있다.

그대는 이른바 행복한 사람인가? 그런데, 그대는 매일 슬프다. 날마다 그날의 큰 슬픔이 있고, 또는 작은 걱정이 있다. 어제는 그대에게 소중한 사람의 건강 때문에 떨었고, 오늘은 그대 자신의 건강 때문에 근심한다. 내일은 금전상의 불안이 오고, 모레는 중상자의 험구, 글피는 친구의 불행. 다음에는 날씨, 그다음엔 뭔지 깨졌거나 분실한 것, 그다음엔 양심과 척추에게서 책망을 받는 쾌락, 훗날은 세상사의 추이. 마음고생은 말할 것도 없고, 등등. 하나의 구름이 걷히면 또 하나의 구름이 다시 생겨난다. 백 날에 하루인들 온전한 기쁨과 온전한 햇빛을 얻기는 어렵다. 그런데도 그대는 그 소수의 행복자에 속한다! 다른 사람들로 말하자면 가시지 않는 어둠이 그들을 덮고 있다.

생각이 깊은 자들은 행복한 사람과 불행한 사람이라는 말을 별로 사용하지 않는다. 분명히 저승의 입구인 이승에서 행복한 사람은 없다.

인간의 참다운 구분은 이렇다. 즉 밝은 사람들과 어두운 사람들. 어두운 사람들의 수효를 줄이고 밝은 사람들의 수효를 불리는 것, 이것이야말로 목적이다. 우리가 교육이다! 학문이다! 하고 외치는 것도 그 때문이다. 글을 배우는 것, 그것은 불을 켜는 것이다. 배우는 한마디 한마디는 빛을 던진다.

그런데 빛을 말하는 자는 반드시 기쁨을 말하지는 않는다. 사람은 빛 속에서 괴로워한다. 지나치면 탄다. 불길은 날개의 적이다. 날기를 그치지 않고 타는 것, 그것이야말로 천재의 기적이다.

알 때도 사랑할 때도 그대는 여전히 괴로워하리라. 빛은 눈물 속에서 태어난다. 밝은 사람들은 설령 그것이 어두운 사람들 위에서만일지라도 눈물을 흘린다.

2. 어원(語源)

곁말, 그것은 어두운 사람들의 언어다.

동시에 굴욕적이고 반항적인 이 이해할 수 없는 사투리 앞에서, 인간의 사상은 그의 가장 어둡고 깊은 내면에서 감동되고, 사회철학은 그의 가장 비통한 명상으로 이끌려진다. 거기에는 명백한 징벌이 있다. 거기서는 한마디 한마디에 그 자국이 찍혀 있는 것 같다. 통상어의 단어들도 거기서는 사형집행인의 뻘겋게 달은 쇠 아래에서 찌푸리고 굳어져 있는 것처럼 보인다. 어떤 말들은 아직도 연기를 내며 타고 있는 것 같다. 어떤 구절들은 느닷없이 발가벗겨진 한 도둑의 백합꽃 낙인이 찍힌 어깨 같은 인상을 준다. 어떠한 관념도 그 전과자라는 명사로 표현되게 두는 걸 거의 거부한다. 비유가 거기서 때로는 하도 뻔뻔스러워서 그것이 죄인의 쇠고리에 비끄러매어졌었다는 느낌을 준다.

그런데, 이 모든 것에도 불구하고 그리고 이 모든 것 때문에, 이 해괴한 사투리는 금메달을 위해서처럼 녹슨 엽전을 위해서도 자리가 있는 그 공정한 큰 책장, 즉 문학이라고 부르는 그 책장 속에 당연히 그의 칸을 갖고 있다. 결말은, 사람들이 이에 동의하든 말든 간에, 그의 어법과 그의 시(詩)가 있다. 그것은 하나의 언어다. 어떤 낱말들의 괴이함에서, 사람들은 이 언어가 망다랭*의 입속에서 씹어졌다는 것을 알아보는데, 어떤 환유(換喩)들의 찬란함에서, 비용도 이 언어를 말한 것을 사람들은 느낀다.

그렇게도 절묘하고 그렇게도 유명한 이 시구,

Mais où sont les neiges d'antan?

(한데 지난해의 눈은 어드메 있느뇨?)

이것은 결말의 시구다. Antan ── ante annum ── 은 튈 단

---

* 유명한 도둑의 두목.

(團)의 곁말의 하나인데, l'an passé(지난해)라는 뜻이고 뜻이 넓혀져서 autrefois(옛날)이라는 뜻이 된다. 삼십오 년 전, 1827년의 죄수 대호송 때 비세트르 감옥의 지하 감방 하나에는 징역형에 처해진 퇸 단의 한 수령이 벽에 못으로 새겨 놓은 다음과 같은 격언을 여전히 볼 수 있었다. Les dabs d'antan trimaient siempre pour la pierre du Coësre. 그 뜻은 이렇다. "옛날의 왕들은 항상 대관식에 갔느니라." 이 왕(수령)의 생각에 대관식은 곧 징역수의 감옥이었다.

Décarade라는 말은 육중한 마차가 구보로 출발함을 나타내는데, 비용이 쓴 말로 여겨지며, 비용다운 말이다. 불꽃을 튀기며 질주한다는 이 말은 라퐁텐의 다음과 같은 훌륭한 시구 전체를 하나의 장엄한 의성어 속에 요약한다.

실팍진 육두마(六頭馬)가 한 대의 마차를 끌고 있었다.

순전히 문학적 견지에서는, 곁말의 연구보다도 더 흥미진진하고 더 무궁무진한 것은 별로 없다. 그것은 언어 속의 한 언어 전체고, 일종의 병적인 혹이고, 한 떨기 식물을 돋아나게 한 불건전한 접목이고, 골*의 묵은 밑동 속에 뿌리를 뻗치고 그 음산한 잎이 언어의 한 면 전체에 퍼져 있는 기생식물이다. 이것은 첫 모습이라고 부를 수 있는 것, 곁말의 통속적인 모습이다. 본격적인 언어 연구를 할 적에는, 다시 말해서

---

* 옛날의 프랑스.

지질학자가 토지를 연구하듯 연구할 적에는, 곁말은 진정한 충적토(沖積土)같이 보인다. 다소 깊이 파고 들어감에 따라 곁말 속에, 옛 프랑스의 속어 아래, 프로방스어, 스페인어, 이탈리아어, 지중해 여러 항구들의 말인 동방어, 영어, 독일어, 프랑스 로망어, 이탈리아 로망어, 로마 로망어의 세 종류의 로망어, 라틴어, 마지막으로 바스크어와 켈트어가 발견된다. 심원하고 기이한 형성. 모든 비참한 자들이 공동으로 세워 놓은 지하의 건물. 저주받은 족속마다 제 층을 놓았고, 고통마다 제 돌멩이를 떨어뜨렸고, 마음마다 제 조약돌을 주었다. 악하고 비열하고 분노한 한 무리의 영혼들이, 인생을 통과하여 영원 속에 가서 사라진 한 무리의 영혼들이, 거의 전부 거기에 있고 무시무시한 단어의 형태 아래 말하자면 아직도 거기에 보인다.

스페인어를 들어 볼까? 거기에는 옛 고트족의 곁말이 있다.*

bofeton → boffette, 따귀

vantana → vantane(후에 vanterne), 창문

gato → gat, 고양이

aceyte → acite, 기름

이탈리아어를 들어 볼까?

---

* 다음의 예에서 앞은 원어고 뒤는 곁말이다. 즉 첫 번째의 경우 "boffette란 곁말은 bofeton에서 유래함"을 나타낸다.

spada → spade, 검(劍)

carvella → carvel, 배(船)

영어를 들어 볼까?

bishop → bichot, 주교

rascal, rascalion(악한) → raille, 스파이

pilcher(칼집) → pilche, 갑, 상자

독일어를 들어 볼까?

kellner → caleur, 소년

herzog(공작) → hers, 두목

라틴어를 들어 볼까?

frangere → frangir, 깨뜨리다

fur → affurer, 훔치다

catena → cadéne(죄수의) 사슬

유럽 대륙의 모든 국어들 속에 일종의 세력과 이상한 권위를 갖고 다시 나타나는 말 하나가 있다. 그것은 magnus라는 말인데, 스코틀랜드에서는 그것이 mac이 되어서 씨족의 수장을 가리키고, Mac-Farlane, Mac-Callummore, 즉 대 파레인,

대 칼러모어라고 한다.* 곁말에서는 그것이 meck이 되고, 후에 meg 즉 신이 된다. 바스크어를 들어 볼까?

gaïztoa(나쁜) → gahisto, 악마

gabon(저녁 인사) → sorgabon, 좋은 밤

켈트어를 들어 볼까?

blavet(솟아 오르는 물) → blavin, 손수건

meinec(돌 투성이의) → ménesse, 계집(나쁜 의미로)

baranton(샘) → barant, 시냇물

goff(대장장이) → goffeur, 자물쇠 장수

guenn-du(흑백) → guédouze, 죽음

마지막으로 역사를 들어 볼까? 곁말에서 금전을 maltaises라 부르는데, 그것은 Malte(말타 섬)의 감옥에서 통용되던 화폐의 추억에서 온 것이다.

방금 지적한 언어학적 기원 외에도, 곁말은 더 자연스럽고, 말하자면 바로 인간의 정신에서 나오는 다른 어원들을 가지고 있다.

첫째로, 말의 직접적인 창조. 거기에 언어의 신비로움이 있다. 어떻게 그러는지 왜 그러는지는 알 수 없지만, 어떤 형용

---

* 그렇지만 켈트어에서는 mac는 '아들'이라는 뜻이다.

들을 가지고 있는 말들로 그려 내는 것. 이것은 인간의 모든 언어의 원시적 바탕으로서, 언어의 화강암이라고 부를 수 있을 것이다. 곁말에는 이러한 종류의 말들이, 어디서 누가 만들었는지도 모르게 온전히 만들어진 직접적인 말들, 어원도 없고, 유의어도 없고, 파생어도 없는 말들, 고립하고, 야만적이고, 때로는 망측한 말들, 이상한 표현력이 있고 오래 살고 있는 말들이 수두룩하다. 이를테면,

> taule …… 사형집행인
> sabri …… 숲
> taf …… 두려움, 도주
> larbin …… 하인
> pharos …… 장군, 도지사, 장관
> rabouin …… 악마

가리고 드러내고 하는 이 말들보다도 더 이상한 것은 아무것도 없다. 어떤 것들은, 예컨대 rabouin은, 동시에 기괴하고 무시무시한 말이어서, 거인의 찡그린 얼굴 같은 인상을 준다.

둘째로, 비유. 모든 것을 말하고 모든 것을 감추고자 하는 언어의 특질은 형용이 풍부하다는 것이다. 비유는 일을 꾸미는 도둑이 피신하고, 탈주를 궁리하는 죄수가 피신하는 수수께끼다. 어떤 고유 언어도 곁말보다 더 은유가 풍부한 것은 없다.*

---

* 괄호 안의 것은 원어의 직역.

Dévisser le coco(감초 물병 마개를 빼다.) …… 목을 비틀다

tortiller(비틀다.) …… 먹다

être gerbé(다발로 묶이다.) …… 재판받다

un rat(쥐) …… 빵 도둑

il lansquine …… 비가 온다

이 마지막 것은 인상적인 낡은 형용인데, 말하자면 이 말이 생겨난 연대도 나타내고 있다. 이것은 비스듬한 기다란 빗줄기들을 lansquenets(15~16세기 무렵의 독일의 용병의 엇비슷하게 촘촘히 늘어선 창에 비유한 것인데, Il pleut des hallebardes, 비가 미늘창처럼 쏟아진다. 억수로 퍼붓는다는 뜻)라는 보통의 환유(換喩)를 단 한마디 속에 포함시킨 것이다. 때로는, 곁말이 초기에서 다음 시기로 감에 따라서, 말들이 야만한 원시적 상태에서 비유의 뜻이 되기도 한다. 악마는 rabouin이기를 그만두고 boulanger(빵 장수) — 가마솥에 넣고 찌는 사람 — 가 된다. 재치는 더해졌지만 웅대함은 덜해졌다. 뭔지 코르네유 후의 라신 같은 것이고, 아이스킬로스 후의 유리피데스 같은 것이다. 어떤 곁말의 문장은 두 시기의 성질을 띠고 있고 동시에 야만적인 성격과 비유적인 성격을 갖고 있어서, 환등을 닮았다. Les sorgueurs vont sollicer des gails à la lune.(얼쩡거리는 놈들은 밤중에 말을 훔치러 간다.) 이러한 말은 한 무리의 도깨비처럼 사람의 정신 앞을 지나간다. 사람은 자기가 무엇을 보는지 알지 못한다.

셋째로, 임시방편이다. 곁말은 언어 위에서 살아간다. 곁말

은 언어를 제멋대로 사용하고, 언어에서 닥치는 대로 길어 내고, 흔히, 필요할 때에는, 아무렇게나 간략하게 변질시키는 것으로 만족한다. 그것은 또 때로는, 그렇게 변형된 관용어들과 순수한 곁말의 단어들을 결합하여 생생한 표현을 꾸며 내는 데 거기에 사람들은 앞서 말한 직접 창조와 비유의 두 가지 요소가 혼합되어 있는 것을 느낀다.

　　Le cab jaspine, je marronne que la roulotte de Pantin trime dans le sabri.(개가 짖는다. 파리의 역마차가 숲 속을 지나가는가 싶다.)
　　Le dab est sinve, la dabuge est merloussière, la fée est bative.(남편은 바보지만, 여편네는 약삭빠르고, 딸은 예쁘다.)

　　대개의 경우, 듣는 사람들을 어리둥절하게 하기 위해, 곁말은 언어의 모든 낱말에 일종의 야비한 꼬리를, aille, orgue, iergue 또는 uche 같은 어미를 마구잡이로 덧붙이는 것으로 만족한다.

　　Vousiergue trouvaille bonorgue ce gigotmuche?
　　(이 넓적다리 고기는 어때?)

　　이것은 카르투슈가 간수에게, 탈주하기 위해서 쥐어 준 금액이 마음에 들었는가 어떤가를 물어본 말이다. 요즘에는 mac 라는 어미도 덧붙여진다.
　　곁말은 부패의 고유 언어이므로 빨리 부패한다. 뿐만 아니라, 노상 숨으려고 애쓰기 때문에, 남들이 알아듣는다 싶어지면 이내 변형돼 버린다. 다른 모든 식물과는 반대로, 햇빛에 닿기만 하면 다 죽어 버린다. 그러므로 곁말은 줄곧 분해되고 끊임없이 재구성된다. 결코 멈추지 않는 어둠 속의 신속한 작업. 곁말은 십 년 동안에, 일반 언어가 10세기 동안에 걷는 것보다 더 많은 길을 걸어간다. 그리하여 다음과 같이 변해 간다.

빵 …… larton → lartif

말(馬) …… gaill → gaye

짚 …… fertanche → fertille

꼬마둥이 …… momignard → momacque

옷가지 …… siques → frusques

교회당 …… chique → égrugeoir

목 …… colabre→ colas

악마 …… gahisto → rabouin → boulanger

신부(神父) …… ratichon → sanglier

단도 …… vingt-deux → surin → lingre

경찰 …… railles → roussins → rousses → marchands de lacets → coqueurs → cognes

사형집행인 …… taule → Charlot → atigeur → becquillard

17세기에는 치고 패고 싸우는 것을 se donner du tabac(담배를 서로 주고 받는다.)라고 했는데, 19세기에는 se chiquer la gueule(아가리를 서로 깨문다.)라고 한다. 수많은 다른 표현들이 이 양극의 말들 사이에 지나갔다. 카르투슈의 말과 라스네르의 말은 사뭇 달랐다. 이 곁말의 모든 낱말들은 그것을 말하는 사람들처럼 끊임없이 달아난다.

그렇지만 때때로, 그리고 바로 이 변화 때문에, 예전의 곁말이 다시 나타나 새로운 것이 된다. 옛날의 곁말에는 그것이 유지되는 중심지들이 있다. 탕플 일대에서는 19세기의 곁말을 보존하고 있었고, 비세트르가 감옥이었을 때에는 튄 단의 곁말을 보존하고 있었다. 거기에는 옛 튄 단 사람들의 anche라는 어미가 남아 있었다.

> Boyanches-tu?(bois-tu? 너는 마시느냐?)
>
> Il croyanche(il croit. 그는 믿는다.)

그래도 역시 끊임없이 변화하는 것이 법칙으로 남아 있다.

만약에 철학자가 끊임없이 스러져 가는 이 언어를 관찰하기 위해 잠시 그것을 고정시키게 된다면, 그는 비통하고도 유익한 명상에 빠질 것이다. 어떠한 연구도 곁말의 연구보다 더 효과적이고 더 교훈이 많은 것은 아무것도 없다. 교훈을 담고 있지 않는 곁말의 비유는 하나도 없고, 어원은 하나도 없다. 그 사람들 사이에서 battre(치다.)는 feindre(체하다.)라는 뜻이다. On bat une maladie(꾀병을 앓는다. bat는 battre의 3인칭 단수형). 교활은 그들의 힘이다.

그들에게는 인간의 관념은 어둠의 관념에서 분리되지 않는다. 밤을 sorgue라 말하고, 사람을 orgue라 말한다. 사람은 밤의 파생어다.

그들은 사회를 자기들을 죽이는 대기처럼 생각하고 치명적인 힘처럼 생각하는 버릇이 있었고, 사람들이 자기들의 건강을 말하듯 그들은 자기들의 자유를 말한다. 체포된 사람은 malade(환자)이고, 유죄 선고를 받은 사람은 mort(죽은 사람)이다.

사면의 돌벽 속에 파묻혀 있는 죄수에게 가장 끔찍한 것, 그것은 일종의 순결이다. 그는 지하 감방을 castus(순결)라고 부른다. 이 처참한 곳에서는 외부의 생활은 언제나 가장 즐거운 모습 아래 나타난다. 죄수는 발에 쇠사슬을 차고 있다. 그대는 아마 그가 사람들이 발로 걸어 다닌다고 생각하리라고 생각하겠지? 천만에, 그는 사람들이 발로 춤을 춘다고 생각한다. 그러므로 그가 족쇄를 톱으로 끊게 됐을 때, 그가 맨 먼저 생각하는 것은 이제 자기도 춤을 출 수 있다는 것이고, 그래서 그는 톱을 bastringue(교외의 술집 무도장)라 부른다. 하나의 '이름'은 centre(중심)다. 뜻 깊은 비유다. 불한당은 두 개의 머리가 있는데, 하나는 자기의 행동을 이치로 따지고 평생 자기를 이끌어 주는 것이고, 또 하나는 사형 당하는 날 두 어깨 위에 가지고 있는 것이다. 그는 그에게 범죄를 권하는 머리를 sorbonne(소르본 대학)이라 부르고, 벌을 받는 머리를 tronche(크리스마스 전야에 태우는 통나무)라 부른다. 어떤 사람이 몸에는 더 이상 누더기밖에 없고 가슴에는 악덕밖에 없을 때, gueux(무뢰한)라는 말이 그것의 두 가지 의미에서 특징을 이루는 그 물질적이고 정신적인 이중의 타락에 빠지게 되었을 때, 그는 죄를 범하기에 꼭 알맞다. 그는 날이 잘 세워진 하나의 칼 같다. 그는 두 개의 날을, 그의 빈궁과 그의 악의를 갖고 있다. 그러므로 곁말은 gueux라고 말하지 않고 réguisé(날카로운 사람)라고 말한다. 감옥이란 무엇인가? 영벌의 장작불, 지옥. 죄수는 자신을 fagot(장작 다발)라고 부른다. 마지막으로 악당들은 형무소를 뭐라고 부르는가? le collège(학교). 하나의 징벌 체계 전체가 이 말에서 나올 수 있다.

도둑도 역시 그의 총알받이가, 훔치기 쉬운 재료가 있다. 그 대든, 나든, 누구든 괜찮다. 그것을 pantre라 한다. (Pan은 모든 사람이라는 뜻이다.)

감옥의 대부분의 노래들, 특수한 용어로 lir onfa라고 불리는 그 후렴들이 어디서 생겨났는지 알고 싶은가? 다음 이야기를 들어 보라.

파리의 샤틀레 감옥에는 길쭉한 커다란 지하실 하나가 있었다. 이 지하실은 센 강의 수면보다 8자나 더 낮은 곳에 있었다. 거기에는 창문도 환기창도 없고, 단 하나의 열린 곳은 출입문이었다. 사람은 들어갈 수 있었으나 공기는 불가능했다. 이 지하실의 천장은 돌 궁륭이고 방바닥에는 진흙이 1자나 쌓여 있었다. 지하실에는 타일이 깔렸으나, 물이 스며 나와 타일 바닥이 썩고 터졌다. 땅바닥에서 8자 높이의 길고 육중한 도리 하나가 이 지하실을 이쪽에서 저쪽으로 가로지르고 있었고, 그 도리에는 군데군데 3자 길이의 쇠사슬이 매달려 있었으며, 그 쇠사슬 끝에는 쇠고리가 달려 있었다. 징역형에 처해진 죄수들은 툴롱 항으로 호송되는 날까지 이 지하실 안에 감금되어 있었다. 각자에게 어둠 속에서 건들거리며 그를 기다리는 철구가 있는 그 도리 아래로 그들을 밀어 넣었다. 팔을 늘이는 쇠사슬과 손을 펴는 쇠고리는 그 비참한 자들의 목을 움켜잡고 있었다. 그들은 거기에 옭아매인 채 방치되어 있었다. 사슬이 너무 짧아서 누울 수도 없었다. 그 지하 감방 안에서, 그 어둠 속에서, 그 도리 아래서, 거의 매달리다시피 꼼짝도 못하고 서서, 빵이나 물병을 집기 위해서는 비상한 노력을 강요당하고, 머리 위에 돌 궁륭을 이고, 다리 중간까지 진흙에 파묻히고, 오줌똥이 다리로 흘러내리고, 피로에 사지가 찢어지고, 허리와 무릎에 힘이 빠지고, 휴식하기 위해서는 두 손으로 사슬에 매달리고, 서서밖에 자지 못하고, 쇠고리에 목이 죄여서 줄곧 잠이 깼다. 어떤 사람들은 잠이 깨지 않았다. 먹기 위해서는 진흙 속에 던져 준 빵을 뒤꿈치로 정강이뼈를 따라 손에까지 끌어올렸다. 얼마 동안이나 그들은 그렇게 하고 있었던가? 한 달, 두 달, 때로는 여섯 달이나 그러고 있는 수도 있었다. 어떤 사람은 일 년이나 있었다. 그것은 감옥의 대합실이었다. 임금에게서 토끼 한 마리만 훔쳐도 거기에 집어넣었다. 이 지옥 같은 무덤 속에서 그들은 무엇을 하고 있었던가? 사람이 무덤 속에서 할 수 있는 것, 그들은 죽어 가고 있었고, 사람이 지옥 속에서 할 수 있는 것, 그들은 노래를 부르고 있었다. 왜냐하면 더 이상 희망이 없는 곳에는 노래가 남기 때문이다. 말타 섬의 바다에서는, 갤리선이 다가올 때, 노 젓는 소리가 들리기 전에 노랫소리가 들렸다. 샤틀레의 지하 감옥을 겪었던 가련한 밀렵자 쉬르뱅상은 이렇게 말했다. "나를 떠받쳐 준 것은 운율이다." 시는 불필요한 것. 운율이 무슨 소용이 냐? 라고 말할지도 모른다. 거의 모든 곁말의 노래들이 태어 난 것은 이 지하실에서였다. 몽고메리 감독의 그 우울한 후렴, Timaloumisaine, timoulamison이 오는 것은 파리의 대 샤틀레 감옥의 지하 감방에서다. 이러한 노래들은 대부분 구슬프지 만, 어떤 것들은 유쾌하고, 부드러운 것도 하나 있다.

> lcicaille est le théâtre
> Du petit dardant.
> (여기는 귀여운
> 사수*의 무대)

아무리 해 보아도, 인간의 마음에 그 영원히 남아 있는 것, 사랑을 소멸시킬 수는 없을 것이다. 이 음침한 행위들의 세계 에서 사람들은 서로 비밀을 지킨다. 비밀, 그것은 모두의 것이 다. 비밀은 이 비참한 자들에게 단결의 기초가 되는 일체성이 다. 비밀을 깨는 것, 그것은 이 사나운 공동체의 각 인원으로 부터 자기 자신의 무엇인가를 빼앗는 것이다. 고발하는 것을 힘찬 곁말로는 manger le morceau(한 조각을 먹는다.)라고 한 다. 마치 밀고자가 모두의 양식을 조금 자기에게 끌어당겨 각 인의 살로 제 몸을 기르는 것처럼.

soufflet(따귀)를 맞는 것은 무엇인가? 평범한 비유는 이렇

---

* 사수라는 건 연애의 신 큐피드를 가리킴.

게 대답한다. C'est voir trente-six chandelles.(그것은 36개의 촛불을 보는 것이다.) 여기에 곁말이 끼어들어 이렇게 대답한다. "Chandelle(양초)은 camoufle이다"* 그런 뒤에 관용어는 soufflet의 동의어로서 camouflet라는 말을 준다. 이렇게 아래에서 위로의 일종의 침투력에 의해, 저 예측할 수 없는 궤도를 밟는 비유의 도움으로, 곁말은 동굴에서 아카데미에 올라가고, J'allume ma camoufle(나는 내 촛불을 켠다.)라고 말한 도적 폴라예는 아카데미 회원 볼테르로 하여금 다음과 같은 글을 쓰게 한다. Langleviel La Beaumelle mérite cent camouflets(랑르비엘 라 보멜은 백번 따귀를 맞아서 마땅하다.)

곁말을 파고 들어가면 걸음걸음이 새로운 발견이다. 이 기괴한 어법을 연구하고 파 들어가면 마침내 정상적인 사회와 저주받은 사회의 접촉점에 도달하게 된다.

곁말, 그것은 죄수가 된 언어다.

인간의 사고 원리가 그렇게도 낮은 곳에 떨어져서, 숙명의 암담한 포학에 의해 끌리고 묶여, 그 구렁 속에서 뭔지 알 수 없는 속박에 얽매여 있을 수 있다는 것, 그건 놀라운 일이다.

오, 불쌍한 사람들의 가련한 생각이여!

오호라! 이 어둠 속의 인간 영혼을 아무도 와서 도와주지 않으려나? 그의 운명은 거기서 영원히 기다리는 것인가, 천사를, 해방자를, 페가수스**와 히포그리프***의 거대한 기수(騎手)

---

* 두 낱말은 동의어로 '양초'라는 뜻.
** 페가수스(Pegasus). 날개 돋친 천마(天馬).
*** 히포그리프(Hippogriph). 수리의 머리와 날개에 말의 몸을 가진 괴물.

를, 두 날개를 펴고 창공에서 내려오는 새벽빛의 전사를, 미래의 빛나는 기사를? 그의 운명은 이상의 빛의 창병에게 언제나 공연히 구원을 호소할 것인가? 그의 운명은 깊고 짙은 구렁 속에 무시무시하게 '악'이 오는 소리를 들어야 하고, 그 준엄한 대가리가, 그 거품 뿜는 아가리가, 그리고 그 발톱과 부푼 몸뚱어리와 도사린 꼬리 들로 구불구불 물결치는 것을 끔찍한 물 아래에서 더욱더 가까이 다가오는 것을 보아야 하는가? 서광도 없고, 희망도 없고, 그 무서운 접근에 내맡겨지고, 그 괴물이 어렴풋이 그의 냄새를 맡고, 몸을 떨고, 머리를 뒤헝클고, 팔을 비틀어 꼬고, 영원히 암야의 바위에 비끄러매어진 채, 거기에 있어야 하는가, 어둠 속의 하얀 벌거숭이의 비참한 안드로메다여!*

3. 우는 결말과 웃는 결말

보다시피, 결말 전체는, 오늘날의 결말이나 사백 년 전의 결말이나 다 매일반으로, 모든 낱말에 어떤 때는 처량한 외관을 주고, 또 어떤 때는 위협적인 외모를 주는 그 음침한 상징적 정신이 스며 있다. 거기에는 저 쿠르 데 미라클의 거지들의 오랜 세월의 극심한 비애가 느껴지는데, 그 거지들은 그들 고유

---

* 안드로메다(Andromeda)는 신탁에 의해 바다의 괴물에 희생으로 바쳐졌다가 페르세우스에 의해 구출된 이디오피아의 공주(그리스신화).

의 카드놀이들을 하고 있었으며, 그중 어떤 것들은 우리들에게 보존되었다. 예컨대, 클로버 8은 엄청 큰 클로버 잎이 여덟 개 붙어 있는 큰 나무가 그려져 있었는데, 그것은 이상야릇하게 숲을 나타내는 것이었다. 그 나무 아래 불이 타고 있는 것이 보였는데, 거기에는 세 마리의 산토끼들이 사냥꾼 하나를 꼬챙이에 꽂아 굽고 있었고, 그 뒤에, 또 하나의 불에는 김이 나는 냄비 하나가 걸려 있는데 거기에서 개 머리 하나가 나와 있었다. 밀수입자들을 장작불에 굽고 사전꾼들을 가마솥에 삶는 앞에서, 카드 패에 그려진 이 같은 복수보다도 더 비통한 것은 아무것도 없었다. 곁말의 세계에서 사람의 생각이 갖는 갖가지의 형태들은 노래도, 야유도, 위협도, 모두 이러한 무기력하고 허탈한 성격을 띠고 있었다. 어떤 노래들의 멜로디는 채집되었거니와, 모든 노래들이 겸손하고 눈물이 날 지경으로 애처롭다. 도둑은 pauvre pègre(가련한 도둑)라고 불리며, 항상 토끼처럼 숨고, 생쥐처럼 달아나고, 새처럼 도망친다. 별로 항의도 하지 않고, 그저 한숨만을 짓고 있을 뿐인데, 그러한 도둑의 한탄 하나가 오늘날까지 남아 있다.

Je n'entrave que le dail comment meck, le daron des orgues, peut atiger ses mômes et ses momignards et les locher criblant sans être atigé lui-même.

(어찌하여 중생의 아버지인 하느님은 당신의 아들이며 손자들을 괴롭히고 그들의 우는 소리를 듣고도 당신은 괴로워하지 않는지 나는 알 수 없다.)

이 불쌍한 인간은, 생각하는 시간이 있을 때마다, 법률 앞에서 오그라들고 사회 앞에서 기를 쓰지 못하며, 배를 깔고 엎드리고, 애원하고, 연민의 정 쪽으로 돌아서는데, 그가 제 잘못을 아는 것같이 느껴진다.

18세기 중엽에 한 변화가 일어났다. 감옥들의 노래들이, 도둑들이 정해 놓고 부르는 노래들이 말하자면 거만하고 쾌활한 몸짓 같은 것을 보였다. 한탄가의 후렴 maluré는 larifla로 바뀌었다. 18세기에는, 갤리선, 갤리선 젓는 죄수, 징역수들의 거의 모든 노래들에 악독하고 불가사의한 쾌활함이 다시 보인다. 거기에는 마치 인광(燐光)에 비추어지고, 피리 부는 도깨비불에 의해 숲 속에 던져진 것 같은, 깡충깡충 뛰는 날카로운 이런 후렴이 들린다.

> Mirlababi, surlababo,
>> Mirliton ribon ribette,
> Surlababi, mirlababo,
>> Mirliton ribon ribo.

이것은 지하실이나 숲 구석에서 사람을 죽이면서 부르던 것이다.

이것은 중대한 조짐. 18세기에 이 침울한 계급의 옛 우울증은 스러진다. 그들은 웃기 시작한다. 그들은 위대한 meg(신)와 위대한 dab(왕)를 조롱한다. 루이 15세가 왕이 되었을 때 그들은 이 프랑스 왕을 'le marquis de Pantin'(파리 후작)이라고 부른다. 그들은 거의 쾌활하다. 마치 양심의 가책도 더 이상 받지 않는 것처럼 이 불쌍한 사람들에게서 일종의 가벼운 빛이 나온다. 이 한심스러운 응달의 족속들은 이제 단지 행동의 절망적인 대담성만을 가진 것이 아니라, 정신의 태연한 대담성을 갖고 있다. 그것은 그들이 죄악감을 상실한 증거고, 사상가와 명상가 들이 부지중에 주고 있는 뭔지 알 수 없는 지지를 그들 속에서까지도 느끼고 있다는 징후. 그것은 또 도둑질과 노략질이 이론과 궤변 속에까지 스며들기 시작하여, 마침내는 궤변과 이론에 많은 추악함을 줌으로써 그들의 추악함을 다소 상실하게 된 징후. 마지막으로 그것은, 만약에 아무런 견제도 일어나지 않는다면, 어떤 놀라운 폭발이 가까운 장래에 있으리라는 징후다.

잠깐 이야기를 중단하자. 여기서 나는 누구를 탓하는가? 18세기인가? 그때의 철학인가? 물론 그렇지 않다. 18세기의 업적은 건전하고 선량하다. 디드로를 비롯한 『백과전서』의 저자들, 튀르고를 비롯한 중농주의자들, 볼테르를 비롯한 철학자들, 루소를 비롯한 공상가들, 이들이야말로 네 개의 거룩한 군단(軍團)이다. 빛을 향한 인류의 거대한 전진은 그들 덕분이다. 그들은 진보의 네 방위로 가는 인류의 네 전위대다. 디드로는 아름다움 쪽으로, 튀르고는 유익한 것 쪽으로, 볼테르는 진실한 것 쪽으로, 루소는 올바른 것 쪽으로. 그러나 이 철학자들의 옆과 아래에는 궤변가들이 있었는데, 이들은 위생적인 성장에 섞인 유독한 식물이고, 처녀림 속의 독당근이었다. 법정의 대계단 위에서 당대의 구세주들의 위대한 책들을 형집행인들이 불태우고 있는 동안에, 오늘날엔 잊힌 저술가들이, 왕의 특허를 얻어서, 뭔지 알 수 없는, 이상하게도 질서를 문란케 하는 저작들을 출판하여 불쌍한 사람들에게 탐독되었다. 이상한 일이지만, 군주의 보호를 받은 이 출판물 중 어떤 것들은 '비밀 도서관'에서 다시 발견된다. 이러한 심오하지만 알려지지 않은 사실들은 표면에는 보이지 않았다. 때로 어떤 사실의 위험함은 그것이 세상에 알려져 있지 않는 데 있다. 알려지지 않는 것은 그것이 지하에 있기 때문이다. 이 모든 작가들 중 당시 민중 속에 가장 불건전한 굴을 판 사람은 아마 레스티프 드 라 브르통이었을 것이다.

그러한 작업은 온 유럽에 특유한 것이지만, 다른 어디서보다도 독일에 더 많은 피해를 주었다. 독일에서는, 실러에 의해 그의 유명한 희곡 「불한당」에서 요약된 어떤 시기 동안에, 도둑질과 노략질이 소유권과 노동에 대한 항의로 자처하고, 그럴듯하면서도 그릇된, 겉으로는 옳아 보이나 사실은 부조리한 어떤 초보적인 사상들을 제 것으로 만들어, 그 사상들로 둘러싸이고, 말하자면 그 속에 사라져서, 모호한 이름을 취해 학설 상태로 가고, 그렇게 하여 합제(合劑)를 조제했었던 경솔한 화학자 자신들마저도 모르는 사이에, 그것을 받아들이고 있는 대중마저도 모르는 사이에, 근면하고 정직하고 고통을 겪는 군중 속에 돌고 있었다. 이러한 종류의 사실이 발생할 때마다 언제나 그것은 중대하다. 고통은 분노를 낳는다. 그리고 부유한 계급이 이성을 잃거나 잠드는 사이에, 그것은 언제나 눈을 감고 있는 것인데, 불행한 계급의 증오심은 한쪽 구석에서 몽상하고 있는 우울하거나 못된 어떤 정신에 횃불을 켜 주고, 사회를 조사하기 시작한다. 증오가 행하는 조사, 그것은 무서운 것이다!

이로부터, 만약에 그 시대의 불행이 원한다면, 옛날 자크리라고 불리던 저 무시무시한 폭동이 일어나는데, 그러한 폭동에 비하면 순전히 정치적인 동란은 어린애들의 장난이며, 그것은 더 이상 압제자에 대한 피압제자의 투쟁은 아니지라, 안락에 대한 곤궁의 반란이다. 그때엔 모든 것이 무너진다.

자크리는 민중의 동요다.

18세기 말경, 아마 유럽에 절박했을 이 위국을 저 거대한 의거인 프랑스혁명이 일거에 단절해 버렸다.

총검으로 무장한 이상 외에 다른 것이 아닌 프랑스혁명은 대번에 궐기하여, 그리고 똑같은 급격한 움직임으로 악의 문을 닫고 선의 문을 열었다.

프랑스혁명은 문제를 해결하고, 진리를 선포하고, 부패를 일소하고, 시대를 정화하고, 민중에게 영광을 주었다.

프랑스혁명은 인간에게 제2의 영혼인 권리를 줌으로써 두 번째로 인간을 창조했다고 말할 수 있다.

19세기는 그 혁명의 업적을 계승하고 이용하고 있으며, 오늘날에는 방금 지적한 사회적 파국은 순전히 불가능하다. 그러한 파국을 고발하는 자는 소경이다! 그러한 파국을 두려워하는 자는 바보다! 혁명은 자크리의 예방주사다.

혁명 덕분에 사회 상태는 일변했다. 봉건제적, 군주제적 병은 더 이상 우리 피 속에 없다. 우리 체질에 더 이상 중세는 없다. 무시무시한 내부의 혼잡이 몰려들던 때, 은은한 소음이 어렴풋이 흐르는 소리가 발 아래 들리던 때, 뭔지 알 수 없는 두더지 굴들 같은 융기가 문명의 표면에 나타나던 때, 땅바닥이 갈라지던 때, 동굴 위가 벌어지던 때, 그리고 별안간 괴물의 대가리들이 땅에서 쑥 나오는 것이 보이던 때, 우리는 더 이상 그런 때에 있지 않다.

혁명의 의의는 도덕적 의의다. 권리감은 발전하여 의무감을 발전시킨다. 만인의 법칙, 그것은 자유고, 로베스피에르의 훌륭한 정의에 따르면, 자유는 남의 자유가 시작되는 데서 끝난다. 1789년 이래 전체 민중은 숭고한 개인으로 확대되고, 자기의 권리를 가지고 있으므로, 자기의 빛이 없는 빈자는 없고, 굶어 죽을 지경에 이른 사람도 자기 속에 프랑스의 정직성을 느끼고 있고, 시민의 존엄은 마음속의 갑옷이고, 자유로운 자는 양심적이고, 투표하는 자는 군림한다. 그 때문에 부패하지 않고, 그 때문에 불건전한 탐욕은 실패로 돌아가고, 그 때문에 유혹 앞에서도 씩씩하게 눈을 돌려 버린다. 혁명의 쇄신은 대단한 것이어서, 7월 14일(1789년)이나 8월 10일(1792년) 같은 해방의 날에 더 이상 천민은 없다. 계시받고 성장하는 군중이 맨 먼저 부르짖는 소리, 그것은 "도둑놈들을 타도하라!"는 것이다. 진보는 정직한 사람이다. 이상과 절대는 보자기 노릇을 하지 않는다. 1848년에 튈르리 궁의 재물을 담고 있던 운반차들은 누구에 의해 지켜졌던가? 생 탕투안 문밖의 넝마주이들에 의해서였다. 누더기가 보물 앞에서 보초를 섰다. 덕행은 그 누더기를 입은 사람들을 빛내 주었다. 거기, 그 운반차들 속에는, 제대로 닫혀 있지 않았고, 심지어 어떤 것들은 절반 열려 있던 그 상자들 속에는, 수많은 눈부신 보석들 가운데 온통 금 강석이 박히고 꼭대기에는 왕위와 섭정의 홍옥이 달려 있는 3000만 프랑 값어치의 그 유서 깊은 프랑스 왕관이 있었다. 그들은 맨발로 이 왕관을 지켰다.

그러므로 더 이상 자크리는 없다. 나는 수완가들을 위해 그것을 유감스럽게 생각한다. 옛날의 공포는 이제 그 효과를 다했고 차후에 더 이상 정치에 사용될 수 없으리라. 붉은 유령의 그 큰 수단은 깨졌다. 지금은 누구나 다 그것을 알고 있다. 허수아비는 더 이상 겁을 주지 않는다. 새들은 허수아비와 친해지고, 풍뎅이들은 그 위에 올라앉고, 시민들은 그것을 비웃는다.

4. 두 가지의 의무, 경계와 희망

그건 그렇고, 사회적 위험은 다 사라졌는가? 물론 그렇지는 않다. 자크리는 전혀 없다. 사회는 이쪽에서는 안심할 수 있고, 뇌일혈은 더 이상 없을 것이다. 하지만, 사회는 호흡하는 방법을 걱정한다. 뇌졸중은 더 이상 두려워할 것이 없지만, 폐병이 거기에 있다. 사회의 폐병은 빈궁이라 불린다.

사람은 즉사하는 것과 마찬가지로 쇠약하여 죽는다.

이런 말을 되풀이하는 데 지치지 말자. 무엇보다도 먼저 불우하고 고통스러운 군중을 생각할 것. 그들의 짐을 덜어 줄 것. 그들에게 공기를 줄 것. 그들에게 빛을 줄 것. 그들을 사랑할 것. 그들에게 너그럽게 지평을 넓혀 줄 것. 모든 형태 아래 아낌 없이 교육을 베풀어 줄 것. 근면의 예를 보여 주고, 결코 나태의 예를 보이지 말 것. 전체적인 목적의 관념을 증가시킴으로써 개인적인 짐의 무게를 감소시킬 것. 부(富)를 제한함이 없이 빈(貧)을 제한할 것. 공공의 활동과 민간의 활동의 넓은 영역을 새로 만들어 낼 것. 브리아레오스*처럼, 약자와 짓밟힌 자들에게 사방에서 내밀어 주는 백 개의 손을 가질 것. 모든 사람의 팔에 공장을 열어 주고, 모든 능력에 학교를 열어 주고, 모든 지성에 실험실을 열어 주는 그 위대한 의무에 집단적인 힘을 사용할 것. 임금을 올릴 것 노고를 줄일 것. 채무와 채권을 균형 잡히게 할 것. 다시 말해서 향락과 노력을 어울리게 할 것. 만족과 요구를 어울리게 할 것. 일언이폐지하여, 고통받는 자들과 무지한 자들을 위해 더 많은 빛과 더 많은 안락을 사회 기구에서 끌어내게 할 것. 이것이 형제의 의무들 중에서 으뜸가는 것임을 동정심 있는 자들은 잊지 말 것이며, 이것이 정치상 필요한 것들 중에서 으뜸가는 것임을 이기적인 자들은 알아야 할 것이다.

그런데 이 점을 말해 두자. 이 모든 것, 그것은 아직 시초에 지나지 않는다. 진정한 문제, 그것은 아래와 같은 것이다. 즉 노동은 하나의 권리가 되지 않고서는 하나의 법칙이 될 수 없다는 것이다.

---

* 브리아레오스(Briareus). 쉰 개의 머리와 백 개의 팔을 가진 신화 속의 거인.

나는 주장하지 않겠다. 여기는 전혀 그런 자리가 아니니까.

만약에 자연을 천의(天意)라고 부른다면, 사회는 선견지명이라고 불러야 한다.

지적, 도덕적 성장은 물질적 개선에 못지않게 필요불가결한 것이다. 지식은 성공의 수단이고, 생각함은 첫째의 필요고, 진리는 곡식 같은 양식이다. 이성은 학문과 지혜를 단식할 때 야윈다. 밥통들과 똑같이, 먹지 않는 정신들을 불쌍히 여기자. 빵이 없어서 죽어 가는 육체보다 더 비통한 것이 있다면, 그것은 빛에 굶주려 죽는 영혼이다.

진보 전체는 해결 쪽을 지향한다. 언젠가 사람들은 놀랄 것이다. 인류는 올라가고 있으므로, 심층 계급들도 아주 자연스럽게 빈궁권에서 나올 것이다. 빈곤의 소멸은 단순한 수준의 향상으로 이루어질 것이다.

이러한 축복받은 해결, 사람들이 그것을 의심하는 것은 잘못일 것이다.

과거는, 사실, 우리가 살고 있는 이 시간에 매우 강력하다. 과거는 되살아나고 있다. 이 시체의 부활은 놀랍다. 그것은 지금 걷고 있고 오고 있다. 그것은 승리자 같다. 이 죽은 자는 정복자다. 그는 오고 있다. 미신이라는 그의 군단을 거느리고, 전제라는 그의 검을 휘두르고, 무지라는 그의 깃발을 내세우고. 얼마 전부터 그는 열 개의 전투에서 승리했다. 그는 전진하고, 위협하고, 비웃으며, 우리들의 문 앞에 서 있다. 우리는 절망하지 말자. 한니발이 주둔하는 들판은 팔아 버리자.

믿고 있는 우리들, 우리가 무엇을 두려워할 수 있겠는가?

강물의 역류가 없듯이 사상의 역류는 없다.

그러나 미래를 원치 않는 자들은 깊이 생각해 보라. 진보를 믿지 않음으로써 그들이 비난하는 것은 미래가 아니라 그들 자신이다. 그들은 자신에게 침울한 병을 주고, 자신에게 과거를 접종한다. '내일'을 거부하는 방법은 오직 하나뿐, 그것은 죽는 것이다.

그런데 어떠한 죽음도, 육체의 죽음은 될 수 있는 대로 늦게 오기를, 영혼의 죽음은 영원히 오지 않기를, 이것이야말로 우리가 바라는 것이다.

그렇다. 수수께끼는 제 해답을 줄 것이고, 스핑크스는 말을 할 것이고, 문제는 해결되리라. 그렇다. 18세기에 의해 초안된 '민중'은 19세기에 의해 완성되리라. 그것을 의심하는 자는 숙맥이다! 만인의 복지가 가까운 장래에 실현되는 것은 필연적인 천운이다.

전체의 막대한 추진력은 인간의 소행들을 관리하여 일정한 시간이 경과하면 그것들을 당연한 상태로, 즉 균형으로, 즉 공정으로 이끌어 간다. 땅과 하늘로 조성된 힘은 인류로부터 생겨나 인류를 지배한다. 그 힘은 기적들을 만드는 자다. 경탄할 만한 해결들도 이 힘에게는 비상한 사건들을 만드는 것보다 더 어렵지 않다. 인간에게서 오는 학문과 다른 것에게서 오는 사건의 도움을 받아, 이 힘은 속인에게는 해결 불가능해 보이는 문제들의 제기에서 그 모순들에 별로 놀라지 않는다. 이 힘은 교묘하게 사실들을 접근시켜 교훈을 끌어내는 동시에 사상들을 접근시켜 해결책을 솟아나오게 한다. 그리고 사람들은 진보의 이 신비로운 힘으로 모든 것을 기대할 수 있는데, 이 진보는 언젠가는 무덤 속에서 동방과 서방을 대면시키고 거대한 피라미드 안에서 이망들(회교국의 군주들)과 보나파르트를 대화하게 한다.

그때까지는 인간 정신의 웅대한 전진 속에 휴식도 없고, 주저도 없고, 정지할 겨를도 없다. 사회철학은 본질적으로 평화의 학문이다. 그것은 모순 대립을 연구함으로써 분노를 해결하는 것을 목적으로 하고 결과로 하여야 한다. 그것은 조사하고, 탐구하고, 분석하고, 이어 재구성한다. 그것은 감소를 통해 일하고, 모든 것에서 증오를 제거한다.

인간들에게 불어닥치는 바람에 한 사회가 파멸하는 일은 얼마든지 볼 수 있었다. 역사는 국민들과 제국들의 괴멸로 가득 차 있다. 풍습도, 법률도, 종교도, 어느 날 태풍이라는 이 알 수 없는 것이 지나가 그 모든 것을 깡그리 휩쓸어 간다. 인도며 칼데아, 페르시아, 앗시리아, 이집트의 문명은 하나씩 하나씩 소멸했다. 왜? 나는 그 이유를 모른다. 그 파멸의 원인은 무엇인가? 나는 그것을 알지 못한다. 그 사회들은 구제될 수 있었을까? 그것들의 잘못이 있는가? 그것들을 파멸시킨 어떤 치명적인 악덕에 그것들이 집착했는가? 한 국민과 한 민족의 그 무시무시한 사멸들에는 얼마만큼의 자살이 있는가? 대답 없는 물음들. 어둠이 그 죽음을 면할 수 없었던 문명들을 덮고 있다. 그 문명들은 탕진되고 있기 때문에 침수하고 있었던 것이다. 나는 더 말할 것이 아무것도 없다. 그리고 과거라고 불리는 그 바다의 밑바닥에, 세기들이라는 그 거대한 파도 뒤에,

암흑의 모든 입에서 나오는 매서운 숨결 아래 그 거대한 배들이, 바빌론이며 나니비, 타르스, 테베, 로마가 침몰하는 것을 보고 나는 심히 놀란다. 그러나 거기에는 암흑이 있고, 여기에는 광명이 있다. 우리는 고대 문명들의 질병은 모르지만 현대 문명의 약점은 안다. 우리는 이 문명의 아무 데고 비추어 볼 권리가 있다. 우리는 그것의 아름다운 점들을 정관하고 그 추악한 점들을 벌거벗긴다. 그것이 아픈 곳에는 소식자(逍息子)를 넣어서 검진한다. 그리고 일단 고통이 확인되면, 원인의 연구로 약을 발견하게 된다. 20세기의 성과인 우리의 문명은 동시에 그것의 괴물이자 그것의 기적이다. 그것은 구제될 만한 가치가 있다. 그것은 구제될 것이다. 이 문명을 구해 주는 것만도 벌써 대단한 일이지만, 그것을 비춰 주는 것은 더욱 대단한 일이다. 현대 사회철학의 모든 노력은 이 목적 쪽으로 집중되지 않으면 안된다. 오늘날 사상가는 큰 의무가 있다. 즉 문명을 진찰하는 것.

되풀이하여 말하거니와, 이러한 진찰은 고무적이다. 그리고 한 편의 고통스러운 드라마의 준엄한 막간인 이 몇 페이지를 나는 이러한 고무를 강조함으로써 마치고자 한다. 사회 멸망의 운명 아래서도 사람들은 인류의 불멸을 느낀다. 여기저기에 그 상처들이, 분화구들이, 그리고 그 수포진(水疱疹)들이, 유기공들이 있더라도, 곪아 터져서 고름을 뿜는 화산들이 있더라도, 지구는 죽지 않는다. 국민의 질병들은 인간을 죽이진 않는다.

그러나 그럼에도 불구하고, 사회의 임상 강의를 듣는 자는 누구나 때때로 머리를 흔든다. 아무리 강한 자라도, 아무리 부드러운 자라도, 아무리 논리적인 자라도, 맥이 빠지는 시간들이 있다.

미래는 올까? 사람들이 그렇게도 많은 무시무시한 어둠을 볼 때, 사람들은 거의 그런 질문을 자신에게 할 수 있는 것 같다. 이기주의자들과 불쌍한 자들과의 침울한 대면. 이기주의자들에게서는, 편견, 부유한 교육의 어둠, 명정(酩酊)에 의해 늘어나는 욕망, 귀청을 찢는 듯한 시끌벅적한 호화판, 어떤 사람들에 있어서는, 고통을 겪는 사람들을 혐오까지 하는 고통을 겪는 두려움, 집요한 만족감, 영혼을 닫아 버릴 지경으로까지 부풀어 오른 자아. 불쌍한 자들에게서는 욕망과 선망, 남들이 향락하는 것을 보는 증오심, 욕망의 충족을 향한 인면수심의 심각한 충동, 안개가 자욱한 마음들, 비애, 욕구, 불운, 불순하고 단순한 무지.

계속 하늘을 우러러보아야만 하는가? 거기에 뚜렷이 보이는 빛나는 한 점도 꺼져 가는 잔광인가? 이상이 작고, 고립되고, 감지되지 않고, 빛나지만, 제 주위에 엄청나게 쌓여 있는 그 모든 커다란 검은 위협으로 둘러싸여서 그렇게 깊은 곳에 빠져 있는 것을 보는 것은 무서운 일이다. 그렇지만 구름의 아가리 속에 있는 별보다도 더 위험에 빠져 있는 것은 아니다.

8
환희와 비탄

1. 온전한 빛

독자가 이해했듯이, 에포닌은 마뇽의 부탁으로 그 플뤼메 거리에 갔다가 거기에 살고 있는 처녀를 살문을 통해 알아보고, 우선 도둑놈들을 플뤼메 거리에 접근 못 하게 하고, 그런 다음에 거기로 마리우스를 이끌어 갔고, 마리우스는 그 살문 앞에서 황홀한 며칠을 지낸 뒤에, 쇠가 지남철에 끌리고 연인이 사랑하는 여자의 집 돌에 끌리는 그런 힘에 이끌려, 로미오가 줄리엣의 뜰 안에 들어갔듯이 마침내 코제트의 뜰 안에 들어갔었다. 그것마저도 그에게는 로미오에게서보다 더 쉬웠다. 로미오는 담을 뛰어넘어야 했지만, 마리우스로 말할 것 같으면, 늙은 사람들의 이처럼 녹슨 구멍에서 건들거리는 낡은 문살 하나를 조금 비틀어 빼기만 하면 되었다. 마리우스는 수

척하여 거뜬히 통과했다.

거리에는 언제나 아무도 없었던 데다가 마리우스는 밤에밖에 정원에 들어가지 않았기 때문에 그는 들킬 염려가 없었다.

한 번의 입맞춤이 이 두 영혼들을 약혼시킨 그 축복 받은 거룩한 시간부터 마리우스는 저녁마다 거기에 왔다. 만약에 코제트가 그녀 생애의 그 시기에 한 경망하고 방종한 사나이와 사랑에 빠졌더라면 그녀는 몸을 망쳤으리라. 왜냐하면 몸을 허락하는 너그러운 성질의 여자들이 있기 때문인데, 코제트는 그러한 여자의 하나였다. 여자의 관대함의 하나는 몸을 맡기는 것이다. 사랑은 그것이 절대적인 때의 그 높이에서, 뭔지 알 수 없는 천사 같은 맹목적인 수줍음으로 복잡해진다. 그러나 그대들은 얼마나 많은 위험을 무릅쓰는가. 오, 고결한 마음들이여! 흔히, 그대들은 마음을 주는데, 우리들은 육체를 취한다. 그대들의 마음은 그대들에게 남고, 그대들은 몸을 떨면서 그것을 어둠 속에 본다. 사랑에는 전혀 중간이 없다. 파멸 아니면 구원이다. 모든 인간의 운명은 이 양도논법이다. 이 양도논법, 파멸이냐 구원이냐, 어떠한 운명도 이것을 사랑보다 더 가혹하게 제시하지 않는다. 사랑은 죽음이 아니면 삶이다. 요람, 또한 관. 똑같은 감정이 사람의 마음속에서 그렇다고도 말하고 안 그렇다고도 말한다. 신이 만들어 놓은 모든 것들 중에서, 사람의 마음은 가장 많은 빛을 발산하는 것인가 하면, 오호라! 가장 많은 어둠을 발산하는 것이기도 하다.

코제트가 만난 연애는 구원의 연애이기를 신은 원했다.

그 1832년의 5월이 지속된 동안 거기에 있었다, 밤마다, 이야생의 초라한 정원에, 날마다 더 향기롭고 더 무성해지는 이 덤불 밑에, 모든 정절과 모든 순결로 이루어진 두 남녀가, 하늘의 모든 축복이 넘쳐흐르고, 인간이기보다 천사에 더 가깝고, 순수하고, 정직하고, 사랑에 취하고, 빛나는 두 남녀가, 어둠 속에서 서로를 위해 반짝이면서. 코제트에게는 마리우스가 왕관을 쓰고 있는 것 같았고, 마리우스에게는 코제트가 후광에 싸여 있는 것 같았다. 그들은 서로 몸을 만지고, 마주 보고, 손을 마주 잡고, 서로 몸을 바싹 붙이고 있었으나, 그들이 넘지 않는 간격이 있었다. 그들이 그 간격을 지킨 것은 아니었다. 그들은 그것을 모르고 있었던 것이다. 마리우스는 하나의 장벽을, 코제트의 순결을 느끼고 있었고, 코제트는 하나의 버팀목을, 마리우스의 성실을 느끼고 있었다. 최초의 키스는 또한 마지막의 것이었다. 마리우스는 그 후 코제트의 손이나 목도리 또는 머리털에 살짝 입술을 대는 것 이상으로는 가지 않았다. 코제트는 그에게 향기였지 여자가 아니었다. 그는 그녀를 숨쉬고 있었다. 그녀는 아무것도 거절하지 않았고, 그는 아무것도 요구하지 않았다. 코제트는 행복했고 마리우스는 만족했다. 그들은 서로의 영혼에 의한 현혹이라고 부를 수 있을 그런 황홀경 속에서 살고 있었다. 그것은 이상 속의 두 동정(童貞)의 그 말로 표현할 수 없는 최초의 포옹이었다. 융프라우 산정에서 만나는 두 마리의 백조.

연애의 그러한 때에, 육체적 쾌감이 황홀감의 절대적인 힘 아래 완전히 잠자코 있는 때에, 마리우스는, 이 순결하고 천사 같은 마리우스는, 코제트의 옷자락을 복사뼈의 높이에 들어 올리기보다는 차라리 창녀의 집에 갔으리라. 한 번은, 달빛 아래, 코제트가 땅바닥에서 뭔가 주우려고 몸을 구부렸을 때 옷깃이 좀 열리고 앞가슴이 흘끗 보이자, 마리우스는 외면을 했다.

이들 두 남녀 사이에 무슨 일이 일어나고 있었던가? 아무것도. 그들은 서로 열렬히 사랑하고 있었다.

밤에 그들이 거기 있을 때, 이 정원은 살아 있는 신성한 장소 같았다. 모든 꽃들이 그들 주위에 피어 있어 그들에게 향기를 보내 주었고, 그들은 그들의 마음을 열어 그것을 꽃들 속에 퍼뜨리고 있었다. 선정적이고 정력적인 식물이 수액과 도취에 충만하여 이 두 천진한 사람들 주위에서 떨고 있었고, 그들은 나무들을 떨게 하는 사랑의 말을 하고 있었다.

그 사랑의 말이란 무엇이었는가? 숨소리. 그 이상 아무것도 아니었다. 그 숨소리는 그 모든 자연을 동요시키고 감동시키기에 충분했다. 잎새들 아래 연기처럼 바람에 실려 가고 흩어지도록 마련된 그 이야기를 책에서 읽는다면 그 마술적인 힘을 이해하기 어려우리라. 그 두 애인들의 그 속삭임으로부터, 영혼에서 나와 칠현금처럼 반주하는 그 선율을 빼내 버린다면, 남는 것은 하나의 그림자뿐. 그대는 말하겠지. "뭐! 그것뿐이야!"라고. 사실 그렇다. 그것은 어린애 같은 수작이요, 한 말의 되풀이요, 까닭 없는 웃음이요, 쓸데없는 이야기요, 바보 같은 짓거리요, 그러면서도 더없이 숭고하고 더없이 심원한 것이다! 그것은 말하고 들을 만한 유일한 것이다!

이러한 바보 짓거리, 이러한 시시한 말, 이런 것들을 한 번도 들어 보지 못한 사람은, 이런 것들을 한 번도 말해 보지 못한 사람은 바보이고 악인이다.

코제트가 마리우스에게 말한다.

"알겠어?"

(이 모든 사랑의 말을 하면서, 이 순결무구한 젊은이들은 서로 어떤 말투로 말을 해야 좋을지 모르다가 너나들이로 말하게 되었다.)

"알겠어? 내 이름은 유프라지야."

"유프라지? 아니야, 당신 이름은 코제트야."

"어머나! 코제트는 내가 어렸을 때 남이 내게 그렇게 지어 준 나쁜 이름인걸. 내 진짜 이름은 유프라지야. 이 이름은, 유프라지는 싫어?"

"아니…… 하지만 코제트도 나쁘진 않아."

"유프라지보다 그게 더 좋아?"

"응…… 그래."

"그럼 나도 그게 더 좋아. 정말이야. 이건 예뻐, 코제트는. 날 코제트라고 불러 줘."

그러면서 생긋 웃는 그녀의 미소는 이 대화를 천국에 있을 수풀에 어울리는 목가로 만들어 주었다.

또 어떤 때 그녀는 그를 뚫어지게 보면서 외쳤다.

"아저씨, 당신은 아름다워요. 당신은 예뻐요. 당신은 재치가 있어요. 당신은 전혀 어리석지 않아요. 당신은 나보다 훨씬 더 유식해요. 하지만 '나는 너를 사랑한다!'는 말에서는 나는 결코 당신에게 지지 않아요!"

그러면 마리우스는 창공에 둥둥 떠서, 별이 노래하는 한 시절(詩節)을 듣는 것만 같았다.

또는, 그가 기침을 한다고 해서 그녀는 그를 찰싹 때리면서 말했다.

"기침하지 마요, 아저씨. 내 집에서는 내 허가 없이 기침해서는 안 돼. 기침을 해서 나를 걱정시키는 건 대단히 나쁜 일이야. 난 네가 건강하기를 바라. 왜냐하면 첫째, 나는 네가 건강하지 않으면, 난 매우 불행할 거야. 그렇게 되면 나는 어떻게 하라고?"

그것은 아주 훌륭한 말이었다.

한 번은 마리우스가 코제트에게 말했다.

"생각 좀 해 봐. 난 한때 네 이름이 위르쉴인 줄로만 알았어."

이 일로 그들은 저녁 내 웃었다.

한참 다른 이야기를 하다가 그가 외치는 수가 있었다.

"오! 어느 날 나는 뤽상부르 공원에서 상이군인 한 놈을 잡아 죽이고 싶었어."

그러나 그는 말을 뚝 그치고 더 나가지 않았다. 그 이야기를 하자면 코제트에게 그 양말대님 얘기를 해야 했을 텐데, 그것은 그에게 불가능했다. 거기에는 미지의 것이, 즉 육체가 나오므로, 이 순결한 크나큰 사랑은, 일종의 신성한 공포심을 느끼며 그 앞에서 물러났던 것이다.

마리우스는 코제트와의 생활을 다른 것 없이 그같이 생각하고 있었다. 저녁마다 플뤼메 거리에 온다. 법원장 살문의 낡고 너그러운 문살을 뽑는다. 그 돌 벤치에 나란히 앉는다. 어두워지기 시작하는 밤의 반짝이는 별빛을 바라본다. 그의 양복바지 주름을 코제트의 드레스의 넓은 옷자락과 동거하게 한다. 그녀의 엄지손가락 손톱을 어루만진다. 그녀에게 너라고 말한다. 똑같은 꽃의 향기를 차례차례, 영원히, 무한히 들이마신다. 그러는 동안 구름들이 그들의 머리 위를 지나갔다. 바람이 불 때마다 바람은 하늘의 구름보다 더 많은 사람의 꿈을 실어 간다.

이 수줍고 정숙한 연애에 절대로 교태가 없었던 건 아니다. 사랑하는 여자에게 '칭찬을 하는 것'은 애무하는 최초의 방법이고, 자기를 시험해 보는 반(半)대담성이다. 칭찬, 그것은 면사포 너머에서 하는 입맞춤 같은 것이다. 관능적 쾌락은 몸을 감추면서도 거기에 달콤한 맛을 풍긴다. 관능적 쾌락 앞에서 마음은 더 잘 사랑하기 위해 뒤로 물러선다. 마리우스의 달콤한 말은 완전히 환상에 젖어서, 말하자면, 하늘빛이었다. 새들이 천사들 쪽으로 높이 날아갈 적에는 그 말들을 틀림없이 들을 것이다. 그렇지만 거기에는 생명이, 인간성이, 마리우스가 할 수 있는 모든 적극적인 것이 섞여 있었다. 그것은 동굴 속에서 하는 말이었는데, 규방에서 말하는 것의 서곡이었다. 그것은 서정의 토로요, 노래와 시의 혼합이요, 달콤한 사랑의 속삭임의 매력적인 과장이요, 꽃다발로 묶여서 그윽한 천국의 향기를 내는 세련된 뜨거운 사랑의 이야기요, 마음에서 마음으로의 형언할 수 없는 지저귐이었다.

마리우스는 속삭였다. "오! 너는 참 아름답다! 난 감히 너를 쳐다보지도 못하겠다. 그래서 나는 너를 명상하는 거야. 너는 미의 여신이야. 나는 내가 어찌된 것인지도 모르겠다. 네 드레스 자락 밑에 구두 끝이 나와 보이기만 해도 난 가슴이 울렁거린다. 그리고 또 네 생각이 조금이라도 들 때는 얼마나 황홀한 빛이 나는가! 네 말은 참으로 놀랄 만큼 이치에 맞다. 나는 때때로 네가 꿈이 아닌가 싶어진다. 말해. 내가 듣고 있으니까. 난 네 말에 감탄하고 있다. 오, 코제트! 이건 참으로 신기하고 매혹적이다. 난 정말 미칠 것만 같아. 당신은 열렬히 사랑할 만한 사람이오, 아가씨. 난 네 발을 현미경으로 연구하고 네 영혼을 망원경으로 연구한다."

그리고 코제트는 대답했다.

"난 오늘 아침부터 흘러간 모든 시간보다도 조금 더 많이 너를 사랑한다."

묻고 대답하는 말은, 이 대화에서 할 수 있었던 것처럼, 으레 정해 놓고 사랑에 가서 떨어지는 것이었다. 마치 딱총나무의 작은 상들이 흥행장의 인기거리 위에 가서 떨어지듯이.

코제트의 전신은 순진, 순박, 투명, 순백, 천진, 빛의 화신이었다. 코제트에 관해서 그녀는 밝다고 말할 수 있었으리라. 그녀는 그녀를 보는 사람에게 4월과 서광의 느낌을 주었다. 그녀의 눈에는 이슬이 맺혀 있었다. 코제트는 여명의 빛이 여자의 형체로 압축된 것이었다.

마리우스가 그녀를 열애하고 찬미하는 것은 아주 당연한 일이었다. 하지만 사실은 수녀원의 기숙사에서 갓 나온 이 소녀는 훌륭한 통찰력을 가지고 이야기하고, 때때로 갖가지 진실하고 세련된 말을 했다. 그녀의 재잘거림은 회화였다. 그녀는 아무것에 관해서도 잘못 생각하지 않았고, 올바르게 보았다. 그녀는 그 과오를 범하지 않는, 다정한 마음의 본능으로 느끼고 말한다. 그녀처럼 동시에 부드럽고 심오한 것들을 말할 줄 아는 사람은 아무도 없다. 부드러움과 웅숭깊음, 그것이야말로 여자의 전부요, 그것이야말로 하늘의 전부다.

이러한 행복에 젖어 있으면서, 그들의 눈에서는 걸핏하면 눈물이 나왔다. 짓밟힌 무당벌레, 보금자리에서 떨어진 새털, 부러진 아가위 나뭇가지, 이런 것들이 그들에게 측은한 마음이 들게 하고, 우수에 포근히 젖어 있는 그들의 황홀감은 오직 울기만을 바라는 것 같았다. 사랑의 최고의 징조, 그것은 때때로 거의 참을 수 없는 연민의 정이다.

그런가 하면 또 한편으로, 이 모든 모순은 반짝이는 연애유희이거니와, 그들은 툭하면 웃고, 매혹적이고 자유롭게, 그리고 때로는 거의 두 사내아이들같이 그렇게도 허물 없이 웃었다. 그렇지만 순결에 도취한 마음들이 알지 못하는 사이에도 잊을 수 없는 본성은 언제나 거기에 있다. 본성은 그의 동물적이고도 고귀한 목적을 가지고 거기에 있으며, 영혼들의 순진함이 어떻든 간에, 더없이 정숙한 대면에서도, 한 쌍의 연인들과 한 쌍의 친구들을 구별하는 신비하고도 사랑스러운 차이를 사람들은 느낀다.

그들은 서로 열애하고 있었다.

영원 불변한 것이 존속한다. 사람들은 서로 사랑하고, 서로 미소 짓고, 서로 웃고, 서로 입술을 삐죽거리며 뾰로통한 얼굴을 하고, 손가락을 마주 잡아 끼고, 서로 너나들이로 말하는데, 그래도 영원에는 변함이 없다. 두 연인은 저녁 속에, 황혼 속에, 보이지 않는 것 속에, 새들과 더불어, 장미꽃들과 더불어 몸을 가리고, 그들의 눈에 그들의 마음을 담고 어둠 속에서 서로 매혹하고, 속삭이고, 소곤거리는데, 그러는 동안에도 별들의 무한한 흔들거림은 광대무변한 공간을 가득 채우고 있다.

2. 완전한 행복의 삼매경

그들은 행복에 취해 멍하니 날을 보내고 있었다. 바로 그달에 파리의 수많은 인명들을 앗아 간 콜레라도 그들은 알아차리지 못했다. 그들은 할 수 있는 한 무엇이고 다 숨김 없이 이야기했으나, 그것은 그들의 가문 너머로 썩 멀리까지 가지는 않았다. 마리우스는 코제트에게 말했다. 자기는 고아라는 것, 자기 이름은 마리우스 퐁메르시라는 것, 자기는 변호사라는 것, 출판사들에 글을 써 주고 산다는 것, 아버지는 대령이고 영웅이었다는 것, 자기는 부자인 할아버지하고 사이가 틀어졌다는 것, 그리고 또 그는 자기가 남작이라는 것도 그녀에게 잠깐 말하기는 했지만, 그것은 코제트에게 아무런 감명도 주지 않았다. 남작 마리우스? 그녀는 이해하지 못했다. 그녀는 그 말이 무슨 뜻인지를 알지 못했다. 마리우스는 마리우스였다. 한편 그녀 쪽에서도 그에게 터놓고 말했다. 자기는 프티픽퓌스 수녀원에서 자라났다는 것, 자기 어머니는 그의 어머니처럼 죽었다는 것, 자기 아버지의 이름은 포슐르방 씨라는 것, 그는 매우 착하다는 것, 그는 가난한 사람들에게 많은 적선을 하고 있다는 것, 그러나 그 자신은 가난하다는 것, 그는 자기에게는 아무것도 금하지 않으면서도 그는 모든 것을 포기하고 있다는 것.

　이상한 일이지만, 마리우스는 코제트를 본 뒤부터 일종의 교향악 같은 것 속에서 살고 있었으므로, 과거는, 가장 최근의 일까지도, 그에게는 하도 아련한 먼 일이 되어서, 코제트가 그에게 이야기해 준 것만으로도 그는 충분히 만족했다. 그는 그 누옥에서의 밤중의 사건도, 테나르디에 일가에 관해서도, 그녀의 아버지의 화상과 이상한 태도와 야릇한 도망에 관해서도 그녀에게 이야기할 생각조차도 하지 않았다. 마리우스는 한때 그 모든 것을 잊어버렸다. 그는 저녁에는, 그날 아침 자기가 무엇을 했는지, 어디서 조반을 먹었는지, 누가 자기에게 말했는지조차 알지 못했고, 그의 귓속에 있는 노랫소리가 다른 모든 생각에 그를 귀머거리가 되게 했으며, 코제트를 만나는 시간밖에는 그는 사는 것 같지 않았다. 그때 그는 천국에 있었으므로, 그가 현세를 잊는 것은 아주 당연한 일이었다. 두 사람은 다 같이 비물질적인 쾌락의 뭐라고 말할 수 없는 중압을 무기력하게 짊어지고 있었다. 이른바 연인이라는 이 몽유 병자들은 그렇게 살고 있는 것이다.

　오호라! 누가 이 모든 것들을 겪어 보지 않았겠는가? 왜 사람이 그러한 창공에서 나오는 시간이 오는가, 그리고 왜 인생은 그 후에도 계속되는가?

　사랑하는 것은 생각하는 것을 거의 대체한다. 사랑은 그 밖의 것을 까마득히 잊어버리게 한다. 정열에 논리를 요구해 보

라. 천체역학에 완전한 기하학적 형상이 없듯이, 인간의 마음 속에 절대적인 논리의 연결은 없다. 코제트와 마리우스에게 는 이미 마리우스와 코제트밖에 더 이상 아무것도 있지 않았 다. 그들 주위의 세계는 하나의 구멍 속에 빠져 버렸다. 그들 은 일순간의 황금 속에 살았다. 앞에도 뒤에도 아무것도 없었 다. 코제트에게 아버지가 있다는 것도 마리우스는 거의 생각 하지 않았다. 그의 머릿속에서는 현혹으로 모든 것이 지워지 고 있었다. 도대체 무슨 말을 하고 있었던가, 이 애인들은? 앞 서 보았듯이, 꽃들을, 제비들을, 지는 해를, 떠오르는 달을, 그 모든 중요한 것들을. 그들은 서로 모든 것을 말했다, 모든 것 을 제외하고. 애인들의 모든 것, 그것은 아무것도 아닌 것이 다. 그러나 아버지, 현실, 그 빈민굴, 그 무뢰한들, 그 사건, 이 런 것들이 다 무슨 소용이냐? 그런데 그 악몽이 존재했었다 는 건 정말 확실했는가? 그들은 둘이었고, 그들은 서로 열렬 히 사랑했다. 그것밖에 없었다. 다른 것은 아무것도 없었다. 우리들 뒤에서 그러한 지옥의 소멸은 십중팔구 천국의 도래 에 앞서 오게 마련이다. 사람은 악마들을 보았는가? 그게 있 는가? 사람은 떨었는가? 사람은 고통을 겪었는가? 그런 건 더 이상 아무것도 모른다. 장밋빛 큰 구름이 저 위에 두둥실 떠 있다.

그러므로 이 두 남녀는 그렇게 살고 있었다. 매우 높은 곳에 서, 자연에 있는 모든 있음 직하지 않은 것과 함께. 천저(天底) 도 아니고 천정(天頂)도 아닌 곳에서, 인간과 천사 사이에서, 진흙탕 위에서, 창공 아래서, 구름 속에서. 거의 뼈와 살, 머리에서 발끝까지 영혼과 법열(法悅). 땅에서 걷기에는 벌써 너무 승화되어 있었고, 창공 속으로 꺼지기에는 아직 너무 인간성을 띠고 있었고, 침전물을 기다리는 분자들처럼 매달려 있었으며, 겉으로는 운명에서 벗어나 있었고, 어제, 오늘, 내일이라는 그 궤도를 모르고 있었으며, 감격하고, 황홀하고, 둥둥 떠 있고, 때때로, 무한 속으로 달아나기에 충분할 만큼 가뜬하고, 거의 영원한 비상(飛翔)을 할 준비가 되어 있었다.

그들은 그러한 조용한 흔들림 속에서 눈을 뜨고 자고 있었다. 오, 이상으로 압도된 현실의 찬란한 혼수(昏睡)여!

이따금, 그렇게도 코제트는 아름다웠지만, 마리우스는 그녀 앞에서 눈을 감았다. 눈을 감고 있는 것, 그것은 영혼을 바라보는 최선의 방법이다.

마리우스와 코제트는 이러한 사랑이 자기들을 어디로 이끌어 갈는지 서로 묻지 않았다. 그들은 이미 도달한 사람들처럼 서로 바라보고 있었다. 사랑이 어디론지 이끌어 가기를 바라는 것은 사람들의 이상한 야망이다.

3. 암영의 시작

장 발장 쪽에서는 아무것도 알아채지 못하고 있었다.

코제트는 마리우스보다 좀 덜 몽상적이었고 쾌활했는지라, 그것만으로도 장 발장을 행복스럽게 해 주기에 충분했다. 코제트가 가지고 있는 생각들이며, 그녀가 빠져 있는 연정이며,

그녀의 마음을 가득 채우고 있는 마리우스의 모습은 그녀의 명랑하고 순결하고 아름다운 이마의 견줄 데 없는 청초함에서 아무것도 빼앗아 가지 않았다. 그녀는 천사가 그의 백합꽃을 갖고 있듯이 처녀가 그녀의 사랑을 갖고 있는 나이였다. 장 발장은 그러므로 안심하고 있었다. 그리고 또 두 애인들이 서로 이해하고 있는 때에는, 이런 건 언제나 썩 잘되고 있기 때문에, 그들의 연애를 깨뜨릴 수 있을 어떤 제삼자도, 모든 애인들에게는 언제나 똑같은 몇 가지 안 되는 조심만 한다면 완전한 맹목 상태에 머물러 있게 된다. 그래서 코제트는 결코 장 발장의 뜻을 거스르지 않았다. 그가 산책하고 싶으면? "예, 아버지." 그가 집에 있고 싶으면? "좋아요." 그가 코제트 옆에서 저녁을 보내고 싶으면? 그녀는 무척 기뻐했다. 그는 언제나 밤 10시에 물러가므로, 그런 때면 마리우스는 10시가 지나지 않으면 정원에 오지 않았는데, 그때가 되면 코제트가 현관 앞 층계의 문을 여는 소리가 거리에서 들렸다. 낮에 사람들이 결코 마리우스를 만나지 않는다는 것은 두 말할 필요도 없다. 장 발장은 마리우스가 존재한다는 것을 더 이상 생각조차도 하지 않았다. 다만 한 번, 어느 날 아침, 그는 코제트에게 이런 말을 한 일이 있었다. "이런, 네 등 뒤에 흰 것이 있구나!" 그 전날 저녁에 마리우스가 흥분해서 코제트를 담벼락에 밀어 붙였던 것이다.

투생 할멈은, 일찌감치 잠자리에 드는데, 일단, 일을 마치면 잘 생각밖에 하지 않으므로, 장 발장처럼 아무것도 모르고 있었다.

마리우스는 결코 집 안에 발을 들여 놓지 않았다. 그가 코제트하고 있을 적에는, 그들은 거리에서 보이지도 들리지도 않도록 현관 앞 층계 옆의 쑥 들어간 곳에 숨어, 거기에 앉아서, 흔히, 말은 하지 않고, 나무들의 가지들을 바라보면서 일 분에 수없이 서로 손을 꼭 잡는 것으로 만족했다. 그러한 때면, 30보 떨어진 곳에서 벼락이 떨어졌더라도 그들은 그런 줄 몰랐을 텐데, 그토록 그들의 몽상은 상대방의 몽상 속에 빠져들고 깊이 잠겨 있었다.

맑은 순결. 순백의 시간. 거의 모두 똑같은 시간. 이런 종류의 사랑은 백합 꽃잎들의 모음과 비둘기 깃털들의 모음이다.

전체의 정원이 그들과 거리 사이에 있었다. 마리우스는 들어오거나 나갈 때마다 살문을 꼼꼼하게 애초대로 고쳐 놓아 움직인 흔적이 전혀 보이지 않게 했다.

그는 보통 자정께 나가서 쿠르페락의 집으로 돌아갔다. 쿠르페락은 바오렐에게 말했다.

"너 믿겠니? 마리우스는 지금은 밤 1시에 돌아온단다."

바오렐이 대답했다.

"어떡하니? 얌전한 놈이 으레 뒷구멍으론 호박씰 까거든."

이따금 쿠르페락은 팔짱을 끼고서 정색을 하고, 마리우스에게 말했다.

"당신은 방탕해졌소이다, 젊은이!"

실제적인 사람인 쿠르페락은 마리우스 위의 그 눈에 보이지 않는 천국의 반영을 좋게 여기지 않았다. 그는 비공개의 정열 같은 것하고는 남이었다. 그는 그것을 참지 못했으며, 때때로 마리우스가 현실로 되돌아오도록 요청했다. 어느 날 아침 그는 마리우스에게 이런 경고를 던졌다.

"애, 내가 느끼기에 요새 너는 꼭 달나라에 있는 것 같다. 꿈의 왕국에, 환상의 지방에, 비누방울의 수도(首都)에 말이다. 그런데 대관절 여자 이름이 뭐냐?"

그러나 천하 없어도 마리우스의 입을 열게 할 수는 없었다. 설령 그의 손톱은 뽑을지언정, '코제트'라는, 그 말할 수 없는 이름을 이루고 있는 신성한 석 자 중 한 자도 말하게 하지는 못했으리라. 진실한 사랑은 서광처럼 빛나고 무덤처럼 괴괴하다. 다만 쿠르페락은 마리우스 속에 변한 것이 있다는 것, 빛나는 침묵이 있다는 것만은 인정했다.

그 화창한 5월, 마리우스와 코제트는 다음과 같은 엄청난 행복을 알았다.

오직 나중에 더 잘 서로 tu(너)라고 말하기 위해서만 서로 다투고 서로 vous(당신)라고 말하는 것,

자기들하고 추호도 관계가 없는 사람들에 관해 서로 장황하게, 그리고 아주 자상하게 말하는 것, 이것은 사랑이라 불리는 그 황홀한 오페라에서 각본은 거의 아무것도 아니라는 또 하나의 증거,

마리우스는 코제트가 의상 이야기를 하는 것을 듣는 것,

코제트는 마리우스가 정치 이야기를 하는 것을 듣는 것,

서로 무릎을 맞대고 앉아서, 마차가 바빌론 거리를 굴러가는 소리를 듣는 것,

우주 공간에 똑같은 유성을, 또는 풀 속에 똑같은 개똥벌레

를 관찰하는 것,

함께 침묵을 지키는 것, 이것은 이야기하는 것보다 한결 더
큰 감미로움,

등등.

그러던 중 여러 가지 복잡한 일들이 닥쳐 오고 있었다.

어느 날 저녁 마리우스는 밀회 장소에 가려고 앵발리드 가
로수 길을 걸어가고 있었다. 그는 보통 고개를 숙이고 걸었다.
그가 막 플뤼메 거리의 모퉁이를 돌아가려고 할 때 바로 옆에
서 누가 이렇게 말하는 소리가 들렸다.

"안녕하세요 마리우스 씨?"

고개를 들고 보니 그것은 에포닌이었다.

이것은 그에게 이상한 느낌을 주었다. 이 처녀가 그를 플뤼
메 거리에 데려다 주었던 날 이래 그는 단 한 번도 그녀를 생
각하지 않았고, 그녀를 다시 만나지도 않았으며, 그녀는 그의
마음에서 완전히 나가 버렸었다. 그는 그녀에게 감사할 이유
밖에 없었고, 현재 그의 행복은 그녀 덕택이었지만, 그래도 그
녀를 만나는 것은 거북살스러웠다.

정열이 행복하고 순수할 때 사람을 완전한 상태로 이끌어
간다고 믿는 것은 잘못이다. 앞서 확인했듯이, 그것은 사람을
단지 망각의 상태로 이끌어 갈 뿐이다. 그러한 처지에 있을 때
사람은 악하기를 잊어버리지만, 또한 선하기도 잊어버린다.
감사도 의무도 귀찮고, 중요한 추억도 스러져 버린다. 다른 때
라면 마리우스는 에포닌에 대해 사뭇 달랐으리라. 그는 코제
트에게 홀딱 빠져서, 이 에포닌의 성명이 에포닌 테나르디에

라는 것을, 그리고 그녀가 자기 아버지의 유언 속에 적혀 있는 성을 가지고 있다는 것을 분명히 알아차리지조차 못했는데, 몇 달 전이라면 이 성을 위해 그는 열렬히 몸을 바쳤으리라. 나는 마리우스를 그가 있었던 그대로 보여 주고 있다. 그녀의 아버지 자신도 그의 마음속에서 그의 사랑의 광휘 아래 조금 사라지고 있었다.

그는 좀 당황하여 대답했다.

"아! 당신이오, 에포닌?"

"왜 내게 존댓말을 쓰세요? 제가 당신에게 무슨 짓을 했나요?"

"아니." 하고 그는 대답했다.

물론 그는 그녀에게 틀어진 것이 아무것도 없었다. 천만에. 다만, 코제트에게 너나들이로 말을 하고 있는 지금, 에포닌에게 존댓말을 하는 것밖에 달리할 수 없다고 그는 느끼고 있던 것이다.

그가 잠자코 있었으므로, 그녀는 외쳤다.

"이봐요……."

그러고는 말을 멈춰 버렸다. 예전에는 그렇게도 돈단무심하고 그렇게도 뻔뻔스럽던 이 계집애가 할 말이 없어져 버린 것 같았다. 그녀는 미소를 지어 보이려 했으나 할 수 없었다. 그녀는 말을 이었다.

"그럼……."

그러고는 또 다시 입을 다물고 눈을 내리깔고 있었다.

"안녕히 가세요, 마리우스 씨." 불쑥 그렇게 말하고 그녀는

가 버렸다.

4. 멍멍이 곁말을 알아듣고 짖는다

그 이튿날, 그것은 6월 3일이었는데, 이 1832년 6월 3일은, 당시 중대한 사건들이 먹구름 상태로 파리의 지평에 매달려 있었기 때문에 이 날짜를 지적해 두지 않을 수 없거니와, 이날 마리우스는, 해 질 무렵에, 전날과 똑같은 길을 똑같은 즐거운 생각을 가슴에 안고 걸어가고 있었는데, 그때에 그는 가로수 길의 나무들 사이에서 에포닌이 자기 쪽으로 오는 것을 보았다. 이틀이나 연달아, 그것은 너무했다. 그는 홱 돌아서서 가로수 길을 떠나 길을 바꾸고, 무슈 거리로 해서 플뤼메 거리에 갔다.

그래서 에포닌은 플뤼메 거리에까지 그를 따라갔는데, 이런 일은 아직 한 번도 없었다. 여태까지 그녀는 그가 가로수 길에 지나가는 것을 보는 것으로 만족하고 그를 만나려고 애쓰지 않았다. 단지 전날에만 그에게 말을 해 보려고 했다.

그래서 에포닌은 그를 따라갔으나 그는 눈치채지 못했다. 그녀는 그가 살문의 살을 움직이고 슬그머니 정원 안으로 들어가는 것을 보았다.

"저런! 집 안으로 들어가네!" 하고 그녀는 말했다. 그녀는 살문에 다가가서, 하나씩 하나씩 문살을 만져 보고 마리우스가 움직였던 문살을 쉽사리 알아보았다.

그녀는 음침한 목소리로 나지막이 중얼거렸다.

"이건 곤란한데!"

그녀는 그 문살 바로 옆에, 살문의 기초 위에 앉았는데, 마치 그녀는 그 문살을 지키고 있는 것 같았다. 그것은 바로 그 살문이 옆의 담장과 닿은 곳이었다. 거기에는 어두운 구석이 있어서, 에포닌의 몸은 완전히 보이지 않았다.

그녀는 그렇게 한 시간도 더 움쭉도 않고 숨도 안 쉬고 자기 생각에 사로잡혀 있었다.

밤 10시경에, 플뤼메 거리의 두세 통행인들 중 하나가, 그 평판이 나쁜 호젓한 곳에서 발걸음을 재촉하던 그 늦어진 늙은 시민이 정원의 살문에 접근하여 그 살문과 담장이 이루는 모퉁이에 도달했을 때, 나직한 협박조의 목소리가 들렸다.

"그가 밤마다 오지만 나는 이제 놀라지 않는다!"

행인은 주위를 둘러보았으나 아무도 보이지 않았고, 그 컴컴한 구석은 감히 들여다보지도 못하고, 몹시 무서웠다. 그는 발걸음을 빨리했다.

이 행인이 빠른 걸음을 친 것은 퍽 잘한 일이었다. 왜냐하면, 그 후 얼마 안 있다가, 여섯 명의 사나이가 마치 암행하는 순찰대처럼, 서로 떨어져서 조금씩 사이를 두고 담장을 따라 걸어오더니, 플뤼메 거리로 들어왔으니까.

정원의 살문에 도착한 첫 번째 사나이는 걸음을 멈추고 다른 사람들을 기다렸다. 그 후 두 번째가 오고, 그들 모두 여섯 명이 모였다.

이 사람들은 나직한 목소리로 말하기 시작했다.

"요고대다." 하고 그들 중 하나가 말했다.

"뜰에 멍멍(개)이 있나?" 하고 또 하나가 물었다.

"몰라. 어쨌든 멍멍에게 먹일 독(毒) 단자는 갖고 왔어."

"유리창 깨뜨릴 끈끈이는 있나?"*

"응."

"살문은 낡았다." 하고 복화술 목소리를 내는 다섯 번째 사나이가 말했다.

"건 잘됐다." 하고 먼저 말한 둘째가 말했다. "톱 소리도 안 나고 써는 데 힘도 안 들겠다."

아직 입을 열지 않았던 여섯째가, 한 시간 전에 에포닌이 했던 것처럼 살문을 조사하기 시작하여 하나하나의 문살을 차례차례로 움켜잡고 신중하게 흔들어 보았다. 그는 그렇게 하여 마리우스가 뜯어낸 문살에 이르렀다. 그가 막 그 문살을 잡으려고 할 때, 손 하나가 어둠 속에서 불쑥 나와 그의 팔을 쳤고, 그는 가슴 한복판이 홱 떠밀림을 느꼈으며, 목쉰 소리가 그에게 나지막히 말했다. "멍멍이 있어."

동시에 그는 창백한 계집애 하나가 자기 앞에 서 있는 것을 보았다.

사나이는 언제나 뜻밖의 일이 주는 그런 충격을 받았다. 그는 흉측하게 털이 곤두섰다. 불안한 맹수들처럼 보기에 무서운 것은 아무것도 없다. 그들의 놀란 꼴은 무시무시했다. 그는 물러서서 더듬거렸다.

---

* 끈끈이는 유리창을 깨뜨릴 때 유리에 발라 유리 조각들이 붙어 있게 하여 소리가 나지 않게 하는 일종의 풀.

"뭐야, 요 말괄량인?"

"아버지 딸이야."

테나르디에에게 말하고 있는 것은 정말 에포닌이었다.

에포닌이 나타나자, 다른 다섯 사람들은, 즉 클라크수와 괼메르, 바베, 몽파르나스, 브뤼종은 소리 없이, 서두르지 않고, 한마디도 말하지 않고, 저 밤사람들의 특유한 걸음걸이로 어슬렁어슬렁 다가왔다.

그들이 뭔지 알 수 없는 흉측한 연장을 손에 들고 있는 것을 분명히 알아볼 수 있었다. 괼메르는 깡패들이 머리쓰개라고 부르는 그 굽은 집게 하나를 쥐고 있었다.

"아니, 거기서 뭘 하는 거야? 우리들에게 어쩌자는 거야? 너 미쳤냐?" 하고 테나르디에는 작은 소리로 말하면서도 한껏 소리를 질렀다. "왜 우리들이 일하는 걸 와서 방해하는 거야?"

에포닌은 웃기 시작하면서 그의 목에 뛰어올랐다.

"내가 여기 있으니까 내가 여기 있는 거지 뭐, 아빠. 돌 위에 앉는 것도 안 되나요, 지금은? 여기에 계셔선 안 되는 건 아버진걸. 여긴 뭐하러 오셨어요, 비스킷인데? 마뇽에게 그렇게 말해 뒀댔어요. 여기선 아무것도 할 일이 없어요. 그건 그렇고 내게 키스나 좀 해 줘요, 응, 아빠! 정말 오랫동안 못 뵈었어요! 그래, 밖으로 나오셨군요?"

테나르디에는 에포닌의 팔을 뿌리치려고 애쓰면서 중얼거렸다.

"좋아, 좋아. 넌 내게 키스했구나. 그래, 난 나왔다. 난 갇혀 있지 않다. 이제 그만 가거라."

그러나 에포닌은 팔을 풀지 않고 더욱더 어리광을 부렸다.

"아빠, 도대체 어떻게 하셨어요? 거기서 빠져나오시다니 참 재주가 좋으시군요. 그걸 좀 얘기해 줘요! 그리고 어머니는? 어머니는 어딨어요? 엄마 소식이나 좀 알려 줘요, 네?"

테나르디에는 대답했다.

"어머니는 잘 있다. 난 모른다. 날 놓아라. 가라고 말했잖아."

"내가 정말 가기 싫다는데 그러네." 버릇 없는 어린애가 짐짓 응석을 부리듯이 에포닌은 말했다. "넉 달이나 못 보다가 이제야 겨우 아빠에게 키스할 시간을 가졌는데 쫓아내시네요."

그러면서 그녀는 다시 아버지의 목에 달라붙었다.

"아니 이런, 정말 어처구니가 없네!" 하고 바베가 말했다.

"빨랑빨랑 해! 개(경찰)들이 지나갈지도 몰라." 하고 괼메르가 말했다.

복화술 목소리가 이런 이행시를 읊조렸다.

오늘은 설날도 아닌데,
엄마 아빠 키스가 뭘까?

에포닌은 다섯 명의 불한당 쪽으로 돌아섰다.

"이런, 브뤼종 씨군요. 안녕하세요. 바베 씨. 안녕하세요 클라크수 씨. 나를 몰라보세요, 괼메르 씨? 어때, 몽파르나스는?"

"그래, 다들 너를 알아본다!" 하고 테나르디에가 말했다. "하지만 안녕이고 뭐고, 비켜라! 우리 훼방을 놓지 말고."

"지금은 여우들의 시간이지 암탉들의 시간이 아니다." 하고 몽파르나스가 말했다.

"너도 잘 알겠지만 우린 요기서 할 일이 있단 말이다." 바베가 덧붙였다.

에포닌은 몽파르나스의 손을 잡았다.

"조심해!" 하고 그는 말했다. "다칠라. 내겐 칼이 있다."

"얘, 몽파르나스." 에포닌은 매우 조용히 대답했다. "사람들을 신뢰하지 않으면 안 돼. 난 아마 우리 아버지의 딸이겠지. 바베 씨, 쾰메르 씨, 이 일을 조사해 달라는 부탁을 받은 건 나예요."

에포닌이 곁말을 하고 있지 않은 것은 주목할 만한 일이다. 그녀가 마리우스를 안 뒤부터 그 끔찍한 언어는 그녀에겐 불가능하게 됐다.

그녀는 해골의 손처럼 뼈만 앙상한 가냘픈 조그만 손안에 쾰메르의 거칠고 굵은 손가락들을 꼭 누르면서 말을 계속했다.

"잘 아시다시피 저는 바보가 아니에요. 보통 다들 저를 믿고 있어요. 저는 여러 경우에 여러분을 도와드렸어요. 그런데 제가 알아봤는데, 여러분은 괜히 자신을 위태롭게 할 거예요. 아시겠어요? 맹세하지만 이 집에서는 아무것도 할 일이 없어요."

"여자들만 있는걸." 하고 쾰메르가 말했다.

"아니오. 사람들은 다 이사 가 버렸어요."

"촛불들은 여전히 이사를 가지 않았구먼 그래!" 하고 바베가 말했다.

그러면서 그는 에포닌에게 별장의 고미다락 방에서 움직이고 있는 불빛을 나무들 너머로 가리켰다. 그것은 말릴 옷을 펴 널려고 아직 자지 않고 있는 투생이었다.

에포닌은 마지막 노력을 시도했다.

"그런데 이건 대단한 가난뱅이들이에요. 돈 한 푼 없는 초라한 집이에요."

"악마한테나 잡혀 가거라!" 하고 테나르디에는 외쳤다. "우리가 이 집을 뒤집어 엎어 놓고, 지하실을 위로, 고미다락 방을 아래로 해 놓았을 때, 거기에 뭐가 있는지, 그리고 금화인지 동전인지 엽전인지 네게 말해 주마."

그러고 앞으로 나아가려고 그녀를 밀었다.

"내 착한 친구 몽파르나스 씨, 호인인 당신은 제발 덕분에 들어가지 말아 줘요. 응!" 하고 에포닌은 말했다.

"글쎄 조심하라고. 네 몸을 벨 테니까!" 하고 몽파르나스는 말대꾸했다.

테나르디에는 단호한 어조로 말을 이었다.

"물러나거라, 선녀야. 이분들이 일 좀 하게 두어라."

에포닌은 다시 잡았던 몽파르나스의 손을 놓고 말했다.

"그래 기어코 이 집에 들어가고 싶다는 거야?"

"조금 그렇다는 거지!" 복화술사는 빈정거리면서 말했다.

그러자 그녀는 살문을 등지고 서서, 전신 무장을 하고 밤이 주는 악마의 얼굴을 한 여섯 화적들에게 대적하여, 낮은 목소리로 단호하게 말했다.

"그렇지만 나는 원치 않는다."

불한당들은 아연실색하여 멈춰 섰다. 복화술사는 그래도

빈정대기를 그만두지 않았다. 그녀는 말을 이었다.

"여러분! 잘 들어요. 이건 안 돼요. 지금 제가 말합니다. 첫째, 여러분이 이 정원에 들어가면, 만약에 이 살문에 손을 대면, 저는 고함을 지르고, 문을 두드리고, 사람들을 깨우고, 여러분 여섯 분을 다 체포케 할 거예요. 순경들을 부를 거예요."

"저 애는 그럴지도 몰라." 나지막한 목소리로 테나르디에가 브뤼종과 복화술사에게 말했다.

그녀는 고개를 끄덕거리고 덧붙였다.

"먼저 우리 아버지부터!"

테나르디에는 다가갔다.

"그렇게 가까이 오지 마요, 영감님!" 하고 그녀는 말했다.

그는 입속으로 중얼거리면서 물러났다. "대체 저 애가 어찌된 거야?" 그러고 덧붙였다.

"이 암캐 넌이!"

그녀는 무시무시하게 웃기 시작했다.

"여러분은 들어가고 싶어도 못 들어가요. 난 개의 딸이 아니야. 이리의 딸이니까. 여러분은 여섯 명이지만, 그게 어쨌단 말이죠? 여러분은 남자예요. 그런데 나는 여자예요. 여러분은 내게 겁을 주지 못해요. 여러분에게 말하지만 여러분은 이 집에 들어가지 못해요. 그건 내가 좋아하지 않으니까. 다가오면 내가 짖어요. 멍멍이가 있다고 아까 그랬는데, 멍멍이는 나야. 여러분쯤이야 문제가 되지 않아요. 그만 가 보시라고요, 귀찮게 굴지 말고! 어디고 가고 싶은 대로 가요. 하지만 여기는 오지 마요. 내가 금지하니까! 당신네들은 칼치기, 나는 발차기.

아무려나 상관없어. 자 나와 봐요!"

그녀는 도둑놈들 쪽으로 한 걸음 나아갔다. 무시무시한 형상이었다. 그녀는 다시 웃기 시작했다.

"쳇! 난 무섭지 않아! 올 여름에 나는 배가 고프고 올 겨울에는 춥겠지. 참 웃기는 사람들이야. 이 바보 같은 사내들은 계집애에게 겁을 준다고 생각하는 거야! 뭘 무서워하라는 거야, 대관절? 옳아, 그럴 거야! 당신네들이 큰 소리 치면 침대 밑에나 숨어 버리는 그런 겁쟁이 안주인들만 있으니까 그러는 것 아니야? 하지만 난 아무것도 무섭지 않아!"

그녀는 테나르디에를 쏘아보며 말했다.

"아버지도 무섭지 않아!"

그러고는 유령 같은 핏발 선 눈으로 비적들을 둘러보면서 말을 계속했다.

"내일 플뤼메 거리의 포도에서 우리 아버지의 칼을 맞고 죽은 내가 발견되든, 또는 일 년 후에 생 클루 강의 그물 속이나 시뉴의 섬에서 낡아 썩은 병마개들과 물에 빠져 죽은 개들 속에서 나를 발견하든, 그런 게 내게 무슨 상관이야!"

여기서 그녀는 말을 끊어야 했다. 밭은기침이 나오고, 허약한 좁은 가슴에서 숨소리가 그르렁거렸다.

그녀는 말을 이었다.

"나는 소리를 지르기만 하면 돼. 사람들이 온다, 왁자지껄. 당신네들은 여섯이지만, 모든 사람들이 내 편이야."

테나르디에가 그녀 쪽으로 한 걸음 움직였다.

"가까이 오지 마요!" 하고 그녀는 외쳤다.

그는 발을 멈추고, 그녀에게 부드럽게 말했다.

"안 갈게. 다가가지 않을게. 하지만 그렇게 큰 소리는 내지
마. 아가, 넌 그래 우리 일을 방해할 작정이냐? 그렇지만 우리
도 먹고살 건 벌어야 한다. 넌 그래, 애비한테도 이렇게 매정
하게 구니?"

"귀찮게 굴지 마요." 하고 에포닌은 말했다.

"그렇지만 우리는 살아야 한다. 먹어야 한다……."

"뒈져 버려요."

그렇게 말하고는 콧노래를 부르면서 살문의 기초 위에 앉
았다.

> 내 팔은 포동포동,
> 내 다리는 아리따워,
> 그래도 신세는 요 꼴.

그녀는 무릎에 팔꿈치를 짚고, 손에 턱을 괴고, 태연한 태도
로 발을 간들거리고 있었다. 그녀의 구멍 뚫린 드레스에서는
바싹 마른 쇄골이 내다보였다. 가까이에 있는 가로등 불빛은
그녀의 옆모습과 자세를 비추고 있었다. 세상에 이보다 더 단
호하고 이보다 더 놀라운 것은 아무것도 볼 수 없었다.

여섯 명의 강도들은 한 계집애에게 저지되어 당황하고 침
울하여, 가로등이 던진 그림자 속에 들어가, 분하고 성이 나서
어깨를 들먹거리면서 회의를 열었다.

그녀는 그동안 평온하고도 사나운 얼굴로 그들을 바라보고

있었다.

"저 애는 무슨 곡절이 있는 거야." 바베가 말했다. "무슨 까닭이 있는 거야. 웬 놈하고 연애를 하고 있을까? 그러나 이걸 놓치는 건 섭섭한 일이야. 여자가 둘이고, 뒤뜰에 늙은 남자 하나가 살고 있어. 창에 걸린 휘장도 나쁘지 않아. 늙은이는 유대인일지도 몰라. 난 좋은 일거리라고 생각해."

"좋아, 들어가요, 당신네들은." 하고 몽파르나스가 외쳤다. "일을 하라고요. 난 계집애하고 여기 있다가, 만약 저 애가 움직이면……."

그는 소매 속에 갖고 있던 펼친 나이프를 가로등 불빛에 번쩍이게 했다.

테나르디에는 아무 말하지 않고, 다들 원하는 대로 하려고 하는 것 같았다.

좀 권위자인 데다가, 다 알다시피, '이 일을 꾸며 낸' 브뤼종은 아직 입을 열지 않았다. 그는 생각하고 있는 것 같았다. 그는 어떤 것 앞에서도 물러서지 않는다는 인정을 받고 있었고, 오직 허세를 부리기 위해서였을 뿐이지만, 어느 날 경찰서 하나를 약탈했다는 것도 알려져 있었다.

바베는 그에게 물었다.

"넌 아무 말도 안 하는구나, 브뤼종?" 브뤼종은 여전히 한동안 잠자코 있다가 여러 가지 모양으로 고개를 흔들더니, 이윽고 목소리를 높이기로 결심했다.

"실은 말이야, 난 오늘 아침 참새 두 마리가 싸우는 걸 보았다. 오늘 저녁엔 싸움을 거는 여자에 부딪치고 있다. 이런 건 모두 불길해. 가자."

그들은 갔다.

가면서도 몽파르나스는 중얼거렸다.

"어쨌든, 다들 원했다면, 내가 모가지를 비틀어 버렸을 텐데."

바베는 그에게 대답했다.

"난 싫다. 난 부인은 때리지 않는다."

길 모퉁이에서 그들은 걸음을 멈추고 작은 목소리로 이런 수수께끼 같은 대화를 주고받았다.

"오늘 저녁은 어디 가서 잘까?"

"파리 아래로 가자."

"살문 열쇠는 갖고 있나, 테나르디에?"

"암."

그들한테서 눈을 떼지 않고 있던 에포닌은 그들이 왔던 길로 되돌아가는 것을 보았다. 그녀는 일어나서 담장과 집 들을 따라 그들 뒤를 몰래 밟기 시작했다. 그녀는 그렇게 가로수 길까지 그들을 따라갔다. 거기서 그들은 헤어졌고, 그녀는 그 여섯 사나이들이 어둠 속에 녹아 버리듯이 빠져 들어가는 것을 보았다.

5. 밤의 것들

불한당이 떠난 뒤, 플뤼메 거리는 다시 밤의 고요한 모습을 되찾았다.

　이 거리에서 방금 일어난 일은 전혀 한 숲을 놀라게 하지 않았으리라. 큰 나무, 작은 나무, 히스, 얽히고설킨 나뭇가지, 우부룩한 잡풀 들이 음침하게 존재한다. 야생의 수많은 것들은 거기에 눈에 보이지 않는 것이 갑자기 나타나는 것을 어렴풋이 본다. 인간 아래에 있는 것이 인간 너머에 있는 것을 안개를 통하여 거기에 분명히 알아보며, 살아 있는 우리들이 모르는 것들이 밤 속에 거기에 얼굴을 맞댄다. 뾰족뾰족 솟아 있는 엷은 황갈색 자연은 초자연적인 것이 느껴지는 것 같은 어떤 것들이 다가오는 데 놀란다. 어둠의 힘들은 서로 알고 있고, 상호간에 신비로운 균형을 가지고 있다. 이빨과 발톱 들은 붙잡을 수 없는 것을 무서워한다. 피를 마시는 야수성, 먹이를 찾는 굶주린 탐욕, 발톱과 아가리를 갖추고 있고 배때기만이 그 원천이요 목적인 본능은, 냉정한 유령 같은 윤곽을, 수의 (壽衣)에 싸여 어슬렁거리고, 흔들거리는 평퍼짐한 드레스를 입고 서서, 마치 죽은 무서운 생명으로 살고 있는 것 같은 그 냉정한 유령 같은 윤곽을 불안한 눈으로 바라보고 냄새를 맡는다. 물질에 불과한 이 동물성은 어떤 알 수 없는 존재 속에 응축된 막대한 어둠을 상대하는 것을 막연히 두려워한다. 길을 막는 한 검은 형상이 사나운 짐승을 뚝 멈춰 세운다. 무덤에서 나오는 것이 굴에서 나오는 것을 위협하고 당황케 하며, 사나운 것이 음산한 것을 무서워하고, 이리들이 여자 흡혈귀 하나를 만나 뒷걸음질 친다.

6. 마리우스가 현실에 돌아와서 코제트에게 자기 주소를 주다

인간 형상을 한 이 암캐 같은 것이 살문에 보초를 서고 여섯 강도가 한 계집애 앞에서 도망치는 동안, 마리우스는 코제트 옆에 있었다.

하늘은 전에 없이 별이 총총하고 매혹적이었으며, 나무들은 전에 없이 흔들거리고, 화초 향기는 전에 없이 그윽하였고, 새들은 전에 없이 보드라운 소리를 내며 잎새들 속에서 잠들고, 청명한 우주의 모든 해조(諧調)는 사랑의 내적인 음악에 전에 없이 잘 조화를 이루고, 마리우스는 전에 없이 사랑에 불타고, 전에 없이 행복하고, 전에 없이 황홀했다. 그러나 그는 코제트가 슬픈 것을 보았다. 코제트가 울었던 것이다. 그녀의 눈이 빨개져 있었다.

그것은 이 놀라운 꿈 속에서 나타난 최초의 구름이었다.

마리우스가 맨 먼저 한 말은 이러했다.

"왜 그래?"

그리고 그녀는 대답했다.

"사실은."

그러고는 돌층계 옆 벤치에 앉았고, 그가 그녀의 곁에 와들와들 떨면서 자리에 앉는 동안 그녀는 말을 계속했다.

"아버지가 오늘 아침 나더러 준비를 하고 있으라고 하셨어. 일이 있어서 우리는 아마 곧 떠나게 될 거라고."

마리우스는 머리에서 발끝까지 떨었다.

사람이 생애의 종말에 있을 때에는, 죽는 것, 그것은 떠나는 것을 의미하고, 시초에 있을 때에는, 떠나는 것, 그것은 죽는 것을 의미한다.

육 주 전부터 마리우스는 조금씩, 서서히, 차츰차츰, 날마다 코제트를 소유해 가고 있었다. 완전히 관념적인 소유였으나 깊은 소유였다. 이미 설명했던 것처럼, 첫사랑에서는 육체보다도 훨씬 전에 영혼을 빼앗고, 나중에는 영혼보다도 훨씬 전에 육체를 빼앗는데, 때로는 영혼을 전혀 빼앗지 않는 경우도 있다. 포블라와 프뤼돔 같은 사람들은 이렇게 덧붙인다. "왜냐하면 영혼은 없으니까." 그러나 이런 빈정거림은 다행히 모욕적인 말이다. 그런데 마리우스는 정신들이 소유하는 것처럼 코제트를 소유하고 있었다. 그러나 그는 온 마음으로 그녀를 감싸고 있었고, 엄청난 확신을 가지고 조심스럽게 그녀를 붙잡고 있었다. 그녀의 미소, 숨결, 향기, 푸른 눈동자의 그윽한 반짝임, 그가 그녀의 손을 만졌을 때 그 피부의 보드라움, 그녀의 목에 있는 매혹적인 점, 그녀의 모든 생각들을 그는 소유하고 있었다. 그들은 서로 상대방을 꿈꾸지 않고서는 결코 자지 않기로 합의했고, 그들은 약속을 지켰다. 그러므로 그는 코제트의 모든 꿈들도 소유하고 있었다. 그는 그녀의 목덜미에 있는 잔 머리털을 끊임없이 바라다보고 때로는 그것을 그의 숨으로 가볍게 스치고, 그 잔 머리털 하나도 마리우스 자기 것이 아닌 것은 없다고 단언하고 있었다. 그녀가 몸에 붙이고 있는 것들을, 그녀의 리본 매듭, 장갑, 장식 소맷부리, 반장화를 그는 자기가 그 주인인 신성한 물건들처럼 바라다보고 무척 좋아했다. 그녀가 머리에 꽂고 있는 예쁜 거북 껍질 빗의 소유주도 자기라고 생각하고 있었고, 그녀의 드레스의 한 가 닥의 끈도, 스타킹의 한 코의 올도, 코르셋의 한 줄기의 주름 도 자기 것이 아닌 것은 없다고 생각하고 있었다. 이것은 눈떠 오는 육체적 관능의 희미하고 막연한 잠꼬대 같은 것이었다. 코제트 곁에서, 그는 자기의 행복 곁에, 자기의 물건 곁에, 자 기의 전제군주와 자기의 노예 곁에 자기가 있는 것같이 느끼 고 있었다. 그들은 그들의 영혼을 완전히 한데 섞어 놓았으므 로, 그것을 되찾고자 했더라도 그것을 알아볼 수 없었을 것이 다. "이건 내 것이다." "아니야, 그건 내 것이야." "확실히 너 는 잘못 생각하고 있어. 그건 정녕코 나야." "네가 나라고 생각 하는 건 나야." 마리우스는 코제트의 일부고, 코제트는 마리 우스의 일부였다. 마리우스는 자기 속에 코제트가 살고 있는 걸 느꼈다. 코제트를 가지고 있는 것, 코제트를 소유하는 것, 그것은 그에겐 숨 쉬는 것과 다르지 않았다. 그런데 이러한 신 념, 이러한 도취, 이러한 순결하고 놀랍고 절대적인 소유, 이 러한 절대력의 삼매경에 빠져 있을 때, "우리는 곧 떠난다."는 그 말이 갑자기 떨어졌고, 현실의 돌연한 목소리가 "코제트는 네 것이 아니다."라고 그에게 외친 것이다.

마리우스는 잠에서 깨어났다. 육 주일 이래 마리우스는, 앞 서 말했듯이, 인생의 밖에서 살고 있었다. "떠난다!"는 그 말 은 가혹하게도 그를 인생 속에 되돌아오게 했다.

그는 한마디 말도 찾아내지 못했다. 코제트는 다만 그의 손 이 몹시 싸늘한 것을 느꼈다. 이번에는 그녀가 그에게 말했다. "왜 그래?"

그는 대답했는데, 그 소리가 하도 낮아서 코제트에게 간신히 들렸다.

"네가 무슨 말을 했는지 난 알 수 없다."

그녀는 다시 말했다.

"오늘 아침 아버지가 내게 이렇게 말씀하셨어. 내 자질구레한 소지품들을 싹 챙겨서 준비하고 있으라고. 가방 속에 넣을 자기 옷도 주시겠대요. 여행을 하지 않으면 안 된대요. 곧 떠나신대요. 내게는 큰 가방 하나가 필요할 거고, 자기에게는 작은 가방 하나면 되는데, 이 모든 것을 지금부터 일 주일 안에 다 챙기래요. 아마 우리는 영국에 갈 것 같대요."

"하지만 이건 망측하다!" 하고 마리우스는 외쳤다.

이때 마리우스의 생각으로는, 어떠한 권력의 남용도, 어떠한 폭행도, 더없이 극악무도한 폭군들의 어떠한 포학도, 부시리스*나 티베리우스 또는 헨리 8세의 어떠한 행위도, 포숄르방 씨가 제 볼일이 있다고 해서 제 딸을 영국으로 데려가는 행위만큼 잔인한 일은 확실히 없었다.

그는 가냘픈 목소리로 물었다.

"그래 언제 떠날 거야?"

"언제라는 말씀은 안 하셨어."

"그리고 돌아오는 건?"

"언제라는 말씀도 안 하셨어."

---

* 부시리스(Busiris). 이집트의 전설적인 왕. 자기 나라에 들어오는 모든 이방인들을 죽이게 했으나, 자기가 죽이려던 헤라클레스에 의해 죽음을 당했다.

마리우스는 일어서서 쌀쌀하게 말했다.

"코제트, 그래 당신은 가시겠소?"

코제트는 고뇌에 가득 찬 아름다운 눈으로 그를 돌아보며 넋을 잃은 듯이 대답했다.

"어디를?"

"영국에? 가시겠소?"

"왜 내게 존댓말을 써?"

"가실 건지 어쩐지 당신에게 묻고 있지 않소?"

"내가 어떻게 하면 좋겠어?" 하고 그녀는 손을 마주잡으면서 말했다.

"그래서, 당신은 가실 거요?"

"아버지가 가신다면?"

"그래서, 당신은 가실 거요?"

코제트는 대답하지 않고 마리우스의 손을 꼭 쥐었다.

"좋소." 하고 마리우스는 말했다. "그렇다면 나는 다른 데로 가겠소."

코제트는 그 말의 뜻을 이해한 것보다는 훨씬 더 느꼈다. 그녀는 하도 창백해서 그녀의 얼굴이 어둠 속에서 하얗게 보였다. 그녀는 더듬거렸다.

"그게 무슨 뜻이야?"

마리우스는 그녀를 바라보고, 그런 뒤 천천히 하늘 쪽으로 눈을 들고 대답했다.

"아무것도 아니오."

그의 눈꺼풀이 내려졌을 때, 그는 코제트가 그에게 미소를 짓고 있는 것을 보았다. 사랑하는 여자의 미소는 밤에 보는 빛이다.

"우린 참 바보야! 마리우스, 내게 생각이 있어."

"뭐요?"

"우리가 떠나면 너도 떠나! 어딘지 말해 줄 테니까! 내가 있을 곳에 와서 나를 다시 만나!"

마리우스는 이제 완전히 잠을 깬 사나이였다. 그는 다시 현실 속에 떨어졌다. 그는 코제트에게 외쳤다.

"당신들과 같이 떠나자고! 너 머리가 돌았니? 하지만 돈이 필요한데, 난 돈이 없어! 영국에 간다? 하지만 난 지금 쿠르페락이라는 네가 모르는 내 친구에게, 나도 모르지만, 200프랑도 더 빚이 있어! 하지만 내가 갖고 있는 것이라곤 3프랑어치도 못 되는 헌 모자 하나, 앞에 단추가 없는 예복 한 벌, 내 셔츠는 갈기갈기 찢어졌고, 팔꿈치는 구멍이 뚫렸고, 내 장화는 물이 스며들고 있어. 육 주일 전부터 난 그런 건 더 이상 염두에도 두지 않고 있고, 네게 그런 말을 하지 않았어. 코제트! 난 가난뱅이야. 너는 나를 밤에밖에 보지 않고, 날 사랑해 주고 있어. 네가 만약 나를 낮에 본다면, 너는 내게 돈이라도 한 푼 줄 거다! 영국엘 간다! 허어! 난 여권 값을 치를 돈도 없어!"

그는 거기 있는 나무에 몸을 던지고 서서, 머리 위에 두 팔을 올리고, 나무 껍질에 이마를 대고, 그의 피부를 벗어지게 하는 나무도 관자놀이에 망치질 하는 열도 느끼지 않고, 절망의 입상처럼 움쭉도 않고 서서, 막 쓰러지려 했다.

그는 오랫동안 그렇게 하고 있었다. 그들은 그 심연 속에 영원히 잠겨 있을 것 같았다. 이윽고 그가 돌아섰다. 부드럽고 슬픈, 목멘 작은 소리가 그의 뒤에서 그에게 들려왔던 것이다.

코제트가 흐느끼고 있었다.

그녀는 생각에 잠겨 있는 마리우스의 옆에서 두 시간도 더 전부터 울고 있었다.

그는 그녀에게로 가서 무릎을 꿇고, 천천히 엎드려, 그녀의 드레스 아래로 나와 있는 그녀의 발끝을 손에 잡고 거기에 입 맞추었다.

그녀는 잠자코 그가 하는 대로 두었다. 여자는, 침울하고 체념한 여신처럼, 사랑의 종교를 받아들이는 때가 있다.

"울지 마." 하고 그는 말했다.

그녀는 중얼거렸다.

"나는 아마 곧 갈 텐데, 너는 오지 못한다니까!"

그가 말을 이었다.

"너는 날 사랑하니?"

그녀는 흐느끼면서 대답했다. 눈물을 흘리면서 말하는 그 더없이 매혹적인 천국의 말로.

"열렬히 사랑하고 있어!"

그는 말로 표현할 수 없는 다정한 목소리로 계속 말했다.

"울지 마. 나를 위해서, 제발, 울지 마, 응."

"너도 날 사랑하니?"

그는 그녀의 손을 잡았다.

"코제트, 나는 아무한테도 맹세를 한 일이 한 번도 없었어. 왜냐하면 내가 맹세를 하는 건 무서운 것이니까. 나는 우리 아버지가 내 곁에 계시는 걸 느끼고 있어. 그런데 난 네게 가장 신성한 맹세를 하겠는데, 만약 네가 가 버리면, 난 죽을 거야."

그가 이런 말을 할 때 그 어조에는 하도 엄숙하고 하도 태연스러운 우수(憂愁)가 깃들여 있어서 코제트는 몸을 떨었다. 어떤 침통하고 진실한 것이 지나갈 때 주는 그 싸늘함을 그녀는 느꼈다. 급격한 감동으로 그녀는 울기를 그쳤다.

"자, 내 말 들어." 하고 그는 말했다. "내일은 날 기다리지 마."

"왜?"

"모레밤에 날 기다리지 마."

"어머나! 왜?"

"두고 보면 알 거야."

"너를 보지 않고 하루를! 그건 불가능해."

"일생을 얻기 위한 것이 될지도 모르니까 하루쯤은 희생하자."

그리고 마리우스는 나직한 목소리로 방백을 덧붙였다.

"그는 자기 습관을 조금도 바꾸지 않는 사람이고, 저녁에밖에는 결코 아무도 맞아 주지 않았어."

"어떤 사람 얘기를 하는 거야?"

"내가? 난 아무 말도 안 했는데."

"도대체 넌 뭘 바라는 거야?"

"모레까지 기다려."

"그래야겠어?"

"그래, 코제트."

그녀는 그의 머리를 두 손으로 잡고, 그와 같은 키가 되려고 발돋움하고, 그의 눈 속에서 그의 희망을 보려고 애썼다.

마리우스는 말을 이었다.

"생각해 보니까, 너는 내 주소를 알아야겠어. 무슨 일이 일어날지 모르니까. 내가 살고 있는 건 쿠르페락이라는 친구 집인데, 베르리 거리 16번지야."

그는 호주머니 속을 뒤져서 나이프를 꺼내 가지고 칼날로 담장 벽토 위에 이렇게 새겼다. '베르리 거리 16'.

코제트는 그러는 동안 다시 그의 눈 속을 들여다보기 시작했다.

"네 생각을 말해 줘, 마리우스. 너는 무슨 생각을 하고 있어? 그걸 내게 말해 줘. 내가 하룻밤을 잘 지내도록 그걸 내게 말해 줘."

"내 생각, 그건 이런 거야. 하느님도 우리를 떼어 놓으려고 할 수는 없다는 거야. 모레까지 나를 기다려 줘."

"그때까지 나는 뭘 한담?" 하고 코제트는 말했다. "너는 밖에서 여기저기 왔다 갔다 하겠지. 얼마나 좋을까, 남자들은! 나는 혼자 있게 돼. 오! 얼마나 나는 쓸쓸할까! 도대체 너는 내일 저녁에 뭘 할 거야, 응?"

"뭘 좀 해 볼 거야."

"그렇다면 난 하느님께 기도를 드리고 너 하는 일이 잘되도록 그때까지 너를 생각하고 있을 거야. 네가 원치 않으니까 이제 더 이상 질문하지 않겠어. 너는 내 주인이야. 난 내일 저녁은 네가 좋아하는, 어느 날 저녁 네가 내 겉창 뒤에 와서 들은 그 외리앙트의 곡을 부르고 지낼 거야. 하지만 모레는 일찍 오라고. 밤 9시 정각에 너를 기다릴 거야. 미리 알려 주는 거야. 아이고! 해가 긴 건 얼마나 고통스러운가! 알겠지, 9시 정각에 내가 정원에 나와 있을 거야."

"나도 그렇게 할 거야."

그리고 서로 말을 한 것도 아닌데, 똑같은 생각으로 움직여지고, 두 애인들의 마음을 줄곧 통하게 하는 그 전기의 흐름에 끌리고, 둘 다 고통 속에서까지도 관능적 쾌락에 도취되어, 그들은 서로 끌어안고, 저도 모르게 입술을 맞추고, 벅찬 황홀감에 눈물을 흘리면서 두 눈을 들어, 별들을 우러러보곤 했다.

마리우스가 나갔을 때, 거리엔 행인이 없었다. 그것은 에포닌이 가로수 길까지 도둑들의 뒤를 따라가고 있을 때였다.

마리우스가 나무에 머리를 기대고 생각에 잠겨 있는 동안, 한 가지 생각이 그의 머릿속을 지나갔다. 오호라! 그 자신이 엉뚱하고 불가능한 일이라고 판단하는 한 가지 생각이. 그는 한 가지 격렬한 결심을 했던 것이다.

7. 늙은이의 마음과 젊은이의 마음의 대면

질노르망 영감은 당시 아흔한 살을 훨씬 넘기고 있었다. 그는 여전히 질노르망 양과 함께 피유 뒤 칼베르 거리 6번지에서 그의 소유인 그 고가에 살고 있었다. 독자도 기억하다시피 그는 꼿꼿한 몸으로 죽음을 기다리고, 나이를 먹어도 허리가 굽지 않고, 슬픔에마저도 몸이 구부러지지 않는 그런 구식 노인의 한 사람이었다.

그렇지만 얼마 전부터 그의 딸은, "우리 아버지도 이젠 쇠약해지셨다."고 말하고 있었다. 그는 더 이상 하녀들의 따귀를 갈기지 않았고, 바스크가 얼른 문을 열어 주지 않았을 적에도, 더 이상 예전만큼 활기 있게 계단의 층계참을 지팡이로 두드리지 않았다. 7월 혁명은 여섯 달 동안 겨우 그를 화나게 했을 뿐이었다. 《모니퇴르》*에 '프랑스 상원 의원 옹블로 콩테 씨'라고 낱말들을 연결해 놓은 것을 보고도 거의 태연했다. 그러나 사실은 이 노인은 몹시 허탈해 있었다. 그는 육체적인 면에서나 정신적인 면에서나 다 같이 불요불굴했지만, 속으로는 자기가 쇠약해지는 것을 느끼고 있었다. 사 년 이래 그는 언젠가는 이 몹쓸 놈이 문을 두드리리라는 확신을 갖고 그야말로 발을 딱 버티고 서서 마리우스를 기다리고 있었지만, 지금은, 마음이 울적할 때에는, 드디어 "마리우스가 아직 조금이라도 기다리게 한다면······." 하고 혼자 생각하게 되었다. 그가 참을 수 없었던 것은 죽음이 아니라, 아마 다시는 마리우스를 보지 못하리라는 생각이었다. 다시는 마리우스를 못 보리라는 생각은 이날까지 일순간도 그의 머릿속에 들어오지조차 않았는데, 지금은 그러한 생각이 그에게 나타나

---

* 1789년 헌법 제정의회의 토론을 발표하기 위해 창설됨. 이 신문은 1948년에 《프랑스 공화국 관보》가 되었음.

기 시작하여 몸이 오싹해지는 것이었다. 진실하고 자연스러운 감정에서는 언제나 그렇게 되는 것처럼, 그같이 집을 나가버린 배은망덕한 손자에 대한 조부의 사랑은 손자의 부재로인해 더욱더 커져 가기만 했다. 사람이 가장 간절하게 태양을 생각하는 것은 동지섣달의 밤들에, 추위가 10도나 되는 때다. 질노르망 씨로서는, 할아버지인 자기가 손자 쪽으로 한 걸음이라도 나아가는 것은 무엇보다도 할 수 없었다. 또는 그렇게 생각하고 있었다. "내가 차라리 뒈지더라도……." 하고 그는 말했다. 그는 자기에게는 아무런 잘못도 없다고 생각했으나, 마리우스를 생각하면, 깊은 애정과 어둠 속에 사라져 가는 늙은 노인의 말 없는 절망을 갖고서밖에 마리우스를 생각하지 않았다.

그는 이가 빠져 가기 시작했는데, 그것이 그의 서글픔을 더해 주었다.

질노르망 씨는 그것에 격노하고 수치스러웠을 것이므로 자기가 그렇다고 시인하지는 않았지만, 일찍이 어떠한 정부도 마리우스를 사랑하듯이 사랑한 적은 결코 없었다.

그는 자기 방 침대 머리맡에, 잠을 깨면 맨 먼저 보고 싶어 하는 것으로서, 또 하나의 딸, 죽은 딸 퐁메르시 부인의 낡은 초상화를 걸어 놓게 했다. 그는 어느 날 그것을 들여다보면서 말한 일이 있었다.

"그놈은 얘를 닮은 것 같다."

"내 동생하고 말씀이죠?" 하고 질노르망 양이 말을 이었다. "그렇고말고요."

늙은이는 덧붙였다.

"그리고 그놈하고도."

한 번은, 그가 두 무릎을 맞대고 눈을 지그시 감고, 의기소침한 자세로 앉아 있을 때, 그의 딸은 그에게 말해 보았다.

"아버지, 그 애를 여전히 그렇게 원망하고 계셔요?"

그녀는 감히 더 이상 말하지 못하고 멈추었다.

"누구 말이냐?" 하고 그는 되물었다.

"그 가엾은 마리우스 말이에요."

그는 그의 늙은 머리를 들고, 쪼글쪼글한 여윈 주먹 하나를 탁자 위에 올려놓고, 더할 나위 없이 성나고 떨리는 말투로 외쳤다.

"가엾은 마리우스라고! 그 녀석은 못된 놈이야. 악종이야. 배은망덕하고 허영심이 많은 놈이야. 무정하고, 무심하고, 건방지고, 고약한 놈이야!"

그러면서 그는 눈에 글썽거리는 눈물을 딸에게 보이지 않으려고 얼굴을 돌려 버렸다.

사흘 후, 그는 네 시간 전부터 지킨 침묵을 깨고, 아닌 밤중에 홍두깨 격으로 딸에게 말했다.

"그놈 얘기는 결코 내게 하지 말라고 질노르망 양에게 부탁 드렸을 텐데."

질노르망 이모는 어떤 시도도 포기하고 이런 심오한 진단을 내렸다.

"아버지는 내 동생이 잘못을 저지른 뒤부터는 결코 그애를 많이 사랑하시지 않았다. 아버지가 마리우스를 미워하는 건 명백하다."

"잘못을 저지른 뒤부터는"이라는 것은 그녀가 대령과 결혼한 뒤부터라는 뜻이었다.

그런데, 독자도 짐작할 수 있었던 것처럼, 질노르망 양은 자기가 좋아하는 창기병 장교를 마리우스 대신으로 들여앉히려는 시도에 실패했었다. 후임자 테오뒬은 전혀 성공하지 못했었다. 질노르망 씨는 오판을 용납하지 않았다. 마음의 공허는 임시변통의 것에 전혀 만족하지 않는다. 테오뒬 쪽에서도 유산의 냄새를 맡으면서도 환심을 사는 고역이 싫었다. 늙은이는 창기병을 싫증나게 하였고, 창기병은 늙은이에게 불쾌감을 주었다. 테오뒬 중위는 아마 쾌활했겠지만, 수다스러웠고, 경박했지만 야비했고, 쾌남아였지만 점잖지 못했다. 그에게 정부들이 있었던 것은 사실이고, 그가 그녀들 얘기를 많이 하고 있었던 것도 또한 사실이지만, 그는 그녀들을 나쁘게 말했다. 그의 모든 장점들에는 단점 하나가 있었다. 질노르망 씨는 그가 바빌론 거리의 병사 주변에서 누리고 있는 어떤 염복들을 이야기하는 것을 듣기에 지쳐 있었다. 게다가 또 질노르망 중위는 때때로 군복에 프랑스 삼색 휘장을 달고 왔다. 이것은 그를 참으로 참을 수 없게 했다. 질노르망 영감은 마침내 딸에게 말했다. "그놈은 지긋지긋하다, 그 테오뒬은. 그를 만나고 싶으면 만나렴. 평화 시에 군인들은 난 별로 취미가 없다. 군도를 질질 끌고 다니는 놈들보다 군도를 휘두르는 놈들을 나는 더 좋아하는지 모르겠다. 전쟁에서 칼을 부딪치는 것이 길바닥에서 칼집을 딸가닥거리는 것보다 뭐니 뭐니 해도 덜 가증스럽다. 그리고 또 허세를 부리는 사람처럼 가슴을 뒤로 젖히고 계집애처럼 혁대를 차고, 갑옷 아래 코르셋으로 몸을 죄고 다니는 건 가소롭기 짝이 없다. 진정한 사내라면 허세를 부리지도 태를 꾸미지도 않는 거야. 네 테오뒬은 너를 위해 간직해 두어라."

그의 딸이 그에게 아무리, "그래도 아버지의 종손인걸요." 하고 말했자 소용없었다. 질노르망 씨는 손톱 끝까지 할아버지였으나 종조부는 전혀 아니었다.

요컨대 그는 지력이 있었고 비교하고 있었으므로, 테오뒬은 그에게 마리우스를 더 그리워하게 하는 데밖에 도움이 되지 않았다. 어느 날 저녁, 그것은 6월 4일이었는데, 이런 철에도 불구하고 질노르망 영감은 벽난로에 불을 활활 피워 놓고서, 바느질하던 딸을 옆방으로 쫓아 버리고 있었다. 그리고 자기는 홀로 목가적으로 꾸며진 방에 앉아서 벽난로의 장작 받치개에 발을 올려놓고, 아홉 폭으로 된 널따란 코로망델제 병풍에 절반 둘러싸여서, 초록빛 갓 아래 두 자루의 촛불이 타고 있는 탁자에 팔꿈치를 짚고, 융단으로 싼 안락의자에 파묻혀서, 손에 책 한 권을 들고 있었으나, 읽지는 않았다. 그는 그의 식대로, 집정관정부 시대의 멋쟁이 같은 옷차림을 하고 있어서, 가라*의 옛 초상화와 흡사했다. 이러한 복장으로 거리에 나가면 사람들이 그의 뒤를 따랐을 것이나, 그가 외출할 적에는 그의 딸이 언제나 주교의 옷 같은 펑퍼짐한 솜 넣은 비단 망토를

---

* 대혁명과 제정시대의 정치가.

걸쳐 주었기 때문에, 그의 옷은 사람들 눈에 띄지 않았다. 집에서는, 자고 일어날 때를 제외하고 그는 결코 실내복을 입는 일이 없었다. "그걸 입으면 늙어 보인다."고 그는 말했다.

질노르망 영감은 애정과 비통한 마음으로 마리우스를 생각했으나, 여느 때처럼 고통이 지배했다. 그의 격렬한 애정은 결국 언제나 부글부글 끓어 올라 분노로 변했다. 그는 운명이라 여기고 가슴이 찢어지는 고통도 받아들이려고 애쓰는 처지에 있었다. 이제는 더 이상 마리우스가 돌아와야 할 이유가 없다. 돌아와야 했다면 진작 그렇게 했을 것이다. 그는 돌아오기를 포기했음에 틀림없다. 그는 이렇게 이해하고 있는 중이었다. 이제 다 끝났다, 나는 '이 양반'을 다시 보지 못하고 죽으리라, 그는 이런 생각에 익숙해져 보려고 했다. 그러나 그의 모든 정이 반항했다. 그의 늙은 할아비의 마음은 거기에 동의할 수 없었다. "뭐! 그놈이 돌아오지 않는다고!" 이렇게 그는 말하고 있었다. 이것은 그가 늘 되뇌는 고통스러운 말이었다. 그는 그의 대머리를 가슴 위에 떨어뜨리고, 침통하고 성난 눈으로 벽난로의 재 위를 하염없이 바라보고 있었다.

그렇게 한창 깊은 몽상에 잠겨 있을 때, 늙은 하인 바스크가 들어와서 물었다.

"어르신께서 마리우스 씨를 만나 보실 수 있겠습니까?"

늙은이는 앉은 채 벌떡 상반신을 일으켰는데, 얼굴이 창백해 전기 충격 아래 일어서는 송장 같았다. 그의 모든 피가 심장으로 역류했다. 그는 더듬더듬 말했다.

"마리우스 무슨 씨라고?"

"잘 모르겠습니다." 하고 바스크는 주인의 표정에 겁이 나고 당황하여 대답했다. "쉰네가 만나 본 건 아닌뎁쇼. 방금 니콜레트가 쉰네에게 말했습죠. 젊은이가 한 분 저기 와 계시는데, 마리우스 씨라고 말씀드리라고요."

질노르망 영감은 나직한 목소리로 중얼거렸다.

"들여보내요."

그러고 그는 똑같은 태도로, 머리를 건들거리면서 문을 응시했다. 문은 다시 열렸다. 청년 하나가 들어왔다. 그것은 마리우스였다.

마리우스는 들어오라고 말하는 것을 기다리고 있는 것처럼 문에서 멈춰 섰다.

거의 초라한 그의 복장은 등불의 갓이 만들어 내는 어둠 속에서 잘 보이지 않았다. 다만 그의 침착하고 근엄한, 그러나 이상하게 슬퍼 보이는 얼굴밖에 분명히 알아볼 수 없었다.

질노르망 영감은 놀람과 기쁨으로 넋을 잃고, 마치 유령 앞에 있는 때처럼 얼마 동안 한 줄기 빛밖에 다른 것은 보지 못했다. 그는 금방이라도 까무러칠 것만 같았다. 그는 현기증을 통해 마리우스를 보고 있었다. 그것은 정녕 그였다, 정녕 마리우스였다!

드디어! 사 년 후에! 그는 말하자면 그를 한눈으로 통째로 포착했다. 그는 그를 아름답고, 고상하고, 준수하고, 커서 성인이 되고, 태도가 예절 바르고, 풍채가 매혹적이라고 생각했다. 질노르망 영감은 양팔을 벌리고, 그의 이름을 부르고, 뛰어가고 싶었다. 그의 마음속은 황홀감에 녹아들고, 정다운 말이 가슴속에 부풀어 넘쳐흐르고 있었다. 마침내 그 모든 애정이 나타나 그의 입술에 이르렀는데, 그의 본성의 근본인 상반성으로 말미암아, 그의 입에선 매정한 말이 나왔다. 그는 퉁명스럽게 말했다.

"여기는 뭐하러 왔소?"*

마리우스는 당황해서 대답했다.

"어르신……."

질노르망 씨는 마리우스가 자기 품 안에 뛰어들기를 바랐으리라. 그는 마리우스와 자기 자신이 불만스러웠다. 자기는 퉁명스럽고 마리우스는 냉담하다는 것을 그는 느꼈다. 속으로는 그렇게도 정답고 그렇게도 애통하게 여기면서도 겉으로는 박정할 수밖에 없는 것이 이 노인에게는 견딜 수 없이 짜증스러운 걱정이었다. 그는 또 다시 서글퍼졌다. 그는 무뚝뚝한 말투로 마리우스의 말을 가로막았다.

"그럼 왜 왔소?"

이 '그럼'이라는 말은, '내 품 안에 안기려고 온 것이 아니라면'이라는 뜻이었다. 마리우스는 창백하기가 대리석 같은 얼굴을 하고 있는 조부를 바라보았다.

"어르신……."

---

* 프랑스인들은 가족끼리 또는 친한 사이엔 tutoyer(너나들이로 말하다)하지만, 그런 사이에도 화가 났거나 꾸짖거나 쌀쌀하게 굴 때에는 voussoyer(존댓말하다)한다. '냉정'을 가장한 '조부'는 voussoyer하다가 '애정'을 되찾은 '할아버지'는 tutoyer하게 된다. 이것이 한국인에게는 매우 어색하지만, 역자는 부득이 그대로 옮긴다.

늙은이는 엄한 목소리로 말을 이었다.

"내게 용서를 구하러 온 거요? 그대의 잘못을 깨달은 거요?"

그는 마리우스를 올바른 길로 돌아오게 하고 '이 아이'가 곧 수그러지리라고 믿었다. 마리우스는 몸이 떨렸다. 외할아버지가 그에게 요구하고 있는 것은 그의 아버지를 부인하는 것이었다. 그는 눈을 수그리고 대답했다.

"아닙니다, 어르신."

"그렇다면 내게 뭘 바라는 거요?" 하고 노인은 격분하여 비통한 어조로 격렬하게 소리쳤다.

마리우스는 두 손을 마주잡고, 한 걸음 나가, 떨리는 가냘픈 목소리로 말했다.

"어르신, 저를 불쌍히 여겨 주십시오."

이 말은 질노르망 씨를 감동시켰다. 더 일찍 말했더라면 그 말은 그를 감동시켰을 것이나, 너무 늦었다. 조부는 일어섰다. 그는 두 손으로 지팡이에 몸을 기대고 있었고, 그의 입술은 하얗고 머리는 흔들거리고 있었으나, 그의 높은 키는 몸을 구부리고 있는 마리우스 위에 우뚝 솟아 있었다.

"불쌍히 여겨 달라고! 아흔한 살 늙은이에게 새파란 젊은이가 불쌍히 여겨 달라고! 그대는 인생에 들어가고 있고, 나는 나오고 있소. 그대는 극장에, 무도회에, 카페에, 당구장에 드나들고, 재치가 있고, 여자들 마음에 들고, 미남 총각이오. 나는 한여름에도 깜부기불에 가래를 뱉고 있소. 그대는 유일무이한 재산인 젊음을 갖고 있는 부자지만, 나는 늙은이의 모든 가난을, 병약과 고독을 갖고 있소! 그대는 서른두 개의 치아와 튼튼한 위, 밝은 눈, 힘, 식욕, 건강, 쾌활, 검은 머리의 숲을 갖고 있소. 나는 이제 흰 머리조차 없고, 치아도 잃었고, 다리에 기운도 빠져 가고, 기억력도 없어져서, 샤를로 거리와 숌 거리, 생 클로드 거리의 세 이름도 노상 혼동하는 그런 지경에 나는 와 있소. 그대 앞에는 햇빛이 가득 찬 모든 미래가 있지만, 나는 이제 눈이 통 안 보이기 시작할 만큼 그렇게 어둠 속에 들어가고 있소. 그대는 연애를 하고 있지만, 그야 말할 것도 없지, 나는 세상에서 사랑해 주는 사람이 아무도 없소. 그런데도 그대는 나에게 불쌍히 여겨 달라고 해! 천만에, 몰리에르도 그런 건 잊어버렸어. 그대들이 그처럼 재판소에서 농담을 한다면, 변호사님들 여러분, 나는 그대들에게 충심으로 축하를 하오. 그대들은 우습구나."

그러고 이 구십 노인은 근엄하고 성난 목소리로 말을 이었다.

"그래, 내게 뭘 바라는 거요?"

"어르신." 하고 마리우스는 말했다. "제가 어르신 앞에 있는 것이 불쾌하시리라는 걸 저는 알고 있습니다만, 저는 단지 한 가지 부탁이 있어서 왔는데, 그런 뒤에는 곧 물러가겠습니다."

"그대는 바보구먼! 누가 그대에게 나가라고 말하는가?" 하고 늙은이는 말했다.

이것은, "그러지 말고 내게 용서를 빌어라! 내 목에 뛰어들어라!"라는 그의 마음속에 있는 그 정다운 말을 그렇게 바꾸어 말한 것이었다. 질노르망 씨는 느끼고 있었다. 마리우스가 잠시 후에는 자기 곁을 떠나리라, 자기의 푸대접이 그에게 불쾌감을 주고 있다, 자기의 매정함이 그를 쫓아내고 있다, 라고. 그는 그런 모든 생각을 하고 있었고, 그의 고통은 더욱더 커져 가고 있었고, 그리고 그의 고통이 즉시 분노로 변해 가므로, 그의 매정함은 더해 가고 있었다. 그는 마리우스가 자기 마음을 알아주기를 바랐겠지만, 마리우스는 알아주지 않았고, 그래서 늙은이는 노발대발했다. 그는 말을 이었다.

"뭐라고! 그대는 내게 결례를 했다, 나에게, 그대의 할아비에게. 그대는 내 집을 나가서 어딘지 알 수 없는 곳으로 갔고, 그대의 이모를 가슴 아프게 했고, 이건 뻔한 일이고, 그게 더 편리한 거지만, 그대는 총각 생활을 하고, 멋쟁이 노릇을 하고, 집에는 몇 시든 언제나 돌아오고, 마냥 놀아먹고, 내게는 감감무소식이고, 나더러 갚아 달라는 말조차도 하지 않고 빚을 지고, 남의 집 유리창을 깨뜨리고 소란을 피우고, 그러고 사 년 후에야 내 집에 와서, 내게 한다는 소리가 그래, 고것뿐이란 말인가!"

손자의 애정을 자아내려고 한 이 격렬한 방법은 마리우스의 침묵밖에 빚어내지 못했다. 질노르망 씨는 팔짱을 끼었는데, 그것은 그에게는 유난히 거만한 몸짓이었다. 그리고 마리우스에게 신랄하게 심한 말을 했다.

"끝내자. 그대는 내게 뭘 부탁하려고 왔다고 그랬지? 그래 뭐요? 그게 뭐요? 말해요."

"어르신." 하고 마리우스는 곧 구렁텅이에 빠지는 것을 느끼는 사람 같은 눈으로 말했다. "제가 온 것은 제 결혼 허가를 받기 위해서입니다."

질노르망 씨는 초인종을 울렸다. 바스크가 문을 방긋이 열었다.

"딸을 불러와요."

잠시 후에 다시 문이 열리고, 질노르망 양이 나타났으나 들어오지는 않았다. 마리우스는 팔을 내려뜨린 채 죄인 같은 얼굴을 하고 말없이 서 있었다. 질노르망 씨는 방 안을 이리저리 왔다 갔다 거닐고 있었다. 그는 딸 쪽을 돌아보고 말했다.

"아무것도 아니오. 마리우스 도련님이 오셨소. 인사를 하오. 도련님이 장가를 가고 싶대요. 그뿐이오. 그만 가 봐요."

늙은이의 도막도막 끊어진 목쉰 말소리는 몹시 흥분해 있음을 나타내고 있었다. 이모는 놀란 얼굴로 마리우스를 바라보았으나, 잘 알아보지도 못한 것 같았으며, 몸짓 하나 말 한마디 못하고, 폭풍 앞의 지푸라기보다도 더 빨리 아버지의 입김에 꺼져 버렸다.

그러는 동안 질노르망 영감은 다시 돌아와서 벽난로에 등을 기댔다.

"결혼을 하신다고! 스물한 살에! 그대가 그걸 정해 놓았다고! 그대는 이제 허가를 해 달라는 것뿐이라고! 하나의 형식으로. 앉으시오, 도련님. 그런데, 내가 도련님을 못 뵙게 된 뒤에 그대는 혁명을 하나 치렀지. 자코뱅 당이 이겼으니, 도련님은 틀림없이 만족하였겠소. 그대는 남작이 되고서부터 공화주의자가 되지 않았소? 그대는 그런 걸 잘 맞추고 있구먼. 공화제는 남작의 작위에 양념이 되거든. 그대는 7월 혁명으로 훈장을 탔소? 루브르 궁에도 좀 손을 댔고? 바로 요 근처에, 노냉 디에르 거리 맞바라기의 생 탕투안 거리의 어느 집 4층 벽에 탄환 하나가 박혀 있는데, 거기에 1830년 7월 28일이라고 적혀 있소. 가서 좀 보구려, 좋은 인상을 줄 테니. 아! 그들은 좋은 일을 하는구먼, 그대의 친구들은! 그런데, 그들은 베리 공의 기념비 터에 분수를 하나 만든다지 않나? 그래서, 그대는 결혼을 하고 싶다고? 누구하고요? 누구하고인지 물어도 실례가 되지 않겠소?"

그는 말을 멈추었다. 그리고 마리우스가 미처 대답할 겨를도 없이 격렬하게 덧붙였다.

"그래서, 그대는 직업을 가졌겠지? 재산을 모았겠지? 그대는 변호사 일을 하면서 얼마나 벌지요?"

"한 푼도 못 법니다." 하고 마리우스는 거의 사나울 만큼 단호하고 결연한 어조로 대답했다.

"한 푼도 못 벌어? 그럼 그대는 살아가기 위해 내가 주는 1200프랑밖에 없다는 건가?"

마리우스는 조금도 대답하지 않았다. 질노르망 씨는 계속했다.

"그렇다면 알겠소. 처녀가 부자인 게로군?"

"저와 마찬가집니다."

"뭐! 지참금도 없어?"

"없습니다."

"유산은?"

"그런 게 있을 것 같지 않습니다."

"순전히 알몸뚱이라! 그리고 아버지는 어떤 사람인가?"

"모르겠습니다."

"그리고 처녀 이름은 뭔가?"

"포슐르방 양입니다."

"포슈 뭐?"

"포슐르방입니다."

"쯧쯧쯧!" 하고 노인은 혀를 찼다.

"어르신!" 하고 마리우스는 외쳤다.

질노르망 씨는 혼잣말을 하는 사람 같은 말투로 그의 말을 가로막았다.

"그래, 스물한 살에, 직업도 없이, 일 년에 1200프랑, 퐁메르시 남작 부인께선 채소 가게에 2수어치의 파슬리를 사러 가겠구먼."

"어르신." 하고 마리우스는 사라져 가는 마지막의 희망에 매달려 경황없이 말했다. "애원합니다! 하늘에 맹세코, 두 손 모아, 어르신 발 아래 엎드려 간청합니다, 어르신. 그 여자와 결혼하는 걸 허가해 주십시오."

"핫! 하! 하! 암 그렇지! 그대는 이렇게 생각했겠지. 그 고로 (故老)를, 그 어리석은 늙은이를 찾아가 보자! 내가 스물다섯 살이 안 된 게 유감천만이다! 그랬다면 얼마나 나는 너에게, 당신에게, 그에게 결혼 승낙 요구서를 내던지고 말았을까! 얼마나 나는 그 사람 없이 때울 수 있었을까! 어쨌든 그에게 이렇게 말하리라. 늙은 바보 할아비, 나를 만나 봐서 너무 기쁘지. 난 장가가고 싶어. 뭐이라는 처녀하고 결혼하고 싶어. 어떤 양반인가의 딸이야. 나는 구두도 없고, 그 여자는 슈미즈도 없어. 잘 어울리지. 나는 내 직업도, 장래도, 청춘도, 생애도 다 물에 던져 버리고 싶어. 나는 한 여자와 모가지를 그러안고 빈궁 속에 뛰어들고 싶어. 이게 내 생각이야. 너는 이에 동의하지 않으면 안 돼! 그러면 그 늙은 말라깽이는 동의하겠지. 좋다, 아가, 너 좋을 대로 하거라. 네 돌덩어리가 너를 사랑하게 하거라. 너의 푸슬르방인지 쿠플르방인지하고 결혼하거라…… 이렇게 말이야. 하지만 결코 안 돼, 도련님! 결코 안 돼!"

"아버지!"

"결코 안 돼!"

이 "결코 안 돼!"라고 말한 그 말투에 마리우스는 일체의 희망을 잃어버렸다. 그는 고개를 수그리고 비틀거리면서 천천히 방을 건너갔는데, 그것은 나가는 어떤 사람보다 훨씬 더 죽어 가는 어떤 사람 같았다. 질노르망 씨는 떠나는 그의 뒤를 바라보고 있다가, 문이 열리고 마리우스가 막 나가려 할 때, 거만하고 고루한 늙은이들의 그 날쌘 동작으로 몇 걸음 걸어 나가, 마리우스의 덜미를 움켜잡고, 힘차게 방 안으로 도로 데리고 와서, 안락의자에 밀어 던지고 말했다.

"내게 그걸 얘기하거라!"

이렇게 급변한 것은 마리우스의 입에서 불쑥 튀어나온 '아버지'라는 단 한마디 말 때문이었다.

마리우스는 어리둥절하여 그를 바라보았다. 질노르망 씨의 변하기 쉬운 얼굴은 더 이상 무뚝뚝한, 뭐라고 말로 표현할 수 없는 순박함밖에 아무것도 나타내지 않고 있었다. 조부가 할아버지로 변했다.

"자, 어서, 말해라. 내게 네 연애 얘기를 하거라. 지껄여라. 내게 싹 말해라! 제기랄, 젊은이들은 얼마나 바보인가!"

"아버지!" 하고 마리우스는 말을 이었다.

늙은이의 얼굴은 온통 뭐라고 말할 수 없는 빛으로 환히 빛났다.

"오냐, 그렇다! 나를 아버지라고 불러라. 그러면 너는 알게 될 것이다!"

지금은 그 퉁명스러움 속에 그렇게도 친절하고, 그렇게도 다정하고, 그렇게도 솔직하고, 그렇게도 어버이다운 것이 있었기 때문에, 마리우스는 갑자기 낙망에서 희망을 품게 되는 가운데도 그 변화에 취해 정신이 얼떨떨한 것 같았다. 그는 탁자 옆에 앉았는데, 촛불 빛이 그의 옷이 심히 낡아 빠진 것을 뚜렷이 드러내 보여 주고 있었으므로 질노르망 영감은 그것을 보고 놀랐다.

"그럼 아버지." 하고 마리우스는 말했다.

"아니, 그래." 하고 질노르망 씨는 가로막았다. "너는 정말로 돈이 없구나? 네 차림새는 꼭 도둑놈 같다."

그는 서랍 속을 뒤져서 지갑을 꺼내어 탁자 위에 올려놓았다.

"옛다, 여기 100루이(2000프랑) 있다. 모자 하나 사거라."

"아버지." 하고 마리우스는 계속했다. "내 좋은 아버지, 아버지가 아신다면! 저는 그 여자를 사랑하고 있어요. 아버지는 상상도 못 하셔요. 제가 그 여자를 처음 본 것은 뤽상부르 공원에서였어요. 그 여자는 거기에 오곤 했어요. 처음에는 별로 주의하지 않았는데, 그 뒤에 어떻게 그렇게 됐는지 모르겠으나, 저는 그 여자를 사랑하게 되었어요. 오! 그 때문에 저는 얼마나 불행해졌는지! 마침내 저는 지금 그 여자를 만나고 있어요, 날마다, 그 여자 집에서. 그녀의 아버지는 몰라요. 그들이 곧 떠나려고 한다는 것을 상상해 보십시오! 저희들은 저녁에 정원에서 만나는데, 아버지가 그녀를 영국에 데려가려고 합니다. 그래서 저는 할아버지를 찾아뵙고 이 일을 이야기해야겠다고 생각했습니다. 만약에 헤어진다면 첫째 저는 미칠 거예요. 죽을 거예요. 병이 날 거예요. 물에 몸을 던질 거예요. 절대로 그 여자하고 결혼을 해야겠어요. 그렇지 못하면 저는 미쳐버릴 테니까요. 요컨대 이상이 전부의 사실입니다. 아무것도 빠뜨린 건 없다고 생각합니다. 그 여자는 플뤼메 거리의 살문이 있는 정원 안에 살고 있습니다. 앵발리드 쪽입니다."

질노르망 영감은 흐뭇한 마음으로 마리우스 옆에 앉아 있었다. 그의 이야기에 귀를 기울이고 그의 목소리를 즐기면서도 동시에 한 줌의 코담배를 유유히 즐기고 있었다. 플뤼메 거리라는 말에, 그는 코담배 맡기를 그치고 나머지의 담배를 무릎 위에 떨어뜨렸다.

"플뤼메 거리! 플뤼메 거리라고 말했지? 가만 있자! 그 근처에 병사 하나가 있지 않나? 옳아, 맞았어. 네 외재종 테오될이 그 얘기를 하더라. 그 창기병 장교 말이다. 소녀가 하나, 얘야, 소녀가 하나 있다더라! 암, 그렇고말고, 플뤼메 거리다. 옛날에는 블로메 거리라고 불렀지. 이제 생각이 난다. 플뤼메 거리 살문 집의 그 소녀 얘기는 나도 들었다. 정원에 있는. 파멜라* 같은 처녀. 네 눈도 나쁘진 않구나. 말쑥한 여자라더라. 우리끼리의 얘기지만, 그 얼간이 같은 창기병 녀석도 그 여자에게 좀 수작을 걸었던 모양이더라. 그게 어디까지 갔는지는 모르겠다만. 하지만 그런 건 아무것도 아니다. 하지만 그 녀석 말은 믿어서는 안 된다. 그 녀석은 허풍을 떨거든. 마리우스! 너 같은 젊은이가 연애를 한다는 건 퍽 좋은 일이라고 나는 생각한다. 너는 그럴 나이다. 자코뱅 당원보다 연애하는 네가 난 더 좋다. 로베스피에르 씨에게 반한 것보다 한 여자에게, 아니! 여러 명의 여자들에게라도 반하는 네가 난 더 좋다. 나로서는, 과격 광화파들에 관해서도 내가 여자들밖에 결코 사랑하지 않은 건 잘한 일이라고 자인한다. 예쁜 계집애들은 예쁜 계집애들이다, 뭐니 뭐니 해도! 거기에 이론은 없다. 그런데 그 소녀가 아빠 몰래 너를 만나고 있다고. 으레 있는 일이다. 내게도 그런 일이 있었다. 한두 번이 아니었지. 사람들은 어떻게 하는지 아느냐? 사람들은 이런 일로 죽네 사네 하지 않는다. 비극에 뛰어들지 않는다. 결혼이란 결론을 내리고 어깨띠를 찬 시장 앞에 나가지 않는다. 그냥 재치 있는 총각이 된다. 분별력을 갖는다. 미끄러지듯 살짝 빠져나가거라, 인간들이여, 결혼하지 마라. 오래된 서랍 속에 늘 돈 꾸러미를 넣어 놓고 있는, 본심은 호인인 할아버지를 만나러 와서, 그에

---

* 리처드슨의 소설 속 여주인공.

게 이렇게 말하는 거야. 할아버지, 이러이러합니다. 그러면 할아버지는 말한다. 그건 문제없다, 라고. 청춘은 지나가고 노년은 쇠약해진다. 나도 젊었다. 너도 늙을 것이다. 애, 아가, 너도 네 손자들에게 그렇게 같은 말을 할 것이다. 여기 200피스톨(2000프랑)이 있다. 재미있게 놀아라. 더 좋은 건 아무것도 없다! 일이 그렇게 돼 가야만 한다. 사람들은 결코 결혼하지 않지만, 그렇다고 해서 하지 말라는 건 아니야. 내 말 알아듣겠니?"

마리우스는 화석처럼 굳어져서 말 한마디 못 하고, 머리를 흔들어 못 알아듣겠다는 표시를 했다.

노옹은 깔깔 웃고, 늙은 눈을 깜박거리고, 그의 무릎을 손으로 살짝 치고, 이상하게 반짝이는 얼굴로 그를 똑바로 바라보고, 더없이 다정하게 어깨를 들먹거리면서 말했다.

"이 바보야! 그를 네 정부로 삼아라."

마리우스는 창백해졌다. 그는 할아버지가 방금 말한 것을 하나도 이해하지 못했다. 블로메 거리니, 파멜라니, 병사니, 창기병이니 하는 그 중언부언은 마리우스의 앞을 환등처럼 지나갔었다. 그 모든 것은 백합꽃 같은 코제트하고는 아무런 관계도 없었다. 늙은이는 횡설수설하고 있었다. 그러나 그 횡설수설은 마리우스가 잘 알아들은 한마디로, 그리고 코제트에게 극도의 모욕이 되는 한마디로 끝났다. "그를 네 정부로 삼아라."라는 그 말은 근엄한 청년의 가슴에 칼처럼 꽂혔다.

그는 일어나서 방바닥에 있는 모자를 집어 들고, 확고하고 단호한 걸음걸이로 문을 향해 걸어갔다. 거기서 그는 돌아서서, 할아버지 앞에 공손히 절을 하고, 다시 몸을 일으키고 말했다.

"오 년 전에 어르신은 제 아버지를 모욕하셨는데, 오늘은 제 아내를 모욕하십니다. 저는 더 이상 아무것도 부탁하지 않겠습니다. 어르신, 안녕히 계십시오."

질노르망 영감은 대경실색하여, 입을 열고, 팔을 뻗치고, 일어나 보려고 했으나, 말 한마디 할 수도 있기 전에 문이 다시 닫히고 마리우스는 사라져 버렸다.

늙은이는 한동안 벼락을 맞은 것처럼 움쭉도 못 하고, 주먹으로 멱살을 죄인 것처럼 말도 못 하고 숨도 못 쉬고 있었다. 이윽고 안락의자에서 몸을 빼내어 아흔한 살의 나이에 달릴 수 있는 한 잽싸게 문으로 달려가, 문을 열고 소리쳤다.

"거 아무도 없느냐! 아무도 없어!"

딸이 나타나고, 이어서 하인들이 나타났다. 그는 비통한 목쉰 소리로 말했다.

"그놈을 쫓아가거라. 그놈을 잡아 오너라. 내가 그놈에게 뭘 했기에? 그놈은 미쳤다! 그놈은 가 버렸다! 아아! 이럴 수가! 아아! 이럴 수가! 이번에는 다시는 안 돌아올 텐데!"

그는 거리 쪽으로 난 창으로 가서, 떨리는 늙은 손으로 창을 열고, 허리까지도 더 창 밖으로 몸을 구부리고, 바스크와 니콜레트에게 뒤에서 붙들린 채 고함을 질렀다.

"마리우스! 마리우스! 마리우스! 마리우스!"

그러나 마리우스는 벌써 그 소리를 들을 수 없었고, 바로 그때에 그는 생 루이 거리의 모퉁이를 돌아가고 있었다.

구순의 노인은 침통한 표정을 하고서 두세 번 두 손으로 관자놀이를 만지고, 비트적거리면서 뒷걸음질하여 안락의자에 쓰러졌다. 맥도 뛰지 않고, 말도 나오지 않고, 눈물도 흐르지 않고, 망연자실한 모양으로 머리를 흔들고 입술을 실룩거리고, 눈과 가슴속에는 뭔지 어둠 같은 음침하고 그윽한 것밖에 더 이상 아무것도 없었다.

9
그들은 어디로 가나?

1. 장 발장

같은 날 오후 4시경, 장 발장은 연병장의 가장 호젓한 비탈 뒤에 홀로 앉아 있었다. 경계심에서였는지, 명상에 잠기고 싶은 생각에서였는지, 또는 단순히 모든 생활들에서 조금씩 일어나는 무의식적인 습관 변화의 결과에서였는지, 어쨌든 그는 이제 코제트와 함께 외출하는 일이 꽤 드물었다. 그는 노동자 저고리에 회색 무명베 바지를 입고, 차양 달린 모자로 얼굴을 가리고 있었다. 그는 현재 코제트 쪽에서는 평온하고 행복했으며, 한때 그를 놀라게 하고 불안하게 했던 것이 사라져 버렸으나, 한두 주일 전부터 그에게 다른 성질의 걱정이 생겼었다. 어느 날 그는 가로수 길을 산책하면서 테나르디에를 보았는데, 변장 때문에 테나르디에는 그를 전혀 알아보지 못했으나, 그때부터 장 발장은 그를 여러 번 보았고, 이제 테나르디에가 그 구역을 배회하고 있다는 확신을 가졌다. 이것만으로도 그는 중대한 결심을 하기에 충분했다. 테나르디에가 거기에 있는 것, 그것은 모든 위험이 동시에 거기에 있는 것이다.

게다가 파리는 조용하지 않았다. 정치적 소란은 누구나 신상에 무슨 숨길 것이 있는 사람에게는 불리한 점을 주었는데 그것은 경찰이 매우 불안하고 매우 의심이 많아져서, 페팽이나 모레 같은 사람을 추적하려고 애쓰면서, 장 발장 같은 사람을 썩 잘 발견할 수 있는 것이다.

이런 모든 관점에서 그는 걱정스러웠다.

마지막으로, 불가해한 사실 하나가 그를 놀라게 했고 그로 인해 그가 아직도 심히 열을 받고 있었기 때문에 그는 경계심이 더해졌다. 바로 이 같은 날 아침, 그는 집 안에서 혼자 일어나서, 코제트의 방 겉창이 열리기 전에 정원을 거닐다가, 담벼락에, 아마 못으로 새긴 것이리라, 아래와 같은 한 줄의 글씨가 갑자기 눈에 띄었다.

'베르리 거리 16.'

그것은 아주 최근에 쓰인 것이어서, 펜 자국이 새카만 낡은 벽토 속에 하얗게 보이고, 담장 아래에 우부룩한 한 무더기의 쐐기풀은 깨끗한 새 벽토 가루를 둘러쓰고 있었다. 그것은 아마 간밤에 쓰인 것이리라. 이게 무엇일까? 주소일까? 다른 사람들에게 주는 암호일까? 자기에게 주는 경고일까? 어쨌든 정원이 침범된 것은, 모르는 사람들이 침입한 것은 분명했다.

그는 이미 이 집을 놀라게 했었던 해괴한 사건들을 떠올렸다. 그의 머리는 그런 일로 가득 차 있었다. 그는 못으로 담벼락에 써 놓은 그 글씨에 관해서는 코제트를 놀라게 할까 봐 두려워서 그녀에게 말하지 않도록 조심했다.

이 모든 것을 심사숙고한 끝에 장 발장은 파리를, 심지어 프랑스까지도 떠나, 영국으로 건너가기로 결심했었다. 코제트에게도 미리 알려 두었었다. 그는 일주일 내로 떠나 버리고 싶었다. 그는 연병장의 비탈에 앉아서, 머릿속에 온갖 생각을 다 하고 있었던 것이다. 테나르디에, 경찰, 담벼락에 쓰인 그 해괴한 글씨, 그 여행, 그리고 여권을 얻는 어려움 등을.

그러한 걱정들에 한창 빠져 있을 때, 그는 자기의 바로 뒤 비탈 꼭대기에 금방 누가 와서 서는 것을, 햇빛이 던져 주는 그림자로 알아차렸다. 그가 막 돌아보려 할 때, 네 겹으로 접은 쪽지 하나가 어떤 손이 머리 위로 던진 것처럼 그의 무릎 위에 떨어졌다. 그는 쪽지를 주워서 펴고 읽어 보니, 거기에는 큼직한 연필 글씨로 이렇게 적혀 있었다.

이사하시오.

장 발장이 얼른 일어났지만, 비탈에는 더 이상 아무도 없었다. 주위를 둘러본즉, 회색 작업복에 뿌연 목 비로드 바지를 입은, 어린이보다는 크고 어른보다는 작은, 사람 같은 것이 난간을 뛰어넘어 연병장의 구렁 속으로 슬그머니 들어가는 것이 보였다.

장 발장은 곰곰 생각하면서 즉시 집으로 돌아갔다.

2. 마리우스

마리우스는 비탄에 잠겨 질노르망 씨 댁에서 나왔었다. 그는 거기에 일루의 희망을 안고 들어갔었으나, 거기서 막대한 절망을 안고 나왔다.

그런데, 인간의 마음의 초기를 관찰한 사람들은 이해하겠지만, 그 창기병은, 그 장교는, 그 얼간이는, 그 외재종 테오될은 그의 마음속에 아무런 그림자도 남겨 놓지 않았다. 조금의 그림자도. 극시인이라면 아닌 밤중에 홍두깨 격으로 할아버지가 손자에게 그렇게 누설한 것에서 남 보기에는 어떤 분규의 드라마를 기대할 수도 있을 것이다. 그러나 드라마가 거기서 얻을 것을 진실은 잃을 것이다. 마리우스는 악에 관해서는 사람이 아무것도 믿지 않는 그런 나이였다. 사람이 모든 것을 믿는 나이는 나중에 온다. 의혹은 주름살 이외의 다른 것이 아니다. 초기의 청춘은 주름살을 갖지 않는다. 오셀로의 마음을 뒤흔드는 것도 캉디드*에게는 별 반응을 일으키지 않는다. 코제트를 의심한다! 마리우스는 수많은 범죄라도 그보다는 더 쉽게 했을 것이다.

그는 거리를 걷기 시작했는데, 그것은 고민하는 자들의 방

---

* 볼테르의 소설 『캉디드』의 천진난만한 주인공.

편이다. 그가 무슨 생각을 했는지 그는 그것을 기억할 수 없었다. 오전 2시에 쿠르페락의 집에 돌아가 옷을 입은 채 요 위에 몸을 던졌다. 날이 훤히 밝아서야 잠이 들었는데, 생각들이 머릿속을 오락가락하는 무겁고 무서운 수면이었다. 잠을 깼을 때, 쿠르페락과 앙졸라, 푀이, 콩브페르가 매우 바쁜 듯이, 모자를 쓰고 방 안에 서서 막 나가려 하는 것을 보았다.

쿠르페락이 그에게 말했다.

"너 라마르크 장군의 장례식에 가겠니?"

그는 쿠르페락이 중국말을 하는 것 같았다.

그는 그들이 나간 뒤 조금 있다가 나갔다. 2월 3일의 사건 때 자베르에게서 받은 채 수중에 남아 있던 피스톨을 그는 호주머니에 넣었다. 그 피스톨에는 아직도 총알이 재어져 있었다. 무슨 생각을 머릿속에 숨기고 그것을 가져가는지는 말하기 어려울 것이다.

온종일 그는 정처 없이 돌아다녔다. 이따금 비가 왔으나 그는 그것을 알아차리지 못했다. 그는 저녁 식사를 위해 빵집에서 1수어치의 가느다란 빵을 사서 호주머니에 넣었으나 그것도 잊어버리고 있었다. 그는 의식도 하지 않고 센 강에서 멱을 감은 것 같다. 두개골 아래에서 불이 활활 타오르고 있는 것 같은 때가 사람에게는 있다. 마리우스는 그러한 때에 있었다. 그는 더 이상 아무것도 바라지 않았고, 더 이상 아무것도 두려워하지 않았다. 그는 전날부터 그러한 발걸음을 했다. 그는 몹시 초조하게 저녁을 기다리고 있었다. 그는 더 이상 하나의 뚜렷한 생각밖에 없었다. 그것은 그가 9시에 코제트를 만나 보리라는 것이었다. 이 마지막 행복이 이제 그의 모든 미래였다. 그 후에는 어둠. 때때로, 더없이 호젓한 가로수 길을 거닐면서도, 그는 파리 시내에서 이상한 소음이 들려오는 것 같았다. 그는 그의 몽상 밖으로 머리를 내놓고 말했다. "싸우고 있나?"

해가 지고, 9시 정각에, 코제트에게 약속한 대로 그는 플뤼메 거리에 있었다. 쇠살문에 다가갔을 때, 그는 모든 것을 잊었다. 그가 코제트를 만난 지 사십팔 시간이 되었고, 이제 바야흐로 그 여자를 다시 만나려 하고 있었고, 그 밖의 모든 생각은 스러져 버렸고, 그는 더 이상 크나큰 비상한 기쁨밖에 느끼지 않았다. 일각이 여삼추인 이러한 순간에는 언제나 숭엄하고도 황홀한 것이 있어서, 그러한 시간이 지나가는 때에는 그것이 사람의 가슴을 가득 채워 준다.

마리우스는 문살을 빼고 정원으로 뛰어 들어갔다. 코제트는 평소에 그를 기다려 주던 곳에 있지 않았다. 그는 덤불 사이를 지나서, 현관 앞 층계 옆의 쑥 들어간 곳으로 갔다. "거기서 기다리나 보다." 하고 그는 말했다. 코제트는 거기에 없었다. 위를 쳐다보니, 집의 겉창들은 닫혀 있었다. 정원을 한 바퀴 돌아보았으나, 정원에는 아무도 없었다. 그러자 그는 집으로 돌아와서, 사랑에 넋이 나가고, 흥분되고, 겁이 나고, 나쁜 시간에 자기 집에 돌아온 주인처럼, 고통과 불안으로 화가 나서, 겉창들을 두드렸다. 창이 열리고 아버지의 음침한 얼굴이 나타나, "뭐요?" 하고 묻는 것을 보는 위험을 무릅쓰고 그는 두드리고 또 두드렸다. 그가 막연하게 예감하고 있는 것에 비하면 그런 건 이제 아무것도 아니었다. 그가 두드렸을 때, 그는 목소리를 높여 코제트를 불렀다. "코제트!" 하고 외쳤다. "코제트!" 하고 다급하게 되풀이했다. 아무도 대답하지 않았다. 다 끝났다. 정원에는 아무도 없었다. 집 안에도 아무도 없었다.

마리우스는 절망한 눈으로 그 음산한 집을 응시했다. 무덤처럼 컴컴하고, 그처럼 괴괴하고, 그보다도 더 텅 빈 그 집을. 그는 돌 벤치를 바라보았다. 코제트 옆에서 그렇게도 즐거운 시간을 보냈던 그 돌 벤치를. 그러자 그는 가슴 가득히 달콤한 추억과 굳은 결의를 품고 현관 앞 층계의 단에 앉아서, 마음속으로 자기의 사랑을 축복하고, 코제트가 떠나 버렸으니 이제 죽는 수밖에 없다고 생각했다.

갑자기 목소리 하나가 들렸는데 그것은 거리에서 오는 것 같았고 나무들 사이에서 외치고 있었다.

"마리우스 씨!"

그는 벌떡 일어섰다.

"응?" 하고 그는 말했다.

"마리우스 씨, 거기 계세요?"

"예."

"마리우스 씨." 하고 그 목소리는 말을 이었다. "당신 친구들이 샹브르리 거리의 바리케이드에서 당신을 기다리고 있어요."

그것은 전혀 모르는 목소리가 아니었다. 그것은 듣기 거북한 목쉰 에포닌의 목소리 같았다. 마리우스는 살문으로 뛰어

가서 움직이는 문살을 젖히고, 그 사이로 머리를 내놓고 본즉, 한 젊은 사내같이 보이는 어떤 사람이 어둠 속으로 뛰어 들어 갔다.

3. 마뵈프 씨

장 발장의 지갑은 마뵈프 씨에게 무용지물이었다. 존경할 만큼 엄격하고 어린아이 같은 마뵈프 씨는 별들의 선물을 전혀 받아들이지 않았다. 하나의 별이 루이 금화로 바뀔 수 있으리라는 것을 그는 전혀 인정하지 않았다. 그는 하늘에서 떨어진 것이 가브로슈한테서 온 것이라고는 짐작하지 못했다. 그는 그 지갑을 관할 경찰에 가져가, 습득물로 계출하여 청구자의 요구대로 찾아가게 했다. 이 지갑은 사실 분실물이었다. 아무도 그것을 요구하지 않은 건 말할 것도 없거니와, 그것은 마뵈프 씨를 전혀 돕지 못했다.

그런데 마뵈프 씨는 계속 추락했었다.

쪽의 시험 재배는 아우스터리츠의 그의 밭에서와 마찬가지로 식물원에서도 역시 성공하지 못했다. 지난해 그는 가정부의 월급도 지불하지 못했지만, 앞서 보았듯이, 지금은 집세도 몇 기분을 못 내고 있었다. 전당포는 그의 『코트레 근방의 특산 식물지』의 동판을 열세 달 동안 잡아 놓고 있다가 매각해 버렸다. 어떤 철물상이 그것으로 냄비를 만들었다고 한다. 동판이 없어져 버렸는지라, 아직도 간직하고 있던 『코트레 근방의 특산 식물지』의 미완본(未完本)을 완성할 수 없었기 때문에 그 원판과 본문도 '파지'로서 어느 헌책점에 헐값으로 양도해 버렸다. 그에게는 더 이상 그의 전 생애의 저작물에서 아무것도 남지 않았다. 그는 그 책값을 먹기 시작했다. 변변치 않은 재원이 고갈된 것을 보았을 때, 그는 정원도 포기하고 황폐한 상태로 두었다. 전에, 오래전에, 그는 때때로 먹던 두 개의 계란과 한 조각의 쇠고기도 포기했다. 그의 저녁 식사는 빵과 감자였다. 그는 그의 마지막 가구들도 팔아 버렸고, 이어서 침구와 의복, 담요에 관해서도 두 벌 있는 것은 모두 한 벌을 팔았고, 이어서 식물 표본과 판화들도 팔아 버렸으나, 가장 귀중한 책들은 아직 갖고 있었는데, 그중 여러 권의 희귀본들 가운데도 특히 다음과 같은 것들은 보배로운 것들이었다. 『성서 역사 연보』, 1560년 판. 『대조 성서 사전』, 피에르 드 베스 지음. 『마르그리트의 진주집』*, 장 드 라 에 지음, 나바르 여왕에의 헌정사 첨부. 『대사의 직책 및 품위론』, 빌리에 오트망 지음. 1644년 판의 『유대 미문집』 한 권. '베니스 마누차누스 가에서'라는 금 글씨가 박혀 있는 1567년 판의 티불루스의 시집 한 권. 마지막으로 디오게네스 라에르투스의 저서 한 권. 이것은 1644년에 리옹에서 인쇄된 것인데, 그 속에는 바티칸에 있는 13세기의 사본 제411의 지독한 이문(異文)이 실려 있고, 또 베니스에 있는 두 가지의 사본 제393과 제394의 이문도 실려 있는 것으로서, 앙리 에스티엔의 훌륭한 고증의 결과 이루어

---

* 여왕 중의 진주인 나바르 여왕의 진주집, 즉 시집이라는 뜻.

진 것이고, 또 여기에는 나폴리의 도서관에 있는 12세기의 유명한 사본 속에밖에 없는 도리아어 전문도 붙어 있다. 마뵈프 씨는 방에 결코 불을 피우지 않았고, 양초를 소비하지 않으려고 해만 지면 곧 잠자리에 들어갔다. 이제 이웃 사람도 없는 것 같았고, 밖에 나가 있을 때 사람들은 그를 피했는데, 그는 그것을 눈치채고 있었다. 어린이의 참상은 어머니가 동정하고, 청년의 참상은 처녀가 동정하지만, 늙은이의 참상은 아무도 동정하지 않는다. 그것은 모든 곤궁 중에서도 가장 싸늘한 것이다. 그렇지만 마뵈프 영감은 그의 어린아이 같은 명랑함을 전혀 잃어버리지 않았다. 그의 눈이 책 위에 고정되었을 때면 어떤 생기를 띠었고, 세상에 한 부밖에 없는 디오게네스 라에르투스의 책을 들여다 볼 때면 미소를 지었다. 유리를 끼운 그의 책장은 필수품을 제외하고 그가 간직하고 있는 유일한 가구였다.

어느 날 플뤼타르크 할멈이 말했다.

"저녁거리를 살 돈이 없어요."

그녀가 저녁거리라고 부른 것은 한 조각의 빵과 너덧 개의 감자였다.

"외상으로 하면?" 하고 마뵈프 씨는 말했다.

"쇤네가 거절당하고 있는 걸 잘 아시면서."

마뵈프 씨는 책장을 열고, 마치 자기 아이들을 많이 죽여야만 하는 아버지가 선택하기 전에 그들을 바라보듯이, 오랫동안 장서를 한 권 한 권 바라보다가, 얼른 한 권을 빼내 팔 아래 끼고 나갔다. 두 시간 후에 팔 아래 아무것도 없이 돌아와서,

탁자 위에 30수를 놓고 말했다.

"이걸로 저녁밥을 차리시오."

이때부터 플뤼타르크 할멈은 노인의 천진난만한 얼굴에 영 건힐 줄을 모르는 어두운 그림자가 끼는 것을 보았다.

이튿날도, 또 그 이튿날도, 날마다, 다시 시작하지 않으면 안 되었다. 마뵈프 씨는 책 한 권을 갖고 나갔다가 돈 한 닢을 갖고 들어오곤 했다. 헌책 장수들은 그가 팔지 않을 수 없는 것을 보고 그가 20프랑에 샀던 것을 20수에 되샀다. 때로는 같은 책점들에서도 그랬다. 한 권 한 권 모든 장서는 그렇게 넘어가고 있었다. 그는 이따금 말했다. "하지만 나는 팔십이니까." 그 것은 마치 자기의 책들이 끝나기 전에 자기의 생명이 끝나게 되기를 은근히 바라고 하는 말 같았다. 그의 슬픔은 커져 가고 있었다. 그렇지만 한 번은 기쁜 일이 있었다. 그는 로베르 에티엔 판의 책 한 권을 들고 나가 말라케 강둑에서 35수에 팔고 그레 거리에서 40수에 산 알드 판의 책 한 권을 들고 돌아왔다. "5수는 빚을 졌어." 하고 그는 마냥 얼굴을 반짝이면서 플뤼타르크 할멈에게 말했다. 이날 그는 저녁을 먹지 않았다.

그는 원예협회 회원이었다. 거기서는 그의 곤궁함을 알고 있었다. 이 협회의 회장은 그에게 찾아와서 농상부 장관에게 그의 이야기를 하겠다고 약속했고, 실제로 그렇게 했다. 장관은 외쳤다. "물론이죠! 그렇고말고요! 노학자! 식물학자! 소심한 노인이라! 그분을 위해 뭔가 해 드려야겠죠!" 이튿날 마뵈프 씨는 장관 댁에서의 만찬에 초대 받았다. 그는 기쁨에 떨면서 플뤼타르크 할멈에게 초대장을 보였다. "우린 살았어!"

하고 그는 말했다. 정해진 날에 그는 장관 댁에 갔다. 그의 구겨진 넥타이와 홀렁홀렁하고 떡 벌어진 헌 예복, 계란으로 닦은 구두가 수위들을 놀라게 한 것을 그는 알아차렸다. 아무도 그에게 말하지 않았다. 장관조차도. 밤 10시경에, 무슨 말이 있을까 하고 그가 여전히 기다리고 있을 때, 어깨와 가슴을 드러내 놓고 있는, 그가 감히 다가가지도 못했던 미녀인 장관 부인이, "대관절 저 늙은 양반은 웬 사람이오?" 하고 묻는 소리가 그에게 들렸다. 그는 터벅터벅 걸어서, 한밤중에, 억수같이 내리치는 비를 맞고 집에 돌아왔다. 그는 갈 때에 삯마차 값을 치르기 위해 엘제비르 판의 책 한 권을 팔았었다.

저녁마다 취침하기 전에 그는 디오게네스 라에르투스의 책 몇 쪽씩을 읽는 습관이 있었다. 그는 그가 소유하고 있던 그 작품의 특색을 즐기기에 충분한 그리스어를 알고 있었다. 그에겐 이제 더 이상 다른 즐거움은 없었다. 몇 주일이 흘러갔다. 갑자기 플뤼타르크 할멈이 병이 났다. 빵집에서 빵 살 돈이 없는 것보다 더 서러운 일이 있는데, 그것은 약국에서 약 살 돈이 없는 것이다. 어느 날 저녁, 의사가 퍽 비싼 물약을 처방했다. 그리고 또 병이 침중해지고, 간호원도 필요했다. 마뵈프 씨는 책장을 열었다. 더 이상 아무것도 없었다. 마지막의 한 권마저 나가 버렸다. 그에게 남아 있는 것이라고는 디오게네스 라에르투스뿐이었다.

그는 단 한 권밖에 없는 그 책을 팔 아래 끼고 밖으로 나갔다. 때는 1832년 6월 4일이었다. 그는 생 자크 성문의 루아얄 서적상의 후계자 서점에 가서, 100프랑을 받아 갖고 돌아왔다. 그는 늙은 하녀의 침대 머리맡 탁자에 5프랑짜리 돈을 포개 포개 쌓아 놓고 아무 말 없이 자기 방으로 돌아갔다.

이튿날, 일찌감치 새벽부터 그는 뜰 안에 넘어져 있는 경계석에 앉았는데, 그가 이마를 수그리고, 시들어 버린 화단에 눈을 멍하니 고정시키고, 아침 내 움쭉도 않고 있는 것이 울타리 너머로 보였다. 때때로 비가 왔으나, 늙은이는 그것을 알아차리는 것 같지 않았다. 오후에, 이상한 소음이 파리 장안에 터졌다. 총성과 군중의 함성 같았다.

마뵈프 영감은 머리를 들었다. 정원사 하나가 지나가는 것을 보고 그는 물었다.

"저게 무슨 소리요?"

정원사는 삽을 등에 메고, 더없이 평화로운 어조로 대답했다.

"폭동입니다."

"뭐! 폭동이라고?"

"네, 싸우고 있습니다."

"왜 싸우는 거요?"

"글쎄요." 하고 정원사는 말했다.

"어느 쪽이오?" 하고 마뵈프 씨는 말을 이었다.

"병기창 쪽입니다."

마뵈프 영감은 방에 돌아가 모자를 집어 쓰고, 팔 아래 낄 책을 기계적으로 찾았으나 한 권도 없었다. "아! 그렇군!" 이렇게 말하면서, 얼빠진 얼굴을 하고 나갔다.

10
1832년 6월 5일

1. 문제의 표면

폭동은 무엇으로 구성되는가? 아무것도 아닌 것으로, 그리고 모든 것으로. 조금씩 발산되는 전기, 홀연 솟아오르는 불꽃, 떠도는 힘, 지나가는 바람, 이러한 것들로. 이 바람이 사색하는 머리들, 몽상에 잠기는 두뇌들, 고민하는 마음들, 타오르는 정열들, 신음하는 빈궁들을 만나고, 그것들을 휩쓸어 간다.

어디로?

닥치는 대로. 정부를 지나고, 법률을 지나고, 다른 사람들의 번영과 횡포를 지나고.

화가 난 확신, 분격한 열광, 흥분한 분노, 억압된 투쟁의 본능, 강렬한 젊은 용기, 용감한 무분별, 호기심, 변화의 취향, 뜻밖의 일에 대한 갈망, 새로운 연극 광고 읽기를 좋아하고 극장에서 무대장치가의 호각 소리를 좋아하는 감정, 막연한 증오, 원망, 낙망, 파산을 운명의 탓으로 여기는 온갖 허영, 불안, 공상, 절벽으로 둘러싸인 야심, 누구든 붕괴에 의해서 출구를 바라는 자, 마지막으로, 가장 밑바닥에서는, 그 불 붙기 쉬운 이탄(泥炭)인 하층민의 떼, 이러한 것들이 폭동의 요소들이다.

가장 위대한 것과 가장 야비한 것, 모든 것의 바깥에서 얼쩡거리면서 기회를 엿보는 자들, 부랑배, 무뢰한, 거리의 방랑자들, 밤에 하늘의 싸늘한 구름밖에 다른 지붕이 없는 집들의 광야에서 잠을 자는 사람들, 날마다 일하지 않고 닥치는 대로 빵을 구걸하는 사람들, 빈궁과 허무의 무명씨들, 맨팔과 맨발의 사람들, 이러한 자들이 폭동에 참가한다.

신분, 인생 또는 운명의 어떤 사실에 대해서 은근히 반항심을 품고 있는 자는 누구나 다 폭동에 근접한 사람들이어서, 폭동이 나타나자마자, 몸을 떨고 회오리바람에 자신이 들어 올려지는 것을 느끼기 시작한다.

폭동은 어떤 기온 조건 속에서 느닷없이 형성되는 사회 분위기의 소용돌이 같은 것이어서, 그 선회 속에서, 솟아오르고, 내닫고, 요란하게 울리고, 잡아 뽑고, 무너뜨리고, 으스러뜨리고, 부수고, 뿌리 뽑고, 위대한 성질의 것도 빈약한 성질의 것도, 굳센 사람도 약한 사람도, 나무줄기도 지푸라기도 다 휩쓸어 간다.

폭동이 휩쓸어 가는 자도 그것에 대항하는 자도 다 같이 불행할진저! 폭동은 쌍방을 서로 부딪치게 하여 그들을 부셔 버린다.

폭동은 제가 사로잡은 자들에게 뭔지 알 수 없는 비상한 힘을 전한다. 그것은 누구든지 사건들의 힘으로 가득 채운다. 그것은 모든 것을 탄환으로 만든다. 그것은 하나의 석재를 포탄으로 만들고, 하나의 짐꾼을 장군으로 만든다.

교활한 정략가의 어떤 단정에 의하면, 정권의 견지에서는, 조금의 폭동은 바람직한 것이다. 가로되, 폭동은 정부를 전복하지 않고 공고히 한다. 폭동은 군대를 시험하고, 중산계급을 결집시키고, 경찰의 힘줄을 늘여 주고, 사회 골격의 힘을 확인한다. 그것은 일종의 체조다. 그것은 거의 위생적인 것이다. 마사지 후의 사람처럼 정권은 폭동 후에 건강이 더 좋다.

폭동은 삼십 년 전에 다른 견지에서도 역시 고찰되었다.

어떤 일에도 '양식'이라고 자칭하는 이론이 있다. 그것은 알세스트에 대한 필랭트와 같은 것,* 진실과 허위 사이에 제의된 조정, 해명, 훈계, 약간 품위 있는 정상참작. 이것은 비난과 변명이 섞여 있으므로 스스로 지혜라고 믿고 있지만 흔히 현학적인 것에 불과하다. 중용이라고 불리는 한 정파 전체가 거기서 나온다. 그것은 냉수와 온수 사이에 있는 미온수(微溫水)의 당이다. 심오함을 가장하되 실상은 표면에만 그치고, 원인에 거슬러 올라가지 않고 결과를 분석하는 이 정파는, 수박 겉핥기의 학설 높이에서, 광장의 소요를 질책한다.

이 정파는 가로되, "1830년의 사실을 복잡하게 한 폭동들

---

* 몰리에르의 희곡 「인간 혐오자」의 등장인물. 알세스트는 비사교적이고 비타협적인 사람, 필랭트는 사교적이고 타협적인 사람.

은 그 위대한 사건에서 그의 순수성의 일부를 빼앗았다. 7월 혁명은 민중의 일진청풍으로, 그 후 곧 푸른 하늘이 나타났었다. 폭동들은 다시 흐린 하늘을 나타나게 했다. 그것들은 처음에 만장일치로 그토록 괄목할 만했던 그 혁명을 논쟁으로 타락시켰다. 어떤 급격한 진보에서나 다 그러하듯이, 7월 혁명에도 겉으로 나타나지 않은 골절들이 있었는데, 폭동이 그것들을 눈에 띄게 하였다. "아! 여기가 부러졌다." 하고 사람들은 말할 수 있다. 7월 혁명 후에 사람들은 해방감밖에 느끼지 않았는데, 폭동 후에는 재변을 느꼈다.

"어떤 폭동도 다 상점을 폐쇄하고, 투자를 위축시키고, 주식 거래소에 공황을 초래하고, 상업을 침체케 하고, 사업을 저해하고, 파산을 촉진하고, 돈은 돌지 않고, 사유재산은 불안하고, 공공 금융기관은 흔들리고, 산업은 차질을 빚고, 자본은 회수되고, 임금은 인하되고, 도처에 공포가 미만하고, 모든 도시에 그 여파가 미친다. 이로부터 파멸이 초래된다. 폭동의 첫날은 프랑스에 2000만 프랑의 비용이 들고, 이틀째는 4000만 프랑, 사흘째는 6000만 프랑의 비용이 드는 것으로 계산되었다. 삼 일간의 폭동은 1억 2000만 프랑의 비용이 든 셈인데, 이것은 곧, 재정상의 결과만을 본다면, 파선이나 패전 같은 재난과 맞먹는 것으로, 육십 척의 함대를 전멸시키는 것에 해당할 것이다.

물론, 역사적으로 폭동들에는 그 미점이 있었다. 시가전은 야전보다 덜 웅대하지도 덜 비장하지도 않다. 하나에는 수풀의 얼이 있고, 또 하나에는 도시의 얼이 있다. 하나에는 장 슈

앙*이 있고, 또 하나에는 잔 다르크가 있다. 폭동들은 파리 사람들의 성격의 가장 근본적인 모든 특질을, 즉 용맹, 헌신, 격렬한 쾌활, 용기가 지성의 일부임을 입증하는 학생들, 불요불굴의 국민병, 상인들의 야영, 건달들의 요새, 죽음을 두려워하지 않는 행인들, 이러한 것들을 빨갛게, 그러나 찬란하게 비추었다. 학교와 군대가 충돌했다. 요컨대 전투자들 사이에는 연령의 차이가 있었을 뿐이다. 다 같은 민족이고, 사상을 위해 스물에 죽는 자도 가족을 위해 마흔에 죽는 자도 다 같은 의연한 사람들이다. 내전에서 항상 고통스러운 군대는 대담함에 신중함으로 대응했다. 폭동들은 민중의 과감성을 나타내는 동시에 중류층에게 용기를 가르쳤다.

그건 좋다. 그러나 이 모든 것은 피를 흘릴 만한 가치가 있는가? 이 유혈에 설상가상으로, 미래를 암담하게 하고, 진보를 위태롭게 하고, 가장 우수한 사람들에게 불안을 주고, 성실한 자유주의자들을 절망케 하고, 외국의 전제주의자들로 하여금 혁명 자체가 혁명에 입힌 그 상처들을 기뻐하게 하고, 1830년에 패배한 자들을 의기양양하게 하여, '우리가 그렇다고 하지 않았느냐?'고 소리치게 하지 않았던가! 게다가 또, 파리는 아마 위대해졌을지 모르나, 확실히 프랑스는 왜소해졌다. 게다가 또, 모두 말해야 하니까 말인데, 살육은 경솔해진 자유에 대해서 강렬해진 질서의 승리를 너무나도 자주 더럽혔다. 요컨대, 폭동들은 해로운 것이었다."

---

* 대혁명 초기에 봉기한 왕당 농민의 수령.

그 사이비 민중인 부르주아 계급이 그렇게도 쉽게 만족하고 있는 그 사이비 지혜는 그렇게 말하고 있다.

나로 말하자면, '폭동'이라는 이 너무나도 넓은 뜻을 가진, 따라서 너무나도 편리한 말을 버린다. 하나의 민중 운동과 또 하나의 민중 운동을 나는 구별한다. 하나의 폭동이 하나의 전투만큼 비용이 드는지 어떤지 나는 생각해 보지 않는다. 먼저, 왜 전투인가? 여기에 전쟁의 문제가 생긴다. 전쟁의 재해는 폭동의 재난보다 덜한가? 그리고 또, 모든 폭동은 재난인가? 그리고 7월 14일(1789년)에 1억 2000만 프랑의 비용이 들었다면? 스페인에서 필립 5세의 옹립으로 프랑스는 20억 프랑을 잃었다. 설령 똑같은 값을 치렀다 하더라도, 우리는 7월 14일을 택하리라. 하지만 나는 이런 숫자들을 거부하는데, 이것들이 이유인 것 같아 보이지만 이것들은 말일 뿐이다. 하나의 폭동이 주어졌다고 할 때, 나는 그것을 그 자체에서 검토한다. 위에 진술된 공리공론적인 이의가 말하고 있는 모든 것에서는 결과밖에 문제되고 있지 않지만, 나는 원인을 찾는다.

명확하게 밝혀 말해 보자.

2. 문제의 근본

폭동이 있고, 반란이 있다. 그것은 두 개의 분노이지만, 하나는 부당하고 또 하나는 정당하다. 정의에 기초한 유일한 국가인 민주주의 국가들에서, 때로는 부분이 부당하게 빼앗는 일이 있는데, 그때에는 전체가 일어나고, 그의 권리의 불가피한 요구는 무기를 들기에까지 갈 수 있다. 전체의 주권에 속하는 모든 문제에서, 부분에 대한 전체의 전쟁은 반란이요, 전체에 대한 부분의 전쟁은 폭동이다. 튈르리 궁에 왕이 들어 있느냐 국민 의회가 들어 있느냐에 따라서, 이 궁전을 공격하는 것은 정의거나 불의다. 군중에 향해진 똑같은 대포도 8월 10일*에는 잘못이고 공화 포도월 14일**에는 옳다. 외관은 비슷하지만 내용은 다르다. 용병들은 거짓을 지키고, 보나파르트는 진실을 지킨다. 보통 선거가 그의 자유와 주권 속에서 행한 것은 거리의 군중에 의해 부서질 수 없다. 순수한 문명의 일들에서도 마찬가지다. 군중의 본능은 어제는 명철하던 것이 내일은 흐려질 수 있다. 똑같은 격분도 테레에 대항해서는 정당하되 튀르고에 대항해서는 부당하다.*** 기계를 파손하고, 창고를 약탈하고, 철로를 절단하고, 도크를 파괴하고, 군중이 그릇된 길을 가고, 진보적인 민중의 심판을 거부하고, 학생들이 라무스****를 무참히 죽이고, 돌을 던져 루소를 스위스에서 쫓아내는 것, 그것은 폭동이다. 이스라엘이 모세에게 반항하고, 아테네가 포키온*****에게 반항하고, 로마가 스키피오에게 반항한

---

* 1792년 8월 10일.

** 공화 포도월(共和 葡萄月) 14일은 1795년 10월 5일.

*** 전자(Terray)는 루이 15세의 재무장관으로, 부정한 정략을 행했고, 후자(Turgot)는 루이 16세의 재무장관으로서 일대 혁명을 행하려다 좌절당했다.

**** 라무스(Petrus Ramus, 1515~1572). 16세기의 프랑스 철학자.

***** 포키온(Phocion, BC 402?~BC 317?). 한니발을 격파한 장군, 나중에 추방당했다

것, 그것은 폭동이다. 파리가 바스티유 감옥에 반항한 것, 그것은 반란이다. 병사들이 알렉산더에게 반항하고, 선원들이 크리스토퍼 콜럼버스에 반항한 것, 그것은 똑같은 반역이다. 부도덕한 반역이다. 왜? 크리스토퍼 콜럼버스가 나침반을 가지고 아메리카에 대하여 행하는 것을, 알렉산더는 검을 가지고 아시아에 대하여 행했기 때문이다. 알렉산더는 콜럼버스처럼 하나의 세계를 발견한다. 이렇게 하나의 세계를 문명에 증여함은 빛을 증가시키는 것이므로, 거기에서는 어떠한 저항도 죄가 된다. 간혹 민중은 자기 자신에게 충실하지 못한 때가 있다. 군중이 민중을 배반한다. 예컨대, 그 밀조 소금 판매자들의 장구한 세월에 걸친 피비린내 나는 항거, 그 만성적인 정당한 반항은, 결정적인 순간에, 구원의 날에, 민중의 승리의 시간에, 왕권과 결탁하고, 슈안리*로 표변하고, 반항하기 위한 반란에서 지지하기 위한 폭동이 되는데, 이보다도 더 해괴한 일이 뭐가 있겠는가! 지독한 무지의 걸작! 밀조 소금 판매자는 왕권의 교수대에서 벗어나, 목에 한 도막의 교수의 밧줄을 남긴 채, 흰 모표**를 의기양양하게 달고 다닌다. "염세(鹽稅)를 폐지하라."는 외침에서 "왕폐하 만세."라는 함성이 태어난다. 생 바르텔미의 살인자들, 9월(1792년)의 살육자들, 아비뇽에서의 학살자들, 콜리니의 암살자들, 랑벨 부인의 암살자들, 브륀의 암살자들***, 미클레 산적들의 난리, 녹색 리본 당의 난리,

* 대혁명 초기에 봉기한 왕당파 농민의 폭동.
** 백색은 왕당파의 표시.
*** 위의 세 사람은 그 이름 앞의 세 학살(虐殺) 때의 희생자임.

변발당의 난리, 제위 당의 난리, 갑옷 팔받이 기사들의 난리*, 이상은 폭동이다. 방데의 난리는 가톨릭 파의 대폭동이다.

행동하는 권리의 소리는 제가 할 일을 알아보는데, 그것은 반드시 혼란한 군중의 동요에서 나오지만은 않는다. 제정신을 잃은 분노가 있고, 금이 간 종이 있다. 모든 경종이 청동 소리를 내지는 않는다. 격정과 무지의 동요는 진보의 충격과는 다르다. 일어나라, 좋다, 하지만 성장하기 위해서. 그대들이 어느 쪽으로 가는지 나에게 가르쳐 다오. 앞으로 나가는 것밖에 반란은 없다. 다른 모든 봉기는 나쁘다. 모든 난폭한 뒷걸음질은 폭동이다. 후퇴하는 것은 인류에 대한 폭행이다. 반란은 진리의 격노의 발작이다. 반란이 움직이는 포석들은 권리의 섬광을 던진다. 그 포석들도 폭동에는 진흙밖에 남겨 놓지 않는다. 루이 16세에게 반항하는 당통, 그것은 반란이다. 당통에게 반항하는 에베르, 그것은 폭동이다.

그렇기 때문에 반란은 어떤 경우에는, 라파예트의 말마따나, 의무들 중에서도 가장 신성한 의무가 될 수 있으나, 폭동은 폭행들 중에서도 가장 파멸적인 폭행이 될 수 있다.

열의 강도에도 역시 어떤 차이가 있다. 반란은 흔히 활화산이고, 폭동은 흔히 짚불이다.

앞서 말했듯이, 반항은 때로는 정권 속에도 있다. 폴리냐크는 폭동가고, 카미유 데물랭은 통치자다.

이따금, 반란은 곧 부활이다.

---

* 이상은 대혁명부터 왕정복고 전후에 걸쳐서 일어난 각지의 작은 난리.

보통 선거에 의한 만사의 해결은 전적으로 근대적인 사실이고, 이 사실보다 이전의 모든 역사는, 사천 년 전부터, 권리의 침해와 민중의 고통으로 충만되어 있었으므로, 역사의 각 시대는 그 시대와 함께 그 시대에 가능한 항의를 가져온다. 로마 황제들의 치하에서는 반란은 없었으나, 유베날리스*가 있었다.

'분노는 짓는다'**가 그라쿠스 형제의 뒤를 잇는다.

로마의 여러 황제들의 치하에는, 시엔***의 망명자****가 있고, 또『로마 연대기』의 작자(타키투스)도 있다.

파트모스 섬의 거대한 망명자*****에 관해서는 말하지 않거니와, 그 역시 현실 세계를 향해 이상적 세계의 이름으로 항의를 퍼붓고, 환상으로 거창한 풍자를 만들고, 일종의 로마인 니니베, 바빌론, 소돔 위에『묵시록』의 찬연한 빛을 던지고 있다.

바위 위의 요한, 그것은 받침대 위의 스핑크스다. 우리는 그의 말을 이해하지 못할 수 있다. 그는 유대인이고, 또 그는 히브리인이지만,『로마 연대기』를 쓴 사람은 라틴인이고, 더 적절하게 말하면 그는 로마인이다.

네로 같은 황제들이 암흑 정치를 할 때, 그들은 그대로 묘

---

* 유베날리스(Decimus Junius Juvenalis, 50?~130?). 라틴 시인,「풍자시」의 작자.
** 분노는 시를 짓는다 ─ 유베날리스의 말.
*** 나일강변의 도시 아스완의 옛 이름.
**** 유베날리스.
***** 요한을 가리킴.

사되지 않으면 안 된다. 끌로 새기는 작업만으로는 싱거울 것이다. 그 새김 눈에 신랄하고 압축된 산문을 부어 넣어야만한다.

전제군주들도 사상가들에게는 그 어떤 보탬이 된다. 사슬에 묶인 말, 그것은 무서운 말이다. 군주에 의해 민중에게 침묵이 강요되었을 때, 작가는 그의 문체를 이중 삼중으로 가다듬는다. 그러한 침묵에서는 어떤 신비로운 충만함이 나와서사상 속에 스며들어 청동으로 굳어진다. 역사 속의 압박은 역사가 속에 간결함을 낳는다. 어떤 유명한 산문의 화강암 같은견고함은 폭군에 의해서 이루어진 압축 이외의 다른 것이 아니다.

압제는 작가에게 집필 범위의 축소를 강요하는데 그것은힘을 증가시킨다. 키케로의 종합문은 베레스*에 관해서는 거의 충분하지 않겠지만, 칼리굴라에 관해서는 필봉이 무디어지리라. 문장의 폭이 좁을수록 타격은 더욱 강해진다. 타키투스는 팔을 옴츠리고 사색한다.

위대한 마음의 정직성은 정의와 진리로 응축되어 천둥 같은 소리를 낸다.

말이 난 김에 말인데, 타키투스와 케사르가 연대적으로 겹쳐져 있지 않음은 주목할 만하다. 타키투스에게는 티베리우스 같은 황제들이 주어져 있다. 케사르와 타키투스는 계기적인 두 현상으로서, 시대들의 연출에서 등장과 퇴장 들을 조정

---

* 로마의 지방 총독, 수회(收賄)와 독직으로 유명하다.

하는 자에 의해서 그들의 만남이 신비롭게 피해져 있는 것처럼 보인다. 케사르도 위대하고 타키투스도 위대하다. 하느님은 이 두 위인들을 아끼어 서로 충돌케 하지 않는다. 이 시비곡직의 심판관(타키투스)도 케사르를 공격할 적에는 너무 지나친 공격이 되고 올바르지 못한 사람이 될지도 모른다. 하느님은 그것을 바라지 않는다. 아프리카와 스페인의 대전쟁, 실리시아 해적의 토벌, 골, 브르타뉴, 게르마니아의 문명의 도입, 이 모든 영광은 루비콘 강의 사나이(케사르)를 덮고 있다. 저명한 찬탈자 위에 매서운 역사가를 풀어 놓기를 주저하고, 케사르에게 타키투스를 면해 주고, 천재에게 정상참작을 해 주는, 바로 거기에야말로 신의 정의의 미묘함 같은 것이 있다.

물론, 천재적인 전제군주 아래서도 전제는 여전히 전제다. 저명한 압제자들 아래서도 부패는 존재하지만, 도덕적인 해독은 파렴치한 폭군들 아래서는 한결 더 흉악하다. 그러한 치세에 수치를 가려 주는 것은 아무것도 없으며, 타키투스나 유베날리스 같은, 귀감(龜鑑)을 세우려는 자들이, 인류 앞에서, 반박의 여지 없이 그 파렴치를 질타하는 것은 더 유익하다.

로마는 실라의 치하에서보다도 비텔리우스의 치하에서 더 고약한 냄새를 풍긴다. 클로디우스 치하와 도미티아누스 치하에는 폭군의 추악함에 상응하는 기형적인 야비함이 있다. 노예들의 비루함은 전제군주에게서 직접 생겨난 것이다. 역한 냄새가 주군이 반영되는 그 썩은 양심들에서 발산되고, 관헌은 더럽고, 사람들의 마음은 옹졸하고, 양심들은 용렬하고, 영혼들은 구리다. 카라칼라의 치하에서도 그렇고, 코모디우스의 치하에서도 그렇고, 헬리오가발루스의 치하에서도 그러한 반면, 케사르 치하의 로마 원로원에서는 독수리의 둥우리들에 특유한 똥 냄새밖에 나지 않는다.

그렇기 때문에 타키투스와 유베날리스 같은 사람들이 왔는데, 겉으로 보기에 늦은 감이 있으나, 증명자가 나타나는 것은 사실이 명백해졌을 때다.

그러나 유베날리스와 타키투스는, 구약시대의 이자야와 마찬가지로, 중세의 단테와 마찬가지로, 그들은 인간이다. 폭동과 반란, 그것은 군중인데, 이 군중은 어떤 때는 그르고, 또 어떤 때는 옳다.

가장 보통의 경우에 폭동은 물질적인 사실에서 나오는데, 반란은 언제나 정신적인 현상이다. 마사니엘로 같은 경우는 폭동이고, 스파르타쿠스 같은 경우는 반란이다.* 반란은 정신에 인접하고 폭동은 밥통에 인접한다. 가스테르**는 격분한다. 그러나 물론 가스테르가 반드시 그른 것은 아니다. 기아의 문제에서는 폭동도, 이를테면 뷔장세***의 그것처럼, 그 출발점은 진실하고, 비장하고, 정당하다. 그렇지만 그것은 여전히 폭동이다. 왜? 근본은 옳으나 형식에서 틀렸기 때문이다. 그것은 정당하면서도 흉포하고, 강력하면서도 난폭하여, 닥치는 대로 후려쳤고, 눈먼 코끼리처럼 짓부수면서 나아갔고, 늙은이

---

* 전자는 17세기의 나폴리 반도(叛徒)들의 두목, 후자는 BC 1세기의 반항 노예들의 두목.
** 라블레의 소설 『팡타그뤼엘』에 나오는 밥통을 뜻하는 인물.
*** 루아르 강의 지류, 앵드르 하천변의 소도시.

와 아녀자들의 시체를 뒤에 남겼으며, 무슨 까닭인지도 모르고, 무해무고한 자들의 피를 흘렸다. 민중을 먹여살리는 것은 좋은 목적이나, 민중을 학살하는 것은 나쁜 방법이다.

무기를 든 항의는 모두, 가장 정당한 것조차도, 8월 10일(1792년)조차도, 7월 14일(1789년)조차도, 똑같은 혼란으로 시작된다. 권리가 밝혀지기 전에는 소란과 거품이 있다. 시초에 반란은 폭동이다, 강이 시초에는 급류이듯이. 보통 반란은 혁명이라는 그 대양에 귀착한다. 그렇지만 때로는, 정신적 지평을 부감하는 그 높은 산들, 즉 정의, 지혜, 이성, 권리 등에서 왔고, 이상의 가장 순수한 백설로 빚어진 반란은, 바위에서 바위로 오랜 추락을 거치고, 자신의 투명함 속에 하늘을 반영하고, 승리의 당당한 걸음걸이 속에 무수한 지류들을 합쳐 커진 후, 라인 강이 늪 속에 사라지듯이, 갑자기 어떤 부르주아의 웅덩이 속으로 사라진다.

이 모든 것은 과거의 일이고, 미래는 다르다. 보통 선거는 경탄할 만한 것이어서 폭동을 그 근원에서 해산시키고, 반란에 투표함으로써 폭동에서 무기를 빼앗는다. 시가전도 국경전도, 전쟁의 소멸, 이런 것이 필연적인 진보다. 오늘이야 어쨌든, 평화는 '내일의 것'이다.

그런데 반란과 폭동, 어떤 점에서 전자가 후자와 다른가, 이른바 부르주아는 그 미묘한 차이를 잘 모른다. 그에게는 모든 것이 폭동이요, 단순한 반역이요, 주인에 대한 개의 반항이요, 사슬과 우리로써 처벌해야 할 물어뜯기의 시작이요, 짖는 소리요, 으르렁거리는 소리다, 개 머리가 갑자기 커져서 사자의 얼굴이 되어 어둠 속에 어렴풋이 드러나게 되는 날까지.

그때 부르주아는 외친다.

"민중 만세!"

이렇게 설명하고 나서, 1832년 6월의 운동은 역사에 무엇인가? 그것은 폭동인가? 그것은 반란인가?

그것은 반란이다.

한 무시무시한 사건을 이렇게 등장시켰을 때, 나는 이따금 폭동이라고 말하게 되는 수가 있겠으나, 그것은 다만 표면의 사실들을 규정하기 위해서일 뿐이고, 폭동적 형식과 반란적 내용 사이에는 언제나 구별을 둔다.

그 1832년의 운동은, 그 급속한 폭발과 그 비통한 소멸 속에 그렇게도 많은 위대함이 있었으므로 거기에서 폭동밖에 보지 않는 사람들마저도 존경심 없이 그것을 말하지 않는다. 그들에게 그것은 1830년(7월 혁명)의 나머지 같은 것이다. 그들은 말한다. 흥분된 상상은 하루 안에 가라앉지 않는다. 하나의 혁명이 단박에 단절되지는 않는다. 혁명이 평화 상태로 돌아오기 전에는 산이 들판 쪽으로 다시 내려올 때처럼 언제나 필연적으로 약간의 파동이 있다. 쥐라의 엽맥(葉脈) 없이 알프스 산맥은 전혀 없고, 아스튀리의 지맥(支脈) 없이 피레네 산맥도 없다.

파리 사람들의 기억이 '폭동의 시기'라고 일컫고 있는, 현대사의 이 비장한 위기는 확실히 이 세기의 소란스러운 시기들 중에서 독특한 시기다.

이야기에 들어가기 전에 마지막으로 한마디 더.

이제부터 이야기하게 될 사실들은 생생한 극적 현실에 속하지만 역사가는 시간과 공간의 부족으로 종종 그것들을 빠뜨린다. 그렇지만 거기에는, 나는 이를 강조하거니와, 거기에는 인간의 생명이, 고동이, 전율이 있다. 앞서 말한 것 같은데, 자질구레한 사실들은 말하자면 대사건들의 지엽이어서 역사의 원경(遠景) 속에 사라져 버린다. 이른바 '폭동'이라는 시기에는 이러한 종류의 자잘한 사실들이 수없이 많다. 법정의 예심은 역사하고는 다른 이유에서 모든 것을 다 폭로하지 않았고, 아마 모든 것을 깊이 조사하지도 않았을 것이다. 그러므로 나는 세상에 알려지고 발표된 특수한 사실들 중에서 사람들이 전혀 모르고 있는 일들을, 어떤 사람들은 잊어버렸고, 또 다른 사람들은 죽어 버렸기 때문에 파묻혀 있는 사실들을 백일하에 드러내 놓으려고 한다. 이 거대한 무대에 등장했던 사람들은 대부분 사라졌고, 그 이튿날부터 그들은 침묵을 지키고 있었지만, 내가 이야기하려는 것, "나는 그것을 보았다."고 나는 말할 수 있을 것이다. 나는 어떤 사람들의 이름을 바꿀 것이다. 왜냐하면 역사는 이야기를 하되 고발하지는 않으니까. 그러나 나는 진실한 사실들을 묘사할 것이다. 내가 쓰고 있는 이 책의 사정상, 나는 1832년 6월 5일과 6일 이틀간의, 확실히 가장 덜 알려진 일면밖에, 그리고 한 삽화적 사건밖에 보여 주지 않겠지만, 이제 내가 걷어 올리려는 그 컴컴한 너울 아래의 이 무시무시한 공적인 사건의 실상을 독자가 일별할 수 있도록 할 것이다.

3. 장례식, 거듭나는 기회

1832년의 봄, 석 달 전부터 콜레라가 사람들을 오싹하게 했고 그들의 동요에 뭔지 알 수 없는 침울한 진정을 던져 주었지만, 파리는 벌써 오래전부터 소요를 일으킬 준비가 되어 있었다. 앞서도 말했듯이, 대도시는 일 문의 대포와 같은 것이어서, 거기에 포탄이 재어져 있을 적에는 불똥 하나가 떨어지기만 하면 충분히 발포된다. 1832년 6월에 그 불똥은 라마르크 장군의 죽음이었다.

라마르크는 이름난 활동가였다. 그는 제정과 왕정복고 시대에, 그 두 시대에 필요한 두 가지의 용기를, 즉 싸움터에서의 용기와 연단에서의 용기를 연달아 발휘했다. 그는 용감했고 능병이었다. 그의 변설에는 칼날이 느껴졌다. 그는 선배인 푸아처럼 지휘권을 높이 휘두른 뒤에 자유를 높이 휘둘렀다. 그는 좌파와 극좌파 사이에 자리 잡고 있었고, 미래의 가능성을 받아들이고 있었기 때문에 민중의 사랑을 받았고, 황제에게 충성을 다했기 때문에 군중의 사랑을 받고 있었다. 그는 제라르 백작과 드루에 백작과 더불어 나폴레옹의 흉중의 원수(元帥)들 중 하나였다. 1815년의 조약에 대해서는 마치 자기 자신에게 가해진 모욕처럼 격분했다. 그는 웰링턴을 직접적인 증오로 미워했는데 그것을 군중은 기뻐했으며, 그 후 십칠 년간 그동안에 일어난 사건들에 대해서는 거의 초연한 채 그는 워털루의 비애를 위엄 있게 간직하고 있었다. 단말마의 임종시에 그는 백일 천하*의 장교들이 증정한 한 자루의 검을 가슴에 부둥켜안고 있었다. 나폴레옹은 '군대'란 한마디를 남기고 운명했고, 라마르크는 '조국'이라는 한마디를 남기고 운명했다.

그의 죽음은 예견되어 있었는데, 민중은 그것을 하나의 손실로서 두려워하고 있었고, 정부는 하나의 기회로서 두려워하고 있었다. 이 죽음은 큰 슬픔이었다. 애통한 것이 다 그러하듯이, 큰 슬픔은 반란으로 변할 수 있다. 그것이 일어났다.

라마르크의 장례식 날로 정해진 6월 5일 아침과 그 전날, 생 탕투안 문밖은 장렬(葬列)이 그 옆으로 지나간다 하여 무시무시한 광경을 나타내고 있었다. 그 소란스러운 착잡한 거리들에는 소문들이 넘쳐흘렀다. 사람들은 할 수 있는 대로 무장을 하고 있었다. 목수들은 '문들을 부수기 위해' 그들의 작업대의 꺾쇠를 가져갔다. 그중 한 사람은 제화용(製靴用) 바늘 끝의 갈고리를 부러뜨리고 남은 동강에 날을 세워서 단도를 만들었다. 또 어떤 사람은 '공격 열'에 들떠서 사흘 전부터 옷을 입은 채 밤을 지냈다. 롱비에라는 대목은 동료 하나를 만났는데 이 동료가 그에게 물었다. "어디 가나?" "나 참! 무기가 있어야지." "그래서?" "내 작업장으로 컴퍼스를 가지러 가는 거야." "건 뭘 하게?" "나도 몰라." 하고 롱비에는 말했다. 자클린이라는 수완가는 아무나 지나가는 노동자에게 다가가서, "이리 와!" 하며, 10수어치의 포도주를 사고 말했다. "너 일거리 있니?" "아니." "그럼 피스피에르 집에 가 봐. 몽트뢰유 성

---

* 엘바 섬 탈출 후의 나폴레옹의 백일 시대(1815. 3. 20~6. 20).

문과 샤론 성문 사이야. 거기에 일거리가 있다." 피스피에르 집에는 탄약과 무기가 있었다. 어떤 이름난 두목들은 '우편 마차 노릇을 하고 있었다.' 다시 말해서 이 집 저 집으로 뛰어다니며 사람들을 모으고 있었다. 트론 성문 옆의 바르텔레미 집이나, 프티 샤포의 카펠 집에서는, 술꾼들이 엄숙한 얼굴을 하고 모여 앉아 있었다. 그들이 이런 이야기를 주고받고 하는 것이 들렸다. "네 피스톨은 어딨니?" "이 저고리 아래. 너는?" "내 셔츠 아래." 트라베르시에르 거리의 롤랑의 작업장 앞이며, 메종 브륄레 앞마당의 공구상(工具商) 베르니에의 작업장 앞에는, 여기저기 사람들이 떼를 지어 수군수군하고 있었다. 그중에는 가장 열성분자로서 마보라는 자가 눈에 띄었는데, "그 녀석하고는 날마다 다투어야 하기 때문에" 주인들이 그를 해고하므로 그는 같은 공장에 일주일 이상을 있어 본 적이 한 번도 없었다. 마보는 이튿날 메닐몽탕의 바리케이드에서 피살되었다. 프르토도 역시 같은 싸움에서 죽게 되는데, 그는 마보를 돕고 있었다. "네 목적은 뭐냐?"라는 질문에 그는 이렇게 대답했다. "반란이다." 베르시 거리의 모퉁이에 모여 있던 노동자들은 생 마르소 문밖을 담당하고 있는 혁명 위원인 르마랭이라는 자를 기다리고 있었다. 암호는 거의 공공연하게 교환되고 있었다.

그런데 6월 5일, 비가 왔다 햇볕이 났다 한 날씨에, 라마르크 장군의 장례식 행렬은 신중을 기해 좀 더 화려한 공식적인 육군 행렬로 파리 시내를 통과했다. 북에 천을 씌우고 소총을 거꾸로 멘 2개 대대, 옆구리에 군도를 찬 1만의 국민병, 국민군 포병대들이 상여를 호위하고 있었다. 영구차는 청년들이 끌고 가고 있었다. 상이군인 장교들이 월계수 가지들을 들고 바로 그 뒤를 따라가고 있었다. 뒤이어 흥분한 수많은 이상한 군중이 오고 있었다. '민중의 벗들'의 소대들, 법률 학교 학생, 의학교 학생, 모든 나라의 망명객, 스페인 국기, 이탈리아 국기, 독일 국기, 폴란드 국기, 수평의 삼색기, 가능한 모든 깃발, 푸른 나뭇가지를 흔드는 어린아이, 때마침 파업하고 있는 석공과 목공, 종이 고깔로 그렇다는 것을 알 수 있는 인쇄공, 이런 사람들이 삼삼오오 떼를 지어 걸어가고, 함성을 지르고, 거의 모두가 지팡이를 휘두르고, 어떤 사람들은 군도를 휘두르고, 질서는 없었으나 단 하나의 넋이 되어 가지고, 어떤 때는 뭉치고 또 어떤 때는 종렬로 늘어서서 가고 있었다. 분대들은 제각기 대장을 선출하고 있었고, 완전히 눈에 띄는 한 쌍의 권총을 차고 있는 한 사나이는 다른 사람들을 열병(閱兵)이라도 하듯이 돌아다니는데, 그 대열들은 그에게 길을 열어 주었다. 가로수 길의 인도들 위에, 나무들의 가지들 속에, 발코니들에, 창들에, 지붕들 위에, 남녀노소의 머리들이 우글거리고, 사람들의 눈에는 불안한 빛이 가득 차 있었다. 한 떼의 무장한 군중이 지나가고, 한 떼의 놀란 군중은 바라보고 있었다.

한편 정부는 지켜보고 있었다. 손에 검을 쥐고 지켜보고 있었다. 루이 15세 광장*에는, 안장에 걸터타고 나팔들을 선두로 한 네 개 중대의 중기병(重騎兵)이 탄창을 가득 채우고, 소총

* 현재의 콩코르드 광장.

과 단총에 장전을 하고, 금방이라도 출동할 준비를 하고 있는 것을 볼 수 있었다. 라틴 구역과 식물원에는 시의 수비병이 이 거리 저 거리에 늘어서 있었다. 알로뱅에는 한 개 중대의 용기병, 그레브에는 경기병 제12 대대의 절반, 바스티유에는 그 나머지의 절반, 셀레스탱에는 용기병 제6 대대, 그리고 루브르의 마당에는 포병이 그득 들어 있었다. 나머지 군대들은 각 병사에 주둔하고 있었고, 그 밖에도 파리 부근에 연대들이 있었다. 불안한 정권은 위협적인 군중에 대해 시내에 2만 4000의 병사들과 교외에 3만의 병사들을 대비해 놓고 있었다.

여러 가지 소문이 행렬 속에 돌고 있었다. 정통파의 음모 얘기가 있었다. 군중이 제국을 위해 그를 지명한 바로 그 순간에 신에 의해서 죽음이 결정된 라이히스타트* 공작의 이야기도 있었다. 이름이 알려지지 않은 한 인물은, 매수된 두 직공장들이 약속된 시간에 어느 병기창의 문을 민중에게 열어 줄 것이라고 알리고 있었다. 참가자들 대부분의 맨머리를 압도하고 있는 것, 그것은 낙담 섞인 열정이었다. 격렬한, 그러나 고결한 감정에 사로잡혀 있는 그 군중 속에는, 악당들의 진짜 얼굴들과 "약탈하자!"고 외치는 야비한 입들도 또한 여기저기 보이고 있었다. 늪 밑바닥을 휘저어 물속에 구정물을 올라오게 하는 어떤 선동들도 있다. '잘 훈련된' 경찰들**에게는 전혀 이상한 현상이 아니다.

---

* 나폴레옹 1세의 아들.
** 경찰 측의 스파이를 암시하는 말. 이를테면 나중에 샹브리 거리에서 보게 될 경찰의 밀고자 클라크수 같은 불한당.

장렬은 안타까우리만큼 느릿느릿 상가에서 가로수 길로 바스티유까지 나아갔다. 때때로 비가 왔으나, 비는 이 군중에게는 아무렇지도 않았다. 여러 사건들이 일어났다. 상여가 방돔의 원탑(대육군 기념탑) 주위를 끌려 다녔고, 모자를 쓰고 발코니에 서 있던 피스 제임스 공*에게 돌멩이들이 던져졌고, 골의 수탉**이 어느 민중의 깃발에서 뽑혀 진창 속에서 질질 끌렸고, 생 마르탱 성문에서 순경 하나가 칼을 맞았고, 경기병 12대대의 한 장교가 "나는 공화주의자다."라고 크게 소리쳤고, 이공과 대학생들이 금족령을 깨고 돌연 나타나서, "이공과 대학 만세! 공화국 만세!" 하고 고함을 질렀다. 바스티유에 이르러, 무시무시한 구경꾼들의 기다란 행렬이 생 탕투안 문 밖에서 내려와 장렬에 합류하고 어떤 무시무시한 격동이 군중을 봉기시키기 시작했다.

한 사나이가 다른 사나이에게 말하는 소리가 들렸다. "저기 저 붉은 수염이 난 사람이 잘 보이지. 총을 쏘아야 할 때엔 저 사람이 말할 거야." 이 붉은 수염의 사나이는 나중에 케니세 사건이라는 폭동에도 같은 임무를 갖고 다시 나타났던 것 같다.

영구차는 바스티유를 지나고, 수로를 따라가다가 작은 다리를 건너고, 아우스터리츠 다리 앞의 광장에 도달했다. 거기서 영구차는 멈춰 섰다. 이때 군중을 위에서 내려다보았다면 하나의 혜성 같은 모양을 나타냈을 것인데 그 머리는 다리 앞

---

* 왕정복고 시대에 상원 의원을 지낸 사람.
** 프랑스의 상징.

광장에 있었고, 그 꼬리는 부르동 강둑 위에 펼쳐져 바스티유를 덮고 가로수 길 위를 생 마르탱 성문까지 뻗쳐 있었다. 영구차의 둘레를 한 무리의 사람들이 에워쌌다. 광대한 군집은 쥐죽은 듯 고요했다. 라파예트가 라마르크에게 조사와 고별사를 올렸다. 그것은 감동적이고 엄숙한 순간이었고, 모든 머리들에서 모자가 벗겨지고 모든 가슴들이 두근거렸다. 갑자기 검정 옷 입은 마상객 하나가 붉은 기를 들고 군중 한복판에 나타났는데, 어떤 사람들은 붉은 기가 아니라, 붉은 모자가 얹혀 있는 창이라고 말한다. 라파예트는 돌아보았다. 에그젤망*이 행렬에서 떠났다.

그 붉은 기는 군중 속에 소동을 일으키고 그 속에 사라졌다. 부르동 가로수 길에서 아우스터리츠 다리에 이르기까지, 노도 같은 아우성이 군중을 흔들었다. 두 우렁찬 고함 소리가 일어났다. "라마르크를 팡테옹으로!", "라파예트를 시청으로!" 청년들은 군중의 갈채 속에, 멍에를 메고 라마르크를 영구차에 싣고 아우스터리츠 다리로 끌어가고 라파예트를 삯마차에 태워 모를랑 강둑으로 끌어가기 시작했다.

라파예트를 둘러싸고 갈채하는 군중 속에, 루드비히 슈니데르라는 독일인이 끼어 있는 것을 알아보고 사람들은 서로 그를 가리켜 보였는데, 그 후 백 살에 죽은 이 사람은 그 역시 1776년의 전쟁**을 했고, 트렌턴에서는 워싱턴 휘하에서, 그리

---

* 제국 시대의 원수.
** 미국의 독립전쟁.

고 브랜디와인에서는 라파예트의 휘하에서 싸웠다.

그러던 중, 센 강의 좌안에서는 시의 수비대 기병들이 출동하여 다리를 막고, 우안에서는 용기병들이 셀레스탱에서 나와 모를랑 강둑을 따라 전개하고 있었다. 라파예트의 마차를 끌고 가던 민중은 강둑 모퉁이에서 그들이 갑자기 나타나는 것을 보고, "용기병이다! 용기병이다!" 하고 고함을 질렀다. 용기병들은 권총을 가죽 주머니에 넣고, 군도를 칼집에 박고, 단총을 안장 주머니에 꽂고, 침울한 대기의 표정으로, 묵묵히, 평보로 전진하고 있었다.

작은 다리로부터 200보쯤에서 그들은 정지했다. 라파예트가 타고 있는 삯마차가 그들에게까지 전진하자, 그들은 열을 열어 마차를 지나가게 두고, 그 뒤에서 도로 닫아 버렸다. 이때 용기병들과 군중은 맞닿아 있었다. 여자들은 무서워서 도망치고 있었다.

이 치명적인 순간에 무슨 일이 일어났던가? 아무도 그것을 말할 수 없으리라. 그것은 두 먹구름이 섞이는 암담한 순간이다. 어떤 사람들은 공격의 나팔 소리가 병기창 쪽에서 들렸다고 이야기하고, 또 어떤 사람들은 한 어린애가 한 용기병을 단도로 찔렀다고 이야기한다. 사실은 갑자기 세 발의 총이 발사되었는데, 첫째 발은 중대장 숄레를 죽였고, 둘째 발은 콩트르카르프 거리에서 창문을 닫고 있던 귀머거리 노파를 죽였고, 셋째 발은 한 장교의 견장을 태웠다. 한 아낙네가 부르짖었다. "너무 일찍 시작하네!" 그러자 별안간 모를랑 강둑의 반대쪽에서 병사에 남아 있던 1개 중대의 용기병들이 군도를 빼 들고, 바송피에르 거리와 부르동 가로수 길로, 구보로 진출하면서 앞의 것을 모조리 쓸어 버리는 것이 보였다.

그러자 일은 다 끝났다. 소동이 폭발하고, 돌들이 빗발치고, 총격전이 터지고, 많은 사람들이 둑 아래로 뛰어내려, 지금은 메워진 센 강의 작은 지류(支流)를 건너고, 안성맞춤의 그 거대한 요새가 된 루비에 섬의 작업장들이 전투원투성이가 되고, 사람들은 말뚝을 빼고, 권총을 쏘고, 바리케이드를 치고, 격퇴된 청년들은 영구차를 끌고 아우스터리츠 다리를 뜀박질로 건너 수도 수비대를 습격하고, 중기병들이 달려오고, 용기병들이 군도로 베고, 군중이 사방팔방으로 흩어지고, 전쟁 소문이 파리 방방곡곡으로 날아가고, 사람들은 "무기를 들라!"고 외치고, 달음박질치고, 곤두박질치고, 도망치고, 저항했다. 바람이 불을 실어 가듯 분노가 폭동을 실어 갔다.

4. 옛날의 격동

세상에 폭동의 처음 혼잡보다도 더 비상한 것은 아무것도 없다. 모든 것이 도처에서 동시에 터진다. 그것은 예상되었던가? 그렇다. 그것은 준비되었던가? 아니다. 그것은 어디서 나오는가? 포도에서. 그것은 어디서 떨어지는가? 구름에서. 여기서는 반란이 모의의 성격을 띠고 있고, 즉흥적인 성격을 띠고 있다. 누구든지 군중의 흐름을 붙잡아 그것을 제멋대로 몰아간다. 그 시초는 일종의 무서운 쾌활이 섞여 있는 공포로 가득 차 있다. 먼저 소음이 일어나고, 상점들이 닫히고, 진열된 상품들이 자취를 감춘다. 이어 산발적으로 총소리가 들리고, 사람들이 달아나고, 개머리판이 대문을 두드린다. 집집의 마당에서는 식모들이 시시덕거리면서 말하는 소리가 들린다. "난리가 나려나 봐!"

십오 분도 채 안 돼서 파리의 다른 수많은 지점들에서 거의 동시에 이런 일이 일어나고 있었다.

생 크루와 드 라 브르토느리 거리에서는, 수염과 머리털이 더부룩한 스무 명가량의 청년들이 한 선술집에 들어갔다가 잠시 후에 다시 나왔는데, 크레이프로 가리워진 수평의 삼색기 하나를 들고 있었고, 그 선두에 무장한 세 사나이가 서 있었는데, 하나는 군도를, 또 하나는 총을, 셋째는 창을 들고 있었다.

노냉 디에르 거리에서는, 옷을 잘 입은 시민 하나가, 배가 불룩하고, 목소리가 우렁차고, 머리가 벗어지고, 이마가 훤칠하고, 수염이 새카맣고, 눌러 붙여지지 않는 꼿꼿한 코밑수염이 있는 시민 하나가, 공공연하게 행인들에게 탄약을 제공하고 있었다.

생 피에르 몽마르트르 거리에서는, 팔을 드러내 놓고 있는 몇몇 사나이들이 검은 기를 들고 돌아다니고 있었는데, 거기에 흰 글씨로 쓰인 이런 말을 읽을 수 있었다. '공화국, 아니면 죽음을.' 죄뇌르 거리, 카들랑 거리, 몽토르괴유 거리, 망다르 거리 등에는 깃발을 흔드는 집단들이 나타나고 있었는데, 그 깃발에는 금 글씨로 쓰인 번호와 함께 '소대'라는 말을 분명히 알아볼 수 있었다. 그 기들 중 하나는 붉고 푸른데 그 중간의 흰색은 눈에 띄지 않았다.*

생 마르탱 가로수 길의 병기창 하나와, 세 무기 상점, 즉 첫 번째는 보부르 거리, 두 번째는 미셸 르콩트 거리, 또 하나는 탕플 거리, 이렇게 세 상점이 약탈당했다. 불과 몇 분 사이에, 군중의 수천 개의 손들이 거개가 이백삼십 자루의 이연발 소총과 예순네 자루의 군도, 여든세 자루의 권총을 집어 내갔다. 더 많은 사람들을 무장시키기 위해 어떤 사람은 총을 갖고, 또 어떤 사람은 총검을 가졌다.

그레브 강둑의 맞은편에서는 화승총으로 무장한 청년들이 총을 쏘기 위해 여자들의 집에서 진을 치고 있었다. 그들 중 하나는 발화륜(發火輪) 화승총을 갖고 있었다. 그들은 초인종을 누르고 집 안으로 들어가 탄약을 만들기 시작했다. 그 여자들 중 한 사람은 이런 말을 했다. "나는 탄약이 무엇인지도 몰랐는데, 우리 집 양반이 그걸 가르쳐 주었어요."

한 무리의 군중이 비에유 오드리에트 거리의 골동품 상점에 침입하여 터키의 장검과 무기를 빼앗았다.

한 발의 총을 맞아 죽은 한 석공의 시체가 라 페를 거리에 누워 있었다.

그리고 또 센 강의 좌안, 우안 강둑, 가로수 길, 라틴 구, 중앙 시장 일대에는, 노동자, 학생, 소대원 등 헐레벌떡거리는

---

* 프랑스 삼색기의 백색(중간부)은 왕가의 표상이고 적색과 청색은 파리 시의 표상으로서, 왕과 파리 시의 화합을 공고히 하기 위한 것.

사람들이 선언서들을 낭독하고, "무기를 들라!"고 외치고, 가로등들을 부수고, 수레들에서 마소를 풀고, 거리들에서 포석을 들어내고, 집들의 문을 부수고, 나무들의 뿌리를 뽑고, 지하실들을 뒤지고, 통들을 굴리고, 포석, 잡석, 가구, 판자 등을 쌓아 올려 바리케이드를 만들고 있었다.

사람들은 시민들을 협조하도록 강요하고 있었다. 여자들 집에 들어가, 집에 없는 남편의 군도와 총을 내놓게 하고, 문에 백묵으로 '무기 징발했음'이라고 써 놓았다. 어떤 자들은 총과 군도의 영수증에 그들의 이름으로 서명하고, "내일 시청으로 찾으러 오라."고 말했다. 거리에서는 고립된 보초들과 시청으로 가는 국민병들의 무기를 빼앗고 있었다. 장교들의 견장도 잡아떼고, 심티에르 생 니콜라 거리에서는 국민병의 한 장교가 곤봉과 검으로 무장한 한 집단에게 쫓기어 천신만고로 어느 집에 도피해 갔다가, 밤이 돼서야 겨우 변장을 하고 거기서 나올 수가 있었다.

생 자크 구역에서는 학생들이 떼를 지어 기숙사에서 나와, 생티야생트 거리의 프로그레 다방으로 올라가거나 마튀랭 거리의 세비야르 다방으로 내려가고 있었다. 거기서는 문 앞에서, 청년들이 돌 위에 서서 무기를 배급하고 있었다. 사람들은 바리케이드를 만들기 위해 트랑스노냉 거리의 재목 저장소를 약탈하고 있었다. 단 하나의 지점에서는 주민들이 저항하고 있었는데, 생타부아 거리와 시몽 르 프랑 거리의 모퉁이에서 그들은 그들 자신이 바리케이드를 허물고 있었다. 단 하나의 지점에서는 폭도들이 꺾이고 있었는데, 그들은 국민병의 한 부대에게 총화를 퍼부은 뒤에 탕플 거리에서 시작된 바리케이드를 포기하고, 코르드르 거리로 도망하고 있었다. 국민병 부대는 바리케이드 안에서 붉은 기 하나와 탄약 꾸러미 하나, 권총 탄환 삼백 발을 주웠다. 국민병들은 그 깃발을 찢어 그 조각들을 그들의 총검 끝에 달고 갔다.

내가 여기서 천천히 차근차근 말하고 있는 것은 모두 단 한 번의 천둥 속에서 일어나는 수많은 번갯불처럼 하나의 광대한 소요 속에 시내 도처에서 동시에 일어나고 있었다.

한 시간도 채 안 되어서, 중앙 시장 일대에서만도 스물일곱 개의 바리케이드들이 땅에서 나왔다. 그 중앙에는 그 유명한 50번지의 집이 있었는데, 이것은 잔과 그녀의 백육 인 동지들의 요새로서, 한쪽으로는 생 메리의 바리케이드, 또 한쪽으로는 모베 거리의 바리케이드를 각각 옆에 끼고, 아르시스 거리와 생 마르탱 거리, 그리고 정면의 오브리 르 부셰 거리 등 세 거리를 지휘하고 있었다. 직각을 이루고 있는 두 개의 바리케이드는 하나는 몽토르괴유 거리에서 그랑드 트뤼앙드리 거리 쪽으로 구부러지고, 또 하나는 조프루아 랑즈뱅 거리에서 생트 아부와 거리 쪽으로 구부러져 있었다. 그 밖에도 파리의 스무 개 구에, 마레, 생트 주느비에브 산에 수많은 바리케이드가 설치되어 있었는데, 메닐몽탕 거리의 한 바리케이드에는 돌쩌귀에서 뜯어낸 대문짝 하나가 보였고, 또 하나 파리 시립병원의 작은 다리 옆에 있는 바리케이드는 말을 풀어 내고 뒤집어 놓은 큰 수레 하나로 경찰청에서 300보의 거리에 만들어져 있었다.

메네트리예 거리의 바리케이드에서는 옷을 잘 차려입은 한 사나이가 일하는 사람들에게 돈을 나누어 주고 있었다. 그르네타 거리의 바리케이드에서는 말을 탄 사람 하나가 나타나 바리케이드의 두목인 듯한 사람에게 돈 꾸러미 같은 것을 건네주었다. "이건 비용, 술값 등에 쏠 돈이오." 하고 그는 말했다. 넥타이도 매지 않은 한 금발의 청년은 여기저기 바리케이드로 뛰어다니면서 명령을 전달하고 있었다. 푸른 경찰모를 쓰고 칼을 빼 든 또 하나의 청년은 보초들을 세우고 있었다. 바리케이드의 내부에서는 술집과 수위실들이 위병소로 변해 있었다. 게다가 폭동은 매우 교묘한 전술에 의해서 행동하고 있었다. 좁고, 평탄하지 않고, 꼬불꼬불하고, 모퉁이가 많고, 굴곡이 심한 거리들이 훌륭하게 선택되어 있었는데, 특히 중앙 시장 부근은 하나의 숲보다도 더 복잡한 거리들이 그물 모양을 이루고 있었다. '민중의 벗'이라는 결사가 생타부아 구역에서의 반란을 지휘했다는 말도 있었다. 퐁소 거리에서 피살된 한 사나이의 몸을 뒤졌더니 파리 시의 도면이 있었다.

사실상 이 폭동을 지휘했던 것, 그것은 공중에 떠 있는 일종의 미증유의 격정이었다. 반란은 급작스럽게 한 손으로 바리케이드를 구축하고 또 한 손으로는 거의 모든 경비대 초소들을 손에 넣었다. 세 시간도 채 안 돼서, 점화되는 도화선처럼, 반도들은 각처에 침입하여 그것들을 점령해 버렸었다. 센 강의 우안에서는 병기창, 루아얄 광장의 구청, 전체의 마레, 푸팽쿠르 조병창, 갈리오트, 샤토 도, 시장 근처의 모든 거리들을. 센 강 좌안에서는 베텔랑의 병사, 생 펠라지, 모베르 광장,

데물랭의 화약고, 모든 문밖 지대들을. 오후 5시에 그들은 바스티유와 랭즈리, 블랑 망토의 지배자가 되었고, 그들의 정찰병들은 빅투아르 광장에 접근하여, 프랑스 은행이며 프티 페르의 병사, 중앙 우편국을 위협하고 있었다. 파리의 삼 분의 일이 폭동 속에 있었다.

모든 지점에서 전투가 대대적으로 벌어졌다. 그리고 무장 해제, 가택 수색, 무기 상점들의 급격한 침입, 이런 것들의 결과로 돌팔매질로 시작된 전투가 총격전으로 계속되게 되었다.

오후 6시경에 소몽의 횡단로는 싸움터가 되었다. 폭도와 군대가 양쪽 끝에서 대치하고 있었다. 그들은 한쪽의 철책(鐵柵)에서 또 한쪽의 철책으로 총을 맞쏘고 있었다. 한 방관자는, 한 몽상가는, 즉 이 책의 저자는 이 화산을 가까이에서 보러 갔었는데, 이 횡단로에서 양쪽의 총화 사이에 끼어 버렸다. 그가 총탄에서 몸을 피하기 위해서는 상점들을 갈라 놓는 볼록한 반원주(半円柱)*밖에 없었다. 그는 근 반 시간 동안 이 곤란한 처지에 있었다.

그러던 중 소집의 북이 울리고, 국민병들이 허겁지겁 옷을 입고 무장을 하고, 군대가 구청들에서 나오고, 연대들이 병사들에서 나왔다. 앙크르의 건널목 맞은편에서는 고수 하나가 단도에 맞았다. 또 하나의 고수는 시뉴 거리에서 한 서른 명의 청년들에게 습격을 받아 북을 찢기고 군도를 빼앗겼다. 또 하나는 그르니에 생 라자르 거리에서 피살되었다. 미셸 르 콩트

---

* 반쪽이 벽 속에 박힌 원기둥.

거리에서는 세 장교들이 연거푸 쓰러졌다. 여러 명의 시 경비 대원들이 롱바르 거리에서 부상 당해 후퇴하고 있었다.

쿠르 바타브 앞에서 국민병의 한 분대가 붉은 기 하나를 발견했는데, 거기에는 '공화 혁명, 제127'이라고 씌어 있었다. 그것은 정말 혁명이었을까?

반란은 파리의 중심을 일종의 착잡하고 꼬불꼬불하고 거대한 성채로 만들어 놓았다.

거기에 중심이 있었고, 거기에 분명히 문제가 있었다. 그 밖의 것은 다 전초전에 불과했다. 모든 것이 거기서 결판 나리라는 증거로는, 거기서는 아직 싸움이 벌어지지 않았다는 것이다.

어떤 연대들에서는 군인들의 태도가 불확실했는데, 그로 인해 위기의 무시무시한 애매함이 더해졌다. 1830년의 7월에 보병 제53 연대의 중립이 받았던 민중의 갈채를 그들은 떠올리고 있었다. 큰 전쟁들에서 연마된 호담한 두 사람, 로보 원수와 뷔조 장군이, 뷔조는 로보의 휘하에서, 지휘하고 있었다. 국민병 부대 전체에 포함되어 있는 전열대(戰列隊)로 편성된, 그리고 현장(懸章)을 멘 경찰서장을 앞세운, 어마어마한 순찰대가 폭동의 거리를 정찰하러 가고 있었다. 한편 폭도들 측에서도 네거리의 구석에 척후를 배치하고 바리케이드 밖에도 대담하게 순찰대를 보내고 있었다. 쌍방에서 서로 감시하고 있었다. 정부는 군대를 수중에 둔 채 주저하고 있었다. 밤이 오려 하고 있었는데, 생 메리의 경종이 들리기 시작했다. 옛날 아우스터리츠의 싸움에 참가했던 당시의 육군 장관 술트 원수는 이러한 것을 침울한 얼굴로 바라보고 있었다.

정확한 군사 행동에 능숙하고 그 전투의 나침반인 전술만을 수단과 안내로 삼고 있는 이 노련한 선원들도, 공중의 분노라는 이 거대한 거품 앞에서는 전혀 지향할 바를 모른다. 혁명의 바람은 다루기가 쉽지 않다.

교외의 국민병들은 질서 없이 허둥지둥 달려오고 있었다. 경기병 제12 연대의 한 대대는 생 드니에서 달려오고 있었고, 보병 제14 연대는 쿠르브부아에서 쫓아오고 있었고, 사관학교의 포대들은 카루젤 광장에 진을 치고 있었으며, 대포들은 뱅센에서 내려오고 있었다.

튈르리 궁전은 적막 속에 잠겨 있었다. 루이 필립은 아주 태연했다.

5. 파리의 특성

앞서도 말한 바와 같이, 이태간 파리는 수많은 반란을 겪었다. 폭동을 일으킨 지대들을 제외하고, 일반적으로 한 폭동 중 파리의 모습보다 더 유달리 조용한 것은 아무것도 없다. 파리는 모든 것에 매우 빨리 예사로워진다. "이건 하나의 폭동일 뿐이야." 그리고 파리는 하도 일이 많아서 그까짓 사소한 일에 구애되지 않는다. 이러한 거대한 도시들만이 그러한 광경을 보여 줄 수 있다. 이러한 광대한 성벽 내부들만이 동시에 내란과 뭔지 알 수 없는 이상한 평온을 포함할 수 있다. 보통 반란이 시작되는 때면, 북소리, 집합 나팔 소리, 비상 신호가 들릴 때면, 상인은 이렇게 말하는 것으로 만족한다.

"생 마르탱 거리에 소동이 났나 봐."

또는,

"생 탕투안 문밖인가?"

흔히 무심코 이렇게 덧붙인다.

"그쪽 어디겠지."

나중에, 화승총 사격과 일제사격의 가슴을 찢는 듯하고 침통한 소음을 분명히 알아볼 수 있을 때 상인은 이렇게 말한다.

"이제 격렬해지는가? 이런, 격렬해지네!"

잠시 후에 폭동이 다가오고 번지면, 그는 후다닥 가게를 닫고 재빨리 자기의 군복을 몸에 걸친다. 다시 말해서 자기의 상품들은 안전하게 두고 자기의 몸은 위험에 내놓는다.

네거리에서, 건널목에서, 막다른 골목에서 총격전이 벌어진다. 바리케이드들을 빼앗고, 빼앗기고, 다시 빼앗는다. 피가 흐르고, 산탄이 집들의 정면을 벌집으로 만들고, 총탄이 침소에 있는 사람들을 죽이고, 송장들이 포도에 가득 찬다. 그런 판국에도 거기서 좀 떨어진 거리에서는, 카페에서 당구 치는 소리가 들린다.

호기심 많은 사람들은 전쟁이 한창인 그 거리들의 지척에서 지껄이고 웃는다. 극장들이 문을 열고 보드빌을 상연한다. 삯마차들이 지나가고, 행인들이 시내에 저녁 식사를 하러 간다. 때로는 싸우고 있는 지대에서마저 1831년에는 하나의 소총전이 혼례식 행렬을 통과시키기 위해 중단되었다.

1839년 5월 12일의 반란 때에는, 생 마르탱 거리에서, 한 작은 장애 노인이 손수레에 어떤 음료수가 가득 찬 병들을 싣고, 그 위를 한 조각의 삼색 누더기로 덮고서, 바리케이드에서 군대로, 그리고 군대에서 바리케이드로 왔다 갔다 하면서, 감초수의 컵을 어떤 때는 정부에, 또 어떤 때는 무정부에 공평하게 제공했다.

이보다도 더 이상한 것은 아무것도 없으며, 이것이야말로 파리의 폭동들의 고유한 특성이어서, 다른 어떤 수도에서도 다시 찾아볼 수 없다. 이를 위해서는 두 가지 것이, 파리의 위대함, 그리고 그 쾌활함이 필요하다. 볼테르와 나폴레옹의 도시가 필요하다.

그렇지만 이번에는, 1832년 6월 5일의 싸움에서는, 이 위대한 도시가 뭔지 아마 제 힘에 겨운 것을 느낀 것 같았다. 파리는 겁을 먹었다. 도처에, 가장 멀고 가장 '무관한' 지대들에서도, 한낮에 문과 창, 곁창 들이 닫혀 있는 것이 보였다. 용감한 자들은 무장하고, 비겁한 자들은 피신했다. 걱정 없고 분주한 통행인들은 사라졌다. 많은 거리들이 새벽 4시처럼 텅텅비었다. 사람들은 걱정스러운 사실들을 퍼뜨리고 다니고, 불길한 소식들을 유포하고 있었다. "'그들'은 프랑스 은행을 점령했다." "생 메리의 수도원 안에만도 그들은 육백 명에 달하고, 회당 안에서 농성하며 총안을 뚫고 있다." "전선은 확실성이 없다." "아르망 카렐*이 클로젤 원수를 방문했는데, 원수는 '우선 1개 연대를 갖도록 하라.'라고 말했다." "라파예트가 앓

---

* 카렐(Armand Carrel, 1800~1836). 유명한 신문기자.

고 있지만, 그는 그래도 그들에게 말했다. '나는 그대들의 것이다. 하나의 의자를 놓을 자리가 있는 곳이라면 나는 어디고 그대들을 따라가리라.'" "각자 경계해야 한다. 밤에 파리의 호젓한 구석들에서는 외딴 집들을 약탈하는 사람들이 있을 것이다.(이것은 경찰이 꾸며 낸 것임을 알아볼 수 있었다. 앤 래드클리프*와 정부가 합작한 것이라고나 할까.)" "오브리 르 부셰 거리에는 포대 하나가 설치되어 있다." "로보와 뷔조가 합의했는데, 자정에는, 또는 늦어도 새벽에는, 4개 종대가 동시에 폭동의 중심부를 향해 전진할 텐데, 제1 대대는 바스티유에서 오고, 제2 대대는 생 마르탱 성문에서 오고, 제3 대대는 그레브에서 오고, 제4 대대는 시장에서 오리라." "군대는 아마 파리에서 철수하여 샹 드 마르스 연병장으로 퇴각하리라." "무슨 일이 일어날지는 모르지만, 확실히 이번은 중대하다." 사람들은 술트 원수가 주저하고 있는 것을 걱정하고 있었다. "왜 그는 즉각 공격을 개시하지 않을까!" 그가 깊이 생각하고 있었음은 확실하다. 이 늙은 사자는 그 어둠 속에 미지의 괴물을 냄새 맡고 있는 것 같았다.

밤이 되었으나 극장들은 열리지 않았고, 순찰대들은 성난 얼굴을 하고 돌아다니고, 행인들은 몸수색을 당하고, 수상쩍은 사람들은 체포되고 있었다. 9시에 팔백 명도 더 체포되어, 경찰청이 가득 차고, 콩시에르즈리 감옥이 가득 차고, 포르스 감옥도 가득 차 있었다. 특히 콩시에르즈리 감옥에서는, 파리

* 래드클리프(Anne Radcliffe, 1764~1823). 영국의 공포 엽기 소설가.

의 거리라고 불리는 기다란 지하 감방에 짚 다발들이 깔리고 그 위에 구속된 사람들이 수없이 드러누워 있었는데, 라그랑 즈라는 리옹 사람은 대담하게도 연설을 하고 있었다. 그 모든 짚은 그 모든 사람들로 움직여져서 소나기 같은 소리를 내고 있었다. 다른 데서는 붙잡혀 온 사람들이 안마당에 한데 서로 포개져 누워 있었다. 불안이 도처에 감돌고, 예사롭지 않은 어떤 전율이 파리에 감돌고 있었다.

　사람들은 집 안에 들어박혀 있었고, 아내와 어머니 들은 걱정하고 있었으며, 들리는 소리라고는 이런 말뿐이었다. "아이고 이걸 어떡해! 그는 아직 안 돌아왔는데!" 멀리서 드문드문 마차들이 굴러가는 소리가 들렸다. 문 앞에서 귀를 기울이면, 떠들썩한 소리, 고함 소리, 시끌벅적한 소리, 은은하고 희미한 소리, "저건 기병대다."라고 사람들이 말하는 소리, 나팔 소리, 북소리, 소총 연발 사격 소리, 그리고 특히 생 메리의 그 비통한 경종 소리. 사람들은 처음 쏘는 대포 소리를 기다리고 있었다. 무장한 사나이들이 길 모퉁이에서 불쑥 나타나, "집에 돌아가요!" 하고 외치면서 사라졌다. 그리고 사람들은 허둥지둥 문들에 빗장을 걸었다. 그리고, "결국 어떻게 될 건고?" 하고 말하고 있었다. 시시각각, 어둠이 짙어 감에 따라, 파리는 무시무시하게 타오르는 폭동의 불길로 더 음산하게 물들어 가는 것 같았다.

11
폭풍과 친해지는 미미한 존재

1. 가브로슈의 시(詩)의 기원에 관한 몇 가지 설명. 이 시에 대한 어떤 아카데미 회원의 영향

병기창 앞에서 민중과 군대가 충돌함으로써 일어난 반란이 그 전진을 멈추고, 영구차의 뒤를 따라 가로수 길을 가는 동안 내내, 말하자면 행렬의 선두를 밀어 가고 있던 군중 속에 후퇴해 왔을 때, 그것은 무서운 썰물이었다. 군중은 동요하고, 행렬들은 끊어지고, 모두들 뛰고, 떠나고, 달아나고, 어떤 사람들은 공격의 함성을 지르고, 또 어떤 사람들은 질겁을 하고 도망쳤다. 가로수 길들을 덮고 있던 큰 흐름은 순식간에 갈라지고, 좌우로 넘쳐흘러, 열린 수문에서 흘러나오는 물과 함께 무수한 거리들로 동시에 격류가 되어 퍼져 갔다. 이때 메닐몽탕 거리로 내려오는 한 남루한 어린아이가 벨르 빌의 언덕 위에서 갓 꺾은 금작화 꽃가지 하나를 손에 들고 있었는데, 그는 어느 여자 고물상의 점두에 낡은 기병 권총 한 자루가 있는 것을 보았다. 그는 그의 꽃가지를 포도에 던지고 소리쳤다.

"아줌마, 내가 이 아줌마 물건 빌려 갑니다."

그러면서 그는 피스톨을 들고 뺑소니쳤다.

조금 후에, 아믈로 거리와 바스 거리로 달아나던 놀란 시민들의 물결은 피스톨을 휘두르며 노래를 부르는 어린이를 만났다.

밤에는 아무것도 안 보여도,
낮에는 썩 잘 보이네.
한 장의 허위 문서에
시민은 깜짝 놀라네.
덕을 행하라,
뾰족 벙거지!

그것은 전쟁에 나가는 어린 가브로슈였다.

가로수 길에서 그는 권총에 격철(擊鐵)이 없는 것을 알았다.

그의 걸음걸이에 맞추어 그에게 쓰이는 노래 구절과, 때에 따라 그가 즐겨 부르는 노래들은 누가 지은 것일까? 나는 그것을 모른다. 누가 알겠는가? 아마 제가 지은 것인지도 모른다. 그런데 가브로슈는 모든 유행가 가락을 알고 있었고, 거기다 그 자신의 흥얼거리는 소리를 섞어 놓고 있었다. 장난꾸러기 요정이자 개구쟁이인 그는 자연의 소리와 파리의 소리로 혼성곡을 만들었다. 그는 새들의 레퍼토리와 화실(畵室)의 레퍼토리를 배합했다. 그는 자기 족속에 인접한 족속인 환쟁이들을 잘 알고 있었다. 그는 석 달간 인쇄소의 견습공 노릇을 했던 것 같다. 그는 어느 날 마흔 명의 아카데미 프랑세즈 회원 중 한 사람인 바우르 로르미앙 씨에게 심부름도 갔다. 가브로슈는 문학 건달이었다.

그런데 가브로슈는 두 꼬마둥이들에게 제 코끼리의 무료 숙박을 제공했던 그 비가 오던 고약한 날 밤에, 자기 자신의 동생들을 위해 자기가 하느님의 역할을 행했다는 것을 전혀 알아차리지 못하고 있었다. 저녁에는 동생들을, 아침에는 아버지를 위하여 그날 밤에 그는 그러했었다. 먼동이 틀 때 그는 발레 거리를 떠나, 급히 코끼리로 돌아와서, 두 어린애들을 코끼리에서 솜씨 좋게 꺼내고, 그가 궁리해 얻어 낸 보잘것없는 아침밥을 셋이서 나누어 먹고, 그런 뒤에 그 자신을 길러 주다시피 한 그 좋은 어머니인 거리에 그들을 맡기고는 가 버렸다. 그들과 헤어지면서 그는 저녁에 같은 장소에서 그들과 만날 약속을 하고, 작별 인사로 그들에게 이런 말을 남겼다. "나는 지팡이를 분지른다. 다른 말로 말하자면 주자를 놓는다. 또는 재판소에서 말하듯이, 뺑소니를 친다. 꼬마들아, 엄마 아빠 다시 만나지 못하걸랑 오늘 저녁에 여기로 돌아오너라. 저녁거리를 주고 재워 줄게." 두 어린애들은 어떤 순경이 주워다 수용소에 처넣었는지, 아니면 어떤 곡예사가 훔쳐 갔는지, 그렇지도 않으면 단순히 파리의 어마어마한 소용돌이 속에 휩쓸려 버렸는지, 되돌아오지 않았다. 현대 사회의 밑바닥에는 이렇게 행방이 묘연해진 자들이 수두룩하다. 가브로슈는 그들을 다시 보지 못했다. 그날 밤부터 십여 주가 흘러갔다. 그는 머리빡을 긁적거리면서 이런 말을 한 적이 한두 번이 아니었다. "내 두 어린아이들은 대관절 어디에 있을까?"

그러는 동안, 그는 피스톨을 손에 쥐고 퐁토 슈 거리에 도달해 있었다. 둘러보니 이 거리에는 더 이상 하나의 가게밖에 안 열려 있었는데, 희한하게도 그것이 케이크점이었다. 미지의 세계에 들어가기 전에 또 사과 파이를 하나 먹을 수 있는, 하늘이 준 기회였다. 가브로슈는 걸음을 멈추고, 몸을 더듬어 보고, 바지 혁대 안쪽의 작은 호주머니를 뒤져 보고, 다른 호주머니들을 뒤집어 보았으나, 아무것도, 한 푼도 없었다. 그는 "사람 살려!" 하고 외치기 시작했다.

마지막 과자를 못 먹다니 가혹한 일이다.

가브로슈는 그래도 역시 가던 길을 계속 갔다.

한참 후에 그는 생 루이 거리에 와 있었다. 파르크 루아얄 거리를 건너다가 사과 파이를 못 먹은 분풀이를 할 필요를 느끼고, 대낮에 극장 광고들을 잡아 찢음으로서 엄청난 쾌감을 맛보았다.

조금 더 가다가, 그가 보기에 재산가들 같은 한 무리의 건강한 사람들이 지나가는 것을 보고, 그는 어깨를 으쓱거리면서, 닥치는 대로 그들 앞에 철학가다운 분노를 한 입 토하였다.

"저 돈 많은 녀석들 누룩돼지같이 살이 쪘구나! 양껏 처먹고, 산해진미 속에서 허우적거리고 있다. 그들이 그들의 돈으로 뭘 하는지 그들에게 물어보라. 녀석들은 그런 건 아무것도 모른다. 녀석들은 그걸 처먹고 있는 거야! 배때기가 터지도록."

2. 행진 중인 가브로슈

거리 한복판에서 격철 없는 피스톨을 손에 쥐고 흔드는 것이 대단한 공무(公務)라도 되는 듯이, 가브로슈는 걸음걸음 기운이 더해짐을 느꼈다. 그는 「마르세예즈」를 노래 부르면서, 그 토막토막 사이에 소리치고 있었다.

"만사형통이다. 난 류머티즘에 걸려서 왼쪽 다리가 몹시 아프지만, 그래도 난 기쁘다, 시민들이여. 부르주아들은 얌전히 굴기만 하면 된다. 내가 그들을 뒤집어엎을 노래를 뱉어 놓을 테니. 정보원들이란 게 다 뭐냐? 개들이다. 암 그렇지! 개들에게 결례를 하지 말자. 그래서 나는 내 권총에 그놈들 중 한 마리가 가졌으면 싶다.* 나는 지금 가로수 길에서 오는 판인데, 내 친구들이여, 격렬해지고 있다. 부글거리고 있다. 끓어오르고 있다. 냄비의 거품을 걷어 낼 때가 됐다. 전진하라, 사람들아! 더러운 피로 밭을 적셔라. 나는 조국을 위해 목숨을 바친다. 나는 더 이상 내 첩도 다시 보지 않으련다. 그런 건 다 끝났다. 암, 다 끝났다! 하지만 어쨌든, 기쁨 만세! 싸우자, 제기랄! 압제는 진절머리가 난다."

이때 지나가던 한 국민군 창기병의 말이 넘어졌는데, 가브

---

* 프랑스어에서 개라는 말과 피스톨의 격철이라는 말은 모두 chien이라고 한다.

로슈는 그의 권총을 포도에 놓고, 사람을 일으키고, 그를 거들어서 말을 일으켜 주었다. 그런 뒤에 그는 다시 피스톨을 주워 들고 가던 길을 다시 갔다.

토리니 거리는 모든 것이 고요하고 평온했다. 마레 특유의 이 정적은 주위의 광범한 소요와 대조를 이루고 있었다. 네 아낙네들이 어떤 문 앞에서 수다를 떨고 있었다. 스코틀랜드에는 세 마녀가 있지만,* 파리에는 사인조의 아낙네들이 있다. "그대는 왕이 되리라."는 말은, 아르무이르의 황야에서 맥베스에게 던져졌던 것처럼 보두와예의 네거리에서 보나파르트에게도 역시 음산하게 던져졌으리라. 그것은 다 거의 똑같은 저주일 것이다.

토리니 거리의 아낙네들은 그녀들의 일밖에 걱정하지 않았다. 그것은 세 문지기 여자들과 치룽과 갈고리를 가진 한 넝마주의 여자였다.

그녀들은 넷이 모두 노년의 네 구석, 즉 노쇠와 소퇴, 몰락, 비애의 네 구석에 서 있는 것 같았다.

넝마주이 여자는 공손했다. 이 노천의 세계에서 넝마주이 여자는 경의를 표하고, 문지기 여자는 돌봐 준다. 그것은 수위들의 수중에 있는 쓰레기 더미에 기인하는 것으로서, 거기에 기름진 것이 많으냐 적으냐는 그것을 긁어모으는 자의 변덕에 달려 있기 때문이다. 빗자루에도 호의가 있을 수 있다.

---

* 셰익스피어의 희곡 「맥베스」에 나오는, 장차 맥베스가 임금이 되리라고 예언한 마녀를 가리킨다.

이 넝마주이 여자는 은혜를 입고 있는 터인지라, 세 문지기 여자들에게 미소를 짓고 있었는데, 그게 어떤 미소였겠는가! 그녀들은 서로 이런 것들을 말하고 있었다.

"아니, 그럼 댁의 고양이는 늘 짓궂게 구는군요?"

"어머나, 고양이들은 아시다시피 본래 개들하고는 원수지간인걸요. 불평을 하는 건 개들이죠."

"그리고 사람들도 역시 그렇고."

"그렇지만 고양이 벼룩은 사람들에겐 안 옮거든요."

"그야 염려 없지만, 개들은, 그건 위험해요. 나는 생각이 나는데 어느 해엔가는 개들이 하도 많아서 신문에 내지 않을 수 없었어요. 그건 튈르리 궁에 커다란 양들이 있어서 로마 왕의 작은 수레를 끌던 때였어요. 로마 왕 생각 나세요?"

"나는 보르도 공작이 참 좋았어."

"나는 루이 17세를 알고 있었어. 나는 루이 17세가 더 좋아."

"고기 값이 어쩌면 그렇게도 비싸대, 파타공 엄마!"

"아이고, 말도 마요. 푸줏간은 지긋지긋해. 치가 떨려요. 요즘은 숫제 뼈 붙은 것밖에 안 주는걸."

이때 넝마주이 여자가 끼어들었다.

"아주머니들, 장사가 잘 안 돼요. 쓰레기 더미들이 초라하답니다. 사람들이 이제 아무것도 안 버려요. 죄다 먹어 버려요."

"아주머니보다도 더 못사는 사람들도 있어요. 바르굴렘 댁."

"아, 그건 사실이에요. 저는 직업이 있으니까요." 하고 넝마주이 여자는 공손하게 대답했다.

잠깐 말이 끊겼다가, 넝마주이 여자는 인간의 본성인 그 과

시욕을 참지 못하고 덧붙였다.

"아침에 집에 돌아와서, 치룽을 샅샅이 조사하고, 일일이 골라냅니다. 그러면 제 방 안에 산더미들이 생긴답니다. 누더기는 바구니에 넣고, 과일 속은 통에 넣고, 내의는 벽장에 넣고, 모직물은 장롱에 넣고, 종이는 창 옆 구석에 놓고, 먹을 만한 것은 사발에 넣고, 유리 조각은 벽난로에 넣고, 헌 신짝은 문 뒤에 놓고, 뼈다귀는 침대 밑에 놓는 거예요."

가브로슈는 그녀들 뒤에 서서 듣고 있었다.

"노인네들이 대관절 무슨 정치 얘기를 할 것이 있는 거요!" 하고 그는 말했다.

그는 네 아낙네들로부터 일제사격의 욕설을 받았다.

"여기에 또 악당이 하나 있네!"

"저 녀석은 손모가지에 대체 뭘 갖고 있담? 권총이네!"

"이게 뭐 말라 빠진 거야, 요 애새끼 놈은!"

"요런 것이 정부를 넘어뜨리려고 드니 세상이 조용하겠나."

가브로슈는 깔보는 듯, 전혀 응수하지 않고, 다만 손을 활짝 펴면서 엄지손가락으로 코끝을 추어올리는 것으로 만족했다.

넝마주이 여자가 소리쳤다.

"요 맨발의 악동 같으니!"

아까 파타공 엄마라는 부름에 대답했던 여자는 얼굴을 찡그리고 손뼉을 쳤다.

"불행한 일이 있을 거야, 틀림없이. 이웃집 수염 털보 개구쟁이 말이야, 나는 그가 매일 아침 팔 아래에 장밋빛 모자를 낀 한 젊은이하고 지나가는 걸 보았어. 오늘 나는 그가 지나가는 걸 보았는데, 그는 총을 들고 있었어. 바쇼 댁네가 그러는데, 지난 주일에 혁명이 하나 있었대, 저어…… 저어…… 저어…… 어디라더라. 응, 퐁투아즈에서. 그리고 또 요 끔찍한 건달이 권총을 갖고 있지 않겠어요! 셀레스탱에는 대포들이 담뿍 있는 것 같아요. 세상을 어지럽히려고 궁리해 낼 줄밖에 모르는 부랑배들에 대해서는 정부도 어쩔 수 없을 게 아니요! 그 모든 불행한 일들이 있은 뒤에 이제야 좀 조용해지기 시작했는데. 세상에, 나는 그 가엾은 왕비가 죄수 차를 타고 지나가는 걸 봤어요! 그런데 이러다간 또 담배 값이 올라가겠죠. 이건 치욕스러운 일이야! 그리고 확실히, 나는 네가 교수대에서 목이 잘리는 걸 보러 갈 거야, 요 악당아!"

"코를 훌쩍거리는구먼, 할멈." 하고 가브로슈는 말했다. "네 코빼기나 풀어라."

그러면서 그는 가 버렸다.

파베 거리에 왔을 때, 넝마주이 여자 생각이 머리에 다시 떠올라, 그는 이런 독백을 했다.

"네가 혁명가들을 욕하는 건 잘못이야, 쓰레기통 아줌마. 이 피스톨도 너를 위한 것이거든. 네가 네 치룽 속에 먹을 만한 것을 더 많이 갖도록 하기 위한 것이란 말이다."

갑자기 그의 뒤에서 소리가 들렸다. 그건 그를 뒤따라왔던 문지기 여자 파타공이었는데, 그녀가 멀리서 삿대질을 하며 고함을 질렀다.

"야, 이 후레자식 놈아!"

"그런 건," 하고 가브로슈는 말했다. "내가 눈썹 하나 까딱

할 줄 아나!"

조금 후에 그는 라무아뇽 호텔 앞을 지나가고 있었다. 거기서 그는 이런 호소를 했다.

"전투 출발!"

그러다가 그는 갑자기 우울해졌다. 권총의 마음을 움직여 보려는 듯이 그는 책망하는 얼굴로 권총을 바라보았다.

"나는 나간다. 그러나 너는 나가지 않는구나." 하고 그는 말했다.

한 마리의 개는 또 한 마리의 개(즉 격철)에서 사람 마음을 딴 데로 돌릴 수 있다. 빼빼 마른 북슬개 한 마리가 지나갔다. 가브로슈는 측은한 생각이 들었다.

"내 불쌍한 멍멍아," 하고 그는 말했다. "너는 통 하나를 삼켰구나. 그래서 네 몸에 그 모든 테들이 보이는 게지."

그런 뒤 그는 오름 생 제르베 쪽으로 갔다.

3. 이발사의 정당한 분개

가브로슈가 코끼리의 자애로운 배때기를 열어 주었던 두 꼬마둥이를 쫓아냈었던 그 갸륵한 이발사는, 이때 이발소 안에서, 제국 시대에 복무한, 레지옹 도뇌르 훈장 패용자(佩用者)인 한 늙은 병사의 수염을 깎고 있었다. 그들은 이야기하고 있었다. 이발사는 자연히 퇴역 노병에게 폭동 이야기를 하고, 이어 라마르크 장군 이야기를 하고, 그리고 이야기는 라마르크 장군에게서 황제로 이어졌다. 거기서 이발사와 군인 사이의 회화가 벌어졌는데, 만약에 프뤼돔*이 그 자리에 있었다면, 그 이야기를 아라비아 무늬 같은 화려한 말로 꾸며서, '면도와 군도의 대화'라는 제목이라도 붙였을 것이다.

"어르신." 하고 이발사는 말했다. "황제께서 어떻게 말을 타셨습니까?"

"서투르셨지. 그분은 떨어질 줄을 모르셨거든. 그래서 결코 떨어지시지 않았어요.**"

"훌륭한 말을 가지고 계셨나요? 틀림없이 훌륭한 말을 가지고 계셨겠지요?"

"그분께서 내게 훈장을 주신 날, 나는 그분의 말을 눈여겨봤어요. 새하얀 준마였어. 귀때기가 쩍 벌어져 있고, 안장 바탕이 깊숙하고, 고운 머리에는 검은 별 같은 것이 하나 있고, 모가지는 기다랗고, 무릎 관절이 굳세고, 갈비뼈가 울근불근하고, 어깨가 둥그스름하고, 궁둥이도 튼튼하게 생겼더구먼. 키는 열댓 뼘이 좀 더 됐고."

"예쁜 말이군요." 하고 이발사는 말했다.

"그것이 폐하의 용마였소."

이발사는 폐하라는 말 뒤에서는 잠깐 입을 다무는 것이 옳다고 생각하고 그렇게 하고 있다가 말을 이었다.

---

* 대언담어(大言壯談)하는 도도하고 진부한 인물. 앙리 모니예의 소설에 나오는 주인공.
** 이 말은 반어적인 표현이다. 말에서 떨어질 줄을 몰랐다니 말 타기가 서투르다는 것, 그러나 결코 떨어지지 않았다니, 결국 말 타기를 잘했다는 말이 된다.

"황제께서는 한 번밖에 부상을 당하지 않으셨다지요, 어르신?"

늙은 병사는 잘 알고 있는 사람다운 침착하고 의젓한 말투로 대답했다.

"발뒤꿈치였지. 라티스본에서. 나는 폐하께서 그날만큼 옷을 잘 입고 계시는 걸 본 적이 없어. 갓 나온 동전처럼 말쑥하셨지."

"그리고 어르신은, 퇴역 군인인 어르신께서는 틀림없이 자주 부상을 당하셨겠지요?"

"나요?" 하고 병사는 말했다. "아! 별것 아니었소. 마렝고에서 목덜미를 두 번 칼에 찔렸고, 아우스터리츠에서 오른팔에 총 한 방을 맞았고, 이에나에서 왼쪽 허리에 또 한 방을 맞았고, 프리틀란트에서 총칼에 한 번 찔렸고, 거시기에서, 모스크바에서 어디라 할 것 없이 일고여덟 번 창에 찔렸고, 루첸에서 포탄 파편에 손가락 하나가 부러져 버렸고…… 아아! 그리고 또 워털루에서는 허벅다리에 머스켓 총 한 방을 맞았지. 그게 전부요."

"얼마나 아름다운 일인가, 전장에서 죽는다는 건!" 하고 이발사는 씩씩한 어조로 외쳤다. "저도 정말이지 병이 들어서, 약이니 고약이니 주사니 의사니 하면서, 병상에서 날마다 조금씩 시나브로 뒈져 가는 것보다 차라리 배때기에 포탄 한 방 탕 맞는 것이 더 좋겠습니다그려!"

"당신은 까다롭지 않구먼." 하고 병사는 말했다.

그 말이 채 끝나기도 전에, 요란스러운 소리가 가게를 뒤흔들었다. 점두의 창유리 한 장이 갑자기 깨진 것이다.

이발사는 창백해졌다.

"아이고머니! 한 방 맞았네!" 하고 그는 외쳤다.

"뭐야!"

"포탄요."

"이거요." 하고 군인은 말했다.

그러면서 그는 뭔지 땅바닥에 구르는 것을 주웠다. 그것은 조약돌이었다.

이발사가 깨어진 유리창으로 달려가 보니, 가브로슈가 생장 시장 쪽으로 부리나케 달아나고 있었다. 가브로슈는 이 이발소 앞을 지나가면서, 두 꼬마둥이 생각이 마음에 걸려, 이발사에게 인사를 해 주고 싶은 생각을 물리칠 수 없어서, 그의 유리창에 돌멩이를 하나 던져 주었던 것이다.

"아시겠죠!" 하고 이발사는 해쓱했던 얼굴이 새파래져서 아우성쳤다. "이건 공연히 나쁜 짓을 하는 거예요. 저 건달에게 누가 뭘 어쨌기에?"

4. 어린아이가 늙은이에게 놀라다

그동안 가브로슈는 이미 그 수비대의 무장이 해제되어 버린 생 장 시장에 이르러, 앙졸라와 쿠르페락, 콩브페르, 푀이에 의해 지휘되고 있는 일대(一隊)와 합류했다. 그들은 거의 무장을 하고 있었다. 바오렐과 장 플루베르도 그들을 다시 만나서 부대는 더 커져 있었다. 앙졸라는 이연발 엽총을 가지고 있었고, 콩브페르는 부대 번호가 붙어 있는 국민병의 소총을 손에 들고, 단추가 풀어진 프록코트 아래 혁대에 찬 두 자루의 권총이 내다보이고 있었으며, 장 플루베르는 낡은 기병 단총을 들고 있었다. 바오렐도 기병총을 갖고 있었고, 쿠르페락은 칼이 뽑힌 단장을 휘두르고 있었다. 푀이는 손에 군도를 빼 들고 전진하면서 "폴란드 만세!" 하고 외치고 있었다.

그들은 모를랑 강둑에서 오고 있었다. 넥타이도 모자도 없이, 헐레벌떡거리면서, 비에 함빡 젖고, 눈을 번쩍거리면서. 가브로슈는 침착하게 다가가서 물었다.

"우리가 어디로 가는 거야?"

"가자." 하고 쿠르페락이 말했다.

푀이의 뒤에서는 바오렐이 걸어가고 있었다. 아니 오히려 폭동의 물속을 헤엄치는 고기처럼 뛰어가고 있었다. 그는 새빨간 조끼를 입고 있었고 모든 것을 부숴 버리는 것 같은 말을 씹어뱉고 있었다. 그의 조끼에 충격을 받은 행인 하나는 어쩔 줄을 모르고 외쳤다.

"저 빨갱이들 봐라!"

"빨갱이다, 빨갱이들이다, 라고! 묘한 무서움도 다 있네." 하고 바오렐은 응수했다. "나는 붉은 개양귀비 앞에서 벌벌 떨지 않는다. 조그만 붉은 모자 같은 건 조금도 겁나지 않는다. 여보시오, 내 말 좀 들으시오, 붉은 것에 대한 공포 같은 건 뿔난 짐승들에게나 남겨 둡시다."

그는 담장 모퉁이에서 세상에 더할 나위 없이 평화로운 한 장의 종이가 붙어 있는 것을 보았는데, 그것은 달걀을 먹어도 좋다는 허가로서, 파리의 대주교가 그의 '양 떼들'에게 보낸 사순절의 교서였다.

바오렐이 외쳤다.

"양 떼들이란 거위들이라는 말을 예의 바르게 한 말이다."*

그러면서 그는 담장에서 그 교서를 잡아 뜯어 버렸다. 그것은 가브로슈의 마음을 사로잡았다. 이때부터 가브로슈는 바오렐을 따르기 시작했다.

"바오렐." 하고 앙졸라는 지적했다. "그건 좋지 않아. 그런 교서는 가만두어야 했을 거야. 그건 우리하고는 관계없는 일이야. 너는 분노를 헛되게 쓰고 있다. 네 저장품을 잘 간직해 둬라. 전열 밖에서는 발포하지 않는 거야. 영혼도 총도 함부로 쏘는 게 아니야."

"저마다 제 방식이 있는 거야, 앙졸라." 하고 바오렐은 받아넘겼다. "그 주교의 글은 내 마음에 거슬린다. 나는 남의 허가를 받지 않고 계란을 먹고 싶다. 너는 불타는 차가운 종류의 사람이지만, 나는 놀기를 좋아한다. 나는 소비되는 것이 아니라, 약동하는 거야. 그리고 내가 그 교서를 찢은 것은, 헤르클(제기랄)! 내 입맛을 돋우기 위한 거야."

이 '헤르클'이라는 말**은 가브로슈의 주의를 끌었다. 그는 기회만 있으면 배우려고 애썼는데, 그 게시를 찢은 자에게 존경심을 느끼고 있었다. 그는 물었다.

"'헤르클'이란 무슨 뜻이야?"

---

* 양 떼라는 건 교도(敎徒)를 말함이요, 거위 떼라는 건 어리석은 무리라는 뜻으로, 프랑스어로 각각 ouailles, oies 라고 하여 비슷비슷한 단어다.
** 헤르클은 Hercle, 즉 힘센 신, 헤라클레스의 변질된 철자(綴字).

바오렐은 대답했다.

"그건 라틴어로 제기랄이라는 뜻이야."

이때 바오렐은 수염이 새카맣게 난, 창백한 청년 하나가 그들이 지나가는 것을 창에서 내려다보고 있는 것을 보았다. 아마 'ABC의 벗들' 중 한 사람이었으리라. 그는 그에게 소리를 질렀다.

"빨리, 탄약을! 파라 벨룸(전쟁 준비를 하라.)."

"벨룸(미남자)! 정말 그렇군." 하고 이제 라틴어를 알아듣는 가브로슈는 말했다.

소란스러운 행렬이 그들 뒤를 따라오고 있었다. 그것은 학생, 예술가, 엑스의 쿠구르드 결사에 가입한 청년, 노동자, 항만 사람 들이었는데, 곤봉과 총칼로 무장을 하고 있었고, 어떤 사람들은 콩브페르처럼 바지 속에 피스톨을 넣어 놓고 있었다. 매우 나이가 많아 보이는 노인 하나가 그 대열 속에서 걸어오고 있었다. 그는 무기는 전혀 없었고, 생각에 잠겨 있는 것 같았으나, 조금도 뒤떨어지지 않으려고 서두르고 있었다.

"저게 뭐야?" 하고 그는 쿠르페락에게 물었다.

"늙은이야."

그것은 마뵈프 씨였다.

5. 늙은이

무슨 일이 있었던가를 말하자.

앙졸라와 그의 친구들은, 용기병이 공격했을 때, 곡식 저장
고 근처의 부르동 가로수 길에 있었다. 앙졸라와 쿠르페락, 콩
브페르는, "바리케이드로!" 하고 외치면서 바송피에르 거리
쪽에서 진격해 온 사람들 중에 들어 있었다. 레디기에르 거리
에서 그들은 걸어오는 한 노인을 만났다.

그들의 주의를 끌었던 것, 그것은 이 노인이 술에 취해 있는
것처럼 갈지자 걸음을 걷고 있었다는 것이다. 게다가 그는, 아
침 나절 내내 비가 왔고 이때조차도 꽤 억수로 쏟아지고 있었
는데도, 모자를 손에 들고 있었다. 쿠르페락은 마뵈프 영감을
알아보았다. 마리우스를 따라서 그의 문 앞에까지 여러 번 갔
기 때문에 그를 알고 있었던 것이다. 이 고서를 애호하는 늙은
집사의 조용하고 지나치게 소심한 습성을 알고 있었고, 이 소
란한 판국에, 기병의 습격에서 지척인 곳, 일제사격의 거의 한
복판에서, 비가 오는데 모자도 쓰지 않고 총탄 속을 거닐고 있
는 것을 보고 깜짝 놀라, 그는 노인 옆으로 다가갔다. 그리고
이 스물다섯의 폭도와 팔순 노인 사이에 이런 대화가 오갔다.

"마뵈프 씨, 댁으로 돌아가십시오."

"왜?"

"곧 소동이 벌어집니다."

"좋소."

"칼을 휘두르고 총을 쏩니다, 마뵈프 씨."

"좋소."

"대포도 쏩니다."

"좋소. 어디로 가는 거요, 당신네들은?"

"우리는 정부를 타도하러 갑니다."

"좋소."

그리고 그는 그들을 따라가기 시작했다. 이때부터 그는 한 마디도 말하지 않았다. 그의 걸음걸이는 갑자기 씩씩해졌고, 노동자들이 그에게 팔을 뻗쳐 부축해 주려고 했으나, 그는 머리를 저어 거절했다. 그는 대열의 거의 맨 첫 줄에 서서 전진하고 있었는데, 동시에 걷는 사람의 동작과 잠자는 사람의 얼굴을 나타내고 있었다.

"얼마나 지독한 노인이냐!" 하고 학생들은 소곤거렸다. 옛 국민의회 의원이었다느니, 예전에 루이 16세를 사형에 처한 혁명파의 한 사람이라느니 하는 소문이 군중 속에 돌고 있었다.

군중은 베르리 거리에 접어들었다. 소년 가브로슈는 선두에 서서 목이 터지도록 노래를 부르고 걸어가면서, 일종의 나팔 노릇을 하고 있었다. 그는 이렇게 노래 부르고 있었다.

이제 달이 뜨네,
우리는 언제나 숲으로 가니?
샤를로가 샤를로트에게 물었네.

샤투에게는
투 투 투.
내게는 하느님도 하나, 임금님도 하나, 돈 한 푼에 장화도 한 짝뿐.

백리향에서 이슬을
꼭두새벽에 마시고,
두 마리 참새가 곤드라졌네.

파시에게는
지 지 지.
내게는 하느님도 하나, 임금님도 하나, 돈 한 푼에 장화도 한
짝뿐.

그 두 마리의 가엾은 새끼 이리들
두 마리의 티티새처럼 취해 있는데,
한 마리의 호랑이가 굴 속에서 그들을 비웃고 있었네.

뫼동에게는
동 동 동.
내게는 하느님도 하나, 임금님도 하나, 돈 한 푼에 장화도 한
짝뿐.

한 사람은 맹세를 하고 또 한 사람은 욕을 하고 있었네.
우리는 언제나 숲으로 가니?
샤를로가 샤를로트에게 물었네.

팡탱에게는
탱 탱 탱.

내게는 하느님도 하나, 임금님도 하나, 돈 한 푼에 장화도 한 짝뿐.

그들은 생 메리 쪽으로 가고 있었다.

6. 신입자

집단은 시시각각으로 커져 갔다. 비에트 거리 근처에서, 머리가 희끗희끗한 키 큰 사나이 하나가 그들에게 합류했는데, 쿠르페락과 앙졸라, 콩브페르는 그의 무뚝뚝하고 대담한 얼굴을 눈여겨보았으나, 아무도 그를 알지 못했다. 가브로슈는 노래를 부르고, 휘파람을 불고, 떠들어 대고, 앞장서서 가고, 그의 격철 없는 권총 자루로 가게들의 겉창을 두드리는 데 정신이 팔려, 그 사나이에게 주의하지 않았다.

그들은 베르리 거리에서 쿠르페락의 집 문 앞을 지나가게 되었다.

"마침 잘됐다." 하고 쿠르페락이 말했다. "지갑을 집에 두고 왔고 모자도 잃어버렸는데."

그는 무리를 떠나 부리나케 자기 방으로 올라갔다. 그는 헌 모자와 지갑을 집었다. 그는 또 그의 더러운 내의류 속에 감추어 두고 있던 커다란 가방 크기의 꽤 큰 네모진 상자 하나도 집었다. 그가 뛰어내릴 때 문지기 여자가 그를 불렀다.

"드 쿠르페락 씨!"

"수위 아줌마, 당신 이름은 뭐지요?" 하고 쿠르페락은 대꾸했다.

문지기 여자는 기가 막혔다.

"잘 아시면서요. 전 수위예요. 보뱅 아줌마예요."

"그런데 말이오. 당신이 나를 아직도 드 쿠르페락 씨라고 부른다면, 나는 당신을 드 보뱅 아줌마라고 부를 겁니다.* 이제 말하시오. 무슨 일이오? 뭐요?"

"어떤 사람이 도련님께 얘기하고 싶다고 와 있어요."

"그게 누군데?"

"모르겠어요."

"어디 있소?"

"제 수위실에요."

"꺼져 버려라!" 하고 쿠르페락은 말했다.

"하지만 한 시간도 더 전부터 도련님이 돌아오시기를 기다리고 있는걸요!" 하고 문지기 여자는 말을 이었다.

동시에 젊은 노동자 같은 사람이 수위실에서 나왔는데, 그는 수척하고, 창백하고, 땅딸막하고, 주근깨가 끼고, 구멍 뚫린 작업복과 옆구리를 기운 비로드 바지를 입고 있고, 사내라기보다는 오히려 머슴애로 변장한 계집애 같은 꼴을 하고 있었다. 하지만 그는 조금도 여자의 목소리가 아닌 목소리로 쿠르페락에게 말했다.

"마리우스 씨를 좀."

_____

* 드는 귀족의 성 앞에 붙는 말.

"여기 없어."

"오늘 저녁에 돌아오실까요?"

"난 아무것도 몰라."

그리고 쿠르페락은 덧붙였다.

"나는 돌아오지 않을 거야."

젊은이는 그를 뚫어지게 바라보며 물었다.

"왜 그러세요?"

"그럴 까닭이 있어."

"그래, 어디로 가시나요?"

"그게 네게 무슨 상관이야?"

"그 상자를 제가 들어다 드릴까요?"

"나는 바리케이드에 가는걸."

"제가 같이 가도 좋겠어요?"

"그러고 싶다면!" 하고 쿠르페락은 대답했다. "거리는 자유야. 포도는 만인의 것이고."

그러고 친구들을 따라잡으려고 그는 뛰어나갔다. 그들을 다시 만났을 때 그는 친구 하나에게 그 상자를 들고 가라고 주었다. 그 후 한 십오 분이 지나서 비로소 그는 그 젊은이가 정말 그들을 따라와 있는 것을 보았다.

집단은 가고자 하는 데로 정확하게 가지는 않는다. 앞서도 설명한 바와 같이, 군중은 바람 부는 대로 휩쓸려 간다. 그들은 생 메리를 지나쳐, 어떻게 그리 되었는지도 모른 채, 생 드니 거리에 와 있었다.

12
코랭트 주점

1. 코랭트 주점의 역사

파리 사람들이 오늘날 중앙 시장 쪽에서 랑뷔토 거리로 들어가면, 오른쪽으로 몽데투르 거리의 맞은편에 광주리 가게 하나를 보게 되는데 그 간판은 나폴레옹 대제의 모양을 한 바구니로서, 거기에는 이렇게 적혀 있다.

나폴레옹은
버들가지만으로 만들어져 있다.

그런데 그들은 이곳이 삼십 년도 되기 전에 무시무시한 광경이 벌어진 장소라고는 거의 짐작도 못 하고 있다.*
　여기가 샹브르리 거리였는데, 옛날 이름으로는 샹베르리라고 썼으며, 여기에 코랭트라는 유명한 술집이 있었다.

　이곳에 세워져 있었으나 생 메리 바리케이드에 의해 가려져 있었던 바리케이드에 관해서 앞서 말한 것을 독자는 모두 기억하리라. 지금 내가 조금 비추어 보려고 하는 것은 오늘날 이미 깊은 어둠 속에 빠져 버린 샹브르리 거리의 이 유명한 바리케이드에 관해서다.

　이야기를 명료하게 하기 위해서, 워털루에 관해 내가 이미 사용했던 간단한 방법을 여기서도 이용하는 것을 허락해 주기 바란다. 생 퇴스타슈 성당 끝 가까이, 오늘날 랑뷔토 거리의 입구가 되어 있는 파리 시장의 동북쪽 모퉁이에, 그 당시 서 있던 가옥 집단을 꽤 정확히 상상해 보고자 하는 사람들은 하나의 N 자를 머릿속에 그려 보기만 하면 되는데, 꼭대기를 생 드니 거리로 하고 밑바닥을 시장으로 했을 때, 세로로 내려 그은 두 개의 획은, 그랑드 트뤼앙드리 거리와 샹브르리 거리가 되고, 비스듬히 그은 획은 프티트 트뤼앙드리 거리가 될 것이다. 오래된 몽데투르 거리는 꼬불꼬불 구부러져 와서 그 세 획과 교차했다. 그래서 이 네거리의 복잡한 교착은, 한편으로 시장과 생 드니 거리의 사이와, 또 한편으로 시뉴 거리와 프레쇼르 거리의 사이에 끼어 있는 200정보 남짓한 지면에 일곱 개의 집들의 작은 섬을 만들어 놓기에 충분했는데, 이 섬들은 이상하게 잘려져 있고, 크기도 다 다르고, 비뚤어지게 아무렇게나 놓여 있고, 건설 현장의 돌덩어리들처럼 좁은 틈으로 겨

---

* 이 책이 출판된 것은 1862년임을 상기해 주기 바란다.

우 그 사이가 떨어져 있었다.

좁은 틈이라고 말했는데, 양쪽에 아홉 층의 누옥들이 늘어서 있는, 어둡고 좁고 꾸불꾸불한 이 골목길들을 그보다도 더 올바르게 표현할 수 없다. 이 누옥들은 하도 심히 헐어 빠져서, 샹브르리 거리와 프티트 트뤼앙드리 거리에서는, 그 정면들이 하나의 집에서 다른 집으로 질러 놓은 들보로 떠받쳐져 있었다. 거리는 좁고 도랑은 넓었으며, 행인이 걸어가는 포도는 늘 축축하게 젖어 있고, 양쪽에는 지하실 같은 가게들, 쇠고리가 박힌 커다란 푯돌들, 엄청난 쓰레기 더미들, 매우 오래된 거대한 살문이 달린 통로의 문들이 있었다.

이 몽데투르 거리(꼬부랑길)라는 이름은 그 모든 도로의 굴곡들을 썩 잘 묘사하고 있다. 거기서 좀 더가면, 몽데투르 거리로 들어오는 '피루에트 거리(삥삥이 길)'라는 이름으로 그 굴곡들이 더 잘 표현되어 있는 것을 사람들은 보았다.

생 드니 거리에서 샹브르리 거리로 접어들면, 이 거리가 조금씩 좁아져서 마치 길쭉한 깔때기 속에 들어가는 것 같았다. 아주 짧은 이 거리의 끝에는 시장 쪽으로 높이 늘어서 있는 집들로 통로가 막혀 있어서, 마치 막다른 골목 같은 인상을 주었으나, 좌우로 빠져나갈 수 있는 두 개의 컴컴한 골목길이 있었다. 이것이 몽데투르 거리인데, 한쪽은 프레쇼르 거리로 통하고, 또 한쪽은 시뉴 거리와 프티트 트뤼앙드리 거리로 통하고 있었다. 이 막다른 골목 같은 길 안쪽으로, 오른쪽 길 모퉁이에, 거리의 곶(岬) 같은 모양을 하고 있는, 다른 집들보다 낮은 한 채의 집이 있었다.

단지 삼 층밖에 안 되는 이 집 안에, 삼백 년 이래 유명한 술집 하나가 즐겁게 자리 잡고 있었다. 이 술집은, 늙은 테오필이 다음과 같은 두 줄의 시구로 유명하게 만든 바로 그곳에서 즐거운 소리를 내고 있었다.

목 매어 죽은 가엾은 연인의
무서운 해골이 거기에 근들거린다.

장소가 좋아서, 술집 주인들은 여기서 아버지에게서 아들로 계승해 오고 있었다.

마튀랭 레니에*의 시대에 이 술집은 '포 토 로즈(장미 화분)'라고 불렸는데, 그림 수수께끼가 유행하고 있었으므로, 장미(로즈) 색으로 칠한 말뚝(포토)을 간판으로 하고 있었다. 18세기에, 오늘날은 완고파로부터 멸시를 받고 있는 풍류파 대가의 한 사람인 나투아르라는 갸륵한 화가가 이 술집에서, 레니에가 취하도록 술을 마셨던 바로 그 탁자에서 여러 번 취하도록 술을 마셨는지라, 감사하는 마음에서 그 장밋빛 말뚝에 코랭트(코린트)의 포도** 한 송이를 그려 주었다. 술집 주인은 기뻐하여, 그의 간판을 그것으로 바꾸고, 포도송이 아래에 '코랭트의 포도에'라는 말을 금 글씨로 써 놓게 했다. 이로부터 '코랭트'라는 그 이름이 생겼다. 주정뱅이들에게는 약사법(略辭

---

* 레니에(Mathurin Régnier, 1573~1613). 17세기의 프랑스 시인
** 코랭트, 즉 코린트는 그리스의 항구 도시. 코린트의 포도는 알이 작은 씨 없는 포도.

法)보다도 더 자연스러운 것은 아무것도 없다. 약사법은 문장의 갈지자다. 코랭트는 조금씩 '포 토 로즈'의 자리를 빼앗았다. 이 가문의 마지막 주인인 위슐루 영감은 더 이상 전통을 알지도 못하고 말뚝을 파랗게 칠했다.

계산대가 있는 아랫방, 당구대가 있는 2층 방, 천장을 뚫고 있는 나선형 나무 계단, 탁자 위의 포도주, 벽 위의 그을음, 대낮의 촛불, 이런 것이 이 술집의 모습이었다. 아랫방에 있는 뚜껑 문 달린 계단이 지하실로 통하고 있었다. 3층에는 위슐루네 식구들의 방이 있었다. 거기에는 계단으로, 계단이라기보다는 오히려 사다리로 올라갔으며, 그 출입구는 2층 큰방에 있는 비밀 문 하나뿐이었다. 지붕 밑에는 두 개의 고미다락 방이 있는데, 그것은 하녀들의 잠자리였다. 부엌은 계산대의 방과 함께 아래층을 나누어 갖고 있었다.

위슐루 영감은 아마 화학자로 태어났는지 모르나 사실은 조리사였다. 그의 술집에서는 단지 술만 마시지 않고 식사도 했다. 위슐루는 그의 집에서밖에는 먹지 못하는 썩 좋은 것을 하나 만들어 냈다. 그것은 다진 고기를 넣은 잉어인데, 그는 그것을 carpes au gras(고기와 비계의 잉어 요리)라고 불렀다. 사람들은 그것을 짐승 기름의 양초나 루이 16세 시대의 켕케식 양등의 불빛 아래 상보로서 동유포(桐油布)를 깔아 놓은 식탁에서 먹었다. 사람들은 여기에 먼 데서도 왔다. 위슐루는 어느 날 아침 그의 '특별 요리'를 행인들에게 광고하는 것이 좋겠다고 판단하고, 먹 단지에 붓을 적셔서, 그에게 특유한 요리와 마찬가지로 그는 그에게 특유한 철자를 가지고 있었으므로,

담벼락에 다음과 같은 희한한 문자를 즉석에 써 놓았다.

CARPES HO GRAS

한 해 겨울, 소나기와 우박이 변덕을 부려 첫 단어의 끝 글자 S와 셋째 단어의 머리 글자 G를 지워 버려, 이런 글씨가 남았다.

CARPE HO RAS

세월과 비의 도움으로, 시시한 요리 광고는 뜻깊은 충고가 됐다.*

그렇게 위슐루 영감은 프랑스어는 몰라도 라틴어는 알았고, 요리에서 철학이 나오게 했고, 단지 사순절의 육식 금지를 없애려다가 호라티우스에 필적하게 되었다. 그리고 놀라운 것은, 그것이 또한 '우리 술집으로 들어오시오.'라는 뜻이기도 했다는 것이다.

이 모든 것은 오늘날 아무것도 존재하지 않는다. 몽데투르의 미로는 벌써 1847년에는 폭넓게 절개되었고, 십중팔구 현재는 존재하지 않을 것이다. 샹브르리 거리와 코랭트 주점은 랑뷔토 거리의 포장도로 아래 사라져 버렸다.

앞서도 말한 바와 같이, 코랭트 주점은 쿠르페락과 그의 친

---

* Carpe horas는 라틴어로 시간을 향락하라는 뜻.

구들의 집합소는 아니더라도 회의소의 하나였다. 코랭트 주점을 발견한 것은 그랑테르였다. 그는 Carpe Horas(시간을 향락하라.) 때문에 거기에 들어갔었고 Carpes au Gras(고기와 비계의 잉어 요리) 때문에 거기에 돌아갔었다. 사람들은 거기서 술을 마시고, 거기서 음식을 먹고, 거기서 떠들어 댔다. 사람들은 거기서 돈을 조금밖에 안 냈고, 돈을 잘 안 냈고, 돈을 안 냈지만, 언제나 환영받았다. 위술루 영감은 호인이었다.

위술루는 방금 말한 것처럼 호인인데, 콧수염을 달고 있는 싸구려 식당의 주인이었고, 재미있는 괴짜였다. 항상 기분 나쁜 것 같은 얼굴을 하고 있었고, 고객을 윽박지르려고 하는 것 같았고, 자기 집에 들어오는 사람들에게 투덜거리고, 그들에게 식사를 차려 주려고 하기보다는 싸움을 걸 요량인 것 같은 상판이었다. 그렇지만, 아까 한 말대로, 사람들은 항상 환영받았다. 이러한 괴상한 점이 그의 가게에 손님을 끌었고, 젊은이들을 끌어들였는데, "위술루 영감이 넋두리하는 거나 좀 가서 보자."고 그들은 말했다. 그는 검술 사범이었다. 그는 느닷없이 너털웃음을 웃었다. 거친 목소리에 무골호인, 비극적인 외모에 희극적인 본성이었다. 그는 사람들에게 겁을 주기를 바랄 뿐이었다. 거의 권총 모양을 하고 있는 그 코담뱃갑들 같았다. 폭발은 재채기한다.

그의 아내인 위술루 할멈은 수염 난 인간, 아주 못생긴 여자였다.

1830년경에 위술루 영감이 죽었다. 그와 함께 고기와 비계의 잉어 요리 비결도 사라졌다. 그의 미망인은 슬픔을 잘 삭이지 못했으나, 술집은 계속했다. 그러나 요리는 나빠졌고 지독하게 맛이 없어졌으며, 언제나 나빴던 포도주는 더욱 끔찍스러워졌다. 그렇지만 쿠르페락과 그의 친구들은 코랭트에 가기를 계속했다. "불쌍해서,"라고 보쉬에는 말했다.

위슐루 과부는 전원의 추억들로 숨이 가쁘고 얼굴이 일그러져 있었다. 그녀는 발음으로 그 추억담에서 싱거움을 없애주었다. 그녀는 그녀의 시골 봄철의 어렴풋한 추억들의 묘미를 돋우는 것들을 말하는 그녀 특유의 말투가 있었다. "아그배낭구 속에서 지농가심(아가위나무 속에서 진홍 가슴) 우는 걸듣는 것이 옛날에는 즐거움이었다."고 그녀는 말했다.

'레스토랑'으로 되어 있는 2층 방은 커다란 긴 방인데, 걸상과 의자, 벤치, 탁자 들, 그리고 한 대의 낡은 절름발이 당구대로 가득 차 있었다. 이 방에는 나선형 계단으로 올라오는데 이계단은 방 모퉁이에 있는 배의 갑판 승강구 같은 네모진 구멍으로 끝나 있었다.

이 방은 단 하나의 좁은 창과 노상 켜져 있는 켕케식 양등하나로 밝혀져 있어, 고미다락 방 같았다. 네 발 달린 모든 가구들이 마치 세 발이 달린 것처럼 하고 서 있었다. 석회로 하얗게 칠해진 벽은 모든 장식으로서 위슐루의 아낙에게 바쳐진 다음과 같은 사행시밖에 없었다.

그녀는 10보에서는 놀라게 하고, 2보에서는 무섭게 한다.
하나의 무사마귀가 그녀의 위험한 콧속에 살고 있다.
사람들은 끊임없이 걱정한다, 행여 그 콧물이 자기들에게 튀어 올까 봐.

그리고 어느 날 그녀의 코가 그녀의 입속으로 떨어질까 봐.

그것은 숯으로 벽에 쓰여 있었다.

이 시구를 닮은 위슐루 아줌마는 아침부터 저녁까지 그 사행시 앞을 아주 태연하게 왔다 갔다 했다. 마틀로트(어물 요리)와 지블로트(육물 요리)라는 이름으로밖에는 전혀 알려져 있지 않은 두 하녀가 청포도주 단지와 사기 대접에 담아서 시장한 손님들에게 내는 각종 수프를, 위슐루 아줌마를 도와 식탁에 갖다 놓았다. 마틀로트는 뚱뚱하고, 포동포동하고, 머리칼이 붉고, 잔소리 잘하는 여자로, 죽은 위슐루의 예전 애첩이었는데, 신화에 나오는 어떠한 괴물보다도 더 못생겼다. 그렇지만 하녀는 언제나 안주인보다 뒤떨어지는 것이 마땅하므로, 그녀는 위슐루 부인보다 덜 못생겼다. 지블로트는 후리후리하고, 가냘프고, 임파성의 희멀건 얼굴빛에, 눈 언저리가 푸르뎅뎅하고, 눈시울이 축 처져 있고, 항상 지쳐 빠져 있고, 만성 피로라고 부를 만한 것에 걸려 있으며, 아침에는 맨 먼저 일어나고, 저녁에는 맨 나중에 잠자리에 들고, 누구의 시중도 다 들어 주고, 다른 하녀의 시중까지도 들어 주고, 말수가 없고, 온순하고, 피곤한 얼굴 아래 일종의 잠들어 있는 희미한 미소를 짓고 있었다.

계산대 위에는 거울 하나가 걸려 있었다.

레스토랑으로 되어 있는 방으로 들어가기 전에, 문 위에는 쿠르페락이 분필로 써 놓은 아래와 같은 시구가 있었다.

한껏 즐기고 마음껏 먹어라.

2. 사전의 즐거움

레글 드 모는 독자도 알다시피 다른 데서보다도 오히려 졸리의 집에서 살고 있었다. 새에게 나뭇가지가 있듯이 그에게도 숙소가 있었던 것이다.* 이 두 친구는 함께 살고, 함께 먹고, 함께 잤다. 모든 것이 그들에게 공유였는데, 심지어 뮈지세**까지도 조금은 그러했다. 6월 5일 아침, 그들은 코랭트 주점으로 조반을 먹으러 갔다. 졸리는 코가 막히고, 지독한 코감기가 들어 있었는데, 그것이 레글에게도 옮기기 시작했다. 레글의 옷은 해졌으나, 졸리는 좋은 옷차림을 하고 있었다.

그들이 코랭트 주점의 문을 연 것은 아침 9시 무렵이었다.

그들은 2층으로 올라갔다.

마틀로트와 지블로트가 그들을 맞아 주었다.

"굴에 치즈에 햄." 하고 레글이 말했다.

그리고 그들은 식탁에 앉았다.

술집은 텅 비어 있었고, 그들 두 사람밖에 없었다.

지블로트는 졸리와 레글을 알아보고, 포도주 한 병을 식탁에 갖다 놓았다.

---

* 레글은 독수리라는 뜻이 있다.
** 졸리의 정부.

그들이 굴을 먹기 시작했을 때, 계단의 승강구에서 머리 하나가 나타나면서 목소리가 들렸다.

"내가 지나가는데, 거리에서 브리 치즈의 맛 좋은 냄새가 났어. 그래서 들어오는 거야."

그것은 그랑테르였다.

그랑테르는 걸상을 당겨다가 식탁에 앉았다.

지블로트는 그랑테르를 보고, 두 병의 포도주를 식탁에 놓았다.

그래서 세 병이 되었다.

"너, 그 두 병을 다 마실 거야?" 하고 레글이 그랑테르에게 물었다.

그랑테르는 대답했다.

"다들 영리한데 너만은 순진하구나. 두 병 술에 놀라는 놈이 어디 있어!"

다른 사람들은 먹기부터 시작했는데, 그랑테르는 마시기부터 시작했다. 반 병은 삽시간에 들이켜져 버렸다.

"네 밥통에는 구멍이 뚫렸나?" 하고 레글이 말을 이었다.

"네 팔꿈치는 정말 구멍이 뚫렸구나." 하고 그랑테르는 말했다.

그리고 그의 술잔을 비운 뒤에 덧붙였다.

"이것 봐, 조사(弔辭)의 레글, 네 옷은 꽤 낡았구나."*

"난 그러기를 바라." 하고 레글은 대꾸했다. "그래서 우리

_____

* 레글 드 모는 보쉬에의 별명인데, 그는 조사로 유명하다.

는 사이가 좋다. 내 옷과 나는 말이다. 내 옷은 내 버릇을 다 잘 알아주고, 나를 조금도 거북하게 하지 않고, 내 보기 흉한 꼴을 본받았고, 내 모든 동작을 너그럽게 받들어 주고 있어. 오직 내 옷이 나를 따스하게 해 주기 때문에 나는 옷을 입고 있다는 걸 느낄 뿐이야. 낡은 옷, 그것은 낡은 친구와 같은 거야."

"그건 사실이야." 하고 졸리가 대화에 끼어들면서 부르짖 었다. "낡은 아비(옷)는 낡은 아비(친구)야."*

"특히나," 하고 그랑테르는 말했다. "코감기 든 사람의 입에서는 그렇게 되지."

"그랑테르." 하고 레글이 물었다. "너 가로수 길에서 오는 거냐?"

"아니."

"우리는 방금 행렬의 선두가 지나가는 걸 봤다, 졸리하고 나는 말이야."

"참말로 장관이던데." 하고 졸리가 말했다.

"이 거리는 정말 조용하구나!" 하고 레글이 외쳤다. "파리가 뒤집혀 있을 것이라고 누가 짐작이나 하겠는가? 옛날 요 일대에 온통 수도원들뿐이었다는 건 정말 알 만도 해! 뒤 브릴과 소발이 그 이름들을 열거하고 있고, 르뵈프 신부도 그래. 요 근처 일대에는 수도사들이 시글시글했어. 신을 신은 놈, 신을 벗은 놈, 머리를 짧게 깎은 놈, 수염 난 놈, 회색 옷 입은 놈, 검은 옷 입은 놈, 흰 옷 입은 놈, 프란체스코회의 수도사, 성 프

---

* 친구는 프랑스어로 ami인데, 코감기가 들어서 m 음을 b 음으로 발음한 것.

랑스와 드 폴회의 수도사, 카프친회의 수도사, 카르멜 수도회의 수도사, 소(小) 아우구스티누스 파, 대 아우구스티누스 파, 구(舊) 아우구스티누스 파…… 수도사들이 우글우글했어."

"수도사 얘기는 집어치우자." 하고 그랑테르가 말을 막았다. "그런 얘길 하면 내 몸이 근질근질해진다."

그러고는 다시 부르짖었다.

"부! 방금 나쁜 굴 하나를 삼켰다. 또 다시 내게 우울증이 발작하는구나. 굴은 상했고, 하녀들은 못생겼고, 나는 인간이란 족속을 증오한다. 나는 방금 리슐리외 거리에서 커다란 공립문고 앞을 지나왔다. 도서관이라고 부르는 그 굴 껍질의 무더기는 나는 생각만 해도 구역질이 난다. 얼마나 많은 종이인가! 얼마나 많은 잉크인가! 얼마나 많은 난필인가! 사람들이 그걸 다 썼단 말이야! 인간이 플륌(깃털, 깃털 펜) 없는 두 발 동물이라고 말한 건 대관절 어떤 숙맥이었나? 그리고 또, 나는 내가 아는 예쁜 계집애 하나를 만났는데, 봄처럼 아름답고, 플로레알(꽃 아가씨)이라고 불릴 만한 계집애인데, 그런데 이 불쌍한 계집애가 기뻐서 어쩔 줄을 모르고 있고, 열광하고 있고, 행복해하고 있었어, 천사같이 말이야. 왜냐하면 어제 호랑이 가죽처럼 곰보로 얼룩진 어떤 무시무시한 은행가가 그 여자를 받아들여 주셨거든! 오호 슬프도다! 여자는 멋쟁이 못지 않게 징세 청부인을 노리고 있어. 암코양이들은 생쥐와 새들을 쫓아다닌다. 이 계집애는 채 두 달도 되기 전까지는 다락방에서 얌전하게 있었고, 코르셋의 단추 구멍에 조그만 구리쇠 고리를 달고 있었지 않았겠어! 그리고 바느질을 하고, 십자 침대에서 자고, 화분 옆에 있으면서 만족하고 있었어. 그녀가 이 제 은행가 부인이 된 거야. 이런 변화가 간밤에 일어난 거야. 오 늘 아침 나는 희색이 만면한 그 희생자를 만났어. 망측한 것은, 이놈의 계집애가 어제와 하나도 다름없이 오늘도 예뻤다는 거 야. 그녀의 재정가가 그녀의 얼굴에 나타나 있지 않았어. 장미 꽃들이 여자들보다 더하다고 할지 또는 덜하다고 할 점은, 애 벌레들이 그 꽃들에 남겨 놓는 흔적이 보인다는 점이야. 아! 이 세상에는 절개가 없다. 사랑의 상징인 도금양, 전쟁의 상징인 월계수, 평화의 상징인 저 바보 감람나무, 그 씨로 아담을 교살 할 뻔했던 능금, 그리고 속치마들의 할아버지인 무화과, 이런 것들을 나는 그 증거로 삼는다. 권리로 말하자면, 너희들은 권 리가 무엇인가를 알고자 하는가? 골 사람들은 클루지옴*을 탐 내고, 로마는 클루지옴을 보호하며, 클루지옴이 그들에게 무 슨 해를 끼쳤는가 그들에게 묻는다. 브레누스**는 대답한다. "알바는 그대들에게 무슨 해를 끼쳤는가? 피덴은 그대들에 게 무슨 해를 끼쳤는가? 에키 사람들과 볼스키 사람들, 사비 니 사람들은*** 그대들에게 무슨 해를 끼쳤는가? 그들은 그대들 의 이웃 사람들이었다. 클루지옴 사람들은 우리 이웃 사람들 이다. 우리는 이웃 사람들을 그대들처럼 이해한다. 그대들은 알바를 훔쳤고, 우리는 클루지옴을 빼앗는다. 로마는 말한다. "그대들은 클루지옴을 뺏지 못할 것이다." 브레누스는 로마를

---

* 에트루리아의 옛 도시.
** BC 4세기에 로마를 약탈한 골 사람들의 수령.
*** 모두들 로마가 정복한 땅과 인종.

빼앗았다. 그런 뒤에 외쳤다. "불쌍한 패배자들이여!"* 이러한 것이 곧 권리인 것이다. 아! 이 세상에는 얼마나 맹수들이 많으냐! 얼마나 독수리들이 많으냐! 얼마나 독수리들이 많으냐! 그걸 생각하면 나는 몸에 소름이 끼친다."

그는 술잔을 졸리에게 내밀어 술을 가득 채우게 하고, 그런 뒤 그것을 마시고, 아무도, 그마저도 의식하지 않은 그 술잔으로 거의 중단됨이 없이 계속 지껄였다.

"로마를 뺏는 브레누스는 독수리다. 그 바람기가 있는 계집애를 먹은 은행가는 독수리다. 여기나 저기나 더 이상 정숙은 없다. 그러므로 아무것도 믿지 말자. 하나의 현실밖에 없다. 즉 술을 마시는 것. 너희들의 의견이 무엇이든, 위리 주(州)처럼 여윈 닭에게 가담하든 아니면 글라리스 주처럼 살찐 닭에게 가담하든,** 아무래도 좋다. 술을 마셔라. 너희들은 나에게 가로수 길이니 행렬이니 그런 따위의 말을 하는데, 아니, 그래 또 혁명이 있을 거라는 건가? 나는 하느님 쪽에서 방법들이 빈곤한 데에 놀란다. 하느님은 끊임없이 사건들의 굴대에 다시 기름을 치기 시작하지 않으면 안 된다. 그놈이 탈이 나서 굴러가지를 않는다. 빨리 혁명을. 하느님은 그 고약한 더러운 기름으로 늘 손이 새카맣다. 내가 하느님이라면 이는 더

---

* 골 사람들에게 로마에서 철퇴하는 값으로 지불한 황금을 다는 저울이 부정함을 로마 사람들이 항의했을 때 브레누스가 자기 검을 그 저울에 던지면서 외친 말.
** 모두 스위스의 주(州)들로서 어떠한 것에 대하여 어떠한 태도를 취하든 간에라는 뜻.

간단할 것이다. 나는 내 기계의 태엽을 끊임없이 감지는 않을 것이다. 나는 인류를 효과적으로 인도할 것이다. 나는 실을 끊지 않고 사실들의 그물코를 엮어 나갈 것이다. 나는 예비품은 전혀 갖고 있지 않을 것이다. 나는 여분(餘分)은 갖고 있지 않을 것이다. 너희들이 진보라고 부르는 것은 인간들과 사건들이라는 두 발동기로 전진한다. 그러나 슬픈 일이지만, 때때로 예외적인 것이 필요하다. 인간들에게나 사건들에나 다 같이 보통의 집단만으로는 충분치 않다. 인간들 중에서는 천재가 필요하고, 사건들 중에서는 혁명이 필요하다. 대사건들은 법칙이다. 사물계는 그것을 필요로 하지 않을 수가 없다. 그리고 혜성들의 출현을 본다 치면, 하늘 자체도 연출하는 배우들이 필요하다는 것을 믿어 보고 싶어질 것이다. 사람들이 조금도 기대하지 않고 있을 때에, 하느님은 창공의 성벽 위에 하나의 유성을 내건다. 거대한 꼬리가 달린 어떤 이상한 별이 홀연히 출현한다. 그러면 그것은 케사르를 죽게 한다. 브루투스는 그에게 단도의 일격을 가하고 하느님은 혜성의 일격을 가한다. 쿵 소리 하나와 더불어 극광(極光)이 나타나고, 혁명이 일어나고, 위인이 출현한다. 굵은 글자로 쓰인 93(1793년), 세인의 주목을 끈 나폴레옹, 게시의 상부에 1811년의 혜성. 아! 의외의 번쩍거리는 빛으로 찬란한 아름다운 푸른 게시! 붕! 붕! 붕! 우렁찬 소리, 비상한 광경. 눈을 들어라, 빈둥거리는 구경꾼들아! 모든 것이 광란적이다, 천체도 비극도. 제기랄, 이건 너무하다. 그러면서도 이건 충분치 않다. 예외로서 취해진 그러한 수단들은 화려해 보이면서도 초라하다. 친구들아, 하느님은 궁색하다. 하나의 혁명, 그것은 무엇을 증명하는가? 하느님이 부족하다는 것을 증명한다. 하느님은 쿠테타를 한다. 왜냐하면 현재와 미래 사이에 단절이 있기 때문에, 그리고 하느님 자신이 그 두 끝을 잇지를 못했기 때문에. 결국, 그것은 여호와의 재산 상태에 관한 나의 추측을 굳혀 주는데, 위에서도 아래에서도 그토록 많은 군색함을 볼 때, 한 알의 좁쌀도 없는 새로부터 10만 프랑의 연수입도 없는 나 자신에 이르기까지, 하늘과 땅에 그토록 많은 초라함과 빈약함과 인색함과 궁핍을 볼 때, 심히 쇠퇴한 인류의 운명을 볼 때, 심지어, 교살된 왕태자 콩데공이 증명하고 있다시피, 교수의 노끈을 보이는 왕가의 운명조차도 그러함을 볼 때, 찬바람 불어 내리는 천정점(天頂點)의 파열구에 다름 아닌 겨울을 볼 때, 언덕 꼭대기에 아침의 새 자줏빛 속에 그토록 많은 누더기를 볼 때, 저 가짜 진주인 이슬 방울을 볼 때, 저 모조 금강석인 서리를 볼 때, 지리멸렬한 인류와 조각조각 기워진 사건들을 볼 때, 그리고 태양에 그토록 많은 얼룩을, 그리고 달에 그토록 많은 구멍을 볼 때, 도처에 그토록 많은 비참을 볼 때, 나는 하느님이 부유하지 않지 않나 생각한다. 하느님이 그럴싸해 보이는 건 사실이지만, 나는 궁색을 느낀다. 금고가 텅 빈 도매 상인이 무도회를 베풀어 주듯이, 하느님은 혁명을 일으켜 준다. 신들을 외관으로 판단해서는 안된다. 하늘의 황금빛 아래 나는 빈곤한 우주를 본다. 삼라만상 속에 파산이 있다. 그러기 때문에 나는 불만이다. 보라, 오늘은 6월 5일인데, 밤이나 진배없다. 오늘 아침부터 나는 햇빛이 오기를 기다리고 있다. 햇빛은 오지 않왔고, 나는 햇빛이, 오늘 중으로는 오지 않으리라고 확신한다. 급료를 제대로 못 받는 월급의 불확실성과 같다. 암 그렇지, 모든 것이 제대로 정리되어 있지 않다. 아무것도 서로 맞지 않다. 이 낡은 세계는 완전히 병들어 있다. 나는 반대쪽에 선다. 모든 것이 비뚤어지게 가고 있다. 세상은 짓궂다. 그것은 원하는 놈들은 안 갖고 있고, 원하지 않는 놈들은 갖고 있는 어린 애들과 같다. 요컨대 나는 울화통이 터진다. 그리고 또, 레글드 모, 그 대머리를 보는 것이 나는 가슴 아프다. 내가 그 대머리와 동갑이라고 생각하면 창피하다. 그런데 나는 지금 비평을 하는 거지 모욕을 하는 건 아니야. 세상은 지금 있는 그대로의 것이야. 나는 여기서 악의 없이, 그리고 양심의 거리낌이 없도록 말하고 있는 거야. 영원한 아버지여, 나의 확실하고 각별한 존경을 받아 주소서! 아! 올림포스의 모든 성자들과 천국의 모든 신들에 맹세코 나는 파리 사람이 되기 위해 태어난 게 아니다. 다시 말해서, 두 라켓 사이의 셔틀콕처럼, 만보객들의 그룹에서 떠들썩한 사람들의 그룹으로 영원히 물수제비 뜨기 위해 태어난 게 아니란 말이다! 나는 동방의 수다스러운 계집들이 그 음란한 이집트의 우아한 춤을 추는 것을 동정남의 환영처럼 온 종일 바라보는 터키 사람이 되기 위해 태어났거나, 그렇지 않으면 비옥한 보스 평야의 농부로, 또는 숙녀들에게 둘러싸인 베니스의 귀족으로, 또는 보병의 절반을 독일 연방에 공급하고 한가한 시간을 자기의 울타리에서, 즉 자기의 국경에서 양말 말리기에 소비하는 독일의 소공자가 되기 위해 태어났다! 이렇다, 내가 타고난 운명은! 암 그렇지! 나는 터키 사람이라고 말했는데, 나는 그 말을 조금도 취소하지 않는다. 사람들은 터키 사람들을 보통 나쁘게 보는데, 나는 그걸 이해할 수 없다. 마호메트도 좋은 점이 있다. 천국의 미녀들의 후궁과 하렘의 여자들의 낙원을 발견한 자에게 경의를! 닭장으로 장식되어 있는 유일한 종교인 마호메트 교를 모욕하지 말자! 그리고 나서, 나는 꼭 술을 마시라고 부탁한다. 세상은 미련하기 짝이 없다. 녹음방초의 한여름에, 계집애를 팔에 끼고, 들에서 베어 놓은 꼴의 거대한 찻잔을 들이마시러 갈 수도 있을 때에, 이 모든 바보들은 서로 치고 패고, 서로 상판대기를 까부수고, 서로 죽이려고 하는 것 같다. 정말로 사람들은 너무나도 많은 어리석은 짓거리를 하고 있는 것 같다. 아까 막 나는 어느 고물상 가게에서 부서진 낡은 초롱을 보고 이런 생각이 들었다. 이제 인류를 밝혀 줄 때가 왔나 보다고. 그렇다, 나는 또 서글퍼졌다! 하나의 굴과 비뚤어진 혁명을 삼켰기 때문이다! 나는 또 음울해진다. 오! 끔찍한 낡은 세상이여! 사람들은 거기서 애를 쓰고, 거기서 박탈당하고, 거기서 매음을 하고, 거기서 자살을 하고, 거기에 길든다!"

그리고 그랑테르는 이런 웅변의 발작에 이어, 그것에 어울리는 기침의 발작을 일으켰다.

"혁병으로 발하자면" 하고 졸리가 코맹맹이 소리로 말했다. "바리우스는 정발 반해 버린 것 같아."

"누구에게 반했는지 아나?" 하고 레글은 물었다.

"볼라."

"몰라?"

"보른다니까 글쎄!"

"마리우스의 연애 말인가!" 하고 그랑테르가 외쳤다. "나는 앉아서도 환히 알고 있다. 마리우스는 안개니까 김 같은 계집애를 발견했을 거다. 마리우스는 시인 족속이야. 시인이라면 미치광이야. '아폴로는 광인이다'. 마리우스하고 그의 마리인지, 마리아인지, 마리에트인지, 또는 마리온인지하고는 묘한 애인들이 될 거야. 그게 어떤 것인지 나는 알아. 황홀경에 빠져서 키스도 잊어버리고 있을 거야. 지상에서는 순결하지만, 무한 속에서는 짝짓기할 거야. 이건 관능을 갖고 있는 영혼들이야. 그들은 별들 속에서 함께 자고 있는 거야."

그랑테르는 두 번째 병에 손을 댔고 아마 그의 두 번째 연설도 시작하려 했는데, 그때 새로운 얼굴 하나가 계단의 네모진 구멍에서 쑥 불거졌다. 그것은 열 살도 채 못 된 어린애였는데, 남루한 옷을 입고 있고, 키가 매우 작고, 살갗이 누루퉁퉁하고, 짐승 상판에 날카로운 눈, 머리가 엄청나게 터부룩하고, 비에 젖어 있고, 기쁜 얼굴이었다.

어린애는 분명히 그들 세 사람을 아무도 몰랐는데도, 서슴지 않고 레글 드 모를 골라내어 말을 걸었다.

"아저씨가 보쉬에 씨예요?" 하고 그는 물었다.

"그건 내 별명이다." 하고 레글은 대답했다. "넌 내게 뭘 바라느냐?"

"그럼 됐어요. 가로수 길에서 금발 머리의 키 큰 남자가 제게 말했어요. '너 위슐루 할멈을 아느냐?'라고. 저는 말했어요. '예, 샹브르리 거리의 늙은 과부 말이죠.'라고. 그는 제게 말했어요. '거기에 가거라. 거기서 보쉬에 씨를 만나서 내가 그러더라고, A-B-C라고 말해 드려라.'라고. 누가 아저씨에게 장난을 하는 게 아닌가요? 그분은 제게 10수를 주셨어요."

"졸리, 10수만 빌려 다오." 하고 레글은 말했다. 그러고 그랑테르 쪽을 돌아보고 말했다. "그랑테르, 내게 10수만 빌려줘."

그렇게 해서 20수가 되었는데 레글은 그것을 어린아이에게 주었다.

"고맙습니다, 아저씨." 하고 소년은 말했다.

"너, 이름이 뭐냐?" 하고 레글은 물었다.

"나베예요. 가브로슈하고 친구예요."

"우리들과 함께 있거라." 하고 레글은 말했다.

"우리들과 함께 먹어라." 하고 그랑테르가 말했다.

"그렇게 할 수 없어요. 저는 행렬에 참가하고 있거든요. 폴리냐크를 타도하라고 저는 외쳐야 해요."

그리고 최대의 경의를 표하기 위해, 그는 한 발을 길게 뒤로 빼어 절을 하고는 가 버렸다.

어린아이가 떠나자 그랑테르는 입을 열었다.

"저건 순수한 어린애다. 어린애 부류에는 많은 종류가 있다. 공증인의 어린애는 심부름꾼 서생이라 하고, 부엌의 어린애는 설거지꾼이라 하고, 빵집의 어린애는 조수라 하고, 제복 입은 하인의 어린애는 사동이라 하고, 선원의 어린애는 꼬마 수부라 하고, 병사의 어린애는 북 치는 아이라 하고, 화가의 어린애는 화가의 제자라 하고, 상인의 어린애는 심부름꾼이라 하고, 조신(朝臣)의 어린애는 시동이라 하고, 임금의 어린 애는 황태자라 하고, 신의 어린애는 아기 예수라 한다."

그러는 동안 레글은 곰곰 생각하고 있었다. 그는 나직한 목소리로 말했다.

"A-B-C, 즉 라마르크의 장례식이라."

"키 큰 금발 머리." 하고 그랑테르가 지적했다. "그건 앙졸라가 네게 알리게 하는 거다."

"갈까?" 하고 보쉬에는 말했다.

"비가 온다." 하고 졸리는 말했다. "나는 불에 들어가겠다고는 맹세했지만, 물에 들어가겠다고는 안 했어. 감기 드는 건 싫다."

"나는 여기 남아 있겠다." 하고 그랑테르는 말했다. "영구차보다 식사하는 게 나는 더 좋아."

"결론적으로, 우린 가지 않고 이대로 있는다." 하고 레글은 말을 이었다. 그럼 이제 술을 마시자. 장례식에는 참가하지 않아도 폭동에는 참가할 수 있거든."

"아! 나는 폭동엔 참가한다." 하고 졸리는 외쳤다.

레글은 손을 비볐다.

"이제야말로 1830년의 혁명에 다시 손질을 할 때가 왔다. 사실 그 혁명은 민중을 궁색하게 하고 있거든."

"그건 나에겐 아무려나 별로 상관없다, 너희들의 혁명은." 하고 그랑테르는 말했다. "나는 이 정부를 증오하지 않는다. 그건 무명 모자로 완화된 왕관이다. 그건 우산으로 끝나는 왕홀(王笏)이다. 사실 오늘 같은 날씨에는 나는 이런 생각을 한다. 루이 필립은 그의 왕위를 두 가지 목적으로 이용할 수가 있을 거라고. 즉 왕홀의 끝은 백성에게 뻗치고 우산으로 된 끝은 하늘에 뻗칠 수 있다고 말이야."

방은 어두웠고, 커다란 구름이 햇빛을 완전히 가리고 있었다. 술집에도 거리에도 아무도 없었고, 사람들은 모두 '사건들을 보러' 가 있었다.

"지금이 정오야 자정이야?" 하고 보쉬에가 외쳤다. "지척을 분간할 수 없네. 지블로트, 불이나 좀 켜요!"

그랑테르는 서글픈 얼굴로 술을 마시고 있었다.

"앙졸라는 나를 무시하고 있다." 하고 그는 중얼거렸다.

"앙졸라는 아마 졸리는 아프고, 그랑테르는 술에 취해 자빠졌으리라고 생각한 모양이야. 그래서 보쉬에에게만 나베를 보낸 거야. 만약에 그가 나를 데리러 왔었다면, 나는 그를 따라갔을 텐데. 거 참 안됐군, 앙졸라는! 나는 그의 장례식에는 안 갈 테다."

이렇게 결심을 하고서, 보쉬에와 졸리, 그랑테르는 술집에서 더 이상 꼼짝도 않고 있었다. 오후 2시쯤에는 그들이 팔꿈치를 짚고 있는 식탁은 빈 병들로 덮여 있었다. 두 자루의 촛불이 타고 있었는데, 하나는 새파랗게 녹슨 구리쇠 촛대에서, 또 하나는 깨어진 병 모가지에서. 그랑테르는 졸리와 보쉬에를 술 쪽으로 끌어 갔고, 보쉬에와 졸리는 그랑테르를 쾌활 쪽으로 다시 데려다 놓았다.

그랑테르는, 정오경부터, 몽상의 빈약한 원천인 포도주를 넘어섰었다. 포도주는 진짜 술꾼들에게서는 인정을 받는다는 성공밖에 없다. 만취에 관해서는 마술과 요술*이 있는데, 포도주는 요술에 불과하다. 그랑테르는 대담무쌍한 몽상의 술꾼이었다. 그의 앞에서 가물거리는 무시무시한 검은 취기는 그를 멈추기는커녕 끌어당겼다. 그는 포도주 병들을 거기에 놓아 두고 조끼를 집었다. 조끼는 곧 심연이다. 손 아래 아편도 없고, 해시시도 없었으므로, 그리고 머릿속을 어스름으로 채우고 싶어서, 브랜디와 스타우트(독한 맥주), 압생트의 그 무서운 혼합주의, 그토록 무서운 혼수상태를 빚어내는 그 혼합주의 도움을 청했다. 영혼의 납(鉛)은 맥주와 브랜디, 압생트, 이세 가지 김들로 만들어진다. 그것은 세 가지 암흑들, 하늘의 나비도 거기에 빠져 죽는다. 그리고 거기에, 박쥐의 날개로 약간 응축된 막질(膜質)의 김 속에, 잠든 사이키** 위에서 날아다니는 '악몽', '밤'과 '죽음'의 말 없는 세 여신이 형성된다.

그랑테르는 아직은 전혀 그러한 한심스러운 상태에 빠져 있지는 않았다. 그렇기는커녕 그는 굉장히 쾌활했으며, 보쉬에와 졸리를 상대하고 있었다. 그들은 축배를 들었다. 그랑테르는 과장된 말과 사상에 괴상한 몸짓까지 덧붙이고 있었다. 그는 의젓하게 왼쪽 주먹을 무릎에 짚고, 팔을 직각으로 구부리고, 그리고 넥타이를 풀고, 걸상에 떡 걸터앉아, 넘쳐흐르는 술잔을 오른손에 들고서, 뚱뚱한 하녀 마틀로트에게 이러한

---

* 마술과 요술(la mgice noine et la magic hlanche), 전자는 악마의 힘을 빌려서 하는 것이고, 후자는 악마의 도움을 받지 않는 것.
** 사이키(Psyche). 사랑의 신 에로스의 사랑을 받은 미소녀. 영혼의 운명의 상징.

엄숙한 말을 던졌다.

"궁전의 문들을 열게 하라! 모든 사람들을 아카데미 회원이 되게 하고, 그리고 위슐루 부인을 포옹하는 권리를 갖게 하라! 마시자."

그러고 위슐루 아줌마 쪽을 돌아다보고 그는 덧붙였다.

"관습으로 인정된 구식의 여인이여, 가까이 오라. 나로 하여금 그대의 얼굴을 들여다보게 하라!"

그리고 졸리는 외쳤다.

"마틀로트, 지블로트, 그랑테르에게 더 이상 마실 것을 주지 마라. 저 사람은 돈을 낭비하고 있어. 아침부터 벌써 2프랑 95상팀이나 진탕 마셔 버렸어!"

그리고 그랑데르는 말을 이었다.

"내 허가도 없이 별들을 따다가 촛불 대신 식탁에 놓은 건 대관절 누구인가?"

보쉬에는 만취해 있었으나 침착을 잃지 않고 있었다.

그는 열린 창틀 위에 걸터앉아 등에 비를 맞으면서 두 친구를 바라보고 있었다.

별안간 그의 뒤에서 떠들썩한 소리, 빠른 발소리, "무기를 들라!"는 고함 소리가 들렸다. 그래서 돌아다보니, 샹브르리 거리의 끝, 생 드니 거리에, 앙졸라가 총을 손에 들고 지나가고, 피스톨을 가진 가브로슈, 군도를 가진 푀이, 검을 가진 쿠르페락, 단총을 가진 장 플루베르, 소총을 가진 콩브페르, 기병총을 가진 바오렐이 눈에 띄었고, 그들 뒤에 무장을 한 소란스러운 군중이 따라오고 있었다.

샹브르리 거리는 기병총의 착탄 거리만 한 길이밖에 안 되었다. 보쉬에는 두 손으로 즉석에서 메가폰을 만들어 입 둘레에 갖다 대고 소리를 질렀다.

"쿠르페락! 쿠르페락! 어어이!"

쿠르페락은 부르는 소리를 듣고, 보쉬에를 알아보고, 샹브르리 거리 쪽으로 두서너 걸음 걸어와서, "뭐야?" 하고 외치니, 이쪽에서도 "어디로 가는 거야?" 하고 소리쳤다.

"바리케이드를 만들려고." 하고 쿠르페락은 대답했다.

"그럼 이리 와! 자리가 좋아! 여기에 만들어!"

"정말 그렇군, 레글." 하고 쿠르페락은 말했다.

그리고 쿠르페락의 신호로 군중은 샹브르리 거리로 쏟아져 들어왔다.

3. 그랑테르가 혼수상태에 들어가다

거기는 과연 기막히게 적합한 장소여서, 거리의 어귀는 넓고, 안쪽은 좁은 막다른 골목이고, 코랭트 주점은 목을 막고 있었으며, 몽데투르 거리는 좌우로 쉽사리 막을 수가 있었으므로, 공격할 수 있는 것은 다만 아무것도 가려져 있지 않은 정면의 생 드니 거리 쪽에서뿐이었다. 얼근히 취한 보쉬에는 식음을 전폐하고 전념한 한니발의 혜안을 가졌던 것이다.

군중이 몰려든 바람에 거리 전체가 공포 속에 싸였다. 행인은 모조리 자취를 감춰 버렸다. 삽시간에, 거리의 안쪽, 좌우

할 것 없이, 상점도, 작업장도, 통로들의 문도, 창도, 덧문도, 고미다락 방도, 모든 겉창도, 아래층에서 지붕들까지 다 닫혀 버렸다. 겁을 먹은 한 노파는 그녀의 창 앞에 빨래 말리는 두 개의 장대에 요를 걸쳐 총알을 막으려 했다. 술집만이 홀로 열려 있었는데, 그것도 그럴 수밖에 없었을 것이, 그것은 군중이 거기에 몰려들었기 때문이다. "아이고머니! 아이고머니!" 하고 위슐루 아줌마는 한숨을 짓고 있었다.

보쉬에는 쿠르페락을 만나러 내려갔다.

졸리는 창에 기댄 채 소리쳤다.

"쿠르페락, 우산을 가져왔더라면 좋았을 텐데. 감기 들면 어떡하려고 그래."

그새 몇 분 동안에, 많은 쇠막대기가 술집의 쇠살 진열창에서 빼내겼고, 20미터쯤의 거리에서 포석들이 들어 올려졌으며, 가브로슈와 바오렐은 앙소라는 석회 장수의 마차가 지나가는 것을 붙잡아 떠둥그뜨렸다. 이 마차에는 석회가 들어 있는 통들이 세 개 실려 있었는데, 그들은 그것들을 갖다 놓고 그 위에 포석들을 쌓아 올렸다. 앙졸라는 지하실의 뚜껑 문을 떼어 냈고, 위슐루 과부댁의 빈 술통들은 모조리 석회통들 옆에 갖다 놓여졌고, 퓌이는 엷은 부챗살의 채색에 익숙한 그의 손가락들로 돌멩이를 두 군데 커다랗게 쌓아 올려 석회통과 짐수레를 괴었다. 이 돌멩이들도 그 밖의 것과 마찬가지로 즉석에서 쌓아 놓은 것으로서, 어디서 주워 온 것인지 모른다. 이웃집의 정면을 떠받치고 있던 들보들도 뜯어다가 술통들 위에 누여 놓았다. 보쉬에와 쿠르페락이 돌아다보았을 때, 거리의 절반이 벌써 사람 키보다도 더 높은 흙벽으로 막혀 있었다. 파괴함으로써 건축되는 모든 것을 건축하기 위해서는 민중의 손보다 더 나은 것은 아무것도 없다.

마틀로트와 지블로트도 한데 섞여 일하고 있었다. 지블로트는 벽토 덩어리를 짊어지고 왔다 갔다 하고 있었다. 피곤한 그녀가 바리케이드를 돕고 있었던 것이다. 그녀는 잠들어 있는 것 같은 얼굴을 하고서, 술 시중을 들었던 것처럼 포석들의 시중을 들고 있었다.

두 마리의 흰 말을 단 합승 마차가 거리의 끝에 지나갔다.

보쉬에는 포도를 뛰어넘고 달려가서, 마부를 멈춰 세우고, 승객을 내리게 하고, '부인네들'에게는 손을 내어 거들어 주고, 마부를 쫓아 버리고 수레와 말을 고삐를 잡아끌고 돌아왔다.

"합승 마차는 코랭트 주점 앞을 지나가지 못한다."고 그는 말했다. "코린트에는 아무나 갈 수 있는 게 아니다".*

잠시 후에 말들은 풀려 몽데투르 거리 쪽으로 제멋대로 가 버리고, 마차는 옆으로 뉘여 거리의 바리케이드를 보충하고 있었다.

위슐루 아줌마는 혼비백산하여, 2층으로 몸을 피했었다.

그녀는 멍하니 눈을 뜨고 있었으나 아무것도 눈에 들어오지 않고, 들릴락 말락 울부짖고 있었다. 그녀의 놀란 고함 소리는 감히 목구멍에서 나오지 않았다.

"세상이 말세야." 하고 그녀는 중얼거렸다.

---

* 코린트에서는 돈이 비싸게 먹히므로 아무라도 갈 수 없다는 그리스의 속담.

졸리는 위슐루 부인의 쭈글쭈글하고 통통한 붉은 목에 입을 맞추면서 그랑테르에게 말했다.

"애, 나는 항상 여자의 목은 아주 가냘픈 것이라고 생각했다."

그러나 그랑테르는 주신(酒神)을 찬양하는 서정시의 최고 영역에 도달하고 있었다. 마틀로트가 다시 2층에 올라왔으므로, 그랑테르는 그녀의 허리를 그러잡고 창가에서 길게 웃음을 떠뜨렸다.

"마틀로트는 박색이다." 하고 그는 외쳤다. "마틀로트는 꿈 같은 추물이다! 마틀로트는 괴물이다. 이 여자가 태어나게 된 비밀은 이렇다. 대성당들의 홈통 주둥이들을 만들던 어떤 고틱의 피그말리온*이 어느 날 아침 제가 만든 가장 흉한 홈통 주둥이들의 하나에 반해 버렸다. 그는 그것에 생명을 불어넣어 달라고 사랑의 신에게 간청했다. 그렇게 해서 마틀로트가 만들어졌다. 이 여자를 좀 보게나, 동지들이여! 티티안의 정부처럼 머리칼이 크롬연(鉛)의 빛깔이야! 그리고 이건 착한 처녀야. 이 여자가 잘 싸우리라는 건 내가 보증한다. 착한 처녀는 모두 영웅적인 데가 있거든. 위슐루 아줌마로 말하자면, 이건 늙은 여장부다. 저 여자의 콧수염을 보라! 그녀는 그걸 자기 남편한테서 이어받은 거야. 여경기병 그대로가 아닌가! 이 여자 역시 잘 싸울 거야. 이 두 여자들만으로도 근교를 위압할 거다. 동무들이여, 우리는 정부를 타도할 것이다. 마가린산(酸)

---

* 피그말리온(Pygmalion)은 고대의 조각가인데, 자기 자신이 만든 갈라테 상에 반하여, 비너스에 의해 그것에 생명이 주어진 뒤에 그것과 결혼했다.

과 의산(蟻酸) 사이에 열다섯 가지 산이 있는 것이 진실이듯이 이것 역시 진실이다. 하지만 이건 내게는 전혀 상관이 없다. 여러분, 우리 아버지는 내가 수학을 알지 못한다고 해서 항상 나를 멸시하셨다. 나는 연애와 자유밖에 모른다. 나는 호인 그랑테르다! 일찍이 돈을 가져 본 적이 없었으므로, 나는 돈을 갖는 습관을 붙이지 않았다. 그런 고로 나는 결코 돈이 부족하지 않았다. 하지만 만약에 내가 부자였다면, 세상의 가난뱅이들은 더 이상 없었을 것이다! 사람들은 그걸 보았을 것이다! 오! 만약에 착한 마음 가진 사람들이 커다란 지갑을 갖고 있다면! 얼마나 모든 일이 더 잘돼 갈 것인가! 나는 로스차일드의 재산을 가진 예수 그리스도를 상상한다! 얼마나 많은 선을 그는 행할 것인가! 마틀로트, 나를 껴안아 다오! 그대는 육감적이고 수줍구나! 그대의 뺨은 수녀의 키스를 부르고, 그대의 입술은 애인의 키스를 구하는구나!"

"닥쳐, 이 술통아!" 하고 쿠르페락이 말했다.

그랑테르는 대답했다.

"나는 카피톨이고 꽃놀이회 석사다!"*

총을 쥐고 바리케이드 꼭대기에 서 있던 앙졸라는 그의 준엄한 아름다운 얼굴을 들었다. 다 알다시피, 앙졸라는 스파르타인과 청교도를 닮았다. 그는 테르모필에서 레오니다스와 더불어 죽고 크롬웰과 더불어 드로게다**를 불살라 버림 직한

---

* 카피톨(Capitoul)은 중세의 툴루즈 시의 행정관. 이 시에서는 해마다 한 번씩 꽃놀이회라는 글짓기 경연회, 즉 일종의 백일장이 열렸다.
** 아일랜드의 항구 도시. 그 주민이 1649년에 크롬웰에 의해 살육되었다.

사나이였다.

"그랑테르!" 하고 그는 외쳤다.

"다른 데 가서 한숨 자고 술을 깨거라. 여기는 도취의 장소이지 주정의 장소가 아니야. 바리케이드를 모독하지 마라!"

이러한 분노의 한마디는 그랑테르에게 이상한 효과를 자아냈다. 그는 얼굴에 한 잔의 냉수가 끼얹어진 것 같았다. 그는 갑자기 술이 깬 듯했다. 그는 주저앉아, 창 옆 탁자에 팔꿈치를 기대고, 말할 수 없이 부드러운 얼굴빛으로 앙졸라를 바라보고 말했다.

"내가 너를 믿고 있다는 걸 너는 알지."

"가라."

"여기서 자게 해 줘."

"다른 데 가서 자거라." 하고 앙졸라는 소리쳤다.

그러나 그랑테르는 부드럽고 흐릿한 눈으로 여전히 그를 바라다보면서 대답했다.

"여기서 자게 해 줘……. 내가 여기서 죽을 때까지."

앙졸라는 경멸하는 눈으로 그를 쏘아보았다.

"그랑테르, 너는 말이야, 믿지도 못하고, 생각하지도 못하고, 바라지도 못하고, 살지도 못하고, 죽지도 못한다."

그랑테르는 근엄한 목소리로 대답했다.

"두고 보면 알 거다."

그는 또 알아들을 수 없는 말을 몇 마디 중얼거리더니, 머리가 테이블 위에 무겁게 떨어지고, 앙졸라에 의해 명정의 제2기에 거칠게, 그리고 갑자기 떠밀렸으므로, 그런 때면 으레 나타나는 현상으로, 그는 잠시 후에 잠들어 버렸다.

4. 위슐루 과부를 위로하다

바오렐은 바리케이드에 황홀해서 외쳤다.

"이제 거리의 목이 막혔다! 참으로 잘되었다."

쿠르페락은 술집을 조금 부수면서도 술장수 과부를 위로하려고 애썼다.

"위슐루 아줌마, 요전에 지블로트가 창에서 요를 털었다고 경찰의 조사를 받고 경범죄 처벌을 받았는데 원통하게 여기지 않았어요?"

"그럼요, 친절하신 쿠르페락 씨. 아이고! 그 탁자도 그 끔찍한 데로 끌어내 가시려는 건가요? 그 욧잇 때문에, 그리고 또 고미다락 방에서 거리로 화분 하나를 떨어뜨렸다고 해서, 정부는 내게서 100프랑의 벌금을 받아 가기까지 했어요. 이건 가증스러운 일 아니에요!"

"그래서! 위슐루 아줌마, 우리가 아줌마의 원수를 갚아 주려는 거예요."

위슐루 아줌마는 지금 사람들이 자기에게 해 주고 있는 그 보상 속에 자기의 이익이 있다는 것을 잘 모르고 있는 것 같았다. 그녀는 저 아라비아 여인 같은 식으로 한풀이를 하고 있었다. 그 아라비아 여인은 남편한테서 뺨을 맞고 아버지한테 하소연하러 가서, 앙갚음해 달라면서 이렇게 말했다. "아버지,

제 남편한테서 받은 모욕을 아버지가 씻어 주셔야겠어요." 아버지는 물었다. "어느 쪽 뺨을 맞았느냐?" "왼편 뺨이에요." 아버지는 딸의 오른쪽 따귀를 때리면서 말했다. "이제 너는 한이 풀렸으렷다. 네 남편한테 가서 말해라. 그는 내 딸의 뺨을 때렸으나, 나는 그의 아내의 뺨을 때렸다, 라고."

비는 갰다. 신참자들도 왔다. 노동자들은 화약통 하나, 황산염 병들이 들어 있는 바구니 하나, 두세 개의 사육제용 횃불, '왕실 제전'에서 쓰고 남은 칸델라들이 그득한 광주리 하나를 작업복 아래 감추어 가져왔다. 이 제전은 아주 최근에, 5월 1일에 거행되었다. 이러한 군수품들은 생 탕투안 문밖의 페팽이라는 잡화상 집에서 나온 것이라고 사람들은 말했다. 샹브르리 거리의 단 하나의 가로등과 그 맞바라기 생 드니 거리의 가로등, 그리고 몽데투르, 시뉴, 프레쇠르, 그랑드 트뤼앙드리, 프티트 트뤼앙드리 거리의 모든 가로등들을 사람들은 부수고 있었다.

앙졸라와 콩브페르, 쿠르페락이 모든 것을 지휘하고 있었다. 이제 두 개의 바리케이드가 코랭트 주점에 기대어 직각을 이루도록 동시에 구축되고 있었다. 큰 것은 샹브르리 거리를 막고, 또 하나는 몽데투르 거리의 시뉴 거리 쪽을 막고 있었다. 이 작은 바리케이드는 매우 좁고, 통과 포석 들만으로 건축되어 있었다. 그들은 거기에 약 쉰 명이 있었는데, 그중 서른 명쯤은 총을 갖추고 있었다. 왜냐하면 오던 길에 그들은 어느 무기상의 가게에서 있는 대로 다 빌려 왔기 때문이다.

이 군중보다도 더 기이하고 더 잡다한 것은 아무것도 없었다. 어떤 사람은 깡뚱한 연미복에 기병 군도를 차고 안장에 꽂아 놓는 권총 두 자루를 가지고 있었고, 또 어떤 사람은 셔츠 바람에 둥그런 모자를 쓰고 화약갑을 옆구리에 차고 있었고, 또 다른 사람은 아홉 겹으로 된 회색 종이의 흉갑(胸甲)을 입고 마구(馬具) 직공의 송곳 바늘로 무장하고 있었다. 총중에는 "마지막 한 놈까지 섬멸하고 우리 총검 끝에서 죽자!"고 외치는 사람도 있었다. 그자에게는 총검이 없었다. 또 어떤 사람은 프록코트 위에 국민병의 가죽끈과 탄약 주머니를 차고 있었는데, 그 탄약 주머니 커버는 붉은 털실로 '공공질서'라고 수 놓은 글씨로 장식되어 있었다. 많은 총들에 국민병 부대의 번호가 붙어 있었고, 모자 쓴 사람은 별로 없고, 넥타이 맨 사람은 하나도 없고, 많은 사람들이 팔을 걷어 올리고 있었으며, 어떤 사람들은 창을 가지고 있었다. 게다가 또 온갖 연령의 온갖 얼굴들, 얼굴이 창백한 청소년들, 햇볕에 그을은 부두 노동자들. 모두가 서두르고 있었고, 서로 도우면서도 있을 수 있는 가능성을 이야기하고 있었다. 오전 3시경에는 원군이 올지도 모른다, 1개 연대쯤은 확실하다, 파리가 봉기하리라 등등. 일종의 다정한 쾌활함이 섞여 있는 무시무시한 말들. 사람들은 형제 같았으나, 그들은 서로 이름도 모르고 있었다. 큰 위험들은 그것들이 모르는 사람들의 우애를 뚜렷하게 드러내 놓는다는 그런 미점이다.

부엌에 불을 일궈 놓고, 물병, 스푼, 포크, 술집의 모든 양은 그릇을 탄환 거푸집 속에서 녹이고 있었다. 그 모든 일을 하는 사이에 사람들은 술을 마시고 있었다. 뇌관(雷管)과 산탄 들이 술잔들과 함께 탁자들 위에 뒤죽박죽 흩어져 있었다. 당구장에서는 위슐루 아줌마와 마틀로트, 지블로트가 겁을 먹고 서로 다르게 변모해 있는데, 그중 하나는 얼이 빠졌고, 또 하나는 헐떡거리고, 또 하나는 잠이 깨어서, 헌 걸레를 찢어 붕대를 만들고 있었다. 세 폭도가 그녀들을 거들고 있었는데, 턱수염과 콧수염을 달고 있는 이 세 더벅머리 쾌남들은 내의 담당 하녀 같은 솜씨로 베를 다루면서 그녀들을 무서워 떨게 하고 있었다.

쿠르페락과 콩브페르, 앙졸라가 비예트 거리의 모퉁이에서 군중에게 접근하는 것을 보았던 그 키 큰 사나이는 작은 바리케이드에서 일하고 있었다. 가브로슈는 큰 바리케이드에서 일하고 있었다. 쿠르페락의 집에서 기다리다가 마리우스 씨를 찾았던 젊은이는 합승 마차를 뒤집어 엎었을 때쯤에 사라져 버렸다.

가브로슈는 완전히 들뜨고 기뻐하면서, 추진기(推進機) 노릇을 하고 있었다. 그는 왔다 갔다, 올라갔다 내려갔다, 또 다시 올라가고, 바스락거리고, 빛나고 있었다. 그는 모두를 격려하기 위해 거기에 있는 것 같았다. 그는 동기가 있었던가? 그렇다, 물론, 그의 빈궁. 그는 날개가 있었던가? 그렇다, 물론, 그의 즐거움. 가브로슈는 소용돌이였다. 줄곧 그가 보였고, 늘 그의 소리가 들렸다. 그는 공기를 가득 채우고 있었고 동시에 도처에 있었다. 그는 일종의 거의 성가실 정도의 편재(遍在)였고, 그에겐 정지가 있을 수 없었다. 거대한 바리케이드는 그 등성이에서 그를 느끼고 있었다. 그는 빈둥거리는 자들을 방해하고, 게으름뱅이들을 자극하고, 피로한 자들의 기운을 북돋우고, 생각에 잠긴 자들을 초조하게 하고, 어떤 사람들은 유쾌하게 하고, 또 어떤 사람들은 부추기고, 또 다른 사람들은 격분케 하고, 모든 사람들을 밀어 주고, 어떤 학생은 자극하고, 어떤 노동자는 따끔하게 비평하고, 앉고, 멈춰 서고, 다시 출발하고, 법석과 노력 위를 날고, 이 사람 저 사람들 사이를 뛰어다니고, 중얼거리고, 투덜거리고, 그리고 모든 역군을 채찍질하고 있었다. 그는 거대한 혁명의 '합승 마차'의 파리*였다.

그의 작은 팔은 끊임없이 움직이고 그의 작은 허파는 끊임없이 아우성치고 있었다.

"용기를 내! 포석을 더! 통을 더! 거시기를 더! 그게 어디 있더라? 저 구멍을 막게 벽토를 한 짐 더! 아주 작아, 당신네들의 바리케이드는. 그건 더 높이지 않으면 안 돼. 거기에 뭐고 다 갖다 놔요. 뭐고 다 그 옆에 갖다 붙여요. 뭐고 다 거기에 쑤셔 넣어요. 집을 부셔요. 바리케이드는 지부 아줌마의 차나무다. 오, 유리문이 하나 왔구나."

그 말을 듣고 일꾼들이 소리를 질렀다.

"유리문! 유리문으로 뭘 하려는 거야, 튀베르퀼(이 새끼야)?"

"당신네들 자신은 헤르퀼(제기랄)이다!" 하고 가브로슈는 응수했다. "유리문은 바리케이드엔 썩 좋은 거요. 그걸 공격

---

* 분주히 움직이지만 실제적인 도움은 주지 못하는 사람, 성가신 사람이라는 뜻. 라 퐁텐의 우화 「합승 마차와 파리」(La Coche et la Mouche)」를 암시한다.

하는 걸 막지는 못하지만, 그걸 떼어 가기는 곤란하거든. 그래 당신네들은 병 조각을 세워 놓은 담 너머로 능금을 훔쳐 본 일이 한 번도 없었나요? 국민병이 바리케이드 위로 올라오려고 하면 유리문에 발바닥을 벤단 말이오. 정말! 유리는 보기보다 위험한 거요. 아니, 당신네들은 썩 좋은 생각은 못 하는구먼, 동무들은!"

그런데, 그는 격철 없는 제 권총에 화딱지를 내고 있었다. 그는 이 사람, 저 사람에게 가서 요구했다. "총을 줘요! 나도 총이 필요해! 왜 내게는 총을 안 주는 거야?"

"네게 총을 줘!" 하고 콩브페르가 말했다.

"아니, 왜 나는 안 되는 거야?" 하고 가브로슈는 대꾸했다. "1830년에, 샤를 10세하고 싸웠을 적에는 나도 정말 하나 갖고 있었어!"

앙졸라는 어깨를 들먹했다.

"어른들이 다 갖게 되면, 어린애들에게도 주마."

가브로슈는 거만하게 돌아서서 그에게 대답했다.

"네가 나보다 먼저 죽으면, 네 걸 내가 가질 테다."

"이 새끼가!" 하고 앙졸라는 말했다.

"이 풋내기가!" 하고 가브로슈는 말했다.

멋쟁이 하나가 길을 잘못 들어 거리의 끝에서 얼쩡거리는 것을 보고, 그쪽으로 주의가 돌아갔다.

"이리 와요, 젊은이! 자, 이 늙은 조국을 위해 뭘 좀 하지 않겠나?"

멋쟁이는 줄행랑을 놓아 버렸다.

5. 준비

당시의 신문들은 이 샹브르리 거리의 바리케이드를 '거의 난공불락의 건축물'이라고 부르며, 그것이 이 층 높이에 달한다고 말했으나, 그것은 잘못된 보도였다. 사실은 그것은 평균 높이가 6, 7척을 넘지 않았다. 그것은 전투원들이 마음대로 혹은 그 뒤에 몸을 감출 수도 있고, 혹은 이 장벽을 굽어볼 수도 있도록 건축되어 있었고, 심지어는 꼭대기에 올라갈 수도 있도록 내부에는 포석들이 사 열의 단으로 쌓아 올려져 있었다. 바리케이드의 외부 전면은, 포석과 통을 쌓아 올리고, 앙소의 짐수레와 뒤엎어 놓은 합승 마차의 바퀴 속으로 들보와 판자를 어수선하게 가로질러 구축해 놓은 것으로서, 비죽비죽 솟아 있는 복잡한 모습을 나타내고 있었다. 한 사람이 통과할 수 있기에 충분한, 끊긴 곳 한 군데가 술집에서 제일 먼 바리케이드의 끝과 인가의 담장 사이에 마련되어 있어서, 그리로 출입이 가능했다. 합승 마차의 앞채는 꼿꼿이 세워지고 새끼로 비끄러매어져 있었으며, 그 앞채에 꽂힌 붉은 깃발이 바리케이드 위에서 퍼덕이고 있었다.

몽데투르 거리의 작은 바리케이드는 술집 뒤에 가려져 보이지 않았다. 연결된 이 두 바리케이드는 각면보를 이루고 있었다. 앙졸라와 쿠르페락은 프레쇠르 거리로 시장에 통하고 있는 몽데투르 거리의 다른 구간에는 바리케이드가 필요 없다고 판단했었는데, 그들은 아마 외부와 가능한 한 연락을 유지하고자 했을 것이고, 위험하고 곤란한 프레쇠르의 골목길로 공격을 받는 것은 별로 두려워하지 않았다.

폴라르가 그의 전략 양식에서 연락호(連絡壕)라고 불렀음 직한 것을 형성하고 있는, 통행이 자유로운 상태로 남아 있는 이 출구를 제외하고는, 그리고 샹브르리 거리 쪽으로 마련된 그 협소한 끊긴 곳도 역시 고려한다면, 술집이 쑥 불거져 나와 있는 바리케이드 내부는 사방이 닫힌 불규칙적인 사변형(四邊形) 요새를 이루고 있었다. 큰 바리케이드와 거리에 배경을 이루고 있는 높은 집들과의 사이에는 약 20보의 간격이 있었는데, 그렇기 때문에 바리케이드는, 모두 사람이 살고 있지만 위아래가 다 닫혀 있는 그 집들에 등을 기대고 있다고 말할 수 있었다.

이 모든 작업은 한 시간도 안 되는 동안에 거침없이 수행되었고 이 소수의 대담한 사람들은 군모 하나도 총검 하나도 나타나는 것을 보지 않았다. 폭동의 이 시간에 생 드니 거리를 아직도 겁 없이 거니는 시민들은 드물었으나, 그들은 샹브르리 거리를 흘끗 보고 바리케이드가 눈에 띄자 발걸음을 재촉했다.

두 개의 바리케이드를 끝내고, 기를 꽂고, 탁자 하나를 술집 밖으로 끌어냈으며, 쿠르페락이 그 탁자 위로 올라갔다. 앙졸라가 네모진 상자를 가져오고 쿠르페락이 그것을 열었다. 그 상자에는 탄약이 가득 들어 있었다. 탄약을 보자 용사들은 가슴이 설렜고 일순간 침묵이 흘렀다.

쿠르페락은 빙그레 웃으며 탄환을 분배했다.

사람마다 서른 개의 탄환을 받았다. 많은 사람들이 약포(藥包)를 가지고 있었는데, 그들이 녹이는 탄환들로 다른 탄환들을 만들기 시작했다. 화약통은 문 옆에 따로 있는 탁자 위에 있었는데, 그것은 남겨 두었다.

온 파리 시내에 울리는 국민병 소집의 북소리는 여전히 계속되고 있었으나, 마침내 하나의 단조로운 소음밖에 되지 않아 그것은 더 이상 그들의 주의를 끌지 않았다. 그 소리는 어떤 때는 멀어져 갔고, 또 어떤 때는 음산한 파동을 이루면서 다가왔다.

사람들은 일제히, 별로 서둘지도 않고, 엄숙하고 장중한 모습으로, 소총과 단총에 총알을 쟀다. 앙졸라는 바리케이드 밖에 보초 셋을 세웠다. 하나는 샹브르리 거리에, 또 하나는 프레쇠르 거리에, 마지막으로 또 하나는 프티트 트뤼앙드리 거리의 모퉁이에.

그리고, 바리케이드를 구축하고, 부서를 배정하고, 총에 장전하고, 파수병을 세우고, 더 이상 아무도 지나가지 않는 무서운 거리에 홀로 남아서, 인기척도 없이 죽은 듯 괴괴한 그 집들에 둘러싸이고, 짙어져 가기 시작하는 황혼의 어둠 속에 에워싸이고, 뭔지 알 수 없는 비극적이고 무시무시한, 그리고 무언가가 다가오는 것같이 느껴지는 그 암흑과 그 고요 속에서, 외따로 떨어져서, 무장을 갖추고, 과감하고, 침착하게, 그들은 기다렸다.

6. 기다리는 동안

그렇게 기다리는 동안 그들은 무엇을 했는가?

이것은 역사적인 것이므로 나는 그것을 꼭 말해야겠다.

사내들은 약포를 만들고, 여자들은 붕대를 만들고, 탄환 거푸집에 녹여 부을 납과 주석이 가득 들어 있는 커다란 냄비가 활활 타는 화롯불 위에서 연기를 내고 있는 동안, 파수병들이 무기를 들고 바리케이드 위에서 망을 보고 있고, 한시도 방심할 수 없는 앙졸라가 파수병들을 감시하고 있는 동안, 콩브페르와 쿠르페락, 장 플루베르, 푀이, 보쉬에, 졸리, 바오렐, 또 다른 몇 사람들은, 서로 학생들끼리 잡담하던 가장 평화스러운 날들처럼 서로 찾았고 한데 모였고, 참호로 변한 이 술집의 한쪽 구석에서, 그들이 구축해 놓은 각면보의 지척에서, 재약하고 장전한 그들의 단총을 의자 등에 기대어 놓고서, 이 아름다운 젊은이들은 최후의 시간이 그토록 임박해 있는데도, 사랑의 시를 말하기 시작했다.

무슨 시였는가? 그것은 아래와 같다.

그대는 기억하는가 우리의 즐거웠던 생활을,
우리가 다 같이 그렇게도 젊었던 때를,
좋은 옷차림에 사랑하는 것밖에
마음속에 다른 욕망이 없었던 때를!

그대의 나이를 내 나이에 합쳐도,
우리는 둘이서 사십도 못 되던 때를,
그리고 우리의 소박하고 단출한 살림에는,
모든 것이, 겨울마저도, 우리에겐 봄이었던 그때를!

아름다웠던 날들이여! 마뉘엘*은 고결하고 현명하였고,
파리는 거룩한 향연에 젖어 있었고,
푸아**는 뇌성병력을 치고 있었는데,
그대의 블라우스에 있는 바늘 하나에 나는 찔렸네.

모두가 그대를 바라보았지. 소송사건 없는 변호사,
내가 그대를 데리고 프라도에 저녁 식사 하러 갔을 때,
그대가 어찌나 아리따웠던지
장미꽃들이 그대를 뒤돌아보는 듯하였지.

나는 들었지, 꽃들이 말하는 것을. "오 아름다워라!
오 향기로워라! 물결치는 저 머리털!
그녀의 외투 아래에 그녀는 날개를 감추고 있고,
그녀의 멋진 모자는 갓 피어난 꽃봉오리여!"

나는 너와 함께 떠돌아다녔지, 너의 부드러운 팔을 꼭 끼고서.
행인들은 생각하였지, 매혹된 사랑으로
결혼한 남녀, 우리의 행복한 한 쌍은
화창한 4월과 아름다운 5월의 결합이라고.

우리는 숨어서 살고 있었지, 만족하여, 문을 닫고서,

---

* 마뉘엘은 왕정복고 시대의 웅변가.
** 푸아는 나폴레옹 휘하의 장군이었는데, 후에 자유당의 웅변가였음.

금단의 달콤한 열매, 사랑을 탐식하면서.
내 입이 한 가지를 말하기도 전에
벌써 네 마음은 대담했었지.

소르본은 목가의 동산,
거기서 나는 저녁에서 아침까지 너를 열애하였지.
그렇게 내 사랑하는 마음은
라틴 거리를 사랑의 나라*로 만들고 있다.

오, 모베르 광장이여! 오, 도팽 광장이여!
쌀쌀한 봄의 그 누추한 방에서,
네가 네 고운 다리에서 네 스타킹을 끌어내릴 때,
나는 별 하나를 보았네, 다락 방 안쪽에서.

나는 플라톤을 탐독했지만, 그런 건 아무것도 나에게 남지
않고,
말브랑슈와 라므네**보다도 더 잘,
네가 나에게 주던 한 송이의 꽃으로
너는 나에게 하늘의 인자로움을 보여 주었지.

---

* La carte du Tendne, 17세기에 Mlle de Scudéryd의 소설에서 묘사된 사랑의
지도(나라).
** 말브랑슈(Malebrache)는 17세기 말의 유신론자(唯神論者), 라므네
(Lamennais)는 19세기 초의 신학자.

나는 너에게 복종하였고, 너는 나에게 순종하였지.
오, 황금빛 다락방이여! 네 코르셋 끈을 매어 준다!
네가 새벽부터 슈미즈 바람으로 가고 오고 하는 것을,
네 젊은 이마를 네 낡은 거울에 비춰 보는 것을 본다!

그런데 대체 누가 잃을 수 있겠는가 그 추억을!
여명과 창공의 그 시절의 추억,
리본과 꽃, 능사 비단의 그 시절의 추억을!
사랑이 매력적인 곁말을 속삭이던 그 시절을!

우리의 정원들은 하나의 튤립 화분이었지.
너는 속치마로 유리창을 가렸지.
나는 파이프 백토의 주발을 갖고,
너에겐 일본 도자기 잔을 주었지.

그리고 우리를 웃기던 그 큰 불행들!
너의 불에 탄 토시, 네 잃어버린 모피 목도리!
그리고 어느 날 저녁 저녁밥을 먹기 위해 팔아 버린
신성한 셰익스피어의 그 귀중한 초상화!

나는 구걸했고, 너는 자비로웠다.
너의 싱싱하고 포동포동한 팔에 나는 얼른 입을 맞췄지.
이절판의 단테 책을 식탁 삼아
우리는 수많은 밤을 즐겁게 먹었지.

내 즐거운 빈민굴에서 처음으로 내가
불타는 네 입술에 입을 맞추었을 때,
머리가 헝클어지고 얼굴이 새빨개져서 네가 나갔을 때,
나는 몹시 창백했고 하느님을 믿었다!

너는 생각나느냐, 우리의 무수한 행복이,
그리고 누더기로 변해 버린 그 모든 네커치프가!
오! 얼마나 많은 탄식이 어둠으로 가득 찬 우리 가슴에서
저 그윽한 하늘로 날아갔던가!

그 시간, 장소, 회상된 청춘 시절의 그 추억, 하늘에서 반짝이기 시작하는 몇 개의 별, 적막한 거리의 음산한 고요, 준비되고 있는 냉혹한 사건의 절박함, 이런 것들이, 앞서 말한 바와 같이, 서정 시인인 장 프루베르가 어둠 속에서 나지막한 소리로 속삭이듯 읊조리는 그 시에 비장한 매력을 주었다.

그러는 동안 작은 바리케이드에는 칸델라에 불이 켜지고, 큰 바리케이드에는, 사순절 전의 화요일에 쿠르티유로 가는 가면 쓴 사람들을 실은 마차들 앞에서 볼 수 있는 것 같은 밀랍 횃불 하나가 켜져 있었다. 이 횃불들은 앞서 본 바와 같이 생 탕투안 문밖에서 오고 있었다.

횃불은 바람을 막아 주기 위해 삼면이 닫힌 일종의 포석들의 우리 안에 놓여져, 그 불빛이 모두 깃발 위에 떨어지도록 마련되어 있었다. 거리와 바리케이드는 어둠 속에 잠겨 있어서, 거대한 칸델라로 비춰진 것처럼 무시무시하게 비춰진 붉

은 기밖에 아무것도 보이지 않았다.

그 불빛은 뭔지 알 수 없는 무서운 주홍빛을 깃발의 진홍색에 덧붙여 주고 있었다.

7. 비에트 거리에서 충원된 사나이

완전히 밤이 되었으나 아무 일도 일어나지 않았다. 들리는 것이라고는 희미한 소음뿐이었고, 간간이 소총 연발 사격이 들렸으나, 드문드문, 별로 강렬하지도 않게 멀리서 들렸다. 이렇게 유예가 길어지는 것은 정부가 여유를 갖고 병력을 집결하고 있다는 징후였다. 이 쉰 명의 사나이들은 6만 명의 사나이들을 기다리고 있는 것이었다.

앙졸라는 무서운 사건들 직전에 굳센 마음의 사람들을 사로잡는 그런 초조감에 사로잡혀 있는 것을 느꼈다. 그는 가브로슈를 찾으러 갔는데 가브로슈는 아래층 홀에서, 탁자 위에 흩어져 있는 화약 때문에 조심하면서 두 개의 촛불을 계산대 위에 갖다 놓고서, 그 희미한 불빛에 약포를 만들기 시작했다. 이 두 자루의 촛불은 조금도 바깥으로 불빛이 새 나가지 않았다. 그뿐 아니라 폭도들은 위층에서는 전혀 불을 켜지 않도록 주의하고 있었다.

가브로슈는 이때 매우 몰두하고 있었으나, 정확히 약포에 몰두하고 있었던 것은 아니다.

비에트 거리의 사나이가 금방 아래층 홀에 들어와서 가장 덜 밝은 탁자에 가서 앉았었다. 대형의 보병 총 한 자루가 그에게 굴러 들어왔었고, 그것을 그는 두 다리 사이에 끼고 있었다. 가브로슈는 이 순간까지 온갖 '재미있는' 일들로 방심하고 있었는지라, 이 사나이를 보지도 않았었다.

그가 들어왔을 때, 가브로슈는 기계적으로 그를 눈으로 따라가고, 그의 총에 감탄하다가, 갑자기, 그 사나이가 앉았을 때, 이 건달은 일어났다. 만약에 이때까지 이 사나이의 동정을 살펴본 사람들이 있었다면, 그들은 그가 각별한 주의를 기울여 바리케이드와 폭도들 무리 속의 모든 것을 관찰하는 것을 보았을 것이다. 그러나 홀 안에 들어와서부터 그는 일종의 명상에 빠져 있었고, 주위에서 일어나고 있는 일을 더 이상 아무것도 보지 않는 것 같았다. 건달은 이 생각에 잠겨 있는 인물에게 다가가서 자는 사람을 깨우지나 않을까 염려하면서 그 사람 옆을 걸어가는 사람 모양으로 발돋움하여 그의 주위를 돌기 시작했다. 그와 동시에, 아주 뻔뻔스럽고도 아주 진지한, 아주 경망하고도 아주 웅숭깊은, 아주 쾌활하고도 아주 침통한 그의 어린이 같은 얼굴에는 늙은이들의 그 모든 얼굴 표정이 지나가고 있었는데, 그것은 이러한 뜻이었다. "설마! 그럴리가! 내가 잘못 본 거겠지! 환상일 거야! 그럴 수가 있을까? 아니야, 그건 아니야! 하지만 틀림없는데! 아니야, 그렇지 않아!" 등등. 가브로슈는 발뒤꿈치 위에서 몸을 흔들고, 호주머니 속에서 두 주먹을 발끈 쥐고, 새처럼 목을 움직이고, 하나의 엄청 두꺼운 아랫입술에 그의 아랫입술의 모든 총명함을 쏟아 내고 있었다. 그는 어리둥절하고, 판단에 망설이고, 반신

반의하고, 확신하고, 현혹되어 있었다. 그의 얼굴 표정은 노예 시장에서 뚱뚱보 여자들 중에서 비너스 같은 여자 하나를 발견한 내시장(內侍長) 같기도 하고, 한 더미의 서투른 그림들 속에서 라파엘 같은 한 폭의 그림을 찾아낸 애호가 같기도 했다. 냄새를 맡아 내는 본능도 사물을 고찰하는 지능도, 그의 속에 있는 모든 것이 활동하고 있었다. 가브로슈에게 무슨 사건이 생긴 것만은 명백했다.

앙졸라가 그에게 접근한 것은 그렇게 그가 한창 생각에 몰두하고 있을 때였다.

"너는 작아서 사람 눈에 안 띌 거다." 하고 앙졸라는 말했다. "바리케이드에서 나가, 집들을 따라 살금살금 걸어가서, 거리들을 좀 사방팔방 둘러보고, 돌아와서 무슨 일이 일어나고 있는지 내게 말해 달라."

가브로슈는 허리 위에서 몸을 추어올렸다.

"그래, 어린애들도 뭔가에 쓸모가 있구먼그래! 참 다행한 일이네! 가 볼게. 그때까지 애들은 믿어요. 하지만 어른들은 믿지 마요⋯⋯." 그러고 가브로슈는 머리를 들고 소리를 낮추어, 비예트 거리의 사나이를 가리키면서 덧붙였다.

"저기에 어른이 있잖아?"

"그래서?"

"저건 밀정이야."

"확실하냐?"

"두 주일도 되기 전이었는데 내가 루아얄 다리의 난간에서 바람을 쐬고 있자니까 저자가 내 귀때기를 잡고 나를 끌어내렸어."

앙졸라는 얼른 소년 곁을 떠나 저쪽에 있는 한 포도주 선창의 노동자에게 매우 낮은 목소리로 몇 마디 소곤거렸다. 그러자 그 인부는 방에서 나갔다가 이내 다른 노동자 셋을 데리고 돌아왔다. 어깨가 탁 퍼진 이 네 명의 하역 인부들은, 비예트 거리의 사나이가 팔꿈치를 짚고 있는 탁자 뒤로 그에게 들키지 않도록 가만히 가서 섰다. 그들은 분명히 그에게 달려들 것 같은 자세를 하고 있었다.

그러자 앙졸라는 그 사나이에게 다가가서 그에게 물었다.

"당신은 누구요?"

이 난데없는 질문에 사나이는 깜짝 놀라 얼굴을 들었다. 그는 앙졸라의 순진한 눈 속을 들여다보고 거기에서 그의 생각을 알아챈 것 같았다. 사나이는 세상에서 볼 수 있는 가장 교만하고, 가장 단호하고, 가장 과감한 미소를 지으며 거만하고 진중한 어조로 대답했다.

"그게 뭔지 알겠다……. 그래 맞다!"

"당신 밀정이지?"

"난 정부 관리다."

"이름은!"

"자베르."

앙졸라는 네 장정들에게 신호했다. 눈 깜짝할 새에, 자베르는 돌아볼 겨를도 없이, 덜미를 잡히고, 넘어뜨려지고, 묶이고, 수색당했다.

그의 몸에서는 두 장의 유리 사이에 붙어 있는 자그마한 둥근 카드 하나가 발견되었는데, 한쪽에는 프랑스의 문장(紋章)과 함께 '감시와 경계'라는 명(銘)이 새겨져 있고, 또 한쪽에는 '사복형사 자베르, 오십이 세'라 적혀 있었는데, 당시의 파리 경찰청장 지스케 씨의 서명이 있었다.

그 밖에도 그에게는 회중시계와 몇 닢의 금화가 들어 있는 지갑이 있었다. 시계와 지갑은 그에게 남겨 두었다. 시계 다음에 호주머니 속을 뒤져 보니, 봉투에 든 종이 한 장이 나왔는데, 앙졸라가 펼쳐 본즉, 거기에는 경찰청장 자필의 다음과 같은 몇 줄의 글이 씌어 있었다.

사복형사 자베르는 맡은 바 정치적 임무를 완수하는 즉시, 특별한 감시를 행하여, 센 강 우안, 예나 다리 부근의 강변에서 악한들이 수상쩍은 거동을 하고 있는 것이 사실인지 확인하라.

몸 수색이 끝나자, 사람들은 자베르를 일으켜, 두 팔을 등 뒤로 포박하여, 옛날 이 술집 이름의 유래가 되었던 아래층 한복판의 그 유명한 기둥에 비끄러맸다.

가브로슈는 이 모든 광경에 입회해 말없이 고개를 끄덕거려 모든 것을 인정하고 나서, 자베르에게 다가가 말했다.

"생쥐가 고양이를 잡은 거야."

이 모든 일은 하도 신속하게 집행되어, 술집 주변에서 사람들이 그것을 알았을 때 일은 다 끝나 있었다. 자베르는 소리 한 번 지르지 않았다. 자베르가 기둥에 매어 있는 것을 보고, 쿠르페락, 보쉬에, 졸리, 콩브페르, 그리고 두 바리케이드 안에 흩어져 있던 사람들이 뛰어왔다.

자베르는 기둥에 몸을 기대고, 노끈으로 어찌나 칭칭 동여매졌는지, 옴짝달싹 못한 채, 한 번도 거짓말을 해 본 적이 없는 사람답게 용감하고 침착하게 머리를 쳐들고 있었다.

"이 녀석은 밀정이야." 하고 앙졸라가 말했다.

그러고 자베르 쪽을 돌아보고 말했다.

"바리케이드가 함락되기 이 분 전에 당신은 총살될 거요."

자베르는 더없이 오만한 말투로 대꾸했다.

"왜 즉시 그러지 않느냐?"

"우리는 화약을 아낀다."

"그럼 칼로 찔러 죽이지 그래!"

"이봐, 밀정." 하고 미남 앙졸라는 말했다. "우리는 심판자지 살인자가 아니오."

그러고는 가브로슈를 불렀다.

"너는 가서 네 할 일을 하거라! 내가 말한 것을 하거라."

"난 간다." 하고 가브로슈는 외쳤다.

그러고 나가다가 걸음을 멈추었다.

"그런데 저 사람 총은 날 줘요!" 그러고 그는 덧붙였다. "몸뚱이는 당신에게 두고 가지만, 총은 내가 갖고 싶어."

소년은 거수경례를 붙이고는 큰 바리케이드의 끊긴 곳을 즐거운 듯 뛰어나갔다.

8. 르 카뷕이라는 이름의 인물에 관한 여러 의문점들

만약에 가브로슈가 출발한 거의 직후에 발생한 어마어마하고 잔인한 공포로 가득 찬 하나의 사건을 여기에 그리는 소묘 속에서 생략한다면, 내가 시도한 이 비극적인 화폭은 완전하지 않을 것이고, 독자는 노력과 관계된 경련이 있는 사회적 분만실과 혁명적 해산의 이 위대한 순간들을 그 정확하고 실제적인 부각 속에서 보지 못할 것이다.

불온한 사람들의 모임들은, 다 알다시피, 눈뭉치 같아서 굴러가면서 수많은 소란스러운 사람들을 그러모은다. 이 사람들은 그들이 어디서 오는지 서로 묻지 않는다. 앙졸라와 콩브페르, 쿠르페락에 의해서 영도된 군중에 모였었던 행인들 중에는 양어깨가 해진 노동복 저고리를 입고 있는 인간 하나가 있었는데, 그는 줄곧 몸짓을 하고 큰 소리로 떠들어 대고 난폭한 주정뱅이 같은 얼굴을 하고 있었다. 이 사나이는 본명인지 별명인지 르 카뷕이라는 이름이었지만, 그를 안다고 주장하는 사람들도 사실은 전혀 모르는 사람이었는데, 그는 매우 취했거나 취한 체하고 있었고, 다른 몇 사람들과 함께 그들이 술집 밖으로 꺼내어 놓은 탁자에 앉아 있었다. 이 카뷕은 자기와 대작하고 있는 자들에게 술을 권하면서도, 바리케이드 안쪽의 큰 집을 뭔지 골똘히 생각하고 있는 것 같은 태도로 주시하는 것 같았는데 그 육 층 가옥은 생 드니 거리를 향하여 거리 전체를 내려다보고 있었다. 갑자기 그는 외쳤다.

"동무들, 알겠나? 저 집에서 총을 쏘아야 할 거야. 우리가 저 유리창에 있으면, 어떤 놈도 감히 쳐들어오지 못할 거야."

"그렇지. 하지만 집이 닫혀 있는걸." 하고 술꾼 하나가 말했다."

"문을 두드려 보자!"

"열지 않을 거야."

"문을 쳐부수자!"

르 카뷕은 아주 육중한 망치 하나가 있는 문으로 달려가 문을 두드린다. 문은 열리지 않는다. 그는 두 번째 두드린다. 아무도 대답하지 않는다. 세 번째 두드린다. 역시 아무 소리도 없다.

"여기 누가 없나?" 하고 르 카뷕은 외친다.

아무것도 까딱도 하지 않는다.

그러자 그는 총을 집어 들고 개머리판으로 문을 치기 시작한다. 그것은 아치 모양의, 나지막하고, 좁고, 견고한 낡은 통로의 문이었는데, 온통 떡갈나무로 만들어져 있고, 내부는 철판과 철근으로 되어 있어서, 진짜 감옥 문 같았다.

개머리판의 타격으로 집은 떨렸으나, 문은 흔들리지 않았다.

그렇지만 십중팔구 거주자들은 불안해졌으리라. 왜냐하면 마침내 4층의 네모진 작은 채광창에 불이 비치고 그것이 열리더니, 그 채광창에 촛불 하나와 머리가 희끗희끗한 노인의 바보 같은 놀란 얼굴이 나타나는 것이 보였으니까. 그것은 문지기였다.

문을 두드리던 사나이는 손을 멈추었다.

"어르신들, 무슨 일이십니까?" 하고 문지기는 물었다.

"문 열어!" 하고 르 카뷕은 말했다.

"어르신들, 그럴 수 없습니다"

"글쎄 열래도!"

"못 합니다, 어르신들!"

르 카뷕은 총을 집어 문지기를 겨누었다. 그러나 그는 아래에 있었고, 아주 캄캄한 밤이어서, 문지기는 그가 전혀 보이지 않았다.

"열 테냐, 안 열 테냐?"

"못 엽니다, 어르신들!"

"못 연다고?"

"예, 못 엽니다, 착하신……."

문지기는 채 말을 마치지 못했다. 총이 발사되었다. 총알은 그의 턱 아래에 들어가 경정맥(頸靜脈)을 관통한 뒤 목덜미로 나왔다. 늙은이는 비명도 지르지 못하고 뻬드러져 버렸다. 촛불은 떨어져 꺼지고, 채광창 가에 걸린 채 움직이지 않는 머리와 지붕 쪽으로 올라가는 조금의 뽀얀 연기밖에 더 이상 아무것도 보이지 않았다.

"됐다!" 하고 르 카뷕은 말하면서 총의 개머리판을 땅바닥에 다시 내려뜨렸다.

그가 그렇게 말했을까 말까 했을 때 그는 독수리의 발톱 같은 묵직한 손이 자기의 어깨 위에 놓이는 것을 느끼고, 자기에게 누가 이렇게 말하는 목소리를 들었다.

"무릎 꿇어."

살인자가 돌아다보니 그의 앞에 앙졸라의 해사하고 싸늘한 얼굴이 보였다. 앙졸라는 손에 피스톨을 들고 있었다.

그는 총소리를 듣고 왔었다.

그는 왼손으로 르 카뷕의 멱살과 작업복, 셔츠, 양복 바지의 멜빵을 움켜잡았다.

"무릎 꿇어." 하고 그는 되풀이했다.

그리고 위압적인 동작으로 스무 살의 이 연약한 젊은이는 뚱뚱하고 건장한 일꾼을 한 줄기의 갈대처럼 잡아 꺾어 진창 속에 무릎을 꿇렸다. 르 카뷕은 저항해 보았으나, 초인적인 손아귀에 사로잡혀 있는 것 같았다.

드러난 목, 헝클어진 머리의, 창백한 앙졸라는 여자 같은 얼굴을 하고 있었는데, 그는 이때 뭔지 알 수 없는 고대의 테미스* 같은 것을 가지고 있었다. 그의 벌름거리는 콧구멍과 내리뜬 눈은 그의 그리스인 같은 냉혹한 옆모습에, 고대인들의 견지에서 정의에 알맞은 그런 분노의 표정과 그런 순결의 표정을 주고 있었다.

바리케이드의 사람들은 모두 뛰어와서 좀 멀찌감치 삥 둘러섰으나, 곧 그들이 보게 될 일 앞에서 말 한마디 할 수 없다고 느끼고 있었다.

르 카뷕은 정복되어, 더 이상 버둥거려 보려고도 하지 않고 사지를 떨고 있었다. 앙졸라는 그를 놓고 시계를 꺼냈다.

"마음을 가다듬어라." 하고 그는 말했다. "기도하거나 생각하라. 일 분의 시간을 준다."

---

* 테미스(Themis). 정의의 여신(그리스신화).

"용서해 주시오." 하고 살인자는 중얼거렸다. 그러고는 고개를 수그리고 분명치 않은 몇 마디 주문을 우물우물 말했다.

앙졸라는 회중시계에서 눈을 떼지 않고서, 일 분이 지나가게 두고, 그런 뒤에 시계를 조끼 호주머니에 도로 넣었다. 그러고 나서 울부짖으면서 자기 무릎을 안고 웅숭그리고 있는 르 카뷕의 머리털을 잡고 그의 귀에 권총 끝을 댔다. 더없이 무서운 사건 속에 태연히 들어왔었던 그 많은 담대한 사람들이 얼굴을 돌렸다.

발포 소리가 들렸고, 살인자가 포석 위에 이마를 처박고 쓰러졌으며, 앙졸라는 몸을 일으켜 자신 있고 준엄한 눈으로 주위를 둘러보았다.

그런 뒤에 시체를 발로 차고 말했다.

"이걸 밖으로 던져요."

숨이 끊어질 때의 기계적인 마지막 경련으로 빨딱빨딱하고 있는 비참한 사나이의 몸뚱어리를 세 사나이가 들어 올려 작은 바리케이드 너머로 몽데투르 골목길에 내던졌다.

앙졸라는 생각에 잠겨 있었다. 뭔지 알 수 없는 웅대한 어둠이 그의 무서운 침착함 위에 서서히 퍼져 갔다. 갑자기 그는 목소리를 높였다. 모두들 조용했다.

"동지들이여." 하고 앙졸라는 말했다. "저 사람이 한 짓은 소름이 끼치고 내가 한 짓은 끔찍합니다. 그는 사람을 죽였소. 그렇기 때문에 나는 그를 죽였소. 반란에는 규율이 있어야 하기 때문에, 나는 그렇게 해야만 했소. 살인은 다른 데서보다도 여기에서는 한결 더 죄가 되오. 우리는 혁명의 눈 아래 있소.

우리는 공화국의 사제들이오. 우리는 의무의 제물들이오. 그리고 사람들이 우리의 투쟁을 비난할 수 있어서는 안 됩니다. 나는 그러므로 저 사람을 심판하고 사형에 처했소. 나로 말하자면, 부득이 그렇게 하지 않을 수 없었지만, 그것을 혐오하고 있는 나는 나 자신도 역시 심판하였는데, 여러분은 내가 나를 어떻게 처형했는지 곧 보게 될 것입니다."

들고 있던 사람들은 소스라쳤다.

"우리도 너와 운명을 같이하겠다." 하고 콩브페르가 외쳤다.

"좋아." 하고 앙졸라는 말을 이었다. "또 한마디. 저 사람의 사형을 집행하면서 나는 필연성에 복종하였소. 그러나 필연성은 구세계의 괴물이오. 필연성은 숙명이라 부를 만한 것이오. 그런데 진보의 법칙, 그것은 괴물들이 천사들 앞에서 사라지는 것이고, 숙명이 박애 앞에서 스러지는 것입니다. 지금 사랑이라는 말을 하기에는 나쁜 때요. 그러나 상관없소. 나는 그 말을 말하고, 그 말을 찬미합니다. 사랑이여, 너는 미래가 있다. 죽음이여, 나는 너를 사용하지만, 너를 증오한다. 동지들이여, 미래에는 암흑도 없고, 벼락도 없고, 흉포한 무지도 없고, 피비린내 나는 복수도 없을 것이오. 더 이상 사탄도 없고, 마찬가지로 더 이상 미카엘*도 없을 것이오. 미래에는 아무도 사람을 죽이지 않을 것이고, 지상은 빛날 것이고, 인류는 사랑할 것이오. 동지들이여, 언젠가는 올 것입니다, 모든 것이 화합과 조화, 광명, 희열, 생명인 그런 날이 올 것입니다. 그리고

---

* 미카엘(Michael). 대천사.

우리가 곧 죽으려고 하는 것은 그러한 날을 오게 하기 위해서 입니다."

앙졸라는 입을 다물었다. 그의 순결한 입술은 다시 닫혔고, 그는 그가 피를 흘렸던 곳에 잠시 대리석 같은 부동자세로 서 있었다. 그의 응시하는 눈초리는 주위 사람들로 하여금 작은 소리로 말하게 하였다.

장 플루베르와 콩브페르는 말없이 악수하고, 바리케이드의 모퉁이에서 서로 몸을 기대고서, 사형집행인이자 사제이고, 수정 같은 빛이고 또한 바위이기도 한 그 근엄한 청년을 동정 어린 감탄의 눈으로 주시하고 있었다.

나중에 하느니보다 지금 당장 말해 두거니와, 사건 후에, 시신들이 시체 공시장(公示場)에 운반되어 수색을 받았을 때, 르 카뷕의 몸에서 경찰 신분증이 발견되었다. 이 책의 저자는, 이 점에 관해서 1832년의 경찰청장에게 제출된 특별 보고를 1848년에 입수했다.

또 한 가지 덧붙여 두거니와, 이상하지만 십중팔구 근거가 있는 것 같은 경찰의 전설을 믿는다면, 르 카뷕, 그것은 클라크수였다. 사실, 르 카뷕이 죽고 나서부터는 클라크수는 더 이상 문제가 되지 않았다. 클라크수는 그의 사망의 흔적을 아무 것도 남기지 않았는데, 그는 눈에 보이지 않는 것에 아말감이 되어 버린 것 같다. 그의 생애는 암흑이었고, 그의 최후는 밤이었다.

모든 반도들의 집단은 그렇게도 신속하게 예심하고 그렇게도 신속하게 종결된 이 비극적인 판결에 아직도 감동하고 있었는데, 그때 쿠르페락은 아침에 자기 집에 와서 마리우스를 찾았었던 그 어린 젊은이를 바리케이드에서 다시 보았다.

　대담하고 데면데면한 듯한 이 소년은 밤에 와서 반도들에게 합류했었다.

13
마리우스가 어둠 속으로 들어가다

1. 플뤼메 거리에서 생 드니 구역으로

황혼 속에서 샹브르리 거리의 바리케이드에 마리우스를 불렀었던 그 목소리는 그에게 운명의 목소리 같은 인상을 주었었다. 그는 죽기를 바라고 있었는데, 그 기회가 주어지고 있었다. 그는 무덤의 문을 두드리고 있었는데, 어둠 속에서 하나의 손이 그에게 그 문의 열쇠를 내밀고 있었던 것이다. 절망 앞에 암흑 속에서 열리는 그 음산한 문은 마음을 끈다. 마리우스는 그렇게도 여러 번 자기를 통과시켜 주었던 살문을 제치고 정원에서 나와 말했다. "가자!"

고통으로 얼이 빠지고, 머릿속에는 더 이상 아무것도 확고부동한 것을 느끼지 않고, 청춘과 연애에 도취되어 그 두 달을 지낸 후 이제는 운명에서 아무것도 받아들일 수 없고, 동시에 절망의 온갖 몽상들에 짓눌린 그는 더 이상 "어서 끝장을 내자." 하는 단 하나의 욕망밖에 없었다.

그는 성큼성큼 걷기 시작했다. 그는 마침 자베르한테서 받은 두 자루의 권총을 휴대하고 있었으므로, 그는 무장하고 있었던 것이다.

그가 언뜻 본 것 같았던 젊은이는 그의 눈에서 거리 속으로 사라져 버렸었다.

마리우스는 플뤼메 거리에서 가로수 길로 나와, 에스플라나드와 앵발리드 다리를 건너고, 샹젤리제와 루이 14세 광장을 지나, 리볼리 거리에 도착했다. 거기서는 상점들이 열려 있고, 아케이드 아래 가스등이 켜져 있고, 여자들이 가게들에서 물건을 사고 있고, 레테르 다방에서 사람들이 아이스크림을 먹고 있고, 영국 제과점에서는 작은 과자들을 먹고 있었다. 다만 몇 대의 역마차들이 호텔 프랑스와 호텔 뫼리스에서 전속력으로 출발하고 있었다.

마리우스는 들로름 건널목을 지나 생 토노레 거리로 들어갔다. 여기서는 가게들은 닫혀 있고, 상인들은 빼꼼히 열린 문 앞에서 이야기하고 있었으며, 행인들이 오가고 있고, 가로등이 켜져 있고, 2층 이상의 창은 모두 평소대로 환히 밝혀져 있었다. 팔레 루아얄 광장에는 기병이 있었다.

마리우스는 생 토노레 거리를 따라갔다. 팔레 루아얄 광장에서 멀어짐에 따라 불이 밝혀져 있는 창들은 줄어들고, 점포들은 완전히 닫혀 있고, 문 앞에서 이야기하는 사람은 아무도 없었으며, 거리는 차츰 어두워지고, 그와 동시에 군중은 불어

나고 있었다. 왜냐하면 행인들은 이제 군중이었으니까. 그 군중 속에서는 아무도 말하는 사람이 보이지 않았으나, 그럼에도 불구하고 은은하고 깊은 웅성거림이 거기에서 나오고 있었다.

아르브르 세크의 분수 쪽으로 '많은 사람들의 모임'이 형성되어 있었는데, 그것은 흐르는 물속의 돌들처럼 오가는 사람들 사이에 있는 일종의 움직이지 않는 검은 집단이었다.

플루베르 거리의 어귀에서 군중은 더 이상 걸어가고 있지 않았다. 그것은 아주 낮은 목소리로 이야기하고 있는 밀집한 사람들의 육중하고, 튼튼하고, 촘촘하고, 거의 침투할 수 없는 하나의 덩어리였다. 거기에는 이제 검은 예복도, 둥근 모자도 거의 없었다. 작업복, 노동복, 차양 달린 모자, 흙투성이의 더벅머리들뿐. 그 군중은 밤안개 속에 희미하게 물결치고 있었다. 그 속삭임 속에는 떨리는 쉰 말소리가 있었다. 한 사람도 걷는 이는 없었으나. 진흙 속에서 발을 구르는 소리가 들리고 있었다. 이 빽빽한 군중 너머로, 룰 거리와 플루베르 거리, 생토노레 거리의 연장선상에서 촛불이 켜져 있는 유리창은 더 이상 단 하나도 없었다. 그 거리들에는 가로등의 열이 저쪽 깊숙이까지 쓸쓸하게 계속되어 있었으나 그 수가 줄어 가고 있었다. 당시의 가로등들은 줄에 매달린 커다란 붉은 별들과 비슷하였고 큰 거미 같은 모양의 그림자를 포도에 던지고 있었다. 그 거리들에 사람이 전혀 없지는 않았다. 거기엔 걸어총한 총들과 동원된 군인들, 야영하는 군대들을 분명히 알아볼 수 있었다. 어떤 구경꾼도 그 한계선을 넘어가지는 못했다. 거기서 왕래는 끊겨 있었다. 거기서 군중은 끝나고 군대가 시작되고 있었다.

마리우스는 더 이상 아무런 희망도 없는 사람의 의지력을 가지고 좋도록 하고 있었다. 누가 그를 불렀으니까 그는 가야만 했다. 그는 이럭저럭해서 군중을 지나고, 군대들의 야영지를 지나고, 순찰대들을 피하고, 보초들을 피했다. 그는 길을 돌아서 베티지 거리에 이르고, 시장 쪽으로 향했다. 부르도네 거리의 모퉁이에는 더 이상 가로등들도 켜져 있지 않았다.

그는 군중의 지대를 넘은 뒤에 군대들의 경계를 지나고, 무엇인가 무시무시한 것 속에 와 있었다. 더 이상 행인 하나 없고, 병사 하나 없고, 불빛 하나 없었다. 아무도 없었다. 오직 적막, 정적, 암야뿐. 뭔지 알 수 없는 싸늘함이 사로잡고 있었다. 하나의 거리에 들어가는 것, 그것은 하나의 지하실에 들어가는 것이었다.

그는 계속 전진했다.

그는 몇 걸음 갔다. 누군가 그의 옆을 달음질쳐서 지나갔다. 남자였던가? 여자였던가? 여러 사람이었던가? 그는 알 수 없었다. 그것은 지나갔었고 사라져 버렸었다.

굽이굽이 길을 돌아서 그는 한 골목길에 이르렀는데 그것이 포트리 거리라고 그는 생각했다. 이 골목길 한복판쯤에서 그는 하나의 장애물에 부딪혔다. 그는 손을 뻗쳤다. 그것은 뒤집힌 짐수레였다. 그의 발 아래에 물웅덩들이 있고, 습지들이 있고, 포석들이 군데군데 쌓여 있음을 알 수 있었다. 거기에는 쌓다가 버려둔 바리케이드 하나가 있었다. 그는 포석들을 넘어 바리케이드 저쪽으로 갔다. 그는 푯돌 옆을 바짝 걸어서 집들의 벽을 바라보고 나아갔다. 바리케이드에서 조금 저쪽으로, 무엇인지 하얀 것이 그의 앞에 언뜻 보이는 것 같았다. 다가감에 따라 그 형체가 뚜렷해졌다. 그것은 두 마리의 흰 말이었다. 오전에 보쉬에가 풀어놓은 합승 마차의 말이었는데, 하루 종일 이 거리 저 거리를 무턱대고 헤매다가 마침내 여기에 이르러 걸음을 멈추고 서서, 마치 인간이 하늘이 하는 일을 이해하지 못하듯이, 인간이 하는 일을 이해하지 못하는 이 짐승들은 지칠 대로 지쳐서 참고 있었던 것이다.

마리우스는 그 말들을 뒤에 두고 갔다. 그가 콩트라 소시알 거리같이 보이는 한 거리에 접근했을 때, 한 방의 총알이 어디서인지 난데없이 어둠 속을 뚫고 날아와, 바로 그의 옆을 휙 지나, 그의 머리 위에서 이발소에 걸려 있는 구리쇠 면도 접시를 꿰뚫었다. 1846년에, 콩트 라 소시알 거리에서, 시장의 기둥들 구석에, 이 구멍 뚫린 면도 접시가 아직 보였다.

이 총격은 아직 사람이 있다는 표시였다. 이때부터 그는 더 이상 아무것도 만나지 않았다.

그 모든 도정은 컴컴한 계단을 내려가는 것과 비슷했다.

그러나 마리우스는 그래도 역시 전진했다.

2. 올빼미가 내려다본 파리

어떤 인간이 이때 박쥐나 부엉이의 날개를 가지고 파리 상공을 떠돌았다면 눈 아래에 음산한 광경이 보였으리라.

시장의 이 모든 오래된 지대는 도시 내의 한 도시 같고, 거기를 생 드니 거리와 생 마르탱 거리가 관통하고 있고, 수많은 골목길이 얼기설기 뒤얽혀 있는데, 그것을 반도들은 요새와 각면보로 삼고 있어서, 파리의 중심에 팬 거대한 검은 구멍처럼 보였을 것이다. 거기서 눈길은 하나의 심연 속에 빠져 들어갔다. 가로등들은 부서졌고 창들은 닫혀 있었기 때문에, 거기서는 어떤 불빛도, 어떤 생명도, 어떤 소음도, 어떤 움직임도 그쳐 있었다. 눈에 보이지 않는 폭동의 조직이 도처에서 감시하고 있었고, 질서를, 다시 말해서 밤을 유지하고 있었다. 광막한 어둠 속에 소수의 인원을 잠기게 하고, 그 어둠이 함유하는 가능성에 의해서 전투원의 수를 많아 보이게 하는 것, 그것이 곧 반란에 필요한 전술이다. 해가 지자, 촛불이 켜져 있던 창은 모두 총탄을 받았었다. 불빛은 꺼져 있었고, 때로는 주민이 죽음을 당했다. 그래서 무엇 하나 까딱도 하지 않았다. 거기에 있는 것이라고는 오직, 집에는 두려움과 슬픔, 망연자실뿐이고, 거리들에는 일종의 신성한 공포뿐이었다. 거기에는 길게 늘어선 창과 집채 들도, 톱니 모양의 굴뚝과 지붕 들도, 질컥질컥한 길바닥에 비치는 희미한 빛의 반사조차도 보이지 않았다. 이 어둠의 덩어리 속을 위에서 내려다보았었다면 그 눈은 아마 여기저기 군데군데, 도막도막 끊긴 이상한 줄들이며, 기이한 건축물들의 윤곽을 드러내 보이는 희미한 불빛이며, 무엇인지 폐허 속을 오락가락하는 불빛 같은 것을 어렴풋이 보았을 것인데, 그것이 곧 바리케이드가 있는 곳이었다. 그 밖의 것은 둔중하고, 음산하고, 안개 낀, 어둠의 호수였는데, 그 위에 생 자크의 탑과 생 메리의 성당, 그리고 인간이 거인으로 만들고 밤이 유령으로 만드는 그런 커다란 건물들 같은 다른 두세 채의 건물들이 움직이지 않는 침울한 모습으로 우뚝 솟아 있었다.

이 인적 없고 불안한 미궁의 주변 사방으로, 파리 사람들의 왕래가 아직 끊이지 않고 가로등들도 드문드문 켜져 있는 거리들에, 군도와 총칼 들이 번쩍거리는 빛이며, 포대가 굴러가며 나는 은은한 소리, 시시각각으로 커져 가는 조용한 군대들의 우글거림을 관찰자는 분명히 알아보았을 것이다. 그것은 바로 폭도의 주위에서 서서히 죄여들고 닫히는 무시무시한 띠였다.

포위된 지대는 더 이상 일종의 거대한 동굴에 지나지 않았다. 거기서는 모든 것이 잠들어 있거나 움찍도 하지 않고 있는 것 같았는데, 아까 본 것처럼, 사람들이 올 수 있는 거리들은 어느 것이나 어둠밖에 아무것도 노출시키지 않고 있었다.

함정이 가득 차 있고, 알 수 없는 무서운 것들이 가득 차 있는 잔인한 어둠, 거기에 침입하는 것은 무서웠고, 머무는 것은 무시무시했으며, 거기에 들어가는 자들은 기다리는 자들 앞에서 떨고, 기다리는 자들은 곧 쳐들어오려는 자들 앞에서 떨고 있었다. 눈에 보이지 않는 전투원들이 거리의 구석구석에서 몸을 가리고 있었고, 무덤의 허방다리가 칠흑 같은 어둠 속에 숨겨져 있었다. 이제 끝장이었다. 이제부터 거기에 기대할 빛이라고는 총화뿐이요, 거기에 기대할 만남이라고는 급속한 돌연사의 출현뿐이다. 어디서? 어떻게? 언제? 아무도 알수 없었으나, 그것은 확실하고 불가피했다. 거기에, 전투가 벌어질 그곳에, 정부와 반란은, 국민병과 민중 사회는, 중산층과 폭동은 서로 어림치고 접근하려 하고 있었다. 쌍방은 다 같이 똑같은 필연의 운명을 가지고 있었다. 거기서 죽어서 나올 것인가 아니면 승리자가 되어서 나올 것인가, 이것만이 차후 가능한 유일한 출구였다. 이토록 극단적인 상황에서, 이토록 비상한 어둠 속에서, 가장 소심한 자들은 스스로 각오가 되어 있는 것을 느끼고 가장 대담한 자들은 스스로 공포에 사로잡혀 있는 것을 느끼고 있었다.

뿐만 아니라, 양쪽 모두 분격, 격렬함, 똑같은 의연함. 한쪽 사람들에게 있어, 전진함은 곧 죽는 것이었는데, 아무도 물러날 생각을 하지 않았고, 또 다른 쪽 사람들에게 있어, 계속 머물러 있음은 곧 죽는 것이었는데, 아무도 달아날 생각을 하지 않고 있었다.

필연적으로 이튿날에는 모든 것이 끝나고, 승리는 어느 쪽엔가에 돌아가고, 반란은 마침내 혁명이 되거나 아니면 난동이 되리라. 정부도 집단도 모두 그것을 잘 알고 있었으며, 하류중산층도 역시 그것을 느끼고 있었다. 그렇기 때문에 바야흐로 모든 것이 결정 나려 하는 그 지대의 투시할 수 없는 어둠에는 불안한 생각이 감돌고 있었고, 그렇기 때문에 바야흐로 파국이 나오려 하는 그 고요의 주위에는 걱정이 더해 가고 있었다. 그리고 거기에 들리는 것이라고는 단 하나의 소리, 빈사의 숨소리처럼 가슴을 찢는 듯한 소리, 저주처럼 불길한 소리, 생 메리의 경종 소리뿐이었다. 어둠 속에서 한탄하는 그 광란적이고 절망적인 종소리처럼 소름 끼치는 것은 아무것도 없었다.

흔히 있듯이, 자연은 바야흐로 인간들이 행하려는 것과 뜻을 같이한 것 같았다. 그 양자의 음산한 조화를 깨뜨리는 것은 아무것도 없었다. 별들은 어두운 밤하늘에서 자취를 감추었고, 묵직한 구름들은 그 침울한 주름들로 온 지평을 가득 채우고 있었다. 검은 하늘이 그 죽은 거리들 위에 있었는데, 그것은 마치 하나의 거대한 수의가 그 거대한 무덤 위에 펼쳐져 있는 것 같았다.

아직은 순전히 정치적인 전투가 이미 수많은 혁명적 사건들을 보았던 바로 이 장소에서 준비되고 있는 동안, 청년들, 비밀결사들, 학교들이 주의(主義)의 이름 아래에, 그리고 중류 계급이 이해의 이름 아래에, 서로 충돌하고 각축하고 쳐부수려고 접근하고 있는 동안, 사람마다 위기의 마지막 결정적인 시간을 재촉하고 부르고 있는 동안, 멀리서, 그리고 이 불행한 지대 밖에서는, 행복하고 부유한 파리의 찬란함 아래에 사라지고 있는 이 비참한 낡은 파리의 깊이를 헤아릴 수 없는 구멍들의 가장 깊은 곳에서는, 민중의 음산한 목소리가 투덜거리는 것이 은은히 들리고 있었다.

야수의 포효와 신의 말로 구성되고 있는 무시무시하고도 신성한 목소리. 약자들을 겁나게 하고 현자들에게 경고하는 목소리, 동시에 사자의 울음소리처럼 아래에서 오고 천둥소리처럼 위에서 오는 목소리.

3. 극단

마리우스는 시장에 도착했다.

거기는 인근의 거리들보다 더 조용하고 더 어둡고 더 괴괴했다. 마치 무덤의 냉랭한 고요가 땅에서 나와 하늘 아래 펴져 있는 것 같았다.

그렇지만 불그레한 불빛이 생 외스타슈 쪽에서 샹브르리 거리를 막고 있는 집들의 높은 지붕을 그 검은 배경 위로 뚜렷이 드러내고 있었다. 그것은 코랭트 주점의 바리케이드 안에서 타고 있는 횃불의 반사였다. 마리우스는 그 불빛 쪽으로 걸어갔다. 불빛을 따라 마르셰 오 푸아레에 이르니, 프레쇠르 거리의 어두운 입구가 어렴풋이 보였다. 그는 그리로 들어갔다. 저쪽 끝에서 망보고 있던 반도들의 파수꾼은 그를 보지 못했다. 그는 자기가 찾아왔었던 것 바로 가까이 있다는 것을 느끼고 살금살금 걸었다. 그는 그렇게 몽데투르 골목길의 그 짧은 구간의 모퉁이에 이르렀는데, 다들 기억하고 있다시피, 그것은 앙졸라가 터 놓았던 외부와의 유일한 통로였다. 마지막 집 모퉁이에서 왼쪽으로 머리를 내밀고 그는 그 몽데투르 거리의 구간을 들여다보았다.

그 자신이 그 속에 파묻혀 있는 한 가닥의 널따란 어둠을 던지고 있는 샹브르리 거리와 그 골목길의 캄캄한 모퉁이의 조금 저편으로, 그는 포도 위의 희미한 빛과 약간의 술집, 그리고 뒤쪽으로, 일종의 보기 흉한 성벽에서 깜박거리는 칸델라, 무릎에 총을 올려놓고 쭈그리고 앉아 있는 사람들을 보았다.

그 모든 것은 그로부터 20미터쯤 떨어져 있었다. 그것은 바리케이드의 내부였다.

골목길 오른편에 늘어서 있는 집들은 술집의 다른 부분과 큰 바리케이드, 깃발을 그에게 가리고 있었다.

이제 마리우스는 한 걸음만 더 나아가면 되었다.

그때 이 불행한 청년은 어느 푯돌 위에 앉아서 팔짱을 끼고 아버지를 생각했다.

그는 그렇게도 고결한 군인이었던 그 영웅적인 퐁메르시 대령을 생각했다. 그는 공화정부 아래서는 프랑스의 국경을 지켰고, 황제 아래서는 아시아의 경계까지 진격했고, 제노아, 알렉산드리아, 밀라노, 튜린, 마드리드, 윈, 드레스덴, 베를린, 모스크바 등의 도시를 보았고, 유럽의 모든 전승지들에 마리우스 자신이 그의 혈관 속에 가지고 있는 피와 똑같은 핏방울들을 남겨 놓았고, 규율과 지휘 속에서 나이보다도 더 전에 백발이 되었고, 일평생 혁대를 차고 있었고, 견장은 가슴 위에 떨어지고, 표모는 화약에 검어지고, 이마는 군모로 주름살이 잡히고, 영사에서, 진영에서, 야영에서, 야전병원에서 살았고, 이십 년 후에 큰 전쟁들을 치르고 돌아왔을 적에는 뺨에 칼자국이 있었고, 얼굴은 미소를 짓고, 소박하고, 침착하고, 거룩하고, 어린이처럼 순결하고, 프랑스를 위해서는 모든 것을 했으나 프랑스에 반해서는 아무것도 하지 않았다.

그는 생각했다. 그 자신의 날도 또한 왔다고, 마침내 그의 시간이 울렸다고, 아버지 뒤에 그도 또한 바야흐로 용감하고, 대담하고, 호담하리라고, 총탄들을 맞이하러 달려가고, 총칼들 앞에 가슴을 내놓고, 피를 흘리고, 적을 찾고, 죽음을 찾으려 한다고, 이번에는 그가 전쟁을 하고 전쟁터에 내려가려고 한다고, 그리고 그가 지금 내려가려는 그 전쟁터, 그것은 거리라고, 그리고 그가 하려는 전쟁, 그것은 내란이라고!

그는 내란이 그의 앞에 심연처럼 입을 벌리고 있는데 그가 떨어지려고 하는 것이 거기임을 알았다.

그러자 그는 몸이 떨렸다.

그는 할아버지가 어느 고물상에 팔아 버려 자기가 그렇게도 비통하게 아까워했던 아버지의 그 검을 생각했다. 그는 생각했다. 그 용감하고 순결한 검이 그에게서 빠져나가 화가 나서 어둠 속으로 가 버린 건 잘한 일이라고. 그것이 그렇게 달아나 버린 것은 그것이 현명하고 선견지명이 있었기 때문이라고. 그것이 폭동을, 도랑의 싸움을, 포도의 싸움을, 지하실들의 환기창에서의 사격전을, 배후에서 주고받는 칼부림을 예감했기 때문이고, 그것이 마렝고와 프리드란트의 싸움을 치르고 와서 샹브르리 거리에는 가고 싶지 않았기 때문이고, 아버지와 더불어 그런 일을 하고 난 뒤에 아들과 더불어 그런 일을 하고 싶지 않았기 때문이다! 그는 생각했다. 만약에 그 검이 거기에 있다면, 만약에 그가 죽은 아버지의 머리맡에서 그것을 거두어 거리에서 벌어지는 동족끼리의 이 밤의 싸움을 위해 감히 갖고 나왔었더라면, 틀림없이 그것은 그의 손을 태우고 천사의 검처럼 그의 앞에서 타오르기 시작했으리라! 고. 그는 생각했다. 그것이 거기에 없고 사라져 버린 것은 다행한 일이라고. 그것은 잘된 일이고 당연한 일이라고.

할아버지는 아버지의 영광의 진정한 보호자라고. 그리고 대령의 검은 오늘날 조국의 옆구리에 출혈을 시키기보다는 경매에 부쳐지고, 고물상에게 팔리고, 고철에 던져진 것이 더 잘된 일이라고!

그러고는 침통하게 울기 시작했다.

그것은 끔찍한 일이었다. 하지만 어찌하겠는가? 코제트 없이 사는 것, 그는 그럴 수 없었다. 그녀가 떠나 버렸으니 그는 꼭 죽어야 했다. 그는 죽을 것이라고 그녀에게 맹세하지 않았던가? 그녀는 그것을 알고 떠났다. 그것은 마리우스가 죽는 것을 그 여자가 바랐기 때문이다. 그리고 또 그녀가 더 이상 그를 사랑하지 않는다는 건 명백했다. 왜냐하면, 그의 주소를 알면서도, 그에게 알리지도 않고, 한마디 말도 없이, 편지 한 장 없이, 그렇게 가 버렸으니까! 이제 살아서 무슨 소용이고 무엇 때문에 산단 말인가? 그리고 또, 뭐! 여기까지 왔는데 물러나! 위험에 접근했는데, 도망쳐! 바리케이드 안을 와서 보고 빠져나가 버려! "요컨대, 이런 건 질색이다. 나는 보았다. 이것으로 충분하다. 이건 내란이다! 나는 간다!" 이렇게 말하면서 벌벌 떨며 뺑소니를 쳐 버려! 그를 기다리는 친구들을 버려! 그를 필요로 할지도 모를 친구들을! 군대에 대항하는 한 줌의 친구들을! 사랑도, 우정도, 약속도, 모든 것을 한꺼번에 저버려! 애국심이라는 핑계로 비겁하게 굴어! 그러나 그것은 불가능했고, 만약에 아버지의 유령이 거기 어둠 속에 있다가 그가 물러나는 걸 보면, 그는 그의 허리를 검의 잔등으로 치면서 호통을 치리라. "전진하라, 겁쟁이야!"

온갖 생각들이 머릿속에 오락가락하여 그는 고개를 숙이고 있었다.

갑자기 그는 다시 고개를 들었다. 일종의 훌륭한 교정이 그의 정신 속에 일어난 것이다. 무덤이 가까워지면 그에 특유한 사상의 확장이 나타난다. 죽음 옆에 있으면 진실을 보게 된다. 그가 아마 곧 들어가려고 할 것같이 느껴지는 행동의 환상이 그에게 나타났는데, 그것은 더 이상 비참한 일이 아니라 웅장한 일이었다. 시가전은 뭔지 알 수 없는 마음속의 작용에 의해, 그의 사상의 눈앞에 갑자기 변모했다. 몽상의 온갖 혼란스러운 의문점들이 그에게 떼를 지어 돌아왔으나, 그를 혼란스럽게 만들지는 않았다. 그는 그것들에 하나도 빠짐없이 해답을 주었다.

왜 그의 아버지가 노여워할 것인가? 반란이 의무의 품격에 올라가는 경우가 전혀 없는가? 시작되는 전투에 참여하는 것이 퐁메르시 대령의 아들에게 도대체 무슨 깎이는 점이 있겠는가? 그것은 더 이상 몽미라유도 샹포베르*도 아니다. 그것은 다른 것이다. 그것은 더 이상 신성한 영토의 문제가 아니라 성스러운 사상의 문제다. 조국은 개탄하지만 인류는 박수갈채한다. 그런데 조국이 개탄하는 건 사실인가? 프랑스는 피를 흘리지만 자유는 미소를 짓고, 자유의 미소 앞에서 프랑스는 자기의 상처를 잊어버린다. 그리고 또 일들을 더 높은 데서 볼

---

* 이 두 곳의 전투에서 나폴레옹이 프러시아와 러시아군을 무찔렀다.(1814년 2월 10~11일)

때, 사람들은 내란을 뭐라고 말할 것인가?

내란? 그것을 뭐라고 말할 것인가? 외란(外亂)이라는 것이 있는가? 인간끼리의 전쟁은 어느 것이나 다 동포끼리의 전쟁이 아닌가? 전쟁은 그 목적에 의해서밖에 규정되지 않는다. 외란도 없고 내란도 없다. 불의의 전쟁과 정의의 전쟁밖에 없다. 인류의 대협약이 체결될 날까지는 전쟁은, 퇴보적 과거에 대한 진보적 미래의 노력인 전쟁은 필요할 수도 있다. 그러한 전쟁을 탓할 것이 무엇인가? 전쟁이 수치가 되고 검이 비수가 되는 것은 그것이 권리와 진보, 이성, 문명, 진리를 살해할 때뿐이다. 그때는 내란이든 외란이든 전쟁은 부정이고, 죄악이라 불린다. 이 성스러운 것, 정의를 제외하고, 대관절 무슨 권리로 한 형식의 전쟁이 다른 형식의 전쟁을 모멸할 것인가? 무슨 권리로 워싱턴의 검이 카미유 데물랭의 창을 부인할 것인가? 외적에 대항한 레오니다스, 폭군에 대항한 티몰레옹, 누가 더 위대한가? 하나는 방어자요, 또 하나는 해방자다. 도시의 내부에서 무기를 들고 일어선 자를 누구나 다 그 목적의 여하를 불문하고 비난할 것인가? 그렇다면 브루투스, 마르셀, 불란켄하임의 아르놀, 콜리니에게 치욕의 낙인을 찍으라. 야전? 시가전? 그게 왜 안 되는가? 그것은 앙비오릭스, 아르트벨드, 마르닉스, 펠라즈의 전쟁이었다. 그러나 앙비오릭스는 로마에 대항하고, 아르트벨드는 프랑스에 대항하고, 마르닉스는 스페인에 대항하고, 펠라즈는 모르에 대항하여 모두 외적과 싸웠다. 그런데 군주정치, 그것은 외적이다. 압제, 그것은 외적이다. 신수권, 그것은 외적이다. 독재가 정신적 국경을 침노함은 외적의 침입이 지리적 국경을 침노함과 같다. 폭군을 축출하든 영국군을 축출하든, 두 경우 다 자기의 영토를 회복하는 것이다. 항의하는 것만으로는 충분치 않은 때도 온다. 철학 뒤에는 행동이 필요하다. 강렬한 힘은 관념이 착수한 것을 완성한다. '사슬에 묶인 프로메테우스'는 시작하고, 아리스토지톤은 끝마친다. 『백과전서』는 영혼들을 비추고, 8월 10일(1792년)은 그것들에 전기를 통한다. 아이스킬로스 뒤에는 트라지뷸로스가 출현하고, 디드로 뒤에는 당통이 출현한다. 군중은 지배자를 받아들이는 경향이 있다. 그 집단은 무기력에 빠진다. 한 군중은 쉽사리 한 덩어리가 되어 복종한다. 그들을 뒤흔들어 주고, 밀어 주고, 사람들을 구속으로부터 해방시켜 주는 혜택을 줌으로써 그들을 거칠게 다루고, 진리에 의해 그들의 눈을 아프게 하고, 그들에게 흠뻑 빛을 던져 주어야 한다. 그들은 그들 자신의 구원에 의해 그들 자신이 조금 충격을 받아야 한다. 그러한 현혹은 그들의 눈을 뜨게 한다. 그 때문에 경종과 전쟁이 필요하다. 위대한 투사들이 궐기하여, 대담한 행위로써 국민들을 비추어 주고, 군주의 신수권, 케사르식의 영광, 무력, 광신, 무책임한 권력, 절대적 존엄이 암흑으로 덮고 있는 이 처량한 인류를 흔들어 주어야 한다. 인류는 밤의 그 어두운 승리를 어스름한 광휘 속에 멍청하게 바라다보고 있는 오합지졸. 폭군을 타도하라! 하지만 그것은 누구를 말하는가? 루이 필립을 폭군이라 부르는가? 아니다. 그는 루이 16세와 마찬가지로 폭군이 아니다. 그들은 둘 다 역사가 보통 착한 임금들이라고 부르고 있는 군주다. 그러나 주의는 분할되지 않고, 진실의 논리는 직선적이고, 진리의 특성, 그것은 자기 만족이 없는 것이다. 그러므로 양보는 없다. 인간에 대한 침해는 일체 폐지돼야 한다. 루이 16세 속에는 이른바 신수권이 있고, 루이 필립 속에는 '부르봉 왕가이기 때문에'라는 것(왕가로서의 특권)이 있다. 양자는 모두 어느 정도 권리의 찬탈을 나타내고 있고, 보편적인 찬탈을 불식하기 위해서는 그들과 싸워야 한다. 프랑스는 항상 먼저 시작하는 국민이므로 마땅히 그래야만 한다. 프랑스에서 군주가 넘어질 때, 군주는 도처에서 넘어진다. 요컨대, 사회적 진리를 확립하고, 그의 왕좌를 자유에 돌려주고, 민중을 민중에 되돌려주고, 인간에게 주권을 돌려주고, 왕관을 다시 프랑스의 머리에 갖다 놓고, 이성과 공정을 그것들의 완전한 상태로 회복하고, 각자를 본래의 위치로 환원하여 모든 대립의 싹을 근절하고, 세계의 거대한 화합에 왕위가 주는 장애를 제거하고, 인류를 권리와 같은 높이로 다시 올려놓는 것, 세상에 이보다도 더 정당한 대의(大義)가 어디에 있고, 따라서 이보다도 더 큰 전쟁이 어디에 있겠는가? 이러한 전쟁은 평화를 수립한다. 편견, 특권, 미신, 허위, 착취, 남용, 폭행, 부정, 암흑 등의 거대한 성채는 아직도 그 증오의 탑들과 함께 세계 위에 서 있다. 그것을 타도해야 한다. 그 기괴한 덩치를 무너뜨려야 한다. 아우스터리츠에서 승전하는 것, 그것은 위대하고, 바스티유 감옥을 점령하는 것, 그것은 엄청난 일이다.

자기 자신에게서 이런 것을 알아보지 않은 사람은 아무도 없거니와, 영혼은 편재(遍在)의 복잡한 통일성을 가진 불가사의한 것이어서, 가장 격렬한 극단에 처해서도 거의 냉정하게 추리를 하는 그런 이상한 능력을 가지고 있으며, 비탄에 잠긴 정열과 심각한 절망은 그것들의 가장 침통한 독백의 고뇌 속에서조차도 주제를 다루고 주장을 토의하는 수가 흔히 있다. 논리는 경련과 뒤섞이고, 삼단논법의 맥락은 사색의 비통한 폭풍 속에서도 끊기지 않고 떠오른다. 마리우스는 바로 그러한 정신 상태에 있었다.

그렇게 생각하면서도, 압도되고, 그러나 결심을 하고, 그럼에도 불구하고 주저하면서, 요컨대, 바야흐로 행하려는 것 앞에서 떨면서, 그는 바리케이드의 내부를 둘러보았다. 반도들은 움직이지 않고 작은 소리로 이야기하고 있었고, 기다림의 마지막 국면을 나타내는 그 고자누룩함이 느껴졌다. 그들 위로, 4층의 한 채광창에, 마리우스는 이상하게도 주의 깊게 바라보는 것 같은 일종의 구경꾼이랄까 목격자가 있는 것을 분명히 알아보았다. 그것은 르 카뷕에게 사살당한 문지기였다. 아래에서, 포석들 속에 가려진 횃불의 반사로 그 머리가 어렴풋이 보였다. 움직이지 않는 놀란 그 창백한 얼굴, 그의 곤두선 머리털, 그의 부릅뜨고 쏘아보는 눈, 그의 헤벌어진 입, 호기심을 가진 자세로 거리 위에 기울어진 그 얼굴, 침침하고 가물가물한 그 불빛에 비쳐진 그 얼굴보다도 더 이상한 것은 아무것도 없었다. 마치 이미 죽은 자가 곧 죽으려는 자들을 들여다보고 있는 것 같았다. 그 머리에서 흘렸던 기다란 핏줄기가 채광창에서 2층까지 불그스름한 가는 줄 모양으로 내려와 거기서 멎어 있었다.

14
장엄한 절망

1. 군기 — 제1막

아직 아무 일도 일어나지 않았다. 생 메리 성당에서 2시가 울렸고, 앙졸라와 콩브페르는 기병총을 손에 들고 큰 바리케이드의 끊긴 곳 옆에 가서 앉아 있었다. 그들은 서로 아무 말도 하지 않고, 가장 멀고 가장 희미한 군대의 행진 소리마저도 포착하려고 귀를 기울이고 있었다.

갑자기 그 음산한 고요 속에, 생 드니 거리에서 오는 듯한 명랑하고, 젊고, 쾌활한 목소리가 났고, 「달빛 아래」라는 낡은 민요의 곡조로, 수탉 울음소리 같은 말로 끝맺는 다음과 같은 노래를 또록또록하게 부르기 시작했다.

내 코가 눈물을 흘린다.

여보게 비조,*

네 헌병들을 빌려 주게,

그들에게 할 말이 있네.

푸른 외투에,

군모 쓴 암탉,

여기가 교외로다!

꼬 꼬꼬리꼬!

그들은 악수했다.

"가브로슈다." 하고 앙졸라가 말했다.

"그가 우리에게 알리는 거다." 하고 콩브페르는 말했다.

급히 달려오는 소리가 적적한 거리의 고요를 깨뜨리더니, 곡예사가 합승 마차 위로 기어오르는 것보다도 더 날쌘 사람 하나가 보이고, 가브로슈가 몹시 헐레벌떡거리면서 바리케이드 안으로 뛰어 들어와서 말했다.

"내 총 줘! 놈들이 오고 있어."

전격적인 전율이 바리케이드 전체에 흐르고, 총을 찾는 손들이 움직이는 소리가 들렸다.

"내 단총을 줄까?" 하고 앙졸라는 건달에게 말했다.

"큰 총을 가질 테야." 하고 가브로슈는 대답했다.

그러면서 그는 자베르의 총을 집었다.

두 보초들이 철수하여 가브로슈와 거의 동시에 돌아왔었

---

* 당시 프랑스 원사(元師).

다. 그것은 거리의 끝에 있던 보초와 프티트 트뤼앙드리에 있던 파수꾼이었다. 프레쇠르 골목길의 파수꾼은 그의 초소에 남아 있었는데, 그것은 다리와 시장 쪽에서는 아무 일도 일어나지 않고 있다는 것을 알려 주는 것이었다. 깃발 위에 던져지는 불빛의 반사로 겨우 포석 몇 개가 보이는 샹 브르리 거리는 연기 속에 어렴풋이 열려 있는 커다란 검은 현관 같은 모습을 반도들에게 보여 주고 있었다.

그들은 제각기 전투 태세를 취했었다.

앙졸라, 콩브페르, 쿠르페락, 보쉬에, 졸리, 바오렐, 그리고 가브로슈를 포함한 마흔세 명의 폭도들은 큰 바리케이드 안에서 무릎을 꿇고, 보루 꼭대기와 같은 높이로 머리를 들고, 총안처럼 포석들 위에 소총과 기병총의 총대들을 총 안에서처럼 포도로 향하게 하고, 주의 깊게, 말없이 총을 쏠 준비를 하고 있었다. 여섯 명은 푀이의 지휘하에, 코랭트 주점의 두 층의 창들에서 진을 치고 총을 겨누고 있었다.

또 한참 동안 시간이 흘렀다. 그런 뒤 보조를 맞춘 묵직한 다수의 발소리가 생 뢰 쪽에서 똑똑히 들려왔다. 그 발소리는 처음에는 희미하더니, 이어 뚜렷해지고, 다음에는 묵직하고 우렁차게 들리면서, 정지도 없고 중단도 없이, 조용하고 무시무시하게 계속되면서, 서서히 다가오고 있었다. 들리는 것이라고는 오직 그것뿐이었다. 그것은 동시에 기사의 석상*의 소리이

---

* 돈 주앙(Don Juan, 돈 후안)은 그가 죽인 기사의 석상을 저녁 식사에 초대했다. 몰리에르의 「돈 주앙」을 볼 것.

자 침묵이었으나, 그 돌의 걸음에는 뭔지 알 수 없는 거대하고 다수인 것이 있어서, 유령이라는 생각과 동시에 군중이라는 생각을 환기시켜 주었다. 마치 무시무시한 군단의 석상이 걸어오는 소리를 듣는 것 같았다. 그 발걸음은 다가오고, 또 다가오더니, 멈춰 섰다. 거리의 끝에 많은 사람들의 숨소리가 들리는 것 같았다. 그렇지만 아무것도 보이지 않고, 다만, 저 안쪽으로, 그 짙은 어둠 속에, 거의 눈에 띄지도 않는, 바늘들같이 가느다란 다수의 철사들만이 보일 뿐이었는데, 그것은 사람이 잠들려고 할 때의 몽롱함 속에서, 닫힌 눈꺼풀 아래 보이는 그 형용할 수 없는 인광의 그물과도 같이 흔들리고 있었다. 그것은 횃불의 먼 반사로 희미하게 비춰진 총검과 총대들이었다.

또 잠시 중단이 있었다. 마치 쌍방에서 기다리고 있기라도 하는 듯이. 별안간, 그 어둠의 안쪽에서, 하나의 목소리가, 아무도 보이지 않는 만큼 더욱더 음산한, 그리고 어둠 자체가 말하고 있는 것 같은 그런 목소리가 외쳤다.

"누구냐?"

그와 동시에 내리는 총들의 부딪치는 소리가 들렸다.

앙졸라가 떨리는 호기로운 말투로 대답했다.

"프랑스혁명이다."

"쏘앗!" 하고 그 목소리는 말했다.

섬광이 거리의 모든 집 정면을 붉게 물들였다. 마치 용광로의 문이 갑자기 열렸다가 닫히듯이.

무시무시한 총소리가 바리케이드를 향해 터졌다. 붉은 기가 넘어졌다. 일제사격이 하도 치열하고 하도 조밀하여 깃대를, 다시 말해서 합승 마차의 앞채 끝을 분질렀다. 집들의 박공에 맞았다가 튀어 날아온 총알들이 바리케이드 안으로 흘러 들어와 여러 사람들에게 상처를 입혔다.

이 최초의 일제 사격은 간담을 서늘하게 했다. 공격은 맹렬하여, 가장 대담한 자들에게도 다시 생각해 보게 할 정도였다. 상대방은 전부해서 적어도 1개 연대는 되는 것이 분명했다.

"동무들," 하고 쿠르페락은 소리쳤다. "화약을 허비하지 말자. 저들이 거리로 들어오기를 기다렸다가 응전하자."

"그리고 무엇보다도 먼저," 하고 앙졸라는 말했다. "군기를 다시 세우자!"

그는 바로 자기 발에 떨어진 기를 주웠다.

바깥에서는 총을 쑤시는 꽂을대들 소리가 들리고 있었다. 군대가 무기들을 재장전하고 있었던 것이다.

앙졸라가 말을 이었다.

"여기에 누구 용기 있는 사람 없나? 누가 바리케이드에 깃발을 다시 꽂겠는가?"

한 사람도 대답하지 않았다. 틀림없이 군대가 다시 총을 겨누고 있는 때에 바리케이드에 올라가는 것, 그것은 오직 죽음일 뿐이었다. 가장 용감한 자도 사지(死地)에 빠지는 건 주저한다. 앙졸라 자신도 몸이 떨렸다.

그는 되풀이했다.

"아무도 안 나오나?"

2. 군기 — 제2막

사람들이 코랭트 주점에 도착하여 바리케이드를 구축하기 시작했을 때부터, 그들은 마뵈프 영감에게 별로 주의하지 않았다. 그렇지만 마뵈프 씨는 여전히 군중을 떠나지 않았다. 그는 술집 아래층에 들어가서 카운터 뒤에 앉았었다. 거기서 그는 말하자면 자기 자신 속에 사라졌었다. 그는 더 이상 보지도 않고 더 이상 생각하지도 않는 것 같았다. 쿠르페락과 다른 사람들이 두세 번 그에게 다가가서, 위험을 알리고 돌아가도록 권했으나, 그는 들은 척도 하지 않고 있었다. 아무도 그에게 말하지 않는 때에는, 그의 입은 마치 누구에게 대답하는 것처럼 움직이고 있었으나, 누가 그에게 말을 걸자마자 그의 입술은 움직이지 않게 되고 그의 눈은 더 이상 살아 있는 것 같지 않게 되고 있었다. 바리케이드가 공격 받기 몇 시간 전에 그가 취한 자세를 그는 바꾸지 않았었는데, 그는 두 주먹을 두 무릎 위에 올려놓고 마치 구렁 속을 들여다보듯이 머리를 앞으로 기울이고 있었던 것이다. 아무것도 그를 그 자세에서 끌어낼 수 없었다. 그의 정신은 바리케이드 안에 있는 것 같지 않았다. 저마다 자기의 전투 위치를 취하러 갔었을 때, 아래층 홀에 남아 있는 사람이라고는 다만 기둥에 묶인 자베르와 군도를 빼 들고 자베르를 지키고 있는 반도 한 사람, 그리고 마뵈프 그 사람뿐이었다. 공격의 순간, 총소리가 터졌을 때, 육체적 충격을 받고 잠에서 깨어나듯, 그는 벌떡 일어나서, 홀을 건넜었는데, 앙졸라가 "아무도 안 나오나?" 하고 되풀이한 순간, 이 노인이 주점 입구에 나타나는 것이 보였다.

그의 출현은 군중 속에 일종의 충격을 주었다. 고함 소리가 들렸다. "저분은 투표자다!* 국민의회 의원이다! 민중의 대표자다!"

십중팔구 그는 듣지 않았을 것이다.

그는 똑바로 앙졸라에게로 걸어가고, 폭도들은 경건한 공포감으로 그의 앞에서 비켜서는데, 그는 어리둥절하여 뒷걸음질 치는 앙졸라한테서 깃발을 빼앗아 가지고, 아무도 감히 그를 제지하지도 돕지도 못한 사이에, 이 팔순 노인은 머리를 근들거리고, 확실한 걸음걸이로, 바리케이드 안에 마련된 포석 계단을 천천히 올라가기 시작했다. 그것은 하도 엄청나고, 하도 위대한 일이었기 때문에, 주위의 사람들은 모두, "모자를 벗어라!"라고 외쳤다. 그가 한 걸음 한 걸음 올라갈 때, 그것은 무시무시했다. 그의 하얀 머리, 노쇠한 얼굴, 쭈글쭈글한 대머리의 커다란 이마, 움푹 들어간 눈, 놀란 듯한 헤벌어진 입, 붉은 깃발을 쳐들고 있는 늙은 팔, 이러한 것들이 어둠에서 불쑥 나타나 횃불의 붉은빛 속에서 커져 가고 있었는데, 93년(1793년)의 유령이 공포의 깃발을 손에 들고 땅에서 나오는 것을 사람들은 보는 것 같았다.

그가 마지막 단 위에 서 있을 때, 이 근들거리는 무서운 망령이 보이지 않는 천이백 정의 소총 앞에, 그 부서진 조각들의 더미 위에 서서, 죽음 앞에서, 그리고 죽음보다도 더 강한 듯

---

* 루이 16세의 사형에 찬성 투표를 한 사람.

우뚝 몸을 일으켰을 때, 바리케이드는 온통 어둠 속에서 초자연적인 거대한 모습을 띠었다.

기적의 주위에서밖에 일어나지 않는 그런 침묵이 흘렀다.

그 침묵 속에서 늙은이는 붉은 기를 흔들며 외쳤다.

"혁명 만세! 공화국 만세! 박애! 평등! 그리고 죽음!"

기도를 서두르는 급한 신부의 중얼거림 같은 나직하고 재빠른 속삭임이 바리케이드에서 들렸다. 그것은 십중팔구 거리의 저쪽 끝에서 규정대로의 해산 경고를 하고 있는 경찰서장의 소리였으리라.

이어서 "누구냐!"고 외쳤었던 그 똑같은 우렁찬 목소리가 외쳤다.

"물러가라!"

눈길은 정신착란의 침울한 광채로 빛나고, 창백하고 일그러진 얼굴을 한 마뵈프 씨는 이마 위로 기를 쳐들고 되풀이했다.

"공화국 만세!"

"쏴라!" 하고 그 목소리는 말했다.

산탄 같은 두 번째 일제사격이 바리케이드 위에 쏟아졌다.

늙은이는 무릎 위에서 구부러졌다가 다시 몸을 일으켰으나, 기를 떨어뜨리고 뒤로 포석 위에 나둥그러져서, 널조각처럼, 팔짱을 낀 채 뻗어 버렸다.

그의 밑에서 피가 철철 흘렀다. 파리하고 침울한 그의 늙은 얼굴은 하늘을 우러러보고 있는 것 같았다.

사람이 자기 몸을 지키기를 잊어버리게까지 하는 그런 인간 이상의 감동이 폭도들을 사로잡아, 그들은 존경과 공포에 찬 마음으로 시체에 다가갔다.

"시역자(弑逆者)들*은 참으로 무서운 사람들이야!"하고 앙졸라는 말했다.

쿠르페락은 앙졸라의 귀에 몸을 구부리고 속삭였다.

"이건 네게만 하는 말인데, 나는 모두의 열기를 식히고 싶지 않아. 하지만 이 노인은 시역자가 아니야. 내가 아는 분이었어. 마뵈프 영감이라는 사람이야. 저분이 오늘 웬일로 저런 짓을 했는지 모르겠어. 하지만 참 착한 늙은이야. 저 얼굴을 좀 보게나."

"얼굴은 노인이고 마음은 브루투스야."하고 앙졸라는 대답했다.

이어서 그는 목소리를 높였다.

"동지들이여! 이것은 늙은이가 젊은이에게 보여 준 모범이오. 우리는 망설이고 있었는데, 이분은 오셨소! 우리는 뒷걸음질 치고 있었는데, 이분은 앞으로 나왔소! 이것은 늙어서 떠는 이들이 무서워서 떠는 이들에게 주는 교훈이오! 이 할아버지는 조국 앞에서 숭고하오. 이분은 장수와 장엄한 죽음을 가졌소. 이제 시신을 덮읍시다. 우리는 저마다 살아 계시는 자기의 아버지를 지키듯이 이 돌아가신 노인을 지키고, 이분이 우리들 가운데 계심으로 해서 이 바리케이드를 난공불락의 것으로 만듭시다!"

---

* 루이 16세를 사형에 처한 국민의회 의원들.

음울하고 힘찬 찬성의 속삭임이 그 말에 뒤따라 일어났다.

앙졸라는 몸을 구부리고, 늙은이의 머리를 들어 올려, 강인한 표정으로, 그의 이마에 입을 맞추고, 이어서 그의 두 팔 사이를 떼어 놓고, 마치 그에게 아픔을 줄까 봐 걱정하듯이, 애정 어린 조심성을 가지고 그 시신에 손을 대어 그의 옷을 벗기고, 그 피묻은 구멍들을 모두에게 보이면서 말했다.

"이제 이것이 우리의 깃발이오."

3. 가브로슈가 앙졸라의 단총을 받아들였더라면 더 좋았을 것을

마뵈프 영감의 시체 위에는 위슐루 과부댁의 기다란 검정 숄이 덮였다. 여섯 명의 사나이들이 총으로 들것을 만들어 그 위에 시체를 싣고, 모두들 모자를 벗고, 엄숙한 느린 걸음으로, 주점 아래층 방의 커다란 탁자 위로 운반해 갔다.

이 사나이들은 현재 하고 있는 중대하고 신성한 일에 정신이 팔려, 자기들이 처해 있는 위험한 상황도 더 이상 생각하지 않고 있었다.

시체가 여전히 태연 부동하고 있는 자베르 옆을 지날 때 앙졸라는 그 밀정에게 말했다.

"너도! 곧."

그동안 소년 가브로슈만은 홀로 부서를 떠나지 않고 망을 보고 있었는데, 사람들이 살금살금 바리케이드로 다가오는 것이 보이는 것 같았다. 별안간 그는 외쳤다.

"경계하라!"

쿠르페락, 앙졸라, 장 플루베르, 콩브페르, 졸리, 바오렐, 보쉬에 할 것 없이, 모두들 떠들썩하게 술집에서 나왔다. 그러나 벌써 거의 때가 늦었다. 빽빽하게 번쩍거리는 총칼들이 바리케이드 위에 넘실거리는 것이 눈에 띄었다. 키가 큰 파리 경찰대원들이 침입해 오고 있었는데, 어떤 놈들은 합승 마차를 넘어오고, 또 어떤 놈들은 바리케이드의 끊긴 곳으로 들어와서 후퇴하는 건달을 쫓았으나, 그는 달아나지 않고 있었다.

위기일발이었다. 홍수가 졌을 때, 강물이 제방 높이까지 불어 오르고 둑 틈새기로 물이 새어 나오기 시작하는 그런 무서운 첫 순간이었다. 일 초만 더 있었다면 바리케이드는 점령당해 버렸으리라.

바오렐은 맨 먼저 들어오는 경찰대원에게 뛰어들어 기병총을 들이대고 단방에 죽였다. 두 번째의 경찰대원은 바오렐을 총칼로 찔러 죽였다. 또 하나의 경찰대원은 이미 쿠르페락을 쓰러뜨렸었는데 그는 "나 살려!" 하고 소리를 질렀다. 모두들 중 가장 키가 큰 일종의 거인이 총칼을 내밀고 가브로슈를 향해 걸어왔다. 이 건달은 그의 작은 두 팔 안에 자베르의 엄청 큰 총을 안고서, 용감하게 거인을 겨누고 방아쇠를 당겼다. 아무것도 나가지 않았다. 자베르가 그의 총에 탄환을 재어 두지 않았던 것이다. 경찰대원은 깔깔 웃으며 총칼을 어린아이를 향해 쳐들었다.

그 총칼이 가브로슈의 몸에 닿기 전에 총이 그 병사의 손에서 떨어졌는데, 총알 하나가 날아와서 경찰대원의 이마 한복판에 맞아 그는 뒤로 나둥그러졌다. 또 한 방의 탄환이 쿠르페락을 공격했던 다른 경찰대원의 가슴 한복판에 명중하여 그를 포도 위에 내던졌다.

그것은 바리케이드 안에 막 들어온 마리우스였다.

4. 화약통

마리우스는 여전히 몽데투르 거리의 모퉁이에 숨어서, 전투의 처음 형세를 목격하면서, 결단을 내리지 못하고 떨고 있었다. 그렇지만 심연의 부름이라고도 말할 수 있을 그 신비로운 극도의 현기증을 오래 견디어 낼 수가 없었다. 초미의 위급 앞에서, 그 서글픈 수수께끼인 마뵈프 씨의 죽음 앞에서, 바오렐의 피살, "나 살려!" 하고 외치는 쿠르페락, 위협당하는 어린아이, 도와 줘야 할 또는 원수를 갚아 줘야 할 친구들 앞에서, 일체의 주저는 사라져 버렸고, 두 자루의 권총을 손에 들고 그는 혼전 속에 뛰어들었었다. 첫 번째 발사로 그는 가브로슈를 살려 냈고, 두 번째 발사로 쿠르페락을 구해 냈던 것이다.

총소리와 총탄을 맞은 경찰대원들의 고함 소리를 듣고, 공격자들은 보루에 기어 올라왔고, 그 꼭대기에는 이제 경찰대원들과 전열병(戰列兵)들, 교외의 국민병들이 총을 들고 상반신을 드러낸 채, 떼를 지어 서 있는 것이 보였다. 그들은 이미 보루의 삼 분의 이 이상을 뒤덮고 있었으나, 무슨 함정이 있을까 두려워서 주저하고 있는 듯이 성벽 안으로 뛰어내리지는 않았다. 그들은 사자 굴 속이라도 들여다보듯이 캄캄한 바리케이드 속을 들여다보고 있었다. 횃불 빛은 총칼들과 털모자들, 불안하고 성이 난 얼굴들의 상부만을 비추고 있었다.

마리우스는 더 이상 무기가 없었다. 그는 총알을 다 쏘아 버린 피스톨을 내던져 버렸다. 그에게 술집 아래층 방 문 옆에 화약통이 있는 것이 눈에 띄었다.

마리우스가 그쪽을 바라보면서 절반쯤 몸을 돌이킬 때, 병사 하나가 그를 겨누었다. 그 병사가 마리우스를 겨냥하는 순간, 하나의 손이 총구멍을 막았다. 그건 누군가가 뛰어든 것인데, 비로드 바지를 입은 그 젊은 노동자였다. 총알이 나가고, 그 손을 관통하고, 또 아마 그 노동자도 관통했을 것이나, 왜냐하면 그가 쓰러졌으니까, 그러나 마리우스를 맞히지는 않았다. 이 모든 것은 연기 속에서, 보였다기보다는 오히려 어렴풋이 비쳤다. 아래층 방으로 들어가던 마리우스는 그것을 거의 알아차리지 못했다. 그렇지만 그는 자기에게 향해진 그 총대와 그것을 막은 그 손은 어렴풋이 보았고, 총소리도 들었다. 그러나 이런 순간에는 눈에 보이는 것들은 아른아른하다가 이내 스러져 버려, 아무것도 제대로 볼 수 없다. 사람은 더욱더 많은 어둠 쪽으로 밀려 들어가는 듯 아련히 느껴지고, 모든 것은 구름이 되어 버린다.

폭도들은 놀랐으나 두려워하지 않고 다시 집결했다. 앙졸라는 외쳤다. "기다려! 무턱대고 쏘지 마!" 사실 그들은 처음 혼란스러웠을 때 서로 다치게 할 수도 있었다. 그들은 대부분

2층의 창이나 고미다락 방으로 올라가 거기서 공격군을 내려다보고 있었다. 가장 과감한 자들은 앙졸라, 쿠르페락, 장 플루베르, 그리고 콩브페르와 함께 대담하게 안쪽의 집들에 등을 기대고, 몸을 드러내 놓은 채, 바리케이드 꼭대기에 늘어서 있는 군인과 경찰대원과 마주하고 있었다.

이 모든 것은 혼전에 앞선 그 기이하고 불안한 엄숙함 속에서 서두르지 않고 이루어졌다. 쌍방은 총부리를 서로 바짝 대고 겨누고 있었고, 목소리가 들리는 곳에서 서로 말할 수 있을 만큼 가까이 있었다. 바야흐로 불똥이 터져 나오려 할 때, 근무장(勤務章)*을 목에 걸고 커다란 견장을 단 장교 하나가 군도를 뽑아 들고 말했다.

"무기를 버려라!"

"쏘앗!" 하고 앙졸라가 말했다.

양쪽에서 동시에 총성이 터졌고, 모든 것이 연기 속에 사라졌다.

숨 막히는 매운 연기. 그 속에서 죽어 가는 자들과 부상한 자들이 가냘프고 희미한 신음 소리를 내면서 기운 없이 걷고 있었다.

연기가 사라진 뒤 보니, 쌍방이 전투원들은 줄었으나, 여전히 같은 자리에 있으면서, 묵묵히 무기에 다시 탄환을 재고 있었다.

별안간 우뢰 같은 목소리가 외치는 것이 들렸다.

---

* 1881년 이전의 보병 사관이 목에 걸치던 것.

"떠나라! 안 그러면 바리케이드를 폭파하겠다!"

모두들 목소리가 나는 쪽을 돌아보았다.

마리우스는 아래층 방에 들어가서 화약통을 집어 들고, 보루에 가득 찬 연기와 일종의 검은 안개를 이용하여, 포석들을 둘러치고 횃불을 켜 놓은 데까지 바리케이드를 따라서 슬그머니 걸어갔었다. 거기서 횃불을 뽑아 들고, 거기에 화약통을 놓고, 포석들 더미를 통 밑으로 밀어붙이니, 대번에 화약통은 무섭게도 그의 뜻대로 밑바닥이 빠졌었는데, 이 모든 것을 마리우스는 몸을 구부렸다가 다시 일으키는 시간 안에 했던 것이고, 그러자 이제 모두가, 국민병도, 경찰대원도, 장교도, 병졸도, 모두들 바리케이드의 다른 쪽 끝에서 몸을 움츠리고, 크게 놀라 그를 바라보고 있었는데, 그는 포석들 위에 발을 놓고, 횃불을 손에 들고, 비장한 결심으로 밝아진 의기양양한 얼굴을 하고, 부서진 화약통이 보이는 그 무시무시한 무더기 쪽으로 횃불의 불길을 기울이고, 이렇게 무서운 고함을 질렀다.

"떠나라! 안 그러면 바리케이드를 폭파하겠다!"

그 팔순 노옹 뒤에 그 바리케이드 위에 서 있는 마리우스는 늙은 혁명상 뒤에 출현한 젊은 혁명상이었다.

"바리케이드를 폭파한다!" 하고 한 상사가 말했다. "그리고 너 역시!"

마리우스는 대답했다.

"그리고 나도 역시."

그러면서 그는 횃불을 화약통 가까이 가져갔다.

그러나 바리케이드 위에는 벌써 더 이상 아무도 없었다. 공격자들은 사상자들을 버려두고, 뒤죽박죽 질서 없이 거리의 끝 쪽으로 퇴각하여, 어둠 속에 다시 사라졌다. 앞을 다투는 궤주였다.

바리케이드는 해방되었다.

5. 장 플루베르의 시(詩)의 끝

모두들 마리우스를 둘러쌌다. 쿠르페락은 그의 목을 얼싸안았다.

"네가 왔구나!"

"참으로 다행이다!" 하고 콩브페르는 말했다.

"꼭 알맞게 왔구나!" 하고 보쉬에는 말했다.

"네가 없었더라면 난 죽을 뻔했다!" 하고 쿠르페락은 다시 말을 이었다.

"아저씨가 없었다면 나도 먹혀 버렸을 거야!" 하고 가브로슈도 덧붙였다.

마리우스는 물었다.

"수령은 어디 있나?"

"수령은 너다." 하고 앙졸라가 말했다.

마리우스는 온종일 머릿속이 맹화 같았으나, 지금은 회오리바람 같았다. 그의 속에 있는 이 회오리바람은 그의 밖에 있으면서 그를 휩쓸어 가는 것 같은 인상을 주었다. 그는 이미 인생에서 엄청난 거리에 있는 것 같았다. 갑자기 이 무시무시한 파멸에 와서 끝나는 기쁨과 사랑의 그 빛나는 두 달, 잃어버린 코제트, 이 바리케이드, 공화정을 위해 죽은 마뵈프 씨, 게다가 반도들의 수령이 된 자기 자신, 그는 이 모든 것들이 기괴한 악몽 같았다. 그를 둘러싸고 있는 모든 것을 현실이라고 생각하기 위해서는 그는 정신적으로 여간 노력하지 않으면 안 되었다. 마리우스는 아직 너무 조금밖에 살지 않았기 때문에 불가능한 것보다도 더 절박한 것은 아무것도 없고, 언제나 예기해야 하는 것, 그것은 뜻밖의 일이라는 것을 알지 못했다. 그는 사람이 이해할 수 없는 한 편의 희곡을 보듯이 자기 자신의 드라마를 보고 있었다.

그의 생각이 그렇게 몽롱한 상태에 있었는지라, 그는 자베르도 알아보지 못했는데 자베르는 기둥에 묶인 채, 바리케이드가 공격 받는 동안 머리 하나 까딱 않고 순교자 같은 체념과 판관 같은 위엄으로 자기 주위에 소용돌이치는 반란을 바라보고 있었다. 마리우스는 그를 보지도 않았다.

그러는 동안 공격자들은 더 이상 움직이지 않고 있었는데, 그들이 거리의 끝에서 걷고 우글거리는 소리가 들렸으나, 무슨 명령을 기다리고 있는지, 또는 이 난공불락의 각면보를 다시 습격하기 전에 원병을 기다리고 있는지, 감히 쳐들어오지는 않았다. 반도들은 파수꾼을 세워 놓았었고, 의학생이던 몇 사람들은 부상자들을 치료하기 시작했었다.

붕대와 약포를 위해 따로 남겨 둔 두 개의 식탁과 마뵈프 영감의 시신이 누워 있는 식탁을 제외하고는, 식탁들을 술집 밖으로 던져 바리케이드에 덧붙여 놓았고, 그 대신 아래층 방에는 위슐루 과부와 하녀들의 침대 매트를 갖다 놓고, 그 매트들 위에 부상자들을 누여 놓았었다. 코랭트 주점에 사는 이 가엾은 세 여인들이 어찌되었는가는 아무도 몰랐다. 그렇지만 마침내 지하실에 숨어 있는 그녀들을 다시 찾아냈다.

한 가지 비통한 감정이 해방된 바리케이드의 기쁨을 침울하게 해 놓았다.

점호를 했다. 반도 한 명이 없었다, 그게 누구인가? 가장 소중한 사람 중의 하나, 가장 용감한 사람 중의 하나. 장 플루베르. 그를 부상자들 중에서 찾았으나 없었다. 전사자들 중에서 찾았으나 없었다. 그는 분명히 포로가 돼 있었다.

콩브페르가 앙졸라에게 말했다.

"그들에게 우리 친구가 있다. 그러나 우리에게는 그들의 경찰이 있다. 너는 이 밀정의 죽음에 집착하느냐?"

"그렇다." 하고 앙졸라는 대답했다. "하지만 장 플루베르의 생명보다는 덜."

"그렇다면," 하고 콩브페르는 말을 이었다. "내가 지팡이에 손수건을 달고, 군사(軍使)로 가서 포로의 교환을 제의하겠다."

"들어 봐." 하고 앙졸라는 콩브페르의 팔에 손을 놓으면서 말했다.

거리의 끝에서 어떤 의미 있는, 무기의 딸가닥거리는 소리가 났다.

남자 목소리가 외치는 소리가 들렸다.

"프랑스 만세! 미래 만세!"

그것이 플루베르의 목소리임을 알아볼 수 있었다.

불빛이 번득이고 총소리가 터졌다.

다시 괴괴해졌다.

"놈들이 그를 죽였다." 하고 콩브페르가 외쳤다.

앙졸라는 자베르를 바라보고 말했다.

"네 친구들이 금방 너를 총살했다."

6. 삶의 고통 뒤에 죽음의 고통

이상하게도 이러한 종류의 전쟁에서는, 바리케이드는 거의 언제나 정면에서 공격을 받으며, 보통 공격자들은 매복을 두려워하거나 혹은 꼬불꼬불한 거리들에 빠져들까 무서워서 진지를 우회하지 않는다. 그러므로 반도들의 주의는 온통 큰 바리케이드 쪽에 쏠려 있었는데 분명히 이 바리케이드는 늘 위협을 받고 있는 지점이었고, 틀림없이 전투가 다시 시작될 곳이었다. 그렇지만 마리우스는 작은 바리케이드를 생각하고 그리로 갔다. 거기에는 아무도 없고, 오직 포석들 사이에서 간들거리고 있는 칸델라 불에 의해서만 지켜지고 있었다. 뿐만 아니라 몽데투르 골목길도, 프티트 트뤼앙드리와 시뉴 거리의 갈림길도 모두 쥐죽은 듯 고요했다.

마리우스가 시찰을 마치고 나올 때, 어둠 속에서 자기의 이름을 부르는 가냘픈 목소리가 들리었다.

"마리우스 씨!"

그는 몸을 떨었다. 왜냐하면 그것은 두 시간 전에 플뤼메 거리의 살문을 통해 자기를 불렀었던 목소리임을 그는 알아보았기 때문이다.

다만 그 목소리가 지금은 더 이상 숨소리밖에 안 되는 것 같았다.

그는 주위를 둘러보았으나 아무도 보이지 않았다.

마리우스는 잘못 생각한 줄 알았고, 자기 주변에서 서로 부딪히는 비상한 현실들에 자기의 생각으로 덧붙여진 환청이라고 생각했다. 그는 바리케이드가 있는, 뒤로 쑥 들어간 곳에서 나오려고 한 걸음을 내디뎠다.

"마리우스 씨!" 하고 그 목소리가 되풀이했다.

이번에는 의심할 여지가 없었다. 그는 똑똑히 들었다. 그는 둘러보았는데, 아무것도 보이지 않았다.

"당신 발 아래예요." 하고 그 목소리는 말했다.

몸을 구부리고 보니 어둠 속에서 한 형체가 자기 쪽으로 기운 없이 오고 있는 것이 보였다. 그것은 포도 위를 기고 있었다. 그에게 말을 던진 것은 바로 그것이었다.

칸델라 불로 작업복과 찢어진 짙은 빛 비로드 바지, 맨발, 그리고 뭔지 피바다 비슷한 것을 분명히 알아볼 수 있었다. 마리우스는 자기 쪽으로 들어 올리고 자기에게 말하는 창백한 얼굴을 어렴풋이 보았다.

"나를 몰라보시겠어요?"

"모르겠는데."

"에포닌이에요."

마리우스는 얼른 몸을 구부렸다. 그것은 정말 그 불행한 소녀였다. 그녀는 남장을 하고 있었다.

"어떻게 여기에 있는 거요? 거기서 뭘 하는 거요?"

"나는 죽어 가고 있어요." 하고 그녀는 말했다.

곤드라진 인간들도 퍼뜩 깨워 주는 그런 말과 사건들이 있다. 마리우스는 소스라치듯 부르짖었다.

"다쳤군요! 기다려요. 내가 방으로 옮겨 줄 테니. 곧 치료해 줄 거요. 중상인가요? 어떻게 안아야 당신을 아프지 않게 하겠어요? 어디가 아프지요? 도와줘요! 원 세상에! 헌데 여기는 뭐하러 왔소?"

그러면서 그는 그녀 밑으로 팔을 넣어 들어 올려 보려고 했다.

그녀를 들어 올리면서 그는 그녀의 손에 닿았다.

그녀는 가냘픈 소리를 질렀다.

"내가 아프게 했나요?" 하고 마리우스는 물었다.

"조금."

"하지만 손에만 좀 닿았을 뿐인데."

그녀는 마리우스의 시선 쪽으로 손을 올렸는데, 마리우스는 그 손 한가운데에 시커먼 구멍 하나를 보았다.

"아니 손이 어떻게 된 거요?" 하고 그는 말했다.

"뚫렸어요!"

"뚫렸어!"

"네."

"뭘로."

"총알로."

"어쩌다가?"

"총 하나가 당신을 겨누던 걸 보셨어요?"

"예. 그리고 그 총구멍을 막은 손도."

"그게 내 손이었어요."

마리우스는 소름이 끼쳤다.

"왜 그런 짓을! 아이고 가엾어라! 하지만 다행이오, 그 정도라면, 그건 아무것도 아니오. 내가 당신을 침대로 운반해 가게해 줘요. 곧 치료해 줄 테니. 손 하나가 뚫렸다고 해서 죽지는않아요."

그녀는 중얼거렸다.

"총알은 손을 뚫고 등으로 나갔어요. 여기서 나를 빼내 가도 소용없어요. 어떻게 당신이 외과 의사보다도 더 잘 나를 치료해 주실 수 있을지 말할게요. 내 옆의 이 돌 위에 앉으세요."

그는 그렇게 했다. 그녀는 마리우스의 무릎 위에 머리를 올려놓고, 그를 보지 않고 말했다.

"아이 좋아라! 참으로 좋아요! 나는 이제 아프지 않아요!"

그녀는 한참 잠자코 있다가, 애써 얼굴을 돌리고 마리우스를 바라보았다.

"아시겠어요, 마리우스 씨? 나는 당신이 그 정원에 들어가는 걸 언짢게 여겼는데, 그건 어리석은 일이었죠. 그 집을 가리켜 드린 건 나였으니까요. 그리고 또 결국 나는 이렇게 생각해야만 했을 거예요, 당신 같은 젊은 분은……."

그녀는 말을 끊었다. 그리고 아마 자기 마음속에 있었을 침울한 생각을 겨우 극복하고, 침통하게 미소를 지으며 말을 이었다.

"나를 못생긴 여자라고 생각하셨지요, 네?"

그녀는 계속했다.

"아시겠어요? 당신은 다 틀렸어요! 이제 아무도 바리케이드에서 나가지 못해요. 당신을 이곳으로 이끌어 온 건 나예요! 당신은 곧 죽어요. 나는 그걸 잘 알고 있어요. 그렇지만 누군가 당신을 겨누고 있는 걸 보았을 때, 나는 그 총부리에 손을 놓았어요. 참 우습지요! 하지만 나는 당신보다 먼저 죽고 싶었기 때문에 그런 거예요. 총알을 맞았을 때, 나는 여기로 기어 왔어요. 아무도 나를 보지 않았기 때문에 나를 연행해 가지 않은 거예요. 나는 당신을 기다리면서 말했어요. 그분이 안 오시려나? 오! 당신이 아신다면! 나는 내 블라우스를 물어뜯으며 얼마나 괴로워했다고요! 지금은 기분이 좋아요. 기억하세요? 내가 당신 방에 들어가서 당신 거울에 얼굴을 비춰 보던 날을? 그리고 가로수 길에서 날품팔이 여자들 옆에서 당신을 만났던 날을? 얼마나 새들이 지저귀고 있었겠어요! 그다지 오래전 일이 아니에요. 당신은 내게 100수(5프랑)를 주셨어요. 그래서 나는 '당신 돈은 원치 않아요.' 이렇게 말했어요. 적어도 당신 돈은 주웠나요? 당신은 부자도 아닌데. 그 돈을 주우라고 말하는 걸 생각 못 했어요. 햇볕이 좋아서 춥지도 않았어요. 생각나세요, 마리우스 씨? 오! 나는 행복해! 누구나 다 곧 죽을 거예요."

그녀는 무분별하고, 위중하고, 비통해 보였다. 그녀의 찢어진 블라우스는 그녀의 벌거벗은 앞가슴을 드러내 보이고 있었다. 그녀는 말을 하면서 뚫어진 손을 가슴 위에 올려놓고 있었는데, 거기에 또 하나의 구멍이 있어서, 열린 통 마개에서 포도주가 쏟아져 나오듯이 때때로 피가 줄줄 흘러나오곤 했다.

마리우스는 이 불쌍한 여인을 몹시 측은한 마음으로 들여다보고 있었다.

"아야!" 하고 갑자기 그녀는 말했다. "이게 또 시작하네. 숨이 막혀!"

그녀는 블라우스를 그러잡다가 꼭 물었으며, 그녀의 두 다리는 포도에서 굳어지고 있었다.

이때 소년 가브로슈의 젊은 수탉 소리가 바리케이드 안에 울렸다. 어린아이는 총에 탄환을 재기 위해 탁자 위에 올라가서, 당시 매우 유행하던 노래를 흥겹게 부르고 있었다.

라파예트를 보면서,

헌병은 되풀이하네,

달아나자! 달아나자! 달아나자!

에포닌은 몸을 일으켜 귀를 기울이고, 그런 뒤에 중얼거렸다.
"그 애예요."

그러고 마리우스 쪽을 돌아보며,

"내 동생이 저기 있어요. 그 애가 나를 봐서는 안 돼요. 나를 책망할 테니까."

"당신 동생이라고?" 하고 마리우스는 물었는데 그는 더없이 괴롭고 슬픈 가슴속에서 아버지가 유언을 남긴 테나르디에 집 사람들에 대한 의무를 생각하고 있었다. "누가 당신 동생이라고?"

"저 애요."

"지금 노래하는 애?"

"네."

마리우스는 몸을 움직였다.

"오! 가지 마세요!" 하고 그녀는 말했다. "이건 이제 오래 안 갈 거예요!"

그녀는 상반신을 거의 다 일으켰으나, 그녀의 목소리는 매우 낮고 딸꾹질로 끊기곤 했다. 간간이 그르렁거리는 소리가 말을 중단시켰다. 그녀는 자기 얼굴을 마리우스의 얼굴에 될수록 가까이 가져갔다. 그리고 이상한 표정을 하고 덧붙였다.

"내 말 들으세요. 나는 당신을 속이고 싶지 않아요. 내 호주머니에 당신에게 줄 편지가 있어요. 어제부터예요. 우체통에 넣어 달라는 걸 내가 간직하고 있는 거예요. 이 편지가 당신에게 도달하는 걸 나는 원치 않았어요. 하지만 우리가 곧 다시 만나게 될 때 당신은 아마 나를 원망할 거예요. 우리는 다시 만나겠지요 네, 저승에서? 편지를 꺼내세요."

그녀는 구멍 뚫린 손으로 마리우스의 손을 경련적으로 잡았으나, 더 이상 고통을 감각하지 못하는 것 같았다. 그녀는 마리우스의 손을 자기의 블라우스 호주머니에 넣었다. 마리우스는 과연 거기에 종이 한 장을 감지했다.

"집으세요." 하고 그녀는 말했다.

마리우스는 편지를 집었다.

그녀는 만족과 동의를 표시했다.

"이제 내게 주는 보상으로 한 가지 약속을……."

그러고는 말을 멈추었다.

"뭔데?" 하고 마리우스는 물었다.

"약속해 주세요!"

"약속하겠어요."

"내가 죽거들랑 이마에 키스해 주겠다고 약속해 주세요. 나는 그걸 느낄 거예요."

그녀는 마리우스의 무릎 위에 다시 머리를 떨어뜨리고 눈을 감았다. 그는 이 가엾은 여자의 혼이 떠났다고 믿었다. 에포닌은 움직이지 않고 있었다. 갑자기, 마리우스가 그녀가 영원히 잠들었다고 생각하는 순간, 그녀는 천천히 눈을 떴는데 그 눈에는 죽음의 깊은 어둠이 나타나 있었으며, 그녀는 벌써 저승에서 오는 것 같은 부드러운 어조로 그에게 말했다.

"그리고 또, 말이에요, 마리우스 씨, 나는 당신을 좀 사랑하고 있었던 것 같아요."

그녀는 또 다시 미소를 지어 보려고 하다가 숨이 끊어졌다.

7. 거리의 측정에 능숙한 가브로슈

마리우스는 약속을 지켰다. 그는 싸늘한 땀방울이 맺혀 있는 그 창백한 이마에 입을 맞추었다. 그것은 코제트에 대한 부정이 아니라 불행한 영혼에 대한 다정한 추도 고별이었다.

　그는 에포닌이 준 편지를 받았을 때 저도 모르게 떨지 않을 수 없었다. 그는 곧 거기에 무슨 일이 있구나 싶었다. 그는 어서 읽어 보고 싶어서 견딜 수 없었다. 사나이의 마음이란 으레 그러한 것이지만, 불운한 소녀가 눈을 감자마자 마리우스는 그 쪽지를 펴 볼 생각을 했다. 그는 그녀를 가만히 땅바닥에 내려놓고 떠났다. 그는 어쩐지 그 시체 앞에서 그 편지를 읽을 수는 없을 것 같았다.

　그는 아래층 방의 촛불 옆으로 갔다. 그것은 여자들의 그 고운 마음씨로 접어서 봉한 작은 쪽지였다. 겉봉에는 여자의 필적으로 이렇게 씌어 있었다.

　베르리 거리 16번지, 쿠르페락 씨 댁, 마리우스 퐁메르시 씨

　그는 봉을 뜯고 읽었다.

　애인이여, 오 슬퍼라! 아버지는 우리가 곧 떠나기를 원하셔요. 우리는 오늘 저녁에 옴므 아르메 거리 7번지에 가 있을 거예요. 일주일 후에는 런던에 가 있을 거고요. ─ 6월 4일, 코제트.

　그들의 연애는 하도 순진하여 마리우스는 코제트의 필적도 모르고 있었다.

　이제까지의 경과는 몇 마디로 말할 수 있다. 모든 것은 에포닌이 꾸민 짓이었다. 6월 3일 저녁 후, 그녀는 두 가지의 생각

을 품었는데, 플뤼메 거리의 집에 대한 자기 아버지와 불한당들의 계획을 좌절시킬 것과 마리우스를 코제트에서 떼어 놓는 것이었다. 그녀는 지나가던 젊은 부랑배 하나와 옷을 바꾸어 입었는데 부랑배는 좋아라고 여장을 하고, 에포닌은 남장을 했다. 연병장에서 장 발장에게 "이사하시오."라는 그럴싸한 경고를 주었던 것은 그녀였다. 장 발장은 과연 집으로 돌아와서 코제트에게 말했다. "우리는 오늘 저녁 출발하여 투생과 함께 옴므 아르메 거리로 간다. 다음 주일에는 런던에 가 있을 것이다." 코제트는 이 뜻밖의 충격에 깜짝 놀라, 부랴부랴 마리우스에게 두어 줄 적었다. 그러나 어떻게 편지를 우체통에 넣을 것인가? 그녀는 혼자 외출하지 않았고, 투생은 그런 심부름에 놀라, 정녕코 포슐르방 씨에게 편지를 보이리라. 그렇게 걱정하던 중, 코제트는 살문을 통해 남장을 한 에포닌을 보았는데, 에포닌은 이제는 끊임없이 정원 주위에서 얼쩡거리고 있었던 것이다. 코제트는 '그 젊은 노동자'를 불러 돈 5프랑과 편지를 건네주면서, "이 편지를 곧 그 주소로 갖다 주세요." 하고 말했다. 에포닌은 편지를 호주머니에 넣었다. 그 이튿날인 6월 5일, 그녀는 쿠르페락의 집에 가서 마리우스를 만나려고 했으나, 그에게 편지를 건네주기 위해서가 아니라, 질투와 연정을 품은 자라면 누구나 이해할 수 있듯이, '보기 위해서'였다. 거기서 그녀는 마리우스를, 또는 적어도 쿠르페락을 기다렸었는데, 여전히 보기 위해서였다. 쿠르페락이 그녀에게 "우리는 바리케이드에 간다."고 말했을 때, 한 가지 생각이 그녀의 머릿속을 지나갔다. 그녀가 다른 무엇에고 몸을 던졌을 것처럼 그 죽음에 몸을 던지고, 마리우스도 그리로 밀어 넣을 것. 그녀는 쿠르페락을 따라가 바리케이드를 구축하는 장소를 확인하고, 그리고 물론이지만, 마리우스는 아무 통지도 못 받았고 편지는 자기가 가로챘고, 그는 해가 지면 매일 저녁의 밀회 장소로 가 있을 테니까, 그녀는 플뤼메 거리에 가서, 거기서 마리우스를 기다렸다가, 그렇게 하면 틀림없이 바리케이트에 가리라 싶어서 그의 친구들의 이름으로 그를 불러냈었다. 그녀는 마리우스가 코제트를 못 만났을 때의 절망을 기대하고 있었는데, 그녀의 생각은 틀리지 않았다. 그래 놓고서 그녀는 샹브르리 거리로 되돌아왔었다. 거기서 그 여자가 무엇을 했던가는 방금 본 바와 같다. 그녀는 자기의 죽음에 사랑하는 사람을 끌어넣고, "그이는 아무도 못 갖는다."고 말하면서 죽는 저 질투하는 사람들의 그 비통한 기쁨을 느끼면서 죽어 갔었던 것이다.

마리우스는 코제트의 편지에 키스를 퍼부었다. 그렇다면 그녀는 자기를 사랑하고 있었던가! 그는 일순간 이제 죽어서는 안 된다는 생각이 들었다. 이어 그는 생각했다. 그녀는 떠난다. 아버지가 그녀를 영국으로 데려갈 것이고 우리 할아버지는 결혼을 거부한다. 불행한 운명에는 아무것도 변한 것이 없다. 마리우스 같은 몽상가들은 극도의 낙담을 하게 되고, 거기에서 절망적인 각오가 나온다. 삶의 피로는 견딜 수 없고, 죽음은 더 일찍 이루어진다.

그러자 그는 자기에게는 수행해야 할 두 가지 의무가 남아 있다고 생각했다. 코제트에게 자기의 죽음을 알리고 마지막

이별의 인사를 보내야겠다는 것과 에포닌의 동생이자 테나르디에의 아들인 그 가엾은 어린아이를 닥쳐 오는 촉박한 파멸에서 구해야겠다는 것이었다.

그는 서류 끼우개를 몸에 지니고 있었는데, 코제트에 대한 사랑의 수많은 생각들을 적어 놓은 수첩이 들어 있었던 바로 그 서류 끼우개였다. 그는 거기서 종이 한 장을 빼내어 연필로 이렇게 몇 줄을 썼다.

우리의 결혼은 불가능하였다. 우리 할아버지에게 요청했으나 그분은 거절하셨다. 나는 재산이 없고, 너 역시 그렇다. 나는 네 집에 달려갔는데, 더 이상 너를 볼 수 없었다. 내가 너에게 했던 약속을 너는 알고 있는데, 나는 그것을 지킨다. 나는 죽는다. 나는 너를 사랑한다. 네가 이것을 읽을 때 나의 넋은 네 곁에 가 있을 것이고, 너에게 미소를 지을 것이다.

그 편지를 봉할 것이 아무것도 없었기 때문에, 그는 종이를 넷으로 접는 것으로 만족하고, 거기에 다음과 같은 주소를 썼다.

옴므 아르메 거리 7번지, 포슐르방 씨 댁, 코제트 포슐르방 양.

편지를 접고 나서, 그는 잠시 생각에 잠겨 있다가, 다시 서류 끼우개를 꺼내어 그것을 열고, 같은 연필로 그 첫 장에 다음과 같이 썼다.

나는 마리우스 퐁메르시라는 사람이오. 나의 시체는 마레의 피유 뒤 칼베르 거리 6번지에 거주하는 나의 할아버지 질노르망 씨 댁에 가져갈 것.

그는 서류 끼우개를 다시 예복 호주머니에 넣고 나서 가브로슈를 불렀다. 어린애는 마리우스의 목소리를 듣고, 기쁘고 충성스러운 얼굴빛을 하고 달려왔다.

"나를 위해 뭘 좀 해 주겠니?"

"뭐든지." 하고 가브로슈는 말했다. "아니 정말, 아저씨가 아니더라면, 정말, 나는 굳어 버렸을 거야."

"여기 편지가 있지?"

"응."

"이걸 집어라. 당장 바리케이드에서 나가(가브로슈는 불안해서 귀를 긁기 시작했다.), 내일 아침 그것을 그 주소로, 옴므 아르메 거리 7번지의 포슐르방 씨 댁 코제트 양에게 전하거라."

용맹한 소년은 대답했다.

"아, 좋아요. 하지만! 그동안에 바리케이드는 함락되고, 나는 거기에 있지도 않겠네."

"바리케이드는 십중팔구 새벽에밖에 공격받지 않을 것이고, 내일 정오 전에는 함락되지 않을 거다."

공격군이 바리케이드에 새로 준 유예는 정말로 오래 끌고 있었다. 이러한 중단은 야간전투에서는 흔히 있는 일인데, 그 뒤에는 으레 한층 더 격렬한 공격이 따른다.

"그럼." 하고 가브로슈는 말했다. "그 편지 내일 아침에 갖다 주면 어때요?"

"너무 늦을 거다. 바리케이드는 십중팔구 포위되고, 모든 거리들에 경비병이 있어서 너는 나가지 못할 거다. 지금 곧 가거라."

가브로슈는 아무것도 대꾸할 말을 찾지 못하고, 거기에 그냥 있었다. 결정을 내리지 못하고, 슬픈 듯이 귀를 긁으면서. 갑자기 그는 그의 그 새 같은 거동으로 편지를 집었다.

"좋아." 하고 그는 말했다.

그러고 몽데투르 골목길로 달음질 쳐 떠났다.

가브로슈는 어떤 생각이 있어서 그렇게 결심을 했지만, 마리우스가 반대할까 두려워서 그것을 말하지는 않았다.

그 생각이란 이러했다.

"지금 자정도 채 안 되었고, 옴므 아르메 거리는 멀지 않으니, 즉시 편지를 갖다 주고, 늦지 않게 돌아와 있으리라."

15
옴므 아르메 거리

1. 수다스러운 압지

마음의 격동에 비하면 도시의 동란이 무엇인가? 인간은 민중보다 한층 더 심오하다. 장 발장은 바로 이때에 무서운 반란에 사로잡혀 있었다. 모든 구렁들이 그의 속에서 다시 열렸다. 그 역시 파리처럼 무섭고 어두운 혁명의 어귀에서 떨고 있었다. 몇 시간으로 충분했다. 그의 운명과 그의 의식은 갑자기 어둠으로 덮여 버렸었다. 파리처럼, 그에 관해서도 역시 두 원리가 맞서 있다고 말할 수 있었다. 바야흐로 흰 천사와 검은 천사가 심연의 다리 위에서 맞붙어 싸우려 하고 있다. 둘 중에 어느 것이 다른 것을 떨어뜨릴까? 어느 것이 이길까?

이 똑같은 6월 5일의 전날, 장 발장은 코제트와 투생을 데리고 옴므 아르메 거리에 거처를 정했었다. 하나의 급변(急變)

이 거기서 그를 기다리고 있었다.

코제트는 저항해 보지 않고서 플뤼메 거리를 떠나지는 않았다. 그들이 서로 의지하여 살아온 이래 처음으로, 코제트의 의지와 장 발장의 의지가 서로 달라 보였었고, 충돌은 아니더라도 어쨌든 대립했다. 한쪽에서는 반대가 있었고, 또 한쪽에서는 고집이 있었다. 모르는 사람 하나가 장 발장에게 던진 "이사하시오."라는 느닷없는 충고는 그를 단호하게 만들 정도로 그를 불안스럽게 했다. 그는 자기가 꼬리가 잡히고 추격당하고 있는 줄 믿고 있었다. 코제트는 양보하지 않을 수 없었다.

둘 다 옴프 아르메 거리에 도착하기까지, 저마다 자기 생각에만 골똘하여, 입을 꼭 다물고 말 한마디 하지 않았다. 장 발장은 하도 걱정이 되어 코제트의 슬픔을 알아보지 못했고, 코제트는 하도 슬퍼서 장 발장의 걱정을 알아보지 못했다.

장 발장은 투생을 데리고 갔었는데, 이런 일은 그전에 집을 떠날 때엔 한 번도 없었다. 그는 플뤼메 거리에는 아마 돌아오지 않으리라고 예상했고, 투생을 두고 갈 수도 없었고, 그녀에게 비밀을 말할 수도 없었다. 게다가 그는 그녀를 헌신적이고 믿을 수 있다고 느끼고 있었다. 주인에 대한 하인의 배반은 호기심에서 시작된다. 그런데 투생은 마치 본래부터 장 발장의 하녀로 타고난 것처럼 호기심이 없었다. 그녀는 더듬거리면서 바른빌의 시골말로 이렇게 말했다. "내사 요런 주젠디, 나 헐 일이나 허면 고만이겠제 머. 땅 것이사 아랑곳헐 거 있어?"

거의 도망하다시피 그렇게 플뤼메 거리에서 떠날 때, 장 발장이 갖고 간 것이라고는, 코제트가 그의 '부속물'이라고 명명한 향기로운 작은 가방뿐이었다. 가득 찬 트렁크들은 짐꾼들을 필요로 했을 것이고, 짐꾼들은 증인이 된다. 그들은 바빌론 거리의 문 앞에 삯마차를 오게 해서 떠났었다.

투생은 가까스로 조금의 내의와 의복, 그리고 몇 가지 화장품들만 꾸릴 것을 허가 받았다. 코제트는 그녀의 문방구와 압지밖에 가져가지 않았다.

장 발장은 이 잠적을 감쪽같이 감추기 위해, 해가 진 뒤에만 플뤼메 거리의 별장을 떠나도록 조처했는데, 그렇기 때문에 코제트는 마리우스에게 편지 쓸 겨를을 가질 수 있었다. 옴므 아르메 거리에 도착했던 건 밤이 다 되어서였다.

그들은 말없이 잠자리에 들었다.

옴므 아르메 거리의 숙소는 뒤뜰 3층에 위치하고 있었는데, 두 개의 침실과 하나의 식당, 식당에 붙은 하나의 부엌, 투생의 차지가 된, 십자 침대 하나가 있는 고미다락 방으로 이루어져 있었다. 아파트에는 필요한 도구들이 갖추어져 있었다.

사람은 거의 걱정을 하는 것만큼 터무니 없이 안심도 한다. 인간의 본성이란 그런 것이다. 장 발장은 옴므 아르메 거리에 당도하자마자 걱정이 풀리고 차츰 스러졌다. 말하자면 기계적으로 사람의 정신에 작용하여 진정시키는 장소들이 있다. 거리는 어둠침침하고, 주민들은 조용하여, 장 발장은 옛 파리의 이 골목길에서 뭔지 알 수 없는 조용함의 전염 같은 것을 느꼈는데, 이 골목길은 하도 좁아서 두 개의 말뚝 위에 가로질러 놓은 두꺼운 널빤지로 수레의 통행이 차단되고, 시끄러운 도시의 한복판에서 귀머거리에 벙어리 같고, 한낮에도 어슴푸레하고, 늙은이들처럼 말이 없는 백 년 묵은 높은 집들이 좌우로 늘어서 있는 사이에는 말하자면 감정이 없었다. 이 거리에는 망각의 공기가 거리에 어려 있었다. 장 발장은 안도의 숨을 내쉬었다. 여기서 그를 찾아낼 수 있는 방법이 있겠는가?

그가 맨 먼저 배려한 것은 그 '부속물'을 자기 곁에 놓는 일이었다.

그는 잘 잤다. 밤은 지혜를 준다고 하는데, 밤은 마음을 가라앉힌다고 덧붙여 말할 수도 있다. 이튿날 아침, 그는 거의 유쾌하게 잠을 깼다. 식당은 낡은 원탁 하나와 거울이 위에 비스듬히 세워져 있는 나지막한 찬장 하나, 헐어 빠진 안락의자 하나, 투생의 꾸러미들이 수북이 쌓여 있는 몇 개의 의자들이 갖추어져 있는 보기 흉한 곳이지만, 그는 그러한 식당도 매혹적이라고 생각했다. 투생의 꾸러미 하나에서는 장 발장의 국민병 제복이 틈으로 내다보이고 있었다.

코제트는 어떤가 하면, 투생더러 자기 방으로 수프 한 그릇을 가져오게 하고, 저녁때까지 나타나지 않았다.

5시경에 매우 분주히 이삿짐을 치우느라고 왔다 갔다 하던 투생은 식당 테이블에 찬 닭고기를 내놓았는데, 코제트는 아버지에 대한 예의상 그것을 바라보는 데는 동의했다.

그러고 나서 코제트는 아직도 두통이 안 갰다고 핑계를 대면서, 장 발장에게 저녁 인사를 하고 자기 침실에 들어박혀 버렸었다. 장 발장은 닭날개 하나를 맛있게 먹고, 식탁에 팔을 짚고, 시나브로 마음이 가라앉고, 다시 안정을 얻었다.

이렇게 간소한 저녁 식사를 하고 있는 동안, 투생이 두세 번이나 되풀이하여 그에게 더듬더듬 말하는 것을 그는 어렴풋이 들었다. "어르신, 난리가 났어요. 파리에서 싸우고 있어요." 그러나 그는 마음속으로 많은 책략을 궁리하는 데 골몰하여, 그것을 조금도 귀담아듣지 않았다. 사실을 말하자면, 그는 듣지 않았다.

그는 일어나서, 창에서 문으로, 또 문에서 창으로 걷기 시작하고, 더욱더 진정되었다.

마음이 평온해지자, 그의 유일한 관심거리인 코제트가 그의 생각에 다시 떠올랐다. 그 두통이 걱정되어서가 아니었다. 그건 사소한 신경 발작이고, 처녀의 우울증이고, 일시의 구름이니, 하루 이틀 후에는 나타나지 않겠지만, 그는 미래를 생각하고 있었다. 그리고 여느 때처럼 그는 즐거운 마음으로 미래를 생각하고 있었다. 결국 그는 행복한 생활이 다시 계속되는 데에 아무런 장애도 보지 않고 있었다. 어떤 때에는 모든 것이 불가능해 보이지만, 또 어떤 때에는 모든 것이 용이해 보이는데, 장 발장은 지금 그러한 좋은 시간에 있었다. 그러한 좋은 시간은, 밤이 지나면 낮이 오듯이, 보통 나쁜 시간 후에 오는데, 이것은 자연의 근본 그 자체이고 천박한 사람들이 정반대라고 부르는 연속과 대조의 법칙에 의한 것이다. 장 발장은 피신하고 있는 이 조용한 거리에서, 얼마 전부터 그를 불안에 빠뜨렸던 모든 것에서 벗어나고 있었다. 그는 많은 어둠을 보았기 때문에 이제 조금의 푸른 하늘을 보기 시작했다. 아무 어려움도 탈도 없이 플뤼메 거리에서 떠나온 것, 그것은 벌써 좋은 징조였다. 몇 달 동안만이라도 조국을 떠나 런던에 가 있는 것이 아마 현명할지도 모른다. 그렇다. 프랑스에 있든, 영국에 있든, 곁에 코제트만 있어 준다면, 그게 무슨 상관이겠느냐? 코제트만이 그의 고국이었다. 코제트만으로 그는 충분히 행복했으며, 코제트에게는 자기만으로는 아마 충분히 행복하지 못하리라는 생각, 예전에 그의 번뇌이자 불면증이었던 그런 생각도 지금은 그의 머리에 떠오르지 않았다. 그는 과거의 모든 고민에서 해탈하여 완전한 낙관 속에 있었다. 코제트가 자기 곁에 있으므로, 그는 그녀가 자기 것인 것 같았다. 이것은 누구나 다 겪어 본 환각이다. 그는 마음속에서, 그리고 온갖 편리한 수단으로 코제트와 함께 영국으로 떠날 계획을 하고 있었고, 몽상의 예상 속에서 어디서고 자기의 행복이 이루어지는 것을 보고 있었다.

이리저리 천천히 거닐다가 그의 시선이 갑자기 뭔지 이상한 것에 부딪혔다.

찬장 위에 비스듬히 세워져 있는 거울 속에, 다음과 같은 몇 줄의 글이 면전에 보이고 똑똑히 읽을 수 있었다.

애인이여, 오 슬퍼라! 아버지는 우리가 곧 떠나기를 원하셔요. 우리는 오늘 저녁에 옴므 아르메 거리 7번지에 가 있을 거예요. 일주일 후에는 런던에 가 있을 거고요. ─6월 4일, 코제트.

장 발장은 깜짝 놀라 걸음을 멈추었다.

코제트는 이 집에 와서, 압지를 찬장 위의 거울 앞에 놓은 채, 애달픈 번뇌 속에 넋이 빠져, 전날 플뤼메 거리를 지나가던 젊은 노동자에게 부탁했던 그 편지의 사연을 쓰고 나서 말리려고 눌렀던 바로 그 압지의 면이 활짝 펼쳐진 채 둔 것도 모르고, 그걸 거기에 놔두고 잊어버렸던 것이다. 글씨가 압지 위에 박혔었다.

거울은 글씨를 반영하고 있었다.

그래서 거기에는 기하학에서 대칭형이라고 부르는 것이 생겨서, 압지 위에 거꾸로 된 글씨가 거울 속에서 교정되어 본래의 방향을 나타내고 있었으므로, 장 발장은 전날 코제트가 마리우스에게 써 보낸 편지를 눈앞에 보고 있었던 것이다.

그것은 단순하고도 청천의 벽력 같은 것이었다.

장 발장은 거울로 갔다. 그는 그 몇 줄의 글을 되읽었으나 전혀 믿어지지 않았다. 그것은 그에게 번갯불 속에 나타난 것 같은 인상을 주었다. 이건 환각이었다. 이건 있을 수 없는 일이었다. 이건 그럴 리가 없었다.

조금씩 그의 지각이 명확해졌다. 그는 코제트의 압지를 바라보았고, 사실에 대한 감각이 그에게 돌아왔다. 그는 압지를 집어 들고 말했다. "그것이 여기서 오는구나." 그는 압지에 박힌 네 줄을 열에 들뜬 듯이 검사했는데, 거꾸러진 글씨들은 이상하게 마구 갈겨 써 놓은 것 같아서 거기에 아무 뜻도 볼 수 없었다. 그러자 그는 생각했다. "이건 아무 뜻도 아니다. 거기에 쓰인 것은 아무것도 없다." 그리고 그는 말할 수 없는 안도감에 가슴 가득히 숨을 쉬었다. 무시무시한 순간에 그 누가 이런 어리석은 기쁨을 느끼지 않았겠는가? 사람 마음은 모든 환멸을 맛보지 않고서는 절망에 빠지지 않는다.

그는 압지를 손에 쥐고 들여다보면서, 어리석게도 기뻐하고, 환각에 속은 것을 생각하여, 막 웃으려고까지 했다. 갑자기 그의 시선이 다시 거울 위에 떨어져, 그는 다시 그 환영을 보았다. 그 몇 줄의 글씨는 냉혹하게도 또렷또렷하게 나타나 있었다. 이번에 그것은 환상이 아니었다. 환영도 재현하면 현실이 되는데, 그것은 명백했다. 그것은 거울 속에 옳게 반영된 글씨였다. 그는 깨달았다.

장 발장은 비틀거리고, 압지를 손에서 떨어뜨리고, 찬장 옆낡은 안락의자에 털썩 주저앉아, 머리를 떨어뜨리고, 눈은 흐릿하고, 얼이 빠져 있었다. 그는 생각했다. "이건 명백하다. 세상의 빛은 영원히 사라졌다. 코제트는 이것을 누군가에 써 보냈다." 그러자 그는 그의 영혼이 다시 무시무시한 것이 되어, 어둠 속에 은은한 외침의 소리를 들었다. 그가 그의 우리 안에 두고 있는 개를 가서 사자한테서 빼앗아라!

괴이하고도 슬픈 일이지만, 이때 마리우스는 아직 코제트의 편지를 갖고 있지 않았다. 그것이 마리우스에게 전달되기도 전에 우연하게도 그것이 엉뚱하게 장 발장에게 건너갔던 것이다.

장 발장은 이날까지 어떠한 시련에도 져 본 일이 없었다. 그는 지독한 시험들을 받았었다. 단 하나의 불운의 폭력도 그를 가만두지 않았었다. 운명의 잔인함은 모든 형벌들과 모든 사회적 오해들을 가지고 그를 끈덕지게 괴롭혔었다. 그는 어떠한 것 앞에서도 물러나거나 굽히지 않았다. 그럴 필요가 있었을 때에는 어떠한 극단적인 것도 감수했다. 그는 회복한 불가침의 인권도 희생했고, 자유도 버렸었고, 목숨까지도 내걸었고, 모든 것을 상실했고, 모든 고초를 겪었으며, 언제나 공정하고 금욕하여, 때로는 순교자처럼 자신을 버리고 있다고 생각할 수 있었을 정도였다. 역경의 모든 가능한 공격들에 연마된 그의 양심은 영원히 난공불락인 것 같을 수 있었다. 그런데, 누군가 그의 내심을 들여다보았다면 이 시간에 그의 양심이 약해지고 있다는 것을 확인하지 않을 수 없었을 것이다.

왜 그런가 하면, 운명이 그에게 주고 있는 그 기나긴 심문에서 그가 받았던 모든 고문들 중에서, 이번 것이 가장 무서운 것이었기 때문이다. 그가 이런 집게에 집혀 본 일은 한 번도 없었다. 그는 모든 잠재적인 감수성들의 알 수 없는 동요를 느꼈다. 그는 미지의 심금이 꼬집힘을 느꼈다. 아, 최고의 시련은, 아니, 오히려 유일한 시련은 사랑하는 사람을 잃는 것이다.

가엾은 늙은 장 발장은 물론 아버지로서밖에는 코제트를 사랑하지 않았다. 하지만 앞에서 지적했듯이, 그 부성애 속에 그의 생애의 고독 자체가 모든 사랑들을 받아들였다. 그는 코제트를 자기의 딸처럼 사랑하고, 어머니처럼 사랑하고, 누이처럼 사랑하고 있었다. 그리고 그는 애인도 아내도 한 번도 가져 본 적이 없었으므로, 자연은 어떠한 거절 증서도 받아들이지 않는 채권자이므로, 모든 감정들 중에서 가장 우세한 이 감정도 역시 다른 감정들에 섞여 있었으나, 이 감정은 막연하고, 모르는 것이고, 맹목적인 순결성과 전혀 관련이 없이 순결하고, 무의식적이고, 천국 같고, 천사 같고, 신성했다. 그것은 감정이라기보다는 오히려 본능이요, 본능이라기보다는 오히려 느껴지지도 보이지도 않는, 그러나 실재하는 인력(引力)이었다. 그리고 적절하게 말해서 그 사랑은 코제트에 대한 그의 막대한 애정에서는 마치 금맥이 컴컴한 처녀 산에 있는 것과 같았다.

이미 지적한 이 마음의 상태를 사람들은 기억해 주기 바란다. 그들 사이에는 어떠한 결혼도 불가능했다. 심지어 영혼들의 결혼조차도. 그렇지만 그들의 운명이 결혼했던 것은 확실하다. 코제트를 제외하고는, 다시 말해서 한 어린이를 제외하고는, 장 발장은 그의 긴 생애에 아무것도 사랑할 수 있는 것을 알지 못했다. 연달아 오는 정열과 연정은 겨울을 보내는 나뭇잎들과 한 쉰 살쯤을 보내는 남자들에게서 볼 수 있는, 연녹색이 짙은 녹색으로 변하는 그러한 연속적인 현상을 그의 속에 전혀 빚어내지 않았다. 요컨대, 그리고 여러 번 강조했거니와, 그 모든 내적 융합은, 한데 결합하여 하나의 높은 덕이 되고 있는 그 모든 전체는 장 발장을 코제트에게 아버지로 만드는 데 귀착하고 있었다. 장 발장 속에 할아버지와 아들, 오빠, 남편 같은 것이 있게 만들어진 이상한 아버지. 그 속에 어머니마저도 있는 아버지. 코제트를 사랑하고 열애하는 아버지. 이 어린아이를 빛으로, 주택으로, 가정으로, 조국으로, 천국으로 삼고 있는 아버지.

그러므로 그가 확실히 끝난 것을 보았을 때, 그녀가 자기에게서 빠져나가고, 그녀가 자기 손에서 벗어나고, 그녀가 달아나는 것을 보았을 때, 그것이 구름이었고, 그것이 물이었음을 보았을 때, 그의 눈앞에, "그녀의 마음은 딴 사내를 향하고 있다. 그녀의 평생 소원은 딴 사내에게 있다. 사랑하는 이는 따로 있고, 나는 아버지일 뿐이다. 나는 더 이상 존재하지 않는다." 이러한 지극히 명백한 사실이 있었을 때, 더 이상 의심할 수가 없었을 때, "그녀는 내 밖으로 떠나가고 있다!"고 생각했을 때, 그가 느낀 고통은 견딜 수 없었다. 여태껏 해 온 그 모든 것이 이런 꼴이 되고 말다니! 그리고, 이럴 수가! 모든 것이 수포로 돌아가다니! 그러자, 아까 말했듯이, 그는 머리에서 발까지 반항심에 부들부들 떨었다. 그는 머리털 뿌리 속까지 한없이 이기심이 깨어남을 느꼈고, 자아가 이 사나이의 심연에서 아우성쳤다.

내부의 붕괴가 있다. 절망적인 확실성이 인간 속에 침투하면 때로는 그 인간 자체인 심오한 요소들이 찢어지고 깨지지 않고서는 못 배긴다. 고통이 그 정도에 이르면, 그것은 양심의 모든 힘의 패주가 된다. 이것이야말로 치명적인 위기다. 이러한 위기에서 변하지 않고, 그리고 의무 속에서 흔들리지 않고 나오는 사람은 별로 없다. 고통의 한도가 넘칠 때에는 아무리 냉정한 덕성이라도 당황한다. 장 발장은 다시 압지를 집어 들고, 또다시 확신했다. 그는 몸을 구부리고 돌처럼 굳어져서 그 부인할 수 없는 몇 줄을 응시하고 있었는데, 그 영혼의 내부가 송두리째 허물어지는가 싶을 지경으로 그의 마음속에 먹구름이 일었다.

그는 이 뜻밖의 새 사실을, 부풀어 가는 몽상 속에서, 표면상 침착하게, 그리고 무서운 침착성을 가지고 검토했다. 무서운 침착성이라고 했는데, 인간의 침착성이 조상(彫像)의 싸늘함에 이르는 때에는 무서운 것이니까.

그는 그런 줄도 모르고 자기의 운명이 걸어온 무시무시한 발자취를 헤아려 보았다. 그는 그렇게도 어리석게 지워 버렸던 지난해 여름의 걱정이 생각났다. 그는 그 심연을 확인했다. 그것은 여전히 똑같았다. 다만 장 발장은 더 이상 그 가장자리에 있지 않고 그 밑바닥에 있었다.

이상하고도 비통한 일이지만, 그는 저도 모르는 사이에 거기에 떨어져 있었다. 그는 여전히 태양을 보고 있다고 생각했는데, 그의 생명의 모든 빛은 떠나 버렸었다.

그의 직감은 조금도 주저하지 않았다. 그는 어떤 정황들과 날짜들, 코제트가 이따금 얼굴이 붉어졌다 파래졌다 한 것을 대조해 보고, "그 녀석이다." 하고 생각했다. 절망의 추측은 결코 빗맞지 않는 일종의 신비로운 활이다. 처음 짐작부터 그는 마리우스를 맞혔다. 그는 그 이름은 몰랐으나 그 사람은 이내 알아냈다. 그는 기억의 냉혹한 상기 속에, 뤽상부르 공원의 그 알 수 없는 배회자를, 연애를 찾아다니는 그 불쌍한 사나이를, 그 낭만적인 건달을, 그 바보를, 그 비겁한 자를 똑똑히 보았다. 비겁한 자라 했는데, 사랑하는 아버지가 곁에 있는 처녀들에게 와서 추파를 던지는 것은 비겁한 것이다.

이러한 상황의 밑바닥에는 그 청년이 있고, 모든 것이 그로부터 비롯됐다는 것을 충분히 확인한 뒤에, 그는, 장 발장은, 거듭난 사람이고, 자기 영혼에 그렇게도 많은 수양을 쌓은 사람이고, 모든 인생과 모든 빈궁, 사랑에서의 모든 불행을 해결하기 위해 그렇게도 많은 노력을 한 사람인 장 발장은 자기 자신 속을 들여다보고, 거기에서 하나의 괴물, '증오'를 보았다.

큰 고통들에는 낙담이 있다. 그것들은 존재할 의욕을 꺾는다. 그러한 고통들에 빠지는 사람은 무엇인가가 자기한테서 빠져나가는 것을 느낀다. 젊었을 때에는 그러한 고통들이 찾아오면 서글프고, 나중에는 침울하다. 오호라, 피가 뜨거운 때에도, 머리털이 검은 때에도, 머리가 횃불의 불길처럼 몸 위에 똑바로 있는 때에도, 운명의 두루마리가 아직도 그 두께를 거의 고스란히 가지고 있는 때에도, 탐나는 사랑에 가슴이 벅차, 상대방으로 인해 아직도 두근거리는 때에도, 앞날에 만회할 시간이 있는 때에도, 모든 여자들이 거기에 있고, 그리고 모든 미소들이, 그리고 모든 장래가, 그리고 모든 지평이 거기에 있는 때에도, 생명력이 완전한 때에도, 절망이 무서운 것이라면, 하물며 노년기에는, 세월이 더욱더 어슴프레하게 빨라져 가고, 무덤의 별들이 보이기 시작하는 그 황혼기에는 그것은 과연 어떠한 것이겠는가!

장 발장이 생각에 잠겨 있는데, 투생이 들어왔다. 그는 일어나서 그녀에게 물었다.

"그건 어느 쪽이오? 아시오?"

투생은 어리둥절하여 이렇게 대답할 수밖에 없었다.

"무슨 말씀이지요?"

장 발장은 말을 이었다.

"싸우고 있다고 아까 말하지 않았소?"

"아! 예, 어르신," 하고 투생은 대답했다. "생 메리 쪽이에요."

우리도 모르게 우리의 가장 깊은 생각에서 우리에게 오는 그런 기계적인 운동이 있다. 장 발장이 오 분 후에 거리로 나와 있었던 것은 아마 무의식중에 그러한 운동의 충동을 받은 것이었으리라.

그는 맨머리로, 자기 집 문 앞의 푯돌 위에 앉아 있었다. 그는 귀를 기울이고 있는 것 같았다.

이미 밤중이었다.

2. 등불이 원수인 건달

얼마 동안이나 그는 그렇게 하고 있었을까? 그 비통한 명상의 밀물과 썰물은 어떠한 것이었을까? 그는 다시 몸을 일으켰던가? 구부러져 있었던가? 꺾이도록까지 구부리고 있었던가? 또 다시 몸을 일으키고 견고한 것에 다시 발을 붙일 수 있었던가? 아마 그 자신도 그것을 말할 수 없었을 것이다.

거리는 적적했다. 황망히 집에 돌아가는 몇몇 불안스러운 시민들은 그를 본 둥 만 둥 했다. 위험한 때에는 저마다 제 생각만 한다. 야등 켜는 사람은 여느 때처럼 와서, 7번지의 문 바로 맞바라기에 있는 가로등에 불을 켜고 가 버렸다. 이때 누가 어둠 속에 있는 장 발장을 살펴보았더라도 그는 산 사람 같지 않았으리라. 그는 거기 문 앞의 푯돌 위에 앉아서 얼음 귀신처럼 옴짝도 않고 있었다. 절망에는 빙결이 있다. 경종 소리와 요란스러운 소음이 어렴풋이 들려오고 있었다. 폭동에 섞인 그 모든 떨리는 종소리들 속에, 생 폴 성당의 큰 시계가 장중하게 유유히 11시를 쳤다. 왜냐하면 경종은 곧 인간이고, 시간은 곧 신이니까. 시간의 경과는 장 발장에게 아무런 영향도 끼치지 않았다. 장 발장은 까딱도 하지 않았다. 그러던 중, 거의 그 무렵에, 갑작스러운 총성이 시장 쪽에서 터지더니, 두 번째로 더욱 격렬한 총성이 뒤따랐는데, 그것은 아마, 앞서 본 바와 같이, 마리우스에 의해 격퇴당한, 우리가 조금 전에 본 그 샹브르리 거리의 바리케이드에 대한 공격이었으리라. 밤중의 고요로 말미암아 한결 맹렬해진 것 같은 그 두 차례의 총성에 장 발장은 몸을 떨고, 그 소리 나는 쪽을 향해 몸을 일으켰다가, 이어 다시 푯돌 위에 주저앉아, 팔짱을 끼었고, 그의 머리는 다시 천천히 가슴 위에 수그러졌다.

그는 다시 자기 자신과의 음침한 대화를 시작했다.

갑자기 그는 눈을 들었다. 거리에 누가 걸어오는데, 발소리가 바로 옆에서 들려 바라보니, 가로등 불빛에 고문서관으로 가는 거리 쪽에 젊고 명랑하고 창백한 얼굴 하나가 보였다.

가브로슈가 옴므 아르메 거리에 막 도착했다.

가브로슈는 위를 쳐다보고, 뭔가를 찾는 것 같았다. 그에겐 장 발장이 완전히 보였으나, 그걸 알아차리지 못하고 있었다.

가브로슈는 위를 보고 나서 아래를 보았다. 그는 발돋움하여 아래층의 문과 창 들을 만져 보았는데, 그것들은 모두 닫히고 빗장이 걸리고 맹꽁이자물쇠가 채워져 있었다. 그렇게 꼭 꼭 닫힌 집들의 진열창을 대여섯 개나 확인한 뒤, 건달은 어깨를 으쓱하고, 저 자신과 함께 이런 말로 본론에 들어갔다.

"제기랄!"

그리고 나서 그는 다시 허공을 보기 시작했다.

장 발장은 조금 전에는 아무에게도 말도 않고 대답도 않을 것 같은 마음 상태에 빠져 있었으나, 그 아이에게 말을 걸고 싶어 못 견딜 것 같이 느껴졌다.

"꼬마야." 하고 그는 말했다. "무슨 일이냐?"

"난 배가 고파요." 하고 가브로슈는 또렷이 대답했다. 그러고 덧붙였다. "당신도 꼬마인걸."

장 발장은 바지 호주머니를 뒤져 5프랑짜리 한 닢을 꺼냈다.

그러나 할미새같이 동작이 날쌘 가브로슈는 금세 돌멩이 하나를 주웠다. 그는 가로등을 보았다.

"이런." 하고 그는 말했다. "너희들은 아직도 여기에 가로등을 켜고 있군. 너희들은 규칙 위반이야, 친구들아. 질서문란이야. 이걸 부숴 다오."

그러면서 그는 가로등에 돌을 던졌는데 그 유리가 어찌나 요란스러운 소리를 내고 떨어졌는지 맞은편 집에서 휘장 아래 쭈그리고 있던 시민들이 소리를 질렀다. "또 93년(1793년)이 왔네!"

가로등은 심히 흔들리다가 꺼졌다. 거리는 갑자기 캄캄해졌다.

"그렇다, 낡은 거리야." 하고 가브로슈는 말했다. "네 밤의 모자를 써라."

그러고는 장 발장 쪽으로 돌아서서 말했다.

"저기 저 거리 끝에 있는 우람한 건물은 뭐라는 거예요? 고문서관 아니요? 저놈의 퉁퉁한 기둥들을 좀 뜯어다가 바리케이드를 만들었으면 근사하겠다."

장 발장은 가브로슈에게 다가갔다.

"불쌍한 놈, 배가 고프다니." 하고 그는 혼잣말로 나직이 말했다.

그러고는 100수(5프랑)짜리 동전을 어린아이의 손에 쥐어 주었다.

그 큰 돈에 놀라 가브로슈는 고개를 들어 어둠 속에서 그것을 들여다보고, 그 큰 하얀 돈에 눈이 부셨다. 그는 5프랑짜리의 화폐를 소문으로 알고 있었고, 그 평판이 마음에 들었는데, 그런 동전 하나를 가까이에서 보고 매우 기뻤다. "호랑이를 들여다보자." 하고 그는 말했다.

그는 한참 동안 황홀한 눈으로 그것을 주시하고 나서, 장 발장 쪽으로 돌아서서, 그에게 화폐를 내밀며 의젓하게 말했다.

"아저씨, 나는 가로등을 깨뜨리는 게 더 좋아요. 이 사나운 짐승은 도로 가져가요. 나는 결코 매수당하지 않아요. 요것에는 다섯 개의 발톱이 있지만, 나를 할퀴진 못해요."

"너, 어머니는 계시니?" 하고 장 발장은 물었다.

가브로슈는 대답했다.

"아마 아저씨보다 더 많을 거요."

"그럼," 하고 장 발장은 말을 이었다. "이 돈을 네 어머니에게 갖다 드려라."

가브로슈는 마음이 움직였다. 게다가 자기에게 말하고 있는 사람이 모자를 쓰고 있지 않은 것을 보고 그는 신뢰감을 느꼈다.

"그럼 정말," 하고 그는 말했다. "가로등을 못 부수게 하려고 그러는 것이 아니군요?"

"뭐든지 너 하고 싶은 대로 부숴라."

"아저씨는 참 좋은 사람이오." 하고 가브로슈는 말했다.

그러면서 5프랑짜리 동전을 호주머니에 넣었다.

더욱더 신뢰감을 느끼고 그는 덧붙였다.

"아저씬 이 거리에 살아요?"

"그래. 왜 그러지?"

"7번지를 좀 가르쳐 줄 수 있어요?"

"7번지는 뭐하러?"

여기서 어린아이는 입을 다물었다. 제 말이 너무 지나치지 않았나 싶었던 것이다. 그는 손톱으로 머리를 득득 긁으면서 이렇게 대답하는 것으로 만족했다.

"아! 여기구나!"

한 가지 생각이 장 발장의 머리속을 지나갔다. 극도의 불안에도 그러한 명민함이 있는 것이다.

그는 어린이에게 말했다.

"너, 내가 기다리고 있는 편지를 갖고 온 게 아니냐?"

"아저씨가?" 하고 가브로슈는 말했다. "아저씨는 여자가 아닌걸요."

"편지는 코제트 양에게 온 것 아니냐?"

"코제트?" 하고 가브로슈는 중얼거렸다. "그래요, 그런 이상한 이름인 것 같아요."

"그럼," 하고 장 발장은 말을 이었다. "내가 그 편지를 전하기로 돼 있다. 다오."

"그렇다면 아저씬 바리케이드에서 나를 보냈다는 걸 아시겠군요?"

"암 그렇지." 하고 장 발장은 말했다.

가브로슈는 또 하나의 호주머니에 주먹을 쑤셔 넣고 넷으로 접은 쪽지 하나를 꺼냈다.

그런 뒤에 그는 거수경례를 했다.

"서신에 경의를." 하고 그는 말했다. "임시정부에서 온 거니까."

"다오." 하고 장 발장은 말했다.

가브로슈는 머리 위로 쪽지를 떠받들고 있었다.

"이걸 연애편지라고 생각하지는 마요. 이건 한 여자에게 온 거지만 민중에게 온 거요. 우리는 싸우고는 있지만, 여성을 존경하고 있어요. 우리는 병아리를 낙타에게 보내는 사자들이 있는 상류사회에 있는 것과는 달라요."

"다오."

"요컨대," 하고 가브로슈는 계속했다. "아저씨는 내게는 좋은 사람 같아요."

"빨리 다오."

"옛소."

그러면서 그는 장 발장에게 쪽지를 건넸다.

"빨랑빨랑 해요, 아무개 아저씨, 아무개 아가씨가 기다리니까."

가브로슈는 이 말을 지어 낸 데 만족했다.*

장 발장은 말을 이었다.

"답장은 생 마리로 보내야겠지?"

"거기가 어디라고 아저씨가. 이 편지는 샹브르리 거리의 바리케이드에서 온 것인데. 나는 거기로 돌아갑니다. 안녕, 동지."

그렇게 말하고 가브로슈는 떠났다. 또는 더 적절히 말해서, 새장에서 벗어난 새처럼 그가 오던 곳으로 다시 날아갔다. 그는 총알처럼 곧고 빠르게, 거기에 구멍을 내듯이 그 어둠 속에 다시 잠겼다. 옴므 아르메의 골목길은 다시 고요해지고 적적해졌다. 눈 깜짝할 사이에, 그의 속에 어둠과 꿈을 갖고 있는 이 이상한 어린아이는 그 새카맣게 늘어서 있는 집들의 안개 속에 빠져, 암흑 속의 연기처럼 스러져 버렸다. 그가 사라진 후 한참 있다가, 유리창 깨지는 소리와 포도에 떨어져 부서지는 가로등의 요란한 소리가 나서, 아닌 밤중에 별안간 다시 시민들의 잠을 깨우고 화나게 했는데, 만약에 그러한 일이 없었다면, 그가 영 꺼져 없어져 버렸다고 사람들은 생각할 수 있었을 것이다. 그것은 숌 거리를 지나가는 가브로슈였다.

_____

* '이 말'은 원문에서 'mamselle chosette'('아무개 아가씨')를 가리킨다. '아무개'는 남성 여성 다 같이 'Chose'라고 하고 'Chosette'라는 여성형은 없는데, 이 말을 가브로슈가 지어낸 것이다.

3. 코제트와 투생이 자고 있는 동안에

장 발장은 마리우스의 편지를 가지고 집으로 들어갔다.

그는 먹이를 움켜쥐고 있는 올빼미처럼 어둠에 만족하여, 더듬적더듬적 계단을 올라가고, 가만히 문을 열었다가 도로 닫고, 무슨 소리가 나지 않나 귀를 기울이고, 십중팔구 코제트와 투생이 자고 있음을 확인하고서, 퓨마드의 점화병에 성냥개비를 서너 개나 집어넣은 후에야 불똥을 솟아오르게 할 수 있었는데, 그만큼 그의 손은 떨리고 있었다. 그가 방금 했던 것은 도둑질이었다. 마침내 촛불이 켜지고, 그는 테이블에 팔꿈치를 짚고, 쪽지를 펴서 읽었다.

감정이 격할 때 우리는 읽지 않고, 들고 있는 종이를 말하자면 땅바닥에 내동댕이치고, 그것을 희생자처럼 조르고, 구기적거리고, 분노나 환희의 손톱을 그 속에 박고, 말미로 달려갔다 서두로 뛰어왔다 하며, 주의력은 열이 나고, 개략, 대충, 요점을 이해하고, 한 점은 파악하지만, 나머지는 모두 사라져 버린다. 코제트에게 보낸 마리우스의 편지 속에서 장 발장은 다음의 몇 마디밖에 보지 않았다.

…… 나는 죽는다. 네가 이것을 읽을 때 나의 넋은 네 곁에 가 있을 것이고, 너에게 미소를 지을 것이다.

이 두 줄의 글 앞에서 그는 무서운 현기증을 느꼈다. 그는 한때 마음속에서 일어나는 감정의 변화에 짓눌린 것같이 하고 있다가, 화가 나서 어쩔 줄을 모르고 놀란 것 같은 눈으로 마리우스의 쪽지를 바라보고, 증오하는 인간의 죽음이라는 그 찬란한 광경을 눈앞에 그려 보고 있었다.

그는 마음속에 기쁨을 느끼고 무시무시한 환성을 질렀다. 이렇게, 다 끝났다. 결말은 감히 희망했던 것보다 더 빨리 왔다. 그의 운명을 막고 있던 인간은 사라져 가고 있다. 그는 스스로, 제 멋대로, 자진해서 떠나가고 있었다. 그는, 장 발장은 이를 위해 아무것도 하지 않고, 그의 잘못도 없이, '그 사나이'는 죽어 가려 하고 있었다. 어쩌면 벌써 죽었는지도 모른다. 여기서 그의 열띤 마음은 추측해 보았다. 아니다. 그는 아직 죽지 않았다. 편지는 분명히 이튿날 아침에 코제트가 읽도록 쓰였다. 밤 11시와 12시 사이에 들은 그 두 차례의 일제사격 이후에는 아무 일도 없었다. 바리케이드는 새벽녘이 아니면 본격적인 공격을 받지는 않으리라. 하지만 어쨌든, '그 사나이'는 일단 이 싸움에 말려 들어간 이상 살아날 길이 없다. 그는 톱니바퀴 속에 감겨 들어가 있다. 장 발장은 해방된 느낌이었다. 그러므로 그는 다시 코제트와 단 둘이 있게 되리라. 경쟁은 끝났다. 미래가 다시 시작되고 있었다. 그는 이 쪽지를 호주머니에 간직하기만 하면 된다. 코제트는 '그 사나이'가 어떻게 되었는지 영 모르리라. "일이 돼 가는 대로 내버려 두기만 하면 된다. 그 사나이는 빠져나오지 못한다. 아직은 죽지 않았더라도 곧 죽을 건 틀림없다. 얼마나 다행한 일이냐!"

이 모든 것을 마음속으로 생각하고 나서 그는 침울해졌다.

그 뒤에 그는 내려가 문지기를 깨웠다.

한 시간쯤 후에 장 발장은 완전한 국민병 복장을 하고 무장을 하고서 나갔다. 문지기는 그가 옷차림을 다 갖추는 데 필요한 것을 인근에서 쉽사리 그에게 구해 주었었다. 그는 총탄을 잰 총과 약포가 가득 들어 있는 탄약 주머니를 휴대하고 있었다. 그는 시장 쪽으로 갔다.

4. 가브로슈의 과도한 열성

그러는 동안 가브로슈에게 방금 사건 하나가 일어났다.

가브로슈는 숌 거리의 가로등을 성실히 돌로 박살낸 다음, 비에유 오드리에트 거리에 접근하여, '고양이 새끼 한 마리' 얼씬하지 않는 것을 보고, 좋은 기회다 싶어 할 수 있는 노래를 모조리 부르기 시작했다. 그의 발걸음은 노래 때문에 늦추어지기는커녕 도리어 빨라졌다. 잠들어 있거나 겁을 먹고 있는 집들을 따라서 불을 지르듯이 그는 다음과 같은 노래를 뿌리기 시작했다.

새가 소사나무들 속에서 험담을 하고
어저께 아탈라가 어느 놈팡이하고
떠났다고 주장을 하네.

어여쁜 아가씨들 어디로 가나,
롱 라

내 친구 참새야, 너는 지저귀누나,
요전날 밀라가 창을 두드리고,
나를 불렀다고.

어여쁜 아가씨들 어디로 가나,
롱 라.

참으로 귀엽구나, 말괄량이들,
나를 홀린 그녀들의 독(毒)에는
오르필라* 샌님도 취하리라.

어여쁜 아가씨들 어디로 가나,
롱 라.

사랑과 사랑싸움 나는 좋더라.
아녜스가 나는 좋더라. 파멜라가 나는 좋더라.
리즈는 나를 불사르고 스스로 탔네.

어여쁜 아가씨들 어디로 가나,
롱 라.

옛적에 쉬제트와 제일라의

_____

* 오르필라(Mathieu Orfila, 1787~1853). 당시의 유명한 동물학자.

스카프를 보았을 때,
내 마음은 그 주름들에 섞여 들었네.

어여쁜 아가씨들 어디로 가나,
롱 라.

사랑이여, 네가 빛나는 어둠 속에서,
네가 롤라의 머리에 장미꽃을 씌우는 때엔,
나는 사랑 땜에 지옥에라도 가리.

어여쁜 아가씨들 어디로 가나,
롱 라.

잔, 너는 거울 앞에서 옷을 입는다!
내 마음은 어느 날 날아올랐다,
그것을 가진 것은 잔일 것이다.

어여쁜 아가씨들 어디로 가나,
롱 라.

그날 저녁 카드릴 춤을 추고 나오다가,
별들에게 스텔라를 가리키고
나는 그들에게 말하였지. 보라, 이 여자를.

어여쁜 아가씨들 어디로 가나,

롱 라.

가브로슈는 노래를 부르면서 사뭇 손짓 몸짓을 했다. 몸짓
은 후렴의 지점(支點)이다. 무궁무진하게 용모가 변하는 그의
얼굴은 거센 바람에 나부끼는 찢어진 옷자락보다도 더 괴상
망측하게 뒤틀어진 온갖 찡그린 상을 다하고 있었다. 불행하
게도 혼자뿐인 데다가 밤중인지라, 보아 주는 사람도 없고 보
이지도 않았다. 세상에는 그러한 숨은 보배들이 있다.

갑자기 그는 뚝 그쳤다.

"연가(戀歌)는 그만두자." 하고 그는 말했다.

그의 고양이 같은 눈은 어느 대문 앞 쑥 들어간 곳에, 그림
에서 앙상블이라고 부르는 것을, 다시 말해서 한 인물과 한 사
물을 보았는데, 사물이란 다름 아니라 손수레였고, 인물이란
그 안에서 자고 있는 시골뜨기였다.

수레의 손잡이는 포도에 기대어져 있고, 시골뜨기의 머리
는 수레 앞 흙받이에 기대어져 있었다. 그의 몸은 그 빗면 위
에 웅크리고 있었고, 그의 발은 땅바닥에 닿아 있었다.

가브로슈는 이러한 치들의 일을 잘 알고 있었는지라, 그것
이 술꾼이라는 걸 알아보았다.

그것은 어느 변방의 짐꾼인데, 너무 술을 마셔 자고 있었던
것이다.

"여름밤들이 이렇게 쓸모가 있구나." 하고 가브로슈는 생
각했다. "시골놈이 수레에서 잠들어 있다. 수레는 공화국을

위해 가져가고, 시골놈은 왕국에 두어 두자."

그의 생각이 금세 다음과 같은 빛으로 비추어졌다.

"이 수레를 우리 바리케이드에 갖다 놓으면 안성맞춤이겠다."

시골뜨기는 코를 골고 있었다.

가브로슈는 수레를 살그머니 뒤에서 잡아당기고 시골뜨기는 앞에서, 다시 말해서 발을 잡아당겼다. 그래서 일순간 후에, 시골뜨기는 태연하게 땅바닥에 납작 드러누워 있었다.

수레는 빠져나와 있었다.

어떠한 뜻밖의 경우에도 임기응변에 익숙한 가브로슈는 항상 모든 것을 몸에 지니고 있었다. 그는 호주머니 하나를 뒤져서, 파지 한 장과 어떤 목수한테서 훔친 붉은 연필 도막 하나를 꺼냈다.

그는 이렇게 썼다.

　　너의 수레를 영수하였음.
　　프랑스 공화국.

그리고 "가브로슈."라고 서명했다.

그렇게 하고 나서 그는 여전히 코를 골고 있는 시골뜨기의 비로드 조끼 호주머니에 그 종이를 넣고, 두 주먹으로 채를 잡고, 시장 방향으로, 의기양양하고 자랑스럽게 시끄러운 소리를 내면서 쏜살같이 수레를 앞으로 밀고 갔다.

그것은 위험한 짓이었다. 왕립 인쇄소에는 위병소가 있었다. 가브로슈는 그것을 생각하지 못했다. 이 위병소에는 교외의 국민병들이 주재하고 있었다. 위병대는 경계심을 품기 시작하여 야전침대 위에서 머리를 들고 있었다. 연달아 부서진 두 개의 가로등, 목청이 찢어지게 부른 그 노래, 그것은 해가 지면 자고 싶어 그렇게도 일찍 촛불을 꺼 버리는, 그렇게도 겁이 많은 거리들에는 대단한 일이었다. 한 시간 전부터 이 건달은 이 고요한 구역 일대에서 마치 병 속의 날벌레 같은 요란스러운 소리를 내고 있었다. 교외의 중사는 귀를 기울이고 있었다. 그는 기다리고 있었다. 그는 신중한 사람이었다.

수레가 굴러가는 요란스러운 소리는 기다릴 수 있는 정도를 넘어서서 중사로 하여금 정찰을 해 보도록 결심케 했다.

"요건 꽤 많은 인원인데!" 하고 그는 말했다. "가만가만 나가 보자."

'무정부의 칠두사(七頭蛇)*'가 상자에서 나와 거리에서 날뛰고 있는 것이 분명했다.

그래서 중사는 살금살금 위병소 밖으로 나왔다.

가브로슈는 수레를 밀고서 비에유 오드리에트 거리에서 나오려던 찰나, 갑자기 하나의 군복과 군모, 깃털 장식, 소총과 딱 마주쳤다.

두 번째로 그는 뚝 멈춰 섰다.

"아니, 난 또 누구라고." 하고 그는 말했다. "안녕하시오, 공

---

* 머리가 일곱 개인 전설상의 뱀. 이 괴물은 머리가 잘리면 곧 또 생겨난다고 한다.

안 질서."

가브로슈의 놀람은 잠깐이었고 이내 가라앉았다.

"어디 가나, 깡패야?" 하고 중사는 소리쳤다.

"동지." 하고 가브로슈는 말했다. "나는 아직 당신을 부르주아라고 부르지 않았는데, 왜 나를 모욕하는 거요?"

"어딜 가나, 못된 놈아?"

"아저씨," 하고 가브로슈는 말을 이었다. "당신은 아마 어저께는 재치 있는 사람이었을 텐데, 오늘 아침에 파면되었군요."

"어딜 가느냐고 묻고 있지 않나, 이 망나니야?"

가브로슈는 대답했다.

"말씀이 점잖으시군요. 아무리 봐도 그렇게 나이 먹어 보이진 않은데. 고 머리털을 싹 팔아 버리면 좋겠구려. 한 줌에 100프랑으로. 그러면 죄다 500프랑은 될 텐데."

"어딜 가나? 어딜 가나? 어딜 가느냐 말이다, 도둑놈아?"

가브로슈는 응수했다.

"거 참 말씀이 더럽군요. 다음에 젖을 얻어 먹으려거든 그 입을 더 잘 씻어야겠는뎁쇼."

중사는 총검을 맞댔다.

"어딜 가는지 정말 내게 말하지 않을 거야, 악당아?"

"장군," 하고 가브로슈는 말했다. "우리 마누라가 산고가 들어서 의사를 데리러 가는 길이오."

"무기를 들어라!" 하고 중사는 소리질렀다.

자기를 위태롭게 한 것을 이용하여 도망치는 것, 그것이야말로 강자의 묘수인데, 가브로슈는 대번에 모든 상황을 알아차렸다. 그를 위험에 빠뜨린 것은 수레였는데, 이제 그를 보호할 것도 수레였다.

중사가 마악 가브로슈에게 달려들려는 순간, 수레는 힘껏 돌진하여 총알처럼 맹렬히 중사한테 굴러갔다. 중사는 정면으로 배퉁이를 맞아 도랑 속에 나둥그러지고, 동시에 그의 총이 공중에 발사되었다.

중사의 고함 소리에 위병소의 병사들이 와르르 쏟아져 나왔다. 그 총소리를 듣고 모두들 한꺼번에 무턱대고 쏘아 댔고, 그런 뒤에 다시 총탄을 재어 다시 쏘기 시작했다.

이 소경 장 떠먹기식 일제사격은 꼬박 십오 분간이나 계속되었고, 유리창의 유리 몇 장을 파괴했다.

그러는 동안 가브로슈는 죽자 사자 퇴각하여, 거기서 대여섯 거리쯤 떨어진 곳에 이르러서야 걸음을 멈추고, 앙팡 루즈 자선병원 모퉁이의 한 푯돌 위에 헐레벌떡거리고 앉아 있었다.

그는 귀를 기울이고 있었다.

잠시 숨을 돌리고 난 뒤에, 그는 총소리가 콩 볶듯 나는 쪽을 향하여, 왼손을 코 높이로 들어 올려 세 번 앞으로 까딱거리면서 오른손으로 뒤통수를 때렸다. 그것은 파리의 개구쟁이짓이 프랑스식 조롱을 집중한 최고의 몸짓인데, 얼마나 그것이 효과적인가는 이미 반 세기 동안이나 계속돼 온 것만 보더라도 알 수 있다.

이러한 쾌활함은 씁쓸한 생각으로 흐려졌다.

"정말," 하고 그는 말했다. "우스워 죽겠네. 포복절도할 노릇이야. 기뻐 죽겠다. 하지만 내가 길을 잃었네. 길을 돌아가야만 할까 보다. 시간에 알맞게 바리케이드에 도착하면 좋겠는데!"

그렇게 말하고 그는 다시 달음질치기 시작했다.

달음박질 치면서도, "아니, 대체 여기가 어디람?" 하고 그는 말했다.

그는 이 거리 저 거리로 빨리 빠져들어 가면서 다시 노래를 부르기 시작했는데, 노랫소리는 어둠 속에서 작아져 갔다.

　하지만 아직도 감옥들이 남아 있네.
　세상의 질서가 요따위라면,
　이 몸이 나가서 다스려 주마.

　어여쁜 아가씨들 어디로 가나,
　롱 라.

　거 누가 구주희(九柱戲)를 하지 않겠나?
　커다란 공이 굴러갈 때엔
　옛 세상은 온통 무너지리라.

　어여쁜 아가씨들 어디로 가나,
　롱 라.

늙고 착한 백성아,

우리의 목발로 때려 부수자.

호화로운 왕정이 펼쳐진 저 루브르 궁을.

어여쁜 아가씨들 어디로 가나,

롱 라.

우리는 대궐 문을 부수고 들어갔네.

샤를 10세 왕은 그날

버티지 못해 제 목을 잘랐네.

어여쁜 아가씨들 어디로 가나,

롱 라.

위병들의 사격에 전과가 없지는 않았다. 수레는 점령되고 취한은 포로가 되었다. 전자는 계류장에 들어가고, 후자는 훗날 종범 혐의로 군법회의에서 조금 심문을 받았다. 당시의 검사는 그 기회에 사회의 방위를 위해 불굴의 열성을 보였다.

가브로슈의 사건은 탕플 구역의 전설로 남아, 마레의 늙은 시민들의 가장 무서운 추억거리의 하나가 되었고, 그들의 기억 속에, '왕립 인쇄소의 위병소 야습'이라는 제목으로 불리었다.

(5권에서 계속)

세계문학전집 **304**

레 미제라블 4

1판 1쇄 펴냄 2012년 11월 5일
1판 33쇄 펴냄 2023년 3월 15일

지은이 빅토르 위고
옮긴이 정기수
발행인 박근섭, 박상준
펴낸곳 (주)민음사

출판등록 1966. 5. 19. (제 16-490호)
서울특별시 강남구 도산대로1길 62(신사동) 강남출판문화센터 5층 (우편번호 06027)
대표전화 02-515-2000 팩시밀리 02-515-2007
www.minumsa.com

ISBN 978-89-374-6304-4 04800
ISBN 978-89-374-6000-5 (세트)

* 잘못 만들어진 책은 구입처에서 교환해 드립니다.

세계문학전집 목록

세계문학전집은 계속 간행됩니다.